中华经典名著

全本全注全译丛书

余兴安等◎译注

经史百家杂钞 六

传志

中華書局

目录

第六册

卷十九·传志之属上编三

卷十七·传志之属上编一

史记

汉司马迁著，一百三十篇。原名《太史公书》。记载了自黄帝至汉武帝间约三千年的历史，约于汉武帝太初元年至征和二年间（前104—前91）撰成。是我国第一部纪传体通史。采用本纪、表、书、世家、列传体裁，为后世正史所沿用。作者职居史官，博览各种文献并实地采访收集资料，故取材极丰，而语言生动，形象鲜明，在文学史上也有重要地位。据《汉书·司马迁传》说，原书有十篇“有录无书”。元帝、成帝间，博士褚少孙补写各篇。后代注本颇多，主要有南朝宋裴骃的《史记集解》、唐司马贞的《史记索隐》、唐张守节《史记正义》等。

项羽本纪

【题解】

本文是司马迁为项羽所作的传记。主要通过对“钜鹿之战”“鸿门宴”和“垓下之围”这三个重要历史事件的叙述，展示了项羽的各个侧面。最后以“太史公曰”的史评形式，用简练的语言，归纳了项羽的英雄业绩，分析了项羽失败的原因。蕴涵深刻，褒贬得当，使读者对项羽有一十分完整的印象。本纪本是专叙帝王当国者的事，但因为秦汉之际发号施令的是项羽，所以作者把为这位并未称帝的英雄人物所作的传命名为“本纪”，充分显示了司马迁反对天命论、注重人事的可贵史德。

项籍者，下相人也①，字羽。初起时，年二十四。其季父项梁，梁父即楚将项燕，为秦将王翦所戮者也②。项氏世世为楚将，封于项③，故姓项氏。

【注释】

①下相：秦县名。治所在今江苏宿迁宿城区西南一带。

②“其季父项梁”几句：项羽的叔父是项梁，项梁的父亲为楚将项燕。前224年，项燕击败秦将李信，次年，秦将王翦等来攻，项燕战败，于蕲南（今安徽宿州东南）自杀（一说被杀）。季父，小叔父。

③项：古邑名。在今河南沈丘，古为项国，秦置县。

【译文】

项籍是下相人，字羽。他当初起兵时，年方二十四岁。他的叔父是项梁，项梁的父亲便是楚国将领项燕，被秦国大将王翦杀害。项家世代为楚国将领，封于项地，所以以项为姓。

项籍少时，学书不成，去学剑，又不成。项梁怒之。籍曰：“书足以记名姓而已。剑一人敌，不足学，学万人敌。”于是项梁乃教籍兵法，籍大喜，略知其意，又不肯竟学。项梁尝有栎阳逮①，乃请蕲狱掾曹咎书抵栎阳狱掾司马欣②，以故事得已。项梁杀人，与籍避仇于吴中③。吴中贤士大夫皆出项梁下。每吴中有大繇役及丧，项梁常为主办，阴以兵法部勒宾客及子弟，以是知其能。秦始皇帝游会稽④，渡浙江⑤，梁与籍俱观。籍曰："彼可取而代也。"梁掩其口，曰："毋妄言，族矣！"梁以此奇籍。籍长八尺余，力能扛鼎[⑥]，才气过人，虽吴中子弟皆已惮籍矣。以上籍微时事。

【注释】

①栎(yuè)阳：秦县名。治所在今陕西临潼。

②蕲(qí)：秦县名。治所在今安徽宿州埇桥区蕲县镇。狱掾(yuàn)：秦汉时县令的属吏，掌牢狱及诉讼。掾，附属官员的通称。

③吴：秦县名。治所在今江苏苏州。

④会稽(kuài jī)：山名。在今浙江绍兴东南。

⑤浙江：即今钱塘江。

⑥扛(gāng)鼎：举鼎。

【译文】

项籍年轻时，学识字写字没有成效，便转而学习剑术，又没有成效。项梁很生他的气。项籍说："文字够记录姓名就行了。击剑只能对付一个人，不值得学，我要学对付上万人的本领。"于是项梁就教项籍兵法，项籍十分高兴，稍微知道了一点兵法的内容后，又不肯再学了。项梁曾经因为与栎阳的某个案件有牵连而被追捕，请蕲县主管狱讼的官员曹咎写信给栎阳县主管狱讼的司马欣说情，便把事情了结了。项梁杀了人，与项籍为躲避仇家而到了吴中。吴中贤明的士大夫的才能都比不上项梁。每当吴中有大的徭役差事以及丧事时，项梁常常来主持，暗暗地用兵法来部署、管理宾客和青壮年们，以此了解他们的才干。秦始皇巡游会稽山，渡过钱塘江，项梁和项籍都来观看。项籍说："那人我可以取而代之！"项梁赶快捂住他的嘴，说："不要乱说，会灭族的！"项梁因此觉得项籍是个奇才。项籍身高八尺多，气力大得能举起鼎来，才气过人，即使是吴中当地的青年们，也都很惧怕他。以上记项羽地位低微时的事。

秦二世元年七月①，陈涉等起大泽中②。其九月，会稽守通谓梁曰："江西皆反③，此亦天亡秦之时也。吾闻先即制人，后则为人所制。吾欲发兵，使公及桓楚将④。"是时桓楚亡在泽中。梁曰："桓楚亡，人莫知其处，独籍知之耳。"梁乃出，诫籍持剑居外待。梁复入，与守坐，曰："请召籍，使受命召桓楚。"守曰："诺。"梁召籍入。须臾，梁眴籍曰⑤："可行矣！"于是籍遂拔剑斩守头。项梁持守头，佩其印绶⑥。门下大惊，扰乱，籍所击杀数十百人。一府中皆慑伏，莫敢起。梁乃召故所知豪吏，谕以所为起大事，遂举吴中兵。使人收下县⑦，得精兵八千人。梁部署吴中豪杰为校尉、候、司马⑧。有一人不得用，自言于梁。梁曰："前时某丧使公主某事，不能办，以此不任用公。"众乃皆伏。于是梁为会稽守，籍为裨将，徇下县。广陵人召平于是为陈王徇广陵⑨，未能下。闻陈王败走，秦兵又且至，乃渡江矫陈王命，拜梁为楚王上柱国⑩。曰："江东已定⑪，急引兵西击秦。"项梁乃以八千人渡江而西。以上梁、籍杀会稽守，举兵吴中、渡江而西。

【注释】

①秦二世元年：前209年。

②陈涉：即陈胜。大泽：即大泽乡，当时属蕲县，在今安徽宿州。

③江西：长江从九江到南京一段，由西南向东北流，故古人习称今皖北一带为"江西"，皖南、苏南一带为"江东"。

④桓楚：吴中奇士，生平不详。

⑤眴(shùn)：使眼色。

⑥印绶：这里指官印。绶，系在印纽上的丝带。

⑦下县：郡下所属各县。

⑧校尉：秦汉时中级军官，地位略次于将军。候：掌侦察的军官。司马：军法官。

⑨广陵：秦县名。治所在今江苏扬州。陈王：即陈胜，起义后称王，国号张楚。

⑩上柱国：楚国官名。原掌保卫国都，后为最高武官，地位仅次于令尹。

⑪江东：与"江西"对言，指今皖南、苏南一带。

【译文】

秦二世元年七月，陈涉等人在大泽乡起义。这年九月，会稽郡郡守殷通对项梁说："江西地区都反叛了，这也是上天要灭亡秦朝的时候啊！我听说，先下手才能制服别人，动手慢了就会被他人制服。我也想起兵，让您和桓楚为将军统兵。"这时，桓楚还逃亡在沼泽之中。项梁说："桓楚在逃亡中，没有人知道他在哪里，只有项籍知道。"项梁便出来，嘱咐项籍提剑在外面等着。项梁再进去，同郡守坐在一起，说："请您召见项籍，让他接受命令去召来桓楚。"郡守说："好。"项梁便招呼项籍进去。片刻后，项梁对项籍使了个眼色，说："可以动手了！"项籍就拔出剑来，砍了郡守的头。项梁提起郡守的头，挂上郡守的官印。郡守的手下人大惊失色，乱成一团，项籍砍杀了几十上百人。吓得整个衙门的人都趴在地上，没有人敢站起来。项梁便召集起从前熟知的强干吏员们，告诉他们自己这样做是为了起兵干大事业，于是在吴中起兵。派人到属下各县去征集人马，得到了八千精兵。项梁派吴中的豪杰分别担任校尉、候、司马等职务。有一个人没有被任用，便自己向项梁提出。项梁对他说："从前有一次办丧事时，让您主持一件事，结果没办成，所以现在不任用您。"大家都心服了。于是项梁便自己做了会稽郡守,让项籍担任副将,去占领属下各县。广陵人召平这时正在替陈王进攻广陵,但没能攻下来。他听说陈王兵败逃亡,秦兵又很快就要打过来,就渡过长江,假托陈王的命令,任命项梁做楚国的上柱国。说:"江东已经平定了,请您马上带兵向西进攻秦兵。"于是项梁率领八千人马渡江西进。以上记项梁、项籍杀死会稽郡守,在吴中起兵,渡过长江西进。

闻陈婴已下东阳[①],使使欲与连和俱西。陈婴者,故东阳令史[②],居县中,素信谨,称为长者。东阳少年杀其令,相聚数千人,欲置长,无适用,乃请陈婴。婴谢不能,遂强立婴为长,县中从者得二万人。少年欲立婴便为王,异军苍头特起[③]。陈婴母谓婴曰:"自我为汝家妇,未尝闻汝先古之有贵者。今暴得大名,不祥。不如有所属,事成犹得封侯,事败易以亡,非世所指名也。"婴乃不敢为王。谓其军吏曰:"项氏世世将家,有名于楚。今欲举大事,将非其人,不可。我倚名族,亡秦必矣。"于是众从其言,以兵属项梁。项梁渡淮,黥布、蒲将军亦以兵属焉[④]。凡六七万人,军下邳[⑤]。当是时,秦嘉已立景驹为楚王[⑥],军彭城东[⑦],欲距项梁[⑧]。项梁谓军吏曰:"陈王先首事,战不利,未闻所在。今秦嘉倍陈王而立景驹[⑨],逆无道。"乃进兵击秦嘉。秦嘉军败走,追之至胡陵[⑩]。嘉还战一日,嘉死,军降。景驹走死梁地[⑪]。项梁已并秦嘉军,军胡陵,将引军而西。以上项梁并有陈婴、黥布、蒲将军、秦嘉等军。

【注释】

①东阳:县名。治所在今江苏盱眙东南。

②令史：县令手下的小吏。

③苍头：以青巾裹头而得名的军队。特起：崛起。

④黥(qíng)布：即英布，因曾受黥刑，故名。蒲将军：生平不详。

⑤下邳：秦县名。在今江苏睢宁西北。

⑥秦嘉：广陵(今江苏扬州)人，一说凌县(今江苏宿迁)人。初属陈胜，后自立。陈胜死后，立景驹为楚王，自任上将军，后为项梁所杀。景驹：楚国贵族。

⑦彭城：古地名。即今江苏徐州。

⑧距：通“拒”。抗拒。

⑨倍：通“背”。背叛。

⑩胡陵：秦县名。治所在今山东鱼台东南。

⑪梁地：战国时魏国辖地，今河南东部一带地区。

【译文】

项梁听陈婴已攻下了东阳后，就派使者去，想与陈婴联合起来向西进击。陈婴原来是东阳县县令手下的一个小吏，住在县城，一向诚实谨慎，被称为忠厚长者。东阳县的年轻人杀死了县令，聚集起几千人，想推举首领，但没有合适的人选，就来请陈婴担任。陈婴以自己缺乏才能来推辞，但大家还是勉强他担任了首领，县里随着起义的达两万人。年轻人就想拥立陈婴为王，他们用青布巾裹头，表明自己是新起的军队。陈婴的母亲就对陈婴说：“自从我嫁到你们陈家以来，从来没有听说你家的祖先有显贵过的。现在你突然声名显赫，这是不吉利的。不如归附别人，事情成功了还能封侯，事情失败了也容易逃亡，因为这样你就不会为世人所特别关注。”于是陈婴没敢称王。他对部下们说：“项家世世代代是将门之家，在楚国有名望。现在想干大事业，首领选得不合适，是不可能成功的。我们依靠名家大族，就一定能灭掉秦朝。”于是大家都听信了他，将军队归附了项梁。项梁渡过淮河，黥布、蒲将军也率军投靠了他。全军有六七万人，驻扎在下邳。这时，秦嘉已经拥立景驹为楚王，驻军于彭城东面，打算抗拒项梁。项梁对将领们说："陈王首先起事，作战失利，下落不明。现在秦嘉背叛陈王而拥立景驹，真是大逆不道。"于是进兵攻击秦嘉。秦嘉兵败逃走，项梁追击到胡陵。秦嘉回兵交战一天，战败身死，军队投降了。景驹逃走，死在从前的魏国境内。项梁兼并了秦嘉的军队后，驻扎在胡陵，准备挥师西进。以上记项梁合并陈婴、黥布、蒲将军、秦嘉等路军队。

章邯军至栗①，项梁使别将朱鸡石、馀樊君与战。馀樊君死，朱鸡石军败，亡走胡陵。项梁乃引兵入薛②，诛鸡石。项梁前使项羽别攻襄城③，襄城坚守不下。已拔④，皆坑之⑤。还报项梁。项梁闻陈王定死，召诸别将会薛计事。此时沛公亦起沛⑥，往焉。

【注释】

①章邯：秦朝将领，原为少府，以骊山徒隶击败陈涉之西征军，后又破杀陈涉，此时拟进攻项梁。栗：秦县名。治所在今河南夏邑。

②薛：秦县名。治所在今山东滕州。

③襄城：秦县名。治所在今河南襄城。

④拔：攻破城池。

⑤坑：活埋。

⑥沛公：刘邦起兵时的自称。沛：秦县名。治所在今江苏沛县。

【译文】

这时章邯的军队到了栗县，项梁另派朱鸡石、馀樊君率军去与章邯交战。结果馀樊君战死了，朱鸡石兵败，逃到胡陵。项梁于是率领军队进入薛县，杀了朱鸡石。这之前，项梁派项羽另率一军进攻襄城，襄城官兵坚守，难以攻下。最后项羽打下襄城后，把守城军民都活埋了。回来报告项梁。项梁听说陈王确实死了，就召集各路将领会集薛县共商大计。这时，沛公也在沛县起兵，前来薛县。

居鄛人范增[①]，年七十，素居家，好奇计[②]，往说项梁曰："陈胜败固当。夫秦灭六国，楚最无罪。自怀王入秦不反[③]，楚人怜之至今，故楚南公曰'楚虽三户，亡秦必楚'也。今陈胜首事，不立楚后而自立，其势不长。今君起江东，楚蜂午之将皆争附君者[④]，以君世世楚将，为能复立楚之后也。"于是项梁然其言，乃求楚怀王孙心民间，为人牧羊，立以为楚怀王，从民所望也。陈婴为楚上柱国，封五县，与怀王都盱台[⑤]。项梁自号为武信君。以上项氏立楚怀王。

【注释】

①居鄛：秦县名。治所在今安徽巢湖。一说在今安徽桐城南。

②好：善，擅长。

③怀王入秦不反：公元前299年，秦昭王诈设武关之会，邀楚怀王结盟。楚怀王到达后，被幽禁，客死于秦。事详《史记·楚世家》。

④蜂午：蜂拥而起。

⑤盱台：同"盱眙（xū yí）"。秦县名。治所在今江苏盱眙东北。

【译文】

居鄛人范增，已七十岁了，一向居住在家，善设奇计，他去给项梁献计说："陈胜失败是必然的。秦人灭亡六国，楚国最没有罪过。自从怀王去秦国被扣不能归来，楚国人至今还怀念他，所以楚南公说：'楚国即使只剩下三户人家，灭亡秦朝的也必定是楚人。'如今陈胜首先起事，不去拥立楚王的后人却自立为王，他的事业当然长不了。现在您从江东起兵，楚地蜂拥而起的将领们都争相投奔您，是因为您家世代是楚国的将领，将来能够重新拥立楚王的后人啊！”于是项梁听信了他的话，从民间找到楚怀王的孙子名叫心的，当时正替人放羊，就拥立为楚怀王，以顺从人民的愿望。陈婴被任命为楚国的上柱国，得到五个县的封地，同怀王在盱台建立都城。项梁自称为武信君。以上记项氏拥立楚怀王。

居数月，引兵攻亢父①，与齐田荣、司马龙且军救东阿②，大破秦军于东阿。田荣即引兵归，逐其王假。假亡走楚，假相田角亡走赵。角弟田间故齐将，居赵不敢归。田荣立田儋子市为齐王③。项梁已破东阿下军④，遂追秦军。数使使趣齐兵⑤，欲与俱西。田荣曰：“楚杀田假，赵杀田角、田间，乃发兵。”项梁曰：“田假为与国之王⑥，穷来从我，不忍杀之。”赵亦不杀田角、田间以市于齐⑦。齐遂不肯发兵助楚。项梁使沛公及项羽别攻城阳⑧，屠之。西破秦军濮阳东⑨，秦兵收入濮阳。沛公、项羽乃攻定陶⑩。定陶未下，去，西略地至雝丘⑪，大破秦军，斩李由⑫。还攻外黄⑬，外黄未下。

【注释】

①亢父（gāng fǔ）：秦县名。治所在今山东济宁南。

②田荣：战国时齐国诸侯后裔。龙且（jū）：楚怀王将领，时为司马。东阿：秦县名。治所在今山东阳谷东北阿城镇。

③田荣立田儋（dān）子市（fú）为齐王：陈涉起兵后，田荣与田儋一同起兵于齐，田儋被拥立为王。后章邯击杀田儋，齐人立战国时故齐王田建之弟田假为王。田荣收拾残兵回国，赶跑田假，重立田儋之子田市为王。事详《田儋列传》。

④下军：春秋时军队建制名，当时大国分置上、中、下三军。这里指

秦三军中的下军。

⑤数（shuò）：屡次，多次。趣：通“促”。催促。

⑥与国：盟国。

⑦市：交易。这里是讨好的意思。

⑧城阳：一作“成阳”，秦县名。治所在今山东鄄城东南。

⑨濮阳：秦县名。治所在今山东濮阳西南。

⑩定陶：秦县名。治所在今山东定陶西北。

⑪雝丘：秦县名。治所在今河南杞县。

⑫李由：上蔡（今属河南）人，李斯之子，时任三川郡守。

⑬外黄：秦县名。治所在今河南民权西北。

【译文】

几个月后，项梁率领军队进攻亢父，与齐国田荣和司马龙且的楚军援救东阿，在东阿把秦军打得大败。田荣便率军回去，驱逐了齐王田假。田假逃到楚国，他的相国田角逃到赵国。田角的弟弟田间原是齐国将领，这时居留在赵国不敢回去了。田荣就拥立田儋的儿子田市为齐王。项梁打败东阿的秦国下军后，便追击秦军。多次派人催促齐国出兵，想同他们一起西进。田荣说：“楚国杀掉田假，赵国杀掉田角、田间，我才会出兵。”项梁说：“田假是盟国的国王，在穷途末路的时候来投奔我，我不忍心杀掉他。”赵国也没有杀害田角、田间以讨好齐国。于是齐国不愿出兵帮助楚国。项梁派沛公和项羽另率一军进攻城阳，血洗全城。尔后向西进击，在濮阳东面大败秦军，.秦军退进了濮阳城。沛公、项羽就率军进攻定陶。定陶没打下来，便放过它而继续西进，攻城略地直至雝丘，又大败秦军，杀了李由。再回师进攻外黄，未能攻下。

项梁起东阿，西，比至定陶[①]，再破秦军，项羽等又斩李由，益轻秦，有骄色。宋义乃谏项梁曰：“战胜而将骄卒惰者败。今卒少惰矣，秦兵日益，臣为君畏之。”项梁弗听，乃使宋义使于齐。道遇齐使者高陵君显，曰："公将见武信君乎?"曰："然。"曰："臣论武信君军必败。公徐行即免死，疾行则及祸。"秦果悉起兵益章邯，击楚军，大破之定陶，项梁死。沛公、项羽去外黄攻陈留[2]，陈留坚守不能下。沛公、项羽相与谋曰："今项梁军破，士卒恐。"乃与吕臣军俱引兵而东[3]。吕臣军彭城东，项羽军彭城西，沛公军砀[4]。章邯已破项梁军，则以为楚地兵不足忧，乃渡河击赵，大破之。以上齐不助楚，项梁败死。

【注释】

①比：原作"北"，据中华书局修订本《史记》改。

②陈留：秦县名。治所在今河南开封祥符区。

③吕臣：陈涉部将。陈涉兵败后，收拾残兵投奔项梁。

④砀(dàng)：秦县名。治所在今安徽砀山南。

【译文】

项梁从东阿出发西进，等到定陶时，又一次击败秦军，项羽等人又杀了李由，项梁就更加轻视秦军，显出骄傲的神气。宋义于是规劝项梁说："打了胜仗就将骄兵怠的必然会失败。现在士兵有些懈怠了，秦军不断增加，我很为您担忧。"项梁不理睬宋义的劝说，派他出使齐国。宋义在半路遇上了齐国的使者高陵君显，便问他："您要去见武信君吗?"回答说："是的。"宋义说："我敢断言武信君的军队必定会失败。您走慢些就可以免于一死，走快了就会赶上灾难。"秦王朝果然动员起全部军队来增援章邯，向楚军攻击，在定陶把楚军打垮，项梁战死。沛公、项羽放弃外黄而转攻陈留，陈留守军坚守，久攻不下。沛公、项羽相互商量说："现在项梁的军队被打垮，兵士们害怕。"于是和吕臣的部队一起向东撤退。吕臣的部队扎营在彭城东面，项羽的部队扎营在彭城西面，沛公的部队驻扎在砀县。章邯打垮项梁的军队后,就以为楚军不值得担心了,便渡过黄河去进攻赵国,大败赵军。以上记齐军不帮助楚军,项梁兵败战死。

当此时,赵歇为王,陈馀为将①,张耳为相,皆走入钜鹿城②。章邯令王离、涉间围钜鹿,章邯军其南,筑甬道而输之粟。陈馀为将,将卒数万人而军钜鹿之北,此所谓河北之军也。

【注释】

①陈馀为将:后文言陈馀将兵在钜鹿北,未与赵王歇、张耳"皆走入钜鹿城",当系衍文。

②钜鹿:秦县名。治所在今河北平乡西南。

【译文】

这时,赵国是赵歇做国王,陈馀任将军,张耳任相国,他们一齐逃入钜鹿城中。章邯命令王离、涉间围攻钜鹿,章邯自己驻军在他们的南面,筑起一条两旁有墙垣保护的通道向他们运送粮食。陈馀做将军,率领几万军队驻扎在钜鹿的北面,这就是所谓的河北之军。

楚兵已破于定陶,怀王恐,从盱台之彭城,并项羽、吕臣军自将之。以吕臣为司徒①,以其父吕青为令尹②。以沛公为砀郡长,封为武安侯,将砀郡兵。

【注释】

①司徒:官名。掌教化,地位崇高,古代"三公"之一。

②令尹:春秋战国时楚国官名。相当于宰相。

【译文】

楚军在定陶大败后，怀王害怕起来，就从盱台来到彭城，把项羽、吕臣的部队合并起来亲自统率。他任命吕臣做司徒，让吕臣的父亲吕青做令尹。任命沛公做砀郡长，封为武安侯，统率驻砀郡的部队。

初，宋义所遇齐使者高陵君显在楚军，见楚王曰："宋义论武信君之军必败，居数日，军果败。兵未战而先见败征，此可谓知兵矣。"王召宋义与计事而大说之，因置以为上将军①，项羽为鲁公，为次将，范增为末将，救赵。诸别将皆属宋义，号为卿子冠军②。行至安阳③，留四十六日不进。项羽曰："吾闻秦军围赵王钜鹿，疾引兵渡河，楚击其外，赵应其内，破秦军必矣。"宋义曰："不然。夫搏牛之虻不可以破虮虱④。今秦攻赵，战胜则兵罢，我承其敝；不胜，则我引兵鼓行而西，必举秦矣。故不如先斗秦、赵。夫被坚执锐，义不如公；坐而运策，公不如义。"因下令军中曰："猛如虎，很如羊⑤，贪如狼，强不可使者，皆斩之。"乃遣其子宋襄相齐，身送之至无盐⑥，饮酒高会。天寒大雨，士卒冻饥。项羽曰："将戮力而攻秦⑦，久留不行。今岁饥民贫，士卒食芋菽⑧，军无见粮⑨，乃饮酒高会，不引兵渡河因赵食，与赵并力攻秦，乃曰'承其敝'。夫以秦之强，攻新造之赵，其势必举赵。赵举而秦强，何敝之承！且国兵新破，王坐不安席，扫境内而专属于将军⑩，国家安危，在此一举。今不恤士卒而徇其私⑪，非社稷之臣。"项羽晨朝上将军宋义，即其帐中斩宋义头，出令军中曰："宋义与齐谋反楚，楚王阴令羽诛之。"当是时，诸将皆慑服，莫敢枝梧⑫，皆曰："首立楚者，将军家也，今将军诛乱。”乃相与共立羽为假上将军。使人追宋义子，及之齐，杀之。使桓楚报命于怀王。怀王因使项羽为上将军，当阳君、蒲将军皆属项羽⑬。

【注释】

①上将军：官名。春秋战国时，为将军之最高者。后常用指某一军队之最高统帅。

②卿子：对男子的美称，即公子。冠军：犹言最高统帅。

③安阳：古地名。在今山东曹县东北。

④虮(jǐ)虱：虱子。虮，虱子的卵。

⑤很：通“狠”。执拗，不顺从。

⑥无盐：秦县名。治所在今山东东平无盐村。

⑦戮力：并力，合力。戮，通“勠”。

⑧芋菽：芋头和豆类。

⑨见：通“现”。现成。

⑩扫：中华书局修订本《史记》作“埽”。扫，通“埽”。

⑪徇其私：迁就他的私心，指宋义让儿子宋襄去担任齐相。

⑫枝梧：即支吾，说话含糊其辞，意存抵触。

⑬当阳君：即黥布。

【译文】

当初，宋义遇见的齐国使者高陵君显还在楚军中，他见到楚怀王后，就说：“宋义断定武信君的部队必定会失败，几天以后，果然如此。军队交战之前，他就看到了失败的征兆，这可以称得上是善晓兵机了。”怀王便召见宋义，同他讨论国家大事，感到十分高兴，就任命宋义为上将军，封项羽为鲁公，担任次将，任命范增为末将，让他们率领军队援救赵国。各路将领都由宋义统辖，号称卿子冠军。军队开到安阳后，停留了四十六天未曾推进。项羽提出:“我听说秦军把赵王围困在钜鹿城中,如果我们迅速率军渡河,楚军从外围进攻,赵军在里面接应,就一定能打败秦军。”宋义说:“不对。叮咬牛的牛虻咬不了小虱子。现在秦军进攻赵国,如果秦军获胜就必定很疲惫,我们就可乘机利用他们的这一弱点;如果秦军战败,我们就率军大张旗鼓地向西进击,一定能灭掉秦王朝。所以我们不如让秦、赵两军拼斗下去。要说冲锋陷阵,我宋义不如您;至于运筹帷幄,您可就比不上我了。”于是宋义向军队下达命令:“凶猛如虎,执拗如羊,贪酷如狼,倔强不服从指挥的,一律斩首。”随后,宋义让他儿子宋襄去齐国担任相国,亲自送到无盐县,大摆筵席。这时,天寒地冻,大雨滂沱,士兵们饥寒交迫。项羽说:“正该同心协力攻击秦军,却长期停留在此地而不前进。现在年饥岁馑,人民困苦,士兵们吃的是芋头和豆子,军中没有存粮,他却摆筵盛会,饮酒作乐,不带领军队渡河去赵国就地取食,和赵军合力进攻秦军,竟说是要利用他们的疲惫。凭秦军的强大,去进攻新建立的赵国,势必覆灭赵国。赵军败亡,秦军就更强大了,哪有什么疲惫可以利用!况且我楚军失败未久,大王坐立不安,将举国之兵都交给他上将军,国家安危,在此一举。可是他宋义却不顾恤士兵而只忙于谋私,实在不是国家的栋梁之臣。”项羽早晨去拜见上将军宋义,就在营帐中砍下他的人头,出来号令全军说:“宋义与齐国合谋,要背叛楚国,楚王暗中命令我杀掉他。”这时,将领们都被项羽慑服,没有人敢抗拒,大家都说:“首先拥立楚王的,是将军家的人,现在又是将军诛灭叛逆。”于是大家一齐推举项羽做代理上将军。派人追赶宋义的儿子,追到齐国的地方杀了他。又派桓楚去向怀王报告。怀王便任命项羽为上将军,当阳君、蒲将军都归他统辖。

项羽已杀卿子冠军,威震楚国,名闻诸侯。乃遣当阳君、蒲将军将卒二万渡河,救钜鹿。战少利,陈馀复请兵。项羽乃悉引兵渡河,皆沉船,破釜甑[①],烧庐舍,持三日粮,以示士卒必死,无一还心。于是至则围王离,与秦军遇,九战,绝其甬道,大破之,杀苏角,虏王离。涉间不降楚,自烧杀。当是时,楚兵冠诸侯。诸侯军救钜鹿下者十余壁,莫敢纵兵。及楚击秦,诸将皆从壁上观。楚战士无不一以当十,楚兵呼声动天,诸侯军无不人人惴恐。于是已破秦军,项羽召见诸侯将,入辕门②,无不膝行而前,莫敢仰视。项羽由是始为诸侯上将军,诸侯皆属焉。以上项羽杀宋义,破秦兵于钜鹿,为诸侯上将军。

【注释】

①釜甑(zèng):泛指炊器。釜,锅。甑,蒸食炊具。

②辕门:军营门。辕,车前套马的直木,古代军队驻扎时,将车辕相向竖起为门,故名。

【译文】

项羽杀掉卿子冠军后,威望震动楚国,名声传遍诸侯。于是,他派遣当阳君、蒲将军率领两万部队渡河去援救钜鹿。取得了一点进展后,陈馀又请求增援。项羽就统率全军渡河,然后沉掉所有船只,砸毁炊具,烧掉营房,只携带三天的干粮,借此向士兵们表示必须决一死战,不许有一点退缩的想法。于是楚军一到钜鹿就包围了王离的军队,与秦军交战,激战多次,截断了他们运粮的甬道,大败秦军,杀死了苏角,俘虏了王离。涉间不肯投降楚军,自焚而死。这时,楚军的声威压倒了诸侯各军。诸侯救援钜鹿的军队扎有十几座营垒,却没有人敢出战。到楚军进击秦军时,诸侯的将士都只是在营垒上观战。楚军战士无不以一当十,将士们喊杀声惊天动地,诸侯的军队人人颤栗失色。这样打败秦军之后,项羽召见诸侯军队的将领们,他们进入营门时,没有人不跪着前行,没有人敢抬头仰视。项羽从此开始成为诸侯的上将军,诸侯的

军队都由他统率。以上记项羽杀宋义，钜鹿一战大败秦军，成为诸侯军队的上将军。

章邯军棘原[①]，项羽军漳南[②]，相持未战。秦军数却，二世使人让章邯。章邯恐，使长史欣请事[③]。至咸阳[④]，留司马门三日[⑤]，赵高不见，有不信之心。长史欣恐，还走其军，不敢出故道，赵高果使人追之，不及。欣至军，报曰："赵高用事于中，下无可为者。今战能胜，高必疾妒吾功；战不能胜，不免于死。愿将军孰计之。"陈馀亦遗章邯书曰："白起为秦将[⑥]，南征鄢、郢[⑦]，北坑马服[⑧]，攻城略地，不可胜计，而竟赐死。蒙恬为秦将，北逐戎人，开榆中地数千里[⑨]，竟斩阳周[⑩]。何者？功多，秦不能尽封，因以法诛之。今将军为秦将三岁矣，所亡失以十万数，而诸侯并起滋益多。彼赵高素谀日久，今事急，亦恐二世诛之，故欲以法诛将军以塞责，使人更代将军以脱其祸。夫将军居外久，多内郤[⑪]，有功亦诛，无功亦诛。且天之亡秦，无愚智皆知之。今将军内不能直谏，外为亡国将，孤特独立而欲常存，岂不哀哉！将军何不还兵与诸侯为从，约共攻秦，分王其地，南面称孤；此孰与身伏𫓧质[⑫]，妻子为僇乎[⑬]？"章邯狐疑，阴使候始成使项羽，欲约。约未成，项羽使蒲将军日夜引兵度三户[⑭]，军漳南，与秦战，再破之。项羽悉引兵击秦军汙水上[⑮]，大破之。

【注释】

①棘原：古地名。在今河北平乡南。

②漳南：漳河南面。

③长史：官名。为幕僚之长。

④咸阳：秦国都城，在今陕西咸阳东北。

⑤司马门：皇宫外门。因由司马率卫士把守，故名。

⑥白起：战国时秦名将。前278年，攻克楚都郢，因功封武安君。前260年长平之战中，坑杀被俘赵军四十余万。后为相国范雎所嫉，又与秦昭王意见分歧，被迫自杀。

⑦鄢：古地名。在今湖北宜城。郢：古地名。在今湖北荆州。

⑧马服：指赵将赵括，他袭父封为马服君。长平之战中，他被射死。

⑨榆中：古地区名。即今陕西北部以及内蒙古河套一带地区。

⑩阳周：秦县名。治所在今陕西子长。

⑪郤：通"隙"。仇怨。

⑫铁质：铁，通"斧"。质，通"櫍""锧"，古代杀人所用的椹垫。

⑬僇：通"戮"。

⑭三户：漳水的一个渡口，在今河北磁县西南古漳水上。

⑮汙(yū)水：在今河北临漳西，发源于太行山，东南流入漳水，今已干涸。

【译文】

章邯驻军于棘原，项羽驻军于漳河南面，两军相持着，没有交战。秦军多次后撤，秦二世派人来责备章邯。章邯害怕了，派长史司马欣去咸阳请示。司马欣在司马门等了三天，赵高还是不接见，表明了不信任的意思。司马欣恐惧，逃归自己军中，没敢走原路，赵高果真派人追赶，未能追到。司马欣回营后，报告说："赵高在朝中掌权，下面的人是不可能有作为的。现在我们如果出战获胜，赵高必定嫉妒我们的功劳；如果出战不能获胜，我们难免一死。希望将军深思熟虑。"陈馀也写信给章邯说："白起担任秦国的将军，南征夺得楚城鄢、郢，北攻坑杀了赵国马服君赵括的大军，攻占的城市和土地不计其数，最后竟被赐死。蒙恬做秦国的将军，北逐匈奴，开拓了榆中几千里的土地，最后却在阳周被杀。

为什么呢？因为功劳太大，秦国不能完全封赏，就设法杀掉他们。现在将军做秦军统帅已经三年了，损失的兵员数以十万计，而诸侯起兵反秦的却越来越多。那赵高平素阿谀奉承，现在情况紧急了，也担心二世会杀他，所以想以执法为借口杀掉将军来推脱罪责，派人取代将军以逃脱灾祸。将军长期在外，朝廷内有嫌怨的很多，有功劳也会被杀，没有功劳也会被杀。况且上天要灭亡秦王朝，已是不论智者愚者都能看清的。现在将军在朝廷内不能直言劝谏，带兵在外也不过是亡国的将军，势单力孤却想保全自己，岂不可悲！将军为什么不调转矛头，与诸侯订立盟约，共同进攻秦王朝，瓜分它的地盘自己做王，南向而坐称孤道寡，这与自己身伏斧砧，妻子儿女被杀相比，何者更好呢？"章邯犹疑不决，暗中派名叫始成的军候去见项羽，想订立和约。和约还未订好，项羽已派蒲将军不分昼夜率军渡过三户津，在漳水南岸扎营，与秦军交战，再次打败了他们。项羽又率领全军在汙水边攻击秦军，把他们打得大败。

章邯使人见项羽，欲约。项羽召军吏谋曰："粮少，欲听其约。"军吏皆曰："善。"项羽乃与期洹水南殷虚上[①]。已盟，章邯见项羽而流涕，为言赵高。项羽乃立章邯为雍王，置楚军中。使长史欣为上将军，将秦军为前行。到新安[②]。诸侯吏卒异时故繇使屯戍过秦中，秦中吏卒遇之多无状，及秦军降诸侯，诸侯吏卒乘胜多奴虏使之，轻折辱秦吏卒。秦吏卒多窃言曰："章将军等诈吾属降诸侯，今能入关破秦，大善；即不能，诸侯虏吾属而东，秦必尽诛吾父母妻子。"诸将微闻其计，以告项羽。项羽乃召黥布、蒲将军计曰："秦吏卒尚众，其心不服，至关中不听，事必危。不如击杀之，而独与章邯、长史欣、都尉翳入秦。"于是楚军夜击坑秦卒二十余万人新安城南。以上项羽受章邯之降，坑秦降卒。

【注释】

①洹(huán)水:即今河南安阳北的安阳河。殷虚:殷商故都的废墟,在今安阳西小屯村。

②新安:秦县名。治所在今河南渑池东。

【译文】

章邯就又派人见项羽,要求缔约。项羽召集部将们商议说:"粮食缺乏,我打算答应同他们缔约。"大家都说:"好。"项羽就与章邯约定在洹水南面的殷墟会谈。订好盟约后,章邯见到项羽,流着眼泪诉说赵高的陷害。项羽便封章邯为雍王,安置在楚军中。任命长史司马欣做上将军,统率秦军为先锋。大军行进到新安。诸侯各军的将士们,因为从前服徭役或戍守边境路过秦中时,秦中的官兵对他们经常虐待,所以等到秦军向诸侯们投降后,诸侯各军的将士们便乘着胜利之机常常把他们当奴隶和俘虏那样使唤,随便折磨侮辱他们。秦军官兵们纷纷私下议论说:"章将军等人骗我们投降了诸侯,现在如果能进入函谷关灭掉秦王朝,那是大好事;但如果做不到的话,诸侯们就会押着我们东去,而秦王朝必定要杀光我们的父母妻儿。"将领们暗中听到这些议论,报告了项羽。项羽便召集黥布、蒲将军商议说:"秦军官兵还很多,心中还不服,如果他们进入关中后不听从指挥,事态将很危险。不如杀掉他们,只带章邯、长史司马欣和都尉董翳进入秦地。"于是楚军夜里在新安城南斩杀、活埋了二十多万秦军降兵。以上记项羽接受章邯的投降,活埋秦军的投降士兵。

行略定秦地。函谷关有兵守关,不得入。又闻沛公已破咸阳,项羽大怒,使当阳君等击关。项羽遂入,至于戏西①。沛公军霸上②,未得与项羽相见。沛公左司马曹无伤使人言于项羽曰:"沛公欲王关中,使子婴为相③,珍宝尽有之。"项羽大怒，曰："旦日飨士卒，为击破沛公军！"当是时，项羽兵四十万，在新丰鸿门[4]；沛公兵十万，在霸上。范增说项羽曰："沛公居山东时，贪于财货，好美姬。今入关，财物无所取，妇女无所幸，此其志不在小。吾令人望其气，皆为龙虎，成五采，此天子气也。急击勿失。"

【注释】

①戏：戏水，源出骊山，流经今陕西临潼东而入渭水。

②霸上：在今陕西西安东南。

③子婴：秦二世兄子。前207年，赵高杀二世后被立为王。后杀赵高，在位仅四十六日即被迫投降刘邦，当时处在监视中。后为项羽所杀。

④新丰：秦时称骊邑，在今陕西临潼东北。鸿门：在今陕西临潼东北，今称项王营。

【译文】

项羽随后继续攻取秦国的地域。函谷关上有军队把守，无法进去。又听说沛公已经攻进了咸阳，项羽大发雷霆，命令当阳君等人攻破函谷关。项羽便率军入关，到达戏水的西面。这时沛公驻军在霸上，没有能同项羽见面。沛公的左司马曹无伤派人对项羽说："沛公准备在关中称王，让秦降王子婴做相国，把皇宫里的奇珍异宝都占有了。"项羽怒不可遏，下令："明天早晨让士兵们饱餐一顿，就去打垮沛公的军队！"这时，项羽有军队四十万，驻扎在新丰鸿门；沛公有军队十万，驻扎在霸上。范增又劝项羽："沛公在山东的时候，贪爱财宝和美女。现在入关之后，却财物不要，女色不近，可见他志向不小。我让人望过他的云气，都是龙虎的形状，呈现五种色彩，这是天子气象啊。赶快进攻，千万不要错过机会。"

楚左尹项伯者[①]，项羽季父也，素善留侯张良[②]。张良是时从沛公，项伯乃夜驰之沛公军，私见张良，具告以事，欲呼张良与俱去，曰："毋从俱死也。"张良曰："臣为韩王送沛公[③]，沛公今事有急，亡去不义，不可不语。"良乃入，具告沛公，沛公大惊，曰："为之奈何？"张良曰："谁为大王为此计者？"曰："鲰生说我曰[④]：'距关，毋纳诸侯，秦地可尽王也。'故听之。"良曰："料大王士卒足以当项王乎？"沛公默然，曰："固不如也，且为之奈何？"张良曰："请往谓项伯，言沛公不敢背项王也。"沛公曰："君安与项伯有故？"张良曰："秦时与臣游，项伯杀人，臣活之。今事有急，故幸来告良。"沛公曰"孰与君少长？"良曰："长于臣。"沛公曰："君为我呼入，吾得兄事之。"张良出，要项伯[⑤]，项伯即入见沛公。沛公奉卮酒为寿，约为婚姻，曰："吾入关，秋豪不敢有所近[⑥]，籍吏民，封府库，而待将军。所以遣将守关者，备他盗之出入与非常也。日夜望将军至，岂敢反乎！愿伯具言臣之不敢倍德也。"项伯许诺，谓沛公曰："旦日不可不蚤自来谢项王[⑦]。"沛公曰："诺。"于是项伯复夜去，至军中，具以沛公言报项王，因言曰："沛公不先破关中，公岂敢入乎？今人有大功而击之，不义也，不如因善遇之。"项王许诺。

【注释】

①左尹：楚国官名。佐令尹统领军队，治理军政。

②留侯张良：字子房，城父（今安徽亳州东南）人。祖先为韩国贵族，曾招募刺客于前218年在博浪沙狙击秦始皇，误中副车。楚汉战争中，为刘邦重要谋士。入汉后被封为留侯。留，地名。在

今江苏沛县东南。

③韩王：韩成，韩国贵族，前208年为项梁所立。

④鲰(zōu)生：浅陋的浑小子。鲰，杂小鱼。

⑤要：通"邀"。

⑥秋豪：极言其细小。豪，通"毫"。

⑦蚤：通"早"。

【译文】

楚国的左尹项伯，是项羽的叔父，一向同留侯张良交好。张良这时跟随着沛公，项伯便连夜驱马赶到沛公军中，私下会见了张良，把详情告诉了他，想叫张良和自己一起离开，说："不要跟着沛公一起死。"张良说："我替韩王送沛公，沛公现遇急难之事，我如果跑掉是不义的，不可以不告诉他。"张良便进去，把情况一一告诉了沛公，沛公大惊，忙问："怎么办呢?"张良问："谁替大王出这个主意的?"沛公说："有个浑小子劝我说：'守住函谷关，别让诸侯进来，可以称王拥有整个秦地了。'所以听信了他。"张良又问："大王估计自己的兵士抵挡得了项王的军队吗?"沛公沉默半晌说："确实比不上的。那又将怎么办呢?"张良说："只有去告诉项伯，说沛公绝不敢背叛项王。"沛公问："您怎么与项伯有交情呢?"张良说："秦朝统治时，他同我交往，他杀了人，是我救了他。现在情况危急，所以幸亏他来通报我。"沛公就问："他与您谁的年龄大?"张良说："他比我年龄大些。"沛公便说："您替我把他请进来，我要像对待兄长一样接待他。"张良出来，邀请了项伯，项伯就进去会见沛公。沛公捧起酒杯向项伯致意，结成儿女亲家，又说："我进函谷关后，一丝一毫都不敢占有，登记官民名册，把府库封存好，一心一意等候将军驾到。我之所以派遣将领守护函谷关，是为了防备其他盗匪出入和非常情况的发生。我日日夜夜盼的就是将军快来，怎么敢反叛呢？希望您向项王详尽说明我是绝不敢忘恩负义的。"项伯答应了，对沛公说："明天不可以不早些亲自去向项王道歉。"沛公说："好。"于是项伯又连夜赶回，到军营中，把沛公所说的话一一报告给项王，并乘机说："如果不是沛公首先攻破关中，您又怎么敢入关呢？现在人家有大功却去进攻他，这是很不道德的，不如就此好好接待他。"项王答应了。

沛公旦日从百余骑来见项王，至鸿门，谢曰："臣与将军勠力而攻秦，将军战河北，臣战河南[①]，然不自意能先入关破秦，得复见将军于此。今者有小人之言，令将军与臣有郤。"项王曰："此沛公左司马曹无伤言之；不然，籍何以至此。"项王即日因留沛公与饮。项王、项伯东向坐，亚父南向坐[②]。亚父者，范增也。沛公北向坐，张良西向侍。范增数目项王，举所佩玉玦以示之者三[③]，项王默然不应。范增起，出召项庄，谓曰："君王为人不忍，若入前为寿。寿毕，请以剑舞，因击沛公于坐，杀之。不者，若属皆且为所虏。"庄则入为寿，寿毕，曰："君王与沛公饮，军中无以为乐，请以剑舞。"项王曰："诺。"项庄拔剑起舞，项伯亦拔剑起舞，常以身翼蔽沛公，庄不得击。于是张良至军门，见樊哙[④]。樊哙曰："今日之事何如?"良曰："甚急。今者项庄拔剑舞，其意常在沛公也。"哙曰："此迫矣，臣请入，与之同命。"哙即带剑拥盾入军门。交戟之卫士欲止不内，樊哙侧其盾以撞，卫士仆地，哙遂入，披帷西向立，瞋目视项王，头发上指，目眦尽裂[⑤]。项王按剑而跽曰[⑥]："客何为者?"张良曰："沛公之骖乘樊哙者也[⑦]。"项王曰："壮士，赐之卮酒。"则与斗卮酒。哙拜谢，起，立而饮之。项王曰："赐之彘肩[⑧]。"则与一生彘肩。樊哙覆其盾于地，加彘肩上，拔剑切而啖之[⑨]。项王曰："壮士，能复饮乎?"樊哙曰："臣死且不避，卮酒安足辞！夫秦王有虎狼之心，杀人如不能举[10]，刑人如不恐胜[11]，天下皆叛之。怀王与诸将约曰‘先破秦入咸阳者王之’。今沛公先破秦入咸阳，豪毛不敢有所近，封闭宫室，还军霸上，以待大王来。故遣将守关者，备他盗出入与非常也。劳苦而功高如此，未有封侯之赏，而听细说，欲诛有功之人。此亡秦之续耳，窃为大王不取也。”项王未有以应，曰：“坐。”樊哙从良坐。坐须臾，沛公起如厕，因招樊哙出。

【注释】

①河南：与“河北”对言，指黄河以南地区。

②亚父：对范增的尊称，表示尊敬他仅次于父亲之意。

③玦(jué)：有缺口的玉环。“玦”与“决”谐音，所以范增举玉环向项羽示意与刘邦决裂，杀掉刘邦。

④樊哙(kuài)：沛人，吕后的妹夫。少时以屠狗为业，后随刘邦起兵，屡建战功。入汉后，封舞阳侯，卒谥武侯。

⑤眦(zì)：眼角。

⑥跽(jì)：双膝着地，上身挺直，古人的一种坐姿。

⑦骖(cān)乘：亦名参乘、陪乘。古代乘车时居车右的随从人员，卫护车左的尊者。

⑧彘(zhì)肩：猪腿。

⑨啖(dàn)：吃。

⑩举：全，皆。

⑪胜：完，尽。

【译文】

第二天一早，沛公就带了一百多骑随从来见项王，到了鸿门，向项王致歉说：“臣与将军协力攻秦，将军转战于黄河以北，我转战于黄河以南，但没想到能先进关灭掉秦王朝，得以在这里重见将军。现在由于有小人挑拨离间，使将军和臣之间产生了隔阂。”项王说：“这是沛公你的左司马曹无伤说的话，不然，我怎么会这样呢？”项王当天就留下沛公一起喝酒。项王、项伯朝东而坐，亚父朝南而坐。亚父就是范增。沛公朝北面坐，张良朝西在旁作陪。范增几次目示项王，又多次举起身上佩带的玉玦向项王示意，项王却沉默着，不作回应。范增就起身外出，召来项庄，对他说：“君王为人心不狠，你进去，上前敬酒。敬完酒后就请求舞剑，乘机把沛公杀死在座席上。否则，你们都将会被他俘虏。”项庄便进去敬酒，敬完后，就说：“君王和沛公畅饮，军营中没有什么可供娱乐的，请让我舞剑助兴吧！”项王说：“好。”项庄便拔剑起舞，项伯忙也拔剑舞起来，不时用身体遮护沛公，使项庄无法行刺。这时，张良赶到营帐门口，找到樊哙。樊哙问：“今天的情况怎么样？”张良说：“很危急。此刻项庄正在舞剑，他的用心常在沛公身上。”樊哙说：“这太危险了！让我进去与沛公同生死。”樊哙立即提剑持盾直闯营门。叉起戟来的守门卫士想阻止他，不让他进去，樊哙横过盾牌一撞，卫士跌倒在地，樊哙就闯了进去，掀起帷帐朝西站着，圆瞪双眼直盯项羽，头发直竖而起，眼角都要裂开了。项王半跪着按剑挺起身子，问：“你是什么人？”张良说：“是沛公的随车卫士，叫樊哙。”项王说：“真是位壮士，赐他一杯酒。”侍从给他一大杯酒。樊哙拜谢，起身站着一气喝干了。项王又说：“赐给他猪腿。”侍从又拿给他一条生猪腿。樊哙就把盾牌反扣在地，把猪腿放上去，拔出剑来随切随吃。项王说：“壮士还能喝酒吗？”樊哙说：“我连死都不回避，一杯酒还值得推辞吗？那秦王心狠如虎狼，杀人唯恐未杀光，用刑唯恐未用尽，天下的人都背叛了他。怀王与各路将领约定‘先攻破秦地进入咸阳的，在那里称王’。现在沛公首先攻破秦地进入咸阳，却不敢拿一丝一毫的东西，封闭好宫室，把军队退到霸上，等候大王到来。至于派遣将领把守函谷关，是为了防备其他盗匪进出和非常事情的发生。劳苦功高到如此程度，没有获得封侯的奖赏，您却听信谗言,要杀有功的人。这是在走灭亡了的暴秦的老路,我私下以为,大王的做法不可取。”项王一时无语可答,只是说:“坐下。”樊哙就挨着张良坐下。坐了一会儿后,沛公起身上厕所,乘机招呼樊哙出去。

沛公已出,项王使都尉陈平召沛公。沛公曰:“今者出,未辞也,为之奈何?”樊哙曰:“大行不顾细谨①,大礼不辞小让②。如今人方为刀俎③,我为鱼肉,何辞为!”于是遂去。乃令张良留谢。良问曰:“大王来何操?”曰:“我持白璧一双,欲献项王,玉斗一双,欲与亚父,会其怒,不敢献,公为我献之。”张良曰:“谨诺。”当是时,项王军在鸿门下,沛公军在霸上,相去四十里。沛公则置车骑,脱身独骑,与樊哙、夏侯婴、靳强、纪信等四人持剑盾步走,从郦山下,道芷阳间行④。沛公谓张良曰:“从此道至吾军,不过二十里耳。度我至军中,公乃入。”沛公已去,间至军中,张良入谢,曰:“沛公不胜杯杓⑤,不能辞。谨使臣良奉白璧一双,再拜献大王足下;玉斗一双,再拜奉大将军足下。”项王曰:“沛公安在?”良曰:“闻大王有意督过之⑥,脱身独去,已至军矣。”项王则受璧,置之坐上。亚父受玉斗,置之地,拔剑撞而破之,曰:“唉!竖子不足与谋。夺项王天下者,必沛公也,吾属今为之虏矣。”沛公至军,立诛杀曹无伤。以上项王宴沛公于鸿门。

【注释】

①大行:重大的行动。

②大礼:大事。辞:回避,拒绝。让:责备。

③俎(zǔ):割肉用的砧板。

④芷阳:秦县名。治所在今陕西西安东。间行:抄小路走。

⑤杯杓(sháo):皆酒器,这里代指酒。

⑥督过:责备。

【译文】

沛公出来后,项王让都尉陈平来召回沛公。沛公说:"现在出来,没有辞行,怎么办呢?"樊哙说:"做大事不拘小节,行大礼不避小责难。如今人家是刀和砧板,我们都是鱼肉,还告什么辞!"于是决定就此离去。让张良留下来致歉。张良问:"大王带了什么礼物来?"沛公说:"我带了一双白璧,准备献给项王;一双玉斗,准备献给亚父,但碰上他们正在发怒,没敢献上来,请您代我呈献吧!"张良说:"遵命。"当时项王驻军于鸿门,沛公驻军于霸上,相隔四十里路。沛公就撇弃车辆,独自骑马脱身而走,樊哙、夏侯婴、靳强、纪信等四人提剑握盾步行跟随,从骊山脚下抄芷阳小路走。沛公嘱咐张良:"从这条路到我军驻地,不过二十里路。估计我已经到了军营后,您再进去。"沛公离开后,从小路回到了军营中,张良进去致歉说:"沛公不胜酒力,不能亲自告辞了。谨命小臣张良恭奉一双白璧,拜献给大王足下;一双玉斗,敬献给大将军足下。"项王问:"沛公在哪里?"张良说:"听说大王有意责罚,所以沛公独自脱身离去,已经回到军营了。"项王就接受了白璧,放在座席上。亚父接过玉斗后,放到地上,拔剑砍碎了,说:"唉,这小子不值得与他共谋大事。将来夺取项王天下的,一定是沛公,我们这些人眼看就要被他俘虏了。"沛公回到军营后,立即杀了曹无伤。以上记项王在鸿门设宴招待沛公。

居数日,项羽引兵西屠咸阳,杀秦降王子婴,烧秦宫室,火三月不灭;收其货宝妇女而东。人或说项王曰:"关中阻山河四塞①,地肥饶,可都以霸。"项王见秦宫皆以烧残破,又心怀思欲东归,曰:"富贵不归故乡,如衣绣夜行,谁知之者!”说者曰:“人言楚人沐猴而冠耳②,果然。”项王闻之,烹说者。以上项王烧秦宫室东归。

【注释】

①关中:秦汉时指函谷关以西地区。阻:依恃。四塞:指东面的函谷关,南面的武关(在今陕西丹凤东南),西面的大散关(在今陕西宝鸡西南),北面的萧关(在今甘肃环县西北)。

②沐猴而冠:猴子戴着人的帽子,像人的样子,却办不成人事。沐猴,猕猴。

【译文】

过几天后,项羽率军西入咸阳,大肆屠杀,杀了已降的秦王子婴,焚烧秦朝宫室,大火三个月不熄,然后搜刮了秦朝的财宝和妇女东归。有人劝项王说:“关中地区依山凭河,四面都是险要的关塞,土地肥沃,可以建都称霸。”但项王看到秦朝的宫室都已烧毁,残破不堪,又思恋故乡,想要东归,就说:“富贵而不回故乡,就像穿着锦绣衣服走夜路,谁知道呢?”说客便在背后议论说:“人们说楚国人不过是猕猴戴着人帽罢了,果然如此。”项王听说后,就把这个说客烹死了。以上记项王烧毁秦朝宫室回至东方。

项王使人致命怀王。怀王曰:“如约。”乃尊怀王为义帝①。项王欲自王,先王诸将相。谓曰:“天下初发难时,假立诸侯后以伐秦。然身被坚执锐首事,暴露于野三年,灭秦定天下者,皆将相诸君与籍之力也。义帝虽无功,故当分其地而王之。”诸将皆曰:“善。”乃分天下,立诸将为侯王。项王、范增疑沛公之有天下,业已讲解,又恶负约,恐诸侯叛之,乃阴谋曰:“巴、蜀道险,秦之迁人皆居蜀。”乃曰:“巴、蜀亦关中地也。”故立沛公为汉王，王巴、蜀、汉中，都南郑[2]。而三分关中，王秦降将以距塞汉王。项王乃立章邯为雍王，王咸阳以西，都废丘[3]。长史欣者，故为栎阳狱掾，尝有德于项梁；都尉董翳者，本劝章邯降楚。故立司马欣为塞王，王咸阳以东至河，都栎阳；立董翳为翟王，王上郡，都高奴[4]。徙魏王豹为西魏王，王河东，都平阳[5]。瑕丘申阳者[6]，张耳嬖臣也，先下河南郡，迎楚河上，故立申阳为河南王，都雒阳。韩王成因故都，都阳翟[7]。赵将司马卬定河内[8]，数有功，故立卬为殷王，王河内，都朝歌[9]。徙赵王歇为代王。赵相张耳素贤，又从入关，故立耳为常山王，王赵地，都襄国[10]。当阳君黥布为楚将，常冠军，故立布为九江王，都六[11]。鄱君吴芮率百越佐诸侯[12]，又从入关，故立芮为衡山王，都邾[13]。义帝柱国共敖将兵击南郡[14]，功多，因立敖为临江王，都江陵[15]。徙燕王韩广为辽东王。燕将臧荼从楚救赵，因从入关，故立荼为燕王，都蓟[16]。徙齐王田市为胶东王。齐将田都从共救赵，因从入关，故立都为齐王，都临菑[17]。故秦所灭齐王建孙田安，项羽方渡河救赵，田安下济北数城[18]，引其兵降项羽，故立安为济北王，都博阳[19]。田荣者，数负项梁，又不肯将兵从楚击秦，以故不封。成安君陈馀弃将印去，不从入关，然素闻其贤，有功于赵，闻其在南皮[20]，故因环封三县。番君将梅𫓧功多，故封十万户侯。项王自立为西楚霸王，王九郡，都彭城。以上项王分王诸将，自都彭城。

【注释】

①义帝：名义上的皇帝。

②南郑：古邑名。秦置县，治所在今陕西南郑。

③废丘：秦县名。治所在今陕西兴平东南南佐村。

④高奴：秦县名。治所在今陕西延安东北一带。

⑤平阳：秦县名。治所在今山西临汾西南。

⑥瑕丘：秦县名。治所在今山东兖州东北。申阳：人名。原为张耳宠臣，后迎项羽，封河南王，战败降汉。

⑦阳翟：秦县名。治所在今河南禹州。战国初曾为韩国都城。

⑧河内：秦郡名。辖今河南汤阴、汲县、新乡以西、黄河以北的地区，治所在今河南武陟。

⑨朝歌：古地名。曾为商都，秦置县，治所在今河南淇县东北。

⑩襄国：古地名。原为秦信都县，前206年项羽改为襄国，治所在今河北邢台西南。

⑪六：古县名。治所在今安徽六安北。

⑫百越：又作“百粤”，即古越族。因其广泛分布于长江中下游以南地区，支系繁多，故名。

⑬邾：秦县名。治所在今湖北黄冈西北。

⑭南郡：郡名。秦攻占楚郢都后置。辖今湖北西部地区。

⑮江陵：县名。治所在今湖北荆州。

⑯蓟：秦县名。治所在今北京西南。

⑰临菑：即临淄，又作临甾。原为齐国都城，秦灭齐后置县，治所在今山东淄博临淄区。

⑱济北：秦郡名。约当今山东济南与其周围地区。

⑲博阳：县名。治所在今山东泰安东南。

⑳南皮：秦县名。治所在今河北南皮东北。

【译文】

项王派人请示怀王，怀王说：“按从前约定的办。”于是项王尊立怀王为义帝。项王想自己称王，就先封各路将相为王。对他们说：“天下刚起事时，临时拥立了诸侯的后人以讨伐秦王朝。但亲自披甲横戈首先起兵，风餐露宿达三年之久，灭掉强秦平定天下的，都是各位将相和我项籍的力量。义帝尽管没什么功劳，还是应当划分土地让他称王。”将领们都说：“好。”于是划分天下，封各路将帅做侯王。项王、范增怀疑沛公要夺取天下，但已经和解了，又不愿承担违约的名声，怕诸侯们背叛，就暗中策划说：“巴郡、蜀郡道路艰险，秦朝流放的犯人都安置在蜀地。”于是声称：“巴郡、蜀郡也属于关中地区。”因此立沛公做汉王，领有巴郡、蜀郡和汉中地区，建都于南郑。再将关中地区一分为三，封秦朝的降将们为王来阻挡汉王。于是项王封章邯做雍王，领有咸阳以西地区，建都于废丘。长史司马欣早年是栎阳县掌管狱讼的官员，曾经对项梁有恩；都尉董翳是原来劝说章邯降楚的。所以封司马欣做塞王，领有咸阳以东直抵黄河的地区，建都于栎阳；封董翳做翟王，领有上郡，建都于高奴。改封魏王豹做西魏王，领有河东地区，建都于平阳。瑕丘人申阳原来是张耳的宠臣，先攻占河南，在黄河边迎接楚军，所以封申阳为河南王，建都于雒阳。韩王成仍然占据旧都城，建都于阳翟。赵将司马卬平定河内，屡立战功，所以封司马卬为殷王，领有河内，建都于朝歌。改封赵王歇为代王。赵国相国张耳一向贤明，又随同项王入关，所以封张耳为常山王，领有原赵国的土地，建都于襄国。当阳君黥布为楚国大将，常勇冠诸军，所以封黥布为九江王，建都于六县。原鄱阳县令吴芮率领南方各少数民族部队协助诸侯，又跟随入关，所以封吴芮为衡山王，建都于邾县。义帝的柱国共敖率军攻取南郡，战功卓著，所以封共敖为临江王，建都于江陵。改封燕王韩广为辽东王。燕将臧荼随同楚军援救赵国，并跟随入关，所以封臧荼为燕王，建都于蓟。改封齐王田市为胶东王。齐将田都跟随项王援救赵国，又随同入关，所以封田都为齐王，建都于临淄。从前被秦国灭掉的齐王田建的孙子田安，项羽刚渡黄河援救赵国时，田安攻占了济水以北的几座城池，率军投靠了项羽，所以封田安为济北王，建都于博阳。田荣几次得罪项梁，又不愿率军随同楚军进攻秦军，所以不封。成安君陈馀丢弃将印离去，没有跟随入关，但是一向听说他贤明，对赵国有功劳，了解到他在南皮，所以封给他南皮周围的三个县。吴芮的部将梅铜功勋卓著，所以封为十万户侯。项王自封为西楚霸王，领有九个郡，建都于彭城。以上记项王分封诸将为王，自己定都彭城。

汉之元年四月[①]，诸侯罢戏下，各就国[②]。项王出之国，使人徙义帝，曰："古之帝者地方千里，必居上游。"乃使使徙义帝长沙郴县[③]，趣义帝行。其群臣稍稍背叛之，乃阴令衡山、临江王击杀之江中。韩王成无军功，项王不使之国，与俱至彭城，废以为侯，已又杀之。臧荼之国，因逐韩广之辽东，广弗听，荼击杀广无终[④]，并王其地。

【注释】

①汉之元年：即刘邦受封为汉王的前206年。

②就国：赴封国就王位。

③长沙：秦灭楚后所置郡，治临湘（今湖南长沙）。郴（chēn）县：长沙郡属县，即今湖南郴州，处湘水上游。

④无终：秦县名。辽东王韩广原为燕王，建都于此，治所在今天津蓟州区。

【译文】

汉高帝元年四月，诸侯从戏水边撤兵，各自去自己的封国。项王也出关到自己的封地，派人去迁徙义帝，说："古代的帝王，拥有方圆上千里的土地，必定居住在上游地区。"就让人把义帝迁往长沙郡的郴县，催促义帝立即上路。义帝的臣子们渐渐叛逃了，项王便密令衡山王、临江王在江上杀了义帝。韩王成没有战功，项王不让他去封国，让他随自己到达彭城，废去王号降封为侯，不久就杀了他。臧荼到封地后，就驱逐韩广到辽东去，韩广不理睬，臧荼便攻击韩广，在无终杀了他，兼并了他的土地。

田荣闻项羽徙齐王市胶东，而立齐将田都为齐王，乃大怒，不肯遣齐王之胶东，因以齐反，迎击田都。田都走楚。齐王市畏项王，乃亡之胶东就国。田荣怒，追击杀之即墨①。荣因自立为齐王，而西击杀济北王田安，并王三齐。荣与彭越将军印②，令反梁地。陈馀阴使张同、夏说说齐王田荣曰："项羽为天下宰，不平。今尽王故王于丑地，而王其群臣诸将善地，逐其故主，赵王乃北居代，馀以为不可。闻大王起兵，且不听不义，愿大王资馀兵，请以击常山，以复赵王，请以国为扞蔽。"齐王许之，因遣兵之赵。陈馀悉发三县兵，与齐并力击常山，大破之。张耳走归汉。陈馀迎故赵王歇于代，反之赵。赵王因立陈馀为代王。以上项王杀义帝、韩王，齐、赵叛项王。

【注释】

①即墨：古县名。治所在今山东平度东南。

②彭越：字仲，昌邑(今山东金乡西北)人。秦末农民战争中，投机观望。楚汉战争时，投刘邦。入汉后，封梁王，后以谋反罪被灭族。

【译文】

田荣听说项羽改封齐王田市为胶东王，而另封齐将田都做齐王，大为恼怒，不肯让齐王田市去胶东，就占据齐地反楚，迎头截击田都。田都逃到楚国去了。齐王田市惧怕项王，就逃往胶东封国。田荣大发雷霆,追击到即墨杀了他。田荣于是自封为齐王,又向西出击,杀了济北王田安,兼并了齐地三个王的土地。田荣给彭越送去将军的印信,让他占据梁地反楚。陈馀也暗中派张同、夏说联络齐王田荣说:"项羽主宰天下,办事太不公平。现在他把原来称王的人全部分封到坏的地方,而分封他的臣僚将领们到好的地方。他赶走原来的主人,赵王竟到北面的代地去,我陈馀认为这样做很不应该。听说大王起兵了,不响应是不讲道义,希望大王资助我一些兵马,让我去攻打常山王张耳,使赵王重回旧地,然后让我们赵国做您的屏障。"齐王答应了,就派兵去赵国。陈馀调动三县的全部人马,和齐军合力攻击常山王,把他打得大败。张耳出逃,投奔汉王去了。陈馀便从代地迎接原来的赵王歇回到赵国。赵王随后封陈馀为代王。以上记项王杀害义帝、韩王,齐国、赵国起兵反叛项王。

是时,汉还定三秦[①]。项羽闻汉王皆已并关中,且东,齐、赵叛之,大怒。乃以故吴令郑昌为韩王,以距汉。令萧公角等击彭越[②]。彭越败萧公角等。汉使张良徇韩,乃遗项王书曰:"汉王失职,欲得关中,如约即止,不敢东。"又以齐、梁反书遗项王曰:"齐欲与赵并灭楚。"楚以此故无西意,而北击齐。征兵九江王布。布称疾不往,使将将数千人行。项王由此怨布也。汉之二年冬,项羽遂北至城阳,田荣亦将兵会战。田荣不胜,走至平原[③],平原民杀之。遂北烧夷齐城郭室屋,皆坑田荣降卒,系虏其老弱妇女。徇齐至北海,多所残灭。齐人相聚而叛之,于是田荣弟田横收齐亡卒得数万人,反城阳。项王因留,连战未能下。以上项王伐齐叛。

【注释】

①三秦:关中秦故地。因为属雍、塞、翟三国封地,故称"三秦"。

②萧公角：萧县县令，名角。楚制，县令称公。

③平原：秦县名。治所在今山东平原西南。

【译文】

这时，汉王回师平定了三秦。项羽听说汉王把关中全部吞并了，即将东进，而齐国、赵国也反叛了，大为恼怒。于是他封原吴县县令郑昌为韩王，去抵抗汉军。命令萧公角等人去进攻彭越。彭越打败了萧公角等人。汉王派张良去巡视韩地，送了封信给项王说："汉王没有得到应有的封职，希望得到关中，实现原来的盟约就停止行动，不敢再东进。"又把齐、梁两处的反叛文告送给项王，说："齐国准备与赵国协力灭掉楚国。"项王因此没有西进的想法，而向北进攻齐国。项王向九江王黥布征调兵力。黥布借口有病不来，只派部将带了几千人去。项王因此怨恨黥布了。汉二年的冬天，项羽就挥师北上到达城阳，田荣也率军来会战。田荣失利，逃到平原，被平原百姓杀了。项羽便率军北进，烧毁、夷平齐国的城郭房屋，把田荣手下的降兵全都活埋了，掳掠了齐国的老弱妇女。楚军直打到齐国北面滨海地区，很多地方被摧残、毁灭了。齐人聚集起来反抗，于是田荣的弟弟田横乘机收集齐国的散兵，得到几万人，占据城阳反楚。项王只得留了下来，接战多次，没有攻下该城。以上记项王讨伐齐国叛军。

春，汉王部五诸侯兵，凡五十六万人，东伐楚。项王闻之，即令诸将击齐，而自以精兵三万人南从鲁出胡陵①。四月，汉皆已入彭城，收其货宝美人，日置酒高会。项王乃西从萧②，晨击汉军而东，至彭城，日中，大破汉军。汉军皆走，相随入榖、泗水③，杀汉卒十余万人。汉卒皆南走山，楚又追击至灵壁东睢水上④。汉军却，为楚所挤，多杀。汉卒十余万人皆入睢水，睢水为之不流。围汉王三匝。于是大风从西北而起，折木发屋，扬沙石，窈冥昼晦，逢迎楚军。楚军大乱，坏散，而汉王乃得与数十骑遁去，欲过沛，收家室而西。楚亦使人追之沛，取汉王家。家皆亡，不与汉王相见。汉王道逢得孝惠、鲁元⑤，乃载行。楚骑追汉王，汉王急，推堕孝惠、鲁元车下，滕公常下收载之⑥。如是者三。曰："虽急不可以驱，奈何弃之？"于是遂得脱。求太公、吕后不相遇。审食其从太公、吕后间行⑦，求汉王，反遇楚军。楚军遂与归，报项王，项王常置军中。以上项王大破汉于彭城、睢水。

【注释】

①鲁：秦县名。治所在今山东曲阜鲁故城。

②萧：秦县名。在今安徽萧县西北。

③穀、泗水：穀水和泗水，流经彭城东北，南入淮河。

④灵壁：古邑名。在今安徽淮北。按，古书中"灵壁""灵璧"混用。睢(suī)水：又名睢河，故道由河南开封经安徽灵璧流入江苏。

⑤孝惠、鲁元：刘邦儿子刘盈和女儿鲁元公主，吕后所生。刘盈继刘邦为帝，谥惠；鲁元公主因入汉后食邑于鲁，又是长女，故名。

⑥滕公：即夏侯婴，因曾为滕县县令，故称。

⑦审食其(yì jī)：沛人，后为丞相，封辟阳侯。

【译文】

汉三年春天，汉王统率五个诸侯国的军队，共计五十六万人，向东讨伐楚国。项王知道后，立即命令众将领继续进攻齐军，而亲自率领三万精兵南经鲁国，向胡陵进军。四月，汉军都已打进彭城，搜罗了财物、珍宝和美女，每天大摆酒宴庆祝胜利。项王就于清晨从西边的萧县向汉军出击，向东挺进直达彭城，到中午时，大败汉军。汉军全军溃逃，纷纷被赶进穀水和泗水中，杀死汉军十多万人。汉军士兵都向南逃入山中，楚军又穷追猛打，直到灵壁东面的睢水边上。汉军溃逃，被楚军紧紧压过来，死伤惨重。汉军十多万士兵掉落睢水中，睢水被堵塞断流。楚军将汉王重重包围了。正在这危急关头，狂风从西北刮过来，摧折树木，掀翻房屋，飞沙走石，天昏地暗，迎面刮向楚军。楚军乱成一团，溃不成军，汉王这才乘机率几十人骑马逃脱，准备到沛县携带家眷西去。楚军也派人追到沛县，捕捉汉王家眷。汉王家眷都逃走了，未能同汉王会面。汉王路遇儿子刘盈即后来的孝惠帝和女儿即后来的鲁元公主，就载上他们一起逃命。楚军骑兵追赶汉王，汉王慌急，把孝惠帝和鲁元公主推落车下，而滕公夏侯婴每次都下去把他们拉上车来。这样反复了多次。滕公说："尽管危急，车子又跑不快，但怎么能抛弃他们呢？"就这样终于逃脱了。汉王寻找太公、吕后，但没有遇见。审食其随同太公、吕后，走小路去寻找汉王，反而碰上了楚军。楚军便把他们押回，报告给项王，项王把他们安置在军营中。以上记项王在彭城、睢水大败汉军。

是时吕后兄周吕侯为汉将兵居下邑①，汉王间往从之，稍稍收其士卒。至荥阳②，诸败军皆会，萧何亦发关中老弱未傅悉诣荥阳③，复大振。楚起于彭城，常乘胜逐北，与汉战荥阳南京、索间④，汉败楚，楚以故不能过荥阳而西。

【注释】

①周吕侯：吕后长兄吕泽，随刘邦起兵，入汉后，以军功封周吕侯。下邑：秦县名。治所在今安徽砀山。

②荥阳：秦县名。治所在今河南荥阳东北的古荥镇。

③未傅：指未到服役年龄，没有列入征召簿册的男丁。古代二十岁始傅。傅，通"附"。这里指登记。

④京：古邑名。春秋郑邑，秦置县，治所在今河南荥阳东南。索：古

城名。在今荥阳东南侧。

【译文】

这时,吕后的哥哥周吕侯正为汉王率军驻守在下邑,汉王从小路去投奔他,逐渐收集起溃散的士兵。到荥阳后,各路战败了的军队都聚集来了,萧何也征发关中没有登记服役的老弱人员,全部送到荥阳来,汉军声势又大为振起。楚军从彭城出兵,经常乘胜追击汉军,与汉军在荥阳南面的京、索之间交战,汉军打败了楚军,楚军因此不能够越过荥阳向西进军。

项王之救彭城,追汉王至荥阳,田横亦得收齐,立田荣子广为齐王。汉王之败彭城,诸侯皆复与楚而背汉。汉军荥阳,筑甬道属之河,以取敖仓粟①。汉之三年,项王数侵夺汉甬道,汉王食乏,恐,请和,割荥阳以西为汉。

【注释】

①敖仓:秦置粮仓,在今河南荥阳东北的敖山上。

【译文】

当项王回救彭城,追击汉王直到荥阳时,田横也乘机收复齐地,立田荣的儿子田广为齐王。汉王在彭城战败,诸侯都又归附楚国而背弃汉王。汉军驻扎在荥阳,筑起甬道直达黄河边,依靠它运来敖仓的粮食。汉三年,项王多次袭占汉军的甬道,汉王缺粮,心中恐慌,向项王求和,要求将荥阳以西的地方划归汉。

项王欲听之。历阳侯范增曰:"汉易与耳,今释弗取,后必悔之。"项王乃与范增急围荥阳。汉王患之,乃用陈平计间项王。项王使者来,为太牢具①,举欲进之。见使者,详惊愕曰[②]："吾以为亚父使者，乃反项王使者。"更持去，以恶食食项王使者。使者归报项王，项王乃疑范增与汉有私，稍夺之权。范增大怒，曰："天下事大定矣，君王自为之。愿赐骸骨归卒伍。"项王许之。行未至彭城，疽发背而死。

【注释】

①太牢：古代帝王祭祀时牛、羊、猪三者皆用的隆重祭礼。具：盛放食品的食器，这里指酒食。

②详：通"佯"。假装。

【译文】

项王打算同意，历阳侯范增劝阻说："汉军现在正容易对付，如果现在放过他们不加消灭，将来必定后悔。"项王就和范增加紧围攻荥阳。汉王很忧虑，就用陈平的计谋去离间项王。项王的使者来了，就让人办好猪、牛、羊齐备的丰盛酒食，端上准备进献。见到使者，就装出很吃惊的样子，说："我以为是亚父的使者来了，原来却是项王的使者。"便撤回酒食，拿粗劣的饭食给项王的使者吃。使者回来后报告给项王，项王便怀疑范增私下同汉王有来往，稍微削夺了他的权力。范增十分愤怒，说："天下事大体已成定局了，君王请好自为之。希望让我保全这副老骨头回家做老百姓。"项王答应了他。范增还未走到彭城，就背上长毒疮，发作致死。

汉将纪信说汉王曰："事已急矣，请为王诳楚为王，王可以间出。"于是汉王夜出女子荥阳东门被甲二千人，楚兵四面击之。纪信乘黄屋车[①]，傅左纛[②]，曰："城中食尽，汉王降。"楚军皆呼万岁。汉王亦与数十骑从城西门出，走成皋[③]。项王见纪信，问："汉王安在？"曰："汉王已出矣。"项王烧杀纪信。

【注释】

①黄屋车：帝王乘坐的车，以黄绸盖顶，故名。

②左纛(dào)：古代帝王车上用牦(máo)牛尾或雉尾制成的旗帜叫纛旗，因设在车衡木左边，故称“左纛”。

③成皋：古邑名。在今河南荥阳西北之大伾山上。

【译文】

汉将纪信劝汉王说：“事态万分危急了，请让我冒充您去欺骗楚军，大王可以乘机出逃。”于是汉王乘夜从荥阳东门放出两千名身披甲胄的妇女，楚军从四面围攻。纪信乘着黄绸做顶篷的车子，车左挂着汉王的纛旗，喊道：“城中断粮了，汉王投降来了。”楚军都高呼万岁。汉王也就率领几十人骑马从城西门逃出，直奔成皋。项王见到纪信后，问：“汉王在哪里？”纪信说：“汉王已经逃走了。”项王就把纪信烧死了。

汉王使御史大夫周苛、枞公、魏豹守荥阳。周苛、枞公谋曰：“反国之王，难与守城。”乃共杀魏豹。楚下荥阳城，生得周苛。项王谓周苛曰：“为我将，我以公为上将军，封三万户。”周苛骂曰：“若不趣降汉，汉今虏若，若非汉敌也。”项王怒，烹周苛，并杀枞公。以上楚破汉于荥阳。

【译文】

汉王派御史大夫周苛、枞公和魏豹留守荥阳。周苛和枞公商议说：“魏豹是叛国的王，难以同他一起守城。”于是联手杀了魏豹。楚军攻克荥阳城后，活捉了周苛。项王对周苛说：“如果你答应做我的部将，我会任命你做上将军，封三万户。”周苛骂道：“你不赶快降汉，汉军眼看就要活捉你了，你根本不是汉王的对手。”项王很恼火，烹死周苛，并杀掉了枞公。以上记楚军在荥阳打败汉军。

汉王之出荥阳，南走宛、叶[①]，得九江王布，行收兵，复入保成皋。汉之四年，项王进兵围成皋。汉王逃，独与滕公出成皋北门，渡河走修武[②]，从张耳、韩信军。诸将稍稍得出成皋，从汉王。楚遂拔成皋，欲西。汉使兵距之巩[③]，令其不得西。

【注释】

①宛（yuān）：古县名。春秋楚置，秦因之，治所在今河南南阳。叶（shè）：古邑名。治所在今河南叶县南。

②修武：秦县名。治所在今河南获嘉。

③巩：秦县名。治所在今河南巩义西南。

【译文】

汉王逃出荥阳，向南逃到宛县、叶县，得到九江王黥布接应，随即收集溃兵，再进成皋城固守。汉四年，项王进军围攻成皋。汉王出逃，只身与滕公夏侯婴逃出成皋北门，渡过黄河奔向修武，投入张耳、韩信军中。将领们陆续从成皋逃出，跟随汉王。楚军就夺下成皋，准备向西推进。汉王派兵在巩县抗拒，使楚军不能西进。

是时，彭越渡河击楚东阿，杀楚将军薛公。项王乃自东击彭越。汉王得淮阴侯兵，欲渡河南。郑忠说汉王[①]，乃止壁河内。使刘贾将兵佐彭越[②]，烧楚积聚。项王东击破之，走彭越。汉王则引兵渡河，复取成皋，军广武[③]，就敖仓食。

以上汉王逃至河北，楚拔成皋，旋复渡河取成皋。

【注释】

①郑忠：汉郎中。

②刘贾：刘邦堂兄，随刘邦攻秦、击项羽，屡建战功，后黥布反汉，他战败被杀。

③广武：古城名。在今河南荥阳东北之广武山上。

【译文】

这时，彭越渡过黄河攻击东阿的楚军，杀死了楚国将军薛公。项王只得亲自东征攻击彭越。汉王获得淮阴侯韩信的军队后，打算渡过黄河南进。郑忠劝阻汉王，于是取消这一行动，在河内筑营坚守。汉王派刘贾率军去协助彭越，烧毁了楚军辎重。项王挥师东征打败他们，彭越逃走。汉王便率军渡过黄河，再次占领成皋，驻军广武，靠敖仓供给军粮。以上记汉王逃到河北，楚军攻陷成皋，不久汉军又渡过黄河，占领成皋。

项王已定东海来[①]，西，与汉俱临广武而军，相守数月。当此时，彭越数反梁地，绝楚粮食，项王患之。为高俎[②]，置太公其上，告汉王曰："今不急下，吾烹太公。"汉王曰："吾与项羽俱北面受命怀王，曰'约为兄弟'，吾翁即若翁，必欲烹而翁，则幸分我一杯羹。"项王怒，欲杀之。项伯曰："天下事未可知，且为天下者不顾家，虽杀之无益，只益祸耳。"项王从之。

【注释】

①东海：这里泛指东方。

②俎：古代祭祀时载牺牲的礼器。有青铜制的，也有木制漆饰的。

【译文】

项王平定东方后，回师西进，与汉军都在广武扎营，对峙了几个月。这时，彭越多次在梁地反楚，断截楚军的粮食供应，项王为此很忧虑。就置办了高大的案几，把太公放在上面，通知汉王说："你现在如不赶快投降，我就烹杀太公。"汉王说："我同项羽你一起面向北接受怀王的命令，立誓结为兄弟，我的父亲便是你的父亲，如果你一定要烹死你父亲，希望分给我一杯肉汤。"项王很光火，就要杀掉太公。项伯劝阻说："天下事还不能预料，而且，想夺取天下的人是不顾惜家庭的，即使杀了这老头也没有什么用，只会增添祸害。"项王听从了他的意见。

楚、汉久相持未决，丁壮苦军旅，老弱罢转漕①。项王谓汉王曰："天下匈匈数岁者②，徒以吾两人耳，愿与汉王挑战决雌雄，毋徒苦天下之民父子为也。"汉王笑谢曰："吾宁斗智，不能斗力。"项王令壮士出挑战。汉有善骑射者楼烦③，楚挑战三合，楼烦辄射杀之。项王大怒，乃自被甲持戟挑战。楼烦欲射之，项王瞋目叱之，楼烦目不敢视，手不敢发，遂走还入壁，不敢复出。汉王使人间问之，乃项王也。汉王大惊。于是项王乃即汉王相与临广武间而语。汉王数之，项王怒，欲一战。汉王不听，项王伏弩射中汉王。汉王伤，走入成皋。以上楚、汉相拒广武。

【注释】

①罢：同"疲"。转：陆运。漕：水运。

②匈匈：同"汹汹"。战乱。

③楼烦：古民族名。其人擅长骑射，故常以此泛称善骑射者。汉时在其所居之地设楼烦县，即今山西宁武。

【译文】

楚汉相持日久，胜负未分，青壮年苦于从军征战，老弱人员疲于军需运输。项王招呼汉王说："天下战乱纷纭，已经几年了，不过因为我们两人的缘故罢了，我愿意向汉王挑战一决胜负，不要让天下的百姓老少白白受苦。"汉王笑着谢绝说："我只想斗智，不愿斗力。"项王命令壮士出阵挑战。汉军中有精通骑射的楼烦胡人，楚勇士几次来挑战，楼烦射手每次都射死了他们。项王大为恼怒，就亲自披甲持戟出阵挑战。楼烦射手想射他，项王圆瞪双眼厉声呵斥，楼烦射手眼睛不敢看他，手不敢拉动弓弦，赶快跑回军营，不敢再出来。汉王派人侧面一打听，知道原来是项王。汉王大为震惊。于是项王靠近汉王，两人隔着广武涧对话。汉王数落项王，项王发怒，要决一胜负。汉王不理睬他，项王埋伏的弓箭手射中了汉王。汉王受伤，跑进成皋。以上记楚、汉两军在广武对峙。

项王闻淮阴侯已举河北，破齐、赵，且欲击楚，乃使龙且往击之。淮阴侯与战，骑将灌婴击之，大破楚军，杀龙且。韩信因自立为齐王。项王闻龙且军破，则恐，使盱台人武涉往说淮阴侯。淮阴侯弗听。是时，彭越复反，下梁地，绝楚粮。项王乃谓海春侯大司马曹咎等曰："谨守成皋，则汉欲挑战①，慎勿与战，毋令得东而已。我十五日必诛彭越，定梁地，复从将军。"乃东，行击陈留、外黄。

【注释】

①则：即使。

【译文】

项王听说淮阴侯韩信已经占领了黄河以北地区，打败了齐国和赵国，想随后进攻楚军，就派龙且去迎击。淮阴侯与龙且大战，骑兵将领灌婴奋勇出击，大败楚军，杀掉了龙且。韩信乘机自封为齐王。项王听说龙且兵败，心中恐慌，便派盱台人武涉去游说淮阴侯。淮阴侯没有听从。这时，彭越再次起兵反楚，攻占梁地，断绝了楚军的粮草供应。项王便对海春侯大司马曹咎等人说："小心守住成皋，即使汉军挑战，千万不要同他们交锋，只要不让他们东进就行了。我十五天内必定能杀掉彭越，平定梁地，再同将军等人会合。"于是项王挥师东进，随即进攻陈留、外黄。

外黄不下。数日，已降，项王怒，悉令男子年十五已上诣城东，欲坑之。外黄令舍人儿年十三[1]，往说项王曰："彭越强劫外黄，外黄恐，故且降，待大王。大王至，又皆坑之，百姓岂有归心？从此以东，梁地十余城皆恐，莫肯下矣。"项王然其言，乃赦外黄当坑者。东至睢阳[2]，闻之皆争下项王。

【注释】

①舍人：门客。

②睢阳：秦县名。治所在今河南商丘南。

【译文】

外黄未能一举拿下，几天后才投降，项王发怒，命令所有十五岁以上的男子都去城东，打算活埋他们。外黄县令门客有个才十三岁的儿子，前去劝阻项王说："彭越强行劫持外黄人，外黄人害怕，所以暂时投降，等待大王到来。大王来了，却把人都活埋，老百姓怎么会有归顺之心？从这里往东梁地十多座城邑都将害怕，没有人愿意降服了。"项王认为他的话很对，就赦免了原想活埋的外黄人。由此向东直至睢阳，各地听说这件事后都争相归顺项王。

汉果数挑楚军战，楚军不出。使人辱之，五六日，大司马怒，渡兵汜水[1]。士卒半渡，汉击之，大破楚军，尽得楚国货赂。大司马咎、长史翳、塞王欣皆自刭汜水上。大司马咎者，故蕲狱掾，长史欣亦故栎阳狱吏，两人尝有德于项梁，是以项王信任之。以上项王杀击彭越，汉被破楚军于汜水。

【注释】

①汜（sì）水：发源于河南巩义东南，北流经荥阳汜水镇西，注入黄河。

【译文】

汉军果然多次向楚军挑战，楚军不出战。汉军就派人辱骂楚军，接连达五六天，大司马曹咎发怒了，让部队渡过汜水接战。楚军士兵渡到一半时，汉军猛攻过来，大败楚军，夺得了楚国的全部财物。大司马曹咎、长史董翳和塞王司马欣，都在汜水边自杀了。大司马曹咎原来是蕲县主管狱讼的官员，长史司马欣从前也是栎阳县管监狱的官员，两人曾经对项梁有恩，所以项王信任他们。以上记项王攻击彭越，汉军在汜水大败楚军。

当是时，项王在睢阳，闻海春侯军败，则引兵还。汉军方围锺离眛于荥阳东[1]，项王至，汉军畏楚，尽走险阻。是时，汉兵盛食多，项王兵罢食绝。汉遣陆贾说项王[2]，请太公，项王弗听。汉王复使侯公往说项王，项王乃与汉约，中分天下，割鸿沟以西者为汉[3]，鸿沟而东者为楚。项王许之，即归汉王父母妻子。军皆呼万岁。汉王乃封侯公为平国君。匿弗肯复见。曰："此天下辩士，所居倾国，故号为平国君。”以上楚、汉约中分鸿沟东西。

【注释】

①锺离眛(mò):项羽部下猛将。复姓锺离,名眛。项羽败亡后,逃奔一向交情好的韩信。后闻韩信欲献其首级给刘邦以取信,愤而自杀。

②陆贾:楚人,随刘邦定天下,以辩才著称。西汉建国后,曾出使南越,说服赵佗对汉称臣。后献计让陈平联络周勃,制服诸吕。

③鸿沟:古运河名。战国魏惠王时开通。从今河南荥阳北引黄河水,东流至蒲田泽(今河南中牟西),再经大梁(今开封)北折而南流,至淮阳入颍水。

【译文】

这时,项王正在睢阳,得知海春侯兵败,就率军回来。汉军正在荥阳东面围攻锺离眛,项王兵到,汉军畏惧楚军,全都撤到险要地带。这时,汉军兵多粮足,项王却兵疲粮尽。汉王派陆贾去游说项王,请求释放太公,项王不同意。汉王又派侯公去游说项王,项王才与汉王约定:双方平分天下,划定鸿沟以西的地方归汉,鸿沟以东的地方归楚。项王同意后,即将汉王的父母妻儿放回。士兵们都欢呼万岁。汉王便封侯公为平国君,躲起来不再见他,说:“这是天下善辩的人,所到之处能倾覆别人的国家。因此给侯公平国君的封号。”以上记楚汉约定以鸿沟为界,中分天下。

项王已约,乃引兵解而东归。汉欲西归,张良、陈平说曰:“汉有天下太半[①],而诸侯皆附之。楚兵罢食尽,此天亡楚之时也,不如因其机而遂取之。今释弗击,此所谓‘养虎自遗患’也。”汉王听之。汉五年,汉王乃追项王至阳夏南[②],

止军，与淮阴侯韩信、建成侯彭越期会而击楚军。至固陵③，而信、越之兵不会。楚击汉军，大破之。汉王复入壁，深堑而自守，谓张子房曰："诸侯不从约，为之奈何？"对曰："楚兵且破，信、越未有分地，其不至固宜。君王能与共分天下，今可立致也。即不能，事未可知也。君王能自陈以东傅海④，尽与韩信；睢阳以北至穀城⑤，以与彭越：使各自为战⑥，则楚易败也。"汉王曰："善。"于是乃发使者告韩信、彭越曰："并力击楚。楚破，自陈以东傅海与齐王，睢阳以北至穀城与彭相国。"使者至，韩信、彭越皆报曰："请今进兵。"韩信乃从齐往，刘贾军从寿春并行⑦，屠城父⑧，至垓下⑨。大司马周殷叛楚，以舒屠六⑩，举九江兵，随刘贾、彭越皆会垓下，诣项王。以上诸军会垓下围项王。

【注释】

①太半：大半。

②阳夏（jiǎ）：秦县名。治所在今河南太康。

③固陵：秦县名。治所在今河南太康南。汉改名固始县。

④陈：古县名。春秋时陈国，楚置县，秦汉因之，治所在今河南淮阳。傅：贴近，紧靠。

⑤穀城：古邑名。春秋时齐称穀邑，秦称穀城，治所在今山东东阿南。

⑥各自为战：各人都为自己而战，指为自己夺取封地而战。

⑦寿春：秦县名。治所在今安徽寿县。

⑧城父（fǔ）：秦县名。治所在今安徽亳州东南城父集。

⑨垓（gāi）下：古地名。在今安徽灵璧东南，沱河北岸。

⑩舒：古地名。春秋时舒国，为楚所灭。汉置县，治所在今安徽

舒城。

【译文】

订约后，项王就撤兵东归。汉王也准备西行，张良、陈平劝阻说：“汉已经拥有大半个天下，诸侯们又都归附我们。楚军兵疲粮尽，这正是上天灭亡楚国的时候，不如趁此良机一举攻取楚地。如果现在放手不打，这是常言说的‘养虎给自己留下祸患’啊！”汉王听从了他们的意见。汉五年，汉王就追击项王到达阳夏南面，将军队屯扎下来，与淮阴侯韩信、建成侯彭越约定日期合击楚军。汉王兵到固陵，韩信和彭越的部队却没有来会合。楚军迎击汉军，把汉军打得大败。汉王只好又退进营垒，深沟高垒坚守着，对张良说：“诸侯不来赴约，怎么办呢？”张良回答说：“楚军就要破灭了，但韩信、彭越还没有得到封地，他们不来是情理之中的事。君王您如果能够和他们共分天下，现在立即就可以召他们来。如果不能，事情就难以预料了。君王如果把从陈县以东直至海滨的地方封赐给韩信，把睢阳以北直至穀城的地方封赐给彭越，让他们各自为夺取自己的封地而作战，那楚国就容易打败了。”汉王说：“很好。”于是就派使者去通知韩信、彭越说：“大家合力攻楚。楚国败亡后，从陈县向东直至海滨的地方封给齐王，从睢阳以北直至穀城的地方封给彭相国。”使者一到，韩信、彭越都回答说：“请现在就出兵。”韩信就从齐地动身，刘贾也率军从寿春齐头并进，血洗了城父，驱兵到垓下。大司马周殷背叛了楚国，率舒县的军队血洗了六邑，带着九江郡的全部兵马，随同刘贾、彭越都会师于垓下，兵锋直指项王。以上记诸路大军会集垓下，围困项王。

项王军壁垓下，兵少食尽，汉军及诸侯兵围之数重。夜闻汉军四面皆楚歌，项王乃大惊曰：“汉皆已得楚乎？是何楚人之多也！”项王则夜起，饮帐中。有美人名虞，常幸从；骏马名骓，常骑之。于是项王乃悲歌慷慨，自为诗曰：“力拔山兮气盖世，时不利兮骓不逝。骓不逝兮可奈何，虞兮虞兮奈若何！”歌数阕[①]，美人和之。项王泣数行下，左右皆泣，莫能仰视。

【注释】

①阕：量词。歌曲或词，一首为一阕。

【译文】

项王军队在垓下扎营，兵少粮尽，被汉军和诸侯军重重包围。夜间听到汉军在四周都唱起楚地的歌谣，项王大惊失色，说：“汉军已经把楚地全部占领了吗？为什么他们中间竟有这么多楚人呢？”项王就连夜起来，在营帐中借酒浇愁。有位叫虞的美人，常常受项王宠爱而随同出征；有匹叫骓的骏马，项王常骑着它。这时项王就慷慨悲歌，自己作诗吟唱道：“力拔山兮气盖世，时不利兮骓不逝；骓不逝兮可奈何，虞兮虞兮奈若何！”连唱多遍，美人伴唱。项王泪下数行，旁边的侍卫人员也都泪流不止，不忍抬头看他。

于是项王乃上马骑，麾下壮士骑从者八百余人，直夜溃围南出，驰走。平明，汉军乃觉之，令骑将灌婴以五千骑追之。项王渡淮，骑能属者百余人耳。项王至阴陵[①]，迷失道，问一田父，田父绐曰“左”[②]。左，乃陷大泽中，以故汉追及之。项王乃复引兵而东，至东城[③]，乃有二十八骑。汉骑追者数千人。项王自度不得脱，谓其骑曰：“吾起兵至今八岁矣，身七十余战，所当者破，所击者服，未尝败北，遂霸有天下。然今卒困于此，此天之亡我，非战之罪也。今日固决死，愿为诸君快战，必三胜之，为诸君溃围，斩将，刈旗，令诸君知天亡我，非战之罪也。”乃分其骑以为四队，四向。汉军围之数重。项王谓其骑曰：“吾为公取彼一将。”令四面骑驰下，期山东为三处[④]。于是项王大呼驰下，汉军皆披靡，遂斩汉一将。是时，赤泉侯为骑将，追项王，项王瞋目而叱之，赤泉侯人马俱惊，辟易数里。与其骑会为三处。汉军不知项王所在，乃分军为三，复围之。项王乃驰，复斩汉一都尉，杀数十百人，复聚其骑，亡其两骑耳。乃谓其骑曰：“何如？”骑皆伏曰：“如大王言。”

【注释】

①阴陵：秦县名。治所在今安徽定远西北。

②绐（dài）：欺骗。

③东城：秦县名。治所在今安徽定远东南。

④期山东为三处：约定在山的东面分三处会合。

【译文】

于是项王跨上战马，部下壮士骑马跟随的有八百多人，当夜突出包围，向南飞驰。天亮时，汉军才发觉，派骑兵将领灌婴率五千精骑紧紧追赶。项王渡过淮河后，随从骑兵跟上来的才一百多人。项王到阴陵时，迷失了道路，向一个农夫问路，农夫骗他说：“往左。”项王向左而去，结果陷进了一大片沼泽地中，所以被汉军追上了。项王只好又率军向东，到达东城时，只剩二十八名骑兵了。汉军追击的骑兵有几千人。项王自己估计不能脱身，就对手下的骑兵们说：“我起兵到现在已经八年了，身经七十余战，所向披靡，所击降服，从未败阵，因而称霸天下。然而今天终于在这儿受困，这是上天要灭亡我，并非我作战方面有过失啊！今天一定要决一死战，想为诸君痛快一战，一定要连续三次取胜，为各位打破包围，斩杀汉将，砍倒敌旗，让各位相信是上天要灭亡我，不是我作战有过失。”项王就把手下骑兵分成四个小队，向四面突击。汉军重重包围上来。项王对他的骑兵们说：“我为各位杀一汉将。”命令骑兵们四向杀下去，约定在山的东面分三处集合。于是项王大声呼喝着飞马杀下去，汉军都溃散开，项王就斩杀了一员汉将。这时赤泉侯是汉军骑兵将领，追击项王，项王圆瞪双眼，大喝一声，赤泉侯人马都惊慌失措，退避了好几里。项王同他的骑兵们分三处会合。汉军不知道项王在哪里，就也将军队一分为三，再次围上去。项王便驱马冲杀，又斩杀一名汉军都尉，杀掉几十上百人，再次聚集起他的队伍一看，只损失了两名骑兵而已。项王就问他的骑兵们：“怎么样？”骑兵们都敬服地说：“正像大王说的那样！”

于是项王乃欲东渡乌江[①]。乌江亭长舣船待[②]，谓项王曰：“江东虽小，地方千里，众数十万人，亦足王也。愿大王急渡。今独臣有船，汉军至，无以渡。”项王笑曰：“天之亡我，我何渡为！且籍与江东子弟八千人渡江而西，今无一人还，纵江东父兄怜而王我，我何面目见之？纵彼不言，籍独不愧于心乎？”乃谓亭长曰：“吾知公长者。吾骑此马五岁，所当无敌，尝一日行千里，不忍杀之，以赐公。”乃令骑皆下马步行，持短兵接战。独籍所杀汉军数百人。项王身亦被十余创。顾见汉骑司马吕马童，曰：“若非吾故人乎？”马童面之[③]，指王翳曰：“此项王也。”项王乃曰：“吾闻汉购我头千金，邑万户，吾为若德。”乃自刎而死。王翳取其头，余骑相蹂践争项王，相杀者数十人。最其后，郎中骑杨喜、骑司马吕马童、郎中吕胜、杨武各得其一体。五人共会其体，皆是。故分其地为五：封吕马童为中水侯，封王翳为杜衍侯，封杨喜为赤泉侯，封杨武为吴防侯，封吕胜为涅阳侯。

【注释】

①乌江：古江名。即今安徽和县东北的一段长江，今有渡口名乌江浦。

②乌江亭：古亭名。秦置。在今安徽和县东北乌江镇。秦汉时，大体上以十里设一亭作为地方基层组织，设亭长一人，又称亭父、亭员、亭公，职掌追捕盗贼，维持治安，并负责处理一亭之内的民事纠纷，迎送过往官员等。舣（yǐ）船：拢船靠岸。

③马童面之：吕马童闻声对项王定睛一看。面，正面相对。

【译文】

这时，项王想东渡乌江。乌江亭长把船停在岸边等着，对项王说："江东虽小，还有方圆上千里的土地，几十万民众，也足以称王的。请大王赶快渡过江去。现在只有我有船，汉军追上来，也没法过江。"项王笑着说："上天要灭亡我，我渡江干什么？况且，我项籍率八千江东子弟渡江西进，现在却没有一人生还，纵然江东父老同情我，让我为王，我有什么面目去见他们？即使他们不说，难道我心中不惭愧吗？"就对亭长说："我知道您是位忠厚长者。我骑这匹马已经五年了，所向无敌，曾经一天之内驰驱千里，不忍心杀它，把它送给您吧！"于是命令骑兵们都下马步行，手持短兵器迎敌。仅项籍一人杀死的汉军将士就有几百人之多。项王自己身上也受伤十几处。他回头看见了汉军骑兵司马吕马童，就说："你不是我的老熟人吗？"吕马童面对着项王定睛一看，向王翳指示说："这就是项王。"项王就说："我听说汉王悬赏千金买我的人头，并封邑万户，我给你们一些好处吧！"便自刎而死。王翳砍下了他的头，其他骑兵将士自相践踏争夺项王的躯体，相互间残杀达几十人。最后，郎中骑杨喜、骑兵司马吕马童、郎中吕胜、杨武各抢得一段项王的肢体。五个人把零碎肢体凑在一起，能拼合起来。因此，将万户之邑划分为五块封地：封吕马童为中水侯，封王翳为杜衍侯，封杨喜为赤泉侯，封杨武为吴防侯，封吕胜为涅阳侯。

项王已死，楚地皆降汉，独鲁不下。汉乃引天下兵欲屠之，为其守礼义，为主死节，乃持项王头视鲁，鲁父兄乃降。以上项王亡于乌江。

【译文】

项王死后，楚国各地都向汉降服，只有鲁县不投降。汉王就率领天下兵马准备血洗鲁城，因为鲁县人恪守礼义，为其主尽忠死节，就拿了项王的头颅到鲁县示众，鲁县父老们这才投降。以上记项王死于乌江。

始，楚怀王初封项籍为鲁公，及其死，鲁最后下，故以鲁公礼葬项王穀城。汉王为发哀①，泣之而去。

【注释】

①发哀：发丧。

【译文】

当初，楚怀王给项籍最早的封号是鲁公，他死后，鲁县又最后降汉，所以用葬鲁公的礼节把项王埋葬在穀城。汉王为他举行丧礼，洒泪而去。

诸项氏枝属，汉王皆不诛。乃封项伯为射阳侯。桃侯、平皋侯、玄武侯皆项氏，赐姓刘。

【译文】

项氏宗族的各分支,汉王都不杀戮。封项伯为射阳侯。桃侯、平皋侯、玄武侯,也都是项姓族人,被赐姓刘。

太史公曰[①]:吾闻之周生曰“舜目盖重瞳子”[②],又闻项羽亦重瞳子。羽岂其苗裔邪[③]?何兴之暴也!夫秦失其政,陈涉首难,豪杰蜂起,相与并争,不可胜数。然羽非有尺寸[④],乘埶起陇亩之中[⑤],三年,遂将五诸侯灭秦[⑥],分裂天下,而封王侯,政由羽出,号为“霸王”,位虽不终,近古以来未尝有也。及羽背关怀楚,放逐义帝而自立,怨王侯叛己,难矣。自矜功伐[⑦],奋其私智而不师古,谓霸王之业,欲以力征经营天下,五年卒亡其国,身死东城,尚不觉寤而不自责[⑧],过矣。乃引“天亡我,非用兵之罪也”,岂不谬哉!

【注释】

①太史公:司马迁的自称。“太史公曰”是司马迁创立的史评形式,内容以评论历史人物、事件居多,也有用以补充史事或总结全篇的,最直接而真切地表达了司马迁的思想感情。

②重瞳子:眼珠中有两个瞳仁。

③苗裔:后代。

④非有尺寸:没有尺寸的封地为根基。

⑤埶:通“势”。形势。

⑥五诸侯:指燕、齐、韩、赵、魏五个反秦自立的诸侯国。

⑦自矜功伐:自夸功劳。

⑧寤:通“悟”。

【译文】

太史公说：我听周生说过“舜的眼睛有两个瞳仁”，又听说项羽也是双瞳仁。项羽难道是舜的后代吗？为什么他兴起得那样迅速呢？秦王朝统治黑暗，陈涉首先发难，英雄豪杰蜂拥而起，相互争斗，多得数不清。而项羽并没有尺寸的封地为根基，却乘势兴起于民间，只用三年时间就率领五国诸侯灭亡了秦朝，划分天下，封赏王侯，由项羽发号施令，号称“霸王”，王位虽然没有保全到最后，却也是近古以来不曾有过的。等到项羽放弃关中，怀恋楚国，放逐义帝而自立为霸王，却怨恨王侯们背叛自己，要保全功业就太难了！居功自傲，逞个人之智而不取法古人，认为霸王的功业，就是用武力征伐来统治天下，五年的时间就最终亡国了，自己死在东城，还不觉悟而反躬自省，真是大错啊！还找借口说是“上天要灭亡我，不是作战方面有过错”，这难道不是很荒谬吗？

萧相国世家

【题解】

本文是《史记》中关于萧何的一篇传记。萧何与刘邦是同乡，刘邦起兵之前，萧何任县主吏，曾多方关照刘邦。刘邦起兵后，萧何一直追随他。刘邦入咸阳时，萧何收“秦御史律令图书”，从而使刘邦能了解“天下厄塞、户口多少、强弱之处、民所疾苦”。楚汉相争时，他镇守关中，转运漕粮，征发士卒，以补军需。这些功勋在大封群臣时，通过刘邦、鄂君的申辩得到了充分肯定。在这篇传记中，作者描绘了一位忠君、勤政、爱民、足以流芳后世的贤相的典型形象，并在字里行间流露出仰慕之情。

萧相国何者，沛丰人也[①]。以文无害为沛主吏掾[②]。

【注释】

①丰：古邑名。秦时属沛县，即今江苏丰县。

②文无害：指萧何精通法令，写的文书没有疵病。主吏掾：即功曹，秦汉郡县地方官的属吏，主管总务、人事，也预闻政务。

【译文】

相国萧何是沛县丰邑人。由于熟知刑法律令，善写文书，所以担任了沛县功曹掾。

高祖为布衣时①，何数以吏事护高祖。高祖为亭长，常左右之②。高祖以吏繇咸阳③，吏皆送奉钱三，何独以五。

【注释】

①布衣：指平民百姓。

②左右：帮助。

③繇：同“徭”。劳役。

【译文】

汉高祖刘邦还是平民的时候，萧何就多次以官吏身份庇护他。高祖当亭长时，萧何也经常帮助他。高祖以小吏的身份送民工到咸阳服徭役时，其他官吏都奉送给高祖三百钱，只有萧何送给他五百钱。

秦御史监郡者与从事①，常辨之②。何乃给泗水卒史事③，第一。秦御史欲入言征何，何固请④，得毋行。以上何微时事。

【注释】

①御史：官名。秦以前为史官，秦无刺史，以御史监郡。监郡：监督

郡县的工作。

②辨:通"办"。

③泗水:郡名。治所在今安徽淮北相山区。卒史:郡吏名。郡中设卒史、书佐各十人。

④固请:坚决辞谢。

【译文】

秦朝御史奉命督查郡政,与萧何共事,萧何常将事情办得很好。于是他便被授予泗水郡卒史一职,而且在公务考核中成绩名列第一。秦御史想向上建议提拔萧何,萧何恳切推辞,才没被征调走。以上记萧何身份低微时的事迹。

及高祖起为沛公,何常为丞督事①。沛公至咸阳,诸将皆争走金帛财物之府分之,何独先入收秦丞相御史律令图书藏之②。沛公为汉王,以何为丞相。项王与诸侯屠烧咸阳而去。汉王所以具知天下厄塞③,户口多少,强弱之处,民所疾苦者,以何具得秦图书也④。何进言韩信⑤,汉王以信为大将军。语在《淮阴侯》事中。

【注释】

①丞:各级主要官吏的助手,如郡丞、县丞。

②律令:法令文书。图书:是"图籍文书"的简称。

③厄塞:险要的军事要地。

④具:同"俱"。都,完全。

⑤进言:举荐。

【译文】

等到高祖起兵称沛公时,萧何为丞,办理公务。沛公率兵进入咸阳，众位将领们都争先恐后地奔往集藏金银财物的府库，去瓜分财物，只有萧何先跑去收取秦丞相御史的律令文书、地理图册、户籍账簿等文献，并收藏起来。沛公被封为汉王，让萧何担任丞相。项王和诸侯军队洗劫烧毁咸阳城就离开了。而汉王之所以能够全面了解天下的山川要塞、户口多少、势力强弱的分布，以及民众疾苦，就因为萧何完全得到了秦朝文书档案的缘故。萧何推荐韩信，汉王任命韩信为大将军。其事记载在《淮阴侯列传》中。

汉王引兵东定三秦，何以丞相留收巴、蜀①，填抚谕告②，使给军食。汉二年，汉王与诸侯击楚，何守关中，侍太子③，治栎阳。为法令约束，立宗庙社稷宫室县邑④，辄奏上，可，许以从事；即不及奏上，辄以便宜施行，上来以闻。关中事计户口转漕给军，汉王数失军遁去，何常兴关中卒，辄补缺。上以此专属任何关中事。

【注释】

①巴：古郡名。治所江州，在今重庆市嘉陵江北岸。蜀：古郡名。治所在今成都。巴蜀辖境大致相当于今四川省。

②填：通“镇”。

③太子：即刘盈，后来的汉惠帝。

④宗庙：古代帝王、诸侯或大夫祭祀祖宗的地方。社稷：古代帝王、诸侯所祭的土神和谷神。后来用作国家、天下的代称。

【译文】

汉王率军向东平定三秦之地，萧何作为丞相留守在巴蜀，镇抚地方并谕告百姓，让他们供给军需。汉二年，汉王与诸侯军队攻击楚军，萧何留守关中，侍奉太子，坐镇栎阳。制定了法令规章，建立宗庙、社稷、宫室、县邑机构等。每做一件事总是先禀告汉王，汉王同意后，再实行；如果来不及奏请，他就根据情况需要办理，等汉王回来再报告他。萧何在关中，统计户籍，征收粮饷，转运给前线军队，汉王多次弃军遁逃，萧何便多次征发关中士卒，补充兵员缺额。汉王因此专门委任萧何负责处理关中事务。

汉三年，汉王与项羽相距京、索之间，上数使使劳苦丞相[①]。鲍生谓丞相曰："王暴衣露盖[②]，数使使劳苦君者，有疑君心也。为君计，莫若遣君子孙昆弟能胜兵者悉诣军所[③]，上必益信君。"于是何从其计，汉王大说。以上汉未定天下，何守关中。

【注释】

①使使：派遣使者。前一个"使"为动词，后一个"使"为名词。劳苦：慰劳。

②暴：同"曝"。晒，显露。

③昆弟：兄弟。胜兵：有能力从军。

【译文】

汉三年，汉王与项羽在京、索之间对峙，其间汉王多次派使者慰劳丞相萧何。鲍生对萧何说："汉王日晒风吹、风餐露宿，却多次派使者来慰问您，这是对您有疑心。现在为您考虑，不如派遣您的儿孙兄弟中能打仗的人全都去军中供职，汉王一定更加信任您。"于是萧何听从了鲍生的计策，汉王大为高兴。以上记汉未平定天下前，萧何镇守关中。

汉五年，既杀项羽，定天下，论功行封。群臣争功，岁余功不决。高祖以萧何功最盛，封为酂侯[①]，所食邑多。功臣皆曰："臣等身被坚执锐，多者百余战，少者数十合[②]，攻城略地，大小各有差。今萧何未尝有汗马之劳，徒持文墨议论，不战，顾反居臣等上，何也？"高帝曰："诸君知猎乎？"曰："知之。""知猎狗乎？"曰："知之。"高帝曰："夫猎，追杀兽兔者狗也，而发踪指示兽处者人也[③]。今诸君徒能得走兽耳，功狗也。至如萧何，发踪指示，功人也。且诸君独以身随我，多者两三人。今萧何举宗数十人皆随我[④]，功不可忘也。"群臣皆莫敢言。

【注释】

①酂(zàn)：古县名。秦置古城，在今湖北老河口西北。萧何封侯，以酂为封国，东汉时复为县。

②合：古代作战，敌对双方执兵器对打一次称一合或一个回合。

③发踪：放开系犬绳。踪，同"纵"。一说为发现兽兔的踪迹。

④宗：宗族。

【译文】

汉五年，已经消灭项羽，平定了天下，就开始论功行赏。大臣们争功，一年多也未能把功次决定下来。高祖认为萧何功劳最大，封萧何为酂侯，所食封邑最多。其他功臣们都说："我们披铠甲、执锐器，多的身经百战，少的也交锋数十合，攻城夺地，功勋大大小小各不相等。而今萧何没有汗马功劳，只靠舞文弄墨发表议论，不参加战斗，封赏反而在我们之上，这是为什么呢？"高祖说："大家知道打猎吗？"群臣回答说："知道。"高祖又问："知道猎狗吗？"群臣又答："知道。"高祖接着说："打猎，追逐野兽兔子的是猎狗，而放开系猎狗绳子、指示野兽所在地方的是人。而今大家只是能捕捉到野兽，功劳像猎狗。至于萧何，做的是放开系狗的绳子、指示猎取目标之事，功劳像人。况且，诸位都是一个人追随我，多的也只是两三个人。而萧何则是全族数十人跟随我，这个功劳是不能忘记的。”群臣都不敢再说什么不满的话了。

列侯毕已受封，及奏位次，皆曰：“平阳侯曹参身被七十创[1]，攻城略地，功最多，宜第一。”上已桡功臣[2]，多封萧何，至位次未有以复难之，然心欲何第一。关内侯鄂君进曰[3]：“群臣议皆误。夫曹参虽有野战略地之功，此特一时之事。夫上与楚相距五岁，常失军亡众，逃身遁者数矣。然萧何常从关中遣军补其处，非上所诏令召，而数万众会上之乏绝者数矣。夫汉与楚相守荥阳数年，军无见粮，萧何转漕关中，给食不乏[4]。陛下虽数亡山东，萧何常全关中以待陛下，此万世之功也。今虽亡曹参等百数，何缺于汉？汉得之不必待以全。奈何欲以一旦之功而加万世之功哉[5]！萧何第一，曹参次之。”高祖曰：“善。”于是乃令萧何赐带剑履上殿[6]，入朝不趋[7]。

【注释】

①平阳：古邑名。秦置县，治所在今山西临汾西南。

②桡（náo）：挫败。

③关内侯：爵位名。只有爵位封号，而没有封地。汉代爵分二十等，关内侯为第十九等爵位。鄂君：即鄂千秋，跟随刘邦起兵，后加封安平侯。

④乏：缺，断。

⑤加：超过，高于。

⑥带剑履上殿：大臣朝见皇帝时的一种特殊优待，以此示恩宠、

信任。

⑦趋：小步快走，表示恭敬。

【译文】

列侯全都已封完，等到排列朝班位次时，群臣进言说：“平阳侯曹参身受七十处创伤，攻城夺地，立功最多，应该排第一位。”高祖在封赏上已经委屈了功臣们，多封了萧何，至于位次，没有再次让他们折服的理由，然而心中还想让萧何排第一。关内侯鄂千秋进言说：“群臣们的议论都错了。曹参虽然有攻城野战之功，但这只是一时的事情。皇上与楚军相持五年，常常损失军队，只身逃走多次。而萧何总是从关中征发兵员补充部队，这些都不是皇上下命令让他干的，但关中几万人开赴前线正好赶上皇上处于危急时刻，这种情况就有好几次。汉与楚相持于荥阳好几年，军队没有现成的粮草，萧何就从关中转送运来，使军需不缺。皇上虽然多次丧失崤山以东地区，而萧何总是保全关中以等待皇上，这是万世不朽的功勋啊！现在即便没有上百个曹参这样的人，对于汉室又有什么损失呢？汉室得到他们不一定就能保全。怎么能让一日之功凌驾于万世之功之上呢？萧何应第一，曹参应在萧何之后！”高祖说：“好。”于是就让萧何为第一，并让他带剑穿鞋上殿，朝见皇帝时不用按常礼小步快走。

上曰：“吾闻进贤受上赏。萧何功虽高，得鄂君乃益明。”于是因鄂君故所食关内侯邑封为安平侯①。是日，悉封何父子兄弟十余人，皆有食邑。乃益封何二千户，以帝尝繇咸阳时，何送我独赢奉钱二也②。以上定何之功。

【注释】

①安平：汉县名。在今河北安平。

②赢：多。

【译文】

高祖说："我听说推荐贤能的人受上赏。萧何的功劳虽然高，经鄂君的申辩才更加明白。"因此根据鄂君原来所受封关内侯的食邑加封为安平侯。那一天，萧何父子兄弟十多人都受了封而且都有了食邑。后来又加封两千户的食邑给萧何，这是因为高祖曾经去往咸阳服徭役时，萧何单独多送给他二百钱。以上记确定萧何的功劳。

汉十一年，陈豨反[①]，高祖自将，至邯郸[②]。未罢，淮阴侯谋反关中，吕后用萧何计，诛淮阴侯，语在《淮阴》事中。上已闻淮阴侯诛，使使拜丞相何为相国，益封五千户，令卒五百人一都尉为相国卫[③]。诸君皆贺，召平独吊[④]。召平者，故秦东陵侯。秦破，为布衣，贫，种瓜于长安城东，瓜美，故世俗谓之"东陵瓜"，从召平以为名也。召平谓相国曰："祸自此始矣。上暴露于外而君守于中，非被矢石之事而益君封置卫者，以今者淮阴侯新反于中，疑君心矣。夫置卫卫君，非以宠君也。愿君让封勿受，悉以家私财佐军，则上心说。"相国从其计，高帝乃大喜。

【注释】

①陈豨(xī)：刘邦属将，汉初任赵相国，统率赵、代军队，后因勾结匈奴反叛而被杀。

②邯郸：古都邑，郡县名。今属河北。

③都尉：比将军略低的武官。

④吊：哀吊其不幸。这里可理解为警告。

【译文】

汉十一年，陈豨反叛，高祖亲自率军出征，来到邯郸。还未完全平定叛乱，淮阴侯韩信又在关中阴谋反叛，吕后用萧何之计诛杀了韩信，有关事迹记载在《淮阴侯列传》中。高祖听说韩信被杀后，派遣使者拜萧何为相国，加封五千户，命令五百士兵和一名都尉做萧何的卫队。许多官吏都来祝贺，召平却来哀吊。召平原来是秦朝的东陵侯，秦朝灭亡后他沦为百姓，家贫，在长安城东种瓜，他的瓜味美可口，因此世人俗称"东陵瓜"，这是依召平的封号而来的。召平告诉萧相国说："灾祸从此开始了！皇帝在外风吹日晒，而您留守朝中，并没有冒生死的危险，却反而增加您的封邑，为您设置卫队，是因为现在淮阴侯新谋反于关中，皇上怀疑您也会有异心啊。设置卫队保护您，并不是对您的恩宠。希望您推让不要接受封赏，并且拿出全部家财帮助军需，那么皇上就会高兴了。"萧相国听从了召平的计策，高祖于是大喜。

汉十二年秋，黥布反，上自将击之，数使使问相国何为。相国为上在军，乃拊循勉力百姓①，悉以所有佐军，如陈豨时。客有说相国曰："君灭族不久矣。夫君位为相国，功第一，可复加哉？然君初入关中，得百姓心，十余年矣，皆附君，常复孳孳得民和②。上所为数问君者，畏君倾动关中。今君胡不多买田地，贱贳贷以自污③？上心乃安。"于是相国从其计，上乃大说。

【注释】

①拊循勉力：安抚勉励。

②孳孳（zī）：勤勉不倦。和：安乐。

③贳（shì）贷：赊借。自污：自己败坏自己的名声。

【译文】

汉十二年秋天，黥布反叛，皇上亲自率大军攻击叛军，其间多次派使者问相国在干什么。相国因为皇上在外用兵，就安抚勉励百姓，拿出自己全部财产资助军需，和讨伐陈豨时的做法一样。有人劝萧何说："您受灭族之刑的日子不会太久了。您位居相国，功劳第一，难道还可以再加封吗？然而您从初入关中，得到百姓拥护，至今十多年来，老百姓都亲附您，您还在孜孜不倦办事来获取民众爱戴。皇上之所以多次派人问您的情况，是怕您颠覆关中。现在您为什么不多买田地，放低息贷款来玷污自己的声誉呢？那样皇上的心里才会安定。"于是相国听从了他的计策，皇上因此大为高兴。

上罢布军归，民道遮行上书[①]，言相国贱强买民田宅数千万。上至，相国谒[②]。上笑曰："夫相国乃利民[③]！"民所上书皆以与相国，曰："君自谢民。"相国因为民请曰："长安地狭，上林中多空地[④]，弃，愿令民得入田，毋收稿为禽兽食[⑤]。"上大怒曰："相国多受贾人财物，乃为请吾苑！"乃下相国廷尉，械系之[⑥]。数日，王卫尉侍，前问曰："相国何大罪，陛下系之暴也？"上曰："吾闻李斯相秦皇帝[⑦]，有善归主，有恶自与[⑧]。今相国多受贾竖金而为民请吾苑，以自媚于民，故系治之。"王卫尉曰："夫职事苟有便于民而请之，真宰相事，陛下奈何乃疑相国受贾人钱乎！且陛下距楚数岁，陈豨、黥布反，陛下自将而往，当是时，相国守关中，摇足则关以西非陛下有也。相国不以此时为利，今乃利贾人之金乎？且秦以不闻其过亡天下，李斯之分过，又何足法哉？陛下何疑宰相之浅也。"高帝不怿[⑨]。是日，使使持节赦出相国[⑩]。相国年老，素恭谨，入，徒跣谢[11]。高帝曰："相国休矣！相国为民请苑，吾不许，我不过为桀、纣主[12]，而相国为贤相。吾故系相国，欲令百姓闻吾过也。"以上召平与客与王卫尉脱何于祸。

【注释】

①遮：阻拦。

②谒：臣属、晚辈进见上级、长辈。

③利民：有利于人民。这是刘邦说的反话。

④上林：古苑名。秦代所建。汉初荒废，高帝十二年许民入苑开垦。

⑤稿：谷类植物的茎，这里指禾秆、麦秸等。

⑥械系：禁押，用镣铐拘禁。

⑦李斯：战国时楚国上蔡人，曾师事荀子，后入秦，历任廷尉、丞相。后被赵高所杀。

⑧自与：留给自己。

⑨怿（yì）：喜悦，高兴。

⑩节：符节。

⑪徒跣（xiǎn）：赤脚，是一种谢罪的表示。

⑫桀、纣：即夏桀和商纣，都是有名的暴君。

【译文】

皇上平定了黥布的叛军，回到长安，途中百姓拦道上书，说相国用低价强买平民田地房屋数以千万计。皇上到达长安，萧相国前去拜见。皇上笑着说："相国是在为百姓谋利吗？"把百姓上告相国的文书都给了萧相国，说："你自己向百姓谢罪吧！"萧相国乘机为百姓请求说："长安土地狭窄，上林苑中有很多空旷土地，早已废弃荒芜，希望能让百姓去耕种，只是让他们不要收禾秆、麦秸，正好作苑中禽兽的饲料。"皇上大怒，说："相国接受了商人的财物，才为他们求我的上林苑。"于是就把相国交给了廷尉，用镣铐拘禁了他。过了几天，王卫尉侍奉高祖，上前问道："萧何相国犯了什么大罪，陛下拘禁他如此严厉？"皇上说："我听说李斯做秦始皇的相国，有成就则归功于皇上，有差错则自己承担。现在萧相国接受商人贿赂，替百姓求我的上林苑，以此取悦于百姓，因此拘禁他。"王卫尉说："既然从事于这项职务，那么凡对百姓有利的都该向上请求，这才是真正宰相所做的事呢！陛下怎么能怀疑相国受了商人的贿赂才这样做呢？况且陛下过去与楚相持数年，陈豨、黥布反叛，陛下亲自率兵前往，在那些时候，萧相国留守关中，他一跺脚则函谷关以西就不为陛下所有了。萧相国不在那时谋利，现在反而贪图商人的这点小贿赂吗？况且秦朝因为听不到自己的过错而丢失天下，李斯分担过错的做法，又有什么值得效法的呢？陛下为什么怀疑相国到如此浅薄的程度！"高祖不高兴。这一天，派使臣持节赦免了萧相国。萧相国年纪大，一向恭敬谨慎，进去拜见高帝，赤脚谢罪。高祖说："相国免谢罪了。你为民请苑，我不答应，我不过是夏桀、商纣一样的暴君，而相国是贤相。我故意拘禁相国，是想让百姓知道我的过错啊。"以上记召平、客和王卫尉帮萧何免祸。

何素不与曹参相能①。及何病，孝惠自临视相国病，因问曰："君即百岁后②，谁可代君者？"对曰："知臣莫如主。"孝惠曰："曹参何如？"何顿首曰："帝得之矣！臣死不恨矣③！"

【注释】

①能：意动用法，即"以之为能"。

②百岁后：去世后。这是一种对死的避讳说法。

③恨：遗憾。

【译文】

萧何和曹参向来互相看不起。等到萧何病重,孝惠帝亲自去探望他的病情,惠帝问萧何说:“您百年之后,谁能代替您做相国?”萧何回答说:“了解臣下的莫过于君主。”惠帝说:“曹参怎么样?”萧何点头说:“陛下得到人选了,我死也没有遗憾的了。”

何置田宅必居穷处,为家不治垣屋[①]。曰:“后世贤,师吾俭;不贤,毋为势家所夺。”以上将死荐贤、诫子孙二事。

【注释】

①垣:围墙。

【译文】

萧何购置田宅,一定选在穷僻的地方,建筑房屋不设院墙,并说:“这样,后代子孙贤德,效法我的俭朴;子孙不贤德,也不会被强势人家所抢夺。”以上记萧何将死之际举荐贤人、告诫子孙两件事。

孝惠二年,相国何卒,谥为文终侯[①]。

【注释】

①谥(shì):古代帝王、大臣或其他有地位的人死后,给一个带有褒贬评价的称号,称为谥号。

【译文】

孝惠帝二年,萧相国去世,谥号文终侯。

后嗣以罪失侯者四世,绝,天子辄复求何后,封续酂侯,功臣莫得比焉。

【译文】

其后代因罪而失去侯位的有四代，每次断绝侯位，天子总是再寻求萧何的后代，续封为酂侯，功臣都不能与之相比。

太史公曰：萧相国何于秦时为刀笔吏[①]，录录未有奇节[②]。及汉兴，依日月之末光[③]，何谨守管籥[④]，因民之疾秦法[⑤]，顺流与之更始[⑥]。淮阴、黥布等皆以诛灭，而何之勋烂焉。位冠群臣，声施后世，与闳夭、散宜生等争烈矣[⑦]。

【注释】

①刀笔吏：指从事文墨工作的小官吏。

②录录：即碌碌，平淡无奇。

③日月：比喻皇帝。

④管籥(yuè)：钥匙。引申为职责。

⑤秦法：原作“奉法”，据中华书局修订本《史记》改。

⑥更始：除旧立新。

⑦闳(hóng)夭、散宜生：是周文王的两个得力大臣，后佐助武王灭商，屡立战功。

【译文】

太史公说：相国萧何在秦朝时是一个文墨小吏，平平常常，没有突出的表现。等到汉朝兴起，靠君主的余光，萧何忠于职守，利用人民痛恨秦的酷法，顺应时势为百姓除旧布新。韩信、黥布都被诛灭，而萧何的功勋却光耀灿烂。他位居群臣之首，美名流于后世，可同闳夭、散宜生等的功业比肩了。

曹相国世家

【题解】

本文是《史记》中关于曹参的一篇传记。曹参和刘邦同为沛县人，刘邦起兵反秦，曹参跟随他东征西讨，攻城略地，屡立战功，在汉高祖六年被封为平阳侯，任齐悼惠王的丞相。萧何去世，他继任相国，处处效法萧何所定法度，留下了“萧规曹随”的历史佳话。本文的写法是前略后详，对于曹参的所有战功都只做概括叙述，而对他如何以清静无为的黄老之术治理国家，则有相当详细的描述，文章情节起伏，引人入胜。又本篇地名凡已见于前《项羽本纪》者，不重注。

平阳侯曹参者，沛人也。秦时为沛狱掾，而萧何为主吏，居县为豪吏矣。

【译文】

平阳侯曹参是沛县人。秦朝时做过沛县管理监狱的官吏，而那时的萧何是沛县的主吏，在县里，他们都有权势。

高祖为沛公而初起也，参以中涓从[①]。将击胡陵、方与[②]，攻秦监公军[③]，大破之。东下薛，击泗水守军薛郭西。复攻胡陵，取之。徙守方与。方与反为魏[④]，击之。丰反为魏，攻之。赐爵七大夫[⑤]。击秦司马𡰖军砀东[⑥]，破之，取砀、狐父、祁善置[⑦]。又攻下邑以西，至虞[⑧]，击章邯车骑。攻爰戚及亢父[⑨]，先登。迁为五大夫。北救阿[⑩]，击章邯军，陷陈[⑪]，追至濮阳。攻定陶，取临济[⑫]。南救雍丘，击李由军，破之，杀李由，虏秦候一人。秦将章邯破杀项梁也，沛公与项羽引而东。楚怀王以沛公为砀郡长，将砀郡兵。于是乃封参为执帛⑬，号曰建成君⑭。迁为戚公⑮，属砀郡。

【注释】

①中涓(juān)：秦、汉时皇帝的侍从官，原为主管宫中清洁工作的官员。

②方与：秦县名。在今山东鱼台县西。

③监：指泗水郡监，名平。

④魏：指魏王魏咎，战国时魏王的后裔，陈胜起义后被立为魏王。

⑤七大夫：爵位名。即公大夫。战国时秦国始置，秦汉沿用。为二十级军功爵之第七级，故称七大夫。

⑥司马𡰥(yí)：秦军别将。

⑦狐父：地名。在今安徽砀山南。祁：县名。在今河南夏邑东北。善置：驿站名。

⑧虞：县名。治所在今河南虞城。

⑨爰戚：县名。治所在今山东嘉祥南。

⑩阿：即东阿，今属山东。

⑪陷陈：同"陷阵"。攻破敌人的阵地。

⑫临济：县名。治所在今河南封丘东。

⑬执帛：战国时楚国爵位名称，刘邦初起时，官爵多从楚国旧名。

⑭建成：县名。在今河南永城东南，楚汉之际，受封者虚建名号，不必实有其地。

⑮戚公：指戚县县令。戚县在今江苏沛县东北。

【译文】

汉高祖被立为沛公刚开始起兵的时候，曹参以中涓的身份跟随高祖。他率军攻击胡陵、方与，攻打秦朝郡监的军队，大破敌军。他又向东攻下薛县，在薛县外城西面进击泗水郡守的部队。随后再次攻打胡陵，而且乘胜占领了它。此后曹参调去镇守方与，而恰逢方与叛降魏王，曹参就率军攻击方与。这时丰邑也反叛降魏，曹参又去攻打丰邑。由于屡立战功，曹参被赐以七大夫的爵位。曹参在砀县东面进攻秦别将司马𡰖的军队，大破敌军，占领砀县、狐父和祁县的驿站善置。又在下邑以西发动攻击，进军虞县，攻打章邯的车骑部队。在攻打爰戚和亢父之时，曹参身先士卒，率先登城。因此他被升迁为五大夫。接着，曹参率军向北援救东阿县，进攻章邯的军队，攻破敌阵，追败军直至濮阳。他率军攻打定陶，攻取临济。向南援救雍丘，攻击李由的军队，破敌军，杀李由，俘虏秦军军候。此时，秦将章邯打败了项梁的部队，杀死项梁，沛公和项羽带领军队东归。楚怀王让沛公当砀郡长，统率砀郡的军队。在这时，曹参被封为执帛，号称建成君。继而升为戚县县令，隶属砀郡。

其后从攻东郡尉军①，破之成武南②。击王离军成阳南，复攻之杠里③，大破之。追北④，西至开封，击赵贲军，破之，围赵贲开封城中。西击秦将杨熊军于曲遇⑤，破之，虏秦司马及御史各一人。迁为执珪⑥。从攻阳武⑦，下轘辕、缑氏⑧，绝河津⑨，还击赵贲军尸北⑩，破之。从南攻犨⑪，与南阳守齮战阳城郭东⑫，陷陈，取宛，虏齮，尽定南阳郡。从西攻武关、峣关⑬，取之。前攻秦军蓝田南⑭，又夜击其北，秦军大破，遂至咸阳，灭秦。以上从高祖初起至入关灭秦。

【注释】

①东郡：郡名。辖今山东西北部与河南东北部一带。尉：郡尉，掌管一郡的军事。

②成武：县名。治所在今山东成武。

③杠里：地名。在成阳西。

④追北：追击败军。北，败逃。

⑤曲遇：古邑名。在今河南中牟东。

⑥执珪：战国时楚国爵位名。位同上卿。

⑦阳武：县名。在今河南原阳东南。

⑧轘(huàn)辕：关口名。在今河南偃师东南。缑(gōu)氏：县名。在今河南偃师东南。

⑨河津：黄河的渡口。这里指黄河的重要渡口平阴津。

⑩尸：乡名。属偃师县。

⑪犨(chōu)：秦县名。治所在今河南鲁山东南。

⑫南阳：郡名。在今河南南阳一带。齮(yǐ)：指秦南阳郡守吕齮。阳城：秦县名。治所在今河南方城东。

⑬武关：关名。旧址在今陕西丹凤东南丹江上。峣(yáo)关：关名。旧址在今陕西商洛西北。

⑭蓝田：秦县名。治所在今陕西蓝田西南。

【译文】

后来，曹参随沛公攻打东郡郡尉的部队，在成武南大败敌军。在成阳南攻击王离的军队，再攻王离军于杠里并大破敌军。追击败军，西到开封，进击赵贲的军队并打败敌军，把赵贲围在开封城中。向西在曲遇进击秦将杨熊的军队，打败敌军并俘虏秦军的司马和御史各一人。曹参升迁为执珪。跟随沛公攻打阳武，攻下轘辕、缑氏，封锁了黄河渡口平阴津，回军在尸乡北进击赵贲的军队，打败了敌军。跟随沛公向南攻打犨县，在阳城外城东与南阳郡守吕齮交战，攻破敌军，夺取宛城，俘虏吕齮，完全平定南阳郡。跟随沛公向西进攻武关、峣关，夺取两关。而后又前进在蓝田南攻击秦军，晚上从蓝田北面进攻秦军，大败敌军，于是进入咸阳，灭亡了秦朝。以上记曹参跟随汉高祖刘邦起兵到灭秦的事迹。

项羽至，以沛公为汉王。汉王封参为建成侯。从至汉中[①]，迁为将军。从还定三秦，初攻下辩、故道、雍、斄[②]。击章平军于好畤南[③]，破之，围好畤，取壤乡[④]。击三秦军壤东及高栎[⑤]，破之。复围章平，章平出好畤走。因击赵贲、内史保军[⑥]，破之。东取咸阳，更名曰新城[⑦]。参将兵守景陵二十日[⑧]，三秦使章平等攻参，参出击，大破之。赐食邑于宁秦[⑨]。参以将军引兵围章邯于废丘。以中尉从汉王出临晋关[⑩]。至河内，下修武，渡围津[⑪]，东击龙且、项他定陶[⑫]，破之。东取砀、萧、彭城。击项籍军，汉军大败走。参以中尉围取雍丘。王武反于黄[⑬]，程处反于燕[⑭]，往击，尽破之。天柱侯反于衍氏[⑮]，又进破取衍氏。击羽婴于昆阳[⑯]，追至叶。还攻武强[⑰]，因至荥阳。以上从高帝定三秦，渡河，往返至荥阳。

【注释】

①汉中：郡名。治所在今陕西汉中。时为刘邦的国都。

②下辩：秦县名。治所在今甘肃成县西北。故道：秦县名。治所在今陕西宝鸡西南。雍：秦县名。治所在今陕西凤翔南。斄（tái）：秦县名。治所在今陕西武功东南。

③章平：秦将章邯之弟。好畤（zhì）：秦县名。治所在今陕西乾县东。

④壤乡：好畤县的乡名。

⑤高栎：亦乡名。

⑥内史：官名。秦时为京城的行政长官，犹后世的京兆尹。

⑦新城：汉高帝元年（前206）把咸阳改名新城。后来武帝又改为渭城。

⑧景陵：《史记集解》引《汉书音义》说为县名；《史记地名考》疑为秦代陵名。其地当在今陕西境内。

⑨宁秦:秦县名。治所在今陕西华阴东。

⑩中尉:官名。秦朝为九卿之一,汉承袭,掌京师治安。临晋关:也叫蒲津关,在临晋县城(在今陕西大荔东)的黄河边上。

⑪围津:也称白马津,黄河渡口之一,在今河南滑县东北。

⑫项他:魏国丞相。

⑬王武:刘邦的将领。黄:当作“外黄”,秦县名。

⑭程处:刘邦的部将。燕:县名。在今河南延津东北。

⑮天柱侯:刘邦部将的封号,姓名不详。又,天柱侯,《史记》本或作“柱天侯”。衍氏:古邑名。在今河南郑州北。

⑯羽婴:秦汉之际诸侯王将领(属谁不详),曾驻守昆阳(今河南叶县)。

⑰武强:古邑名。一说在今河南郑州东北(《史记正义》引《括地志》),一说在河南阳武(今河南原阳)武强城(《史记集解》引瓒曰)。

【译文】

项羽到了关中,封沛公为汉王。汉王封曹参为建成侯。曹参随汉王到汉中,被升为将军。随汉王回军平定三秦,最初攻占下辩、故道、雍县、斄县。在好畤南进攻章平的军队,打败了章平军,包围了好畤,攻取了壤乡。在壤乡的东面和高栎一带向三秦的军队发动攻击,击败敌军。再次包围章平于好畤,章平突围逃走。乘势攻击赵贲和内史保的军队,打败了它。向东攻取了咸阳,汉王改咸阳名为新城。曹参率军镇守景陵二十天,三秦派章平等率军攻击曹参军,曹参出兵迎击,大破敌军。汉王将宁秦赐给曹参作食邑。曹参作为将军率军把章邯包围在废丘。后来作为中尉跟随汉王出临晋关。到达河内,攻下修武,从围津渡过黄河,向东在定陶进攻龙且、项他,打败敌军。又向东攻取砀县、萧县、彭城。汉王率军进攻项籍的军队,被打得大败而逃。这时曹参作为中尉率兵包围并夺取了雍丘。汉将王武在外黄反叛,程处在燕县反叛,曹参率军前往平叛，把他们都打败了。天柱侯在衍氏反叛，曹参又率军平叛，打败叛军，占领衍氏。在昆阳攻击羽婴，追杀败军到叶县。回军攻打武强，顺势打到了荥阳。以上记曹参跟随高祖平定三秦，渡过黄河，往返到达荥阳。

参自汉中为将军中尉，从击诸侯及项羽，败，还至荥阳，凡二岁①。高祖二年②，拜为假左丞相，入屯兵关中。月余，魏王豹反，以假左丞相别与韩信东攻魏将军孙遬军东张③，大破之。因攻安邑④，得魏将王襄。击魏王于曲阳⑤，追至武垣⑥，生得魏王豹。取平阳⑦，得魏王母妻子，尽定魏地，凡五十二城。赐食邑平阳。因从韩信击赵相国夏说军于邬东⑧，大破之，斩夏说。韩信与故常山王张耳引兵下井陉⑨，击成安君⑩，而令参还围赵别将戚将军于邬城中。戚将军出走，追斩之。乃引兵诣敖仓汉王之所。韩信已破赵，为相国，东击齐。参以右丞相属韩信，攻破齐历下军⑪，遂取临菑。还定济北郡，攻著、漯阴、平原、鬲、卢⑫。已而从韩信击龙且军于上假密⑬，大破之，斩龙且，虏其将军周兰。定齐，凡得七十余县。得故齐王田广相田光⑭，其守相许章⑮，及故齐胶东将军田既。以上从韩信破魏、破赵、破齐。

【注释】

①凡：总共，共计。

②高祖二年：原作“高祖三年”，据《史记·高祖功臣侯者年表》，曹参以左丞相出征齐、魏在高祖二年，据改。

③东张：古邑名。在今山西永济西北。

④安邑：秦县名。在今山西夏县境内，战国时魏国的旧都。

⑤曲阳：古邑名。在今山西曲沃东北。

⑥武垣：据梁玉绳说，“武”字衍，此即垣县，治所在今山西垣曲东南。

⑦平阳：时为魏国都城。

⑧夏说（yuè）：初隶陈馀。田荣叛楚，自王齐地，陈馀因未得封地，怀怨于心，便趁机派夏说游说田荣，借齐兵驱逐项羽所立之常山王张耳，迎立赵歇为王。赵歇封陈馀为代王。因陈馀要留赵辅政，故以夏说为代相，此处当作“代相国”。邬（wū）：秦县名。治所在今山西介休东北。

⑨井陉（xíng）：山口名。在今河北井陉。

⑩成安君：陈馀的封号。

⑪历下：古邑名。在今山东济南西，以其南对历山而得名。

⑫著：秦县名。治所在今山东济阳西北。漯（tà）阴：秦县名。治所在今山东齐河东北。平原：秦县名。治所在今山东平原西南。鬲：秦县名。治所在今山东德州东南。卢：秦县名。治所在今山东济南长清区南。

⑬上假密：即高密，秦县名。治所在今山东高密西南。

⑭田广：齐王田荣之子。项羽伐齐，田荣兵败，被子原民众杀死。田荣之弟田横立田广为王。

⑮守相：官名。郡太守及诸侯王国相之合称，均秩二千石。

【译文】

曹参从汉中做将军、中尉后，跟随汉王攻打诸侯和项羽的军队，兵败，又回到荥阳，共计两年。高祖二年，曹参被任命为代理左丞相，率兵驻扎关中。一个多月后，魏王豹反叛，曹参以代理左丞相之职另率一军与韩信东进在东张攻打魏将军孙遬的军队，大败敌军。乘胜进攻安邑，俘虏了魏将王襄。接着在曲阳进击魏王，追到垣县，活捉了魏王豹。又率军攻占平阳，俘虏了魏王的母亲及妻子儿女，完全平定了魏地，共攻占五十二座城邑。汉王于是把平阳赐给曹参作为食邑。随后跟韩信在邬县东进攻代相国夏说的军队，大破敌军，杀死夏说。韩信与原常山王张耳领兵向井陉进发，进攻成安君，而命令曹参率军把赵国别将戚将军包围在邬县城中。戚将军出城逃走，曹参率军追击并杀死了他。于是曹参率兵到达敖仓汉王的营地。此时韩信已攻下赵国，做了相国，又向东进攻齐国。曹参以右丞相之职隶属于韩信，击败了齐国历下的军队，于是占领了临淄。回军平定济北郡，攻打著县、漯阴、平原、鬲县、卢县。不久又随韩信在上假密进攻龙且的军队，大破敌军，斩杀了龙且，俘虏了龙且部将周兰。平定齐地后，共占七十余县。还俘虏了原齐王田广的宰相田光、守相许章，以及原齐地胶东将军田既。以上记曹参跟随韩信破魏、破赵、破齐之事。

韩信为齐王，引兵诣陈，与汉王共破项羽，而参留平齐未服者。项籍已死，天下定，汉王为皇帝，韩信徙为楚王，齐为郡。参归汉相印。高帝以长子肥为齐王，而以参为齐相国。以高祖六年赐爵列侯①，与诸侯剖符，世世勿绝。食邑平阳万六百三十户，号曰平阳侯，除前所食邑。

【注释】

①列侯：爵位名。是当时二十等爵位的最高一级。

【译文】

韩信被封为齐王后，领兵到达陈县，和汉王一起打败了项羽，而曹参被留在齐国平定那些还没有归服的地方。项羽死后，天下大定，汉王做了皇帝，韩信被改封为楚王，齐国划分为郡。曹参归还了汉丞相印。高祖封长子刘肥为齐王，同时派曹参给刘肥担任相国。在高祖六年，赐爵封侯，朝廷与诸侯剖符各执一半，让他们的爵位代代相传，永不断绝。曹参的食邑是平阳的一万零六百三十户，封号平阳侯，废除以前所封的食邑。

以齐相国击陈豨将张春军，破之。黥布反，参以齐相国从悼惠王将兵车骑十二万人[①]，与高祖会击黥布军，大破之。南至蕲，还定竹邑、相、萧、留[②]。以上留齐、相齐。

【注释】

①悼惠王：齐王刘肥的谥号。

②竹邑：汉县名。治所在今安徽宿州北。相：县名。在今安徽淮北西北。留：汉县名。治所在今江苏沛县东南。

【译文】

（陈豨叛乱后）曹参以齐国相国的身份领兵攻击陈豨部将张春的军队，打败了张春军。黥布反叛时，曹参又以齐国相国的身份跟随齐悼惠王率领步兵、车骑兵十二万，与高祖合击黥布的军队，大破叛军。向南打到蕲县，又回军平定了竹邑、相县、萧县、留县。以上记曹参留在齐地，担任齐相国的事迹。

参功：凡下二国，县一百二十二；得王二人，相三人，将军六人，大莫敖、郡守、司马、候、御史各一人[①]。总叙参功。

【注释】

①大莫敖：官名。春秋战国时楚国之卿号。

【译文】

曹参的功劳有：总共攻下两个诸侯国，攻占一百二十二个县；俘虏两个诸侯王，三个诸侯国丞相，六个将军，以及大莫敖、郡守、司马、军候、御史各一人。总叙曹参的功绩。

孝惠帝元年，除诸侯相国法，更以参为齐丞相①。参之相齐，齐七十城。天下初定，悼惠王富于春秋②，参尽召长老诸生，问所以安集百姓如齐故俗，诸儒以百数，言人人殊，参未知所定。闻胶西有盖公③，善治黄老言④，使人厚币请之。既见盖公，盖公为言治道贵清静而民自定，推此类具言之。参于是避正堂，舍盖公焉。其治要用黄老术，故相齐九年，齐国安集，大称贤相。以上为齐相事。

【注释】

①更：改换。

②富于春秋：意为很年轻。春秋，指年龄。

③胶西：郡名。在今山东胶河以西地区。

④治：研究。黄老言：指道家学说。西汉初年，人们把道家称为“黄老”。其实黄老只是道家的一个派别。这个学派从战国后期开始形成。“黄”是托名黄帝主张，“老”是指老子思想。

【译文】

孝惠帝元年，废除诸侯国置相国的法令，朝廷改命曹参为齐国丞相。曹参在齐国作丞相时，齐国有七十座城邑。由于天下刚平定不久，悼惠王又很年轻，曹参便把齐国的长老和读书人全部召集起来，询问使百姓像齐国过去那样安定团结的办法。儒生数以百计，众说纷纭，莫衷一是，曹参不知怎样决定。他听说胶西有位盖公，深通黄老学说，便派人带厚礼去请。见到盖公后，盖公对他说，治理国家的办法以清静无为最好，这样，人民可以自行安定。盖公还以此类推详细阐述治国之道。

曹参于是让出正堂，请盖公住在那里。曹参行政以黄老学说为要领，所以他在齐国担任丞相九年，齐国百姓安居乐业，百姓大加称赞曹参是贤能的丞相。以上记曹参担任齐国丞相的事迹。

惠帝二年，萧何卒。参闻之，告舍人趣治行①，“吾将入相”。居无何，使者果召参。参去，属其后相曰②：“以齐狱市为寄，慎勿扰也。”后相曰：“治无大于此者乎③？”参曰：“不然。夫狱市者，所以并容也，今君扰之，奸人安所容也④？吾是以先之。”

【注释】

①趣：通“促”。赶快。治行：整理行装。

②属：通“嘱”。嘱咐。后相：后任丞相。

③治：治道，政治措施。

④安所：哪里。

【译文】

惠帝二年，萧何去世。曹参听到这个消息，告诉下人赶快收拾行装，“我将要到朝廷当相国了”。过了不久，朝廷使者果然来召曹参入朝。曹参离开齐国时，嘱咐其后任丞相说：“请求把齐国的监牢和市井托付给你，千万小心不要去干扰。”后任丞相说：“治理国家没有比这更重要的事吗？”曹参说：“不是这样。监狱和市井，是善恶并容的地方，如果你干扰它，坏人到哪里去容身呢？我因此把它放在第一位。”

参始微时，与萧何善；及为将相，有郤。至何且死，所推贤唯参。以上去齐入为汉相。

【译文】

曹参起初微贱的时候，跟萧何要好；等到后来彼此做了将相，便有了隔阂。到萧何临终的时候，向皇上推荐的贤臣却只有曹参。以上记曹参离开齐国，入朝担任汉相国。

参代何为汉相国，举事无所变更，一遵萧何约束①。择郡国吏木诎于文辞②，重厚长者，即召除为丞相史。吏之言文刻深③，欲务声名者，辄斥去之。日夜饮醇酒④。卿大夫已下吏及宾客见参不事事⑤，来者皆欲有言。至者，参辄饮以醇酒，间之，欲有所言，复饮之，醉而后去，终莫得开说⑥，以为常。

【注释】

①一：一概。约束：指规章制度。

②木诎(qū)：不善于辞令。

③言文刻深：执法严苛。言文，指法律条文与规章制度。

④醇酒：味道香浓的美酒。

⑤已：通“以”。不事事：不理政事。前一个“事”为动词，治理；后一个“事”为名词，政事。

⑥开说：开口劝谏。

【译文】

曹参接替萧何做了相国，办事没有什么变更，完全遵循萧何制定的制度法令。曹参选择郡国官吏中那些质朴而不善于言辞的忠厚长者，召来任命为丞相史。官吏中那些执法严苛，一心追求名声的人，常常被斥退。曹参日夜饮美酒。卿大夫以下的官吏及宾客看到曹参不理政事，都纷纷来访并都想进言劝告。那些人一到，曹参就让他们喝美酒，停了一会，来者又想说什么，曹参就又让他们喝酒，直到喝醉离开，始终无法进言，如此者习以为常。

相舍后园近吏舍，吏舍日饮歌呼。从吏恶之，无如之何，乃请参游园中，闻吏醉歌呼，从吏幸相国召案之[①]。乃反取酒张坐饮，亦歌呼与相应和[②]。

【注释】

①幸：希望。案：查问处理。

②应和(hè)：应声唱和。

【译文】

相国住宅的后园靠近官吏的住处，官吏在住处整天饮酒歌唱，大呼大吵。曹参的随从讨厌他们，但苦于无法对付他们，便请曹参到后园中游玩，这时又听到官吏醉酒大叫，引吭高歌，随从官吏暗暗希望相国把他们召来查问。曹参却反而叫人取酒，摆开座席，也边饮边唱，与官员们互相应和。

参见人之有细过[①]，专掩匿覆盖之，府中无事。

【注释】

①细过：小过失。

【译文】

曹参看到别人的小过失，总是隐瞒遮盖，因此相府中清平无事。

参子窋为中大夫[①]。惠帝怪相国不治事，以为“岂少朕与”[②]？乃谓窋曰：“若归，试私从容问而父曰[③]：‘高帝新弃群臣，帝富于春秋，君为相，日饮，无所请事，何以忧天下乎？’然无言吾告若也。”窋既洗沐归[④]，闲侍[⑤]，自从其所谏参[⑥]。参怒，而笞窋二百，曰：“趣入侍，天下事非若所当言也。”至朝时，惠帝让参曰：“与窋胡治乎？乃者我使谏君也。”参免冠谢曰：“陛下自察圣武孰与高帝？”上曰：“朕乃安敢望先帝乎[⑦]！”曰：“陛下观臣能孰与萧何贤？”上曰：“君似不及也。”参曰：“陛下言之是也。且高帝与萧何定天下，法令既明，今陛下垂拱，参等守职，遵而勿失，不亦可乎？”惠帝曰：“善。君休矣！”

【注释】

①窋(zhú)：曹参的儿子。中大夫：郎中令属官，掌议论，备顾问。

②少：轻视，看不起。

③从容：不急迫，引申为自然随意。

④洗沐：沐浴。此指放假。

⑤闲侍：闲暇侍奉父亲。

⑥自从其所：自出其意。

⑦乃：竟。安敢：怎么敢。

【译文】

曹参的儿子曹窋担任中大夫。汉惠帝奇怪相国不理政事，心里想“难道是轻视我吗”？于是惠帝告诉曹窋说：“你回家后，试探着私下自然随意地问问你父亲，就说：‘高祖刚刚去世，皇上又年轻，您身为相国，天天饮酒不止，什么事也不干，拿什么关心天下大事呀？’但你不要说是我告诉你的。”曹窋假期回家，在闲暇时侍奉父亲，把皇上的话变成了自己的话来劝谏曹参。曹参大怒，鞭笞曹窋二百下，并说：“赶快进宫侍奉皇上,天下的事不是你所应当说的。”到朝会的时候,惠帝责怪曹参说:“和曹窋有什么相干呢? 前次是我让他劝谏你的。”曹参脱下帽子谢罪说:“请陛下自己考虑:您与高帝谁更圣明英武?”皇上说:“我怎么敢和先帝相比呀?”曹参说:“陛下看我的才能跟萧何比哪个更贤能?”皇上说:“您似乎不及他。”曹参说:“陛下说得很对。况且高祖与萧何平定了天下,申明了法令,现在陛下垂衣拱手,我们一班朝臣谨守各自职责,遵循原来的法度不有所改变,不也就可以了吗?”惠帝说:“好! 您不用再说了。”

参为汉相国,出入三年[①]。卒,谥懿侯。子窋代侯。百姓歌之曰:“萧何为法,顜若画一[②];曹参代之,守而勿失[③]。载其清净[④],民以宁一[⑤]。”以上为丞相时事。

【注释】

①出入:首尾,前后。

②顜(jiǎng):平直明确。画一:整齐。

③守:遵守,奉行。

④载:乘,行。

⑤宁一:安宁不乱。

【译文】

曹参担任汉相国,前后三年。去世后,谥为懿侯。儿子曹窋继承侯位。百姓歌颂曹参说:“萧何制定法度,明白划一;曹参接替他,遵守而不改变。执行其清静无为而治的政策,老百姓安定不乱。”以上记曹参担任汉丞相时的事。

平阳侯窋,高后时为御史大夫[①]。孝文帝立,免为侯。

立二十九年卒，谥为静侯。子奇代侯，立七年卒，谥为简侯。子时代侯。时尚平阳公主[②]，生子襄。时病疠[③]，归国。立二十三年卒，谥夷侯。子襄代侯。襄尚卫长公主[④]，生子宗。立十六年卒，谥为共侯。子宗代侯。征和二年中，宗坐太子死[⑤]，国除。以上子孙。

【注释】

①御史大夫：秦汉时仅次于丞相的中央行政高级官吏，掌监察、执法，兼掌重要文书图籍。

②尚：古代娶帝王的女儿叫尚。平阳公主：汉景帝之女。本叫信阳公主，因嫁给平阳侯，故称平阳公主。

③病疠（lì）：患麻风病。

④卫长公主：汉武帝与卫皇后所生长女。

⑤宗坐太子死：指曹宗因受汉武帝太子刘据发动政变事件的牵连而死。坐，因，由于。

【译文】

平阳侯曹窋，高后时做御史大夫。等到汉文帝登基，曹窋被免官做侯。曹窋在位二十九年去世，谥号静侯。其子曹奇继承侯位，在位七年去世，谥号简侯。其子曹时接替侯位。曹时娶了平阳公主，生子曹襄。曹时得麻风病后回到封国。在侯位二十三年去世，谥号为夷侯。其子曹襄接替侯位。曹襄娶卫长公主，生子曹宗。曹襄在位十六年去世，谥号为共侯。其子曹宗接替侯位。征和二年中，曹宗因受太子反叛事件牵连被处死，封国被废除。以上记曹参子孙的事迹。

太史公曰：曹相国参攻城野战之功所以能多若此者，以与淮阴侯俱。及信已灭，而列侯成功，唯独参擅其名[①]。参为汉相国，清静极言合道②。然百姓离秦之酷后③，参与休息无为，故天下俱称其美矣。

【注释】

①擅：专有。

②极言：尽力主张，尽情说出。道：在这里特指道家清静无为的原则。

③离：通“罹”。遭受。

【译文】

太史公说：相国曹参攻城野战的功劳之所以如此多，是因为他跟淮阴侯韩信在一起。等到韩信被杀后，封赏列侯的战功，只有曹参独占威名了。曹参做汉朝相国，清静无为很合乎道家的原则。但在百姓遭受秦朝残酷统治后，曹参让他们休养生息，无为而治，所以天下人都赞扬他的美德。

五宗世家

【题解】

汉景帝的五个妃子共生了十三个儿子，全部被分封到各地为王，史称为“五宗”。本文以明晰的线索、清楚的条理描述这十三个王的行状及其结局。在这十三王中，有人好儒学，学者从之游；有人虽死，而百姓怜之；有人好宫室、苑囿、狗马；有人好声色、好力气，甚至好谋反、好通奸乱伦、好贼戾作恶、好诡辩中伤；有人勾心斗角，夺权争利，用尽心机。但炎炎者灭，皇皇者绝。作者寓褒贬、寄讽谏于质朴无华、准确有力的语言中，读后令人掩卷沉思。

孝景皇帝子凡十三人为王①，而母五人，同母者为宗亲。栗姬子曰荣、德、阏于②。程姬子曰馀、非、端。贾夫人子曰彭祖、胜。唐姬子曰发。王夫人兒姁子曰越、寄、乘、舜③。

【注释】

①孝景皇帝：即汉景帝刘启，前156—前141在位。

②栗姬：汉景帝的宠妃。阏(è)于：据梁玉绳考证，当作“阏”，“于”字衍。

③兒姁(ní xǔ)：王皇后的妹妹。

【译文】

景帝的儿子共有十三人被分封为王，他们由五个母亲所生，同母所生的称为宗亲。栗姬的儿子叫荣、德、阏于。程姬的儿子叫馀、非、端。贾夫人的儿子叫彭祖、胜。唐姬的儿子叫发。王夫人兒姁的儿子叫越、寄、乘、舜。

河间献王德①，以孝景帝前二年用皇子为河间王②。好儒学，被服造次必于儒者③。山东诸儒多从之游。

【注释】

①河间：封国名。地在今河北中南部，治所在今献县东南。

②孝景帝前二年：汉景帝在位16年，前156—前150为前元，前149—前144为中元，前143—前141为后元。前二年即前元二年，也即前155年。用：因为，凭借。

③被服：衣着服饰。造次：仓促，急促，这里指举动。

【译文】

河间献王刘德，在景帝前元二年时以皇子的身份受封为河间王。

他爱好儒家学说，衣着服饰言行举止都以儒者为标准。崤山以东地区的儒生们都乐于跟从他，与他交游。

二十六年卒，子共王不害立。四年卒，子刚王基代立。十二年卒，子顷王授代立。

【译文】

献王在位二十六年后去世，其子共王刘不害继位。共王在位四年后去世，其子刚王刘基继位。刚王在位十二年后去世，其子顷王刘授继位。

临江哀王阏于[①]，以孝景帝前二年用皇子为临江王。三年卒，无后，国除为郡[②]。

【注释】

①临江：封国名。治所在今湖北中西部，治所在今江陵。

②除：取消。汉代郡国并立，郡由朝廷直接统治，国是王侯封地。

【译文】

临江哀王刘阏于，在景帝前元二年以皇子的身份受封为临江王。他在位三年后去世，没有后代，封国被改为郡。

临江闵王荣，以孝景前四年为皇太子，四岁废，用故太子为临江王。

【译文】

临江闵王刘荣，在景帝前元四年立为皇太子，四年后被废，以曾任太子的身份受封为临江王。

四年，坐侵庙壖垣为宫[①]，上征荣。荣行，祖于江陵北门[②]。既已上车，轴折车废。江陵父老流涕窃言曰："吾王不反矣[③]！"荣至，诣中尉府簿[④]。中尉郅都责讯王[⑤]，王恐，自杀。葬蓝田。燕数万衔土置冢上，百姓怜之。

【注释】

①壖(ruán)垣：指宫庙内、外墙之间的空地。垣为外面的矮墙。汉代京城及各郡、各诸侯国的治所均建有汉高祖及汉太宗文帝的庙。临江王宫与汉文帝庙邻近，刘荣利用庙外空地扩建王宫，被人告发。

②祖：古代出行前祭祀路神的礼俗，一般还会设宴送行。

③反：同"返"。

④诣：往，到。中尉：官名。掌管京城治安。簿：动词，指核对事实，接受审讯。

⑤郅都：人名。汉河东大阳(今山西平陆)人，景帝时为中尉，行法不避权贵，号曰"苍鹰"。

【译文】

闵王四年，因侵占祖庙外空地扩建宫室的罪，皇上召他进京。刘荣出发前，在江陵城北门祭拜路神。登上马车之后，车轴突然折断以致车子毁坏。江陵的父老们都流着泪悄悄地说："我们的国王不会返回来了！"刘荣一到京城，便被召到中尉府去核实罪状。中尉郅都严厉审讯他，闵王极端恐惧，自杀了。后被葬在蓝田。当时有几万只飞燕衔泥土放在他的坟墓上，老百姓都很同情他。

荣最长，死无后，国除，地入于汉，为南郡。

【译文】

刘荣是景帝的长子，死了没有后代，封国被取消，领地归于汉朝廷管辖，建置为南郡。

右三国本王皆栗姬之子也。

【译文】

以上所述三国的第一代国王都是栗姬的儿子。

鲁共王馀，以孝景前二年用皇子为淮阳王①。二年，吴、楚反破后②，以孝景前三年徙为鲁王。好治宫室苑囿狗马③。季年好音④，不喜辞辩。为人吃⑤。

【注释】

①淮阳：封国名。治所在今河南淮阳。

②吴、楚反：指汉代的七国之乱。

③苑囿（yòu）：游猎场所。

④季年：晚年。音：音乐。

⑤吃：口吃，结巴。

【译文】

鲁共王刘馀，在景帝前元二年以皇子身份受封为淮阳王。共王二年，吴、楚七国之乱平定之后，即景帝前元三年改封为鲁王。他喜欢修建宫室、苑囿，喜欢养狗畜马。晚年又喜欢音乐，不喜欢言辞论辩。为人口吃结巴。

二十六年卒，子光代为王。初好音舆马[①]；晚节啬[②]，惟恐不足于财。

【注释】

①舆马：车马。

②晚节：同“季年”。晚年。

【译文】

共王在位二十六年后去世，其子刘光继承王位。刘光起初爱好音乐、车马；晚年变得吝啬，只担心钱财不够享用。

江都易王非[①]，以孝景前二年用皇子为汝南王[②]。吴、楚反时，非年十五，有材力，上书愿击吴。景帝赐非将军印，击吴。吴已破，二岁，徙为江都王，治吴故国[③]，以军功赐天子旌旗。元光五年[④]，匈奴大入汉为贼[⑤]，非上书愿击匈奴，上不许。非好气力，治宫观，招四方豪桀[⑥]，骄奢甚。

【注释】

①江都：封国名。在今江苏中部，治所在今扬州。

②汝南：封国名。在今河南、安徽交界地区，治所在今河南上蔡西南。

③吴故国：指吴王刘濞以前的老地盘。

④元光五年：前130年。元光，汉武帝年号（前134—前129）。

⑤贼：残害作乱。

④豪桀：即豪杰。

【译文】

江都易王刘非，在景帝前元二年以皇子身份受封为汝南王。吴、楚七国叛乱时，刘非十五岁，体壮力大，给皇上上书表示愿意攻打吴国。景帝赐给他将军印信，前往攻打吴国。吴国已经平定两年后，改封为江都王，治理吴国旧地，由于军功被赏赐了天子旌旗。武帝元光五年，匈奴大举入侵汉朝，为害严重，刘非上书请求去攻打匈奴，但没有得到皇上的允许。刘非喜好使弄气力，喜欢修治宫室楼台，招揽四面八方的豪杰人士，非常骄纵奢侈。

立二十六年卒，子建立为王。七年自杀。淮南、衡山谋反时[①]，建颇闻其谋。自以为国近淮南，恐一日发，为所并，即阴作兵器，而时佩其父所赐将军印，载天子旗以出。易王死未葬，建有所说易王宠美人淖姬[②]，夜使人迎与奸服舍中[③]。及淮南事发，治党与颇及江都王建[④]。建恐，因使人多持金钱，事绝其狱[⑤]。而又信巫祝，使人祷祠妄言[⑥]。建又尽与其姊弟奸[⑦]。事既闻，汉公卿请捕治建。天子不忍，使大臣即讯王。王服所犯[⑧]，遂自杀。国除，地入于汉，为广陵郡。

【注释】

①淮南、衡山谋反：指淮南王刘安与衡山王刘赐谋反之事。

②有所说：有所喜爱的。说，同“悦”。

③服舍：服丧的房舍。

④及：牵涉，牵连。

⑤事绝其狱：通过活动来了结、平息这一案件。

⑥祷祠：祭祀祈祷。

⑦姊弟：姐妹。弟，通“娣”。妹妹。

⑧服：认罪。

【译文】

易王在位二十六年后去世，其子刘建继承王位。刘建在位七年后自杀。淮南王、衡山王阴谋反叛时，刘建听到他们的一些策划。他自认为国土接近淮南，恐怕叛乱一旦发生，自己将被吞并，于是就暗中制作兵器，经常佩戴着景帝赏赐给他父亲的将军印信，车上插着天子旌旗外出。易王死了还没安葬，刘建就派人把他所喜爱的淖姬——易王从前宠爱的美人——晚上接到守丧的房屋里与她通奸。等到淮南王谋反的事被发觉后，朝廷惩办淮南王的党徒时，牵连到了江都王刘建。刘建很恐惧，于是派人带大量金钱四处活动，企图平息这场官司。刘建又迷信巫祝，派人祭祀祈祷，编造一些胡言乱语。刘建又与他所有的姊妹通奸。这些丑闻传出后，公卿大臣请求捕捉惩治刘建。但天子不忍心，派大臣去就地审讯他。他承认所犯的罪行后，便自杀了。封国被取消，领地归入朝廷，建置为广陵郡。

胶西于王端①，以孝景前三年吴、楚七国反破后，端用皇子为胶西王。端为人贼戾②，又阴痿③，一近妇人，病之数月。而有爱幸少年为郎④。为郎者顷之与后宫乱，端禽灭之⑤，及杀其子母。数犯上法，汉公卿数请诛端，天子为兄弟之故不忍⑥，而端所为滋甚。有司再请削其国，去大半。端心愠⑦，遂为无訾省⑧。府库坏漏尽，腐财物以巨万计，终不得收徙⑨。令吏毋得收租赋。端皆去卫，封其宫门，从一门出游。数变名姓，为布衣，之他郡国。

【注释】

①胶西：封国名。在今山东胶河以西地带，治所在今山东高密西南。于：谥号。《史记索隐》引《广周书谥法》云："能优其德

曰于。”

②贼戾(lì):性情凶狠恶毒。

③阴痿:阳痿。

④郎:侍从官。

⑤禽:同“擒”。

⑥天子:指汉武帝。

⑦愠(yùn):心中怨恨。

⑧訾省:理财问事。訾,同“资”。

⑨收徙:收藏和转移。

【译文】

胶西于王刘端,在景帝前元三年吴、楚七国之乱被平定后,以皇子的身份封为胶西王。刘端为人凶狠残暴,有阳痿病,一接触妇女,便要病好几个月。他有一个宠幸的年轻人担任侍从官。这位年轻人不久便与后宫妃嫔淫乱,刘端把他捉住杀掉,还牵连杀死了他的儿子和母亲。刘端多次违犯朝廷的法令,朝廷的公卿大夫屡次请求处死他,天子因为兄弟之情不忍心下手,而刘端更加为非作歹。朝廷主管官员一再请求削夺他的封地,于是给他削去了一大半。刘端心中恼恨,于是便不理财务政事。府衙仓库全部破烂漏雨,坏掉的财物数以万计,始终不派人去收藏搬迁。还命令官吏不得去收取租税田赋。刘端又全部撤掉保卫人员,把王宫的大门封闭,由一小门出外游玩。而且多次改名换姓,乔装成普通百姓,前往其他郡国。

相、二千石往者①,奉汉法以治,端辄求其罪告之,无罪者诈药杀之。所以设诈究变②,强足以距谏,智足以饰非。相、二千石从王治,则汉绳以法。故胶西小国,而所杀伤二千石甚众。

【注释】

①相：朝廷派往封国的最高官员，负责政务。二千石：汉代按俸禄给官吏分等级，食二千石者属高级官员。

②所以设诈穷变：用来欺骗诡诈的种种方法。穷，穷尽。变，变化。

【译文】

朝廷派到胶西国的相和二千石级官员，按照朝廷的法令来治理郡国，刘端就搜求他们的罪过向朝廷告发，找不到罪过的便用欺诈的办法将他们毒死。刘端用来设置骗局的方法变化多端，强横的程度足以拒绝别人的劝谏，智谋的程度又足以掩饰自己的错误。相和二千石官员如果听从他的指令去做事，那么又会违犯朝廷法令而受到惩治。所以虽然胶西是一个小王国，在这里被杀伤的二千石级官吏却有很多。

立四十七年，卒，竟无男代后，国除，地入于汉，为胶西郡。

【译文】

胶西于王刘端在位共四十七年去世，最终没有男性后裔接替其位，封国被取消，领地归于汉朝廷管辖，建置为胶西郡。

右三国本王皆程姬之子也。

【译文】

以上所述三国的第一代国王都是程姬的儿子。

赵王彭祖①，以孝景前二年用皇子为广川王。赵王遂反破后②，彭祖王广川四年，徙为赵王。十五年，孝景帝崩。彭祖为人巧佞卑谄③，足恭而心刻深④。好法律，持诡辩以中人⑤。彭祖多内宠姬及子孙。相、二千石欲奉汉法以治，则害于王家。是以每相、二千石至，彭祖衣皂布衣⑥，自行迎，除二千石舍⑦，多设疑事以作动之⑧，得二千石失言，中忌讳，辄书之。二千石欲治者，则以此迫劫⑨；不听，乃上书告，及污以奸利事。彭祖立五十余年，相、二千石无能满二岁，辄以罪去，大者死，小者刑，以故二千石莫敢治。而赵王擅权，使使即县为贾人榷会⑩，入多于国经租税。以是赵王家多金钱，然所赐姬诸子，亦尽之矣。彭祖取故江都易王宠姬王建所盗与奸淖姬者为姬，甚爱之。

【注释】

①赵：封国名。在今河北、山东、河南三省交界处，治所在今邯郸。

②赵王遂反破后：赵王遂是汉高祖之孙，赵幽王刘友之子，平定诸吕之乱后被封于赵。曾参与吴楚七国之乱。

③巧佞卑谄：能言善辩而又会巴结逢迎。

④足恭而心刻深：过于恭顺而又严酷阴毒。

⑤中人：中伤别人。

⑥皂布衣：黑色的衣服，服役者所穿。

⑦除：扫除。

⑧作动：困惑耸动。

⑨迫劫：要挟。

⑩为贾人榷会：当商人垄断经营。榷，独木桥，喻垄断。

【译文】

赵王刘彭祖，在景帝前元二年以皇子身份封为广川王。赵王刘遂叛乱被平定后，刘彭祖在广川为王的第四年，改封为赵王。第十五年，景帝去世。刘彭祖为人善于逢迎讨好，奉承谄媚，外表特别恭顺，而内心阴险狠毒。喜欢钻研法令条文，常用诡辩来中伤别人。刘彭祖有许多宠幸的姬妾和大群的子孙。相和二千石级官员如要遵循朝廷的法令来治理王国，那么就会对赵王家不利。因此每当朝廷派来相和二千石级官员，刘彭祖便身穿仆人的黑色衣服，亲自前往迎接，亲自为他们打扫住所，然后设计许多疑难问题使他们困惑吃惊，等到他们一旦失言，触犯了朝廷的禁忌，他就记录下来。二千石级官员要按朝廷法令治理的话，他就用记下的话进行要挟；如果他们不听，便上书朝廷告发，并且用一些奸邪和贪财的罪名来诬陷他们。刘彭祖在位五十多年，相和二千石级官员在他那里任职没有能够满两年的，他们动辄因犯罪离职，严重的被处死，轻微的被判刑，因此二千石级官员都不敢治理赵国。赵王便得以独断专权，他派人到各县去经商谋利，只许独家经营，收入超过了国家常规的租税。因此赵王家里金钱极多，然而又都赏赐给诸多的姬妾、儿子，也就用光了。刘彭祖还娶了从前江都易王的宠妾、江都王刘建曾和她通奸的淖姬为妾，非常宠爱她。

彭祖不好治宫室、禨祥①，好为吏事②。上书愿督国中盗贼。常夜从走卒行徼邯郸中③。诸使过客以彭祖险陂④，莫敢留邯郸。

【注释】

①禨(jī)祥：敬奉鬼神以求福。

②好为吏事：喜欢过问、干涉下级官吏的事。

③从：让人跟着，即带领。走卒：巡逻的兵士。行徼(jiǎo)：巡察。

④诸使：其他郡国的使者。险陂(bì)：阴险邪恶。

【译文】

刘彭祖不喜欢修筑宫室，也不喜拜神求福，却爱好去做下级官吏的事务。曾经上书朝廷希望亲自缉捕国内的盗贼。经常在夜里带领兵卒在邯郸城内巡逻。各地的使者和过往的客人都因为刘彭祖阴险邪恶，不敢在邯郸逗留。

其太子丹与其女及同产姊奸，与其客江充有郤[①]。充告丹，丹以故废。赵更立太子。

【注释】

①江充：邯郸人，武帝任他为直指绣衣使者，负责镇压三辅盗贼。与太子据有嫌隙，诬陷太子行巫蛊，为据所杀。

【译文】

他的太子刘丹与女儿及同胞姐姐通奸，又与他的门客江充有矛盾。江充于是告发刘丹，刘丹因而被废。赵国另立太子。

中山靖王胜[①]，以孝景前三年用皇子为中山王。十四年，孝景帝崩。胜为人乐酒好内[②]，有子枝属百二十余人[③]。常与兄赵王相非，曰："兄为王，专代吏治事。王者当日听音乐声色。"赵王亦非之，曰："中山王徒日淫，不佐天子拊循百姓，何以称为藩臣[④]！"

【注释】

①中山：封国名。在今河北中西部，治所在今定州。

②乐酒：喜欢饮酒。好内：好色。

③子枝属：子孙。

④藩臣：形容诸侯王如同皇室的藩墙屏障一样。

【译文】

中山靖王刘胜，在景帝前元三年以皇子的身份受封为中山王。靖王十四年，景帝去世。刘胜为人喜欢酒色，有各支子孙一百二十多人。他常与哥哥赵王相互责难，他说："兄长做国王，专门代替官吏做事。做国王的人应当天天听音乐，欣赏女色。"赵王也责难他说："中山王只知每天淫乐，不辅佐天子安抚百姓，怎么配称得上是藩臣！"

立四十二年卒，子哀王昌立。一年卒，子昆侈代为中山王。

【译文】

刘胜在位四十二年去世，其子哀王刘昌继位。刘昌在位一年去世，其子刘昆侈接替做了中山王。

右二国本王皆贾夫人之子也。

【译文】

以上所述两国的第一代国王都是贾夫人的儿子。

长沙定王发[①]，发之母唐姬，故程姬侍者。景帝召程姬，程姬有所辟[②]，不愿进，而饰侍者唐兒使夜进。上醉不知，以为程姬而幸之，遂有身[③]。已乃觉非程姬也。及生子，因命曰发[④]。以孝景前二年用皇子为长沙王。以其母微[⑤]，无宠，故王卑湿贫国。

【注释】

①长沙：封国名。在今湖南中部，治所在今长沙。

②有所辟：有所回避，指月经期。

③身：指有身孕。

④命：取名。发：在此有事后发现之意。

⑤微：地位低下。

【译文】

长沙定王刘发，他的母亲是唐姬，原是程姬的婢女。景帝召幸程姬，程姬有所回避，不愿前去，便让婢女唐兒打扮好，在晚上前去侍寝。皇上酒醉没有发觉，以为唐兒便是程姬，于是唐兒得到宠幸而怀了身孕。事后才发觉不是程姬。等到生下儿子，便起名叫发。刘发在景帝前元二年以皇子身份受封为长沙王。因他的母亲地位低微，不受宠爱，所以被封在低湿贫穷的王国。

立二十七年卒，子康王庸立。二十八年，卒，子鲋鮈立为长沙王①。

【注释】

①鲋鮈（fù jū）：人名。

【译文】

刘发在位二十七年去世，其子康王刘庸继位。刘庸在位二十八年去世，其子刘鲋鮈继承做长沙王。

右一国本王唐姬之子也。

【译文】

以上王国的第一代国王是唐姬的儿子。

广川惠王越[1]，以孝景中二年用皇子为广川王。

【注释】

①广川：封国名。在今河北衡水、邢台、山东德州一带，治所在今河北衡水冀州区。

【译文】

广川惠王刘越，在景帝中元二年以皇子的身份受封为广川王。

十二年卒，子齐立为王。齐有幸臣桑距。已而有罪，欲诛距，距亡，王因禽其宗族。距怨王，乃上书告王齐与同产奸。自是之后，王齐数上书告言汉公卿及幸臣所忠等[1]。

【注释】

①告言：指上告或控告。所忠：人名。

【译文】

刘越在位十二年去世，其子刘齐继位为王。刘齐有一个宠爱的臣子叫桑距。后来桑距犯了罪，刘齐想杀掉他，桑距便逃跑了，刘齐便逮捕了他的家族。桑距怨恨刘齐，于是上书告发刘齐和同胞姊妹通奸。从那以后，广川王刘齐屡次上书控告朝廷的公卿大臣和宠臣所忠等人。

胶东康王寄[1]，以孝景中二年用皇子为胶东王。二十八年卒。淮南王谋反时，寄微闻其事，私作楼车镞矢战守备[2]，候淮南之起。及吏治淮南之事，辞出之③。寄于上最亲，意伤之④，发病而死，不敢置后，于是上问⑤。寄有长子者名贤，母无宠；少子名庆，母爱幸，寄常欲立之，为不次⑥，因有过，遂无言。上怜之，乃以贤为胶东王，奉康王嗣，而封庆于故衡山地⑦，为六安王⑧。

【注释】

①胶东：封国名。在今山东东部，治所在今平度。

②楼车：一种用于观察敌军虚实的战车。镞：箭头。

③辞出之：别人供出了他，即谋反事牵涉到了刘寄。

④意伤之：心里很伤感。

⑤上问：皇上听到并过问此事（指刘寄的继承人。

⑥不次：不合于礼法规定的长幼次序。

⑦故衡山地：指衡山王刘赐的老地盘。

⑧六安：封国名。治所在今安徽六安。

【译文】

胶东康王刘寄，在景帝中元二年以皇子的身份受封为胶东王。在位二十八年去世。淮南王谋反的时候，刘寄隐约听说了谋反的一些事情，于是私自制造楼车、弓箭，做好战斗和防守的准备，以待淮南王起事。等到朝廷官吏处理淮南王事件时，供词中牵涉到了刘寄。刘寄与皇上的关系最密切，自己心里感到内疚伤心，不久发病而死，不敢安排继承人，皇上听说了这件事就亲自予以过问。刘寄的长子名叫刘贤，其母不受宠爱；小儿子叫刘庆，其母受宠爱，刘寄常常想立他为继承人，因为不合礼法，又由于自己有过错，便没有提出来。皇上很怜悯刘寄，于是封刘贤为胶东王，做康王的继承人，又把刘庆封到以前衡山王的领地，为六安王。

胶东王贤立十四年卒，谥为哀王。子庆为王。

【译文】

胶东王刘贤在位十四年去世，谥号为哀王。其子刘庆继位为王。

六安王庆，以元狩二年用胶东康王子为六安王①。

【注释】

①元狩二年：前 121 年。元狩，汉武帝年号（前 122—前 117）。

【译文】

六安王刘庆，在元狩二年以胶东康王儿子的身份受封为六安王。

清河哀王乘，以孝景中三年用皇子为清河王①。十二年卒，无后，国除，地入于汉，为清河郡。

【注释】

①清河：封国名。在今河北、山东两省交界处，治所在今河北清河东南。

【译文】

清河哀王刘乘，在景帝中元三年以皇子的身份封为清河王。哀王在位十二年去世，没有后代，封国被取消，领地归于汉朝廷管辖，建置为清河郡。

常山宪王舜，以孝景中五年用皇子为常山王①。舜最亲，景帝少子，骄怠多淫，数犯禁，上常宽释之。立三十二年卒，太子勃代立为王。

【注释】

①常山：封国名。在今河北西南部，治所在今元氏西北。

【译文】

常山宪王刘舜，在景帝中元五年以皇子的身份受封为常山王。刘舜与皇上的关系最为密切，因他是景帝的小儿子，骄横懒惰而多淫乱，屡次触犯禁令，但皇上常常宽容赦免他。宪王在位三十二年去世，太子刘勃接替王位。

初，宪王舜有所不爱姬生长男棁。棁以母无宠故，亦不得幸于王。王后脩生太子勃。王内多[①]，所幸姬生子平、子商，王后希得幸。及宪王病甚，诸幸姬常侍病，故王后亦以妒媢不常侍病[②]，辄归舍。医进药，太子勃不自尝药，又不宿留侍病。及王薨，王后、太子乃至。宪王雅不以长子棁为人数[③]，及薨，又不分与财物。郎或说太子、王后，令诸子与长子棁共分财物，太子、王后不听。太子代立，又不收恤棁[④]。棁怨王后、太子。汉使者视宪王丧，棁自言宪王病时，王后、太子不侍，及薨，六日出舍[⑤]，太子勃私奸，饮酒，博戏，击筑[⑥]，与女子载驰，环城过市，入牢视囚。天子遣大行骞验王后及问王勃[⑦]，请逮勃所与奸诸证左[⑧]，王又匿之。吏求捕，勃大急，使人致击笞掠，擅出汉所疑囚者[⑨]。有司请诛宪王后脩及王勃。上以脩素无行，使棁陷之罪，勃无良师傅，不忍诛。有司请废王后脩，徙王勃以家属处房陵[⑩]，上许之。

【注释】

①内多:指宠姬侍妾多。

②妒媢(mào):嫉妒。

③雅:平素,向来。

④收恤:收容抚恤,照顾。

⑤出舍:走出服丧的处所。

⑥筑:古乐器。

⑦大行:掌接待宾客的官员。骞:指张骞。验:审问。

⑧证左:作证人。

⑨擅出:擅自释放。所疑囚者:所囚禁的嫌疑犯。

⑩以:连同。房陵:县名。今湖北房县,是秦汉时贬居罪犯的地方。

【译文】

当初,宪王刘舜有一个不受宠的妃子生了长子刘棁。刘棁因为母亲不受宠爱,也不讨宪王喜欢。宪王的王后脩生了太子刘勃。宪王的妃妾很多,他所宠爱的妃子生下了儿子刘平、刘商,王后很少得到宪王临幸。等到宪王病情严重的时候,诸多宠幸的姬妾经常在床畔侍奉,王后仍由于内心嫉妒,不大去侍候问病,经常回到自己的房子里。医生献上药物,太子刘勃不亲自尝试,也不肯守夜侍奉。等到宪王咽了气,王后和太子才来到。宪王一向不把长子刘棁当人看待,等到去世,又不分给他财物。侍从官中有人劝说太子和王后,让宪王的各个儿子与长子刘棁共同分享财物,但太子和王后不听。太子继位后,又不照顾抚恤刘棁。刘棁于是怨恨王后和太子。朝廷的使者来了解视察宪王的丧事,刘棁亲自诉说宪王生病时,王后、太子不去服侍,等到宪王去世,才过了六天就跑出守丧的房子,太子刘勃私下奸淫,酗酒,赌博耍戏,击筑奏乐,与女子同车而行,遍绕城区穿越闹市,还去监狱看视囚犯。天子于是派大行官张骞到王后处验实此事并且询问刘勃,请求逮捕参与刘勃奸事的各个证人,可刘勃又把他们藏匿起来。官吏搜求寻捕,刘勃非常急迫，便派人拷问告发的人，又私自放出朝廷所囚禁的嫌疑犯。主管官员请求诛杀王后脩和刘勃。皇上以为王后脩一向没有好品行，使刘棁告发她犯罪，而刘勃没有贤良的老师辅佐，不忍心诛杀他。主管官员请求废黜王后脩，把刘勃和他的家属迁徙到房陵，皇上同意了。

勃王数月，迁于房陵，国绝。月余，天子为最亲，乃诏有司曰："常山宪王蚤夭[①]，后妾不和，適孽诬争[②]，陷于不义以灭国，朕甚闵焉。其封宪王子平三万户，为真定王；封子商三万户，为泗水王。"

【注释】

①蚤夭：即早夭。蚤，同"早"。

②诬争：诬陷争斗。

【译文】

刘勃只做了几个月的王，便被贬居房陵，于是封国灭绝。过了一个多月，天子因宪王最亲近，于是召来主管官员说："常山宪王早死，后宫的王后与妃妾不和，嫡子和庶子互相控告，陷入不义的争执，以至于封国灭绝，我很怜悯他。现封给宪王儿子刘平三万户，做真定王；封给宪王儿子刘商三万户，做泗水王。"

真定王平[①]，元鼎四年用常山宪王子为真定王[②]。

【注释】

①真定：封国名。在今河北滹沱河流域，治所在今正定南。

②元鼎四年：前113年。元鼎，汉武帝年号(前116—前111)。

【译文】

真定王刘平，元鼎四年以常山宪王儿子的身份受封为真定王。

泗水思王商①，以元鼎四年用常山宪王子为泗水王。十一年卒，子哀王安世立。十一年卒，无子。于是上怜泗水王绝，乃立安世弟贺为泗水王。

【注释】

①泗水：封国名。在今江苏洪泽湖以北，治所在今江苏宿迁西南。

【译文】

泗水思王刘商，在元鼎四年以常山宪王儿子的身份封为泗水王。思王在位十一年去世，其子哀王刘安世继位。哀王在位十一年去世，没有儿子。当时皇上很怜惜泗水王绝后，便封刘安世的弟弟刘贺为泗水王。

右四国本王皆王夫人兒姁子也。其后汉益封其支子为六安王、泗水王二国。凡兒姁子孙，于今为六王。

【译文】

以上四国的第一代国王都是王夫人兒姁的儿子。之后，朝廷加封他们的支子为六安、泗水两国的国王。所有兒姁的子孙，到现在有六个国王。

太史公曰：高祖时诸侯皆赋，得自除内史以下，汉独为置丞相，黄金印。诸侯自除御史、廷尉正、博士，拟于天子。

自吴、楚反后，五宗王世，汉为置二千石，去“丞相”曰“相”，银印。诸侯独得食租税，夺之权。其后诸侯贫者或乘牛车也。

【译文】

太史公说：汉高祖分封诸侯王时，王国的所有赋税都归国王所有，国王有权任命内史以下的官吏，朝廷只给他派遣丞相，丞相佩带黄金印信。诸侯王自己任命御史、廷尉正、博士等官，权力几乎和天子相当。自从吴、楚七国之乱后，在五宗封王的时代，所有二千石级的官员都由朝廷为他们派遣，撤去“丞相”名称而改为“相”，佩带银印。诸侯王只能享受赋税，而政治权力被剥夺。在以后诸侯王中的贫穷者，有的只能乘坐牛车。

伯夷列传

【题解】

本文是《史记》七十列传的第一篇。列传是纪传体史书的体裁之一，记载历史人物的事迹，为司马迁所首创。伯夷，是商代孤竹君的儿子，古代高尚守节者的典型。在文中，作者只是简略地叙述了伯夷的遭遇，更多的则是借孔子言论，以许由、务光、颜回作陪衬，用盗跖作对比，杂引经传，大发议论，抒发自己心中的感慨和不平，即所谓借他人之杯酒，浇自己之块垒。虽是史事，实为心声，这是读此文不能不加以注意的。

夫学者载籍极博[①]，犹考信于六艺[②]。《诗》《书》虽缺，然虞、夏之文可知也[③]。尧将逊位，让于虞舜。舜、禹之间，岳牧咸荐[④]，乃试之于位，典职数十年，功用既兴，然后授政。示天下重器，王者大统，传天下若斯之难也。而说者曰尧让天下于许由[⑤]，许由不受，耻之逃隐。及夏之时，有卞随、务光者[⑥]。此何以称焉？太史公曰：余登箕山[⑦]，其上盖有许由冢云。孔子序列古之仁圣贤人，如吴太伯、伯夷之伦详矣[⑧]。余以所闻由、光义至高，其文辞不少概见[⑨]，何哉？以上言学者当考信于六艺，许由、卞随、务光之说不可信。

【注释】

①载籍：书籍。

②六艺：指《尚书》《仪礼》《乐经》《诗经》《周易》《春秋》六部经书。

③虞、夏之文：指《尚书》中的《尧典》《舜典》《大禹谟》。

④岳牧：古代传说中的四岳和十二州牧的合称。四岳指传说中尧舜时的四方部落首领。

⑤说者：指诸子杂记。许由：尧时隐士。传说尧要让位给许由，许由不受，就逃到颍水之阳、箕山之下。

⑥卞随、务光：传说中的夏朝高士。传说商汤灭夏桀后，要把帝位让给他们，他们拒不接受，并投颍水而死。

⑦箕山：山名。在今河南登封东南。

⑧吴太伯：周太王的长子。太王有三个儿子：太伯、仲雍、季历。季历之子就是周文王姬昌。相传太王预见到姬昌的圣贤，想传位给季历，以便让姬昌接替。太伯为遂父愿，便同仲雍出走，到达吴国，故称吴太伯。

⑨其文辞：记载他们的文字。

【译文】

学者即便读书极为广博，也还要从六经中考据征信。《诗经》《尚书》虽有残缺，但是还可了解到虞舜、夏禹时期的文献。尧将要退位时，把帝位让给虞舜。在舜和禹之间，是由四岳和十二牧共同举荐禹，并在一定岗位任职数十年，取得成绩之后，才被授予帝位。这是为了表明天下是最贵重的宝器，帝王是最尊贵的位置，传让天下是如此艰难。然而有的书上说尧把天下让给许由，许由不接受，并以此为耻，就逃走隐居去了。到了夏代，卞随、务光也是这样的人。这又如何解说呢？太史公说：我曾登上箕山，那上面有许由的坟墓。孔子一一叙说排列古代的仁德、圣贤之人，像吴太伯、伯夷就说得很详细清楚。就我所听到的，许由、务光的德行是最高尚的了，但是关于他们事迹的文字却没有见到一点，这是什么原因呢？以上说明学者应该到六经中寻找确证，许由、卞随、务光的传说不可信。

孔子曰："伯夷、叔齐①，不念旧恶，怨是用希。""求仁得仁，又何怨乎？"余悲伯夷之意②，睹轶诗可异焉③。其传曰：

【注释】

①叔齐：伯夷之弟。

②悲：悲叹。

③轶诗：指后引的歌辞，因未收入《诗经》，故称轶诗。轶，通"佚"。

【译文】

孔子说："伯夷、叔齐，不计较过去的仇恨，因此怨恨很少。""他们求仁得仁，又有什么可怨恨的呢？"我为伯夷的想法而悲叹，看到他们散失的诗篇而更感惊异。史书中有关他们的事迹记载如下：

伯夷、叔齐，孤竹君之二子也。父欲立叔齐，及父卒，叔齐让伯夷。伯夷曰："父命也。"遂逃去。叔齐亦不肯立而逃之。国人立其中子[①]。于是伯夷、叔齐闻西伯昌善养老，盍往归焉[②]？及至，西伯卒，武王载木主[③]，号为文王，东伐纣。伯夷、叔齐叩马而谏曰："父死不葬，爰及干戈，可谓孝乎？以臣弑君，可谓仁乎？"左右欲兵之。太公曰[④]："此义人也。"扶而去之。武王已平殷乱，天下宗周，而伯夷、叔齐耻之，义不食周粟，隐于首阳山[⑤]，采薇而食之[⑥]。及饿且死，作歌。其辞曰："登彼西山兮[⑦]，采其薇矣。以暴易暴兮，不知其非矣。神农、虞、夏忽焉没兮[⑧]，我安适归矣[⑨]？于嗟徂兮，命之衰矣[⑩]！"遂饿死于首阳山。

【注释】

①中(zhòng)子：次子。古代兄弟排行按伯、仲、叔、季次序。中，通"仲"。

②盍：何不。

③木主：西伯姬昌的木制灵牌。

④太公：吕尚，号太公望，齐国始祖。

⑤首阳山：又名雷首山、历山，在今山西芮城西北。也有说在陇西的，还有说在洛阳东北的。

⑥薇(wēi)：蕨类植物，即巢菜，野豌豆。

⑦西山：即首阳山。

⑧神农：传说中的三皇之一。

⑨安：哪里。适：去，往。

⑩于嗟徂兮，命之衰矣：犹言"唉，我就要死啦，命运就是这样坏啊"。于嗟，也作"吁嗟"，叹息声。徂，云，这里指死。

【译文】

伯夷、叔齐是孤竹国国君的两个儿子。父亲想立叔齐为嗣君，等到父亲去世，叔齐让伯夷做国君。伯夷说："这是父命。"于是逃去。叔齐也不肯当国君而逃走。国中人只好拥立孤竹君的二儿子。在这个时候，伯夷、叔齐听说西伯姬昌善于奉养老人，便想为什么不去投奔他呢？等到了那里，西伯姬昌却去世了，其子武王姬发载着姬昌的灵位，追尊谥号为"文王"，并率军向东去攻打商纣。伯夷、叔齐拦在武王马前劝谏，说："父亲死了，不去安葬，就发动战争，能说是孝顺吗？作为臣下去弑君主，能说是仁义吗？"武王的左右随从想杀掉伯夷、叔齐。太公望说："这是两个讲仁义的人。"于是扶起他们让他们走了。武王克商取胜，天下归于周朝，而伯夷、叔齐深以为耻，他们坚持道义不吃周朝的粮食，隐居在首阳山上，采摘野豌豆吃。等到即将饿死的时候，作了一首歌，歌词唱道："登上了那西山啊，采摘那里的野豌豆。用暴力解决暴政啊，却不知自己之错。神农、虞舜、夏禹的时代迅速逝去，我到哪里去啊？可叹死之将至啊，命运是如此衰弱！"终于饿死在首阳山。

由此观之，怨邪非邪？以上言伯夷事当征诸孔子之言，传及轶诗不可信。

【译文】

由此看来，他们到底怨恨还是不怨恨呢？以上说明伯夷的事要以孔子的话为依据，传说及轶诗不可信。

或曰："天道无亲，常与善人。"若伯夷、叔齐，可谓善人者非邪？积仁絜行如此而饿死！且七十子之徒[①]，仲尼独荐颜渊为好学[2]。然回也屡空，糟糠不厌[3]，而卒蚤夭[4]。天之报施善人，其何如哉？盗跖日杀不辜[5]，肝人之肉[6]，暴戾恣睢，聚党数千人，横行天下，竟以寿终。是遵何德哉？此其尤大彰明较著者也。若至近世，操行不轨，专犯忌讳，而终身逸乐，富厚累世不绝。或择地而蹈之，时然后出言，行不由径，非公正不发愤，而遇祸灾者，不可胜数也。余甚惑焉，傥所谓天道，是邪非邪？以上悲伯夷之饿死，而自寓不平之意。

【注释】

①七十子之徒：相传孔丘有弟子三千，贤者七十二。

②颜渊：即颜回，孔子最得意的学生。

③糟糠：借指粗劣的食物。

④卒：终于。

⑤跖(zhí)：相传为春秋末期鲁国人，为横行一时的大盗，故名之为盗跖。

⑥肝人之肉：泷川资言以为当作"脍(kuài)人之肉"，《庄子·盗跖》称其"脍人肝而铺之"。脍，切肉成丝。

【译文】

有人说："天道公正，常帮助好人。"像伯夷、叔齐，可不可以说是好人呢？他们这样积累仁德，纯洁品行却终于饿死。而七十贤徒中，孔子只推举颜回为好学。但颜回却常陷于贫困，连粗劣的食物都吃不饱，最后早死。上天报答给善人的，又是些什么呢？盗跖每天杀死无辜的人，吃人的心肝，残暴凶横，聚集党徒几千人，横行天下，他竟然寿终正寝。这是遵循什么道德呢？这是最大最突出的例子。就是到了近世，有些人品行不端，专干犯法的事，却终身安逸享乐，富贵连绵几代不断。有些人选择好地方才踏上去，选择好时机才说话，不走小道，不是公正的事情不发愤去干，然而他们中遭遇灾祸的，却不可胜数。我很疑惑，假如这就是所谓的天道，它到底是对还是错？以上悲叹伯夷饿死，而寄寓了自己心中不平之意。

子曰“道不同不相为谋”，亦各从其志也。故曰“富贵如可求，虽执鞭之士，吾亦为之。如不可求，从吾所好”，“岁寒，然后知松柏之后凋”。举世混浊，清士乃见，岂以其重若彼，其轻若此哉？君子疾没世而名不称焉。以上言士当立后世之名，不争一时之荣，与《解嘲》《宾戏》等篇同一自况之意。

【译文】

孔子说，“主张不同，不要互相商量”，也就是各自按自己的意志去做吧。因此孔子又说，“富贵如果可以求得到，就是执鞭当马夫，我也愿意干；如果不可求，我就根据我的爱好去做”，还说“天气冷了，才知道松柏是最后凋谢的”。整个世界混浊，品行高洁之士才会显现，这难道不是因为他们重视德行，轻视富贵吗？君子最痛恨死后名声不能传扬于后世。以上说明有志之士应该求立后世的美名，而不云争夺一时的荣宠，与《解嘲》《宾戏》等篇同样是自比的意思。

贾子曰[①]：“贪夫徇财[②]，烈士徇名，夸者死权[③]，众庶冯生[④]。”“同明相照，同类相求。”“云从龙，风从虎，圣人作而万物睹[⑤]。”伯夷、叔齐虽贤，得夫子而名益彰。颜渊虽笃学，附骥尾而行益显[⑥]。岩穴之士[⑦]，趣舍有时若此[⑧]，类名堙灭而不称[⑨]，悲夫！闾巷之人[⑩]，欲砥行立名者[⑪]，非附青云之士[⑫]，恶能施于后世哉[⑬]？以上羡伯夷得孔子而名彰，憾己不得圣人以为依归。

【注释】

①贾子：贾谊，洛阳人，西汉政论家、文学家。文中的话引自贾谊的《鹏鸟赋》。

②徇：通"殉"。为了达到某种目的而献出生命。

③死权：为争权而死。

④冯：通"凭"。依靠。

⑤作：起，出现。睹：显现，彰明。

⑥附骥尾：苍蝇附骥尾而行远，这里是比喻。骥，千里马。

⑦岩穴之士：隐居山野的人，即隐士。

⑧趣：通"趋"。进取。舍：隐退。

⑨类名：美名。堙(yīn)灭：埋没。

⑩闾巷之人：平民。这里指有才能而在下位的人。

⑪砥(dǐ)：磨刀石，引申为磨砺。

⑫青云之士：德行高尚或地位显耀的人。

⑬恶：通"乌"。怎么。

【译文】

贾谊说："贪利的人为财而死，壮烈的人为名而死，矜夸的人为权而死，一般百姓只知保全自己的生命。""同是光明就会互相照映，同是一类事物就会互相应求。""云跟随龙，风跟着虎，圣人出现万物才能得以彰显。"伯夷、叔齐虽是贤人，有了孔子的赞扬才使他们的名声更加昭著。颜回虽然好学，也只是附在千里马之尾才使他的德行更加显明。乡野隐士，他们出仕和隐退有时也像叔齐、伯夷、颜回等贤者，但美名埋没而不传于世，是真可悲啊！身居穷巷的平民，想砥砺品行建立名声，不依附那些德高望重的人，怎么能扬名于后世呢？以上羡慕伯夷得到孔子的赞誉而名声大著，恨自己没有圣人可以依靠。

孟子荀卿列传

【题解】

孟子、荀卿都是战国时著名思想家。作者在文章结构上做了别具匠心的安排。先谈孟子之书引发出感慨，从而导入正文，简叙孟子的身世、经历和主张，接着以大量篇幅叙述和孟子同时代的著名学者，并通过驺衍游诸侯受到的礼遇和孟子适齐魏受困的对比，说明孟子的“仁政”主张在“以攻伐为贤”的时代是不能实现的。在叙述荀卿时，指出他“五十始游学于齐”，在稷下“三为祭酒”。虽仅此寥寥数语，荀子的学术声望已表露无遗。

太史公曰：余读孟子书，至梁惠王问“何以利吾国”①，未尝不废书而叹也。曰：嗟乎，利诚乱之始也②！夫子罕言利者③，常防其原也。故曰“放于利而行，多怨”。自天子至于庶人，好利之弊何以异哉！

【注释】

①梁惠王：即魏惠王魏罃（yíng）。

②诚：的确，确实。

③夫子：指孔子。原是孔子的弟子对他的尊称，后人沿用。

【译文】

太史公说：我读《孟子》一书，读到梁惠王问“怎样才能有利于我的国家”时，未曾不放下书而感叹，说：唉！功利的确是祸乱的源头啊！孔夫子很少谈利，就是要时常预防祸乱的本源。所以说，“依据取利而做事，会招惹很多人的怨恨”。从天子到一般百姓，在喜好功利的弊病方面有什么不同呢？

孟轲，驺人也[①]。受业子思之门人[②]。道既通，游事齐宣王[③]，宣王不能用。适梁，梁惠王不果所言[④]，则见以为迂远而阔于事情。当是之时，秦用商君[⑤]，富国强兵；楚、魏用吴起[⑥]，战胜弱敌；齐威王、宣王用孙子、田忌之徒[⑦]，而诸侯东面朝齐。天下方务于合从连衡[⑧]，以攻伐为贤，而孟轲乃述唐、虞、三代之德[⑨]，是以所如者不合[⑩]。退而与万章之徒序《诗》《书》[⑪]，述仲尼之意，作《孟子》七篇。以上孟子。

【注释】

①驺：同“邹”。小国名。在今山东邹城一带。

②子思：即孔伋，战国时鲁国学者，孔子之孙。门人：学生，弟子。

③齐宣王：战国时齐国君主，名辟彊，前319—前301年在位。

④不果所言：不兑现自己对孟子的诺言，即空口称赞孟子学说而不采纳实行。

⑤商君：即商鞅。在秦孝公支持下，变法强秦。

⑥吴起：战国时卫国人。曾任魏将，屡建战功，后遭魏相公叔陷害，投奔楚国。受到楚悼王重用，实行变法革新，率兵南平百越、北灭陈、蔡，却三晋，西伐秦，使楚国强盛。

⑦齐威王：名因齐，前356—前320在位。齐宣王之父。孙子：孙膑。战国时著名军事家。曾任齐威王的军师，先后设计败魏军于桂陵和马陵，著有《孙膑兵法》。田忌：齐将，在孙膑辅佐下先后两次大败魏军。

⑧合从：即合纵，战国时东方六国联合抗秦的策略和活动。连衡：即连横，指秦国联合东方某一国或几国去进攻其他国家的策略和活动。

⑨唐：即陶唐氏，传说中远古部落名。尧是其领袖。虞：即有虞氏，

传说中远古部落名。舜是其领袖。三代：指夏、商、周。

⑩如：去，到。

⑪万章：孟子的学生。

【译文】

孟轲，是驺国人。他求学于孔伋的弟子门下。在学业有成后，孟轲游说齐宣王，宣王没有任用他。孟轲又前往魏国，魏惠王不兑现对孟子的诺言，并认为他的言论迂阔而不切实际。在那时，秦国任用商鞅变法，富国强兵；楚、魏任用吴起，战胜削弱了敌人；齐威王、齐宣王任用孙膑和田忌等人，因而诸侯国都到东方来朝见齐王。天下各国正致力于进行合纵、连横的斗争，以战争为能事，而孟轲却论述唐尧、虞舜和夏、商、周三代的德政，因此这与他所到的国家的要求不适合。于是，孟轲便返回自己的国家和万章等人依次整理《诗》《书》，阐述孔子的思想，写出《孟子》七篇。以上是孟子的事迹。

其后有驺子之属①。

【注释】

①驺：同“邹”。这里是姓。

【译文】

在孟轲以后有驺子等人。

齐有三驺子。其前驺忌①，以鼓琴干威王，因及国政，封为成侯而受相印，先孟子。

【注释】

①驺忌：曾任齐相国，劝说齐威王奖励国人进谏，封为成侯。

【译文】

齐国有三个驺子：最早的是驺忌，他以弹琴的道理求见齐威王，由弹琴的道理说到治国安民之道，被封为成侯，并被任命为相国。他出生在孟轲之前。

其次驺衍①，后孟子。驺衍睹有国者益淫侈，不能尚德，若《大雅》整之于身，施及黎庶矣②。乃深观阴阳消息而作怪迂之变③，《终始》《大圣》之篇十余万言。其语闳大不经④，必先验小物，推而大之，至于无垠。先序今以上至黄帝，学者所共术，大并世盛衰⑤，因载其机祥度制⑥，推而远之，至天地未生，窈冥不可考而原也⑦。先列中国名山大川，通谷禽兽，水土所殖，物类所珍，因而推之，及海外人之所不能睹⑧。称引天地剖判以来，五德转移⑨，治各有宜，而符应若兹⑩。以为儒者所谓中国者，于天下乃八十一分居其一分耳。中国名曰赤县神州。赤县神州内自有九州，禹之序九州是也，不得为州数。中国外如赤县神州者九，乃所谓九州也⑪。于是有裨海环之⑫，人民禽兽莫能相通者，如一区中者，乃为一州。如此者九，乃有大瀛海环其外⑬，天地之际焉。其术皆此类也。然要其归⑭，必止乎仁义节俭，君臣上下六亲之施⑮，始也滥耳⑯。王公大人初见其术，惧然顾化，其后不能行之。

【注释】

①驺衍：战国时齐国人，阴阳家的代表人物，提出“五德终始”说。著有《邹子》和《邹子终始》，已佚失。

②若《大雅》整之于身，施（yì）及黎庶矣：《诗经·大雅·思齐》中有“刑于寡妻，至于兄弟，以御于家邦”之说，即此所谓“整之于身，施及黎庶”，即古代的修齐治平之道。施，延伸，推广。

③阴阳：中国古代哲学中的一对范畴。消息：灭亡和生长。怪：怪诞。

④不经：不合常规，不合儒家经典。

⑤并：通“傍”。随着。

⑥机（jī）：祈神求福，吉凶的先兆。

⑦窈冥：深奥。

⑧海外：泛指遥远的异域。

⑨五德转移：指金、木、水、火、土五种物质相生相克和终而复始的五种变化。

⑩符应：古时以所谓天降“符瑞”来附会人事相应，谓之“符应”。

⑪九州：一般指传说中的我国上古行政区划，即冀、兖、青、徐、扬、荆、豫、梁、雍。这里指驺衍地理学说中的九州，亦称“大九州”。

⑫裨海：小海。

⑬瀛海：大海。

⑭要：探求。归：旨归，宗旨。

⑮六亲：六种亲属。说法不一，通常以父、母、兄、弟、夫、妻为六亲。

⑯滥：虚无缥缈，荒诞不经。

【译文】

其次是驺衍，在孟轲之后。驺衍看到国君们更加荒淫奢侈，不能推行德政，像《大雅》里说的那样先修养好自身品德，再推行到平民百姓中。于是就深入观察阴阳变化，记述各种怪诞异常的变化，写作《终始》《大圣》篇等达十余万字。他的话大都空阔远大，不合常规，都是先验证细小事物，然后推而广之，以至于无边无际。首先叙述从现在上溯到黄帝，学者们所共同研讨的，大致随着时代的盛衰，因时记载那些消灾求福、趋吉避凶的措施，接着往上追溯，直至天地尚未形成之际那深远奥秘而无从探究的时代。先记述中国的名山大河，深谷的禽兽，水里和土地上所生长的事物，以及物产中最珍贵的，然后从此推论到海洋以外以及人们所看不到的东西。论述从天地分开以来，五行相生相克，每个朝代，只有因时制宜，才能使天命和人事互相感应。他认为儒者所说的中国，只是天下的八十一分之一罢了。中国名叫赤县神州。赤县神州内有九州，就是禹所分的九州，但这种州不能算作州。中国之外像赤县神州一样的州有九个，这才是所谓的“九州”。在这里有小海环绕它，人民和动物都不能彼此来往，犹如在一个特定区域中，这才是一州。像这样的州有九个。再有大海环绕它，那才是天地的边际。驺衍的学说大都是属于这一类的。然而总结其学说的宗旨，必定不出仁义节俭和君臣上下六亲的范围，只是乍听起来他的说法荒诞不经罢了。王公贵族开始看到他的学说，惊惧而受感化，但此后却不能实行它。

是以驺子重于齐①。适梁，惠王郊迎②，执宾主之礼。适赵，平原君侧行襒席③。如燕，昭王拥彗先驱④，请列弟子之座而受业，筑碣石宫⑤，身亲往师之。作《主运》。其游诸侯见尊礼如此，岂与仲尼菜色陈、蔡⑥，孟轲困于齐、梁同乎哉！故武王以仁义伐纣而王，伯夷饿不食周粟；卫灵公问陈⑦，而孔子不答；梁惠王谋欲攻赵，孟轲称大王去邠⑧。此岂有意阿世俗苟合而已哉！持方枘而内圜凿⑨，其能入乎？或曰，伊尹负鼎而勉汤以王⑩，百里奚饭牛车下而缪公用霸⑪，作先合，然后引之大道。驺衍其言虽不轨，傥亦有牛鼎之意乎⑫？以上驺衍。

【注释】

①重：看重，这里是被动用法。

②郊迎：到郊外迎接，是古代一种较隆重的礼遇。

③平原君：赵胜。赵惠文王之弟，曾任赵相，养食客数千人。襒(biē)席：拂拭座席表示敬意。中华书局修订本《史记》作"撇"。

④昭王：即燕昭王，姬子。拥彗：拿着扫帚。

⑤碣石宫：宫名。旧址在北京西郊。

⑥仲尼菜色陈、蔡：指孔子周游列国时，有一次在陈蔡边境被围困，断了粮，以致忍饥挨饿好几天。菜色，饥饿的脸色。

⑦陈：同"阵"。引申为军事。

⑧大王：指周太王古公亶父。大，通"太"。邠：地名。在今山西彬县东北。

⑨枘(ruì)：榫头。内：通"纳"。圜：通"圆"。

⑩伊尹：名挚，亦称阿衡。据说他是有莘氏陪嫁过来的奴隶，曾"负鼎俎，以滋味说汤"，后被商汤委以国政，辅汤伐夏。

⑪百里奚：春秋时秦国大夫。原为虞国大夫，虞亡被晋俘去，作为陪嫁之臣送入秦国。后出走楚，帮人养牛，为楚人所执，又被秦穆公赎回，用为大夫，辅佐穆公成就霸业。饭牛：喂牛。缪公：即秦穆公，春秋五霸之一。

⑫傥：通"倘"。或者，倘或。

【译文】

因此驺衍在齐国受到重视。他到魏国，魏惠王到郊外相迎，行宾主之礼。他到赵国，平原君侧身陪同他行进，亲自为他拂拭座席。他到燕国，燕昭王拿着扫帚在前边引路，请求让自己成为他的学生而受业，并修筑碣石宫让他居住，亲自前去向他学习。驺衍在这时写了《主运》。他到诸侯国游说，受到这般尊贵的礼遇，哪像仲尼受困陈、蔡挨饿，孟轲受困齐、魏那样呢？所以周武王凭着仁义讨灭商纣而建立王业，伯夷却饿着肚子遵循道义而不吃周朝的粮食；卫灵公问孔子战阵之事，孔子却不愿回答；魏惠王企图进攻赵国，孟轲却赞扬周太王离开邠的事情。这些难道是有意讨好世俗而求苟合吗？拿着方形的榫头想要放到圆形的卯眼里去，难道能放进去吗？有人说，伊尹依靠烹饪去勉励商汤为王，百里奚本来喂牛，而秦穆公用他以成就霸业，先求得合作，然后引导对方走上正道。驺衍的言论虽不合常规，或许也有百里奚喂牛、伊尹负鼎的意图吧。以上记驺衍。

自驺衍与齐之稷下先生①，如淳于髡、慎到、环渊、接子、田骈、驺奭之徒②，各著书言治乱之事，以干世主③，岂可胜道哉！

【注释】

①稷下：地名。在今山东淄博东北。齐宣王曾在此地广置学官，招揽游说之士数千人，任其讲学议论。

②淳于髡：齐国学者。慎到：战国时法家人物，主张循自然而立法。重视“势”，强调法令的执行全归统治者的威势，著有《慎子》，已失传。环渊：战国时道家人物。接子：战国时道家。著有《接子》二篇，已失传。田骈：战国时齐国学士，与淳于髡共称稷下先生，学黄老道德之术。著有《田子》二十五篇，已失传。驺奭（shì）：战国时阴阳家，著有《驺奭子》十二篇，已失传。

③世主：当时的君主。

【译文】

从驺衍到齐国稷下的学者，如淳于髡、慎到、环渊、接子、田骈、驺奭等人，各自著书论述治乱之事，以此来影响当时的国君，哪里能说得完呢！

淳于髡，齐人也。博闻强记，学无所主。其谏说，慕晏婴之为人也[①]，然而承意观色为务。客有见髡于梁惠王，惠王屏左右[②]，独坐而再见之，终无言也。惠王怪之，以让客曰："子之称淳于先生，管、晏不及[③]，及见寡人，寡人未有得也。岂寡人不足为言邪？何故哉？"客以谓髡。髡曰："固也。吾前见王，王志在驱逐[④]；后复见王，王志在音声[⑤]：吾是以默然。"客具以报王，王大骇，曰："嗟乎，淳于先生诚圣人也！前淳于先生之来，人有献善马者，寡人未及视，会先生至[⑥]。后先生之来，人有献讴者[⑦]，未及试，亦会先生来。寡人虽屏人，然私心在彼，有之。"后淳于髡见，壹语连三日三夜无倦。惠王欲以卿相位待之，髡因谢去。于是送以安车驾驷[⑧]，束帛加璧[⑨]，黄金百镒[⑩]。终身不仕。

【注释】

①晏婴：春秋时齐国贤臣，以善谏著称。

②屏：屏退。

③管：指管仲，春秋时齐国大臣，辅助齐桓公成就霸业。晏：指晏婴。

④驱逐：策马驰逐。

⑤音声：指音乐女色的玩乐享受。

⑥会：巧逢。

⑦讴(ōu)：歌唱。

⑧安车：古代一种可以坐乘的小车。

⑨束帛：一捆帛(相当于五匹)。

⑩镒(yì)：古代重量单位，合二十两或二十四两。

【译文】

淳于髡是齐国人。他博闻强记，学问不主一家。他进谏的时候，喜欢效仿晏婴的做法，然而主要致力于奉承旨意察言观色。有宾客把淳于髡引见给魏惠王，魏惠王屏退左右侍从，单独两次接见他，而淳于髡始终未发一言。魏惠王感到奇怪，因此责备那位宾客说："你赞扬淳于先生，说管仲、晏婴都比不上他，等到他来见我，我却不能从他那里得到一点教益。难道是我不配同他说话吗？这是什么缘故呢？"客人把这些话转告淳于髡。淳于髡说："是这样。我前一次见到大王，他的心思在策马驰逐；后一次见大王，他心里在想声色娱乐。我因此才沉默不说话。"宾客把这些全都禀告给魏惠王，魏惠王十分惊讶，说道："唉！淳于先生确实是一个圣人。第一次淳于先生来时，正巧有人献给我一匹好马，我尚未及验看，碰巧淳于先生就来了。后一次淳于先生来时，有人献给我善于歌舞的人，我还未来得及试试，凑巧淳于先生又来了。我虽然屏退了左右人等，可心思仍在那些事情上，是这样。"过后，淳于髡被魏惠王接见，一次谈话说了三天三夜，双方都不感疲倦。魏惠王想让他担任卿相，淳于髡辞谢而去。魏惠王送给他四匹马拉的坐车一辆，成捆的丝绸另加玉璧，黄金一百镒。淳于髡终生没有做官。

慎到，赵人；田骈、接子，齐人；环渊，楚人。皆学黄、老道德之术，因发明序其指意。故慎到著十二论，环渊著上下篇，而田骈、接子皆有所论焉。

【译文】

慎到是赵国人，田骈、接子是齐国人，环渊是楚国人。他们都研讨黄老道德之学，并因此阐明自己的旨意。慎到写了十二篇论，环渊写了上、下篇，而田骈、接子也都有论著。

驺奭者，齐诸驺子，亦颇采驺衍之术以纪文[①]。

【注释】

①纪文：著述。

【译文】

驺奭是齐国诸邹子之一，也较多地采纳驺衍的学说来著述文章。

于是齐王嘉之[①]，自如淳于髡以下，皆命曰列大夫，为开第康庄之衢[②]，高门大屋，尊宠之。览天下诸侯宾客[③]，言齐能致天下贤士也。以上淳于髡至驺奭等六人。

【注释】

①齐王：指齐宣王。

②开第：修建住宅。衢（qú）：四通八达的路。

③览：展示。

【译文】

当时，齐宣王赏识他们，自淳于髡以下的人，都称作列大夫，给他们在交通方便处修建宅第，高门大屋，用以表示尊宠。展示给天下诸侯国的宾客看，以说明齐国能招纳天下贤能之人。以上记淳于髡至驺奭等六人。

荀卿，赵人，年五十始来游学于齐。驺衍之术迂大而闳辩；奭也文具难施；淳于髡久与处[①]，时有得善言。故齐人颂曰："谈天衍，雕龙奭[②]，炙毂过髡[③]。"田骈之属皆已死，齐襄王时[④]，而荀卿最为老师。齐尚修列大夫之缺，而荀卿三为祭酒焉[⑤]。齐人或谗荀卿，荀卿乃适楚，而春申君以为兰陵令[6]。春申君死而荀卿废，因家兰陵[7]。李斯尝为弟子[8]，已而相秦。荀卿嫉浊世之政，亡国乱君相属，不遂大道而营于巫祝[9]，信机祥，鄙儒小拘，如庄周等又滑稽乱俗[10]，于是推儒、墨、道德之行事兴坏[11]，序列著数万言而卒。因葬兰陵。以上荀卿。

【注释】

①处：居住。

②雕龙：指修饰文字。

③炙毂过：给车轴上油的油瓶，油虽尽，但仍有余留的油泽。这里比喻富有智慧。过，也作“輠”。

④齐襄王：名法章，前283—前265年在位，齐湣王之子。

⑤祭酒：古代会同飨宴时，酹酒祭神的尊长者。后亦泛指年长或位尊者，至汉代始以祭酒为学官名。

⑥春申君：黄歇。战国时楚国贵族，战国四大公子之一。曾任左徒、令尹。受封于吴，号春申君。兰陵：楚县名。治所在今山东枣庄东南。

⑦家：安家。

⑧李斯：楚国上蔡（今属河南）人。曾任秦始皇的丞相，后为秦二世所杀。

⑨遂：遵循。营：通“荧”。迷惑。巫祝：装神弄鬼替人祈祷的人。

⑩庄周：战国时宋人，道家学说的代表人物，著有《庄子》，语多荒诞。

⑪墨：指墨家，创始人墨翟，他主张“兼爱”“非攻”“尚贤”“节用”等。

【译文】

荀卿是赵国人，五十岁时方去齐国游学。驺衍的学说迂阔而雄辩；

驺奭的文章写得完美却难于实施；与淳于髡相处时间长了，经常能得到有益的言论。所以齐国人称颂道："谈天道变化是驺衍，修饰文章是驺奭，智慧无穷的是淳于髡。"田骈等人都已死去。齐襄王时，荀卿是当时稷下学者中年纪最长、学问最大的人。齐国尚需补充列大夫的缺位，而荀卿三次充当祭酒。齐国有人谗害荀卿，荀卿便前往楚国，春申君让他当兰陵县令。春申君死后，荀卿被免官，因此就在兰陵定居。李斯曾经做过他的学生，后来当了秦国的丞相。荀卿憎恨乱世的政治，乱亡之国和昏庸之君接连不断，不遵循正道而被巫祝、吉凶预兆所迷惑，浅陋的儒生拘于小节，而像庄周等人，又语多荒诞，扰乱世俗，因此荀卿推究儒家、墨家、道家学说及其实践的利弊，整理写出数万字的著作后去世。死后埋葬在兰陵。以上记荀卿之事。

而赵亦有公孙龙为坚白、同异之辩①，剧子之言②；魏有李悝③，尽地力之教；楚有尸子、长卢④；阿之吁子焉⑤。自如孟子至于吁子，世多有其书，故不论其传云。

【注释】

①公孙龙：名家的代表人物，著有《公孙龙子》。坚白、同异之辩：当时名家关于"坚白""同异"两个问题的争论。公孙龙学派提出在"坚白石"命题中"坚""白"两种属性是可以脱离"石"而单独存在的实体。惠施学派则提出"合同异"的观点。二者都陷入形而上学的诡辩论中。

②剧子：法家，著有《剧子》，已失传。

③李悝（kuī）：魏文侯曾用他为相，李悝汇集当时各国法律编成《法经》，它是我国古代第一部比较完整的法典。

④尸子：战国时楚人，名佼，著有《尸子》，已失传。长卢：战国时楚

人，道家，著有《长卢子》九篇。

⑤吁（xū）子：吁婴，齐国学者，相传著有《吁子》十八篇。

【译文】

赵国也有公孙龙进行了“坚白”与“同异”的辩论，还有剧子的言论；魏国有李悝实行尽地力的教化；楚国有尸子和长卢；在阿邑有吁婴。从孟轲到吁婴，世上多有他们的著作，因此不作其传了。

盖墨翟，宋之大夫，善守御，为节用。或曰并孔子时，或曰在其后。以上公孙龙至墨翟等七人。

【译文】

墨翟是宋国大夫，善于防守和抵御的战术，主张节用。有人说墨翟与孔子是同时代人，有人说他在孔子之后。以上记公孙龙至墨翟等七人。

廉颇蔺相如列传

【题解】

本文是作者为战国后期赵国著名的将相廉颇、蔺相如作的合传。作者以热情赞颂的笔触，叙述了他们的品质、才干和爱国主义精神，并通过他们政治上的荣辱升降，反映赵国势力的变化。

本文着重通过“完璧归赵”“渑池之会”“将相和”等情节，刻画了蔺相如大智大勇的形象。而廉颇勇于改过的精神，也同样令人敬仰。同时，传中还以“先国家之急而后私仇”这条思想线索将赵奢善于治国理财并且善战，李牧抗御匈奴等史实贯穿起来，使传记内容更为丰满。另外，对战争场面记叙的生动，也是本文的一个特点。

廉颇者,赵之良将也。赵惠文王十六年[①],廉颇为赵将伐齐,大破之,取阳晋[②],拜为上卿[③],以勇气闻于诸侯。蔺相如者,赵人也,为赵宦者令缪贤舍人。

【注释】

①赵惠文王十六年:前283。赵惠文王,名何,武灵王之子,前298—前266年在位。

②阳晋:齐邑名。在今山东巨野西南。

③上卿:战国时诸侯国最高官阶。

【译文】

廉颇,是赵国杰出的将领。赵惠文王十六年,廉颇担任赵国的将军,带兵前往攻打齐国,把齐国打得大败,并攻取了阳晋,被授予上卿的官职,以勇敢之名闻于各国。蔺相如,也是赵国人,是赵国宦官头目缪贤的家臣。

赵惠文王时,得楚和氏璧[①]。秦昭王闻之,使人遗赵王书,愿以十五城请易璧。赵王与大将军廉颇诸大臣谋:欲予秦,秦城恐不可得,徒见欺;欲勿予,即患秦兵之来。计未定,求人可使报秦者,未得。宦者令缪贤曰:"臣舍人蔺相如可使。"王问:"何以知之?"对曰:"臣尝有罪,窃计欲亡走燕,臣舍人相如止臣,曰:'君何以知燕王?'臣语曰:'臣尝从大王与燕王会境上,燕王私握臣手,曰:"愿结友。"以此知之,故欲往。'相如谓臣曰:'夫赵强而燕弱,而君幸于赵王,故燕王欲结于君。今君乃亡赵走燕,燕畏赵,其势必不敢留君,而束君归赵矣。君不如肉袒伏斧质请罪[②],则幸得脱矣。'臣从其计，大王亦幸赦臣。臣窃以为其人勇士，有智谋，宜可使。”于是王召见，问蔺相如曰：“秦王以十五城请易寡人之璧，可予不？”相如曰：“秦强而赵弱，不可不许。”王曰：“取吾璧，不予我城，奈何？”相如曰：“秦以城求璧而赵不许，曲在赵。赵予璧而秦不予赵城，曲在秦。均之二策，宁许以负秦曲。”王曰：“谁可使者？”相如曰：“王必无人，臣愿奉璧往使。城入赵而璧留秦；城不入，臣请完璧归赵。”赵王于是遂遣相如奉璧西入秦。

【注释】

①和氏璧：春秋时楚人和氏（卞和）所得的宝玉，叫和氏之璧，简称“和氏璧”或“和璧”。

②肉袒：袒衣露肉。斧质：古代的刑具之一，把人放置在铁砧之上，用斧头砍杀。质，同“锧”。即铁砧。

【译文】

赵惠文王在位时，得到了楚国的和氏璧。秦昭王听说了这件事，便派人给赵王送信，表示愿意用十五座城邑来换取和氏璧。赵王与大将军廉颇等众位大臣商量：如果把和氏璧给秦国，秦国的城邑恐怕并不能得到，这就白白地被欺侮；可是如果不给，又怕秦军来攻打。商议计策不能决定，想找一个能够出使秦国来答复这件事的人，没有找到。宦官头目缪贤说：“我的家臣蔺相如可以委派前去。”赵王问道：“你凭什么知道他可以呢？”缪贤回答说：“我曾犯过罪，私下里打算逃到燕国去，我的家臣蔺相如阻止了我，说：‘您怎么认识燕王这个人的呢？’我告诉他说：‘我曾经跟随大王在边境上会见燕王，燕王私下里握着我的手，说：“希望跟您结交为朋友。”因此认识燕王，所以想到他那里去。’蔺相如对我说：‘赵国强盛，燕国弱小，而您被赵王宠幸，所以燕王才想与您结为朋友。现在您从赵国逃到燕国,燕国害怕赵国,这种形势下,燕王一定不敢收留您,他会把您捆绑起来送回赵国。您倒不如脱掉上衣,露出肩膀,伏在刀斧砧板上向大王请罪,那么兴许还会免除罪责。'我听从了他的计策,大王也开恩赦免了我。我私下里认为这个人是一位勇士,有智有谋,适合出使秦国。"于是赵王召见蔺相如,问道:"秦王拿十五座城池来换取我的和氏璧,可不可以给他?"蔺相如回答说:"秦国强盛,赵国弱小,不能不答应。"赵王说:"如果秦王拿了我的和氏璧,却不给我城邑,怎么办?"蔺相如回答说:"秦国用城邑来换取和氏璧,而赵国不答应的话,那么赵国这边就理亏。如果赵国给了秦国和氏璧,而秦国不把城邑给赵国,那么秦国就理亏。比较这两个对策,宁可答应把和氏璧给秦国,让它来承担理亏的责任。"赵王说:"谁可以派去当使者?"蔺相如说:"大王果真没有人可派的话,我愿意捧着和氏璧到秦国去。城邑交割给赵国了,那么和氏璧就留在秦国;城邑如果没有交给赵国,我保证把和氏璧完整地带回来。"赵王于是就派蔺相如捧着和氏璧向西进入秦国。

秦王坐章台见相如①,相如奉璧奏秦王。秦王大喜,传以示美人及左右,左右皆呼万岁。相如视秦王无意偿赵城,乃前曰:"璧有瑕②,请指示王。"王授璧。相如因持璧却立,倚柱,怒发上冲冠,谓秦王曰:"大王欲得璧,使人发书至赵王,赵王悉召群臣议,皆曰'秦贪,负其强,以空言求璧,偿城恐不可得'。议不欲予秦璧。臣以为布衣之交尚不相欺,况大国乎!且以一璧之故逆强秦之欢,不可。于是赵王乃斋戒五日,使臣奉璧,拜送书于庭。何者?严大国之威以修敬也。今臣至,大王见臣列观,礼节甚倨;得璧,传之美人,以戏弄臣。臣观大王无意偿赵王城邑,故臣复取璧。大王必欲急臣,臣头今与璧俱碎于柱矣!"相如持其璧睨柱③,欲以击柱。秦王恐其破璧，乃辞谢固请，召有司案图，指从此以往十五都予赵。相如度秦王特以诈详为予赵城，实不可得，乃谓秦王曰："和氏璧，天下所共传宝也，赵王恐，不敢不献。赵王送璧时，斋戒五日，今大王亦宜斋戒五日，设九宾于廷④，臣乃敢上璧。"秦王度之，终不可强夺，遂许斋五日，舍相如广成传舍。相如度秦王虽斋，决负约不偿城，乃使其从者衣褐，怀其璧，从径道亡，归璧于赵。

【注释】

①章台：也叫章华台，秦离宫台名。旧址在今陕西西安西北。

②瑕：玉的斑点。

③睨：斜视。

④九宾：周礼九仪。古代举行朝会大典时用的极隆重的礼节。由九个迎宾人员站在朝堂，故名。

【译文】

秦王坐在章台上接见蔺相如，蔺相如捧着和氏璧献给秦王。秦王十分高兴，传递给嫔妃们以及左右侍臣观看，左右侍臣都高呼万岁。蔺相如看到秦王没有补偿城邑给赵国的意思，就走上前去说："和氏璧上有斑点，请允许我指给大王看。"秦王把和氏璧交给他。蔺相如便拿着和氏璧，后退几步站住，靠着殿柱，愤怒之极以至于头发都竖起来冲动了帽子，对秦王说："大王想得到和氏璧，派人送信给赵王，赵王当即召集全体大臣商议，大家都说：'秦国贪婪，依仗着国力强大，想用一句空话就把和氏璧要过去，答应给我们的城邑恐怕得不到。'大家商议，不想把和氏璧给秦国。我认为，就是老百姓之间的交往，尚且不能相互欺骗呢，更何况是堂堂大国之间的交往呢？而且因为一块玉璧惹强大的秦国不高兴，这样的事是不可以做的。于是，赵王就斋戒了五天，并让我捧着和氏璧在朝堂上叩拜，送上国书。为什么这样做呢？这只是为了尊重大国的威望，表示敬意呀。今天，我来到你们国家，大王在起居的宫殿里接见我，态度倨傲，不讲礼节；大王得到和氏璧后，让嫔妃们传看，有意戏耍捉弄我。我看大王根本没有诚意把城邑割让给赵国，所以我又把和氏璧收了回来。大王一定要逼迫我，那今天我的脑袋将与和氏璧一起在殿柱上撞个粉碎！”蔺相如紧紧握着和氏璧，斜视着殿柱，要向殿柱撞去。秦王怕他撞碎和氏璧，就连忙道歉，再三请求不要撞坏和氏璧，又叫来掌管图籍的官员察看地图，在图上指着从这里开始到那里终止的十五个城邑割给赵国。蔺相如估计秦王不过是假装要把城邑割给赵国，实际并不能得到，就对秦王说：“这块和氏璧，是天下人共同流传的宝贝，赵王害怕，不敢不奉献给您。赵王命我送和氏璧来的时候，曾经斋戒了五天，现在大王也应该斋戒五天，并在朝堂上设九宾大礼来接见我，我才敢把和氏璧献上。”秦王估量这件事，终究不能强横夺取，就同意斋戒五天，把相如安置在广成宾馆里住下。蔺相如料定秦王即使斋戒，最后也一定会违背诺言，不给赵国城邑，于是就派他的随从，穿上粗布衣，打扮成老百姓，怀里揣着和氏璧，从小路逃走，把和氏璧送回了赵国。

秦王斋五日后，乃设九宾礼于廷，引赵使者蔺相如。相如至，谓秦王曰：“秦自缪公以来二十余君，未尝有坚明约束者也。臣诚恐见欺于王而负赵，故令人持璧归，间至赵矣。且秦强而赵弱，大王遣一介之使至赵，赵立奉璧来。今以秦之强而先割十五都予赵，赵岂敢留璧而得罪于大王乎？臣知欺大王之罪当诛，臣请就汤镬[①]，唯大王与群臣孰计议之。”秦王与群臣相视而嘻。左右或欲引相如去，秦王因曰：“今杀相如，终不能得璧也，而绝秦、赵之欢，不如因而厚遇之，使归赵，赵王岂以一璧之故欺秦邪！”卒廷见相如，毕礼而归之。

【注释】

①汤镬(huò)：古代酷刑，将人投入滚汤中煮死。

【译文】

秦王斋戒了五天之后，就在朝堂上设了九宾大礼，引见赵国的使者蔺相如。蔺相如来到朝堂，对秦王说：“秦国自从穆公以来传位二十多个国君，没有能坚守盟约的。我确实怕被大王欺骗因而对不起赵国，所以让人拿着和氏璧从小路回赵国去了。而且秦国强盛，赵国势弱，大王派遣一个使臣到赵国，赵国就立刻奉送和氏璧前来。现在秦国凭借势力的强盛，如果先割让十五座城邑给赵国，赵国难道敢留下和氏璧而得罪大王吗？我知道欺骗大王应当判处死罪，我愿意下汤锅接受烹煮的刑罚，希望大王与群臣仔细商议这件事。”秦王与群臣面面相觑，惊叹不已。左右侍臣有的想要把蔺相如拉下去处死，秦王于是说：“今天杀了蔺相如，到底不能得到和氏璧，反而断绝了秦赵两国的友好往来，不如趁此优厚地对待他，让他回国，赵国哪里会因为一块玉璧的缘故欺骗秦国呢！”秦王终于在朝堂上会见了蔺相如，完成接见大礼后，让他回国去了。

相如既归，赵王以为贤大夫，使不辱于诸侯，拜相如为上大夫。秦亦不以城予赵，赵亦终不予秦璧。以上持璧使秦，完璧而归。

【译文】

蔺相如回国后，赵王认为他是个贤能的大夫，出使别国，而且能够不受侮辱，就任命蔺相如为上大夫。秦国不把城邑给赵国，赵国也不把和氏璧给秦国。以上记蔺相如拿着和氏璧出使秦国，把和氏璧完好无损地带回来。

其后秦伐赵，拔石城①。明年，复攻赵，杀二万人。

【注释】

①石城：赵国邑名。在今河南林州西南。

【译文】

这以后，秦国进攻赵国，攻占了石城。第二年，又进攻赵国，杀死了赵国两万多人。

秦王使使者告赵王，欲与王为好会于西河外渑池①。赵王畏秦，欲毋行。廉颇、蔺相如计曰："王不行，示赵弱且怯也。"赵王遂行，相如从。廉颇送至境，与王诀曰："王行，度道里会遇之礼毕，还，不过三十日。三十日不还，则请立太子为王，以绝秦望。"王许之，遂与秦王会渑池。秦王饮酒酣，曰："寡人窃闻赵王好音，请奏瑟。"赵王鼓瑟。秦御史前书曰"某年月日，秦王与赵王会饮，令赵王鼓瑟"。蔺相如前曰："赵王窃闻秦王善为秦声，请奉盆缻秦王②，以相娱乐。"秦王怒，不许。于是相如前进缻，因跪请秦王。秦王不肯击缻。相如曰："五步之内，相如请得以颈血溅大王矣！"左右欲刃相如，相如张目叱之，左右皆靡。于是秦王不怿，为一击缻。相如顾召赵御史书曰"某年月日，秦王为赵王击缻"。秦之群臣曰："请以赵十五城为秦王寿。"蔺相如亦曰："请以秦之咸阳为赵王寿。”秦王竟酒，终不能加胜于赵。赵亦盛设兵以待秦，秦不敢动。即罢归国，以相如功大，拜为上卿，位在廉颇之右。以上从赵王会秦于渑池。

【注释】

①渑(miǎn)池：县名。治所在今河南渑池西。

②瓴：通“缶”。一种大肚子小口儿的瓦器。秦国人敲击缶来为歌舞伴奏。

【译文】

秦王派使臣告诉赵王，想和赵王修好，在西河外渑池进行友好会晤。赵王害怕秦国，打算不去相会。廉颇、蔺相如商议说：“大王不去，显示赵国既软弱又胆怯啊。”赵王于是动身前往渑池相会，蔺相如跟随。廉颇把他们送到边境上，与赵王告别说：“大王这次去，估计路上行程以及会见的礼节完毕，来回一共不会超过三十天。如果三十天你们不能回来，就请大王允许我们拥立太子为王，断绝秦国要挟赵国的念头。”赵王同意了廉颇的请求，便同秦王在渑池会晤。秦王喝酒喝到畅快的时候，说道：“我听说赵王爱好音乐，请弹一回瑟吧。”赵王于是弹了一回瑟。秦国御史上来写道：“某年某月某日，秦王与赵王一起喝酒，命令赵王弹瑟。”蔺相如走上前说：“赵王听说秦王擅长演奏秦地乐曲，请允许我献上盆缶，请秦王敲一敲，来共相娱乐吧。”秦王很生气，不答应。于是蔺相如捧着瓦缶进前，跪在秦王面前，请秦王敲。秦王不肯敲。蔺相如说：“您如果不敲，我就在这五步之内，把我颈项里的血溅在大王身上。”秦王的侍从要杀蔺相如，蔺相如瞪大眼睛叱责他们，侍从全都倒退。这样秦王很不高兴地敲了瓦缶一下。蔺相如回头把赵国的御史召来，写道：“某年某月某日，秦王为赵王敲了瓦缶。”秦国的大臣们说：“请赵国拿出十五个城邑向秦王献礼。”蔺相如也说：“请拿出秦国的咸阳向赵王献礼。”秦王一直到宴会结束,始终不能压倒赵国。赵国又大举陈兵防备秦国进攻,秦国不敢轻举妄动。会见结束回到赵国,赵王认为蔺相如功劳大,任命他为上卿,职位在廉颇之上。以上记蔺相如随赵王与秦王在渑池相会。

廉颇曰:“我为赵将,有攻城野战之大功,而蔺相如徒以口舌为劳,而位居我上,且相如素贱人,吾羞,不忍为之下。”宣言曰:“我见相如,必辱之。”相如闻,不肯与会。相如每朝时,常称病,不欲与廉颇争列。已而相如出,望见廉颇,相如引车避匿。于是舍人相与谏曰:“臣所以去亲戚而事君者,徒慕君之高义也。今君与廉颇同列,廉君宣恶言而君畏匿之,恐惧殊甚,且庸人尚羞之,况于将相乎!臣等不肖,请辞去。”蔺相如固止之,曰:“公之视廉将军孰与秦王?”曰:“不若也。”相如曰:“夫以秦王之威而相如廷叱之,辱其群臣,相如虽驽,独畏廉将军哉?顾吾念之,强秦之所以不敢加兵于赵者,徒以吾两人在也。今两虎共斗,其势不俱生。吾所以为此者,以先国家之急而后私仇也。”廉颇闻之,肉袒负荆①,因宾客至蔺相如门谢罪,曰:“鄙贱之人,不知将军宽之至此也。”卒相与欢,为刎颈之交②。以上避让廉颇。

【注释】

①负荆:背着荆条表示愿受惩罚。楚国用荆这种灌木作为鞭子打人。

②刎颈之交:以性命相许,同生死共患难的朋友。

【译文】

廉颇说:“我做赵国的大将,有攻取城池,在野外同敌人厮杀的大功，而蔺相如只动动嘴，可是职位却在我上面，况且蔺相如本来是一个卑贱的人，我感到羞耻，不能容忍位居其下。”并扬言说：“我碰见蔺相如，一定要侮辱他。”蔺相如听了，不肯与廉颇会面。蔺相如每到上朝的时候，常常推托有病，不愿与廉颇争位次的高低。过了一些时候，蔺相如外出，远远望见了廉颇，就连忙掉转车头回避。这时蔺相如的家臣们一起劝说道：“我们之所以离开亲人投靠于您，只为仰慕您崇高的品格。现在您与廉颇职位相同，廉颇口出恶言，可您却惧怕躲避他，害怕畏惧得很，这样的事，普通人尚且感到羞耻，何况是发生在将相之间呢？我们无能，请允许我们辞职离开吧！”蔺相如坚决劝阻他们，说道：“你们看，廉将军与秦王相比哪一个更厉害？”家臣们回答说：“廉将军不如秦王。”蔺相如说：“就是秦王那样的威严，相如尚敢在朝堂上大声呵斥他，侮辱他的众臣，相如即使愚笨无能，难道就唯独惧怕廉将军吗？但我考虑到，强暴的秦国之所以不敢出兵侵略赵国，就因为有我们两个人在呀！现在两虎相争，势必不能共同生存。我这样做的缘故，是把国家的急难放在前面，而把个人的私怨放在后面呀。”廉颇听说了这件事，脱去上衣，露出肩膀，在背上绑了荆条，由宾客带领到蔺相如府上请罪，说道：“我这个庸俗卑贱的人，真是想不到将军胸怀宽广到这种程度。”两人终于和好，结成生死之交。以上记蔺相如避让廉颇。

是岁，廉颇东攻齐，破其一军。居二年，廉颇复伐齐几①，拔之。后三年，廉颇攻魏之防陵、安阳②，拔之。后四年，蔺相如将而攻齐，至平邑而罢③。其明年，赵奢破秦军阏与下④。

【注释】

①几：古邑名。在今河北大名东南。

②防陵：魏县名。在今河南安阳南。安阳：魏县名。在今安阳西南。

③平邑：在今河北南乐东北。

④阏与（yù yǔ）：县名。在今山西和顺西。

【译文】

这一年，廉颇向东攻伐齐国，打败了它的一支军队。过了两年，廉颇又攻打齐国的几城，并攻占了它。此后三年，廉颇攻打魏国的防陵、安阳，并攻占了它们。四年后，蔺相如带兵攻打齐国，到平邑就停止前进了。第二年，赵奢在阏与城下打败了秦军。

赵奢者，赵之田部吏也。收租税而平原君家不肯出租[①]，奢以法治之，杀平原君用事者九人。平原君怒，将杀奢。奢因说曰："君于赵为贵公子，今纵君家而不奉公则法削，法削则国弱，国弱则诸侯加兵，诸侯加兵是无赵也，君安得有此富乎？以君之贵，奉公如法则上下平，上下平则国强，国强则赵固，而君为贵戚，岂轻于天下邪？"平原君以为贤，言之于王。王用之治国赋，国赋大平，民富而府库实。以上收租税、治国赋。

【注释】

①平原君：赵胜，武灵王之子，惠文王之弟，时为赵相，战国四大公子之一。

【译文】

赵奢是赵国的田部吏。他去收租税，平原君家不肯缴纳，赵奢依法办事，杀了平原君家九个管事的人。平原君发怒，准备杀赵奢。赵奢趁机劝说道："您在赵国是贵公子，如果现在放纵您家不奉行公事，那么国法就会削弱；国法削弱，国家就会衰弱；国家衰弱，各国就会对赵国发兵侵略；各国对赵国发兵侵略，赵国就不能存在，那您哪还能保有这样的富贵呢？您这样尊贵，如果能够奉行法律，那么全国的上下就会公平合理；上下公平合理，国家就会强盛；国家强盛，赵国的统治就巩固，您贵为王亲国戚，难道会被天下人轻视吗？”平原君认为赵奢贤能，把他介绍给赵王。赵王用他管理全国赋税，于是国家赋税公平合理，老百姓富裕，国库也充实起来。以上记赵奢收租税，管理国家赋税的事。

秦伐韩，军于阏与。王召廉颇而问曰：“可救不？”对曰：“道远险狭，难救。”又召乐乘而问焉，乐乘对如廉颇言。又召问赵奢，奢对曰：“其道远险狭，譬之犹两鼠斗于穴中，将勇者胜。”王乃令赵奢将，救之。

【译文】

秦国进攻韩国，军队驻扎在阏与。赵王召见廉颇问道：“可不可以去救阏与？”廉颇回答道：“路途遥远，又险狭难行，难救呀！”赵王又召见乐乘问这个问题，乐乘的回答和廉颇一样。赵王又召见了赵奢，赵奢回答说：“那里的路途遥远，险狭难行，正如两只老鼠在洞穴里争斗，将帅勇敢就可以取得胜利。”赵王便命赵奢为将，带兵去救。

兵去邯郸三十里，而令军中曰：“有以军事谏者死。”秦军军武安西①，秦军鼓噪勒兵，武安屋瓦尽振。军中候有一人言急救武安，赵奢立斩之。坚壁，留二十八日不行，复益增垒。秦间来入，赵奢善食而遣之。间以报秦将，秦将大喜曰：“夫去国三十里而军不行，乃增垒，阏与非赵地也。”赵奢既已遣秦间，乃卷甲而趋之，二日一夜至，令善射者去阏与五十里而军。军垒成,秦人闻之,悉甲而至。军士许历请以军事谏,赵奢曰:“内之。”许历曰:“秦人不意赵师至此,其来气盛,将军必厚集其阵以待之,不然,必败。”赵奢曰:“请受令。”许历曰:“请就鈇质之诛。”赵奢曰:“胥后令邯郸[2]。”许历复请谏,曰:“先据北山上者胜,后至者败。”赵奢许诺,即发万人趋之。秦兵后至,争山不得上,赵奢纵兵击之,大破秦军。秦军解而走,遂解阏与之围而归。

【注释】

①武安:赵县名。今属河南。

②胥:通“须”。等待。

【译文】

军队离开邯郸三十里时,赵奢在全军下令说:“有谁敢为军事进谏的将处死刑!”秦军驻扎在武安以西,他们擂鼓呐喊,大造声势,连武安房屋上的瓦片都震动了。军中一侦察员建议速去援救武安,赵奢当即杀了他。赵奢坚守营垒,停留了二十八天没有出兵,并且又增筑了营垒。秦国派间谍进入赵军军营,赵奢拿好饭菜款待后把他打发走了。间谍把这些情况报告秦国将领,秦国将领十分高兴,说道:“军队离开都城三十里就停下不前进,只是忙于增筑堡垒,阏与将不属于赵国了。”赵奢把秦军间谍打发走后,就下令全军将士都卸下衣甲,快步前进,两天一夜就赶到了前线,命令善射的士兵在离阏与五十里的地方驻扎。营垒筑成后,秦军听到这情况,全军而出。军士许历请求为军事进言献策,赵奢说:“让他进来。”许历说:“秦军没料到赵国的军队到了这里,他们的来势凶猛,将军一定要集中兵力,严阵以待,否则必定会失败。”赵奢说:“请允许我接受你的建议。”许历说:“请您按军令把我处以死刑。”赵奢说:“等回到邯郸后再处置。”许历又请求进言,说道:“能够先占领北山的军队将获胜，后到的将失败。”赵奢允诺，立即发兵一万抢占北山。秦军后到，不能够夺取北山山头，赵奢发动攻势攻打秦军，秦军大败。秦军撤兵逃走，于是赵奢解除了秦军对阏与的包围，班师回朝。

赵惠文王赐奢号为马服君，以许历为国尉。赵奢于是与廉颇、蔺相如同位。以上解阏与之围。

【译文】

赵惠文王赐封赵奢，给他马服君的封号，并任许历做国尉。赵奢从此与廉颇、蔺相如平起平坐。以上记越奢解阏与之围。

后四年，赵惠文王卒，子孝成王立。七年，秦与赵兵相距长平①。时赵奢已死，而蔺相如病笃，赵使廉颇将攻秦。秦数败赵军，赵军固壁不战。秦数挑战，廉颇不肯。赵王信秦之间。秦之间言曰：“秦之所恶，独畏马服君赵奢之子赵括为将耳。”赵王因以括为将，代廉颇。蔺相如曰：“王以名使括，若胶柱而鼓瑟耳。括徒能读其父书传，不知合变也。”赵王不听，遂将之。

【注释】

①长平：县名。在今山西高平西。

【译文】

四年后，赵惠文王去世，他的儿子孝成王继位。孝成王七年，秦国与赵国的军队在长平对峙。这时赵奢已死，蔺相如也身患重病，赵王派遣廉颇去攻打秦军。秦军多次打败赵军，赵军于是坚守营垒不出兵应战。秦军多次挑战,廉颇也不予以理睬。赵王听信了秦国间谍散布的谣言。秦军的间谍说:“秦国所厌恶的,只是惧怕马服君赵奢的儿子赵括担任将军而已。”赵王于是就命赵括为将,代替廉颇。蔺相如说:“大王只凭名声使用赵括,像是粘着瑟上的弦柱来弹瑟,音调便不能变通了一样。赵括只会读他父亲的兵书,不知道随机应变。”赵王不听蔺相如之言,于是任赵括为将。

赵括自少时学兵法,言兵事,以天下莫能当。尝与其父奢言兵事,奢不能难,然不谓善。括母问奢其故,奢曰:“兵,死地也,而括易言之。使赵不将括即已,若必将之,破赵军者必括也。”及括将行,其母上书言于王曰:“括不可使将。”王曰:“何以?”对曰:“始妾事其父,时为将,身所奉饭饮而进食者以十数,所友者以百数,大王及宗室所赏赐者尽以予军吏士大夫,受命之日,不问家事。今括一旦为将,东向而朝,军吏无敢仰视之者,王所赐金帛,归藏于家,而日视便利田宅可买者买之。王以为何如其父?父子异心,愿王勿遣。”王曰:“母置之,吾已决矣。”括母因曰:“王终遣之,即有如不称,妾得无随坐乎?”王许诺。

【译文】

赵括从小学习兵法,谈论起军事,天下没有谁能比得上他。曾经跟他父亲谈论用兵之道,赵奢不能驳倒他,但并不夸他好。赵括的母亲问他原因,赵奢说:“战争,是要死人的,可他说得太轻松了!赵国不用他做将军倒也罢了,如果一旦要用他做将军,让赵军吃败仗的一定是他。”等到赵括要出发的时候,他的母亲上书给赵王,说道:“不能委派赵括做将军。”赵王问:“为什么?”赵括母亲回答说:“当初臣妾服侍他父亲,那时他父亲正做大将，亲自捧饭招待的食客就有几十个，结交的朋友有几百人，大王和王族所赏赐的东西，全部分给他的军官和僚属们，从接受命令的那天起，就不再过问家里的事。现在赵括刚刚做了将军，就面向东方接受部下的朝见，军官没有敢抬头看他的；大王所赏赐的金银、丝帛，都拿回来收藏于家中，而且天天打听合适的田地房产，可以买下的就买下。大王认为，这哪里像他的父亲？父亲、儿子心志不同，希望大王不要委派他。”赵王说：“您就放手别管了，我已经决定了。”赵括母亲趁机说：“大王果真还是要派遣他，假如有不称意的事，臣妾该不会遭到连坐吧?”赵王答应了。

赵括既代廉颇，悉更约束，易置军吏。秦将白起闻之，纵奇兵，详败走，而绝其粮道，分断其军为二，士卒离心。四十余日，军饿，赵括出锐卒自搏战，秦军射杀赵括。括军败，数十万之众遂降秦，秦悉坑之。赵前后所亡凡四十五万。明年，秦兵遂围邯郸，岁余，几不得脱。赖楚、魏诸侯来救，乃得解邯郸之围。赵王亦以括母先言，竟不诛也。以上赵括长平之败。

【译文】

赵括代替廉颇为将之后，更改全部军纪，撤换了军官。秦国将领白起听说此事，出奇兵，佯装败走，然后截断赵军的运粮道路，把赵军分割成两部分，于是赵军军心涣散。四十多天里，断粮挨饿，赵括派出精锐部队，亲自领兵与秦军搏斗，秦军射死了赵括。赵括军队于是大败，几十万大军都投降了秦军，秦军活埋全部降兵。赵军前后死亡的官兵共达四十五万人。第二年，秦军就包围了邯郸，长达一年多时间，赵国险些亡国。依赖楚国、魏国的援助，才解除了邯郸的包围。赵王也因为赵括的母亲有言在先，最终没有杀她。以上记赵括在长平大败。

自邯郸围解五年，而燕用栗腹之谋，曰“赵壮者尽于长平，其孤未壮”，举兵击赵。赵使廉颇将，击，大破燕军于鄗[①]，杀栗腹，遂围燕。燕割五城请和，乃听之。赵以尉文封廉颇为信平君[②]，为假相国。

【注释】

①鄗(hào)：赵国邑名。在今河北高邑东。

②尉文：邑名。不详所在。

【译文】

邯郸解围之后五年，燕王采取栗腹的计谋，说：“赵国的壮丁们都在长平之战中死去了，他们的孤儿还没有长大。”起兵攻打赵国。赵国派廉颇为将军，出兵反击，在鄗地大败燕军，杀了栗腹，接着又趁势包围了燕国。燕王割让五个城邑求和，赵国才答应停战。赵王把尉文这一地方赐封给廉颇，封号是信平君，还让他代理相国之职。

廉颇之免长平归也，失势之时，宾客尽去。及复用为将，客又复至。廉颇曰：“客退矣！”客曰：“吁！君何见之晚也？夫天下以市道交，君有势，我则从君，君无势则去。此固其理也，有何怨乎？”居六年，赵使廉颇伐魏之繁阳[①]，拔之。

【注释】

①繁阳：魏县名。在今河南内黄东北。

【译文】

廉颇从长平被免职回来，失去权势的时候，原来的门客们都离开了。等到又被重用做了将军后，门客又都回来了。廉颇说："你们都回去吧！"门客说："唉！您怎么明白得这样慢啊！现在天下人都以市场上的买卖方式来交结朋友，您有了权势，我们就跟随您；您没有权势，我们就离开您。这本是买卖的常理，又有什么可抱怨的呢？"过了六年，赵王派廉颇进攻魏国的繁阳，并占领了它。

赵孝成王卒，子悼襄王立，使乐乘代廉颇。廉颇怒，攻乐乘，乐乘走。廉颇遂奔魏之大梁①。以上廉颇破燕后去赵入魏。

【注释】

①大梁：战国时魏国都城，即今河南开封。

【译文】

赵孝成王去世，他的儿子悼襄王继位，他委派乐乘代替廉颇。廉颇非常愤怒，带兵攻打乐乘，乐乘逃走。廉颇于是出逃到魏国大梁。以上记廉颇破燕国后，离开赵国，来到魏国。

其明年，赵乃以李牧为将而攻燕，拔武遂、方城①。

【注释】

①武遂：燕县名。在今河北保定西北。方城：燕县名。在今河北固安。

【译文】

第二年，赵国就任命李牧为将军进攻燕国，攻克了武遂、方城。

廉颇居梁久之，魏不能信用。赵以数困于秦兵，赵王思复得廉颇，廉颇亦思复用于赵。赵王使使者视廉颇尚可用否。廉颇之仇郭开多与使者金，令毁之。赵使者既见廉颇，廉颇为之一饭斗米，肉十斤，被甲上马，以示尚可用。赵使还报王曰："廉将军虽老，尚善饭，然与臣坐，顷之三遗矢矣。"赵王以为老，遂不召。

【译文】

廉颇在魏国居住了很长时间，但魏国并不信任重用他。赵国因为多次被秦军围困，赵王想重新起用廉颇，廉颇也想重新被赵国起用。赵王于是派遣使者到魏国探望廉颇是否还可以任用。廉颇的仇人郭开给了使者很多金钱，让他诋毁廉颇。赵国使者见到廉颇之后，廉颇在他面前一顿饭就吃了一斗米、十斤肉，并披上铠甲，坐上战马，表示自己还可以当大将杀敌立功。赵国的使者却回来报告赵王说："廉颇将军虽然老了，还很能吃，可是和我坐在一起，一会儿就拉了三次屎。"赵王认为廉颇老了，于是就没征召他回来。

楚闻廉颇在魏，阴使人迎之。廉颇一为楚将，无功，曰："我思用赵人。"廉颇卒死于寿春。以上廉颇思复用赵。

【译文】

楚国听说廉颇在魏国，暗中派人接他。廉颇担任楚将后，并没建立战功，说道："我希望能指挥赵国的军队打仗。"廉颇最后老死在寿春。以上记廉颇希望再次被赵国起用。

李牧者，赵之北边良将也。常居代、雁门①，备匈奴。以便宜置吏，市租皆输入莫府[2]，为士卒费。日击数牛飨士，习射骑，谨烽火，多间谍，厚遇战士。为约曰："匈奴即入盗，急入收保，有敢捕虏者斩。"匈奴每入，烽火谨，辄入收保，不敢战。如是数岁，亦不亡失。然匈奴以李牧为怯，虽赵边兵亦以为吾将怯。赵王让李牧，李牧如故，赵王怒，召之，使他人代将。

【注释】

①代：郡名。治所在今河北蔚县西南。雁门：郡名。治所在今山西右玉东。

②莫府：即幕府，古代将帅办公的地方。

【译文】

李牧是赵国镇守北方边疆的杰出将领。他经常驻扎在代郡、雁门郡，防备匈奴入侵。他有根据实际需要任命官吏的权力，市场的税收也都直接送到将军府内，作为士兵军费。他每天都杀几头牛给士兵们食用，习练射箭和骑马，小心地把守烽火台，大量派出间谍，优厚地对待战士们。李牧规定说："匈奴如果入侵边境来抢掠，军士们赶紧退入营中坚守，有擅自捕捉俘虏的，杀。"匈奴每次入侵，战士们就点燃烽火报警，随即退入营垒里防守，不敢出战。这样一连好几年，也没有伤亡和损失。但是匈奴却认为李牧是胆小害怕，即使是赵国边境上的士兵也认为他们的将领胆小。赵王责备李牧，李牧仍然如故，赵王大为生气，召他回朝，派他人代替为将。

岁余，匈奴每来，出战。出战，数不利，失亡多，边不得田畜。复请李牧。牧杜门不出，固称疾。赵王乃复强起使将兵。牧曰："王必用臣，臣如前，乃敢奉令。"王许之。

【译文】

一年多后，匈奴每次来入侵，新将领都带兵出战。出战多次失利，伤亡损失都很大，边境上都无法耕种和放牧。于是赵王又派人去请李牧。李牧闭门不出，坚持说自己有病。赵王于是强迫他出来，让他统率军队。李牧说："大王一定要任用我，得答应我还像从前那样，我才敢接受命令。"赵王答应了。

李牧至，如故约。匈奴数岁无所得，终以为怯。边士日得赏赐而不用，皆愿一战。于是乃具选车得千三百乘，选骑得万三千匹，百金之士五万人①，彀者十万人②，悉勒习战。大纵畜牧，人民满野。匈奴小入，详北不胜，以数千人委之。单于闻之③，大率众来入。李牧多为奇陈，张左右翼击之，大破杀匈奴十余万骑。灭襜褴④，破东胡⑤，降林胡⑥，单于奔走。其后十余岁，匈奴不敢近赵边城。以上李牧破匈奴。

【注释】

①百金之士：能破敌擒将者，赏给百金，故名。

②彀（gòu）者：善于射箭的人。彀，拉满弓。

③单于：匈奴王称号，如同汉人的天子。

④襜褴（dān lán）：胡人之国。

⑤东胡：种族名。是乌桓的祖先。因为他们又是鲜卑人，在匈奴东部，故称东胡。

⑥林胡：胡人的一个支系。

【译文】

李牧到了边境上，仍然按照原来的做法。这样，匈奴好几年没有得到什么，始终认为李牧胆小。守边的士兵们经常得到奖赏却没有被使用，都希望与匈奴打一仗。李牧于是就挑选兵车一千三百辆，战马一万三千匹，曾经获得百金奖赏的勇士五万人，能拉硬弓的射手十万人，全部集中起来进行军事演习。又大肆放牧，人们布满原野。匈奴先派小股兵力入侵，李牧假装败走，并丢下几千人给匈奴。单于听说后，率领大批军队入侵赵国。李牧布下了大量奇阵，组织左右两翼部队袭击匈奴，大败匈奴军队，打败杀死了十多万匈奴人马。李牧接着消灭襜褴，打败了东胡，并使林胡投降，单于出逃。这以后十多年间，匈奴不敢接近赵国边境上的城邑。以上记李牧大破匈奴。

赵悼襄王元年，廉颇既亡入魏，赵使李牧攻燕，拔武遂、方城。居二年，庞煖破燕军，杀剧辛。后七年，秦破杀赵将扈辄于武遂①，斩首十万。赵乃以李牧为大将军，击秦军于宜安②，大破秦军，走秦将桓齮。封李牧为武安君。居三年，秦攻番吾③，李牧击破秦军，南距韩、魏。

【注释】

①武遂：据梁玉绳说，当作"武城"，武城在今河北磁县南。

②宜安：赵县名。在今河北藁城西南。

③番(pó)吾：赵县名。在今河北平山南。

【译文】

赵悼襄王元年，廉颇已逃到魏国去了，赵王派李牧进攻燕国，攻下了武遂、方城。过了两年，庞煖又打败燕军，杀死了剧辛。又过了七年，秦国军队在武城打败了赵国军队，杀死了赵将扈辄，杀死赵军十万人。赵国于是任命李牧担任大将军，在宜安迎击秦军，大败秦军，打跑了秦将桓齮。赵王封李牧为武安君。又过了三年，秦国军队进攻番吾，李牧把秦军打败后，又往南抵御韩、魏两国。

赵王迁七年，秦使王翦攻赵，赵使李牧、司马尚御之。秦多与赵王宠臣郭开金，为反间，言李牧、司马尚欲反。赵王乃使赵葱及齐将颜聚代李牧。李牧不受命，赵使人微捕得李牧，斩之，废司马尚。后三月，王翦因急击赵，大破，杀赵葱，虏赵王迁及其将颜聚，遂灭赵。以上李牧破秦后以谗废。

【译文】

赵王迁七年，秦国派王翦进攻赵国，赵王派李牧和司马尚抵抗。秦国给了赵王宠臣郭开许多金钱，施行反间计，说李牧、司马尚要起兵造反。赵王就派赵葱和齐国将军颜聚代替李牧统帅军队。李牧不听从命令，赵王就派人暗中逮捕李牧，杀了他，撤换了司马尚。三个月以后，王翦加紧攻打赵国，大败赵军并杀死了赵葱，俘虏了赵王迁和他的将军颜聚，于是消灭赵国。以上记李牧破秦后因谗言被废。

太史公曰：知死必勇，非死者难也，处死者难。方蔺相如引璧睨柱，及叱秦王左右，势不过诛，然士或怯懦而不敢发。相如一奋其气，威信敌国，退而让颇，名重太山，其处智勇，可谓兼之矣！

【译文】

太史公说：明知自己将死，就会产生勇气，这不是说死有什么难处，而是正确对待死很困难。当蔺相如高举和氏璧斜望殿柱，以及大声呵斥秦王左右侍臣的时候，这种形势下最多也不过是被杀掉罢了，可是有的士人却胆小而不敢有所行动。蔺相如振奋勇气，而使他的威风在敌国得到伸展，在廉颇面前又谦虚退让，声名比泰山还重，他处理事情，真可说是勇敢和智慧兼备了！

田单列传

【题解】

本文是作者为战国时期齐将田单作的传记。通过记叙田单保护族人在安平脱险、为将后以奇计守即墨和大破燕国等事情,表现了田单的战术谋略,同时也表现了司马迁“兵以正合,以奇胜”的军事思想。值得一提的是,本传的后部,作者以深情的笔触歌颂了百姓王蠋的忠义,突出了他的崇高的爱国主义精神和不畏强暴的优秀品质。这说明,作者已经认识到,人心向背是战争胜败的决定因素,齐国人民同仇敌忾,是田单用奇谋取胜的基础。用太史嬓女和王蠋二人的爱国言行来衬托田单用奇,使本文有了比一般传记更大的思想容量。

田单者,齐诸田疏属也。湣王时,单为临菑市掾,不见知。及燕使乐毅伐破齐①,齐湣王出奔,已而保莒城②。燕师长驱平齐,而田单走安平③,令其宗人尽断其车轴末而傅铁笼④。已而燕军攻安平,城坏,齐人走,争途,以轊折车败⑤,为燕所虏,唯田单宗人以铁笼故得脱,东保即墨。以上保田宗得出安平。

【注释】

①乐毅:战国时名将,事详《乐毅列传》。

②莒(jǔ)城:即今山东莒县。

③安平:齐邑名。在今山东淄博临淄区东北。

④傅铁笼:用铁箍包住。傅,通“附”。

⑤轊(wèi):车轴的两端。

【译文】

田单,是齐国田氏王族的远房亲属。齐湣王在位的时候,田单在齐国的首都临淄任市掾之职，不被人赏识。等到燕国派乐毅把齐国攻破，齐湣王逃跑，不久退守到莒城。燕军长驱直入，平定齐国，这时田单逃到了安平，让他同宗的族人把座车的轴头全部锯掉，箍上了铁箍。不久，燕国军队攻打安平，城池陷落，齐国人溃逃，争先恐后地抢行，结果很多人因车轴撞断，车子坏了，被燕军俘虏，唯独田单的族人因为用铁箍把车轴包住的缘故，得以逃脱，向东退到即墨继续防守。以上记田单保护族人得以逃出安平。

燕既尽降齐城，唯独莒、即墨不下。燕军闻齐王在莒，并兵攻之。淖齿既杀湣王于莒①，因坚守，距燕军，数年不下。燕引兵东围即墨，即墨大夫出与战，败死。城中相与推田单，曰："安平之战，田单宗人以铁笼得全，习兵。"立以为将军，以即墨距燕。

【注释】

①淖(nào)齿：战国时楚国人，齐湣王时为齐相。

【译文】

燕军几乎攻陷了所有齐国城邑，只有莒和即墨两个城邑攻不下。燕国军队听说齐湣王逃到了莒城，便集中兵将合力攻打。这时候，淖齿已经把齐湣王杀死在莒城，接着就坚守城池，抵抗燕军，几年内燕军都没把城池攻下。燕军于是领兵东进，围攻即墨，即墨的守将开城和燕军交战，战败被杀。即墨城中百姓共同推举田单，说："安平那一仗中，田单的族人因为用铁箍箍住了车轴，得以保全，他会用兵。"拥立田单为将军，据守即墨，抵抗燕军。

顷之，燕昭王卒，惠王立，与乐毅有隙。田单闻之，乃纵反间于燕，宣言曰："齐王已死，城之不拔者二耳。乐毅畏诛而不敢归，以伐齐为名，实欲连兵南面而王齐。齐人未附，故且缓攻即墨以待其事。齐人所惧，唯恐他将之来，即墨残矣。"燕王以为然，使骑劫代乐毅[1]。乐毅因归赵。以上守即墨。

【注释】

①骑劫：人名。燕国大将。

【译文】

不久，燕昭王死了，燕惠王登上王位，燕惠王与乐毅有矛盾。田单听说此事，就派人到燕国去行使反间计，扬言说："齐湣王已死，齐国城邑没有被攻下的只不过两座罢了。乐毅怕被诛杀不敢回国，他以伐齐为名，实际上是想联合军力，做齐国的国王。齐国人心还未归附他，所以他暂时缓攻即墨，等待他们归顺。齐国人所惧怕的，只是担心燕国派其他将帅来攻，那样的话，即墨就无法保全了。"燕惠王认为是这样，就派骑劫代替乐毅。乐毅便回到了赵国。以上记田单守即墨城。

燕人士卒忿。而田单乃令城中人食必祭其先祖于庭，飞鸟悉翔舞城中下食。燕人怪之。田单因宣言曰："神来下教我。"乃令城中人曰："当有神人为我师。"有一卒曰："臣可以为师乎？"因反走。田单乃起，引还，东向坐，师事之。卒曰："臣欺君，诚无能也。"田单曰："子勿言也！"因师之。每出约束，必称神师。乃宣言曰："吾唯惧燕军之劓所得齐卒[1]，置之前行，与我战，即墨败矣。"燕人闻之，如其言。城中人见齐诸降者尽劓，皆怒，坚守，唯恐见得。单又纵反间曰:“吾惧燕人掘吾城外冢墓,僇先人,可为寒心。”燕军尽掘垄墓,烧死人。即墨人从城上望见,皆涕泣,俱欲出战,怒自十倍。

【注释】

①劓:割去鼻子,古代的刑罚之一。

【译文】

燕国官兵们都愤愤不平。这时田单命令城里人民吃饭时必须先在庭院祭祀祖先,众多鸟雀因为争食祭祀的食物,所以在城上空盘旋飞翔。燕军对此感到奇怪。田单就又扬言说:“将有神人来教我。”接着就对城里人下令说:“会有神人来做我的老师。”有一个士兵说:“我可以做老师吗?”说完转身就跑。田单于是站起来,招呼那名士兵转回来,请他面向东坐,像老师一样对待他。那士兵说:“我是欺骗您的,其实没有什么能耐。”田单说:“你不要说啊!”于是尊他为神师。每一次发号施令,都一定要说是神师的主意。又扬言说:“我们只怕燕国军队把俘虏的齐国士兵割去鼻子,让他们列于军前和我们作战,那么,即墨就溃败了。”燕国人听说,便照着去办。即墨城里的人见齐国众多投降的士兵都被割去了鼻子,都很气愤,于是就更努力坚守城池,唯恐被敌人俘虏了。田单又行使反间计,散布谣言说:“我们害怕燕军挖掘我们城外的祖宗坟墓,凌辱我们的祖先,那就太令人悲哀了。”燕国军队就把城外的坟墓全部挖开,并焚烧死尸。即墨军民从城上看到,全都痛哭流泪,都想出城交战,愤怒比以前增加了十倍。

田单知士卒之可用,乃身操版插[①],与士卒分功,妻妾编于行伍之间,尽散饮食飨士。令甲卒皆伏,使老弱女子乘城,遣使约降于燕,燕军皆呼万岁。田单又收民金,得千镒,令即墨富豪遗燕将，曰："即墨即降，愿无虏掠吾族家妻妾，令安堵[2]。"燕将大喜，许之。燕军由此益懈。

【注释】

①版：筑墙的夹板。插：掘壕工具。

②安堵：也作"按堵"，即安居。

【译文】

田单知道士兵们可以派上用场了，于是拿着夹板、铲锹，和官兵们一起分担修筑工事的任务，妻子、小妾都编排在队伍里，又把食物全部拿出来让士兵们食用。命令披甲的士兵们都藏匿起来，让老弱的人和妇女上城防守，又派使者去约定投降事宜，燕军都高呼万岁。田单又收集民间黄金，得到了一千镒，命令即墨城里的富豪送给燕国大将，说："即墨就要投降了，希望不要掳掠我们的族人家属、妻妾、儿女，让我们安全。"燕国大将特别高兴，答应了他们。燕国军队因此更加懈怠了。

田单乃收城中得千余牛，为绛缯衣，画以五彩龙文，束兵刃于其角，而灌脂束苇于尾，烧其端。凿城数十穴，夜纵牛，壮士五千人随其后。牛尾热，怒而奔燕军，燕军夜大惊。牛尾炬火光明炫耀，燕军视之皆龙文，所触尽死伤。五千人因衔枚击之[1]，而城中鼓噪从之，老弱皆击铜器为声，声动天地。燕军大骇，败走。齐人遂夷杀其将骑劫。燕军扰乱奔走，齐人追亡逐北，所过城邑皆叛燕而归田单，兵日益多，乘胜，燕日败亡，卒至河上，而齐七十余城皆复为齐。乃迎襄王于莒，入临菑而听政。

【注释】

①衔枚:枚的形状像筷子,行军时衔在口中,以免出声。

【译文】

田单又在城里收集了一千多头牛,给它们披上红绸绢制成的被服,画上五颜六色的蛟龙花纹,在牛角上捆上了尖刀,又把浸满油脂的芦苇捆在牛尾上,点燃芦苇的末端。又把城墙凿开几十个洞穴,晚上放开这些牛,精兵五千人跟在火牛后面。由于牛尾烧得发热,牛就狂暴地跑到燕国军营中去,燕军在夜间很慌乱。牛尾的火光明亮耀眼,燕国军队看见它们身上都有龙纹,碰到军兵都不死即伤。五千士兵趁机嘴里衔枚向敌营冲杀,城里的士兵大声吆喝着跟从他们,老弱妇孺都敲打铜器助威,喊杀声惊天动地。燕军大为惊恐,溃败而逃。齐国军队于是杀死了燕军主将骑劫。燕国军队纷扰混乱地四处乱跑,齐军紧紧追击逃跑的敌人,所经过的城邑都背叛燕军而归顺了田单,田单的兵力一天天增多,乘胜追击,燕军一天天溃逃,一直追击到黄河岸边,齐国的七十多座城邑又都收复了。于是,众人到莒城迎接齐襄王,让他回临淄处理政务。

襄王封田单,号曰安平君。以上大破燕。

【译文】

齐襄王对田单进行了封赏,封号是安平君。以上田单大败燕军。

太史公曰:兵以正合,以奇胜。善之者,出奇无穷。奇正还相生,如环之无端。夫始如处女,适人开户[①];后如脱兔,适不及距:其田单之谓邪!

【注释】

①适:通"敌"。下"适不及距"之"适"同。

【译文】

太史公说:用兵打仗要同敌人正面交锋,但又要出奇制胜。善于用兵的人,会制定变化无穷的奇妙战术。正面交锋与使用奇兵循环转化,就像圆环找不到它接头的地方。开头要像处女那样沉静,诱使敌人敞开门户不戒备;然后又像逃跑的野兔一样,使敌人来不及防御:说的就是田单这样的人吧?

初,淖齿之杀湣王也,莒人求湣王子法章,得之太史嬓之家①,为人灌园。嬓女怜而善遇之。后法章私以情告女,女遂与通。及莒人共立法章为齐王,以莒距燕,而太史氏女遂为后,所谓"君王后"也。

【注释】

①太史嬓(jiào):人名。姓太史,名嬓。

【译文】

当初,淖齿杀死了齐湣王,莒城的人就访求齐湣王的儿子法章,在太史嬓家里找到他,他正在替人家灌溉田地。太史嬓的女儿怜悯他并且对他很好。后来法章私下里把自己的情况告诉了她,她就和法章私通了。等到莒城人共同拥立法章做齐王,凭借莒城来抵抗燕军,太史嬓的女儿就被册立为王后,就是人们所说的"君王后"。

燕之初入齐,闻画邑人王蠋贤①,令军中曰"环画邑三十里无入",以王蠋之故。已而使人谓蠋曰:"齐人多高子之义,吾以子为将,封子万家。"蠋固谢。燕人曰:"子不听,吾引三军而屠画邑。”王蠋曰：“忠臣不事二君，贞女不更二夫。齐王不听吾谏，故退而耕于野。国既破亡，吾不能存；今又劫之以兵为君将，是助桀为暴也。与其生而无义，固不如烹！”遂经其颈于树枝，自奋绝脰而死②。齐亡大夫闻之，曰：“王蠋，布衣也，义不北面于燕，况在位食禄者乎！”乃相聚如莒，求诸子，立为襄王。

【注释】

①画邑：齐邑名。在今山东淄博东北。王蠋(zhú)：人名。

②脰(dòu)：颈项。

【译文】

燕军刚攻入齐国的时候，听说画邑人王蠋有贤德，就命令军士们说：“环绕画邑三十里不许入内！”这是因为王蠋是画邑人的缘故。不久，燕军派人对王蠋说：“齐国人都称赞你的品德，我任命你做将军，封赏给你万户的领地。”王蠋坚决谢绝。燕军使者说：“你如果不听我们的话，我们将带领大军屠杀画邑全城。”王蠋说：“忠臣不能侍奉两个君王，贞女不能嫁两个丈夫。齐王不听从我的建议，所以归隐在乡野种田。齐国既然已破亡了，我也不能独自存活；现在又用武力来劫持我做你们的将军，这是助恶行暴呀。与其活着干这种不仁不义的坏事，倒不如受烹而死！”于是，王蠋把自己的脖子吊在树枝上，自己奋力挣扎，扭断脖子而死。齐国逃亡在外的大夫们听说这件事，说：“王蠋，一个老百姓，尚且守节，不肯向燕国称臣，更何况我们这些当官吃俸禄的人呢！”于是，他们相聚到莒城，寻找齐湣王的儿子，拥立为齐襄王。

平原君虞卿列传

【题解】

本文是作者为平原君和虞卿作的合传。平原君是“战国四公子”之一，赵国公子，名赵胜。虞卿则是一位游说之士。文章通过记叙他们为赵国的安危着想，出谋划策，赞扬了前者的礼贤下士、重视人才和后者的远见卓识及晚年的著书生活。本传客观地评价了平原君，他的某种程度的虚伪、不明大局、利令智昏等，与虞卿不忍看魏齐死去而与之一起逃到大梁、在艰难困苦的境遇中著书立说的事迹比较起来，不是更能引起人的深思吗？

平原君赵胜者，赵之诸公子也。诸子中胜最贤，喜宾客，宾客盖至者数千人。平原君相赵惠文王及孝成王，三去相，三复位，封于东武城①。以上总叙数语。

【注释】

①东武城：赵邑名。在今山东武城西北。

【译文】

平原君赵胜，是赵国的公子。诸位公子中，赵胜最贤能，喜欢交结宾客，到过他那里的宾客大概有几千人。平原君担任过赵惠文王和赵孝成王的相国，曾三次离职，又三次复职，被封在东武城。以上总叙几句话。

平原君家楼临民家。民家有躄者①，槃散行汲②。平原君美人居楼上，临见，大笑之。明日，躄者至平原君门，请曰：“臣闻君之喜士，士不远千里而至者，以君能贵士而贱妾也。臣不幸有罢癃之病③，而君之后宫临而笑臣，臣愿得笑臣者头。”平原君笑应曰：“诺。”躄者去，平原君笑曰：“观此竖子，乃欲以一笑之故杀吾美人，不亦甚乎！”终不杀。居岁余，宾客门下舍人稍稍引去者过半。平原君怪之，曰：“胜所以待诸君者未尝敢失礼，而去者何多也？”门下一人前对曰：“以君之不杀笑躄者，以君为爱色而贱士，士即去耳。”于是平原君乃斩笑躄者美人头，自造门进躄者，因谢焉。其后门下乃复稍稍来。以上斩美人谢躄者。

【注释】

①躄(bì)者：跛腿的人。

②槃散：即“蹒跚”，指跛脚人走路一瘸一拐的样子。

③罢癃(pí lóng)：残疾。一说“罢”音同“跛”，指脚有病；“癃”指驼背，即既跛腿又驼背。

【译文】

平原君家的高楼与平民的家园相邻。平民家有个跛脚的人，走路一瘸一拐，常到井边去提水。有一次，平原君的小妾在楼上看到了这个情景，大声发笑。第二天，跛脚人来到平原君家，请求说：“我听说您喜欢士人，士人们不远千里来投奔您，是因为您以士为贵而以妾为贱呀。我不幸患有残疾，但您的小妾却站在楼上嘲笑我，我希望能得到嘲笑我的人的头颅。”平原君笑着答应说：“行吧！”跛脚人离开后，平原君笑着说：“看这小子，竟然妄想因为一次嘲笑而杀死我的美人，不也太过分了吗！”最终没有杀掉小妾。过了一年多，他的宾客、朋友和家臣陆续离开的超过一半。平原君对此感到很奇怪，说：“我对待你们诸位，从不敢失礼，但为什么这么多人离开我呢？”一个门客上前说道：“这是因为您没有把嘲笑跛脚人的小妾杀掉，大家认为您爱好美色，轻视士人，所以士人们就都离开您了。”于是，平原君就砍下嘲笑跛脚人的小妾头颅，亲自登门献给跛脚人，并顺便向他谢罪。之后，门人宾客家臣就又渐渐回来了。以上记平原君杀死美妾向跛腿邻居谢罪。

是时齐有孟尝，魏有信陵，楚有春申，故争相倾以待士[①]。秦之围邯郸，赵使平原君求救，合从于楚[②]，约与食客门下有勇力文武备具者二十人偕。平原君曰："使文能取胜，则善矣。文不能取胜，则歃血于华屋之下[③]，必得定从而还。士不外索，取于食客门下足矣。"得十九人，余无可取者，无以满二十人。门下有毛遂者，前，自赞于平原君曰："遂闻君将合从于楚，约与食客门下二十人偕，不外索。今少一人，愿君即以遂备员而行矣[④]。"平原君曰："先生处胜之门下几年于此矣？"毛遂曰："三年于此矣。"平原君曰："夫贤士之处世也，譬若锥之处囊中，其末立见。今先生处胜之门下三年于此矣，左右未有所称诵，胜未有所闻，是先生无所有也。先生不能，先生留。"毛遂曰："臣乃今日请处囊中耳。使遂蚤得处囊中，乃颖脱而出，非特其末见而已。"平原君竟与毛遂偕。十九人相与目笑之而未废也。

【注释】

①"是时齐有孟尝"几句：孟尝、信陵、春申，分别指战国时齐国的孟尝君田文、魏国的信陵君魏无忌，楚国的春申君黄歇，他们和平原君合称"战国四公子"。倾，竞赛，胜过。

②合从(zòng)于楚：推楚国为盟主，订立合纵条约，联合抗秦。

③歃(shà)血：盟誓的人在嘴边涂血。

④备员：用以补充人数的不足。

【译文】

这时，齐国有孟尝君，魏国有信陵君，楚国有春申君，因此，他们争相竭力对待士人。秦国包围了邯郸，赵国委派平原君去寻求救兵，到楚国订立合纵盟约，平原君决定和门下食客中有勇有力、文武双全的二十个人一起去。平原君说："假如可以和平取胜，那再好不过。如果不能用和平的方式取得胜利，就在大堂上，歃血盟誓，一定要把合纵的盟约签订好再回来！这些士人不必到外面去寻找，在门下食客中寻找就够了。"经过挑选找到了十九个人，其余的人再也没有适合的，没法凑够二十个人。这时，门客中有一叫毛遂的人，上前向平原君自荐说："我听说您将与楚国订立合纵盟约，准备在门客中挑选二十个人一同前往，不到外面寻找。听说现在还少一个人，希望您就让我凑数前往吧。"平原君说："先生在我门下效力共有几年了？"毛遂说："在您这里已经三年了。"平原君说："贤能的人为人处世，就像把锥子放在布袋里一样，它的针尖立刻就会显露出来。现在先生在我门下已经三年了，可周围人并没有称赞谈论过你，我从来没听说过你，可见你没有什么长处了。先生你没能耐，还是留在家里吧。"毛遂说："我今天请您把我放到布袋里去！假如我早就在布袋里，早已把整个锋芒都显露出来了，不会只是尖子露出来而已。"平原君最终带上毛遂一同前往。另外十九个人相视而笑，但并没有排斥他。

毛遂比至楚，与十九人论议，十九人皆服。平原君与楚合从，言其利害，日出而言之，日中不决。十九人谓毛遂曰："先生上。"毛遂按剑历阶而上，谓平原君曰："从之利害，两言而决耳。今日出而言从，日中不决，何也？"楚王谓平原君曰："客何为者也？"平原君曰："是胜之舍人也。"楚王叱曰："胡不下！吾乃与而君言，汝何为者也！"毛遂按剑而前曰："王之所以叱遂者，以楚国之众也。今十步之内，王不得恃楚国之众也，王之命悬于遂手。吾君在前，叱者何也？且遂闻汤以七十里之地王天下，文王以百里之壤而臣诸侯，岂其士卒众多哉，诚能据其势而奋其威。今楚地方五千里，持戟百万，此霸王之资也。以楚之强，天下弗能当。白起，小竖子耳，率数万之众，兴师以与楚战，一战而举鄢、郢，再战而烧夷陵[①]，三战而辱王之先人。此百世之怨而赵之所羞，而王弗知恶焉。合从者为楚，非为赵也。吾君在前，叱者何也？”楚王曰：“唯唯，诚若先生之言，谨奉社稷而以从。”毛遂曰：“从定乎？”楚王曰：“定矣。”毛遂谓楚王之左右曰：“取鸡狗马之血来。”毛遂奉铜槃而跪进之楚王曰[②]：“王当歃血而定从，次者吾君，次者遂。”遂定从于殿上。毛遂左手持槃血而右手招十九人曰：“公相与歃此血于堂下。公等录录[③]，所谓因人成事者也。”

【注释】

①夷陵：本来是楚国先王的墓名，后来改为县，在今湖北宜昌东。

②铜槃：即铜盘。槃，通“盘”。

③录录：即“碌碌”，平庸无用。

【译文】

等到了楚国，毛遂与另十九人一起谈论问题，十九个人都很佩服他。平原君与楚王谈论有关签订合纵盟约事宜，说明利害关系，从日出时谈起，一直到中午还没有决定下来。十九个人对毛遂说：“先生您上去谈谈吧！”毛遂提剑握柄，登阶而上，对平原君说：“合纵的利害，两句话就能决定。今天从太阳升起就谈论合纵事宜，到中午还没有决定，为什么呢？”楚王对平原君说：“这位客人是什么人？”平原君说：“他是我的家臣。”楚王呵斥道：“还不快退下！我是和你的主人谈话，你来干什么？”毛遂握住剑柄上前，说：“大王您之所以呵斥我，是依仗您楚国人多势众。现在这十步之内，您就不能再依仗你们楚国人多势众了，大王的性命操纵在我的手中。我的主人在我面前，您呵斥什么？况且我听说商汤不过凭借方圆七十里的土地就统一了天下，周文王凭借着方圆一百里的土地使诸侯们臣服，哪里是因为他们的军队众多呢！实际是因为他们能够根据形势提振威望。现在楚国土地方圆五千里，有百万大军，这是称王称霸的资本。凭借楚国的强大，天下没有人能抵挡。白起，毛头小子而已，率领几万军队，大举进兵和楚国交战，一次战斗就攻占了鄢城和郢城，二次战斗烧毁了夷陵，三次战斗就凌辱了大王的祖先。这是楚国百代人的深仇大恨，连赵国也为之感到耻辱，而大王竟不觉得可恶吗？合纵这件事，是为了楚国，而不是为了赵国。我主人还在面前呢，您呵斥我干什么？”楚王说：“是，是！确实像先生所说的，我愿奉献全国的力量来订立合纵盟约。”毛遂说：“合纵这件事决定了吧？”楚王说：“决定了。”毛遂对楚王的侍从说：“请取鸡、狗、马血来！”毛遂捧着铜盘，跪下来向楚王呈献，说：“大王应该歃血盟誓订立合纵盟约，其次是我的主人，接着是我。”于是，在殿堂上缔结了合纵的盟约。毛遂左手持拿铜盘的血，右手招呼另外十九个人说：“各位先生依次来堂下涂血吧！你们都平庸无能，是依赖别人成就事业的人啊。”

平原君已定从而归。归至于赵，曰：“胜不敢复相士。胜相士多者千人，寡者百数，自以为不失天下之士，今乃于毛先生而失之也。毛先生一至楚，而使赵重于九鼎、大吕①。毛先生以三寸之舌，强于百万之师。胜不敢复相士。”遂以为上客②。以上毛遂定从于楚。

【注释】

①九鼎、大吕：都是古代认为最宝贵的传国器物。九鼎相传为夏禹所铸，大吕是周庙的大钟。

②上客：尊贵的客人。

【译文】

平原君与楚国订立了合纵盟约后回国。回到赵国后说："我再不敢评判人才了。我评判的人才，多说有一千多人，少说也有几百人，自以为不会丢掉天下俊才，现在竟然把毛先生这样的人才丢了！毛先生一到楚国，就使得赵国国威比九鼎、大吕还重大。毛先生凭着出色的口才，胜过百万大军的威力。我不敢再评判人才了。"于是把毛遂奉为上宾。以上记毛遂帮助平原君在楚国促成合纵盟约的订立。

平原君既返赵，楚使春申君将兵赴救赵，魏信陵君亦矫夺晋鄙军往救赵，皆未至。秦急围邯郸，邯郸急，且降，平原君甚患之。邯郸传舍吏子李同说平原君曰[①]："君不忧赵亡邪？"平原君曰："赵亡则胜为虏，何为不忧乎？"李同曰："邯郸之民，炊骨易子而食，可谓急矣，而君之后宫以百数，婢妾被绮縠[②]，余粱肉，而民褐衣不完，糟糠不厌。民困兵尽，或剡木为矛矢[③]，而君器物钟磬自若。使秦破赵，君安得有此？使赵得全，君何患无有？今君诚能令夫人以下编于士卒之间，分功而作，家之所有尽散以飨士，士方其危苦之时，易德耳。"于是平原君从之，得敢死之士三千人。李同遂与三千人赴秦军，秦军为之却三十里。亦会楚、魏救至，秦兵遂罢，邯郸复存。李同战死，封其父为李侯。以上李同说出家资飨士。

【注释】

①传(zhuàn)舍：古代公家为过往官吏歇宿而准备的馆舍，犹今之招

待所。李同：原名谈，司马迁为避他父亲司马谈的讳故写作“李同”。

②绮縠(hú)：绫罗绸缎。绮，细绫。縠，绉纱。

③剡(yǎn)：锐利。

【译文】

平原君回到赵国后，楚国派春申君带领军队前来援助赵国，魏国的信陵君也假托魏王的命令夺得晋鄙的军队前来援助赵国，但都还没有到达赵国。秦国军队加紧围攻邯郸，邯郸的形势十分危急，就要投降了，平原君非常忧虑。邯郸管理招待所的官员之子李同游说平原君说：“您不担心赵国灭亡吗？”平原君说：“赵国灭亡，我就会成为俘虏，怎么能不担忧呢？”李同说：“邯郸的老百姓，烧死人骨头，交换儿女煮了吃，可以说是万分危急了，可您的姬妾有几百人，连侍女们也都穿着绫罗绸缎，有吃不完的精美食物，但老百姓呢，穿的粗布短衣都破破烂烂，连酒糟、糠皮儿都吃不饱。百姓贫困，武器用尽，有的人削尖木棍做长矛、箭矢，可您的器具、乐器还是照旧。假如秦国攻下了赵国，您哪里还会有这些东西呢？假如赵国能得到保全，您又何必担心您会没有这些东西呢？现在您如果能让您夫人以下的人员编入军队，分担守卫城池的任务，把家中所有的财物分给战士们享用，士兵们正处在忧愁痛苦的时候，很容易感恩戴德。”平原君就听从了他的建议，征集到三千人组成了敢死队。李同和这三千人一起向秦军冲杀，秦军因此后退了三十里。又正好碰上楚国和魏国的救兵赶到了，秦军只好撤退了，邯郸得以保全下来。李同在战斗中牺牲，赵国就封他父亲为李侯。以上记李同劝平原君拿出家财犒赏军士。

虞卿欲以信陵君之存邯郸为平原君请封。公孙龙闻之，夜驾见平原君曰：“龙闻虞卿欲以信陵君之存邯郸为君请封，有之乎？”平原君曰：“然。”龙曰：“此甚不可。且王举君而相赵者，非以君之智能为赵国无有也。割东武城而封君者，非以君为有功也，而以国人无勋，乃以君为亲戚故也。君受相印不辞无能，割地不言无功者，亦自以为亲戚故也。今信陵君存邯郸而请封，是亲戚受城而国人计功也。此甚不可。且虞卿操其两权，事成，操右券以责[①]；事不成，以虚名德君。君必勿听也。”平原君遂不听虞卿。以上公孙龙说不受封。

【注释】

①右券：古代的契约一般中分为二，债权人持右半边，称为右券，据以向借贷者讨钱。

【译文】

虞卿想要凭信陵君保卫邯郸的功绩替平原君请求封赏。公孙龙听说后，连夜驾车会见平原君，说：“我听说虞卿想凭信陵君保卫邯郸的功绩，替您请求封赏，有这样的事吗？”平原君说：“是这样。”公孙龙说：“这样做很不合适啊。而且赵王选拔您担任赵国的宰相，并不是因为您有赵国其他人所没有的智慧和才能。把东武城赐封给您，也不是因为您做了有功劳的事，而普通百姓没立下功勋，而是因为您是赵王亲属的缘故。您接受相印，而没有推说没有能力；在封赐领地时，也不辞谢说没功劳，也是自认是赵王亲属的缘故。现在信陵君保卫了邯郸的安全您却请赏，又是和众人一样的功劳却凭亲戚得到城池的封赏，这是很不妥当的。并且虞卿操纵着两个方面的权柄：如果事情成功，他会像债主那样手拿右券向您讨求报酬；如果事情未成，他会因曾建议请赏来博取好感。您一定不要听他的呀！”平原君于是就没有听从虞卿的意见。以上记公孙龙劝平原君不要接受封赏。

平原君以赵孝成王十五年卒。子孙代,后竟与赵俱亡。

【译文】

平原君在赵孝成王十五年去世了。子孙们世袭,直到赵国灭亡时为止。

平原君厚待公孙龙。公孙龙善为坚白之辩[①],及邹衍过赵言至道,乃绌公孙龙[②]。

【注释】

①坚白之辩:分辩"坚"与"白"的区别。公孙龙说:一块白石头,拿眼睛来看,只能得到"白"的概念;用手摸,只能得到"坚"的概念,所以"坚""白"是两个概念,不能合而为一。

②绌:同"黜"。斥退。

【译文】

平原君对待公孙龙非常优厚。公孙龙很善于辩论"坚"和"白"一类名实问题,等到邹衍经过赵国谈论到最根本的道理时,才疏远了公孙龙。

虞卿者,游说之士也。蹑跻担簦说赵孝成王[①]。一见,赐黄金百镒,白璧一双。再见,为赵上卿,故号为虞卿。

【注释】

①蹑跻(niē juē):穿着草鞋。跻,通"屩"。草鞋。担簦:打着伞。簦,有长柄的斗笠,即伞。

【译文】

虞卿是一名善于游说的策士，他穿草鞋打雨伞，去游说赵孝成王。一见面，就被赐一百镒黄金，一双白玉璧。第二次见面，就作了赵国的上卿，因此称他为虞卿。

秦、赵战于长平，赵不胜，亡一都尉。赵王召楼昌与虞卿曰："军战不胜，尉复死，寡人使束甲而趋之，何如？"楼昌曰："无益也，不如发重使为媾。"虞卿曰："昌言媾者，以为不媾军必破也。而制媾者在秦。且王之论秦也，欲破赵之军乎，不邪？"王曰："秦不遗余力矣，必且欲破赵军。"虞卿曰："王听臣，发使出重宝以附楚、魏，楚、魏欲得王之重宝，必纳吾使。赵使入楚、魏，秦必疑天下之合从，且必恐。如此，则媾乃可为也。"赵王不听，与平阳君为媾[①]，发郑朱入秦。秦内之。赵王召虞卿曰："寡人使平阳君为媾于秦，秦已纳郑朱矣，卿以为奚如？"虞卿对曰："王不得媾，军必破矣。天下贺战胜者皆在秦矣。郑朱，贵人也，入秦，秦王与应侯必显重以示天下[②]。楚、魏以赵为媾，必不救王。秦知天下不救王，则媾不可得成也。"应侯果显郑朱以示天下贺战胜者，终不肯媾。长平大败，遂围邯郸，为天下笑。以上与楼昌争论赵之不宜与秦媾。

【注释】

①平阳君：惠文王同母弟赵豹。

②应侯：范雎。

【译文】

秦、赵两国在长平大战，赵国没能取胜，一名都尉被杀。赵王召来楼昌和虞卿，说："我们的军队打仗没能获胜，还战死了一名都尉，我命令军队整装前去偷袭敌军，怎么样呢？"楼昌说："这样做没有好处，不如派遣重要的使臣前去求和。"虞卿说："楼昌说要讲和的原因，是认为如果不讲和的话，我军一定会被打败。但讲和当中起决定作用的是秦国。并且大王您判断秦国的来势，是想打败赵国的军队呢？还是不想呢？"赵王说："秦国全力以赴，一定是想打败赵国军队。"虞卿说："大王听从我的意见，派使臣携带贵重的珍宝去联合楚国和魏国，楚、魏两国想得到大王的贵重珍宝，一定会接纳我们的使臣。赵国使臣一进入楚国和魏国，秦国一定会怀疑各国在联合抗秦，肯定会害怕。这样，就可以同秦军讲和了。"赵王不听虞卿的建议，与平阳君决定向秦国求和，派遣郑朱到秦国去。秦王接待了郑朱。赵王召虞卿说："我派平阳君向秦求和，秦国已接待了郑朱。您认为这事怎么样？"虞卿回答说："大王您不可能达到讲和目的，我军一定会被打败的。天下祝贺战争胜利的人都已到秦国了。郑朱是个身份尊贵的人，进入秦国，秦王和应侯一定会向天下大肆张扬这件事。楚国和魏国因为赵国求和，一定不来援救大王。秦国知道各国都不援助大王，那么讲和就不可能成功。"应侯果然把郑朱求和之事张扬给天下来祝贺秦军战胜的使臣，始终不肯与赵国讲和。结果，长平之战中赵军大败，秦军于是围攻邯郸，求和之事被天下人耻笑。以上记虞卿与楼昌争论赵国不应该与秦国讲和。

秦既解邯郸围，而赵王入朝，使赵郝约事于秦，割六县而媾。虞卿谓赵王曰："秦之攻王也，倦而归乎？王以其力尚能进，爱王而弗攻乎？"王曰："秦之攻我也，不遗余力矣，必以倦而归也。"虞卿曰："秦以其力攻其所不能取，倦而归，王又以其力之所不能取以送之，是助秦自攻也。来年秦复攻王，王无救矣。”王以虞卿之言告赵郝。赵郝曰：“虞卿诚能尽秦力之所至乎？诚知秦力之所不能进，此弹丸之地弗予，令秦来年复攻王，王得无割其内而媾乎？”王曰：“请听子割矣，子能必使来年秦之不复攻我乎？”赵郝对曰：“此非臣之所敢任也。他日三晋之交于秦①，相善也。今秦善韩、魏而攻王，王之所以事秦必不如韩、魏也。今臣为足下解负亲之攻②，开关通币，齐交韩、魏，至来年而王独取攻于秦，此王之所以事秦必在韩、魏之后也。此非臣之所敢任也。”

【注释】

①三晋：春秋时赵、韩、魏三家都为晋国大夫，后来他们瓜分了晋国，各自成立一个国家，所以叫“三晋”。

②负亲之攻：背叛盟国而招来的攻击。

【译文】

秦国解除了对邯郸的包围后，赵王派人朝见秦王，派赵郝订立服从秦国、割让赵国六县的议和协约。虞卿对赵王说：“秦军进攻大王，是因为疲惫而撤军的吗？还是大王您认为他们尚有进攻的力量，只是因爱惜大王而不进攻了呢？”赵王说：“秦军攻打我们，没留下一点余力，他们一定是因为疲惫才撤军的。”虞卿说：“秦军用尽全力来攻打他们不能夺取的城邑，疲倦地撤退了，可现在大王却把秦国军事力量不能夺取的地方送给秦国，这是帮助秦国来攻打自己呀！明年秦军再来进攻大王，大王就没法获救了。”赵王将虞卿的话告诉赵郝。赵郝说：“虞卿真能完全了解秦军最大限度能到什么地方吗？即使果真知道秦军不能够再进攻了，这块弹丸大的地方不送给它，假如明年秦朝再攻大王，大王岂不是要割让内地来求和吗？”赵王说：“让我听取你割让土地的建议，但你能保证秦国明年不来攻打我们吗?”赵郝说:“这不是我敢保证的。过去,韩、赵、魏三国与秦国结交,相互结好。现在,秦国与韩、魏两国相处很好,却来进攻大王,这必定是大王事奉秦国不如韩、魏的缘故。现在我替大王解除由于背叛盟国而招致的攻击,开放边关贸易,同时和韩、魏国交往,到明年如果大王还单独被秦国攻击,那么就一定是因为大王事奉秦国比不上韩、魏两国的缘故。这不是我所敢承担的责任呀!”

王以告虞卿。虞卿对曰:“郝言‘不媾,来年秦复攻王,王得无割其内而媾乎’。今媾,郝又以不能必秦之不复攻也。今虽割六城,何益?来年复攻,又割其力之所不能取而媾,此自尽之术也,不如无媾。秦虽善攻,不能取六县;赵虽不能守,终不失六城。秦倦而归,兵必罢。我以六城收天下以攻罢秦,是我失之于天下而取偿于秦也。吾国尚利,孰与坐而割地,自弱以强秦哉?今郝曰‘秦善韩、魏而攻赵者,必以为韩、魏不救赵也,而王之军必孤,又以王之事秦不如韩、魏也’,是使王岁以六城事秦也,即坐而城尽。来年秦复求割地,王将与之乎?弗与,是弃前功而挑秦祸也;与之,则无地而给之。语曰‘强者善攻,弱者不能守’。今坐而听秦,秦兵不毙而多得地,是强秦而弱赵也。以益强之秦而割愈弱之赵,其计故不止矣。且王之地有尽而秦之求无已,以有尽之地而给无已之求,其势必无赵矣。”以上与赵郝争论赵不宜割六城媾秦。

【译文】

赵王把这些告诉了虞卿。虞卿回答说:“赵郝说‘如果不求和,明年秦国再来进攻大王，大王岂不是要割让内地来求和吗’。现在求和，赵郝又说不能确保秦国不再来攻。现在就是割让六个城邑给秦国，又有什么好处？秦国明年再来进攻，我们又要割让秦国靠军事力量所不能夺取的地方来求和，这是自取灭亡的办法呀！倒不如不求和。这样，秦军即使善于进攻，也不能夺取这六县；赵国即使不能防守，到底也不会丢失六个城邑。秦军疲倦而返，士兵必然疲乏无力。我们用这六个城邑拉拢天下的其他国家，去进攻疲乏无力的秦国，那我们即使失掉六个城邑给天下各国，也会从秦国得到补偿。我国能够得到好处与平白割让土地、削弱自己而加强秦国相比较，哪一样好呢？现在赵郝说‘秦国与韩、魏两国相处很好，却来攻打大王，必是认为韩、魏不会救赵国，大王军队势单力孤，又认为大王事奉秦国不如韩、魏两国殷勤’，这是要让大王每年拿出六个城邑去孝敬秦王，这样就会白白断送赵国的全部国土。明年秦国再要求割让土地，大王打算给它吗？如果不给，这是抛弃了以前献地的功劳，而挑起秦军再次入侵的祸端；如果给它，那最终就会无地可给。俗话说，‘强者善于进攻，弱者难于防守’。现在平白无故地听从秦国，秦军不用死战就得到很多土地，是加强秦国并削弱赵国呀。让越来越强的秦国来分割越来越弱的赵国，这必无止境。再说大王的土地有限而秦国的索求无限，用有限的土地去满足它无限的索求，那势必会使赵国灭亡。”以上记虞卿同赵郝争论赵国不宜割让六座城邑向秦国求和。

赵王计未定，楼缓从秦来，赵王与楼缓计之，曰：“予秦地何如毋予，孰吉？”缓辞让曰：“此非臣之所能知也。”王曰：“虽然，试言公之私。”楼缓对曰：“王亦闻夫公甫文伯母乎[①]？公甫文伯仕于鲁，病死，女子为自杀于房中者二人。其母闻之，弗哭也。其相室曰[②]：‘焉有子死而弗哭者乎？’其母曰：

‘孔子，贤人也，逐于鲁，而是人不随也。今死而妇人为之自杀者二人，若是者必其于长者薄而于妇人厚也。’故从母言之，是为贤母；从妻言之，是必不免为妒妻。故其言一也，言者异则人心变矣。今臣新从秦来而言勿予，则非计也；言予之，恐王以臣为为秦也，故不敢对。使臣得为大王计，不如予之。”王曰：“诺。”

【注释】

①公甫文伯：鲁定公的大夫。

②相室：古代为卿大夫管理家务的人。男称家老，女称傅母，通称家臣。

【译文】

赵王没有打定主意，楼缓从秦国回来了，赵王便跟楼缓商量这件事，说：“给秦国土地和不给秦国土地，这两种做法哪个好？”楼缓推辞说：“这不是我所能判断的。”赵王说：“虽然如此，您试着谈谈你的看法吧。”楼缓回答说：“大王也听说过公甫文伯的母亲的事吗？公甫文伯在鲁国做官，病死后，姬妾因此在房里自杀的就有两个。但他的母亲听到消息却没哭。帮她料理家务的人说：‘哪有儿子死了，母亲却不哭的呢？’他的母亲说：‘孔子，是一个贤人，被鲁国驱逐了，可是我这个儿子却不跟随孔子离去。现在他死了，姬妾中为他自尽的竟有两人，这一定是他对有德行的人很淡漠，对姬妾们却很优厚。’从母亲的角度说这些话，这母亲是一位贤良的母亲；但如果从妻子的角度说这些话，那这妻子难免被认为是一个有嫉妒心的妻子。因此说的话一样，说话的人不同，用心也就不同。现在我刚从秦国回来，说不割给秦国土地，那不是好办法；说给它，又怕大王认为我是在帮助秦国，所以我不敢回答。让我替大王考虑这件事，倒不如给它。”赵王说：“好吧。”

虞卿闻之，入见王曰：“此饰说也，王慎勿予！”楼缓闻之，往见王。王又以虞卿之言告楼缓。楼缓对曰：“不然。虞卿得其一，不得其二。夫秦、赵构难而天下皆说，何也？曰‘吾且因强而乘弱矣’。今赵兵困于秦，天下之贺战胜者则必尽在于秦矣。故不如亟割地为和，以疑天下而慰秦之心。不然，天下将因秦之强怒，乘赵之罷，瓜分之。赵且亡，何秦之图乎？故曰虞卿得其一，不得其二。愿王以此决之，勿复计也。”

【译文】

虞卿听说，进宫见赵王说：“这是粉饰造作的言论，大王千万不要割让土地给秦国！”楼缓听说了这件事，来求见赵王。赵王又把虞卿讲的话告诉了楼缓。楼缓回答说，“不是这样！虞卿对这事只知其一，不知其二。如果秦国和赵国结成仇敌，其他各国的人就都会高兴，为什么呢？他们说，‘我们将依赖强国来欺凌弱国了’。现在赵国军队被秦军围困，那么，天下祝贺战争胜利的人一定都在秦国了。所以不如迅速割地求和，使各国怀疑秦、赵两国关系已经和好，也缓解秦国对赵国的敌意。如果不这样做，各国将利用秦国强烈的愤怒，趁着赵国战败的时候，来瓜分赵国。赵国即将灭亡，还谈什么算计秦国呢？所以我说虞卿只知其一，不知其二，希望大王就这样决定下来吧，不要再考虑了。”

虞卿闻之，往见王曰：“危哉楼子之所以为秦者，是愈疑天下，而何慰秦之心哉？独不言其示天下弱乎？且臣言勿予者，非固勿予而已也。秦索六城于王，而王以六城赂齐。齐，秦之深仇也，得王之六城，并力西击秦，齐之听王，不待辞之毕也。则是王失之于齐而取偿于秦也。而齐、赵之深仇可以报矣，而示天下有能为也。王以此发声，兵未窥于境，臣见秦之重赂至赵而反媾于王也。从秦为媾，韩、魏闻之，必尽重王；重王，必出重宝以先于王。则是王一举而结三国之亲，而与秦易道也。"赵王曰："善。"则使虞卿东见齐王，与之谋秦。虞卿未返，秦使者已在赵矣。楼缓闻之，亡去。赵于是封虞卿以一城。以上与楼缓争言赵宜赂齐不宜媾秦。

【译文】

虞卿听说，前去见赵王说："危险呀！楼缓这样帮助秦国，这将使各国更加怀疑赵国，又哪里能满足秦国的贪心呢？他独独不说这样做是向天下示弱吗？况且我说不把土地割让给秦国，不是仅仅坚持不给就算了。秦国向大王索取六个城邑，大王可以把六个城邑贿送齐国。齐国是秦国的深仇大敌，得到大王的六个城邑后，与大王合力向西进攻秦国，齐国必定会听从大王的话，不必等您说完就会答应。这样大王在齐国那里失去的，会在秦国那里获得补偿。而齐、赵两国也能报深仇大恨了，还能向天下展示赵国能有所作为。大王张扬这个消息，军队未到边境，我就能看到秦国把大量财物送给赵国而反过来向赵国求和了。答应同秦讲和，韩、魏两国听说了，一定都尊重大王；尊重大王，一定会拿出珍贵的宝物争相献给大王。那么大王一举就与韩、魏、齐三国取得了亲善关系，并与秦国交换了主动与被动的地位了。"赵王说："好。"赵王于是就派虞卿向东去会见齐王，与齐王商讨对付秦国的办法。虞卿还没有回国，秦国已先派使者到了赵国。楼缓听说此事，就逃离了赵国。赵国于是封赐给虞卿一个城邑。以上记虞卿与楼缓争论赵国应该贿赂齐国而不该同秦国讲和。

居顷之，而魏请为从。赵孝成王召虞卿谋。过平原君，平原君曰："愿卿之论从也。"虞卿入见王。王曰："魏请为从。"对曰："魏过。"王曰："寡人固未之许。"对曰："王过。"王曰："魏请从，卿曰魏过，寡人未之许，又曰寡人过，然则从终不可乎？"对曰："臣闻小国之与大国从事也，有利则大国受其福，有败则小国受其祸。今魏以小国请其祸，而王以大国辞其福，臣故曰王过，魏亦过。窃以为从便。"王曰："善。"乃合魏为从。以上与赵王言宜与魏从。

【译文】

不久，魏国请求与赵国订立合纵盟约。赵孝成王把虞卿召来商量。虞卿顺路拜访了平原君，平原君说："希望您把合纵的好处阐明一下。"虞卿上朝去拜见赵王。赵王说："魏国请求订立合纵盟约。"虞卿回答说："魏国做错了。"赵王说："我暂时还没答应它。"虞卿回答说："大王错了！"赵王说："魏国请求订立合纵盟约，您说魏国错了；我没有答应它，又说我错了。既然如此，那合纵盟约终究是不可订立吗？"虞卿回答说："我听说小国与大国打交道，如果有利，则是大国得到好处；如果不利，也是小国遭受灾难。现在魏国是小国，却愿意遭受灾难，而您是大国，却推辞不受好处。所以我说：大王错了，魏国也错了。我认为合纵对于赵国是有利的。"赵王说："好！"于是，赵国与魏国订立了合纵盟约。以上虞卿同赵王说应该和魏国订立合纵盟约。

虞卿既以魏齐之故[①]，不重万户侯卿相之印，与魏齐间行，卒去赵，困于梁。魏齐已死，不得意，乃著书，上采《春秋》，下观近世，曰《节义》《称号》《揣摩》《政谋》，凡八篇。以刺讥国家得失，世传之曰《虞氏春秋》。

【注释】

①魏齐之故：魏齐原是魏相，曾毒打过范睢。后范睢任秦的相国，依仗秦的强大，向魏国索要魏齐。魏齐逃到赵国，躲在平原君家。秦王又向赵王索要，赵王便包围平原君家，想拘捕魏齐，魏齐连夜逃跑，去见虞卿，虞卿就丢掉相印，与魏齐一道投奔信陵君。信陵君不肯见他们，魏齐羞愤自杀，虞卿也因此被困在大梁。

【译文】

虞卿后来因魏齐的缘故，不看重万户侯卿相的官爵，同魏齐一起从偏僻小路逃跑，终于离开赵国，困在大梁。魏齐自杀以后，虞卿郁郁寡欢，就著书立说，上从《春秋》里采集资料，下则考察现实，写成《节义》《称号》《揣摩》《政谋》等文章，一共八篇。用来分析讥讽国家大事的经验教训，世上流传称为《虞氏春秋》。

太史公曰：平原君，翩翩浊世之佳公子也，然未睹大体。鄙语曰“利令智昏”，平原君贪冯亭邪说[①]，使赵陷长平兵四十余万众，邯郸几亡。虞卿料事揣情，为赵画策，何其工也！及不忍魏齐，卒困于大梁，庸夫且知其不可，况贤人乎？然虞卿非穷愁，亦不能著书以自见于后世云。

【注释】

①冯亭邪说：赵孝成王四年（前 262），秦攻韩，韩王割让上党（今山西长治）地区给秦。上党太守冯亭不想归顺秦国，却愿降赵，派使者向赵王游说，平原君贪图十七座城邑，劝赵王接受冯亭的投降，从而引出了长平之战。

【译文】

太史公说：平原君是战国乱世的翩翩公子，可他看不清大局。俗话说“利令智昏”，平原君贪恋冯亭的邪说，结果使赵国四十多万官兵活埋在长平，邯郸几乎被攻破。虞卿估量事势，考虑情况，为赵国出谋划策，是多么的周密呀！等到不忍看魏齐受难，最后受困于大梁，就连普通人也知道这样做是不妥当的，又何况是贤人呢？但虞卿如果不是在穷困潦倒的境遇中，也就不能著书立说使后世知道自己了。

魏公子列传

【题解】

本文是“战国四公子”之一的魏国公子信陵君无忌的传记。文章通过对公子夷门执辔迎请侯生，盗取虎符援救赵国，与博徒、卖浆者交游并采纳归魏建议等事的记叙，颂扬了信陵君礼贤下士、急人所难的高贵品格。传中所叙的门客，如侯生、朱亥、毛公、薛公等都是杰出人才，更衬托出了公子之贤。末尾汉高祖对信陵君的祭祀，则充分表现了后人对他的怀念和赞颂之情。

魏公子无忌者，魏昭王少子而魏安釐王异母弟也①。昭王薨，安釐王即位，封公子为信陵君。是时范睢亡魏相秦②，以怨魏齐故③，秦兵围大梁，破魏华阳下军④，走芒卯⑤。魏王及公子患之。

【注释】

①魏昭王：名遫，前295—前277年在位。魏安釐（xī）王：名圉，前276—前243年在位。釐，也写作“僖”。

②范雎:据考,当作“范雎”。魏国人,字叔同,是一名在诸侯间行走的游说之士。

③魏齐:魏昭王时任相国。曾因故毒打侮辱范雎,故与范雎结怨。

④华阳:地名。在今陕西南郑。

⑤芒卯:齐国人,也作“孟卯”,是魏国相国,有贤良名声。

【译文】

魏公子无忌,是魏昭王的小儿子,魏安釐王同父异母的弟弟。魏昭王死后,安釐王继承王位,封公子无忌为信陵君。这时候,范雎逃出魏国,当了秦国的国相,他因为怨恨魏国故相魏齐,命令秦军包围大梁,大败魏国华阳驻军,赶跑了芒卯。魏王和公子都为这件事犯愁。

公子为人仁而下士,士无贤不肖皆谦而礼交之,不敢以其富贵骄士。士以此方数千里争往归之,致食客三千人。当是时,诸侯以公子贤,多客,不敢加兵谋魏十余年。

【译文】

公子无忌为人仁慈厚道,尊重士人,对士人无论贤与不贤,无忌都谦恭结交,不敢因为自己的富贵而傲慢士人。因此周围几千里的士人们都争相投奔他,共招致门客达三千多人。当时,各国因为公子贤能,门客众多,十多年不敢进兵侵犯魏国。

公子与魏王博[①],而北境传举烽[②],言“赵寇至,且入界”。魏王释博,欲召大臣谋。公子止王曰:“赵王田猎耳,非为寇也。”复博如故。王恐,心不在博。居顷,复从北方来传言曰:“赵王猎耳,非为寇也。”魏王大惊,曰:“公子何以知之?”公子曰:“臣之客有能深得赵王阴事者,赵王所为,客辄以报臣，臣以此知之。”是后魏王畏公子之贤能，不敢任公子以国政。以上公子好客，能探邻国阴事。

【注释】

①博：一种赌术，用枭、卢、雉、犊、塞五木为骰；枭为最胜。

②烽：烽燧，古代用它来报警。

【译文】

公子和魏王赌棋时，从北方边境传来警报，说：“赵国要来侵犯，将要进入国境了。”魏王放下棋，要召集大臣们商议。公子阻止魏王说：“那是赵王在打猎，不是为了侵犯我国。”还是照样赌棋。魏王心里害怕，无意赌棋。过了一会，又从北面传来消息说：“赵王打猎罢了，不是侵犯。”魏王十分惊讶，说：“公子怎么知道是这种情况呢？”公子说：“我的门客中有能深知赵王隐秘事情的人，赵王有所作为，门客就会向我报告，我因此得知。”从此，魏王畏惧公子的贤能，不敢把国家大事委托给他。以上记公子喜结宾客，能探听到邻国的秘密情报。

魏有隐士曰侯嬴，年七十，家贫，为大梁夷门监者[①]。公子闻之，往请，欲厚遗之。不肯受，曰：“臣修身絜行数十年，终不以监门困故而受公子财。”公子于是乃置酒大会宾客。坐定，公子从车骑，虚左[②]，自迎夷门侯生。侯生摄敝衣冠，直上载公子上坐，不让，欲以观公子。公子执辔愈恭。侯生又谓公子曰：“臣有客在市屠中，愿枉车骑过之。”公子引车入市[③]，侯生下见其客朱亥，俾倪[④]，故久立与其客语，微察公子。公子颜色愈和。当是时，魏将相宗室宾客满堂，待公子举酒。市人皆观公子执辔。从骑皆窃骂侯生。侯生视公子色终不变，乃谢客就车。至家，公子引侯生坐上坐，遍赞宾客，宾客皆惊。酒酣，公子起，为寿侯生前。侯生因谓公子曰："今日嬴之为公子亦足矣。嬴乃夷门抱关者也[⑤]，而公子亲枉车骑，自迎嬴于众人广坐之中，不宜有所过，今公子故过之。然嬴欲就公子之名，故久立公子车骑市中，过客以观公子，公子愈恭。市人皆以嬴为小人，而以公子为长者能下士也。"于是罢酒，侯生遂为上客。

【注释】

①夷门：大梁城的东门。

②虚左：指公子以尊贵的地位来侍奉侯生。车中以左位为尊。

③市：原作"市"，据中华书局修订本《史记》改。下同。

④俾倪：即"睥睨"，斜视。

⑤抱关：守门的人。

【译文】

魏国有个隐士名叫侯嬴，已七十岁了，家境贫寒，做大梁夷门的守门人。公子听说此人后，前去问候，想给他丰厚的馈赠。他不肯接受，说道："我修身养性几十年，不能因为看守城门贫困的缘故，就接受公子的财物。"公子于是便置办酒席，大宴宾客。客人们坐定后，公子带着随从车马，空着车子左边的尊位，亲去迎接夷门侯生。侯生整整破旧的衣帽，径直登上公子座车的上首，毫不谦让，想借此来观察公子。公子握着缰绳，对他更加恭敬。侯生又对公子说："我有朋友在市集的屠宰坊里干活，希望您屈驾前往，去看看他。"公子驾车进入市集中，侯生下去会见他的朋友朱亥，眼睛斜视公子，故意长时间站在那里跟他的朋友说话，暗中观察公子的举动。公子的脸色更加谦和。此时，魏国的将相、王亲贵族以及宾客们都已满坐厅堂之上，等候公子举杯开宴。市集上的人都看见公子握着缰绳，公子的随从人员都暗骂侯生。侯生见公子脸色始终不变，于是辞别朋友，登上公子的车子。来到公子家中，公子带领侯生坐在上首，并一一介绍宾客，客人们都感到吃惊。当酒兴正浓时，公子站起来，到侯生面前敬酒祝福。侯生便对公子说："今天我折腾公子也够多了。我只是个夷门的守门人，而公子却委屈车马，在大庭广众之中亲自来迎接我来赴宴，不应该以超规格的礼仪待我，今天公子特意用超规格的礼仪对待我。但我为了成就公子的美名，故意让车马长时间停留在市集之中，去拜访朋友以观察公子言行，公子却对我更加恭敬。市集里的人都把我看成小人，而认为公子是有德行的人，能礼贤下士。"宴会散了，侯生于是成为公子的上宾。

侯生谓公子曰："臣所过屠者朱亥，此子贤者，世莫能知，故隐屠间耳。"公子往数请之，朱亥故不复谢，公子怪之。以上请迎侯生。

【译文】

侯生对公子说："我所拜访的屠夫叫朱亥，这人是个贤能的人，世上的人不了解他，所以隐居在屠宰坊中。"公子屡次前去问候朱亥，他有意不答谢回访，公子对这件事感到很奇怪。以上记公子邀请迎接侯生。

魏安釐王二十年，秦昭王已破赵长平军，又进兵围邯郸。公子姊为赵惠文王弟平原君夫人，数遗魏王及公子书，请救于魏。魏王使将军晋鄙将十万众救赵[①]。秦王使使者告魏王曰："吾攻赵，旦暮且下，而诸侯敢救者，已拔赵，必移兵先击之。"魏王恐，使人止晋鄙，留军壁邺[②]，名为救赵，实持两端以观望。平原君使者冠盖相属于魏[③]，让魏公子曰：

“胜所以自附为婚姻者，以公子之高义，为能急人之困。今邯郸旦暮降秦而魏救不至，安在公子能急人之困也！且公子纵轻胜，弃之降秦，独不怜公子姊邪？”公子患之，数请魏王，及宾客辩士说王万端。魏王畏秦，终不听公子。公子自度终不能得之于王，计不独生而令赵亡，乃请宾客，约车骑百余乘，欲以客往赴秦军，与赵俱死。

【注释】

①晋鄙：魏国将军。

②邺：魏县名。在今河南临漳。

③冠盖相属：这里指使者往来不绝。

【译文】

魏安釐王二十年，秦昭王打败赵国长平的守军后，又发兵围攻邯郸。魏公子的姐姐是赵惠文王的弟弟平原君的夫人，多次送信给魏王和公子，向魏国请求救援。魏王派将军晋鄙率领十万军队去援救赵国。秦王派使者警告魏王说：“我朝夕之间就要把赵国攻破了，如果各国谁敢去救援赵国，等我打下赵国，一定转军先去攻打它。”魏王害怕，就派人让晋鄙停止前进，把军队驻扎在邺地，名义上是在救援赵国，实际上是脚踏两只船，观望形势的变化。这期间，平原君的使者们接连来到魏国，责备魏公子说：“我之所以要高攀您，联结婚姻，是因为您高尚义气，能够解救别人的困难。现在邯郸很快就要投降秦国，而魏国援军不到，怎么能体现公子能够解救别人呢？况且您即使瞧不起我，抛弃我们去投降秦国，就单单不怜惜您姐姐吗？”公子很忧虑这事，多次请求魏王，并让自己的宾客、辩士们用各种各样的理由来劝说魏王救赵。但魏王害怕秦国，始终没有听从公子的主张。公子估计最终不能得到魏王的帮助，决定不独自活在世上而让赵国灭亡，于是约集宾客门人，凑集一百多辆战车，想要率领门客们去跟秦军拼命，和赵国人一起灭亡。

行过夷门，见侯生，具告所以欲死秦军状。辞决而行，侯生曰："公子勉之矣，老臣不能从。"公子行数里，心不快，曰："吾所以待侯生者备矣，天下莫不闻，今吾且死，而侯生曾无一言半辞送我，我岂有所失哉？"复引车还，问侯生。侯生笑曰："臣固知公子之还也。"曰："公子喜士，名闻天下。今有难，无他端而欲赴秦军，譬若以肉投馁虎①，何功之有哉？尚安事客？然公子遇臣厚，公子往而臣不送，以是知公子恨之复返也。"公子再拜，因问。侯生乃屏人间语，曰："嬴闻晋鄙之兵符常在王卧内，而如姬最幸②，出入王卧内，力能窃之。嬴闻如姬父为人所杀，如姬资之三年③，自王以下欲求报其父仇，莫能得。如姬为公子泣，公子使客斩其仇头，敬进如姬。如姬之欲为公子死，无所辞，顾未有路耳。公子诚一开口请如姬，如姬必许诺，则得虎符夺晋鄙军④，北救赵而西却秦，此五霸之伐也。"公子从其计，请如姬。如姬果盗晋鄙兵符与公子。

【注释】

①馁虎：饿虎。

②如姬：魏王的宠姬。

③资：悬赏。

④虎符：即兵符。

【译文】

经过夷门的时候，遇见了侯生，详告了要去秦军那里拼命的情况。

讲完话要走时，侯生说："公子好自为之，老臣不能跟随您前去杀敌了。"公子走了几里路，心里很不高兴，道："我对侯生够亲厚周到了，天下人没有不知道的，现在我将要死了，侯生竟不赠送我只言片语，难道我还有对他失礼的地方吗？"就又驾车返回，问侯生。侯生笑说："我早知道您会返回我这里的。"接着又说："您喜爱士人，天下共知。现在您有难事，没有别的办法，却要去跟秦军拼命，这就像拿肥肉扔给饥饿的老虎，能有什么用处呢？哪还养士做什么？然而公子您待我恩情深厚，公子您要去拼命，我却没有送您，我知道公子会恨我而且重返的。"公子拜了两拜，向侯生请教。侯生就支开旁边的人，悄悄地说："我听说晋鄙的兵符经常放在魏王的卧室里，而如姬最受魏王宠幸，经常在魏王卧室里出入，有办法偷到兵符。我听说如姬的父亲被人杀死了，如姬悬赏请人报仇三年之久，从魏王以下的人都想为她报杀父之仇，一直未能。如姬对公子哭诉后，公子派门客砍下了这个仇人的头颅，敬献给她。如姬一直想报答公子，万死不辞，只是还没有找到机会罢了。公子如果开口请求如姬，她一定会答应您，那么您就可以得到虎符，夺取晋鄙之军，然后北进救赵并向西打退秦军，这是同五霸一样的功绩的啊！"公子听从侯生的计谋，请求如姬帮忙。如姬果然偷了调动晋鄙军的兵符，交给公子。

公子行，侯生曰："将在外，主令有所不受，以便国家。公子即合符，而晋鄙不授公子兵而复请之，事必危矣。臣客屠者朱亥可与俱，此人力士。晋鄙听，大善；不听，可使击之。"于是公子泣。侯生曰："公子畏死邪？何泣也？"公子曰："晋鄙嚄唶宿将[①]，往恐不听，必当杀之，是以泣耳，岂畏死哉？"于是公子请朱亥。朱亥笑曰："臣乃市井鼓刀屠者[②]，而公子亲数存之，所以不报谢者，以为小礼无所用。今公子有急，此乃臣效命之秋也。"遂与公子俱。公子过谢侯生。

侯生曰："臣宜从，老不能。请数公子行日，以至晋鄙军之日，北乡自刭，以送公子。"公子遂行。

【注释】

①嚄唶（huò zè）：高声呼笑，形容气势之盛。嚄为大笑，唶为大呼。

②鼓刀：屠宰牲畜时敲击其刀有声，故称鼓刀。

【译文】

公子准备出发了，侯生说："将军在外，君王的命令可以有所不受，只求对国家有利。您就是合了兵符，如果晋鄙不把军队交给您，还要向魏王再作请示的话，情况一定会很危险。我的朋友屠夫朱亥，可以跟您一道去，这人是个大力士。晋鄙能够听从命令，当然很好；如果他不听从命令，可以让朱亥杀死他。"这时公子哭起来。侯生问："您是怕死吗？为什么哭呢？"公子说："晋鄙是一位叱咤风云声威赫赫的老将，我去，恐怕他不会听从命令，那我一定会杀死他，所以为他哭泣，哪里是怕死呢？"于是公子请朱亥一起去。朱亥笑着说："我只是在市集中拿刀杀牲的屠夫，公子却多次亲自问候我，我之所以不答谢，是因为我认为小礼节没有用处。现在公子有急难，这正是我替您效命的时候啊！"于是和公子一同出发。公子向侯生辞行。侯生说："我本当随您去，但由于年老，不能去。请让我计算您的行程，当您到达晋鄙军营的那一天，我就面向北方自刎，以死来报答公子。"公子于是出发了。

至邺，矫魏王令代晋鄙。晋鄙合符，疑之，举手视公子曰："今吾拥十万之众，屯于境上，国之重任，今单车来代之，何如哉？"欲无听。朱亥袖四十斤铁椎，椎杀晋鄙，公子遂将晋鄙军。勒兵下令军中曰："父子俱在军中，父归；兄弟俱在军中，兄归；独子无兄弟，归养。"得选兵八万人，进兵击秦军。秦军解去，遂救邯郸，存赵。以上夺晋鄙军救赵。

【译文】

到了邺地，公子假称是奉魏王的命令来取代晋鄙。晋鄙虽合了兵符，可很怀疑这件事，抬起手看着公子说："现在我统率十万大军，驻扎在国境上，这是国家重任，现在您一个人来接替我，这是怎么回事呢？"想不听从公子的命令。朱亥袖里装着四十斤重的铁锥，一锥砸死了晋鄙，公子便统率了晋鄙的军队。公子集合部队，向全军发布命令："父子二人在军营的，父亲回去；兄弟同在军营里的，兄长回去；没有兄弟的独生子，回去奉养父母。"这样，公子挑选了八万精兵，发兵去进攻秦军。秦军撤退回去，公子于是救了邯郸，使赵国得以保全。以上记公子夺取晋鄙军去救援赵国。

赵王及平原君自迎公子于界，平原君负韊矢为公子先引①。赵王再拜曰："自古贤人未有及公子者也。"当此之时，平原君不敢自比于人。公子与侯生决，至军，侯生果北乡自刭。

【注释】

①韊（lán）：革制的箭筒。

【译文】

赵王和平原君亲自到国境边去迎接公子，平原君背着箭袋在前面为公子引路。赵王向公子接连两次揖拜说："自古以来的贤者，没有能比得上公子的。"这时，平原君不敢再拿自己同别人相比。公子跟侯生诀别之后，到达军营时，侯生果真向着北方自刎了。

魏王怒公子之盗其兵符，矫杀晋鄙，公子亦自知也。已却秦存赵，使将将其军归魏，而公子独与客留赵。赵孝成王德公子之矫夺晋鄙兵而存赵，乃与平原君计，以五城封公子。公子闻之，意骄矜而有自功之色。客有说公子曰："物有不可忘，或有不可不忘。夫人有德于公子，公子不可忘也；公子有德于人，愿公子忘之也。且矫魏王令，夺晋鄙兵以救赵，于赵则有功矣，于魏则未为忠臣也。公子乃自骄而功之，窃为公子不取也。"于是公子立自责，似若无所容者。赵王埽除自迎，执主人之礼，引公子就西阶。公子侧行辞让，从东阶上。自言罪过，以负于魏，无功于赵。赵王侍酒至暮，口不忍献五城，以公子退让也。公子竟留赵。赵王以鄗为公子汤沐邑，魏亦复以信陵奉公子①。以上留赵，不受封。

【注释】

①信陵：在今河南宁陵。

【译文】

魏王对公子盗取兵符，假传命令杀死晋鄙一事非常恼怒，公子自己也明白。已打退秦军、保全了赵国后，就让一部将率领军队回到了魏国，公子就单独同门客们一起留在了赵国。赵孝成王感激公子假传命令夺了晋鄙的军队，使赵国得到保全，就和平原君商量，打算拿五座城邑赐封给公子。公子听到这个消息，心中骄傲起来，脸上有自以为有功的神色。有个门客劝说公子道："事情有不可以忘记的，也有不可不忘记的。别人对公子有恩德，公子不能忘记；公子对别人有恩德，希望公子忘了它吧！况且您假传魏王的命令，夺取晋鄙之军来援救赵国，对于赵国来说是有功了，对于魏国来说就不算忠臣了。公子却自己骄傲并以此为功，我私意认为您不应该这么做。”于是，公子立刻就责备自己，好像无地自容一样。赵王打扫台阶，亲自迎接公子，执行主人的礼节，引导公子登上西阶。公子却侧身谦让，由东阶走上去。自称有罪，有负魏国，对赵国也没有功劳。赵王陪公子喝酒直到傍晚，却一直没法提出献给他五座城邑的事，因为公子太谦让了。公子最终留住在赵国。赵王把鄗邑作为公子的封邑，魏国也又将信陵送给了公子。以上记公子留在赵国，不受封赏。

公子留赵。公子闻赵有处士毛公藏于博徒[①]，薛公藏于卖浆家[②]，公子欲见两人，两人自匿，不肯见公子。公子闻所在，乃间步往从此两人游，甚欢。平原君闻之，谓其夫人曰：“始吾闻夫人弟公子天下无双，今吾闻之，乃妄从博徒卖浆者游，公子妄人耳。”夫人以告公子。公子乃谢夫人去，曰：“始吾闻平原君贤，故负魏王而救赵，以称平原君。平原君之游，徒豪举耳[③]，不求士也。无忌自在大梁时，常闻此两人贤，至赵，恐不得见。以无忌从之游，尚恐其不我欲也，今平原君乃以为羞，其不足从游。”乃装为去。夫人具以语平原君。平原君乃免冠谢，固留公子。平原君门下闻之，半去平原君归公子，天下士复往归公子，公子倾平原君客。

【注释】

①博徒：赌徒。

②卖浆家：卖酒的店家。

③豪举：气魄很大的举动。

【译文】

公子居留在赵国。他听说赵国有个隐士叫毛公的隐身在赌徒之中，还有一位薛公混藏在卖酒人家，公子想见见这两人，但这两人躲避着他，不肯会见公子。公子打听到他们的住处后，便暗地步行前去，跟这两位隐士交游，很要好。平原君听说这件事，对自己的夫人说："以前我听说你的弟弟魏公子天下无双，现在我听说他竟胡乱地跟赌徒、卖酒人交往，公子只不过一个荒唐的人罢了。"平原君夫人把这些话告诉了公子。公子就辞别夫人，准备离开，说道："当初我听说平原君贤能，因此才背弃魏王来救援赵国，以使平原君满意。原来平原君交结朋友，只是样子摆得很大，不为寻求贤士。我在大梁的时候，时常听说这两个人贤能，到了赵国，只怕见不到他们。拿我这样的人跟他们交往，还怕他们不理睬我呢，现在平原君竟为我跟他们交往而感到羞耻，像他这样的人才不值得交往。"于是整理行装，准备离开赵国。夫人告诉平原君这些话。平原君脱帽谢罪，坚决挽留公子。平原君的门客们听说此事，有一半人离开平原君来归附公子，天下士人也都来投奔，公子的门客大大超过了平原君。

公子留赵十年不归。秦闻公子在赵，日夜出兵东伐魏。魏王患之，使使往请公子。公子恐其怒之，乃诫门下："有敢为魏王使通者，死。"宾客皆背魏之赵，莫敢劝公子归。毛公、薛公两人往见公子曰："公子所以重于赵，名闻诸侯者，徒以有魏也。今秦攻魏，魏急而公子不恤，使秦破大梁而夷先王之宗庙，公子当何面目立天下乎？"语未及卒，公子立变色，告车趣驾归救魏。魏王见公子，相与泣，而以上将军印授公子，公子遂将。以上纳毛公、薛公言，归魏。

【译文】

公子留在赵国十年，没有回去过。秦国听说公子留住赵国，就日夜不停地出兵向东攻打魏国。魏王为这件事发愁,就派遣使者去请公子回国。公子害怕魏王怨恨自己,就告诫门客们说:“有胆敢替魏王使臣传达通报的,处以死罪!”门客们都是背弃魏国来到赵国的,没有人敢劝说公子回国。毛公和薛公两人前来会见公子,说道:“公子之所以被赵国尊重,名声在各国流传,只是因为有魏国的存在呀。现在秦国攻打魏国,魏国形势危急而公子却不顾念,假如秦国攻克大梁,毁坏公子先王的祠庙,那您还有何脸面站在天下人当中呢?”话还没说完,公子脸色立变,吩咐赶快套上马车,回去救魏国。魏王见了公子,两人相对哭泣,随后魏王便把上将军的官印授给公子,公子便担任了魏军的统帅。以上记公子听从毛公、薛公的谏言,回到魏国。

魏安釐王三十年,公子使使遍告诸侯。诸侯闻公子将,各遣将将兵救魏。公子率五国之兵破秦军于河外[①],走蒙骜[②]。遂乘胜逐秦军至函谷关,抑秦兵,秦兵不敢出。当是时,公子威振天下,诸侯之客进兵法,公子皆名之,故世俗称《魏公子兵法》[③]。

【注释】

①河外:黄河以南总称为河外。

②蒙骜:齐国人,事秦昭王,官至上卿,后来又作将军,屡次带兵攻伐韩、赵、魏。

③《魏公子兵法》:共二十一篇,图集七卷,现已失传。

【译文】

魏安釐王三十年,公子派出使臣把自己任上将军之事通告给各国。各国听说公子做了将军,纷纷派将领带军队来援助魏国抗秦。公子统率五国的军队,在河外地区把秦军打得大败,赶跑了秦军将领蒙骜。于是乘胜追击秦军直至函谷关，堵住了秦军，秦军不敢出关。在这个时候，公子的威名震动天下，各国门客呈献兵法，公子都给题名，所以世人一般称之为《魏公子兵法》。

秦王患之，乃行金万斤于魏，求晋鄙客，令毁公子于魏王曰："公子亡在外十年矣，今为魏将，诸侯将皆属，诸侯徒闻魏公子，不闻魏王。公子亦欲因此时定南面而王，诸侯畏公子之威，方欲共立之。"秦数使反间，伪贺公子得立为魏王未也。魏王日闻其毁，不能不信，后果使人代公子将。公子自知再以毁废，乃谢病不朝，与宾客为长夜饮，饮醇酒，多近妇女。日夜为乐饮者四岁，竟病酒而卒。其岁，魏安釐王亦薨。以上再以毁废而卒。

【译文】

秦王深以为患，于是送了一万斤黄金到魏国去，寻找晋鄙的门客们，让他们在魏王前诽谤公子，说："公子在国外流亡十年了，现在担任魏国的主将，各国的将领都归他管辖，各国的国王只知魏公子，不知魏王。公子也想趁这机会南面称王，各国国君惧怕公子的声威，正想一起拥护他为王。"秦国又多次派人到魏国行使反间计，假装祝贺，问公子被拥立为魏王了没有。魏王天天听到这类诽谤公子的话，不由不信，后来果然派人代替公子担任主将。公子心知又一次因为诽谤而被废弃不用，就借口有病，不去朝见，和门客们通宵达旦地宴饮，喝浓烈的酒，经常接近女色。这样日夜寻欢作乐四年之后，终于因为饮酒过度，患病死去。就在这一年，魏安釐王也去世了。以上记公子再度因为诽谤被废黜，而后去世。

秦闻公子死，使蒙骜攻魏，拔二十城，初置东郡[①]。其后秦稍蚕食魏[②]，十八岁而虏魏王，屠大梁。

【注释】

①东郡：古郡名。治所在今河南濮阳南。

②蚕食：像蚕吞吃桑叶一样侵夺别国土地。

【译文】

秦国听说公子死了，让蒙骜带兵攻打魏国，占领了二十个城邑，开始设置东郡。以后，秦国渐如蚕吃桑叶一样侵占了魏国土地，十八年后秦国俘虏了魏王，屠杀了大梁人民。

高祖始微少时，数闻公子贤。及即天子位，每过大梁，常祠公子。高祖十二年，从击黥布还，为公子置守冢五家，世世岁以四时奉祠公子。

【译文】

汉高祖当初贫贱时，多次听说公子贤能。等到登上皇位后，每当经过大梁，常常祭祀公子。高祖十二年，打败黥布回来时，给魏公子安排了五户人家看守他的墓地，让他们世世代代按四季祭祀公子。

太史公曰：吾过大梁之墟[①]，求问其所谓夷门。夷门者，城之东门也。天下诸公子亦有喜士者矣，然信陵君之接岩穴隐者，不耻下交，有以也。名冠诸侯，不虚耳。高祖每过之而令民奉祠不绝也。

【注释】

①墟：大丘荒地。

【译文】

太史公说：我经过大梁旧址的时候，询问那个所谓夷门。夷门，是大梁城的东门。天下的几位公子也有喜爱士人的，然而像信陵君那样交结居于深林洞穴的隐士，不以结交平民为耻，是有道理的。他的声誉盖过各国的君王，不是没有根据的。所以高祖每次经过那里，下令人们要不断祭祀纪念他。

屈原贾生列传

【题解】

本文是一种依类而作的合传。屈原，战国时期楚国人，出身贵族；贾谊，西汉人，生长于寒门。虽然二人所处的时代不同，出身迥异，但他们有大致类似的经历、遭遇、才能和品行，故司马迁将二人并列，撰为合传。

本传采用夹叙夹议，反复吟诵的手法，对屈原的怀才不遇、忠烈遭厄给予了莫大的同情，对昏君的偏听误国、奸臣的嫉贤妒能进行了有力谴责，从而寄托作者自己的身世遭遇，使之成为《史记》列传中抒情性最强的篇章之一。

屈原者，名平，楚之同姓也。为楚怀王左徒①。博闻强志，明于治乱，娴于辞令②。入则与王图议国事，以出号令；出则接遇宾客，应对诸侯。王甚任之。

【注释】

①楚怀王：名槐，战国中期的楚国君主，前328—前299年在位。左

徒：战国楚官名。类似后来的左右拾遗之类。

②娴(xián)：熟练。辞令：应对之言。

【译文】

屈原，名平，是楚王的同宗。他担任楚怀王左徒之职。为人见多识广，记忆力强，通晓国家兴亡盛衰的道理，在应酬外交辞令上非常娴熟。屈原入朝就和君王讨论国家大事，制定政令法律；出朝就接待宾客，应付答对各诸侯国。楚怀王很信任屈原。

上官大夫与之同列①，争宠而心害其能。怀王使屈原造为宪令②，屈平属草稿未定。上官大夫见而欲夺之，屈平不与，因谗之曰："王使屈平为令，众莫不知，每一令出，平伐其功，曰以为'非我莫能为'也。"王怒而疏屈平。

【注释】

①上官大夫：指靳尚，是楚怀王的宠臣。

②宪令：法令。

【译文】

上官大夫靳尚和屈原的职位相等，他同屈原争夺宠信，且心中嫉妒屈原的才能。一次楚怀王让屈原制订法令，屈原刚写出草稿，还未定稿。上官大夫靳尚看见了，便想夺过来把它作为自己拟定的，屈原不肯给，靳尚就谗毁屈原说："大王让屈平制订法令，众人没有不知道的，但他每颁布一项法令，屈平就夸耀自己的功劳，自以为是地说：'除我之外没人能拟定出来。'"楚怀王很生气，于是疏远了屈原。

屈平疾王听之不聪也，谗谄之蔽明也，邪曲之害公也，方正之不容也，故忧愁幽思而作《离骚》。离骚者，犹离忧也[1]。夫天者，人之始也；父母者，人之本也。人穷则反本，故劳苦倦极，未尝不呼天也；疾痛惨怛[2]，未尝不呼父母也。屈平正道直行，竭忠尽智以事其君，谗人间之，可谓穷矣。信而见疑，忠而被谤，能无怨乎？屈平之作《离骚》，盖自怨生也。《国风》好色而不淫，《小雅》怨诽而不乱。若《离骚》者，可谓兼之矣。上称帝喾，下道齐桓，中述汤、武，以刺世事。明道德之广崇[3]，治乱之条贯[4]，靡不毕见。其文约，其辞微，其志絜，其行廉，其称文小而其指极大，举类迩而见义远。其志絜，故其称物芳。其行廉，故死而不容。自疏濯淖污泥之中，蝉蜕于浊秽，以浮游尘埃之外，不获世之滋垢，皭然泥而不滓者也[5]。推此志也，虽与日月争光可也。

【注释】

①离忧：意谓遭受的都是忧愁之事。离，通“罹”。遭受。

②惨怛（dá）：悲伤之极。

③广崇：高大。

④条贯：条理，系统。

⑤皭（jiào）然：洁白的样子。

【译文】

屈原痛心楚怀王听言不能明察，谗言、谄媚蒙蔽了圣明，奸邪之人陷害好人，正直的人无法容身，所以就忧愁沉思，写成了《离骚》。离骚，就是遭受忧患的意思。上天是人的始祖，而父母又是人的根本。人们受苦受难达到极点就会回返到根本上，因此在劳苦疲倦到极点时，没有不呼喊上天的；在身心极度伤痛时，没有不呼爹喊娘的。屈原刚正不阿，秉公执事，竭尽忠诚与才智来报效君王，却遭到小人谗言陷害，可以说是穷途潦倒。诚信却遭到猜疑，忠直却受到毁谤，他怎么能没有怨言呢？屈原写作《离骚》，正是抒发了这种怨恨的心情。《国风》里的诗歌虽有对美色的追慕，可并不淫秽；《小雅》里的篇章虽流露出怨恨讽喻之情，但并不宣扬暴乱。至于《离骚》这首长诗，可以说是兼有它们的优点长处了。诗中上溯至帝喾，下述至齐桓公，其间提及商汤、周武王，用历史事实来讽谏时政。阐明了广博高深的道德内容，政治治乱的变化规律，这些没有不详尽体现于诗中的。它的文字简洁，辞意深刻，志趣高洁，品行廉正，文章所写虽是细小事物，但意旨却极其恢宏博大，列举的比喻浅近，但意义却深远。屈原意志纯洁高尚，所以文中都是芳香事物。他的品行廉洁，所以到死也不容于世。身处污浊之中却能不染，像蝉脱壳于污浊之中，浮游于尘埃之外，不玷辱世俗的污垢，真是清白高洁、出淤泥而不染啊！把屈原的志趣推崇到和日月争光，也不过分啊！

屈平既绌，其后秦欲伐齐，齐与楚从亲，惠王患之[①]，乃令张仪详去秦[②]，厚币委质事楚，曰："秦甚憎齐，齐与楚从亲，楚诚能绝齐，秦愿献商、於之地六百里[③]。"楚怀王贪而信张仪，遂绝齐，使使如秦受地。张仪诈之曰："仪与王约六里，不闻六百里。"楚使怒去，归告怀王。怀王怒，大兴师伐秦。秦发兵击之，大破楚师于丹、淅[④]，斩首八万，虏楚将屈匄[⑤]，遂取楚之汉中地。怀王乃悉发国中兵以深入击秦，战于蓝田。魏闻之，袭楚至邓[⑥]。楚兵惧，自秦归。而齐竟怒不救楚，楚大困。

【注释】

①惠王：秦惠文王，孝公之子，前337—前311年在位。

②张仪：战国时著名纵横家，首倡连横的外交策略，时为秦相。

③商、於（wū）：地区名。约当今陕西商县至河南内乡一带地区。

④丹、淅：二水名。此处指河南西南部之西峡、淅川等一带地区。

⑤屈匄(gài)：人名。楚国的将军。匄，通“丐”。

⑥邓：楚县名。在今河南漯河南。

【译文】

屈原遭黜之后，秦国想攻打齐国，当时齐国和楚国订立了合纵盟约，秦惠王对这个盟约很害怕，就派张仪假装逃离秦国，准备了厚礼投靠楚国，张仪说：“秦国憎恨齐国，现在齐国却和楚国订立合纵联盟，楚国如能和齐国绝交，秦国愿意献出商、於一带六百多里的土地。”楚怀王贪图秦国的土地，听信张仪的话，和齐国断交，派使臣到秦国接受土地。张仪骗楚使说：“我和楚王约定的是六里，没听说过什么六百里土地。”楚国使臣愤怒地离开秦国，回来禀报给楚怀王。楚怀王大怒，于是大规模发兵讨伐秦国。秦国派军队迎战，在丹、淅一带大败楚国军队，杀死八万人，俘虏了楚国将军屈匄，又乘势夺取了汉中一带的土地。楚怀王于是动员全国兵力，深入攻打秦国，在蓝田大战。魏国听说这事后，发兵偷袭楚国，来到了邓地。楚国军队害怕，就从秦国撤军。而这时齐国终因恼怒楚怀王，不来援救楚国，楚国因此形势困窘。

明年，秦割汉中地与楚以和。楚王曰：“不愿得地，愿得张仪而甘心焉。”张仪闻，乃曰：“以一仪而当汉中地，臣请往如楚。”如楚，又因厚币用事者臣靳尚，而设诡辩于怀王之宠姬郑袖①。怀王竟听郑袖，复释去张仪。是时屈平既疏，不复在位，使于齐，顾反，谏怀王曰：“何不杀张仪？”怀王悔，追张仪不及。

【注释】

①郑袖：郑国的一名女子，长相美丽，善于舞蹈，被楚怀王册封为南后。

【译文】

第二年，秦国割让汉中的土地与楚国议和。楚怀王说："我不愿得到土地，只要能得到张仪这个人就甘心了！"张仪听说这话，就说："如果张仪一人能够抵上汉中的土地，就请让我去楚国吧！"张仪前往楚国，又用厚礼贿赂楚国当权大臣靳尚，从而得以在楚王宠妾郑袖处布置诡辩之言。楚怀王居然听信郑袖，又释放了张仪。这时屈原已经被疏远了，不再担任官职了，被派到齐国去做使者，等他返回后，就向楚怀王进谏说："为什么不把张仪杀掉呢？"楚怀王后悔了，就派人去追杀张仪，却已追不上了。

其后诸侯共击楚，大破之，杀其将唐昧。

【译文】

这以后，各国都联合攻打楚国，大败楚国，并杀死了楚国将军唐昧。

时秦昭王与楚婚①，欲与怀王会。怀王欲行，屈平曰："秦虎狼之国，不可信，不如毋行。"怀王稚子子兰劝王行②："奈何绝秦欢！"怀王卒行。入武关，秦伏兵绝其后，因留怀王，以求割地。怀王怒，不听，亡走赵，赵不内。复之秦，竟死于秦而归葬。

【注释】

①秦昭王：名则，惠文王之子，武王之弟，前306—前251年在位。

②子兰：人名。楚怀王的幼子。

【译文】

这时秦昭王和楚结为姻亲，想和楚怀王会晤。楚怀王要去，屈原说："秦国，是像虎狼一样凶暴的国家，不可信任，不如不去。"楚怀王的小儿子子兰却劝楚怀王前去，说："为什么要断绝同秦国的友好关系呢？"楚怀王最终去了。进入武关，秦国的伏兵就截断了楚怀王的归路，把楚怀王扣留起来，并要求割让土地。楚怀王发怒，不肯答应，就逃跑到赵国，赵国不肯收留。楚怀王又回到秦国，最终死在秦国，遗体送回楚国埋葬。

长子顷襄王立[①]，以其弟子兰为令尹。楚人既咎子兰以劝怀王入秦而不反也。

【注释】

①顷襄王：名横，楚怀王长子，前298—前263年在位。

【译文】

楚怀王的长子顷襄王继位，用他的弟弟子兰担任令尹。楚国人都责备子兰劝说楚怀王进入秦国而不能生还。

屈平既嫉之，虽放流[①]，眷顾楚国，系心怀王，不忘欲反，冀幸君之一悟，俗之一改也。其存君兴国而欲反覆之，一篇之中三致志焉。然终无可奈何，故不可以反，卒以此见怀王之终不悟也。人君无愚智贤不肖，莫不欲求忠以自为，举贤以自佐，然亡国破家相随属，而圣君治国累世而不见者，其所谓忠者不忠，而所谓贤者不贤也。怀王以不知忠臣之分，故内惑于郑袖，外欺于张仪，疏屈平而信上官大夫、令尹子兰。兵挫地削，亡其六郡，身客死于秦，为天下笑。此不知人之祸也。《易》曰："井泄不食，为我心恻，可以汲。王明[②]，并受其福。”王之不明,岂足福哉!

【注释】

①放流:放逐到很远的地方。

②王明:王者英明。

【译文】

屈原嫉恨子兰等专权误国,虽被流放,却还眷恋楚国,心里想念楚怀王,总想回到他身边,希望楚怀王能悔悟起来,风俗也能得到改正。他渴望保全君王并使国家振兴,使楚国衰弱的局势得以扭转,一篇文章中往往反复表达这种心情。但始终也没有什么办法,不可能重回朝堂,由此也可看到楚怀王始终没有悔悟。国君无论愚蠢还是明智,贤能还是不中用,没有一个不想寻求忠臣来保卫自己,选拔贤者来辅佐自己,但国家被灭,家族没落的局势持续出现,而圣君盛国却多代不见,就在于他们所认为的忠臣实际上并不忠诚,他们所认为的贤才实际上并不贤明!楚怀王因为不懂得忠臣的本质,所以在内被郑袖所迷惑,在外又受到张仪的欺骗,他疏远屈原而信任上官大夫、令尹子兰。结果军队吃了败仗,国土遭到削减,丧失了六个郡的土地,自己也客死秦国,被天下人嘲笑。这是楚怀王没有识人之明的灾祸啊!《周易》中说:“井已经浚治干净,却不来饮水,使我伤心,这些水可是可以汲用的啊。君主如果贤明,老百姓就都会得到幸福。”楚怀王是这样昏庸,怎么可以获得幸福呢?

令尹子兰闻之大怒,卒使上官大夫短屈原于顷襄王,顷襄王怒而迁之。“闻之”,闻屈平作《离骚》。

【译文】

令尹子兰听说屈原作骚以怨,非常恼怒,结果让上官大夫在顷襄王面前说了屈原的坏话，顷襄王发怒把屈原流放到更远处。“闻之”，听说屈原创作了《离骚》。

屈原至于江滨，被发行吟泽畔。颜色憔悴，形容枯槁。渔父见而问之曰：“子非三闾大夫欤[①]？何故而至此？”屈原曰：“举世混浊而我独清，众人皆醉而我独醒，是以见放。”渔父曰：“夫圣人者，不凝滞于物而能与世推移。举世混浊，何不随其流而扬其波？众人皆醉，何不餔其糟而啜其醨[②]？何故怀瑾握瑜而自令见放为[③]？”屈原曰：“吾闻之，新沐者必弹冠，新浴者必振衣，人又谁能以身之察察[④]，受物之汶汶者乎[⑤]！宁赴常流而葬乎江鱼腹中耳，又安能以皓皓之白而蒙世俗之温蠖乎[⑥]！”

【注释】

①三闾大夫：楚官职名。掌管楚国王族的昭、屈、景三姓事务。闾，聚族而居。

②餔（bǔ）：吃。啜：饮。醨（lí）：薄酒。

③怀瑾握瑜：比喻坚持操守，具有纯洁的美德。瑾、瑜，都是美玉。

④察察：明净、洁白的样子。

⑤汶汶：昏暗的样子。

⑥皓皓：洁白，光明。温蠖（huò）：昏愦、昏暗的状态。

【译文】

屈原到了江边，披头散发，在岸边一边走一边吟诗。他面容憔悴，形容枯槁。渔翁看见就问他：“您不是三闾大夫吗？为什么到了这个地步了呢？”屈原说：“世人都混浊不清，唯独我干净；大家都昏醉不醒，只有我清醒，因此遭到流放。”渔翁说：“有圣德的人不固执地对待事物，能够随着世事变化而变化。既然大家都污浊，您为什么不随着水流去推波助澜呢？既然大家都昏醉，您何不也跟着吃糟喝酒呢？为什么怀着美玉一样的德行却让自己被流放呢？”屈原说：“我听说过，刚洗了头的人一定要弹弹帽上的灰尘，刚洗了澡的人一定要抖衣服，人们又有谁肯让自己的清白之身，染上外物的污垢呢？我宁可投进不断的江水而葬身在鱼腹当中，又怎么能让洁白纯净的品德，去蒙受世俗的污染呢？”

乃作《怀沙》之赋。

【译文】

于是做了一篇名为《怀沙》的赋。

于是怀石遂自沉汨罗以死①。

【注释】

①汨（mì）罗：即汨罗江，流经湖南东北部与湘江汇合。

【译文】

然后就抱上石头，自沉于汨罗江而死了。

屈原既死之后，楚有宋玉、唐勒、景差之徒者，皆好辞而以赋见称；然皆祖屈原之从容辞令，终莫敢直谏。其后楚日以削，数十年竟为秦所灭。

【译文】

屈原死后，楚国有宋玉、唐勒、景差等一些人，都爱好文学并以擅长辞赋著名，但都只是师法屈原的文辞委婉含蓄，始终不敢直言进谏。此后楚国日渐衰弱，几十年后终于被秦国消灭了。

自屈原沉汨罗后百有余年，汉有贾生，为长沙王太傅，过湘水，投书以吊屈原[①]。

【注释】

①投书以吊屈原：指贾谊写的《吊屈原赋》。

【译文】

屈原在汨罗江投水自杀一百多年后，汉朝有个贾生，他去做长沙王太傅，经过湘水时，写了篇文章投到江里悼念屈原。

贾生名谊，雒阳人也[①]。年十八，以能诵诗属书闻于郡中。吴廷尉为河南守[②]，闻其秀才，召置门下，甚幸爱。孝文皇帝初立，闻河南守吴公治平为天下第一，故与李斯同邑而常学事焉，乃征为廷尉。廷尉乃言贾生年少，颇通诸子百家之书。文帝召以为博士。

【注释】

①雒阳：即今河南洛阳。

②廷尉：官名。掌刑狱。

【译文】

贾生名谊，是洛阳人。他在十八岁时，就因为博览诗书，善写文章闻名洛阳。吴廷尉做河南郡守时，听说他才学出众，就召到官署里，很器重他。孝文皇帝刚继位，听说河南郡守吴公政绩全国第一，过去还和李斯是同乡，并且曾经向李斯学习过，就征调他担任廷尉。吴廷尉就推荐贾生，说贾生年轻有才，通晓诸子百家的书。文帝就把贾生召来担任博士。

是时贾生年二十余，最为少。每诏令议下，诸老先生不能言，贾生尽为之对，人人各如其意所欲出。诸生于是乃以为能，不及也。孝文帝说之[①]，超迁，一岁中至太中大夫。

【注释】

①说：同“悦”。

【译文】

这时贾生二十多岁，在同事中年龄最小。每次下诏讨论，很多老先生不能说出什么，贾生却一一对答如流，人人都感到他说出了他们想说的话。大家于是就认为贾生才能超人，都比不上他。孝文帝喜欢他，便越级提拔他，一年之内就提拔他当了太中大夫。

贾生以为汉兴至孝文二十余年，天下和洽，而固当改正朔，易服色，法制度，定官名，兴礼乐，乃悉草具其事仪法，色尚黄，数用五，为官名，悉更秦之法。孝文帝初即位，谦让未遑也。诸律令所更定，及列侯悉就国，其说皆自贾生发之。于是天子议以为贾生任公卿之位。绛、灌、东阳侯、冯敬之属尽害之[①]，乃短贾生曰：“雒阳之人，年少初学，专欲擅权，纷乱诸事。”于是天子后亦疏之，不用其议，乃以贾生为长沙王太傅。

【注释】

①绛、灌：指绛侯周勃和灌婴，均为西汉开国功臣。东阳侯：爵名。指张相如。冯敬：人名。时任御史大夫。

【译文】

贾生认为汉朝从开始到孝文帝，已有二十多年了，国家太平融洽，所以理当改订历法，更换车马服饰的颜色，订立法律制度，确定官职名称，振兴礼乐，于是他一一起草了仪式法度的草案，崇尚黄色，字数采用"五"数制，确定官职名称，完全改变了秦代旧制。孝文帝继位不久，做事谦虚谨慎，还没来得及实施。各项法令的修改审定，以及诸侯都要住到自己的封国去，这些主张都是由贾生提出的。于是，天子提议让贾生担任公卿的职务。但绛侯周勃、灌婴、东阳侯张相如、冯敬这一班大臣都嫉妒他，说贾生的坏话，说："这个洛阳少年，年轻而且学术浅薄，只想独揽大权，把许多政事都搅乱了。"于是，孝文帝后来也疏远了他，不采纳他的建议，让贾生去做长沙王太傅。

贾生既辞往行，闻长沙卑湿，自以寿不得长，又以適去①，意不自得。及渡湘水，为赋以吊屈原。

【注释】

①適：通"谪"。贬谪。

【译文】

贾生既已辞行前往长沙，听说长沙地方低洼潮湿，自认为寿命不会太长，加上又受到贬谪，心中很不舒服。等到他渡湘江时，就写了一篇辞赋来凭吊屈原。

为长沙王太傅三年，有鸮飞入贾生舍，止于坐隅。楚人命鸮曰“服”[①]。贾生既以适居长沙，长沙卑湿，自以为寿不得长，伤悼之，乃为赋以自广。

【注释】

①服：通“鹏”。鸟名。又名山鸮，因夜鸣声恶，古称之不祥之鸟。

【译文】

贾生做长沙王太傅的第三年，有一只鹗鸟飞进他的屋内，落在他的座旁。楚地的人把鸮叫作“鹏”。贾生本就因为贬谪居于长沙，当地低洼潮湿，认为自己寿命将不能长久，因而心中悲哀，就写了一篇赋来宽慰自己。

后岁余，贾生征见。孝文帝方受釐[①]，坐宣室[②]。上因感鬼神事，而问鬼神之本。贾生因具道所以然之状。至夜半，文帝前席。既罢，曰：“吾久不见贾生，自以为过之，今不及也。”居顷之，拜贾生为梁怀王太傅[③]。梁怀王，文帝之少子，爱，而好书，故令贾生傅之。

【注释】

①受釐（xī）：祭礼后，虔诚地接受神的降福。

②宣室：汉宫殿名。在未央殿前。

③梁怀王：刘揖，文帝之子。

【译文】

一年多后，贾生被召回长安朝见皇帝。孝文帝正虔诚地接受神的降福，坐在宣室里接见贾生。孝文帝因对鬼神的事有所感受，就向贾生询问鬼神的根本。贾生于是详细地说明其中道理。一直到深夜，孝文帝听得入神，不知不觉地前移座席。谈完后，孝文帝说：“我好久没见贾生，自认为超过了他，现在看来，还是比不上他啊！”过了不久，又任命贾生做梁怀王的太傅。梁怀王是孝文帝的小儿子，很受宠爱，又很喜欢读书，所以命令贾生做他的老师。

文帝复封淮南厉王子四人皆为列侯。贾生谏，以为患之兴自此起矣。贾生数上疏，言诸侯或连数郡，非古之制，可稍削之。文帝不听。

【译文】

孝文帝又封淮南厉王的四个儿子为列侯。贾生为此进谏，认为国家祸患由此开始了。贾生多次上疏报告，说有的诸侯封地接连几个郡，不合乎古代制度，应该逐渐削减。孝文帝没有采纳。

居数年，怀王骑，堕马而死，无后。贾生自伤为傅无状，哭泣岁余，亦死。贾生之死时年三十三矣。及孝文崩，孝武皇帝立，举贾生之孙二人至郡守，而贾嘉最好学，世其家，与余通书。至孝昭时，列为九卿①。

【注释】

①至孝昭时，列为九卿：此当系后人补记，非《史记》原文，司马迁死于武帝末年，未及昭帝世。

【译文】

过了几年，梁怀王骑马，掉下来摔死了，没留下后代。贾生为自己做太傅没尽到责任而感伤，悲痛哭泣一年多，也死了。贾生死时，年仅三十三岁。到孝文帝去世，孝武帝继位，选拔贾生的两个孙子做了郡守，贾嘉十分好学，继承了贾生的家业，和我有书信来往。到孝昭帝时，贾嘉当上了九卿的官位。

太史公曰：余读《离骚》《天问》《招魂》《哀郢》，悲其志。适长沙，观屈原所自沉渊，未尝不垂涕，想见其为人。及见贾生吊之，又怪屈原以彼其材，游诸侯，何国不容，而自令若是。读《服鸟赋》，同死生，轻去就，又爽然自失矣①。维申谨按：《屈原传》中《怀沙赋》抄入《词赋》上编，依《楚辞·九章》。《贾生传》中《吊屈原赋》抄入《哀祭类》，《服鸟赋》抄入《词赋》上编，故此处不更录。

【注释】

①爽然：警悟的样子。

【译文】

太史公说：我读《离骚》《天问》《招魂》《哀郢》，悲叹屈原的志趣。到长沙，游览屈原沉水自杀的汨罗江，未曾不流泪感叹，想象他的为人。后来读到贾生悼念屈原的赋，我又奇怪屈原凭自己那样超人的才华，如果去游说诸侯，哪个国家不能容身，却把自己弄到了如此境地。读完《鹏鸟赋》，体会到生死本是一般，对身世的浮沉也就不在乎，我才又心情舒畅地抛开了自己那些想法。维申谨按：《屈原传》中的《怀沙赋》抄入了《词赋》上编，依《楚辞·九章》。《贾生传》中《吊屈原赋》抄入《哀祭类》，《鹏鸟赋》抄入《词赋》上编，所以此处不再收录。

卷十八·传志之属上编二

史记

《史记》简介参见卷十七。

刺客列传

【题解】

本文是《史记》中一篇专叙刺客的类传。它依时间顺序分述了春秋战国时期五位著名刺客即曹沫、专诸、豫让、聂政、荆轲的事迹,再现了他们那种守志不屈的精神及英勇无畏的气概,并在最后以"太史公曰"的形式对五位刺客作了总的赞美。其中,荆轲这个人物着墨较多:与鲁句践赌博发生争执离去;与盖聂论剑时表现的忍让;饮酒而歌于街市的怀才不遇、抑郁愤恨;受命行刺秦王,悲歌易水之上的义无反顾。这些使荆轲镇定自若、机智勇敢和视死如归的壮士气概,形象地呈现在读者面前。

曹沫者,鲁人也,以勇力事鲁庄公①。庄公好力,曹沫为鲁将,与齐战,三败北。鲁庄公惧,乃献遂邑之地以和②。犹复以为将。

【注释】

①鲁庄公：名同，春秋时鲁国国君，前693—前662年在位。

②遂邑：古地名。在今山东宁阳西北。

【译文】

曹沫，鲁国人，凭着勇猛力大侍奉鲁庄公。庄公喜欢力大勇猛的人，所以派曹沫当大将，和齐国交战，三次都被打败。鲁庄公很惧怕，便献上遂邑的土地，与齐国讲和。但仍以曹沫为大将。

齐桓公许与鲁会于柯而盟[①]。桓公与庄公既盟于坛上，曹沫执匕首劫齐桓公，桓公左右莫敢动，而问曰："子将何欲？"曹沫曰："齐强鲁弱，而大国侵鲁亦以甚矣。今鲁城坏即压齐境，君其图之。"桓公乃许尽归鲁之侵地。既已言，曹沫投其匕首，下坛，北面就群臣之位，颜色不变，辞令如故。桓公怒，欲倍其约。管仲曰[②]："不可。夫贪小利以自快，弃信于诸侯，失天下之援，不如与之。"于是桓公乃遂割鲁侵地，曹沫三战所亡地尽复予鲁。

【注释】

①柯：齐邑，即今山东阳谷东北五十里的阿城镇。柯之会在鲁庄公十三年，即前680年。

②管仲：春秋时齐国人，名夷吾，字仲，齐桓公时任相职。

【译文】

齐桓公答应和鲁国在柯这个地方聚会，订立和约。齐桓公和鲁庄公在坛上订立盟约后，曹沫却手执短剑挟持齐桓公，齐桓公左右的人都不敢抗拒，问曹沫："你要干什么？"曹沫说："齐国强大，鲁国弱小，贵国侵略鲁国未免太过分了。现在鲁国的城墙倒塌就要压在紧邻的齐国国界上了,希望您三思。”齐桓公于是答应全部归还侵占的鲁国土地。齐桓公说完,曹沫放下短剑,走下盟坛,面朝北回到群臣站立的行列中,脸色不变,说起话来和平时一样的从容。齐桓公非常恼怒,想背弃自己的诺言。管仲说:“这不可以。只贪图些小的便宜使自己高兴,而在诸侯面前失去信义,便会失却各诸侯国的援助,不如仍旧把土地还给他们。”于是,齐桓公就归还了所侵占的鲁国土地,曹沫在三次战败中所失去的土地又都全部还给了鲁国。

其后百六十有七年而吴有专诸之事。

【译文】

曹沫之后的一百六十七年,而吴国有专诸的事发生。

专诸者,吴堂邑人也①。伍子胥之亡楚而如吴也②,知专诸之能。伍子胥既见吴王僚③,说以伐楚之利。吴公子光曰④:“彼伍员父兄皆死于楚而员言伐楚,欲自为报私仇也,非能为吴。”吴王乃止。伍子胥知公子光之欲杀吴王僚,乃曰:“彼光将有内志,未可说以外事。”乃进专诸于公子光。

【注释】

①堂邑:原为楚国的棠邑,后属吴,在今江苏南京六合区北。

②伍子胥:名员,楚国人,为躲避父兄之祸,逃到吴国,任吴国的宰相,率兵攻楚,后遭谗言而自杀。

③吴王僚:号州于,前526—前515年在位。

④公子光:吴王诸樊之子,即吴王阖闾,前514—前496年在位。

【译文】

专诸，吴国堂邑人。伍子胥从楚国逃亡，来到吴国的时候，发现了专诸的才能。伍子胥谒见吴王僚以后，向他游说攻打楚国的种种好处。公子光却向吴王说："他伍员的父兄都死在楚国手里，伍员劝您攻打楚国，只是希望借此替自己报私仇而已，并非真为吴国着想。"吴王于是作罢。伍子胥了解到公子光想杀害吴王僚，就说："他公子光有谋杀君王夺位的念头，自然不能同他说对外的大事。"于是就向公子光推荐了专诸。

光之父曰吴王诸樊。诸樊弟三人：次曰馀祭，次曰夷眛，次曰季子札。诸樊知季子札贤而不立太子，以次传三弟，欲卒致国于季子札。诸樊既死，传馀祭。馀祭死，传夷眛。夷眛死，当传季子札，季子札逃不肯立，吴人乃立夷眛之子僚为王。公子光曰："使以兄弟次邪，季子当立；必以子乎，则光真適嗣①，当立。"故尝阴养谋臣以求立。

【注释】

①適嗣：嫡子。適，同"嫡(dí)"。

【译文】

公子光的父亲是吴王诸樊。诸樊有三个弟弟：大弟叫馀祭，二弟叫夷眛，三弟叫季子札。诸樊知道季子札最为贤能，所以不立自己的儿子为太子，把王位依次传给他的三个弟弟，想在最后把国家交给季子札。诸樊死后，王位就传给了馀祭。馀祭死后，又传给了夷眛。夷眛死后，应当传位给季子札，季子札却逃走不肯继位，吴国人便立了夷眛的儿子僚为吴王。公子光说："假如依照兄弟相传的顺序，季子札应该立为王；如果一定要立儿子嗣位，那么我公子光才是真正的嫡子，应当继承王位。"因此曾暗地里私养谋士以图将来谋取王位。

光既得专诸，善客待之。九年而楚平王死[①]。春，吴王僚欲因楚丧，使其二弟公子盖馀、属庸将兵围楚之灊[②]；使延陵季子于晋，以观诸侯之变。楚发兵绝吴将盖馀、属庸路，吴兵不得还。于是公子光谓专诸曰："此时不可失，不求何获！且光真王嗣，当立，季子虽来，不吾废也。"专诸曰："王僚可杀也。母老子弱，而两弟将兵伐楚，楚绝其后。方今吴外困于楚，而内空无骨鲠之臣[③]，是无如我何。"公子光顿首曰："光之身，子之身也。"

【注释】

①楚平王：名弃疾，后改名居，前528—前516年在位。

②灊(qián)：楚邑，故城在今安徽霍山东北。

③骨鲠(gěng)之臣：指正直的大臣。

【译文】

公子光得到专诸之后，把他当作上客来款待。吴王僚九年，楚平王死了。这一年春天，吴王僚想趁楚国大丧，派他的两个弟弟公子盖馀和公子属庸率兵围攻楚国的灊地；又派延陵季子到晋国去，观察其他诸侯国的反应。楚国出兵切断了吴将盖馀、属庸的后路，吴国的兵马不能退还。这时公子光对专诸说："这个时机万万不可失去，现在不求即位，还等到什么时候呢？况且我公子光是真正的王位继承人，季子即使以后回来了，也不会废除我的王位。"专诸说："吴王僚自然可以杀掉。他母亲年迈，孩子弱小，而两个弟弟又率兵攻打楚国，被楚国断了后路。现在吴国正是外面受困于楚国，而里面又空空如也，国王左右没有一个忠直的大臣，是没有办法对付我们的。"公子光叩头说："我公子光的身子就是你的身子。"

四月丙子，光伏甲士于窟室中，而具酒请王僚。王僚使兵陈自宫至光之家，门户阶陛左右，皆王僚之亲戚也。夹立侍，皆持长铍[①]。酒既酣，公子光详为足疾，入窟室中，使专诸置匕首鱼炙之腹中而进之。既至王前，专诸擘鱼[②]，因以匕首刺王僚，王僚立死。左右亦杀专诸，王人扰乱。公子光出其伏甲以攻王僚之徒，尽灭之，遂自立为王，是为阖闾。阖闾乃封专诸之子以为上卿。

【注释】

①长铍（pī）：长柄两刃刀。

②擘（bò）：拆开。

【译文】

四月丙子这一天，公子光预先把全副武装的士兵埋伏在地下室里，然后准备了酒席宴请吴王僚。吴王僚派卫队从王宫一直排到公子光的家中，所有门户台阶的两旁，都是吴王僚的亲属。卫队夹道站立侍候，个个手执长铍。酒喝到酣畅时，公子光假装脚有病，离席而走，到地下室中，叫专诸把匕首放在熟鱼的腹中端上去。当走到吴王僚的面前时，专诸剖开鱼，趁机用匕首去刺杀吴王僚，吴王僚当即死去。左右侍卫也杀死了专诸，一时吴王僚的侍卫大乱。公子光派出早已埋伏的士兵攻击吴王僚的随从，把他们全部杀死，于是公子光自立为吴王，这就是吴王阖闾。吴王阖闾于是封专诸的儿子为上卿。

其后七十余年而晋有豫让之事。

【译文】

此后过了七十多年，晋国有豫让的事发生。

豫让者，晋人也，故尝事范氏及中行氏[①]，而无所知名。去而事智伯[②]，智伯甚尊宠之。及智伯伐赵襄子[③]，赵襄子与韩、魏合谋灭智伯[④]，灭智伯之后而三分其地。赵襄子最怨智伯，漆其头以为饮器。豫让遁逃山中，曰："嗟乎！士为知己者死，女为说己者容。今智伯知我，我必为报仇而死，以报智伯，则吾魂魄不愧矣。"乃变名姓为刑人，入宫涂厕，中挟匕首，欲以刺襄子。襄子如厕，心动，执问涂厕之刑人，则豫让，内持刀兵，曰："欲为智伯报仇！"左右欲诛之。襄子曰："彼义人也，吾谨避之耳。且智伯亡无后，而其臣欲为报仇，此天下之贤人也。"卒醳去之[⑤]。

【注释】

①范氏、中行氏：晋国的两个权势大族。

②智伯：名瑶，也称智襄子，晋国大夫。

③赵襄子：名毋恤，晋大夫赵衰的后代。

④韩、魏：即指魏氏、韩氏，与范氏、中行氏、智氏、赵氏共同执掌晋政，称六卿。

⑤醳：通"释"。释放。

【译文】

豫让，晋国人，从前曾先后事奉过范氏和中行氏，但并不为世人所知。后离开而事奉智伯，智伯非常尊重宠信他。等到智伯讨伐赵襄子，赵襄子和韩、魏合谋消灭智伯，灭了智伯之后，他们就三分智伯的土地。赵襄子最恨智伯，就漆了智伯的头颅当作酒器。豫让逃到山中，悲叹道："唉！士人为理解自己的人而牺牲生命，女人为喜欢自己的人而修饰打扮。现在智伯对我有知遇之恩，我一定要为他报仇而死，以报答他的厚爱，那样我将死而无憾。"于是他便改名换姓，装扮成一个犯罪受刑的人，混入赵襄子的宫里修理厕所，衣服里却暗藏着匕首，想寻机刺杀赵襄子。赵襄子上厕所，心中有所不安，就命左右抓来修理厕所的刑徒审问，发现就是豫让，衣服里藏着匕首，豫让说："我要为智伯报仇！"赵襄子的侍从要杀死他。赵襄子却说："他是个重义气的人，我以后小心防备着就是了。况且智伯死了以后没有后代，而他的臣子想为他报仇，这是天下的贤明之士呀！"最终放他走了。

居顷之，豫让又漆身为厉[①]，吞炭为哑，使形状不可知。行乞于市，其妻不识也。行见其友，其友识之，曰："汝非豫让邪？"曰："我是也。"其友为泣曰："以子之才，委质而臣事襄子[②]，襄子必近幸子[③]。近幸子，乃为所欲，顾不易邪[④]？何乃残身苦形，欲以求报襄子，不亦难乎！"豫让曰："既已委质臣事人，而求杀之，是怀二心以事其君也。且吾所为者极难耳！然所以为此者，将以愧天下后世之为人臣怀二心以事其君者也。"

【注释】

①厉：通"癞"。

②委质：向君主献礼，表示献身。

③近幸：得宠而亲近。

④顾：反。

【译文】

过了不久，豫让又用漆涂身，让身体长满恶疮，吞炭使声音变得沙哑，使自己的形貌不被人认出。他在街上行走求乞，连他的妻子也认不出他来了。在路上遇到了他的朋友，朋友辨认出是他，说："你不是豫让吗？"豫让说："我是。"朋友流着泪对他说："以你的才能，委身去事奉襄子，做他的臣子，襄子一定会亲近宠爱你。等他亲近宠爱你了，你便可以为所欲为，这样不是反而更容易吗？何必要残害身体，摧毁自己的容貌，以此谋求向襄子报仇，不也太困难了吗？”豫让说：“既然以臣子的身份委身事奉他人，但还想谋求杀害他，这便是怀着不忠之心来事奉他的君主。况且我这样做是非常难的。但我这样做的原因，就是要使天下后世为人臣子却怀着不忠之心的人感到惭愧。”

既去，顷之，襄子当出，豫让伏于所当过之桥下。襄子至桥，马惊，襄子曰：“此必是豫让也。”使人问之，果豫让也。于是襄子乃数豫让曰[①]：“子不尝事范、中行氏乎？智伯尽灭之，而子不为报仇，而反委质臣于智伯。智伯亦已死矣，而子独何以为之报仇之深也？”豫让曰：“臣事范、中行氏，范、中行氏皆众人遇我，我故众人报之。至于智伯，国士遇我，我故国士报之。”襄子喟然叹息而泣曰：“嗟乎豫子！子之为智伯，名既成矣，而寡人赦子，亦已足矣。子其自为计，寡人不复释子！”使兵围之。豫让曰：“臣闻明主不掩人之美，而忠臣有死名之义。前君已宽赦臣，天下莫不称君之贤。今日之事，臣固伏诛，然愿请君之衣而击之，焉以致报仇之意，则虽死不恨。非所敢望也，敢布腹心！”于是襄子大义之，乃使使持衣与豫让。豫让拔剑三跃而击之，曰：“吾可以下报智伯矣！”遂伏剑自杀。死之日，赵国志士闻之，皆为涕泣。

【注释】

①数：斥责。

【译文】

豫让走了之后，没过多久，赵襄子准备外出，豫让埋伏在赵襄子所必须经过的桥下。赵襄子走到桥边时,马忽然惊跳起来,赵襄子说:“这肯定是豫让要刺杀我。”派人搜查,果然是豫让。于是赵襄子就斥责豫让说:“你不是曾经事奉过范氏和中行氏吗?智伯把他们都灭了,但你并不替他们报仇,反而委身臣事智伯。现在智伯已经死了,你为什么偏偏要替他这样再三报仇呢?”豫让说:“我事奉范氏和中行氏,范氏和中行氏都以普通人的礼节对待我,我因此也以普通人的礼节报答他们。至于智伯,他以对待国士的礼节对待我,我因此必须以国士的礼节报答他。”赵襄子喟然长叹而哭泣道:“唉!豫子,你为智伯的事尽忠报仇,已经成名了;而我对你的饶赦,也已经足够了。现在,你只好自己想个办法,我不能再放过你了。”于是命令卫兵包围豫让。豫让说:“我听说贤明的君主不埋没别人的美德,而忠诚的臣子有为名节而牺牲的道义。从前您已经宽赦过我了,天下没有人不称颂您的贤德。今天的事情,我自应伏罪受诛,但我还希望讨得您的衣服,刺击它,聊且表示我替智伯报仇的心愿,那么我死而无憾。我不敢奢望你一定会答应,但我还是冒昧表露我的衷心!”赵襄子深为豫让的义气所感动,于是就派人把衣服拿给豫让。豫让拔剑三次跳起来去刺斩衣服,说道:“我可以到地下报答智伯了。”于是随即横剑自杀。豫让自杀的那天,赵国的仁人志士听到这个事情后,都为他哭泣。

其后四十余年而轵有聂政之事①。

【注释】

①轵(zhǐ):魏邑,在今河南济源东南的轵城镇。

【译文】

豫让之后四十多年,轵地有聂政的事发生。

聂政者，轵深井里人也[①]。杀人避仇，与母、姊如齐，以屠为事。

【注释】

①深井里：轵邑里名。

【译文】

聂政，是轵邑深井里人。因杀人避仇，和母亲、姐姐到了齐国，以屠宰为生。

久之，濮阳严仲子事韩哀侯[①]，与韩相侠累有郤。严仲子恐诛，亡去，游求人可以报侠累者。至齐，齐人或言聂政勇敢士也，避仇隐于屠者之间。严仲子至门请，数反[②]，然后具酒自畅聂政母前[③]。酒酣，严仲子奉黄金百溢[④]，前为聂政母寿。聂政惊怪其厚，固谢严仲子。严仲子固进，而聂政谢曰："臣幸有老母，家贫，客游以为狗屠，可以旦夕得甘毳以养亲[⑤]。亲供养备，不敢当仲子之赐。"严仲子辟人[⑥]，因为聂政言曰："臣有仇，而行游诸侯众矣；然至齐，窃闻足下义甚高，故进百金者，将用为大人粗粝之费，得以交足下之欢，岂敢以有求望邪！"聂政曰："臣所以降志辱身居市井屠者，徒幸以养老母；老母在，政身未敢以许人也。"严仲子固让，聂政竟不肯受也。然严仲子卒备宾主之礼而去。

【注释】

①濮阳：卫地，今属河南。严仲子：名遂。韩哀侯：韩国第四位诸侯，前376—前371年在位。

②反：通“返”。

③自畅聂政母前：亲自捧酒进奉聂政的母亲。畅，当为“觞”。

④溢：同“镒”。量词。

⑤甘毳（cuì）：即甘脆，美味的食品。毳，通“脆”。

⑥辟：通“避”。

【译文】

过了好久，濮阳人严仲子事奉韩哀侯，因与韩相侠累之间有怨仇。严仲子害怕侠累杀他，就逃走了，四处访求物色可以替他向侠累报仇的人。到了齐国，齐国有人告诉他聂政是位勇敢的人，因躲避仇家而隐藏在屠夫中间。严仲子便去登门拜访，多次往返，然后准备了酒食，亲自捧酒敬奉聂政的母亲。等到酒喝到尽兴之时，严仲子又捧上黄金百镒，上前为聂政的母亲祝寿。聂政惊怪他送这份厚礼，便再三跟严仲子推辞。严仲子仍然坚持要送，聂政推辞说：“我有幸老母在堂，家境贫寒，游居他乡做屠狗的行业，以便早晚得些美味的食品来奉养老母。现在我已足够供养母亲，实在不敢再接受仲子的馈赠。”严仲子避开旁人，对聂政说：“我有私仇待报，在外游历各国访求的人已经很多了；然而到了齐国，私下听说你非常重义气，所以进献黄金百镒，只是作为供给你母亲一些粗茶淡饭的费用，以便能够和你交个朋友，难道还敢有别的请求奢望吗？”聂政说：“我所以降低志向辱没自己，在市井里做个屠夫，只是希望借此赡养我的老母；老母在世，我聂政不敢以身相许于他人。”严仲子仍旧再三相请，聂政终究不肯接受。然而严仲子最后仍然是尽了宾主的礼仪才离开。

久之，聂政母死。既已葬，除服①，聂政曰：“嗟乎！政乃市井之人，鼓刀以屠；而严仲子乃诸侯之卿相也，不远千里，枉车骑而交臣。臣之所以待之，至浅鲜矣，未有大功可以称者，而严仲子奉百金为亲寿，我虽不受，然是者徒深知政也。夫贤者以感忿睚眦之意而亲信穷僻之人，而政独安得嘿然而已乎[②]！且前日要政，政徒以老母；老母今以天年终，政将为知己者用。"乃遂西至濮阳，见严仲子曰："前日所以不许仲子者，徒以亲在；今不幸而母以天年终。仲子所欲报仇者为谁？请得从事焉！"严仲子具告曰："臣之仇韩相侠累，侠累又韩君之季父也，宗族盛多，居处兵卫甚设，臣欲使人刺之，众终莫能就。今足下幸而不弃，请益其车骑壮士可为足下辅翼者。"聂政曰："韩之与卫，相去中间不甚远，今杀人之相，相又国君之亲，此其势不可以多人，多人不能无生得失，生得失则语泄，语泄是韩举国而与仲子为仇，岂不殆哉！"遂谢车骑人徒，聂政乃辞独行。

【注释】

①除服：三年丧期满，换去丧服。

②嘿：同"默"。

【译文】

又过了很长时间，聂政的母亲去世了。安葬了以后，服丧完毕，聂政说："唉！我聂政不过是个市井平民，操刀屠宰而已，而严仲子却是诸侯的卿相，竟然不远千里，屈尊驾车来交结我做朋友。而我对待他极为浅陋，没有大功可以当得起这样的厚待，但他却敬奉黄金百镒给我的母亲祝寿；我虽然没有接受，但他这样做，就表明他是深深地赏识我聂政的。像他这样贤达的人因愤恨仇人的缘故，特地来亲近信赖一个穷乡僻壤的人，我怎么能就默不作声地算了呢！况且前一次他邀请我，我只因为有老母不忍离去；现在老母已寿终正寝，我应当为知己效力了。"于是西行到了濮阳，去谒见严仲子，说："从前我之所以不答应仲子的要求，只是因为母亲健在；现在不幸母亲已经寿终了。仲子您想报仇的对象是谁？就请交给我着手处理吧。"严仲子于是详细地讲述了事由，说："我的仇人是韩相侠累，侠累又是韩国国君的叔父，他的宗族人多势众，居处防备十分严密，我想派人刺杀他，始终没有成功。现在幸蒙你看得起我，答应下来，我希望多派些车骑壮士作为你的帮手。"聂政说："韩国和卫国相距并不很远，现在要刺杀韩相，而韩相又是国王的亲族，在这种情况下，不可以多派人，因为多派人就不可能不发生问题，发生了问题就会走漏风声，一旦走漏风声，那么韩国上下都要与仲子你为仇，这岂不很危险吗？"于是谢绝车骑随从，聂政便告辞独自上路了。

杖剑至韩，韩相侠累方坐府上，持兵戟而卫侍者甚众。聂政直入，上阶刺杀侠累，左右大乱。聂政大呼，所击杀者数十人，因自披面决眼[①]，自屠出肠，遂以死。

【注释】

①决：通"抉"。

【译文】

聂政手持刀剑到了韩国，韩相侠累正坐在府上，手执兵器担任护卫的士卒很多。聂政直冲而入，上了台阶，刺杀了侠累，左右的人乱作一团。聂政大声叱喝，所击杀的人有数十个。然后，他自己剥掉面皮，挖出眼睛，又剖腹出肠，随即死去。

韩取聂政尸暴于市，购问莫知谁子。于是韩县购之[①]，有能言杀相侠累者予千金。久之莫知也。

【注释】

①县购：原作“购县”，据中华书局修订本《史记》改。县，通“悬”。这里指悬赏。

【译文】

韩国把聂政的尸体暴露在街市上，悬赏查问，没有人知道他是谁。于是韩国出告示悬重赏，有能够说出杀国相侠累的人赏给他千金。但好久以后，仍然没有人知道他是谁。

政姊荣闻人有刺杀韩相者，贼不得，国不知其名姓，暴其尸而县之千金，乃於邑曰[①]：“其是吾弟与？嗟乎，严仲子知吾弟！”立起，如韩，之市，而死者果政也，伏尸哭极哀，曰：“是轵深井里所谓聂政者也。”市行者诸众人皆曰：“此人暴虐吾国相，王县购其名姓千金，夫人不闻与？何敢来识之也？”荣应之曰：“闻之。然政所以蒙污辱自弃于市贩之间者，为老母幸无恙，妾未嫁也。亲既以天年下世，妾已嫁夫，严仲子乃察举吾弟困污之中而交之，泽厚矣，可奈何！士固为知己者死，今乃以妾尚在之故，重自刑以绝从[②]，妾其奈何畏殁身之诛，终灭贤弟之名！”大惊韩市人。乃大呼天者三，卒於邑悲哀而死政之旁。

【注释】

①於邑：同“呜咽”。低声哭泣。

②从：通“踪”。踪迹。

【译文】

聂政的姐姐聂荣听说有人刺杀韩国国相，凶手身世不明，国人都不知道他的姓名，陈尸街头而悬赏千金，便低声哭泣说：“这恐怕是我的弟弟吧？唉，严仲子是真正理解我弟弟的。”她立刻动身到韩国街市上去辨认尸体，死的人果然是聂政。她伏在尸体上，极为悲痛地哭道：“他是轵邑深井里叫聂政的人啊！”街市上过往的路人都说：“这个人害死我们的国相，国王正悬赏千金查问他的姓名，夫人没有听说吗？为什么敢来认尸呢？”聂荣回答说：“听说了。我的弟弟聂政当初所以甘受污辱而混迹在街市商贩中，是因为老母尚且健在，我还没有出嫁的缘故。现在母亲已经享尽天年去世，我也出嫁了，严仲子在我弟弟身处困厄污辱之时看上他，并和他交往，对他恩情深厚，可怎么办呢？有志之士本来应当为知己者而死，如今竟因为我还活着的缘故，弟弟又自毁身体来灭痕迹，以断绝连累别人的线索，我怎么能畏惧杀身之祸，而始终埋没我贤弟的声名呢？”这使韩国街市上的人大为吃惊。聂荣便大喊“天呀”三声，最后因呜咽悲哀之至，死在聂政的尸体旁边。

晋、楚、齐、卫闻之，皆曰：“非独政能也，乃其姊亦烈女也。乡使政诚知其姊无濡忍之志，不重暴骸之难，必绝险千里以列其名，姊弟俱僇于韩市者[①]，亦未必敢以身许严仲子也。严仲子亦可谓知人能得士矣！”

【注释】

①僇：通“戮”。

【译文】

晋国、楚国、齐国、卫国的人听说这件事，都说：“不但聂政贤能，就是他的姐姐也是个刚烈的女性。假使当初聂政确实知道他姐姐没有含垢忍辱的性格，不以暴露尸首为难，断然越过千里险阻来显露他的声名，使姐弟二人共同死在韩国街市上的话，那么聂政也未必敢以生命答应严仲子来报仇了。严仲子这个人也可以说是很善于了解人并能得到义士了。”

其后二百二十余年秦有荆轲之事。

【译文】

聂政其后过了二百二十多年,秦国有荆轲的事发生。

荆轲者,卫人也。其先乃齐人,徙于卫,卫人谓之庆卿①。而之燕,燕人谓之荆卿。

【注释】

①庆卿:齐国有庆氏,荆轲的先世是齐人,可能原姓庆。

【译文】

荆轲是卫国人。他的先世本是齐国人,后来迁居到卫国,卫国人叫他庆卿。以后他到了燕国,燕国人叫他荆卿。

荆卿好读书击剑,以术说卫元君①,卫元君不用。其后秦伐魏,置东郡,徙卫元君之支属于野王②。

【注释】

①卫元君:卫国第四十一位君主,前251—前230年在位。

②野王:古地名。在今河南沁阳。

【译文】

荆卿喜爱读书和击剑,曾经拿剑术游说卫元君,卫元君不肯任用他。此后,秦国征伐魏国,在占领的地方设置了东郡,把卫元君的亲属迁到野王去。

荆轲尝游过榆次[1],与盖聂论剑。盖聂怒而目之,荆轲出。人或言复召荆卿,盖聂曰:“曩者吾与论剑有不称者[2],吾目之;试往,是宜去,不敢留。”使使往之主人,荆卿则已驾而去榆次矣。使者还报,盖聂曰:“固去也,吾曩者目摄之!”

【注释】

①榆次:县名。战国属赵,今属山西。

②曩(nǎng):以往,从前。

【译文】

荆轲曾经出游经过榆次,和盖聂讨论剑术。盖聂发了脾气,眼睛瞪着他,荆轲便离去了。有人劝盖聂把荆卿召回来,盖聂说:“起先我和他讨论剑术,有看法不同的地方,我对他瞪眼睛;去试试看也好,他在这种情形下是应该走的,不敢留在这里。”派人到荆轲寄居的主人家,荆轲果然已经乘车离开榆次了。使者回来报告,盖聂说:“他当然要走的,我刚才的眼光把他震慑住了。”

荆轲游于邯郸,鲁句践与荆轲博,争道,鲁句践怒而叱之,荆轲嘿而逃去,遂不复会。

【译文】

荆轲出游到了邯郸,鲁国句践和荆轲下棋赌博,较量输赢,鲁句践恼怒了,呵斥他,荆轲没有反驳,默默地逃走了,以后再没有见面。

荆轲既至燕，爱燕之狗屠及善击筑者高渐离。荆轲嗜酒，日与狗屠及高渐离饮于燕市，酒酣以往，高渐离击筑，荆轲和而歌于市中，相乐也，已而相泣，旁若无人者。荆轲虽游于酒人乎，然其为人沈深好书[①]；其所游诸侯，尽与其贤豪长者相结。其之燕，燕之处士田光先生亦善待之，知其非庸人也。以上荆轲交游踪迹。

【注释】

①沈：同“沉”。

【译文】

荆轲游历到燕国，喜欢燕国一位杀狗的屠夫和擅长击筑的高渐离。荆轲爱好喝酒，每天与杀狗的屠夫及高渐离在燕国的街市上喝酒，喝到酣畅时，高渐离击筑，荆轲在市中和着节拍歌唱，互相为乐，可是过一会儿又相对着哭泣起来，旁若无人。荆轲虽然同酒徒们打交道，但他的为人却是沉着含蓄而且喜欢读书；他在所游历的诸侯国中，都是跟一些当地的贤达豪杰有名望的人结交。他到了燕国，燕国的隐士田光先生对待他也很好，知道他不是一个平庸的人。以上记荆轲的交游踪迹。

居顷之，会燕太子丹质秦亡归燕[①]。燕太子丹者，故尝质于赵，而秦王政生于赵，其少时与丹欢。及政立为秦王，而丹质于秦。秦王之遇燕太子丹不善，故丹怨而亡归。归而求为报秦王者，国小，力不能。其后秦日出兵山东以伐齐、楚、三晋，稍蚕食诸侯，且至于燕，燕君臣皆恐祸之至。太子丹患之，问其傅鞠武。武对曰：“秦地遍天下，威胁韩、魏、赵氏，北有甘泉、谷口之固[②]，南有泾、渭之沃，擅巴、汉之饶,右陇、蜀之山,左关、殽之险,民众而士厉,兵革有余。意有所出,则长城之南,易水以北,未有所定也。奈何以见陵之怨[3],欲批其逆鳞哉[4]!”丹曰:“然则何由?”对曰:“请入图之。”

【注释】

①燕太子丹:燕王喜之子。秦王政即位,燕太子丹到秦国做人质,燕王喜二十三年(前232),燕太子丹从秦国逃回燕国。

②甘泉:山名。在今陕西淳化西北。谷口:即寒门,在今陕西礼泉东北。

③陵:通“凌”。欺侮。

④批:触动。逆鳞:相传龙的喉下有逆鳞,触到它就要杀人。这里比喻秦王的凶残。

【译文】

过了不久,恰好碰上到秦国去做人质的燕国太子丹从秦国逃回到燕国。燕国太子丹,从前曾经在赵国做过人质,而秦王政是在赵国出生的,他年幼时和太子丹很要好。等到嬴政即位做了秦王,而太子丹恰好在秦国做人质。秦王对待燕太子丹不好,因此太子丹就怀着怨恨而逃回到燕国。回来以后,寻求向秦王报仇的人,但国家弱小,力不从心。此后秦国时常出兵殽山以东,攻打齐国、楚国和三晋,逐渐蚕食诸侯国,将要到达燕国了,燕国的君臣都惊恐大祸临头。太子丹很是忧虑,请教他的老师鞠武。鞠武回答说:“秦国的土地已经遍及天下了,威胁着韩、魏、赵等国,北边有坚固要塞甘泉山、谷口,南面有肥沃的泾河、渭水流域,占据着巴郡、汉中郡一带富饶地区,右边是陇山、蜀山那样的高山峻岭,左边是函谷关、殽山那样的险要地带,百姓众多而士卒勇猛,军备充裕。如果他想向外扩张,那么长城以南,易水以北的地带,就没有安定之日了。怎么可以因为受了欺侮的怨恨，就想去触犯秦国这样的凶残之国呢？”太子丹说：“那么该怎么办才好呢？”鞠武回答道：“希望从长计议这件事。”

居有间，秦将樊於期得罪于秦王，亡之燕，太子受而舍之。鞠武谏曰：“不可。夫以秦王之暴而积怒于燕，足为寒心，又况闻樊将军之所在乎？是谓‘委肉当饿虎之蹊’也，祸必不振矣[①]！虽有管、晏，不能为之谋也。愿太子疾遣樊将军入匈奴以灭口。请西约三晋，南连齐、楚，北购于单于[②]，其后乃可图也。”太子曰：“太傅之计，旷日弥久，心惛然[③]，恐不能须臾。且非独于此也，夫樊将军穷困于天下，归身于丹，丹终不以迫于强秦而弃所哀怜之交，置之匈奴，是固丹命卒之时也。愿太傅更虑之。”鞠武曰：“夫行危欲求安，造祸而求福，计浅而怨深，连结一人之后交，不顾国家之大害，此所谓‘资怨而助祸’矣。夫以鸿毛燎于炉炭之上，必无事矣。且以雕鸷之秦[④]，行怨暴之怒，岂足道哉！以上燕丹与鞠武谋秦。

【注释】

①振：通“赈”。救济，挽救。

②购：通“媾”。媾和，建立联盟关系。

③惛然：烦乱。惛，通“昏”。

④雕鸷(zhì)：两种猛禽，用来比喻秦朝的凶狠残暴。

【译文】

过了一些时候，秦国将领樊於期得罪了秦王，逃亡到燕国，太子丹收容他并且留他住了下来。鞠武劝谏说："不可以。像秦王这样暴虐的人，一直对燕国不满，想起来已够叫我们心寒胆战的了；更何况听说樊将军藏身到这里呢！这叫做'把肉抛掷到饿虎经过的路上'呀，祸害一定不能解救了。即使有管仲、晏子这样的贤人也不能替我们谋划了。希望太子赶快叫樊将军到匈奴去，以便消除秦国侵略燕国的借口。并请向西联络三晋，向南联合齐国、楚国，向北与匈奴单于讲和，然后才可以谋划对付秦国的办法。"太子说："老师的计划，实行起来旷日持久，我心里烦乱，恐怕一刻也等不了了。况且不仅如此，樊将军在世间遭到困厄，逃命到我这里来，我终不能因为强秦的威胁而抛弃我哀愁可怜的朋友，撵他到匈奴去，这种事情是我死也不会去做的。希望老师重新考虑。"鞠武说："你做了危险的事却想求得平安，制造了祸患而寻求幸福，计谋短浅而结怨很深，为了结交一个新知的朋友，便不顾国家的大害，这就是'加深怨恨而扩大祸患'了。把鸿毛放到炉火上去烤烧，必然无济于事。至于像凶猛的雕鸷一般的秦国，一旦对燕国发出怨恨凶暴的威怒来，那后果难道还用得着说吗？以上记太子丹与鞠武计划对付秦国。

"燕有田光先生，其为人知深而勇沉，可与谋。"太子曰："愿因太傅而得交于田先生，可乎？"鞠武曰："敬诺。"出见田先生，道"太子愿图国事于先生也"。田光曰："敬奉教。"乃造焉①。

【注释】

①造：去，前往。

【译文】

"燕国有一位田光先生，他为人智虑深远，而且勇敢沉着，可以和他商量谋划。"太子丹说："希望通过老师得以与田光先生交往，可以吗？"

鞠武说："遵命。"鞠武说完就出去见田先生说："太子希望和先生商讨国家大事呢。"田光说："敬请指教。"于是去拜访太子。

太子逢迎，却行为导，跪而蔽席[①]。田光坐定，左右无人，太子避席而请曰："燕、秦不两立，愿先生留意也。"田光曰："臣闻骐骥盛壮之时，一日而驰千里；至其衰老，驽马先之。今太子闻光盛壮之时，不知臣精已消亡矣。虽然，光不敢以图国事，所善荆卿可使也。"太子曰："愿因先生得结交于荆卿，可乎？"田光曰："敬诺。"即起，趋出。太子送至门，戒曰："丹所报，先生所言者，国之大事也，愿先生勿泄也！"田光俯而笑曰："诺。"偻行见荆卿，曰："光与子相善，燕国莫不知。今太子闻光壮盛之时，不知吾形已不逮也，幸而教之曰'燕、秦不两立，愿先生留意也'。光窃不自外，言足下于太子也，愿足下过太子于宫。"荆轲曰："谨奉教。"田光曰："吾闻之，长者为行，不使人疑之。今太子告光曰'所言者，国之大事也，愿先生勿泄'，是太子疑光也。夫为行而使人疑之，非节侠也。"欲自杀以激荆卿，曰："愿足下急过太子，言光已死，明不言也。"因遂自刎而死。

【注释】

①蔽：拂拭。

【译文】

太子出门迎了上来，退着走在前面引导田光，又跪下来为他拂扫了座席。田光坐定之后，左右没有人，太子离席起身请求说："燕、秦两国势不两立，希望先生多费心。"田光说："我听说良马强壮的时候，一日能驰骋千里,等到它衰老时,连最差的马也能够跑在它的前面。如今太子听说的是我年富力强时的事情,不知道我当年的精力现在已经都消耗完了。不过,我虽然不敢参与国事的讨论,但我所交好的荆卿可以为你效力。”太子说:“希望通过先生结识荆卿,可以吗?”田光说:“遵命。”立即起身快步走出。太子送到门口,嘱咐说:“我所告知你的,以及先生所说的话,都是国家大事,希望先生不要泄漏出去!”田光低着头笑了,说:“好。”田光弯着腰走去见荆卿,说:“我和你交情很深,燕国的人没有不知道的。现在太子听说了我年轻力壮时的事情,却不知道我的身体已经不行了。承蒙他看得起,告诉我说‘燕、秦两国势不两立,希望先生多费心’。我自以为和你不是外人,把你举荐给了太子,希望你到宫里去见太子。”荆轲说:“我恭敬地接受你的教诲。”田光说:“我听说,有德行的人办事,是不能使别人怀疑他的。今天太子告诫我说‘所谈的都是国家大事,希望先生不要泄漏’,这是太子不信任我。办事叫人不放心,不算是节义豪侠之士啊。”于是想以自杀来激励荆卿,说:“希望你赶快去见太子,告诉他田光已经自杀,表明我没有泄密。”因此就自刎而死。

荆轲遂见太子,言田光已死,致光之言。太子再拜而跪,膝行流涕,有顷而后言曰:“丹所以诫田先生毋言者,欲以成大事之谋也。今田先生以死明不言,岂丹之心哉!”以上田光荐荆轲见燕丹。

【译文】

于是荆轲去谒见太子,告知田光已经自杀,并且转达了田光临死时说的话。太子连拜了两拜后跪下,双膝跪着走,泪流满面,过了一会儿才说:“我之所以告诫田先生不要泄露秘密,是想保证这件大事能谋划成功。现在田先生竟然以自杀来证明他没有泄密,这哪里是我的本意啊！”以上记田光举荐荆轲见燕太子丹。

荆轲坐定，太子避席顿首曰：“田先生不知丹之不肖，使得至前，敢有所道，此天之所以哀燕而不弃其孤也。今秦有贪利之心，而欲不可足也。非尽天下之地，臣海内之王者，其意不厌。今秦已虏韩王，尽纳其地。又举兵南伐楚，北临赵。王翦将数十万之众距漳、邺①，而李信出太原、云中。赵不能支秦，必入臣，入臣则祸至燕。燕小弱，数困于兵，今计举国不足以当秦。诸侯服秦，莫敢合从。丹之私计愚，以为诚得天下之勇士使于秦，窥以重利；秦王贪，其势必得所愿矣。诚得劫秦王，使悉反诸侯侵地，若曹沫之与齐桓公，则大善矣；则不可，因而刺杀之。彼秦大将擅兵于外而内有乱，则君臣相疑，以其间诸侯得合从，其破秦必矣。此丹之上愿，而不知所委命，唯荆卿留意焉。”久之，荆轲曰：“此国之大事也，臣驽下，恐不足任使。”太子前顿首，固请毋让，然后许诺。于是尊荆卿为上卿，舍上舍。太子日造门下，供太牢具，异物间进，车骑美女恣荆轲所欲，以顺适其意。以上燕丹与荆轲谋刺秦王。

【注释】

①漳、邺：漳水、邺邑，在今河北临漳和河南安阳之间一带地区。

【译文】

荆轲坐定后，太子离开座位叩头说：“田先生不知道我的不才，使我得以到您面前，有所请教，这是上天垂怜燕国，不忍抛弃它的后人吧。现在秦国有贪利之心，而且欲望永不满足。不吞并掉天下所有的土地，让天下所有的国王完全臣服，它的野心是不会满足的。现在秦国已经俘虏了韩王，完全占领了韩国的土地。又发兵向南攻打楚国，向北逼近赵国。秦将王翦率领数十万兵力抵达漳水和邺邑一带，而李信出兵太原、云中。赵国抵挡不住秦国，必然会去称臣，赵国若臣服于秦国，那祸患就降临到燕国了。燕国国小势弱，多次遭受战乱困苦，如今估计即使竭尽燕国全力也不足以抵挡秦国。诸侯各国都臣服了秦国，没有谁敢合纵抗秦。我个人的愚蠢看法，以为要真能物色到天下的勇士，出使到秦国去，用重利去诱惑它；秦王贪心重，他势必被重利所打动，而劫持他的目的就可以达到了。若果真能劫持秦王，迫使他归还侵占的全部诸侯领土，就像曹沫胁迫齐桓公那样，那是最好的了；假若秦王不肯，就伺机刺杀他。那时秦国的大将们领兵在外，而国内又有了动乱，那么君臣便会互相猜疑，利用这混乱的空隙诸侯得以联合，那就一定能够破秦了。这是我的最大愿望，不过不知道应该把这一使命委托给谁，只有靠荆卿您费心了！”过了好久，荆轲才说：“这是国家的大事，臣下才智低劣无能，恐怕不配担当这个使命。”太子上前叩头，坚决请他不要谦让推辞，这样荆轲才答应了。于是太子尊荆轲为上卿，让他住上等的馆舍。太子每天到荆轲住的地方问候，供奉丰盛的食物，珍奇异物时时进献，又选送车马、美女，尽量满足荆轲的欲望，来迎合他的心意。以上记荆轲和燕太子丹谋划刺杀秦王。

久之，荆轲未有行意。秦将王翦破赵，虏赵王，尽收入其地，进兵北略地至燕南界。太子丹恐惧，乃请荆轲曰：“秦兵旦暮渡易水，则虽欲长侍足下，岂可得哉！”荆轲曰：“微太子言，臣愿谒之。今行而无信，则秦未可亲也。夫樊将军，秦王购之金千斤，邑万家。诚得樊将军首与燕督亢之地图[①]，奉献秦王，秦王必说见臣，臣乃得有以报。”太子曰：“樊将军穷困来归丹，丹不忍以己之私而伤长者之意，愿足下更虑之！”

【注释】

①督亢：燕国南界的肥沃之地，在今河北涿州一带。

【译文】

过了很久，荆轲还没有起身赴秦的意思。这时秦将王翦已攻破赵国，俘虏了赵王，完全占领了赵国的土地，向北进军攻城略地，到达了燕国南部边境。太子丹心里很恐惧，就去请求荆轲说：“秦军早晚要渡过易水，那样的话即使想长久侍奉你，哪里还能办到啊！”荆轲说：“就是太子不说，我也要去拜见您了。如果现在就去秦国，却没有使他相信的东西，那么还是没有可能接近秦王。那位樊将军，秦王为了捉拿他曾悬赏千金及万户人家的城邑。要是能得到樊将军的头，以及燕国最肥沃的督亢地方的地图，奉献给秦王，秦王一定会高兴地接见我，到那时我才有办法来为您效命。”太子说：“樊将军在极端困难的情形下来投靠我，我不忍为了自己的私事而伤了这位长者的心，希望你再替我另外想办法！”

荆轲知太子不忍，乃遂私见樊於期曰：“秦之遇将军可谓深矣，父母宗族皆为戮没。今闻购将军首金千斤，邑万家，将奈何？”於期仰天太息流涕曰：“於期每念之，常痛于骨髓，顾计不知所出耳！”荆轲曰：“今有一言可以解燕国之患，报将军之仇者，何如？”於期乃前曰：“为之奈何？”荆轲曰：“愿得将军之首以献秦王，秦王必喜而见臣，臣左手把其袖，右手揕其匈[①]，然则将军之仇报而燕见陵之愧除矣。将军岂有意乎？”樊於期偏袒搤捥而进曰[②]：“此臣之日夜切齿腐心也,乃今得闻教!”遂自刭。太子闻之,驰往,伏尸而哭,极哀。既已不可奈何,乃遂盛樊於期首函封之。以上取樊於期之首。

【注释】

①揕(zhèn):用刀剑刺。匈:通“胸”。

②搤:同“扼”。

【译文】

荆轲知道太子不忍心,便自己私下里去见樊於期,说:“秦王对待将军可以说是太刻毒了!你的父母族人统统被杀或被收为奴婢。现在又听说悬赏千斤黄金和万家城邑来求购将军的首级,你预备怎么办呢?”樊於期仰天长叹,流泪道:“我樊於期每当想到这些事情,常常觉得痛入骨髓,只是想不出办法来罢了!”荆轲说:“现在我有一个办法,可以解救燕国的患难,报将军的仇恨,你认为怎么样?”樊於期便走上前去,说:“什么办法?”荆轲说:“我希望得到将军的首级,来奉献给秦王,秦王必定高兴而召见我,那时我就用左手抓住他的衣袖,右手拿匕首击刺他的胸膛,这样,将军的仇报了,而燕国被欺凌的耻辱也消除了。将军有没有这样的想法呢?”樊於期袒露出一条臂膀,握住手腕,说:“这正是我日夜切齿痛心的事情,不想今天才得到你的教诲。”于是自杀。太子听说后,乘车驰往,伏在尸体上痛哭,极为悲哀。既然人已死了,也就无可奈何,于是只得包裹了樊於期的首级,装在匣子里封藏起来。以上记荆轲取得樊於期的首级。

于是太子豫求天下之利匕首,得赵人徐夫人匕首[①],取之百金,使工以药焠之,以试人,血濡缕,人无不立死者。乃装为遣荆卿。燕国有勇士秦舞阳,年十三,杀人,人不敢忤视②，乃令秦舞阳为副。荆轲有所待，欲与俱；其人居远未来，而为治行。顷之，未发，太子迟之，疑其改悔，乃复请曰："日已尽矣，荆卿岂有意哉？丹请得先遣秦舞阳。"荆轲怒，叱太子曰："何太子之遣？往而不反者，竖子也！且提一匕首入不测之强秦，仆所以留者，待吾客与俱。今太子迟之，请辞决矣！"以上求匕首及秦舞阳为副。

【注释】

①徐夫人：男子，姓徐，名夫人。

②忤（wǔ）视：反目而视。

【译文】

于是太子预先访求各处锋利的匕首，得到赵国徐夫人的匕首，花百金买了下来，叫工匠用毒药汁浸染在匕首的锋刃上，用人做试验，只要划破流下一丝儿血，人便没有不立刻死去的。于是便准备行装打发荆轲动身。燕国有个勇士秦舞阳，十三岁时杀过人，人们都不敢与他对视，便令秦舞阳作为副使。荆轲等待一个朋友，想和他同行，但那个人住得很远，还没有到来，荆轲便替那个人准备行装。耽搁了一段时间没有动身，太子嫌荆轲拖延了时间，怀疑他反悔，就又请求荆轲说："时间已很紧迫了，荆卿还有什么想法吗？我想先派秦舞阳走。"荆轲大怒，呵斥太子说："你为什么这样派遣人呢？受命前往而不思返回的人是无能之辈。况且只带一把匕首进入凶多吉少的强秦，我所以逗留不走的原因，是要等待我的友人来了一道去。如今太子既然认为我拖延，那么就此辞行诀别吧！"以上记访求匕首和让秦舞阳做副使。

遂发。太子及宾客知其事者，皆白衣冠以送之。至易水之上，既祖，取道，高渐离击筑，荆轲和而歌，为变徵之声[①]，士皆垂泪涕泣。又前而为歌曰："风萧萧兮易水寒，壮士一去兮不复还！"复为羽声慷慨，士皆瞋目，发尽上指冠。于是荆轲就车而去，终已不顾。

【注释】

①变徵（zhǐ）：古代基本音律分为宫、商、角、徵、羽五音。变徵相当于简谱"4"，这里指音调，相当于"E调"。

【译文】

荆轲于是动身出发。太子及知道这件事的宾客们，都穿着白衣服来为他送行。到了易水边，已经饯行之后，荆轲就要上路入秦了，这时高渐离击着筑，荆轲和着节拍唱歌，唱的是变徵凄凉的调子，送行的人都掉下泪来。荆轲又边往前走边唱道："风萧萧兮易水寒，壮士一去兮不复还！"又唱起悲壮慷慨的羽声调子，人们都瞪大眼睛，头发都竖起来了。于是荆轲登车而去，始终没再回头。

遂至秦，持千金之资币物，厚遗秦王宠臣中庶子蒙嘉。嘉为先言于秦王曰："燕王诚振怖大王之威[①]，不敢举兵以逆军吏，愿举国为内臣，比诸侯之列，给贡职如郡县，而得奉守先王之宗庙。恐惧不敢自陈，谨斩樊於期之头，及献燕督亢之地图，函封，燕王拜送于庭，使使以闻大王，唯大王命之。"秦王闻之，大喜，乃朝服，设九宾，见燕使者咸阳宫。以上荆轲入秦。

【注释】

①振怖：震动，恐怖。振，同"震"。

【译文】

不久荆轲到了秦国，拿着价值千金的礼物，厚赠给秦王的宠臣中庶子蒙嘉。蒙嘉先替荆轲向秦王报告说：“燕王实在惧怕大王的威力，不敢出兵抵抗大王的将士，愿意让全国上下都隶属于秦国作为臣子，排在附庸秦国的诸侯行列里，像郡县一样纳贡应差，以便奉守先王的宗庙。因害怕大王而不敢擅自来陈说，特地斩了樊於期的头，并献上燕国督亢地方的地图，装在匣子里封好，燕王亲自在朝堂上拜送，特派了使者前来禀告大王。敬候大王的命令。”秦王听了非常高兴，便穿上朝服，设九宾大礼，在咸阳宫召见燕国使臣。以上记荆轲进入秦国。

荆轲奉樊於期头函，而秦舞阳奉地图柙，以次进。至陛，秦舞阳色变振恐，群臣怪之。荆轲顾笑舞阳，前谢曰：“北蕃蛮夷之鄙人，未尝见天子，故振慑。愿大王少假借之，使得毕使于前。”秦王谓轲曰：“取舞阳所持地图。”轲既取图奏之，秦王发图，图穷而匕首见。因左手把秦王之袖，而右手持匕首揕之。未至身，秦王惊，自引而起，袖绝。拔剑，剑长，操其室。时惶急，剑坚，故不可立拔。荆轲逐秦王，秦王环柱而走。群臣皆愕，卒起不意[①]，尽失其度。而秦法，群臣侍殿上者不得持尺寸之兵；诸郎中执兵皆陈殿下，非有诏召不得上。方急时，不及召下兵，以故荆轲乃逐秦王。而卒惶急，无以击轲，而以手共搏之。是时侍医夏无且以其所奉药囊提荆轲也[②]。秦王方环柱走，卒惶急，不知所为，左右乃曰：“王负剑！”负剑，遂拔以击荆轲，断其左股。荆轲废，乃引其匕首以擿秦王[③]，不中，中桐柱。秦王复击轲，轲被八创。轲自知事不就，倚柱而笑，箕踞以骂曰：“事所以不成者，以欲生劫之，必得约契以报太子也。”于是左右既前杀轲，秦王不怡者良久。已而论功，赏群臣及当坐者各有差④，而赐夏无且黄金二百镒，曰：“无且爱我，乃以药囊提荆轲也。”以上荆轲刺秦王不中。

【注释】

①卒：通“猝”。突然。

②夏无且(jū)：秦始皇的侍医。提(dǐ)：投击。

③擿：同“掷”。

④当坐者：应当受罚的人。

【译文】

荆轲捧着盛有樊於期头颅的匣子，秦舞阳捧着装有地图的匣子，依次进入。到殿前的台阶下，秦舞阳惊恐失色，大臣们都觉得奇怪。荆轲回头笑看舞阳，走上前谢罪说：“北方蛮夷粗野的人，不曾见过天子，因而紧张。希望大王宽恕他一些，使他能在大王面前完成使者的任务。”秦王对荆轲说：“拿他所持的地图来。”荆轲便取过地图，呈上去，秦王打开地图来看，地图展到尾端时，匕首露了出来。荆轲趁机用左手抓住秦王的衣袖，右手拿起匕首直刺秦王。没有刺到秦王身上，秦王大惊，自己奋力跳了起来，衣袖都扯断了。秦王想拔剑，剑太长，只握住了剑鞘。这时他因惶恐紧张，剑又插得很牢固，所以不能立刻把剑拔出来。荆轲急忙追赶秦王，秦王绕着柱子急跑。群臣都非常惊慌愣在那里，因事起仓促，出人意料，全失了常态。而秦国的法律规定，大臣在殿里侍驾，不许携带任何武器；那些担任侍卫的郎中们手持武器，都只能列队站在殿下，没有诏令宣召不能上殿。在这危急的时刻，来不及召令殿下的士兵，因此荆轲便追赶着秦王。而大臣们惊慌着急，又没有东西可以击杀荆轲，只好一同徒手和他搏斗。这时，侍医夏无且用他捧着的药袋投击荆轲。秦王正绕柱而跑，仓促惊慌，始终不知该怎么办才好，左右群臣于是喊道：“大王背起剑！”秦王把剑背起，顺势拔出剑直砍荆轲，砍断了他的左腿。荆轲肢残了，于是举起匕首来掷向秦王，没有打中，打在柱子上。秦王又砍击荆轲，荆轲被砍伤了八处。荆轲自知谋刺不能成功，靠着柱子而笑，叉开腿蹲坐在地上骂道：“我的事情之所以不能成功，是因为想劫持你，胁迫你许下归还各国侵地的诺言，以便报答太子。”这时秦王左右的人上前杀死了荆轲，秦王心里好久都不愉快。过后评论功罪，对当赏当罚的群臣按照不同等次给予赏罚，赏赐夏无且黄金二百镒，说：“无且爱护我，才拿药袋投击荆轲啊。”以上记述荆轲刺杀秦王，没有成功。

于是秦王大怒，益发兵诣赵，诏王翦军以伐燕。十月而拔蓟城①。燕王喜、太子丹等尽率其精兵东保于辽东②。秦将李信追击燕王急，代王嘉乃遗燕王喜书曰：“秦所以尤追燕急者，以太子丹故也。今王诚杀丹献之秦王，秦王必解，而社稷幸得血食③。”其后李信追丹，丹匿衍水中，燕王乃使使斩太子丹，欲献之秦。秦复进兵攻之。后五年，秦卒灭燕，虏燕王喜。以上秦灭燕。

【注释】

①蓟城：燕都城，在今北京德胜门外土城关。

②辽东：辽河以东，即今辽宁辽阳一带。

③血食：享受肉食。这里指祭祀。社稷尚得祭祀，即表明国家未亡。

【译文】

因为这件事，秦王大怒，增派军队前往赵国，诏令王翦的军队去攻打燕国。十个月后攻下了燕都蓟城。燕王喜、太子丹等带着他们的精锐部队向东逃到辽东固守着。秦将李信追击燕王很急,代王嘉便写信给燕王喜说:“秦国之所以特别急迫地追击燕王,是因为太子丹的缘故。如今大王假如能杀了太子丹,把他的头献给秦王,秦王必定解兵退去,而燕国还可以侥幸不致灭亡。”此后李信追击太子丹,太子丹藏匿在衍水一带,燕王派人斩了太子丹,打算把他的头献给秦王。然而秦国还是进兵攻燕。五年后,秦国终于灭了燕国,活捉了燕王喜。以上记秦国灭燕国。

其明年,秦并天下,立号为皇帝。于是秦逐太子丹、荆轲之客,皆亡。高渐离变名姓为人庸保,匿作于宋子[①]。久之,作苦,闻其家堂上客击筑,彷徨不能去。每出言曰:“彼有善有不善。”从者以告其主,曰:“彼庸乃知音,窃言是非。”家丈人召使前击筑,一坐称善,赐酒。而高渐离念久隐畏约无穷时,乃退,出其装匣中筑与其善衣,更容貌而前。举坐客皆惊,下与抗礼,以为上客。使击筑而歌,客无不流涕而去者。宋子传客之,闻于秦始皇。秦始皇召见,人有识者,乃曰:“高渐离也。”秦皇帝惜其善击筑,重赦之,乃矐其目[②]。使击筑,未尝不称善。稍益近之,高渐离乃以铅置筑中,复进得近,举筑朴秦皇帝[③],不中。于是遂诛高渐离,终身不复近诸侯之人。

【注释】

①宋子:地名。在今河北赵县北。

②矐(huò):使人失明。

③朴:通"扑"。撞击。

【译文】

第二年,秦国兼并了天下,建立了皇帝的尊号。于是,秦国就通缉太子丹、荆轲的党羽,这些人都四处逃亡了。高渐离改名换姓,给人家做佣工,躲藏在宋子这个地方。时间一久,他做工做得辛苦时,听到主人家的厅堂上有客人击筑,便徘徊着舍不得离去。常常脱口而说道:"那击筑的,有的击得好,有的不怎么样。"一道做工的佣人把这些话告诉主人,说:"那个佣工是个懂音乐的人,背地里评论击筑的好坏。"主人便叫他到堂上击筑,所有在座的宾客都称赞他击得好,赐给他酒喝。高渐离思忖,长久地隐匿躲藏下去是没有尽头的,便辞退出来,拿出他行装匣子里的筑和他的好衣服,恢复本来面目,再走回堂前来。所有在座的客人都大吃一惊,走下堂来和他以平等的礼节相见,把他当作贵宾。请他击筑唱歌,客人们没有不流着眼泪离开的。宋子那个地方的人轮流请他做客,后来秦始皇听说了这件事。秦始皇召见他,人们有认识他的,就说:"这就是高渐离啊!"秦始皇爱惜他擅长击筑,于是就特别赦免他,只弄瞎了他的眼睛。让他击筑,没有一次不称善叫好的。逐渐地秦始皇更加接近他,高渐离便把铅块放在筑里面,等到他进宫接近秦始皇的时候,他举起筑扑向秦始皇,没有击中。于是秦始皇便杀了高渐离,以后终身不再接近诸侯国的遗民。

鲁句践已闻荆轲之刺秦王,私曰:"嗟乎,惜哉,其不讲于刺剑之术也!甚矣,吾不知人也!曩者吾叱之,彼乃以我为非人也!"以上高渐离、鲁句践事。

【译文】

鲁句践听说荆轲刺秦王的事情后,私下里叹道:"唉!可惜他不精通剌剑的技术啊！真是呀，我也太不了解他了！从前我斥责他，他肯定是把我看成非同道了！”以上记高渐离和鲁国人句践的事迹。

太史公曰：世言荆轲，其称太子丹之命“天雨粟，马生角”也，太过。又言荆轲伤秦王，皆非也。始公孙季功、董生与夏无且游，具知其事，为余道之如是。自曹沫至荆轲五人，此其义或成或不成，然其立意较然，不欺其志，名垂后世，岂妄也哉！

【译文】

太史公评论说：世上的人们谈论荆轲的事情，称说太子丹的命运是“天降粟米，马儿长角”，说得太过了。又说荆轲刺伤了秦王，这都是不正确的。当初公孙季功、董生和夏无且有交往，详细地了解事情的经过，他们向我讲的就是这样。从曹沫到荆轲这五个人，论他们的义行，有成功的，有不成功的，但他们立意都很明显，没有背弃他们自己的志向，英名流芳后世，难道是虚妄的吗！

魏其武安侯列传

【题解】

本文虽题为《魏其武安侯列传》，实际上是魏其侯窦婴、武安侯田蚡、将军灌夫三人的合传。

文章通过叙述窦婴与田蚡之间的矛盾斗争，揭露了汉代统治集团内部尔虞我诈、相互倾轧的一面，具有深刻的社会意义。窦婴的为人正直、荐进贤士，灌夫的倔强不屈、不凌弱小，以及田蚡的仗势害人、专横跋扈，在传中都有逼真描写，表明了作者的爱憎。在表现汉景帝与窦太后、王太后与窦太后、汉武帝与王太后之间的权力之争时，文章用笔却很含蓄，这是读者在阅读这篇传记时所应该注意的。

魏其侯窦婴者，孝文后从兄子也[①]。父世观津人[②]。喜宾客。孝文时，婴为吴相，病免。孝景初即位，为詹事[③]。

【注释】

①孝文后：即汉景帝的母亲窦太后。

②观津：汉县名。治所在今河北武邑东南。

③詹事：掌管皇后、太子宫中事务的官员。

【译文】

魏其侯窦婴，是孝文皇后的侄子。从他父亲以上，世代家居观津，喜欢交结宾客。孝文帝时，窦婴是吴国国相，因病免职。孝景帝即位，起用窦婴为詹事。

梁孝王者，孝景弟也，其母窦太后爱之。梁孝王朝，因昆弟燕饮。是时上未立太子，酒酣，从容言曰："千秋之后传梁王。"太后欢。窦婴引卮酒进上，曰："天下者，高祖天下，父子相传，此汉之约也，上何以得擅传梁王！"太后由此憎窦婴。窦婴亦薄其官，因病免。太后除窦婴门籍，不得入朝请。以上魏其因抑梁孝王见疏废。

【译文】

梁孝王是汉景帝的弟弟，他的母亲窦太后很喜欢他。梁孝王入朝觐见，以亲兄弟的身份出席皇帝的宴会。当时皇上还没有册立太子，喝酒喝到高兴时，孝景帝满不在乎地说："我死之后，把王位传给梁王。"太后听了十分高兴。这时窦婴举了一杯酒，献给景帝说："天下是高祖的天下，帝位应父子相传，这是汉朝的法定制度，皇上怎么可以擅自做主传位给梁王呢！"窦太后因此憎恨窦婴。窦婴也嫌詹事官职太小，便托病辞职。窦太后于是把准许窦婴出入宫禁的名籍除掉，不准他进宫朝见。以上记魏其侯窦婴因为抑制梁孝王而被疏远废弃。

孝景三年，吴、楚反，上察宗室诸窦毋如窦婴贤，乃召婴。婴入见，固辞谢病不足任。太后亦惭。于是上曰："天下方有急，王孙宁可以让邪？"乃拜婴为大将军，赐金千斤。婴乃言袁盎、栾布诸名将贤士在家者进之。所赐金，陈之廊庑下，军吏过，辄令财取为用①，金无入家者。窦婴守荥阳，监齐、赵兵。七国兵已尽破，封婴为魏其侯。诸游士宾客争归魏其侯。孝景时每朝议大事，条侯、魏其侯，诸列侯莫敢与亢礼②。以上魏其因破七国复贵盛。

【注释】

①财取为用：酌量用度，随便取去。财，通"裁"。裁酌。

②亢礼：平等的礼仪。亢，同"抗"。

【译文】

孝景帝三年，吴、楚起兵叛变，皇帝遍查刘氏宗族和外戚窦氏诸人，都没有像窦婴那样有才智的人，于是征召窦婴。窦婴入朝见皇帝以后，他坚决推辞，借口有病，不足以担当重任。窦太后至此也感到惭愧。皇上说："现在天下正有危难，你怎么可以推辞呢？"就任命窦婴为大将军，赏赐给他黄金千斤。这时袁盎、栾布等名将贤士都退职在家，窦婴就向景帝推荐他们，起用他们。窦婴把皇帝赏给他的金子都摆在廊下和穿堂之中，每逢属下的军吏来见，就叫他们随意取去用，从没有把赏赐的金子拿到私宅去。窦婴坐镇荥阳，监督齐、赵两路讨伐军队。等到七国叛军都被平定，就封窦婴为魏其侯。这时那些游说的士人和宾客都争相投奔魏其侯门下。孝景帝每当上朝和群臣商议大事，别的大臣都不敢和条侯周亚夫、魏其侯窦婴平起平坐。以上记述魏其侯窦婴因平定七国之乱有功而再次地位尊贵，权势鼎盛。

孝景四年，立栗太子，使魏其侯为太子傅。孝景七年，栗太子废，魏其数争不能得。魏其谢病，屏居蓝田南山之下数月，诸宾客辩士说之，莫能来。梁人高遂乃说魏其曰："能富贵将军者，上也；能亲将军者，太后也。今将军傅太子，太子废而不能争；争不能得，又弗能死。自引谢病①，拥赵女，屏闲处而不朝。相提而论，是自明扬主上之过。有如两宫螫将军②，则妻子毋类矣③。"魏其侯然之，乃遂起，朝请如故。

【注释】

①自引谢病：托病走开。

②两宫：这里指太后和汉景帝。螫（shì）：蜂、蝎用针刺刺人，这里指忌恨、加害。

③妻子毋类：妻和子都被诛灭。毋类，绝种，一个不留。

【译文】

孝景帝四年，立栗太子，命魏其侯当太子的老师。孝景帝七年，栗太子被废，窦婴多次谏争，都没有结果。他便托病退居，在蓝田山下闲居了好几个月，许多宾客和辩士前去规劝，没有人能把他劝回来。梁国人高遂对魏其侯说："能使您富贵的是皇上，能使您成为朝廷亲信的是太后。现在您当太子的老师，太子被废不能争辩；争辩没有人听，又不能去死。自己托病引退，拥着歌姬美女，闲居在山下而不肯入京朝见。相比而言，这是自我表白而宣扬皇上的过失。假使皇上和太后都对您不满而又加害于您，那您的妻子、儿子无一能幸免。”窦婴认为高遂说得对，便复出任事，和从前一样上朝觐见皇帝。

桃侯免相[①]，窦太后数言魏其侯。孝景帝曰：“太后岂以为臣有爱[②]，不相魏其？魏其者，沾沾自喜耳，多易[③]。难以为相，持重。”遂不用，用建陵侯卫绾为丞相。以上魏其因谏栗太子事复见疏。

【注释】

①桃侯：名刘舍。

②爱：爱惜，吝惜。

③多易：常常草率从事。

【译文】

当桃侯刘舍被免去相位时，窦太后多次推荐魏其侯当丞相。景帝说：“太后难道以为我有所吝惜，而不让魏其侯当丞相？魏其侯这个人骄傲自满，做事往往轻率随便。很难让他做丞相，担当重任。”终于没有任用他，让建陵侯卫绾当了丞相。以上记魏其侯因谏阻废栗太子之事再次被疏远。

武安侯田蚡者，孝景后同母弟也，生长陵。魏其已为大将军后，方盛，蚡为诸郎，未贵，往来侍酒魏其，跪起如子侄[①]。及孝景晚节，蚡益贵幸，为太中大夫。蚡辩有口，学《槃盂》诸书[②]，王太后贤之。孝景崩，即日太子立，称制[③]，所镇抚多有田蚡宾客计策。蚡弟田胜，皆以太后弟，孝景后三年封蚡为武安侯，胜为周阳侯。武安侯新欲用事为相，卑下宾客，进名士家居者贵之，欲以倾魏其诸将相。以上武安初封侯贵盛。

【注释】

①子侄：《史记》作“子姓”，意同。

②《槃盂》诸书：相传为黄帝史官孔甲所作的铭文，书写在槃盂等器物上。

③称制：代行皇帝的职权。

【译文】

武安侯田蚡，是孝景帝皇后的同母弟弟，生在长陵。魏其侯已经当了大将军、正当权力兴盛之时，田蚡只是个普通郎官，还没有显贵，往来于窦婴家，陪侍窦婴饮酒，时跪时起，恭敬得像是窦家的晚辈一样。到景帝晚年，田蚡高升而且得宠，任职太中大夫。田蚡善辩论，有口才，能传习古文字，王太后更看重他。景帝去世，同日太子即位，由太后摄政称制，所有安抚、镇压的事大多采纳田蚡及其宾客的计策。田蚡弟弟田胜，都因是太后弟弟，景帝后元三年，封田蚡为武安侯，田胜为周阳侯。武安侯开始想当权做丞相，谦恭自下，延揽宾客，推荐闲居在家有名望的人，给予优厚的待遇，想以此排挤窦婴一派的将相们。以上记述武安侯开始封侯势盛。

建元元年[1]，丞相绾病免，上议置丞相、太尉。籍福说武安侯曰：“魏其贵久矣，天下士素归之。今将军初兴，未如魏其，即上以将军为丞相，必让魏其。魏其为丞相，将军必为太尉。太尉、丞相尊等耳，又有让贤名。”武安侯乃微言太后风上[2]，于是乃以魏其侯为丞相，武安侯为太尉。籍福贺魏其侯，因吊曰[③]："君侯资性喜善疾恶，方今善人誉君侯，故至丞相；然君侯且疾恶，恶人众，亦且毁君侯。君侯能兼容，则幸久；不能，今以毁去矣。"魏其不听。以上魏其为丞相。

【注释】

①建元元年：前140年。建元，汉武帝年号（前140—前135）。

②微言：委婉地说。风：同"讽"。暗示的意思。

③吊：这里指告诫、警告、提醒。

【译文】

建元元年，丞相卫绾因病免官，皇帝让大臣们讨论谁来担任丞相、太尉。籍福劝武安侯说："魏其侯显贵已很久了，天下的贤士一向归附他。现在您刚刚显贵，不能和魏其侯相比，如果皇上有意用您为丞相，您一定要把相位让给魏其侯。魏其侯当了丞相，您一定做太尉。太尉和丞相地位同样尊贵，这样您既得了太尉，又有了让相给贤者的好名声。"武安侯就把这一意见含蓄地告诉了太后，让她转达给皇帝，于是皇上让魏其侯当了丞相，武安侯当了太尉。籍福向魏其侯祝贺，顺便规劝他说："君侯的本性喜善嫉恶，现在好人称道大人，所以您当了丞相；但是您嫉恨恶人，恶人相当多，他们也会谤毁您的。如果您对好人和坏人都能宽容些，那么您的相位就能维持长久；否则，马上就会受到人家的诽谤而失掉相位。"魏其侯没有听从他的话。以上记魏其侯窦婴任丞相。

魏其、武安俱好儒术，推毂赵绾为御史大夫[①]，王臧为郎中令。迎鲁申公，欲设明堂[②]，令列侯就国，除关，以礼为服制，以兴太平。举適诸窦宗室毋节行者，除其属籍。时诸外家为列侯，列侯多尚公主，皆不欲就国，以故毁日至窦太后。太后好黄、老之言，而魏其、武安、赵绾、王臧等务隆推儒术，贬道家言，是以窦太后滋不说魏其等。及建元二年，御史大夫赵绾请无奏事东宫③。窦太后大怒，乃罢逐赵绾、王臧等，而免丞相、太尉，以柏至侯许昌为丞相，武强侯庄青翟为御史大夫。魏其、武安由此以侯家居。以上魏其、武安皆以儒术罢绌。

【注释】

①推毂(gǔ)：本指推车前进，这里借以比喻推荐人才。毂，车轴。

②明堂：古代帝王宣明政教的地方。

③东宫：当时太后居于长乐宫，长乐宫在大内东部。这里借指太后。

【译文】

魏其侯、武安侯都喜欢儒家学说，推举赵绾为御史大夫，王臧为郎中令。请来鲁申公，准备设立明堂，让诸侯都回到自己的封地上去，废除关禁，按照古礼来规定服制，用以表明太平的气象。并且检举窦氏和刘氏宗室中品行不好的人，除掉他们在族谱中的名字。当时许多外戚是列侯，他们大多娶公主为妻，都不愿回到他们的封地去，因此毁谤窦婴等人的话天天都传到窦太后的耳朵里。窦太后喜欢黄老学说，而魏其侯、武安侯、赵绾、王臧等人却极力推崇儒家学说，贬低道家学说，所以窦太后越来越不喜欢窦婴等人。到了建元二年，御史大夫赵绾请武帝不要再把政事奏告窦太后，不想让窦太后干预政事。窦太后大怒，就罢免了赵绾、王臧等人，并且撤了丞相、太尉的职，用柏至侯许昌作丞相，武强侯庄青翟任御史大夫。从此，魏其侯、武安侯只以侯的身份在家闲居。以上记魏其侯窦婴、武安侯田蚡都因推崇儒家学说被罢免。

武安侯虽不任职，以王太后故，亲幸，数言事多效，天下吏士趋势利者，皆去魏其归武安，武安日益横。建元六年，窦太后崩，丞相昌、御史大夫青翟坐丧事不办，免。以武安侯蚡为丞相，以大司农韩安国为御史大夫。天下士郡诸侯愈益附武安。

【译文】

武安侯虽然不担任官职了，但因为王太后的关系，仍然受到皇帝的宠爱，屡次议论政事，大多被采纳，天下趋炎附势的官吏和士人，都离开魏其侯跑到武安侯的门下，武安侯一天比一天骄横起来。建元六年，窦太后去世，丞相许昌、御史大夫庄青翟因操办窦太后的丧事不力，都被免职。于是皇上任用武安侯田蚡为丞相，任用大司农韩安国为御史大夫。于是天下的士人、郡国的官吏和诸侯王更加依附武安侯了。

武安者，貌侵[①]，生贵甚。又以为诸侯王多长，上初即位，富于春秋，蚡以肺腑为京师相，非痛折节以礼诎之，天下不肃。当是时，丞相入奏事，坐语移日，所言皆听。荐人或起家至二千石，权移主上。上乃曰："君除吏已尽未[②]？吾亦欲除吏。"尝请考工地益宅，上怒曰："君何不遂取武库！"是后乃退。尝召客饮，坐其兄盖侯南乡，自坐东乡，以为汉相尊，不可以兄故私桡。武安由此滋骄，治宅甲诸第，田园极膏腴，而市买郡县器物相属于道。前堂罗钟鼓，立曲旃[③]；后房妇女以百数。诸侯奉金玉狗马玩好，不可胜数。

【注释】

①貌侵：容貌丑恶。侵，同"寝"。

②除吏：除去旧职换新职，后来以新授官职称除授。

③曲旃：一种旗子。曲，指旗杆上端是弯的。旃，指用整幅帛制成的长幡。

【译文】

武安侯相貌丑陋，出身却异常尊贵。他认为当时的诸侯王都年纪较大，新皇帝刚刚继位，年纪还很轻，自己以外戚的地位来当丞相，如果不狠狠地以礼法制服诸侯，那天下便不能整肃。在那个时候，丞相入朝奏事，往往一坐就是很久，他所提的意见，皇帝一概接受。他所推荐的人，有的由家居一下提拔到二千石的职位，皇帝的权力逐渐转移到他手里。于是皇帝说："你委任的官吏任用完了没有？我也想委任几个官呢！"有一回，他向皇上请求占用考工衙门的余地扩建自己的私宅，皇上大怒，对他说："你何不把我的武库也一起占用了呢？"从这以后，他才稍稍收敛了一些。有一次，他请客人喝酒，让他的哥哥盖侯面向南坐，他自己却面向东坐，认为汉朝的丞相尊贵，不能因为自己哥哥的缘故，就私自降低了自己的身份。从此以后，田蚡更加骄横，他所修建的住宅是所有贵族府第中最好的，他的田地庄园都是非常肥沃的土地，他派到郡县去采购名贵器物的人，在路上络绎不绝。家中前堂排列了钟鼓，树立着整幅绣帛制作的曲柄长幡，后院妇女有数百人。诸侯奉送给他的珍宝、狗马及古玩陈设，数都数不清。

魏其失窦太后，益疏不用，无势，诸客稍稍自引而怠傲，唯灌将军独不失故。魏其日默默不得志，而独厚遇灌将军。以上武安为丞相鼎盛，魏其日疏。

【译文】

魏其侯失去窦太后的庇护，更加被疏远，不受重用，没有权势，门下的许多宾客渐渐地离开了他，甚至对魏其侯态度傲慢，唯独灌将军对他不改变原来的态度。魏其侯因不得志而闷闷不乐，只是对灌将军很优待。以上记武安侯田蚡担任丞相，权势鼎盛，魏其侯窦婴却日益被皇帝疏远。

灌将军夫者，颍阴人也[①]。夫父张孟，尝为颍阴侯婴舍人，得幸，因进之至二千石，故蒙灌氏姓为灌孟。吴、楚反时，颍阴侯灌何为将军，属太尉，请灌孟为校尉。夫以千人与父俱。灌孟年老，颍阴侯强请之，郁郁不得意，故战常陷坚，遂死吴军中。军法，父子俱从军，有死事，得与丧归。灌夫不肯随丧归，奋曰："愿取吴王若将军头，以报父之仇。"于是灌夫被甲持戟，募军中壮士所善愿从者数十人。及出壁门，莫敢前。独二人及从奴十数骑驰入吴军，至吴将麾下，所杀伤数十人。不得前，复驰还，走入汉壁，皆亡其奴，独与一骑归。夫身中大创十余，适有万金良药，故得无死。夫创少瘳，又复请将军曰："吾益知吴壁中曲折，请复往。"将军壮义之，恐亡夫，乃言太尉，太尉乃固止之。吴已破，灌夫以此名闻天下。以上灌夫因破吴军知名。

【注释】

①颍阴：汉县名。治所在今河南许昌。

【译文】

将军灌夫是颍阴人。他的父亲张孟，曾经当过颍阴侯灌婴的家人，很受宠信，因此被灌婴推荐，当官至二千石，所以用了灌氏的姓，改名灌孟。吴、楚两国造反时，颍阴侯灌何为将军，隶属于太尉周亚夫，向太尉举荐灌孟为校尉。灌夫也带了一千人跟他父亲同行。当时灌孟年纪已很大了，太尉本来不想用他，由于颍阴侯坚决举荐，才答应让灌孟做校尉，因此灌孟郁郁不得志，战斗时常冲击敌阵的坚固处，终于战死在吴国军中。按照当时的军法规定，凡是父子都从军的，如有一人战死，未死者可以护送灵柩回乡。但灌夫不肯扶丧回家，他激奋地说："我要取吴王或者吴将的头，来报杀父之仇。"于是灌夫披甲持戟，召集军中素来和他相好并情愿跟他一起去的壮士几十人。等到走出营门时，大多不敢再前进。只有两人和随从的奴仆十几骑冲入吴军中，一直攻到吴军的将旗之下，杀伤了几十个敌人。因为无法再向前冲，才又退回汉营，家奴都阵亡了，只有他与一骑一人归来。灌夫身受重伤十多处，恰好有名贵的良药把创伤治好，才没有死。灌夫的伤略微好了一些，又去请命于将军说："我现在更加熟悉吴营中的地形了，请允许我再次出战。"灌何对灌夫的勇气很钦佩，对他的行为也很同情，深恐灌夫再去有性命危险，于是把这件事告知太尉，太尉坚决阻止他去。等到吴军被打败后，灌夫也名闻天下。以上记灌夫因打败吴军而闻名天下。

颍阴侯言之上，上以夫为中郎将。数月，坐法去。后家居长安，长安中诸公莫弗称之。孝景时，至代相。孝景崩，今上初即位，以为淮阳天下交，劲兵处，故徙夫为淮阳太守。建元元年，入为太仆。二年，夫与长乐卫尉窦甫饮，轻重不得，夫醉，搏甫。甫，窦太后昆弟也。上恐太后诛夫，徙为燕相。数岁，坐法去官，家居长安。以上灌夫历官及两次失职家居。

【译文】

灌何把灌夫的英勇行为报告了皇帝，景帝就任命灌夫为中郎将。几个月后，因为犯法而免官。后来灌夫搬到长安去住，京师里的诸多显贵没有不称赞灌夫的。孝景帝时，灌夫官至代相。景帝死，武帝刚刚即位，认为淮阳是天下的交通枢纽，必须驻扎强大兵力加以防守，因此调任灌夫为淮阳太守。建元元年，由淮阳太守内调为太仆。建元二年，灌夫和长乐卫尉窦甫饮酒，发生争执，当时灌夫已经酒醉，就出手打了窦甫。窦甫本是窦太后的兄弟，皇上怕太后杀灌夫，调他任燕相。几年后又因违法免官，居住在长安家中。以上记灌夫的为官经历及两次免官居家。

灌夫为人刚直使酒，不好面谀。贵戚诸有势在己之右，不欲加礼，必陵之；诸士在己之左，愈贫贱，尤益敬，与钧[1]。稠人广众，荐宠下辈。士亦以此多之[2]。

【注释】

①钧：通“均”。

②多：推重。

【译文】

灌夫为人刚强直爽，常使酒任性，不喜欢当面恭维人。对一些权势在他之上的贵戚，他不愿特别恭敬他们，而且一定要冒犯他们；对一些地位比他低下的士人，越是贫贱，他越是敬重他们，以平等的礼节对待他们。在大庭广众之下，对于地位低下的后进总是推荐夸奖。因此一般人士都很敬重他。

夫不喜文学，好任侠，已然诺。诸所与交通，无非豪桀大猾。家累数千万，食客日数十百人。陂池田园，宗族宾客为权利，横于颍川。颍川儿乃歌之曰：“颍水清，灌氏宁；颍水浊，灌氏族。”

【译文】

灌夫不喜欢斯斯文文，好仗义任侠，答应了人家的事一定办到。那些和他交往的人，无不是有名有势的豪强或狡黠之徒。他家中的资产有几千万，每天的食客有几十上百人。他在居所修建池塘、田地庄园，灌夫的宗族宾客往往争权夺利，在颍川一带横行无忌。于是颍川的儿童为此而作歌道："颍水清清，灌家安宁；颍水混浊，灌家灭族。"

灌夫家居虽富，然失势，卿相侍中宾客益衰。及魏其侯失势，亦欲倚灌夫引绳批根生平慕之后弃之者①，灌夫亦倚魏其而通列侯宗室为名高。两人相为引重，其游如父子然。相得欢甚，无厌，恨相知晚也。以上灌夫富豪及失势后与魏其相得。

【注释】

①引绳批根：互相合力，排斥异己。

【译文】

灌夫家中虽然很富有，但失去势力，位居卿相、侍中的显贵及宾客们都逐渐和他疏远了。等到魏其侯失势时，想依靠灌夫去同那些趋炎附势的人算账，而灌夫也想利用魏其侯的关系交接那些列侯和宗室们，以提高自己的名声。两个人互相攀引借重，过往亲密得如父子一般。两人极为投契，毫不嫌忌，只恨相知太晚了。以上记灌夫家富豪以及失势后同魏其侯窦婴非常要好。

灌夫有服①，过丞相。丞相从容曰："吾欲与仲孺过魏其侯，会仲孺有服。"灌夫曰："将军乃肯幸临况魏其侯②，夫安敢以服为解！请语魏其侯帐具③，将军旦日蚤临。"武安许诺。灌夫具语魏其侯如所谓武安侯。魏其与其夫人益市牛酒,夜洒埽,早帐具至旦。平明,令门下候伺。至日中,丞相不来。魏其谓灌夫曰:“丞相岂忘之哉?”灌夫不怿[4],曰:“夫以服请,宜往。”乃驾,自往迎丞相。丞相特前戏许灌夫,殊无意往。及夫至门,丞相尚卧。于是夫入见,曰:“将军昨日幸许过魏其,魏其夫妻治具,自旦至今,未敢尝食。”武安鄂谢曰:“吾昨日醉,忽忘与仲孺言。”乃驾往,又徐行,灌夫愈益怒。及饮酒酣,夫起舞属丞相[5],丞相不起,夫从坐上语侵之。魏其乃扶灌夫去,谢丞相。丞相卒饮至夜,极欢而去。以上武安饮魏其家。

【注释】

①有服:居丧之意。服指旧时丧礼规定穿戴的丧服。

②临况:犹言光临、惠顾。况,通“贶”。恩赐。

③帐具:指一切陈设用的器具。

④不怿(yì):不高兴。怿,悦。

⑤属:请。

【译文】

灌夫家有丧事,在服丧期内,登门拜访丞相田蚡。田蚡漫不经心地说:“我想和你一起去拜访魏其侯,恰值你在服丧期间,不便前往。”灌夫说:“将军居然肯屈驾拜访魏其侯,我怎敢因服丧而推辞呢?让我先通知魏其侯,好叫他有所准备,请您明天早点光临。”武安侯答应了。灌夫就把与武安侯相约的详情原原本本告诉了魏其侯。魏其侯与夫人特地买了许多酒肉,连夜打扫房屋,早早陈设起来,直忙到天明。天刚亮,魏其侯就命家人等在门外探听侍候。但是到了中午,田蚡也没来。魏其侯对灌夫说:“丞相难道忘了吗?”灌夫很不高兴地说:“我不嫌在服丧期间请他践约，他应该前来。”于是就驾了车，亲自前往迎接丞相。丞相昨天只是顺口答应了灌夫，根本没有打算真的去赴宴。等灌夫到他家时，丞相还在睡觉。于是灌夫进去见他说：“昨天幸蒙丞相答应去拜访魏其侯，魏其侯夫妇已经置办好酒席，从早晨等到现在，还没敢开席呢！”田蚡一愣，表示歉意说：“我昨天喝醉了，一时忘了和你的约会。”于是坐车前往，路上走得很慢，灌夫更加生气。等酒喝到高兴时，灌夫起舞，舞毕邀请丞相，田蚡竟不起身，灌夫便在酒筵上用话冒犯丞相。魏其侯忙把灌夫扶下去，向田蚡表示歉意。田蚡一直喝酒到深夜，才尽兴而归。以上记述武安侯田蚡到魏其侯窦婴家喝酒。

丞相尝使籍福请魏其城南田。魏其大望曰[①]：“老仆虽弃，将军虽贵，宁可以势夺乎！”不许。灌夫闻，怒，骂籍福。籍福恶两人有郄，乃谩自好谢丞相曰[②]：“魏其老且死，易忍，且待之。”已而武安闻魏其、灌夫实怒不予田，亦怒曰：“魏其子尝杀人，蚡活之。蚡事魏其无所不可，何爱数顷田？且灌夫何与也？吾不敢复求田。”武安由此大怨灌夫、魏其。

【注释】

①望：怨恨。

②谩：欺蒙，诡诈。

【译文】

丞相曾派籍福求取魏其侯在城南的土地。魏其侯大为怨恨，说：“我虽被朝廷废弃不用，将军尽管在高位，难道就可以仗势硬夺我的土地吗？”不肯答应。灌夫听说后，非常生气，大骂籍福。籍福不愿让田蚡和窦婴之间发生矛盾，就撒了一个谎，自己用好言去回报丞相，说：“魏其侯年事已高，就要死了，再忍些日子也不难，姑且再等一等吧！”不久，武安侯听说魏其侯和灌夫是出于愤怒而不肯把田地给他，也很生气，说："魏其侯的儿子曾犯了杀人大罪，是我救了他。我服事魏其侯的时候，没有什么事不肯依他，为什么他却吝惜这几顷田地呢！况且这跟灌夫有什么相干！我不敢再要这块地了。"从此，武安侯对魏其侯、灌夫二人大为怨恨。

元光四年春，丞相言灌夫家在颍川，横甚，民苦之，请案[①]。上曰："此丞相事，何请。"灌夫亦持丞相阴事，为奸利，受淮南王金与语言。宾客居间，遂止，俱解。以上灌夫与武安搆衅。

【注释】

①案：检查，核实。

【译文】

元光四年的春天，丞相奏言灌夫家在颍川极为骄横，百姓都深受其苦，请求皇帝查办灌夫。皇帝说："这是丞相职内的事，何必请示！"灌夫也抓住了丞相的短处作为要挟：用不正当的手段谋取个人的私利，收受淮南王的贿赂，泄漏不该说的话。后来因宾客们从中调解，双方才停止互相攻击，怨恨也得到了缓解。以上记灌夫和武安侯田蚡之间结怨。

夏，丞相取燕王女为夫人，有太后诏，召列侯宗室皆往贺。魏其侯过灌夫，欲与俱。夫谢曰："夫数以酒失得过丞相，丞相今者又与夫有郄。"魏其曰："事已解。"强与俱。饮酒酣，武安起为寿，坐皆避席伏。已魏其侯为寿，独故人避席耳，余半膝席[①]。灌夫不悦。起行酒，至武安，武安膝席曰："不能满觞。"夫怒，因嘻笑曰："将军贵人也，属之！"时武安不肯。行酒次至临汝侯[2]，临汝侯方与程不识耳语，又不避席。夫无所发怒，乃骂临汝侯曰："生平毁程不识不直一钱，今日长者为寿，乃效女儿呫嗫耳语[3]！"武安谓灌夫曰："程、李俱东西宫卫尉，今众辱程将军，仲孺独不为李将军地乎？"灌夫曰："今日斩头陷匈，何知程、李乎！"坐乃起更衣，稍稍去。魏其侯去，麾灌夫出。武安遂怒曰："此吾骄灌夫罪。"乃令骑留灌夫，灌夫欲出不得。籍福起为谢，案灌夫项令谢。夫愈怒，不肯谢。武安乃麾骑缚夫置传舍，召长史曰："今日召宗室，有诏。"劾灌夫骂坐不敬，系居室。遂按其前事，遣吏分曹逐捕诸灌氏支属，皆得弃市罪。以上灌夫骂坐。

【注释】

①膝席：跪在座席上。这里是说其余客人只是欠身直腰跪起，而身未离席。

②临汝侯：指灌贤，刘邦功臣灌婴之孙。

③呫嗫（chè niè）：低声耳语。

【译文】

这年夏天，丞相娶燕王的女儿为夫人，太后下了诏令，叫列侯宗室都前往祝贺。魏其侯去找灌夫，打算和他一起去。灌夫推辞说："我屡次因为酒醉失礼而得罪了丞相，并且丞相近来和我有仇。"魏其侯说："事情已经过去了。"硬拉灌夫一起去。酒喝到高兴的时候，武安侯起身为客人敬酒，所有的宾客都离开席位，伏在地上，表示不敢当。轮到魏其侯敬酒时，只有那些与魏其侯有旧交情的人才离席，其余的客人不过半起长跪在席上。灌夫看在眼里，心里很不高兴。灌夫起身依次给人斟酒，斟到武安侯时，武安侯双膝长跪在席上，说："我不能再喝满杯了。”灌夫很生气,就嬉笑着说:“您是个贵人,但还是请饮满一杯吧!”但武安侯还是不肯。斟酒斟到临汝侯,临汝侯正在跟程不识悄悄地附耳讲话,又不离坐。灌夫一肚子怒气无处发泄,就大骂临汝侯道:“你平时诽谤程不识,把他贬得一钱不值,现在长辈向你敬酒,你反倒学小女孩的样子咬着耳朵叽叽咕咕地说个没完!”武安侯对灌夫说:“程不识和李广都是宫廷的卫尉,现在你当众羞辱程将军,难道你就不替李将军留点面子?”灌夫说:“今天杀我的头穿我的胸,我都不在乎,还管什么程啊李的!”席上的客人们看见势头不妙,便起身托词上厕所,陆续地散去。魏其侯也起身离去,并挥手叫灌夫也赶快走。武安侯于是生气地说:“这是我平时宠惯了灌夫的过错。”便命令手下的人把灌夫扣留下来,灌夫想走也走不了了。籍福赶紧站起来为灌夫向丞相赔礼,并且用手按着灌夫的脖子,让他低头认错。灌夫更加愤怒,不肯认错。武安侯于是命令手下的人把灌夫捆起来,看管在客馆里,并把长史找来说:“今天宴请宾客,是奉太后的旨意。”于是弹劾灌夫,说他在宴席上辱骂宾客,轻侮旨意,应按不敬罪处理,关押在居室狱中。同时重提旧案,彻查灌夫在颍川的种种不法行为,派遣差吏分头捉拿灌家各支的亲属,都判决为杀头示众的罪名。以上记灌夫在酒席上骂人。

魏其侯大愧,为资使宾客请,莫能解。武安吏皆为耳目,诸灌氏皆亡匿,夫系,遂不得告言武安阴事。魏其锐身为救灌夫,夫人谏魏其曰:“灌将军得罪丞相,与太后家忤,宁可救邪?”魏其侯曰:“侯自我得之,自我捐之,无所恨。且终不令灌仲孺独死,婴独生。”乃匿其家,窃出上书。立召入,具言灌夫醉饱事,不足诛。上然之,赐魏其食,曰:“东朝廷辩之[1]。”以上魏其出救灌夫。

【注释】

①东朝：指太后所居住的东宫。

【译文】

魏其侯感到十分懊悔，出钱请宾客为灌夫讲情，没有成功。武安侯的手下即是他的耳目，灌家漏网的人都分头逃窜和躲藏起来了，灌夫本人又被拘押着，因而他们不可能再揭发武安侯的种种罪行。魏其侯挺身而出全力营救灌夫，他的夫人劝他说："灌将军得罪了丞相，和太后家的人作对，难道能救得了吗？"魏其侯说："侯爵是我自己挣来的，现在由我把它抛掉，也没什么可遗憾的。何况我也绝不能让灌夫一个人去死，而我窦婴倒一个人活着！"于是瞒着家里人，私自出来上书给皇帝。皇帝立刻把他召进宫里，窦婴详细说明了灌夫酒醉失态的事情，认为这够不上重刑和死罪。皇帝赞同他的看法，便赐魏其侯一起吃饭，说："到东宫那里去公开辩论这件事吧。"以上记魏其侯窦婴出手营救灌夫。

魏其之东朝，盛推灌夫之善，言其醉饱得过，乃丞相以他事诬罪之。武安又盛毁灌夫所为横恣，罪逆不道。魏其度不可奈何，因言丞相短。武安曰："天下幸而安乐无事，蚡得为肺腑，所好音乐狗马田宅。蚡所爱倡优巧匠之属，不如魏其、灌夫日夜招聚天下豪桀壮士与论议，腹诽而心谤，不仰视天而俯画地，辟倪两宫间①，幸天下有变，而欲有大功。臣乃不知魏其等所为。"于是上问朝臣："两人孰是？"御史大夫韩安国曰："魏其言灌夫父死事，身荷戟驰入不测之吴军，身被数十创，名冠三军，此天下壮士，非有大恶，争杯酒，不足引他过以诛也。魏其言是也。丞相亦言灌夫通奸猾，侵细民，家累巨万，横恣颍川，凌轹宗室②，侵犯骨肉，此所谓

‘枝大于本，胫大于股，不折必披’，丞相言亦是。唯明主裁之。”主爵都尉汲黯是魏其。内史郑当时是魏其，后不敢坚对。余皆莫敢对。上怒内史曰：“公平生数言魏其、武安长短，今日廷论，局趣效辕下驹[③]，吾并斩若属矣。”即罢起入，上食太后。太后亦已使人候伺，具以告太后。太后怒，不食，曰：“今我在也，而人皆藉吾弟[④]，令我百岁后，皆鱼肉之矣。且帝宁能为石人邪！此特帝在，即录录，设百岁后，是属宁有可信者乎？”上谢曰：“俱宗室外家，故廷辩之。不然，此一狱吏所决耳。”是时郎中令石建为上分别言两人事。

【注释】

①辟倪：通“睥睨”。斜视。

②凌轹（lì）：糟蹋。凌，凌驾、欺压。轹，本指车轮碾压，这里指欺凌。

③局趣：指局促，拘束。趣，通“促”。

④藉（jí）：践踏，欺凌。

【译文】

魏其侯到了东宫，极力推奖灌夫的长处，说他这回是酒后失言，而丞相却用别的事端来诬害灌夫。武安侯又极力诋毁灌夫，说他所作所为骄横而且放纵，他的罪行实为大逆不道。魏其侯揣度对田蚡再没有其他办法了，就揭出了田蚡的短处。武安侯说：“天下有幸平安无事，我得以充任朝廷的重臣，我所爱好的只是音乐田宅狗马而已。我所喜爱的歌舞乐人、能工巧匠之类，远不如魏其侯、灌夫日夜招募天下豪杰壮士和他们商量讨论，心怀不满，暗地里诽谤朝政，不是仰视天文，便是俯画地理，窥测太后和皇上的动静，希望天下变乱，妄图趁机建立大功。我不明白魏其侯他们究竟在那里干什么。”于是皇上问在朝的大臣们：

“窦婴、田蚡两个人谁是谁非?”御史大夫韩安国说:“魏其侯说,灌夫父亲当年为国战死,他亲自持戟闯入险恶的吴军营中,身上受了几十处重伤,名冠三军,他是天下少见的勇士,没有太大的罪,只不过是喝醉了酒而发生了口角,不应该援引别的过失来杀他。魏其侯的话有道理。丞相说,灌夫勾结奸猾不轨之徒,侵夺小民,家财积累多达千万,在颍川任意横行,触犯宗室,欺凌皇族,这正像俗语说的‘树枝比树干粗,小腿比大腿粗,结果不是折断就一定会分裂’,丞相说得也对。只有请圣明的皇帝自己裁决两家的是非了。”主爵都尉汲黯认为魏其侯说得对。内史郑当时也以魏其侯所说的为是,但后来却又不敢坚持自己的意见去回答皇帝。其余的人都没敢发表意见。皇上嫌内史不敢坚持己见,就向他发怒道:“你平时多次谈论魏其侯、武安侯的长短,今天当廷公开辩论,却又像驾在车辕下的马一样畏首畏尾,我把你们这些家伙一并斩了!”于是皇帝罢朝起身,入内宫侍候太后吃饭。太后也已经派人在暗中探听朝廷辩论的情况,这些人已把详细情况告诉了太后。太后生了气,不吃饭,说:“现在我还活着,他们竟敢作践我的弟弟;假若我死了之后,别人就会像对待鱼肉一样任意宰割我的弟弟了。况且皇上你能做一个石头人吗?特别是现在皇帝尚健在,这班大臣就只知随声附和;假若皇帝不在了,这班人还能靠得住吗?”皇上解释说:“魏其侯和武安侯两家都是外戚,所以让他们在朝廷上辩论。否则,一个狱吏就可以决断这件事。”这时,郎中令石建把窦婴和田蚡两个人的事分别向皇上做了介绍。

武安已罢朝,出止车门,召韩御史大夫载,怒曰:“与长孺共一老秃翁,何为首鼠两端?”韩御史良久谓丞相曰:“君何不自喜[①]? 夫魏其毁君,君当免冠解印绶归,曰‘臣以肺腑幸得待罪,固非其任,魏其言皆是’。如此,上必多君有让,不废君。魏其必内愧，杜门齰舌自杀[2]。今人毁君，君亦毁人，譬如贾竖女子争言，何其无大体也！”武安谢罪曰：“争时急，不知出此。”以上魏其、武安廷辩。

【注释】

①不自喜：不自重，不自爱。

②齰(zé)舌：缄口不说话。齰，啮，咬。

【译文】

武安侯下朝出了宫禁的外门，招呼御史大夫韩安国乘自己的车子同行，生气地说：“我和你共同对付一个秃老头子有什么难办的，为什么还犹豫不定呢？”韩安国沉默了好一会儿，才对田蚡说：“你为什么不自爱自重呢？魏其侯攻击你，你应当向皇帝免冠解下印绶谢罪，辞职回家，说：‘我因为是皇帝至亲的缘故，侥幸身居相位，本来是不能胜任的，魏其侯对我的批评是对的。’这样，皇帝一定会赞美你有谦让的美德，不让你辞职。魏其侯一定会因此内心惭愧，关起门来咬舌自杀。现在别人攻击你，你也攻击别人，好像奸商泼妇吵架一样，多么不识大体啊！”武安侯认错说：“我在朝廷争辩时性子太急，没有想到这么做。”以上记魏其侯窦婴、武安侯田蚡在朝廷上辩论。

于是上使御史簿责魏其所言灌夫，颇不雠，欺谩。劾系都司空[1]。孝景时，魏其常受遗诏[2]，曰：“事有不便，以便宜论上。”及系，灌夫罪至族，事日急，诸公莫敢复明言于上。魏其乃使昆弟子上书言之，幸得复召见。书奏上，而案尚书大行无遗诏。诏书独藏魏其家，家丞封。乃劾魏其矫先帝诏，罪当弃市。五年十月，悉论灌夫及家属。魏其良久乃闻，闻即恚[3]，病痱[4]，不食欲死。或闻上无意杀魏其，魏其复食，治病。议定不死矣，乃有蜚语为恶言闻上，故以十二月晦论弃市渭城。以上灌夫族诛，魏其弃市。

【注释】

①都司空：宗正的属官，主管诏狱（皇帝发来的案犯）。

②常：通“尝”。曾经。

③恚（huì）：恼恨，发怒。

④痱（fèi）：风病。

【译文】

后来皇帝又派御史按文书查考魏其侯所说的有关灌夫的情况，发现很多不符合事实的地方，犯了欺骗皇帝的罪。于是魏其侯受到御史的弹劾，被拘押在都司空衙门的狱中。当孝景帝临终的时候，魏其侯曾接受一份遗诏，遗诏上说：“遇到麻烦，可以看情况向皇帝报告说明。”等到灌夫被捕后，罪该灭族，情况一天比一天紧急，大臣们谁也不敢再向皇帝提起这件事。魏其侯只好让他的侄子上书，说明受有遗诏，希望能得到再被召见的机会。上书奏给皇帝后，查对尚书省的档案，却找不到先帝的这份遗诏。这道诏书只藏在魏其侯家中，由其家臣盖印封存。于是魏其侯又被指控伪造先帝的遗诏，罪应处死。元光五年十月，灌夫和他的家属全部被处决了。魏其侯过了许久才听到这个消息，听说后非常恼怒、悲愤，得了中风的大病，拒绝进食，只想死去。后来又听说皇上没有杀他的意思，这才恢复了饮食，医疗病体。朝廷已经决定不把魏其侯处死刑了，但是，这时竟然又有流言传播，说魏其侯的坏话，被皇帝听到，因此就在这年十二月的最后一天，魏其侯在渭城的大街上被斩首示众。以上记灌夫灭族，魏其侯窦婴被杀。

其春，武安侯病，专呼服谢罪。使巫视鬼者视之，见魏其、灌夫共守，欲杀之。竟死。子恬嗣。元朔三年[①]，武安侯坐衣襜褕入宫[②]，不敬[③]。

【注释】

①元朔三年：前126年。元朔，汉武帝年号（前128—前123）。

②襜褕（chān yú）：短衣，不是进宫朝见该穿的衣服。

③不敬：据梁玉绳考证，此下缺“国除”二字。《惠景间侯者年表》作“坐衣襜褕入宫廷中，不敬，国除。”

【译文】

次年春天，武安侯病了，不停地大声呼叫，承认自己有罪，谢罪不止。请了能看见鬼的巫师来诊视他的病，巫师看见魏其侯、灌夫两个鬼魂共同守住武安侯，想要杀他。田蚡终于死去。他的儿子田恬继承了武安侯的封号。元朔三年，田恬因没有穿朝服走进宫廷，犯了大不敬的罪。

淮南王安谋反觉，治。王前朝，武安侯为太尉，时迎王至霸上，谓王曰：“上未有太子，大王最贤，高祖孙，即宫车晏驾，非大王立当谁哉！”淮南王大喜，厚遗金财物。上自魏其时不直武安，特为太后故耳。及闻淮南王金事，上曰：“使武安侯在者，族矣。”

【译文】

后来，淮南王刘安准备谋反的事被发觉了，朝廷下令彻查严办。淮南王之前曾进京朝见，当时田蚡是太尉，到灞上迎接淮南王说：“皇帝现在还没有太子，大王您最英明，是高祖的嫡孙，一旦皇帝去世，不立大王，还有谁可立呢？”淮南王听了非常高兴，送给田蚡许多金银财物。皇帝自从魏其侯被杀时起，就对田蚡不满，只因碍于太后的缘故，不便把他怎样罢了。等听说武安侯接受淮南王赠金的事，就说："假如武安侯还活着的话，也该灭族了！"

太史公曰：魏其、武安皆以外戚重，灌夫用一时决策而名显。魏其之举以吴、楚，武安之贵在日月之际。然魏其诚不知时变，灌夫无术而不逊，两人相翼，乃成祸乱。武安负贵而好权，杯酒责望，陷彼两贤。呜呼哀哉！迁怒及人，命亦不延。众庶不载，竟被恶言。呜呼哀哉！祸所从来矣！

【译文】

太史公说：魏其侯、武安侯都是因外戚的身份而被重用，灌夫则是因为一时勇敢驰入吴军报父仇而出名。魏其侯是因平定吴楚七国之乱而发迹。武安侯的尊贵是凭借武帝刚继位和窦太后、王太后当权的机会。但是魏其侯实在不懂随时变通的道理，灌夫没有手腕而又不肯谦让，二人互相依重，终于酿成了祸害。武安侯仗恃自己显贵的地位，喜欢玩弄权术，因为一杯酒的怨愤，竟然陷害了两位贤人。唉，真是可悲啊！因为恨灌夫而兼及窦婴，结果连自己的性命也没有保住。朝野上下都不推重，终于蒙受了坏名声。唉，真正可悲可叹！这就是招致祸患的缘由啊！

游侠列传

【题解】

本文是《史记》中一篇专叙游侠的类传。

这些游侠有某些共同特点：敢于蔑视统治者的法网禁令，仗义行侠，铤而走险，扶危济困；言必信，行必果，已诺必践，不爱其躯，不矜其能。尽管他们的行为在社会上影响较大，但是儒、墨等家的学者们对他们的事迹往往加以排斥而不予载录，以至湮灭而不可考见。对此，司马迁深感不平，于是专门为他们作传（参见《太史公自序》）。在当时罢黜百家、独尊儒术的政治气氛下，作者能把视线和笔触投注到社会下层，是非常难能可贵的。

韩子曰："儒以文乱法，而侠以武犯禁。"二者皆讥，而学士多称于世云。至如以术取宰相卿大夫，辅翼其世主，功名俱著于春秋，固无可言者。及若季次、原宪①，闾巷人也，读书怀独行君子之德，义不苟合当世，当世亦笑之。故季次、原宪终身空室蓬户，褐衣疏食不厌②。死而已四百余年，而弟子志之不倦。今游侠，其行虽不轨于正义，然其言必信，其行必果，已诺必诚，不爱其躯，赴士之厄困，既已存亡死生矣，而不矜其能，羞伐其德，盖亦有足多者焉。

【注释】

①季次：孔子弟子，齐人，名公皙哀，字季次。原宪：孔子弟子，鲁人，字子思。

②疏食：粗糙的食物。

【译文】

韩非子说："儒生往往用文辞扰乱国家的法律，而侠士则往往因勇武触犯国家的禁令。"这二者虽然同样遭到非议和讥笑，但儒学之士还是被后世称道的多。至于像那以权术取得宰相卿大夫的职位，辅佐当世的君主，从而使自己的功名记载在史册上的人们，当然没什么好说的。而像那季次、原宪，是居家而没有出仕，勤苦读书，身怀特立独行的君子德操，抱守道义不肯同世俗苟合，当世的人也讥笑他们。所以季次、原宪只能终身居住在草房破屋里，连粗衣淡饭都不够。他们去世已四百多年了，但他们的弟子仍然不断地纪念他们，称赞他们。今天的游侠之士，他们的行为虽然和正义不合，然而他们言必信，行必果，已经答应别人的事情，一定会真心实意去办，不惜牺牲自己的生命，去救济别人的艰难困苦，出生入死之后，也不夸耀自己的才能，羞于表扬自己的德义，大概也有值得赞美的地方啊。

且缓急，人之所时有也。太史公曰：昔者虞舜窘于井廪①，伊尹负于鼎俎②，傅说匿于傅险③，吕尚困于棘津，夷吾桎梏④，百里饭牛，仲尼畏匡，菜色陈、蔡。此皆学士所谓有道仁人也，犹然遭此灾，况以中材而涉乱世之末流乎⑤？其遇害何可胜道哉！

【注释】

①虞舜窘于井廪（lǐn）：传说舜的父亲瞽叟，偏爱后妻之子象，存心杀害舜，他吩咐舜涂廪、穿井，却故意放火烧廪，推土下井，欲置舜于死地，但舜都设法逃脱了灾祸。廪，粮仓。

②伊尹负于鼎俎：伊尹操持鼎俎，为商汤和五味，供饮食。鼎，烹食用具。

③傅说（yuè）：殷王武丁的贤相，原来隐匿在傅险的地方，从事筑墙行业。

④桎梏（zhì gù）：刑具，指手铐脚镣。

⑤末流：原指河流的下游，这里指衰乱时代的不良风气。

【译文】

况且危急的事情是人人都会时常遇到的。太史公说：从前虞舜曾经被困在粮仓上和深井里，伊尹曾经做过厨子，傅说曾隐逸埋没在傅险，吕尚曾经受困于棘津，管仲曾被戴手铐脚镣，百里奚曾经给人喂过牛，孔子在匡地遭受围困，过陈、蔡两国挨过饿。这些都是读书人所称道的仁人君子，他们尚且遭受过这样的灾难，更何况中等才能的人而又处在极端的衰微乱世呢？他们遇到的灾害怎么能说得完呢。

鄙人有言曰：“何知仁义，已飨其利者为有德。”故伯夷丑周，饿死首阳山，而文、武不以其故贬王；跖、蹻暴戾，其徒诵义无穷。由此观之，“窃钩者诛，窃国者侯，侯之门仁义存”，非虚言也。

【译文】

俗话说：“知道仁义有什么用呢？已经获得利益的就是有德。”所以伯夷认为周攻伐商纣是不道德的行为，不食周粟而饿死在首阳山，但周文王、周武王并不因此而有损王者声誉；盗跖、庄蹻凶暴残忍，，但他们的党徒却不断地歌颂他的德义。由此看来，庄子所说的“偷钩的人被诛杀，窃国的人成为诸侯，王侯所做的都合乎仁义”，不无道理。

今拘学或抱咫尺之义，久孤于世，岂若卑论侪俗，与世沉浮而取荣名哉[①]！而布衣之徒，设取予然诺，千里诵义，为死不顾世，此亦有所长，非苟而已也。故士穷窘而得委命，此岂非人之所谓贤豪间者邪[②]？诚使乡曲之侠，予季次、原宪比权量力，效功于当世，不同日而论矣。要以功见言信，侠客之义又曷可少哉！

【注释】

①侪(chái)俗:平庸之辈。侪,等,辈。俗,平庸。

②间者:间隔一定时期才出现的人才,引申为杰出的人才。

【译文】

现在那些拘守仁义的学士,抱持着他们认定的区区道义,长期孤立于世间,哪里能比得上言论卑下随同流俗,与世浮沉却取得荣耀声名的人呢!然而平民游侠之辈,自立取予的节操,信守诺言,使千里之远的人都称颂他的风仪,即使为义牺牲,也不顾虑世人的是非评论,这也是他们这些人意志坚决的长处,并不是苟且敷衍的人所能做到的。因此,士人在困顿窘迫的时候能得到的可托付自己生命的人,难道不就是人们所说的那种贤能杰出的人物吗?如果使民间游侠和季次、原宪那样的人来比较智能,看谁对社会有贡献,那可真是不可同日而语了。如果以对社会的贡献和言必有信的观点来看,那么侠客的行义又怎么可以轻视呢!

古布衣之侠,靡得而闻已。近世延陵、孟尝、春申、平原、信陵之徒,皆因王者亲属,藉于有土卿相之富厚,招天下贤者,显名诸侯,不可谓不贤者矣。比如顺风而呼,声非加疾,其埶激也。至如闾巷之侠,修行砥名[①],声施于天下,莫不称贤,是为难耳。然儒、墨皆排摈不载。自秦以前,匹夫之侠,湮灭不见[②],余甚恨之。以余所闻,汉兴有朱家、田仲、王公、剧孟、郭解之徒,虽时扞当世之文罔[③],然其私义廉洁退让,有足称者。名不虚立,士不虚附。至如朋党宗强比周,设财役贫,豪暴侵凌孤弱,恣欲自快,游侠亦丑之。余悲世俗不察其意,而猥以朱家、郭解等令与暴豪之徒同类而共笑之也[④]。

【注释】

①砥：琢磨，磨砺。

②湮（yīn）：埋没。

③扞：同“捍（hàn）”。违反，触犯。

④猥（wěi）：滥，杂。

【译文】

古代平民侠士的事迹已经听不到了。近世的延陵君季札、孟尝君田文、春申君黄歇、平原君赵胜、信陵君魏无忌诸公子，都因为是王侯的亲属，凭借着有封邑的卿相的地位，享有富厚的家资，招揽天下的贤士，因此显名于诸侯，不能说他们不是贤明的人。这就像顺着风而呼喊，声音并没有加快、加大，而听到的人特别清楚，这是风势把它激荡传播罢了。至于说到民间的侠士，他们的修养德行、砥砺名节，名声传扬于天下，天下人没有不称说他们贤明的，这才是难于做到的啊。然而儒、墨两家都摒弃游侠，不记载他们的事迹。自秦往上推，平民侠士都湮没无闻，我觉得非常遗憾。以我所听到的，从汉朝建立之后，游侠之士有朱家、田仲、王公、剧孟、郭解这样一些人，虽然他们时常违犯当世的法网，然而他们自己的行为都那么廉洁退让，有值得称赞的地方。游侠的声名不是凭空树立的，许多人也不是凭空去依附他们的。至于像那些朋党和强宗豪族互相勾结，掌握大量的资财以役使贫苦的百姓，以豪势暴力侵凌势孤力弱的人，放纵私欲以满足自己，游侠也以这种行为为羞耻。对于现在世俗的人不去认真考察游侠们的思想行为，而乱把朱家、郭解等游侠之士跟那些横行不法之徒看作同类而一起加以讥笑，我很感到悲哀！

鲁朱家者，与高祖同时。鲁人皆以儒教，而朱家用侠闻。所藏活豪士以百数，其余庸人不可胜言。然终不伐其能，歆其德[1]，诸所尝施，唯恐见之。振人不赡，先从贫贱始。家无余财，衣不完采[2]，食不重味[3]，乘不过軥牛[4]。专趋人之急，甚己之私。既阴脱季布将军之厄，及布尊贵，终身不见也。自关以东，莫不延颈愿交焉[5]。

【注释】

①歆(xīn)：欣喜，悦服。这里指自满，炫耀。

②采：同“彩”。

③重味：多种菜肴。

④軥(gōu)牛：挽軥的小牛。軥，车轭两边下伸反曲以夹马颈的部分。

⑤延颈：伸长脖子，写人们迫切希望与朱家交往。

【译文】

鲁地的朱家，和汉高祖是同时代人。鲁地的人大都推崇儒教，只有朱家以任侠而出名。被他藏匿救活的豪士有好几百人，其他平凡的人受他庇护的就更多了。但他始终不夸耀自己的能力，也不自我陶醉于施予他人的恩德，唯恐再遇到那些曾经受他施舍救济过的人。赈济人家的不足，先从贫贱的人开始。他自己家中并没有多余的钱财，所穿的衣服都是陈旧的，吃的也很简单，乘坐的不过是小牛车。专为救济人家的困厄，胜过办自己的私事。曾暗中帮季布将军脱离困厄，等季布的地位尊贵后，他终身不再见季布。从函谷关以东地方的人，没有不殷切盼望和他结交的。

楚田仲以侠闻，喜剑，父事朱家，自以为行弗及。田仲已死，而雒阳有剧孟。周人以商贾为资[1]，而剧孟以任侠显诸侯。吴、楚反时，条侯为太尉，乘传车将至河南[2]，得剧孟，喜曰:“吴、楚举大事而不求孟,吾知其无能为已矣。”天下骚动,宰相得之若得一敌国云。剧孟行大类朱家,而好博,多少年之戏。然剧孟母死,自远方送丧盖千乘。及剧孟死,家无余十金之财。而符离人王孟亦以侠称江、淮之间。

【注释】

①周人:洛阳人,因洛阳原来是周王朝的都城,故那里的人也被称为周人。

②传(zhuàn)车:驿站里的车子。

【译文】

楚地的田仲以游侠而闻名天下,喜欢剑术,像服侍父辈那样服侍朱家,自己认为品行比不上朱家。田仲死后,洛阳地方有个剧孟。洛阳人大都靠经商为生,而剧孟以任侠显名于诸侯。汉景帝三年,吴、楚等国反叛时,条侯周亚夫当太尉,乘驿站的车子,在快到河南的地方,得见剧孟,条侯高兴地说:“吴、楚等国兴兵图谋大业却不去寻找剧孟,我料定他们不会成什么气候了。”当时天下动乱,宰相得到剧孟就像得到一个国家一样。剧孟行为像朱家,但喜欢赌博,大多是些年轻人的游戏。然而剧孟的母亲去世时,从远地而来送葬的车子有一千多辆。到剧孟死时,他家里没有剩下十金的财产。而当时符离人王孟也以任侠著称于江淮一带。

是时济南瞯氏、陈周庸亦以豪闻[①],景帝闻之,使使尽诛此属。其后代诸白、梁韩无辟、阳翟薛兄、陕韩孺纷纷复出焉[②]。

【注释】

①瞯(xián):姓。

②兄:读为"况"。

【译文】

当时济南的瞯氏、陈地的周庸也以豪侠闻名,景帝听到这个消息后,派人把这些豪侠都杀掉了。这以后,代地的几个姓白的、梁地的韩无辟、阳翟的薛况、陕地的韩孺等豪侠又纷纷地再现出来。

郭解,轵人也,字翁伯,善相人者许负外孙也。解父以任侠,孝文时诛死。解为人短小精悍,不饮酒。少时阴贼[1],慨不快意,身所杀甚众。以躯借交报仇[2],藏命作奸[3],剽攻不休[4],及铸钱掘冢,固不可胜数。适有天幸,窘急常得脱,若遇赦。及解年长,更折节为俭[5],以德报怨,厚施而薄望。然其自喜为侠益甚。既已振人之命,不矜其功,其阴贼著于心,卒发于睚眦如故云。而少年慕其行,亦辄为报仇,不使知也。解姊子负解之势[6],与人饮,使之嚼[7]。非其任,强必灌之。人怒,拔刀刺杀解姊子,亡去。解姊怒曰:"以翁伯之义,人杀吾子,贼不得。"弃其尸于道,弗葬,欲以辱解。解使人微知贼处。贼窘自归,具以实告解。解曰:"公杀之固当,吾儿不直。"遂去其贼,罪其姊子,乃收而葬之。诸公闻之,皆多解之义,益附焉。

【注释】

①阴贼:内心狠毒。

②交:朋友。

③藏命：隐藏亡命之徒。作奸：犯法。

④剽攻：抢掠，劫夺。

⑤折节为俭：转变操行，抑制自己。俭，抑制，约束。

⑥负：依靠。

⑦嚼：同“釂(jiào)”。喝干杯中酒。

【译文】

郭解是轵地人，字翁伯，是看相人许负的外孙。郭解的父亲因为任侠，在汉文帝时被处死。郭解长得短小精悍，不喝酒。年轻时心狠手辣，感到不快意时，就动手杀人，亲自杀害的人很多。以身相许为朋友报仇，藏匿逃犯，违法犯禁，抢劫不休，以及私自盗铸钱币，挖坟盗墓，更是不可胜数。但他遇到上天的保佑，常常能在窘迫危亡的时候得以逃脱，或是遇到大赦。等郭解年岁大了后，他转变操行，检点自己的行为，以德报怨，给予别人的很丰厚，但对人家要求却很少。然而他却更加喜欢行侠仗义。他救了别人的性命后，从不夸耀自己的功德，但他的狠毒深藏于心，遇到小事爆发的习性，仍旧和从前一样。而有些年轻人仰慕他的为人，也常常替他报仇，而不让郭解本人知道。郭解姐姐的儿子依仗着郭解的势力，和别人一起喝酒时，要别人把酒喝干。那人酒量不行，喝不完，便强行灌下去。那人愤怒了，拔出刀将郭解姐姐的儿子杀死，然后逃亡而去。郭解的姐姐愤怒地说：“以我弟弟翁伯的义气，别人杀了我的儿子，而杀人的凶手却抓不到。”便将她儿子的尸体抛弃在路旁不安葬，以此来羞辱郭解。郭解派人暗中察访，找到了凶手的住处。凶手没有办法，只好自己回来见郭解，详细地把事情真相告诉了郭解。郭解说：“你杀他是应该的，我的外甥没有道理。”于是放掉了凶手，归罪他自己的外甥，并收尸埋葬。人们听说这件事后，都赞美郭解的侠义，更加依附他了。

解出入，人皆避之。有一人独箕踞视之[1]，解遣人问其名姓。客欲杀之,解曰:“居邑屋至不见敬②,是吾德不修也,彼何罪!”乃阴属尉史曰③:“是人,吾所急也④,至践更时脱之⑤。”每至践更,数过,吏弗求。怪之,问其故,乃解使脱之。箕踞者乃肉袒谢罪。少年闻之,愈益慕解之行。

【注释】

①箕踞:展开两足而坐,形状像箕,是一种傲慢不恭的态度。

②邑屋:指村舍。

③属:通“嘱”。嘱托。尉史:县尉手下的书吏,掌管兵役之事。

④急:这里指热切、看重。

⑤践更:轮流更替地服役。

【译文】

郭解每次进出,人们都回避他。唯独有一个人偏偏撇开两腿坐着看他,郭解派人去问这个人的姓名。门客准备杀这个人,郭解说:“住在家乡不受人敬重,这是我的德行不好,他有什么罪呢?”于是暗中告诉尉史说:“这个人是我看重的,轮到他服役的时候,就免了他吧。”因此每到轮值服役时,屡次放过他,官吏也不追究。这个人对此感到很奇怪,问其中的缘故,才知道是郭解替他说情。对郭解傲慢的人于是负荆请罪。轵地的年轻人听说后,更加羡慕郭解的为人。

雒阳人有相仇者,邑中贤豪居间者以十数①,终不听。客乃见郭解。解夜见仇家,仇家曲听解②。解乃谓仇家曰:“吾闻雒阳诸公在此间,多不听者。今子幸而听解,解奈何乃从他县夺人邑中贤大夫权乎!”乃夜去,不使人知,曰:“且无用,待我去,令雒阳豪居其间,乃听之。”

【注释】

①居间者：从中调停的人。

②曲听：委屈地听从，勉强地听从。

【译文】

洛阳有两家人结仇，当地的贤明豪绅数十人从中进行调解，但这两家始终不听劝解。于是门客去找郭解给两家调解。郭解当夜就去见两个仇家，从中进行调停，仇家勉强听从了他的调解。郭解便对仇家说："我听说洛阳的诸位豪绅从中调解，你们多不听从。现在你们给我面子听了我的调解，我怎么能从外地来夺取本地乡贤绅士手中的调解权呢！"于是连夜走了，不让人知道，并且说："暂时不用听我的调解，等我离开后，还是请洛阳的豪绅从中调停，你们听从他们的吧！"

解执恭敬，不敢乘车入其县廷。之旁郡国，为人请求事，事可出，出之；不可者，各厌其意，然后乃敢尝酒食。诸公以故严重之①，争为用。邑中少年及旁近县贤豪，夜半过门常十余车，请得解客舍养之。

【注释】

①严重：敬重。严，尊敬。

【译文】

郭解平时为人执守恭敬，从不乘车进入县衙门。到别的郡国，替别人帮忙办事，事情可以解决的就解决；解决不了的，也让各方满意，然后他才肯接受别人置办的酒食。因此人们都十分尊重他，争着替他效劳。当地的年轻人及邻县的贤士豪侠，深夜来叩门拜访的，时常有十多辆车子，请求郭解收他们当门客。

及徙豪富茂陵也[①]，解家贫，不中訾[②]，吏恐，不敢不徙。卫将军为言："郭解家贫不中徙。"上曰："布衣权至使将军为言，此其家不贫。"解家遂徙。诸公送者出千余万。轵人杨季主子为县掾，举徙解。解兄子断杨掾头。由此杨氏与郭氏为仇。

【注释】

①茂陵：县名。治所在今陕西兴平东北，因汉武帝在茂乡筑茂陵而得名。

②不中（zhòng）訾（zī）：不合资产标准。当时家产三百万即中訾。訾，通"赀"。

【译文】

等到政府迁移富豪人家到茂陵的时候，郭解家贫穷，不符合迁移的标准，当地的官吏惧怕违令，不敢不将他迁移。大将军卫青出面替他说话："郭解家境贫穷，不够迁移的标准。"皇上说："一个平民的权势竟至于让你这样的大将军来为他说话，那他家一定不会贫穷。"于是郭解家便迁移到了茂陵。当地送行的人们出资达一千多万钱。轵地人杨季主的儿子是县里的官吏，他提出要迁移郭解。为此郭解的侄儿就砍下他的头。从此杨家和郭家结下了仇怨。

解入关，关中贤豪知与不知，闻其声，争交欢解[①]。解为人短小，不饮酒，出未尝有骑。已又杀杨季主。杨季主家上书，人又杀之阙下[②]。上闻，乃下吏捕解。解亡，置其母家室夏阳[③]，身至临晋[④]。临晋籍少公素不知解，解冒[⑤]，因求出关。籍少公已出解，解转入太原，所过辄告主人家。吏逐之，迹至籍少公[6]。少公自杀，口绝[7]。久之，乃得解。穷治所犯，为解所杀，皆在赦前。轵有儒生侍使者坐[8]，客誉郭解，生曰："郭解专以奸犯公法，何谓贤！"解客闻，杀此生，断其舌。吏以此责解，解实不知杀者。杀者亦竟绝，莫知为谁。吏奏解无罪。御史大夫公孙弘议曰："解布衣为任侠行权，以睚眦杀人，解虽弗知，此罪甚于解杀之。当大逆无道。"遂族郭解翁伯。

【注释】

①交欢：交好，结好。

②阙下：宫阙之下，即皇宫前。

③夏阳：在今陕西韩城南。

④临晋：在今山西永济西。

⑤冒：假冒他人的姓名。

⑥迹：踪迹，线索。

⑦口绝：追寻线索的口供断了。

⑧轵：原作"朝"，据中华书局修订本《史记》改。

【译文】

郭解迁移入关后，关中的贤士豪侠，无论是了解他的，还是不了解他的，听到郭解的声名，都争着与他交朋友。郭解人长得矮小，不喝酒，他出外没有随行的车马。不久又有人杀了杨季主。杨季主家人上书告郭解，又有人把上书人杀死在宫阙之下。皇帝听说后，于是就派官吏拘捕郭解。郭解只得逃走，他将母亲妻儿安置在夏阳，自己逃到临晋。临晋的籍少公本来不认识郭解，郭解假冒姓名，请籍少公放他出关。籍少公将他放出关后，他又转逃到太原，在他所经过的地方，往往把来踪去迹告诉接待他的人家。官吏追捕他，根据行踪线索找到了籍少公。少公自杀，行踪线索中断。过了很久才抓到郭解。官吏彻底地追查郭解所犯的罪，郭解杀人，都在大赦之前。轵地有一个儒生陪侍追查郭解的使者，座中客人称赞郭解，而儒生说："郭解专门做奸邪的事，触犯国家的法律，怎么可以称得上是贤明呢？"郭解的门客听说后，就将这个儒生杀了，并割断了他的舌头。官吏因此责求郭解交出杀人犯，而郭解确实不知道凶手是谁。杀人的凶手也终究没有追查到，没有人知道他是谁。官吏判决郭解无罪。御史大夫公孙弘奏议说："郭解身为平民，行侠耍弄权术，因小怨小恨就杀人，郭解虽然不知道，这个罪比他本人杀人还要重。应判决郭解大逆不道罪！"于是就下令将郭解族灭了。

自是之后，为侠者极众，敖而无足数者①。然关中长安樊仲子，槐里赵王孙，长陵高公子，西河郭公仲，太原卤公孺，临淮兒长卿，东阳田君孺，虽为侠而逡巡有退让君子之风②。至若北道姚氏，西道诸杜，南道仇景，东道赵他、羽公子，南阳赵调之徒，此盗跖居民间者耳，曷足道哉！此乃乡者朱家之羞也。

【注释】

①敖：傲慢。

②逡（qūn）巡：退让。《史记》作"逡逡"。

【译文】

从此以后，行侠义的人很多，都倨傲不值得提起。但是关中长安的樊仲子，槐里的赵王孙，长陵的高公子，西河的郭公仲，太原的卤公孺，临淮的兒长卿，东阳的田君儒，虽然为游侠，但温文尔雅有谦让君子的风度。至于像北方的姚氏，西方的诸杜，南方的仇景，东方的赵他、羽公子，南阳的赵调等那一类人，都是些流落在民间的盗跖之流，更不足道了。这些人可以说是过去侠士朱家的羞耻。

太史公曰：吾视郭解，状貌不及中人，言语不足采者。然天下无贤与不肖，知与不知，皆慕其声，言侠者皆引以为名。谚曰："人貌荣名，岂有既乎①！"於戏②，惜哉！序分三等人：术取卿相，功名俱著，一也；季次、原宪，独行君子，二也；游侠，三也。于游侠中又分三等人：布衣闾巷之侠，一也；有土卿相之富，二也；暴豪恣欲之徒，三也。反侧错综，语南意北，骤难觅其针线之迹。

【注释】

①既：终结，完了，这里指衰颓。

②於戏：同"呜呼"。

【译文】

太史公说：我看郭解，状貌比不上一般人，言语也不动人。但是天下无论是贤明的还是愚笨的，了解他的还是不了解他的，都仰慕他的声名，谈论游侠的都会提到他的姓名。谚语说："人能用美好声誉来作为容貌，难道还会衰朽穷尽吗！"唉，可惜呀，没有得到善终！序分了三等人：用权术获取卿相的尊位，功绩声名都很显著，这是第一类人；季次、原宪是特立独行的君子，这是第二类人；游侠，是第三类人。游侠之中，又可分为三等：民间的平民侠士，这是第一类；有封邑的富贵卿相，这是第二类；暴戾豪强，放纵不法的人，这是第三类。全篇错综反复，语意深隐，难以很快把握其行文线索。

汉书

《汉书》简介参见卷六。

霍光传

【题解】

《汉书》中霍光与金日磾同传。此传主要记述了霍光受汉武帝托孤后，经过复杂的斗争，完成了辅昭帝、废昌邑王、立宣帝三件大事，以及霍氏宗族夷灭，一世而绝之事。作者大力称誉了霍光的沉静详审、忠勤事主和大智大勇，也写了霍光的虚伪世故、专横霸道、徇私枉法、任人唯亲、党亲连体、盘踞朝廷。传文层次清楚，详略得当，将霍光一生真实、形象地刻画了出来。废立昌邑王一节尤为精彩，而最有深意之处是所载徐福上书始末。

霍光字子孟，票骑将军去病弟也①。父中孺②，河东平阳人也③，以县吏给事平阳侯家④，与侍者卫少儿私通而生去病。中孺吏毕归家⑤，娶妇生光，因绝不相闻⑥。久之，少儿女弟子夫得幸于武帝⑦，立为皇后，去病以皇后姊子贵幸。

既壮大，乃自知父为霍中孺，未及求问。会为票骑将军击匈奴，道出河东，河东太守郊迎[⑧]，负弩矢先驱[⑨]，至平阳传舍，遣吏迎霍中孺。中孺趋入拜谒，将军迎拜，因跪曰："去病不早自知为大人遗体也[⑩]。"中孺扶服叩头[⑪]，曰："老臣得托命将军，此天力也。"去病大为中孺买田宅、奴婢而去。还，复过焉[⑫]，乃将光西至长安[⑬]，时年十余岁。任光为郎[⑭]，稍迁诸曹、侍中[⑮]。去病死后，光为奉车都尉、光禄大夫[⑯]，出则奉车，入侍左右，出入禁闼二十余年[⑰]，小心谨慎，未尝有过，甚见亲信。以上为郎、侍中。

【注释】

①票骑将军：又称"骠骑将军"，官名。位次于丞相，主征伐。去病：姓霍，汉武帝时为骠骑将军，曾六次出击匈奴，多有战功，拜封票骑将军，封冠军侯。后人称为"霍骠骑"。

②中：通"仲"。

③河东：郡名。治所在今陕西夏县。因其地在黄河以东而得名。平阳：县名。治所在今山西临汾西南。

④给事：供事，意则言供使唤，侍候奔走。平阳侯：汉相曹参的后代曹寿。

⑤吏毕：在平阳侯家供事完毕。

⑥绝：断绝关系。

⑦女弟：即妹妹。子夫：人名。为汉武帝后，生戾太子。

⑧郊迎：迎接于郊外。

⑨先驱：引路，向导。

⑩遗体：留下来的身体。这是说子女的身体是父母留下来的。

⑪扶服：同"匍匐"。俯伏。

⑫过：意即探望。

⑬将：带着。

⑭任：保举。汉制，吏二千石以上者视事年满三载，可以保举弟或子一人为郎。

⑮侍中：官名。其职掌为侍从皇帝左右，出入宫廷，应对顾问，亦常代表皇帝与公卿辩论朝政。

⑯奉车都尉：官名。简称“奉车”。汉武帝始置，掌陪奉皇帝御乘舆马。光禄大夫：官名。秩比二千石，掌顾问应对，属光禄勋。

⑰禁闼（tà）：皇宫中的门。

【译文】

霍光，字子孟，是骠骑将军霍去病的弟弟。他的父亲霍中孺是河东郡平阳县人，早年曾以县吏的身份服侍平阳侯家，和平阳侯家的侍女卫少儿私通生下了霍去病。后来，中孺服役期满回到家中，娶了妻子，生下了霍光，因而和卫少儿母子断绝了来往。过了很久以后，卫少儿的妹妹卫子夫被汉武帝宠爱，立为皇后，霍去病以皇后姐姐之子的身份随之富贵并得到汉武帝的宠爱。霍去病长大了以后，知道自己的亲生父亲是霍中孺，但一直没顾上寻找。恰好有一次他以骠骑将军的身份率军出击匈奴，途经河东郡，河东郡太守赶到郡境边界迎接霍去病，还亲自背着弩矢为他引路，到了平阳县的传舍后，派当地的官吏迎请霍中孺。霍中孺一路小跑进了门，拜谒霍去病，霍去病迎上前去，跪拜说道：“去病我早先并不知自己是大人您的儿子啊！”霍中孺俯伏在地，叩头答道：“老臣能托命将军，这是上天的神力啊！”霍去病为霍中孺买了许多的田地、房宅和奴婢，然后离去。战争结束，回师时又经过河东，霍去病顺道把霍光带到了长安，当时霍光才是个十几岁的少年。霍光最先被任命为郎官，不久便升为诸曹、侍中。霍去病死后，霍光官至奉车都尉、光禄大夫，汉武帝出行，霍光就陪他乘车，汉武帝回宫，霍光就侍候他左右，出入宫廷禁地二十多年，一直小心谨慎，从未出过任何差错，因而深得汉武帝的亲近和信任。以上记霍光担任郎官侍中时的事迹。

征和二年[①],卫太子为江充所败[②],而燕王旦、广陵王胥皆多过失[③]。是时,上年老,宠姬钩弋赵倢伃有男[④],上心欲以为嗣,命大臣辅之。察群臣唯光任大重,可属社稷。上乃使黄门画者画周公负成王朝诸侯以赐光[⑤]。后元二年春[⑥],上游五柞宫[⑦],病笃,光涕泣问曰:"如有不讳[⑧],谁当嗣者?"上曰:"君未谕前画意邪[⑨]?立少子,君行周公之事。"光顿首让曰:"臣不如金日磾[⑩]。"日磾亦曰:"臣外国人,不如光。"上以光为大司马大将军[⑪],日磾为车骑将军[⑫],及太仆上官桀为左将军[⑬],搜粟都尉桑弘羊为御史大夫[⑭],皆拜卧内床下,受遗诏辅少主。明日,武帝崩,太子袭尊号,是为孝昭皇帝。帝年八岁,政事壹决于光[⑮]。以上受遗诏辅幼主。

【注释】

①征和二年:前91年。征和,汉武帝年号(前92—前89)。

②卫太子:名据,卫皇后所生,故称卫太子。谥戾,又称戾太子。江充:邯郸人。汉武帝拜他为绣衣使者(直属于皇帝的司法官),因事与太子不和。征和二年,汉武帝病。江充见汉武帝年老,恐汉武帝死后为太子所杀,于是诬陷太子。太子把他杀了。丞相率兵攻打太子,太子兵败,逃亡外地,后自缢而死。

③燕王旦:刘旦,武帝第二子。广陵王胥:刘胥,武帝第四子。

④钩弋(yì):宫名。倢伃:同"婕妤(jié yú)"。女官名。位同上卿,爵比列侯。昭帝的母亲赵倢伃住钩弋宫,故称钩弋赵倢伃。

⑤黄门:官署名。为专掌在宫内服务、侍奉皇帝的机构。画者:画工。

⑥后元二年：前 87 年。后元，汉武帝年号（前 88—前 87）。

⑦五柞（zuò）宫：西汉离宫。

⑧不讳：无法忌讳的事，指死。

⑨谕：同“喻”。明白，了解。

⑩金日磾（mì dī）：字翁叔，本匈奴休屠王太子。汉武帝元狩年间（前 122—前 117），昆邪王杀休屠王降汉，金日磾及其母、弟均被收入汉廷。后被汉武帝重用。

⑪大司马：冠于将军之上的加衔，有了这个加衔，就可以辅佐朝政。

⑫车骑将军：仅次于大将军、骠骑将军的军衔。

⑬太仆：官名。掌管皇帝的乘舆。上官桀：字少叔，陇西上邽（今甘肃天水）人。左将军：官名。位次上卿，主征伐。

⑭搜粟都尉：官名。掌军粮。桑弘羊：洛阳人，武帝时的理财大臣。御史大夫：官名。位次丞相，主掌弹劾、纠察及图籍秘书事宜。

⑮壹：一切。

【译文】

征和二年，卫太子被江充陷害而死，而燕王刘旦和广陵王刘胥两个人所犯过失又挺多。当时，汉武帝已经年迈，他的宠姬钩弋赵倢伃生了一个儿子，汉武帝想立这个年幼的儿子做太子，要挑选大臣来辅佐他。汉武帝逐一考察各位大臣，认为只有霍光堪当此重任，可以社稷相托。于是他便命黄门的画师绘制了一幅周公背着周成王朝见诸侯的图，赐给了霍光。后元二年春天，武帝游幸到五柞宫，病势垂危，霍光流泪问道：“如果万一发生不幸，该让谁来继承皇位呢？”汉武帝说：“难道您还不明白我先前送您那幅画的意思吗？立少子为帝，由您像周公辅佐周成王那样辅佐他。”霍光叩头辞让说：“我不如金日磾合适。”金日磾也说：“我是外国人，还是霍光更合适。”汉武帝于是任命霍光为大司马大将军，金日磾为车骑将军，并任命太仆上官桀为左将军，搜粟都尉桑弘羊为御史大夫，他们几个人都在皇帝卧室的床边拜受官职，受汉武帝遗诏辅佐年少的皇帝。第二天，汉武帝就去世了，太子继承了皇帝的尊号，他就是孝昭帝。当时，汉昭帝才八岁，国家大事统统由霍光代为决断。以上记霍光受遗诏辅佐年幼的皇帝。

先是，后元年①，侍中仆射莽何罗与弟重合侯通谋为逆②，时，光与金日磾、上官桀等共诛之，功未录③。武帝病，封玺书曰④："帝崩发书以从事⑤。"遗诏封金日磾为秺侯⑥，上官桀为安阳侯⑦，光为博陆侯⑧，皆以前捕反者功封。时，卫尉王莽子男忽侍中⑨，扬语曰："帝崩，忽常在左右，安得遗诏封三子事！群儿自相贵耳。"光闻之，切让王莽，莽鸩杀忽⑩。

【注释】

①后元年：即后元元年，前 88 年。

②侍中仆射(yè)：官名。领导侍中者。仆射有主任或领班之意。莽何罗：本姓马，改为莽系东汉明德马皇后所为。重合：县名。治所在今山东乐陵西。

③功未录：功绩没有登记，即没有论功行赏。

④玺书：指封口盖有皇帝御玺的诏书。玺，印，自秦以后专指皇帝的印。

⑤发：打开。从事：此处指依照玺书的指示办事。

⑥秺(dù)：县名。治所在今山东成武西北。

⑦安阳：县名。治所在今河南正阳西南。

⑧博陆：博，大。陆，平。取其嘉名，无此县。霍光食邑为北海、河间、东郡。

⑨王莽：字稚叔，天水(今属甘肃)人。与西汉末年建立新朝的王莽

不是一个人。

⑩鸩(zhèn):用鸩鸟的羽毛泡成的毒酒。此处意为用鸩酒杀人。

【译文】

在这以前,即后元元年,侍中仆射马何罗和他的弟弟重合侯马通阴谋叛上作乱,当时是霍光、金日磾和上官桀等人共同诛讨了马氏兄弟,立了大功而没有论功行赏。汉武帝在病危时曾将一道玺书密封起来,说:"等我死了以后再拆开,照着上边写的去办。"这份遗诏封金日磾为秺侯,上官桀为安阳侯,霍光为博陆侯,三人都是因以前捕获谋反者有功而受封。当时卫尉王莽的儿子王忽正在宫内供职,他听到这件事以后四处扬言道:"先帝病危的时候,我经常服侍左右,哪里有这份封他们为侯的遗诏!这是这帮人自己抬高自己。"霍光听到这些话以后,狠狠地把王莽斥责了一通,王莽随后就用毒酒把王忽给毒死了。

光为人沉静详审,长财七尺三寸[①],白皙,疏眉目,美须髯。每出入下殿门,止进有常处,郎仆射窃识视之,不失尺寸,其资性端正如此[②]。初辅幼主,政自己出,天下想闻其风采。殿中尝有怪,一夜群臣相惊,光召尚符玺郎[③],郎不肯授光。光欲夺之,郎按剑曰:"臣头可得,玺不可得也!"光甚谊之[④]。明日,诏增此郎秩二等。众庶莫不多光。以上辅孝昭帝。

【注释】

①财:通"才"。仅仅,刚刚。

②资性:天性。

③尚符玺郎:官名。属符节令,掌管皇帝的印玺符节。

④谊:通"义"。

【译文】

霍光为人沉着稳重，处事审慎周密，身高仅七尺三寸，皮肤白皙，眉目疏朗，须髯很美。每次出入宫殿、上下殿门时，所停所进都有固定的位置，郎官仆射曾暗暗观察过，结果发现每次都丝毫不差，霍光的资性端正，由此可见。霍光刚开始辅政时，国家的政令都是由他制定，天下的臣民都仰慕他的风采。有一次，宫中闹鬼，一夜之间，大臣们惊恐不安，霍光把尚符玺郎召来，让他把玉玺交给自己，这位郎官不肯给霍光。霍光便上前去夺，郎官按着佩剑说："我的头可以给你，但是皇上的玉玺可不能给你！"霍光听了以后，甚为感动。第二天，就下诏给这位郎官加秩二等。众人知道这件事后，没有人不称赞霍光的。以上记霍光辅佐汉昭帝之事。

光与左将军桀结婚相亲[①]，光长女为桀子安妻。有女年与帝相配，桀因帝姊鄂邑盖主内安女后宫为倢伃[②]，数月立为皇后。父安为票骑将军，封桑乐侯。光时休沐出[③]，桀辄入代光决事。桀父子既尊盛，而德长公主[④]。公主内行不修[⑤]，近幸河间丁外人。桀、安欲为外人求封，幸依国家故事以列侯尚公主者[⑥]，光不许。又为外人求光禄大夫，欲令得召见，又不许。长主大以是怨光。而桀、安数为外人求官爵弗能得，亦惭。自先帝时，桀已为九卿[⑦]，位在光右。及父子并为将军，有椒房中宫之重[⑧]，皇后亲安女，光乃其外祖，而顾专制朝事，繇是与光争权。

【注释】

①结婚：结为儿女亲家。妇之父母与夫之父母相称为婚姻。

②鄂邑盖主：汉武帝长女，封为鄂邑长公主。鄂邑，今湖北鄂城。

因其嫁给盖侯，故又称盖主。汉昭帝是她抚养长大的。内：同“纳”，送进去。

③休沐：休假。汉制，中朝官（大司马、左右前后将军、侍中、左右曹、诸吏、骑散、中常侍）每五天可回私宅休沐一次。

④德：感恩。

⑤内行：私生活。不修：不检点。

⑥幸：希望。故事：旧例。列侯：汉制，刘姓子孙封侯者为诸侯，异姓功臣封侯者，谓之列侯，亦称彻侯。

⑦九卿：中央政府的九位高级官员。汉朝为奉常（太常）、郎中令（光禄勋）、卫尉、太仆、廷尉、典客（大鸿胪）、宗正（宗伯）、治粟内史（大司农）、少府。武帝后元二年以前，上官桀已为太仆，而霍光只是奉车都尉、光禄大夫，位在九卿之下。

⑧椒房：皇后所居之处。椒是香料，用椒和泥涂墙，取其温暖芳香。中宫：皇后的宫殿。

【译文】

霍光和左将军上官桀是儿女亲家，霍光的大女儿嫁给上官桀的儿子上官安为妻。上官安有个女儿，年龄和汉昭帝相仿，上官桀通过汉昭帝姐姐鄂邑盖主的关系，将上官安的女儿送入后宫，先是立为倢伃，几个月后就成了汉昭帝的皇后。汉昭帝任命上官安为骠骑将军，封他做桑乐侯。每当霍光出宫休假时，上官桀便入宫，代替霍光处理朝政。上官桀父子尊贵起来之后，对长公主充满了感激。长公主的私生活不太检点，和河间人丁外人私通。上官桀父子就想替丁外人谋求爵位，打算在他封侯之后按照国家旧例和公主结婚，霍光没有同意。他们又想让丁外人做光禄大夫，以便他能得到皇帝的召见，霍光又不同意。长公主因此非常怨恨霍光。上官桀父子几次为丁外人求封求官都未能如愿，也觉得对不起长公主。在汉武帝当政时期，上官桀就已经是九卿了，官位高于霍光。等到父子两人同时做了将军，又是汉昭帝的外戚；皇后是上官安的亲生女儿，霍光不过是皇后的外祖父，反倒独揽大权，因此他们就开始和霍光争权夺势。

燕王旦自以昭帝兄，常怀怨望。及御史大夫桑弘羊建造酒榷盐铁[①]，为国兴利，伐其功，欲为子弟得官，亦怨恨光。于是盖主、上官桀、安及弘羊皆与燕王旦通谋，诈令人为燕王上书，言："光出都肄郎羽林[②]，道上称趩[③]，太官先置[④]。"又引："苏武前使匈奴，拘留二十年不降，还乃为典属国[⑤]，而大将军长史敞亡功为搜粟都尉，又擅调益莫府校尉[⑥]。光专权自恣，疑有非常[⑦]。臣旦愿归符玺，入宿卫[⑧]，察奸臣变。"候司光出沐日奏之[⑨]。桀欲从中下其事，桑弘羊当与诸大臣共执退光。书奏，帝不肯下。

【注释】

①酒榷盐铁：指酒业和盐铁专营、专卖。榷，专利。

②肄：习。羽林：指羽林军（保卫宫禁的军队）。此处指把郎官和羽林军集合起来操练演习。

③称跸：传令戒严。趩，同"跸"。古代帝王出行时，禁止行人来往，叫做跸。

④太官：掌管皇帝饮食的官，属少府。

⑤典属国：官名。掌管来归附的各外族属国。

⑥莫府：即幕府，军队出征，要住在幕帐里，故将军府称为幕府。校尉：武官名。位决于将军，随职务冠以名号。

⑦非常：此处言篡位之事。

⑧宿卫：值宿护卫。

⑨司：同"伺"。

【译文】

燕王刘旦自认为是汉昭帝的兄长，理应继承皇位，所以对汉昭帝继位一直是心怀不满。御史大夫桑弘羊曾经制定过酒榷、官营盐铁等为国兴利的大政，居功自傲，想为子弟求官，遭到拒绝，也怨恨霍光。于是，盖主、上官桀父子及桑弘羊等人便都和燕王旦暗中勾结，他们指使某人以燕王旦的名义向汉昭帝写了一份上书，说："霍光出宫阅试郎官、羽林兵演习的时候，在路上像皇帝出行一样传令戒严，还指派太官先行，为他准备饮食。"又说："苏武奉命出使匈奴，被拘留了二十年而不投降，回国之后才官为典属国，但大将军的长史杨敞却无功而升官至搜粟都尉，霍光还擅自调动军官，增加其幕府的校尉。霍光独霸大权，无所顾忌，恐怕是心怀异志。臣旦愿意归还符玺，回京宿卫，督察防范奸臣之变。"他们计划乘霍光出宫休假时将这份上书呈报给汉昭帝。上官桀想从内朝将此上书批转给有关部门查处，由桑弘羊联合其他大臣共同逼迫霍光辞官交权。不料上书呈给汉昭帝后，却被汉昭帝扣住不发。

明旦，光闻之，止画室中不入①。上问："大将军安在？"左将军桀对曰："以燕王告其罪，故不敢入。"有诏召大将军。光入，免冠顿首谢，上曰："将军冠。朕知是书诈也，将军亡罪。"光曰："陛下何以知之？"上曰："将军之广明②，都郎属耳③；调校尉以来未能十日，燕王何以得知之？且将军为非，不须校尉。"是时，帝年十四，尚书左右皆惊，而上书者果亡，捕之甚急。桀等惧，白上小事不足遂④，上不听。

【注释】

①画室：指殿前西阁之室。西阁画古帝王像，故称。

②广明：驿亭名。在汉长安城东。

③都郎：考核郎官。属：近，指时间很近。

④遂：竟。指追究到底。

【译文】

第二天早上，霍光知道了这件事，他入宫后，先待在画室之中，不见汉昭帝。汉昭帝问："大将军在哪？"左将军上官桀回答说："因为燕王控告了他的罪行，所以他不敢来见陛下您了。"汉昭帝下诏召见大将军。霍光进来之后，摘下官帽，跪伏在地叩头请罪，汉昭帝对他说："请将军把帽子戴上。朕知道这份上书是假的，将军您没什么罪过。"霍光问："陛下您是怎么知道的呢？"汉昭帝说："将军到广明去，不过是考察郎吏的成绩而已，调动幕府校尉也只是近十天之内的事情，燕王他怎么会这么快就知道了呢？何况将军如果真要图谋不轨，也用不着校尉。"当时汉昭帝年仅十四岁，此语一出，身旁的尚书和近臣都感到惊讶，冒名上书的人果然逃走了，官府开始紧急搜捕。上官桀等人怕事情败露，就对汉昭帝说，这是小事一桩，用不着穷追不舍，汉昭帝根本不听他们的。

后桀党与有谮光者①，上辄怒曰："大将军忠臣，先帝所属以辅朕身，敢有毁者坐之②。"自是桀等不敢复言，乃谋令长公主置酒请光，伏兵格杀之③，因废帝，迎立燕王为天子。事发觉，光尽诛桀、安、弘羊、外人宗族。燕王、盖主皆自杀。以上诛上官、桑、丁、燕王、盖主。

【注释】

①党与：同党的人，党羽。谮：诬陷。

②坐之：此处指要让他因陷害人而获罪。坐，犯罪。

③格：击。

【译文】

后来，上官桀的同党又在汉昭帝面前说霍光的坏话，汉昭帝一听就龙颜大怒，说道："大将军是忠臣，是先帝为我选的辅佐大臣，今后谁再敢诽谤他，就判谁的罪！"从此，上官桀等人再也不敢在汉昭帝面前说霍光的坏话了，而是计划让长公主设酒席宴请霍光，事先埋下伏兵，在霍光赴宴时把他杀掉，然后就废黜汉昭帝，迎请燕王旦继承帝位。霍光知道这件事后，就将上官桀父子、桑弘羊、丁外人等全部灭族。燕王和长公主都自杀了。以上记霍光杀上官桀父子、桑弘羊、丁外人、燕王、盖主等。

光威震海内。昭帝既冠，遂委任光，讫十三年①，百姓充实，四夷宾服②。元平元年③，昭帝崩，亡嗣。武帝六男独有广陵王胥在④，群臣议所立，咸持广陵王。王本以行失道⑤，先帝所不用。光内不自安。郎有上书言："周太王废太伯立王季⑥，文王舍伯邑考立武王⑦，唯在所宜，虽废长立少可也。广陵王不可以承宗庙。"言合光意。光以其书视丞相敞等，擢郎为九江太守，即日承皇太后诏⑧，遣行大鸿胪事少府乐成、宗正德、光禄大夫吉、中郎将利汉迎昌邑王贺⑨。以上光迎立昌邑王贺。

【注释】

①讫：终。昭帝在位十三年，国政由霍光主持，故言"讫十三年"。

②宾服：臣服。

③元平元年：前 74 年。元平，汉昭帝年号（前 74）。

④武帝六男：长子卫太子刘据，次子齐怀王刘闳，三子燕剌王刘旦，四子广陵王刘胥，五子昌邑王刘髆（bó），六子昭帝刘弗陵。

⑤失道：行为失去正道，即行为不端。

⑥太伯：王季之兄，其父周太王不立太伯而立王季。

⑦伯邑考：周文王长子，其父周文王不立伯邑考而立武王。

⑧皇太后：指昭帝的上官皇后，系霍光外孙女。

⑨行：兼摄。大鸿胪：官名。掌管朝贺庆吊的赞礼司仪。少府：官名。掌司山海池泽的税收。宗正：官名。掌管皇族事务。乐成：即史乐成，其官职为少府，时兼代大鸿胪职事。德：刘德。吉：丙吉。利汉：史失其姓。昌邑：在今山东金乡西北。

【译文】

霍光因此而威震四方。汉昭帝成人之后，仍让霍光处理朝政，霍光辅政十三年，天下百姓都生活富足，周边各族也都归服汉朝。元平元年，汉昭帝病逝，没有儿子继位。汉武帝的六个儿子只有广陵王胥还活在人世，大臣们在讨论皇位继承人时，都支持广陵王。但是，广陵王胥早年因为品行不端，被汉武帝排斥在帝位之外。霍光内心自感不安。这时有位郎官上书说："当年周太王废太伯而立王季，周文王则舍弃伯邑考而立周武王，只要对国家有利，即便是废长立少也是可以的。广陵王不能继承帝位。"此言正合霍光心意。于是霍光把这份奏书给丞相杨敞等人传看，并将这位郎官提拔为九江郡的太守，当天就秉承皇太后的旨意，派遣代理大鸿胪的少府乐成、宗正刘德、光禄大夫丙吉和中郎将利汉等人到昌邑国，迎请昌邑王刘贺。以上记霍光迎立昌邑王刘贺。

贺者，武帝孙，昌邑哀王子也。既至，即位，行淫乱。光忧懑，独以问所亲故吏大司农田延年①。延年曰："将军为国柱石②，审此人不可，何不建白太后③，更选贤而立之？"光曰："今欲如是，于古尝有此否？"延年曰："伊尹相殷，废太甲以安宗庙④，后世称其忠。将军若能行此，亦汉之伊尹也。"光乃引延年给事中⑤，阴与车骑将军张安世图计，遂召丞相、御史、将军、列侯、中二千石、大夫、博士会议未央宫⑥。光曰："昌邑王行昏乱，恐危社稷，如何？"群臣皆惊鄂失色⑦，莫敢发言，但唯唯而已[⑧]。田延年前，离席按剑，曰："先帝属将军以幼孤，寄将军以天下，以将军忠贤能安刘氏也。今群下鼎沸[⑨]，社稷将倾，且汉之传谥常为孝者，以长有天下，令宗庙血食也。如令汉家绝祀[⑩]，将军虽死，何面目见先帝于地下乎？今日之议，不得旋踵[⑪]。群臣后应者，臣请剑斩之。"光谢曰："九卿责光是也。天下匈匈不安[⑫]，光当受难。"于是议者皆叩头，曰："万姓之命在于将军，唯大将军令。"

【注释】

①故吏：昔日僚属。大司农：汉九卿之一，掌管国家财政。田延年：字子宾，曾为霍光幕僚。

②柱石：指担当国家重任的人，如柱支梁，如石承柱。

③建白：陈述意见。建，建议。白，说明。

④伊尹相殷，废太甲以安宗庙：伊尹是殷商贤相，太甲是商汤之孙。太甲继位后，纵欲妄为，伊尹将其流放桐宫。过了三年，太甲改过自新，伊尹又接他回来，让他重新执政。

⑤引：援引。此处为提拔推荐之意。给事中：官名。因供职官中，故称。掌顾问应对。

⑥中二千石：汉制，官吏按所得俸禄多寡分为若干等级。九卿及御史大夫、执金吾均为中二千石，此处指这些官。大夫：官名。掌议论，属光禄勋。博士：官名。掌通晓古今事物，国有疑事，备问对。

⑦鄂：通"愕"。惊讶。

⑧唯唯：应答声。

⑨鼎沸：像鼎中的开水那样沸腾着，喻人心不安。

⑩绝祀：断绝祭祀，意为亡国。

⑪不得旋踵：意为不得犹豫。旋踵，转动脚跟向后退。

⑫匈匈：同“汹汹”。纷扰不安的样子。

【译文】

刘贺是汉武帝的孙子，昌邑哀王刘髆的儿子。他到达长安后，继承了帝位，但却行为淫乱。霍光因此忧虑愤懑，单独询问所亲信的老部下大司农田延年。田延年说：“将军您是国家的柱石，既然已看出昌邑王不配当皇帝，为什么不把您的意见告知皇太后，另选贤人立为皇帝呢？”霍光说道：“我正想这么做，却不知古代是否有此先例？”田延年说：“当初伊尹做殷朝宰相时，曾将太甲废黜以安定国家，后代都称伊尹为忠臣。将军如果现在也能像伊尹一样的话，那就是汉朝的伊尹了。”霍光于是便举荐田延年担任给事中，私下又和车骑将军张安世筹划安排，然后召集丞相、御史大夫、诸位将军、列侯、中二千石以上大臣及诸位大夫、博士在未央宫开会商讨废黜之事。霍光说：“昌邑王昏聩淫乱，这样下去的话恐怕汉朝天下难保，大家说说怎么办好呢？”参加会议的人一听，一个个都害怕得变了脸色，谁也不敢发言，只是唯唯诺诺而已。田延年一看站了起来，离席前行，手按着佩剑说：“先帝所以把年幼的孤儿托付给将军，把天下托付给将军，是因为将军忠诚贤明，能安定刘氏天下。但现在天下臣民人心不稳，国家将要倾覆，汉帝谥法之所以要用孝字当先，就是长久统治天下，使祖宗的亡灵得到祭祀。如果汉家的祭祀断绝，将军即便死了，又有何面目去地下见先帝呢？今天讨论废黜的事，必须即刻做出决断。群臣哪一个敢拖延答应的，我请求将军允许我当场把他斩杀！”霍光谢罪说：“九卿对我的责备很对。现在天下局势动荡，我霍光理当受此责难。”于是参与商议的人纷纷跪下磕头，说：“天下百姓的命运都由大将军您来掌握，我们一切听从大将军的指挥。”

光即与群臣俱见白太后①，具陈昌邑王不可以承宗庙状。皇太后乃车驾幸未央承明殿，诏诸禁门毋内昌邑群臣。

王入朝太后还，乘辇欲归温室②，中黄门宦者各持门扇③，王入，门闭，昌邑群臣不得入。王曰："何为？"大将军跪曰："有皇太后诏，毋内昌邑群臣。"王曰："徐之，何乃惊人如是！"光使尽驱出昌邑群臣，置金马门外④，车骑将军安世将羽林骑收缚二百余人，皆送廷尉诏狱⑤。令故昭帝侍中中臣侍守王⑥。光敕左右："谨宿卫，卒有物故自裁⑦，令我负天下，有杀主名。"王尚未自知当废，谓左右："我故群臣从官安得罪，而大将军尽系之乎？"以上光议废昌邑王贺。

【注释】

①见白：谒见并禀白。

②温室：即温室殿，在未央宫内，为冬日取温之地。

③中黄门宦者：住于宫中在黄门外服役的宦官。黄门，因宫门是黄色，故称。

④金马门：未央宫前有铜马，故未央宫门叫金马门。

⑤诏狱：监狱的一种，专门囚禁皇帝特旨交审的罪犯。

⑥中臣侍：当为中常侍，加官名。

⑦卒：通"猝"。仓促。物故：意为死亡。

【译文】

霍光立刻率领诸位大臣朝见了太后，向她详细陈述了昌邑王不堪为帝的种种情形。皇太后听完就乘车来到未央宫的承明殿，传令各处禁门，不许放进昌邑群臣。昌邑王去朝见皇太后，扑空而归，正要乘辇回温室去，中黄门的宦官在宫门两边扶着门扇，昌邑王刚一进来立刻关上大门，把昌邑群臣都隔在门外。昌邑王问："这是要干什么？"大将军跪下答道："皇太后刚才下诏，不许昌邑群臣进来。"昌邑王说："慢一点不行吗？何必把人吓成这样呢？"霍光把昌邑群臣统统驱赶到金马门外，车骑将军张安世率领羽林骑兵将这二百多人全都捆绑起来，押送到廷尉诏狱看管。霍光命令原先在宫中侍奉汉昭帝的宦官看守昌邑王。霍光对侍从们说："要小心看护！要是他突然死亡，或是自杀，我就要背上弑上杀主的恶名，无法向天下人交代了。"昌邑王此时还不知自己将被废黜，他问身边的人："我的那些属下到底犯了什么罪，大将军把他们全都捆起来？"以上记霍光商议废黜昌邑王刘贺。

顷之，有太后诏召王，王闻召，意恐，乃曰："我安得罪而召我哉！"太后被珠襦①，盛服坐武帐中②，侍御数百人皆持兵③，期门武士陛戟④，陈列殿下。群臣以次上殿，召昌邑王伏前听诏。光与群臣连名奏王，尚书令读奏曰：

【注释】

①珠襦：贯珠而做成的短衣。

②武帐：帷帐中设置矛、戟、钺、盾和弓矢五兵，故叫武帐。

③侍御：守卫在左右的侍从。

④期门：官名。掌执兵器随从皇帝，属光禄勋。陛戟：在殿阶下持戟护卫。

【译文】

不一会儿，皇太后召见昌邑王的诏书到了，昌邑王听召之后，内心开始有些惶恐，又问道："我犯了什么罪？皇太后召见我干什么？"皇太后披了件缀有珍珠的短袄，穿着盛装端坐于武帐之中，几百名侍卫都手持兵器，期门武士们执戟守卫台阶，他们都排列在殿下。朝廷大臣以品秩为序先后步入大殿，皇太后让昌邑王俯伏座前听候诏令。霍光和诸大臣联名上书控告昌邑王，尚书令宣读他们的奏书道：

丞相臣敞、大司马大将军臣光、车骑将军臣安世、度辽将军臣明友、前将军臣增、后将军臣充国、御史大夫臣谊、宜春侯臣谭、当涂侯臣圣、随桃侯臣昌乐、杜侯臣屠耆堂、太仆臣延年、太常臣昌、大司农臣延年、宗正臣德、少府臣乐成、廷尉臣光、执金吾臣延寿、大鸿胪臣贤、左冯翊臣广明、右扶风臣德、长信少府臣嘉、典属国臣武、京辅都尉臣广汉、司隶校尉臣辟兵、诸吏文学光禄大夫臣迁、臣畸、臣吉、臣赐、臣管、臣胜、臣梁、臣长幸、臣夏侯胜、大中大夫臣德、臣印昧死言皇太后陛下①：臣敞等顿首死罪。天子所以永保宗庙总壹海内者②，以慈孝、礼谊、赏罚为本。孝昭皇帝早弃天下，亡嗣，臣敞等议，礼曰"为人后者为之子也"，昌邑王宜嗣后，遣宗正、大鸿胪、光禄大夫奉节使征昌邑王典丧③。服斩缞④，亡悲哀之心，废礼谊，居道上不素食，使从官略女子载衣车⑤，内所居传舍。始至谒见，立为皇太子，常私买鸡豚以食。受皇帝信玺、行玺大行前⑥，就次发玺不封⑦。从官更持节⑧，引内昌邑从官驺宰官奴二百余人⑨，常与居禁闼内敖戏。自之符玺取节十六⑩，朝暮临⑪，令从官更持节从⑫。为书曰："皇帝问侍中君卿：使中御府令高昌奉黄金千斤⑬，赐君卿取十妻。"大行在前殿，发乐府乐器，引内昌邑乐人，击鼓歌吹作俳倡⑭。会下还⑮，上前殿，击钟磬，召内泰壹宗庙乐人辇道牟首⑯，鼓吹歌舞，悉奏众乐。发长安厨三太牢具祠阁室中⑰，祀已，与从官饮啖。驾法驾⑱，皮轩鸾旗⑲，驱驰北宫、桂宫[20]，弄彘斗虎。召皇太后御小马车[21]，使官奴骑乘，游戏掖庭中[22]。与孝昭皇帝宫人蒙等淫乱，诏掖庭令敢泄言要斩[23]。

【注释】

①明友：姓范。增：姓韩。前将军、后将军：官名。位上卿，掌兵及征伐之事。充国：姓赵，汉武帝时破匈奴有功。谊：姓蔡。谭：姓王，袭父封为宜春侯。圣：姓魏，袭父封为当涂侯。昌乐：姓赵。故苍梧王赵光之子，光降汉，封随桃侯，昌乐袭父封。屠耆堂：本胡人。其祖父复陆支降汉，封杜侯。延年：姓杜。昌：姓苏。德：姓刘。乐成：姓史。光：姓李。执金吾：官名。负责京师治安巡逻时，手持金吾。吾，大棒的名称，质地为铜，故称金吾。延寿：姓李。贤：姓韦。左冯翊：官名。与京兆尹、右扶风共治京城地区，称三辅。广明：姓田。德：姓周。长信少府：官名。掌皇太后宫。太后居长信宫，故名。嘉：史不载其姓。武：姓苏。广汉：姓赵。司隶校尉：官名。掌巡察京师及近郊、察举百官及京师近郊一切违法者。辟兵：史不载其姓。诸吏文学光禄大夫：概指下文所说诸人的官职，或为诸吏，或为文学，或为光禄大夫。迁：姓王。畸：姓宋。吉：即景吉。赐、管、胜、梁、长幸：史均未载其姓。大中大夫：即“太中大夫”，官名。掌议论。德：史不载其姓。卬：姓赵，充国之子。

②总壹：统一。

③奉节：持太后所给旄节。典丧：主持丧事。

④斩缞(cuī)：用最粗的生麻布做的孝衣，衣的下边不用针缝，是丧服中最重者。

⑤略：通“掠”。衣车：后面有帷幔遮蔽，前面门可开关的车。

⑥信玺、行玺：汉初皇帝有三玺：天子之玺，皇帝自己佩戴着；信玺、

行玺则存于符节台。大行前:指昭帝的灵柩前。

⑦次:指所居之位。发玺:打开封匣取出玺来。玺乃国宝,当缄封之。昌邑王于大行前受之,退还所次,将其取出,让凡人见之,行为极不严肃。

⑧更:更替。

⑨驺(zōu)宰:官名。为驺之长,掌驾御或骑从。

⑩符玺:指藏符玺的官署。

⑪临:哭奠死者。

⑫更持节从:更互执节,从之哭临之所。此处是说昌邑王对符节也很不严肃。

⑬中御府令:掌宫中衣服财宝之官。

⑭俳倡:谐戏,演戏。倡,乐人。

⑮下:指昭帝的灵柩下葬。葬还不居丧位,便处前殿,是失礼之举。

⑯泰壹:即太一,神名。輦道:帝王车驾所行之路。牟首:池名。在上林苑中。輦道牟首,指从輦道到牟首。此句指把祭祀太一神和祭祀宗庙时演奏的乐工召纳到后宫。

⑰长安厨:官署名。太牢:牛、羊、豕三牲。具:馔,此指祭品。祠:祭祀。阁室:阁道旁的屋子。

⑱法驾:皇帝乘车的一种。法驾只有祭天和郊祀社稷时才能用。

⑲皮轩:用虎皮作屏障的车。鸾旗:用羽毛编起来系在幢旁的一种旗子。皮轩、鸾旗均为先行的仪仗。

⑳北宫、桂宫:均在未央宫北。

㉑召:招来,此作取来。小马:又叫果下马,高三尺。

㉒掖庭:宫殿内的旁舍,此指宫廷。

㉓掖庭令:宫廷内管宫女的官。

【译文】

丞相臣敞、大司马大将军臣光、车骑将军臣安世、度辽将军臣明友、前将军臣增、后将军臣充国、御史大夫臣谊、宜春侯臣谭、当涂侯臣圣、随桃侯臣昌乐、杜侯臣屠耆堂、太仆臣延年、太常臣昌、大司农臣延年、宗正臣德、少府臣乐成、廷尉臣光、执金吾臣延寿、大鸿胪臣贤、左冯翊臣广明、右扶风臣德、长信少府臣嘉、典属国臣武、京辅都尉臣广汉、司隶校尉臣辟兵、诸吏文学光禄大夫臣迁、臣畸、臣吉、臣赐、臣管、臣胜、臣梁、臣长幸、臣夏侯胜、太中大夫臣德、臣卬冒死告于皇太后陛下:臣敞等顿首死罪。天子所以能够永远保持祖宗神灵的祭祀不废并且统领海内百姓,是因为他以讲慈孝、倡礼仪、赏功罚过为根本。孝昭帝没有留下子嗣便过早去世,臣敞等商议,古礼有言“做了某人的后代,便是某人的儿子”,昌邑王适于成为孝昭帝的后代,于是就派遣宗正、大鸿胪、光禄大夫等奉节出使,征召昌邑王来京主持孝昭帝的葬仪。可是,他穿着斩缞之服,却无悲哀之心,不遵循礼仪制度,在奔丧途中不吃素食,指使其属下抢劫女子,载于衣车之中,并将其带入所居旅舍之内淫乐。初到长安,谒见太后,被立为皇太子,常常私下买鸡、猪来吃。在昭帝的灵柩前拜受皇帝信玺、行玺等物,回去就打开试用,用毕又不封匣。他令属下轮流持汉节将昌邑国内的官吏、驺宰和奴婢二百余人引入皇宫,并经常和他们在宫中嬉戏。他自己到符节台取走十六根符节,每天早晚哭吊昭帝时都让他的侍从持节随行。他写了封玺书说:“皇帝问候侍中君卿:今特遣中御府令高昌携带黄金千斤前往,赐君以金,用它去娶十个女人吧。”昭帝的灵柩尚在前殿未葬,他就拿出乐府的乐器,召来昌邑国的乐师和演员,击鼓歌舞、吹拉弹唱,演滑稽戏。下葬回来之后便在前殿敲钟击磬,召来原先祭祀太一神庙的乐工,在辇道及牟首鼓吹歌舞,将祭神所用的乐曲全都演奏了一遍。他还下令将长安厨所有的三太牢祠具搬至阁室中祭祀鬼神,祠毕即和属下将祭品吃喝一空。他乘法驾,用皮轩鸾旗,在北宫、桂宫之中策马疾驰,戏猪斗虎。调用皇太后专用的小马及车辆，供昌邑官奴们骑坐、游戏于后宫。他还和孝昭帝的宫人蒙等奸淫为乐，并对掖庭令说，谁要敢把这些事说出去，就处以腰斩之刑。

太后曰："止！为人臣子当悖乱如是邪！"王离席伏。尚书令复读曰：

【译文】

皇太后喝道："停一下！为人臣子应该如此昏乱乖悖吗！"昌邑王吓得离开座席，拜伏于地。尚书令接着往下读：

取诸侯王、列侯、二千石绶及墨绶、黄绶以并佩昌邑郎官者免奴①。变易节上黄旄以赤②。发御府金钱、刀剑、玉器、采缯③，赏赐所与游戏者。与从官官奴夜饮，湛沔于酒④。诏太官上乘舆食如故。食监奏未释服未可御故食⑤，复诏太官趣具，无关食监⑥。太官不敢具，即使从官出买鸡豚，诏殿门内⑦，以为常。独夜设九宾温室⑧，延见姊夫昌邑关内侯。祖宗庙祠未举，为玺书使使者持节，以三太牢祠昌邑哀王园庙，称嗣子皇帝⑨。受玺以来二十七日，使者旁午⑩，持节诏诸官署征发，凡千一百二十七事。文学光禄大夫夏侯胜等及侍中傅嘉数进谏以过失，使人簿责胜，缚嘉系狱。荒淫迷惑，失帝王礼谊，乱汉制度。臣敞等数进谏，不变更，日以益甚，恐危社稷，天下不安。

【注释】

①诸侯王、列侯、二千石绶及墨绶、黄绶：汉制，皇子封为王，其实为诸侯，总称为诸侯王。诸侯王金印盭（lì，绿色）绶，列侯金印紫绶，二千石银印青绶，秩比六百石以上铜印墨绶，比二百石以上铜印黄绶。免奴：被赦免为良人的奴隶。

②旄：节上用旄牛尾作的装饰。此句意为将黄旄改为赤旄。

③御府：宫中藏财物的府库。采缯：有文彩的丝织物。

④湛沔：同“沉湎”。沉溺。

⑤食监：掌管皇帝膳食的官员。未释服：未脱孝服，指居丧期间。

⑥关：由，经过。

⑦殿门：指看守殿门者。内：同“纳”。使入。

⑧设九宾温室：在温室殿中设九宾之礼。九宾，由傧者九人以次传呼接迎上殿。只有接待贵宾方行此仪。

⑨“祖宗庙祠未举”几句：举：举行。汉制，新君即位，须在已葬故君三十六日之后，才祭祀祖先宗庙。园庙：此处指陵庙。昌邑王未祭祀祖先宗庙，而私祭其父昌邑哀王，是违礼；既为昭帝嗣子，再对哀王称“嗣子皇帝”，也是违礼。

⑩旁午：交错，纷繁。

【译文】

私自取出诸侯王、列侯、二千石官的绶带及黑绶、黄绶多条，让昌邑国的郎官佩带，把他们赦免为良人。将节上的黄色旄饰变为赤红色。将御府中的金钱、刀剑、玉器、彩丝等物随意赏赐给那些陪他游玩的人们。与他的从官、官奴们整夜聚饮，沉湎于酒。诏令太官送上皇帝的日常膳食。食监报告说，服丧期间不能如此，他又一次下诏让太官快办，不必报告食监。太官不敢准备，他便指使手下人出宫购买鸡、猪，命令各殿门不得阻拦，每天都是如此。有一天夜里，他在温室大设九宾之礼，单独会见其姐夫昌邑关内侯。列祖列宗的庙祠尚未举行，他却写下玺书，派遣使者持节外出，以三太牢之礼祭祀昌邑哀王的园庙，并自称嗣子皇帝。从接受了皇帝玺印以后至今二十七天当中，他派遣的使者纷进纷出，持节诏令各官署征发之事多达一千一百二十七件。文学光禄大夫夏侯胜等及侍中傅嘉屡次进谏，批评其过失，他派人罗列夏侯胜的罪状并加以审问，将傅嘉捆绑起来，投入狱中。总之，昌邑王的言行荒谬、淫乱、昏庸，丧失了帝王的礼仪，破坏了汉家的制度。臣敞等多次进谏，但他非但没有收敛而且还愈演愈烈，这样下去怕是要危及国家，天下不安。

臣敞等谨与博士臣霸、臣隽舍、臣德、臣虞舍、臣射、臣仓议①，皆曰："高皇帝建功业为汉太祖，孝文皇帝慈仁节俭为太宗，今陛下嗣孝昭皇帝后，行淫辟不轨。《诗》云②：'藉曰未知③，亦既抱子。'五辟之属，莫大不孝④。周襄王不能事母⑤，《春秋》曰'天王出居于郑'⑥，繇不孝出之⑦，绝之于天下也⑧。宗庙重于君，陛下未见命高庙⑨，不可以承天序⑩，奉祖宗庙，子万姓，当废。"臣请有司御史大夫臣谊、宗正臣德、太常臣昌与太祝以一太牢具⑪，告祠高庙。臣敞等昧死以闻。

【注释】

①霸、德、射、仓：四人姓氏，史不详载。隽舍、虞舍：二人同名，故标出姓来。

②《诗》：指《诗经·大雅·抑》之诗。

③藉曰：假使说。

④五辟之属，莫大不孝：《孝经·五刑章》有"五刑之属三千，而罪莫

大于不孝”之语。五辟，五刑。属，类。

⑤周襄王：名郑。襄王生母早死，父惠王又娶惠后。

⑥天王出居于郑：出于僖公二十四年《春秋经》，《公羊传》说：“王者没有外居的道理，为什么说他出呢？因为与他母亲不相得。”

⑦出之：指用“出”字来贬他。

⑧绝：弃绝。

⑨未见命高庙：未曾受命于高庙。

⑩天序：意为天命。

⑪有司：有关官员。太祝：官名。掌祭祀宗庙，属太常。

【译文】

臣敞等谨与博士臣霸、臣隽舍、臣德、臣虞舍、臣射、臣仓商议，他们都说：“高皇帝建功立业，故庙号为汉太祖，孝文皇帝慈仁节俭，故庙号为汉太宗，今昌邑王嗣为孝昭帝的后代，行为邪僻不轨。《诗经》上说：‘假使说他不懂事，也是有了孩子的人了。’五刑之罪，莫重于不孝。古时周襄王不能善侍母亲，《春秋》便书以‘天子出居于郑’，以不孝之罪而用‘出’字来贬他，让天下人都与之相绝。宗庙重于国君，况且陛下还未到高祖庙中祭告，所以他不能够承受天命，奉祀宗庙，为万民父母，应当废黜。”臣请求有关部门的官吏陪同御史大夫臣谊、宗正臣德、太常臣昌与太祝一起到高庙，以太牢的礼仪告祭高皇帝之灵。臣敞等冒死告诉您这些情况。

皇太后诏曰：“可。”以上群臣于太后前宣读奏书。

【译文】

皇太后下诏说：“同意大臣的意见。”以上群臣在太后面前宣读奏书。

光令王起拜受诏，王曰："闻天子有争臣七人[①]，虽亡道不失天下。"光曰："皇太后诏废，安得天子！"乃即持其手，解脱其玺组[②]，奉上太后，扶王下殿，出金马门，群臣随送。王西面拜，曰："愚戇不任汉事[③]。"起就乘舆副车[④]。大将军光送至昌邑邸[⑤]，光谢曰："王行自绝于天，臣等驽怯[⑥]，不能杀身报德。臣宁负王，不敢负社稷。愿王自爱，臣长不复见左右[⑦]。"光涕泣而去。群臣奏言："古者废放之人屏于远方[⑧]，不及以政，请徙王贺汉中房陵县。"太后诏归贺昌邑，赐汤沐邑二千户[⑨]。昌邑群臣坐亡辅导之谊，陷王于恶，光悉诛杀二百余人。出死[⑩]，号呼市中曰："当断不断，反受其乱。"以上王贺归昌邑。

【注释】

①争：通"诤"。争臣，谏诤之臣。昌邑王此番话本于《孝经·谏诤章》。

②玺组：玺绶。

③戇(zhuàng)：愚。不任：担任不起。

④乘舆副车：皇帝的副车。昌邑既被废，只能乘副车。

⑤邸：诸侯王到京朝见皇帝时所住的房舍。

⑥驽：劣马，喻指才能低下。

⑦左右：指昌邑王左右伺候的人。此句则婉言，我永远不能与你见面了。

⑧屏：弃。

⑨汤沐邑：古代帝王赐给诸侯来朝时斋戒自洁的地方。战国以后，国君赐给大臣的封邑亦叫汤沐邑。

⑩出死：出狱到刑场被处死刑。

【译文】

霍光让昌邑王起来拜受太后诏书，昌邑王说："我听说，如果天子身边有七位诤臣的话，即便他是无道之君，也不会失掉天下。"霍光说："皇太后已经下诏将你废黜了，还自称什么天子！"说罢就上前抓住昌邑王的手，解下他身上的御玺，捧着交给皇太后，然后又挽扶昌邑王走下宫殿，来到金马门外，群臣跟随送行。昌邑王面西而拜，说道："愚戆之人，自然不堪主事汉廷。"说罢起身，坐上了乘舆副车。大将军霍光将昌邑王送到昌邑邸，然后向昌邑王道歉说："大王您是自绝于天下，臣等既无才又胆怯，不能杀身以报答您的恩德。臣宁可有负于大王，不敢有负于国家。希望大王自己多多珍重，臣从今以后不再与您相见了。"说完就流着眼泪离开了昌邑邸。大臣们又建议说："古时候都把废黜之人流放到远方边地，不让他干扰国家的政令，我们请求把昌邑王贺流徙到汉中郡房陵县。"皇太后下诏，让刘贺回昌邑，除去封国，另赐他汤沐邑二千户。昌邑群臣因为没有尽到辅佐之责，致使昌邑王犯下罪行，霍光把他们处死二百多人。这二百余人临死前在市中大声呼喊："当断不断，反受其乱！"以上记刘贺回到昌邑。

光坐庭中[①]，会丞相以下议定所立。广陵王已前不用，及燕剌王反诛，其子不在议中。近亲唯有卫太子孙号皇曾孙在民间，咸称述焉。光遂复与丞相敞等上奏曰："《礼》曰[②]：'人道亲亲故尊祖[③]，尊祖故敬宗。'大宗亡嗣[④]，择支子孙贤者为嗣。孝武皇帝曾孙病已，武帝时有诏掖庭养视[⑤]，至今年十八，师受《诗》《论语》《孝经》，躬行节俭，慈仁爱人，可以嗣孝昭皇帝后，奉承祖宗庙，子万姓。臣昧死以闻。"皇太后诏曰："可。"光遣宗正刘德至曾孙家尚冠里[⑥]，洗沐赐御衣[⑦]，太仆以軨猎车迎曾孙就斋宗正府[⑧]，入未央宫见皇太后，封为阳武侯[9]。已而光奉上皇帝玺绶[10]，谒于高庙，是为孝宣皇帝。以上立宣帝。

【注释】

①庭：指掖庭。

②《礼》：指《礼记·大传》。

③亲亲：爱自己的父母。

④大宗：贵族之家，父死由嫡长子继嗣，代代相传，即所谓“百世不迁之宗”。皇室则以皇帝之世代相传为大宗。

⑤武帝时有诏掖庭养视：巫蛊事起，卫太子一支的人，除病已外，全被杀害。后来武帝后悔了，于是命令掖庭抚养病已。

⑥尚冠里：里名。在长安城南。

⑦御衣：御府衣，官内库中的衣服。

⑧軨猎车：一种轻便的小车。本为射猎所乘之车。斋：斋戒。修身反省叫斋，斋必有所戒，故叫斋戒。

⑨阳武：县名。今属河南。按制，庶人不能立为皇帝，故先封宣帝为阳武侯。

⑩已而：不久。

【译文】

霍光坐于掖庭之中，召集丞相以下官员讨论拥立新的皇帝。广陵王之前已被舍弃不用，燕王旦因谋反而自杀，其子弟便不在考虑之列。皇室近亲就只剩下号称皇曾孙的卫太子之孙，此人生活在民间，受到普遍称赞。于是，霍光便又一次与丞相杨敞等人上书皇太后，奏书说：“《礼》书有言：‘人道亲亲故尊祖，尊祖故敬宗。’大宗如果没有继承人，可以从旁支的子孙中选择贤者为继承人。孝武皇帝的曾孙病已，武帝曾下令由掖庭收养，至今已经十八岁了，拜师学习了《诗经》《论语》《孝经》，躬行节俭，慈仁爱人，可以做孝昭皇帝的后代，奉承祖先的宗庙，统治万民。臣冒死以告。”皇太后下诏同意。霍光便派遣宗正刘德来到尚冠里皇曾孙的家里，让他洗濯沐浴，赏赐给他御衣，太仆用軨猎车将曾孙迎接至宗正府进行斋戒。随后来到未央宫朝见皇太后，被封为阳武侯。霍光立即献上皇帝的玺印和绶带，带他参拜了高祖之庙，这就是孝宣皇帝。以上记霍光拥立宣帝。

明年，下诏曰：“夫褒有德，赏元功，古今通谊也。大司马大将军光宿卫忠正，宣德明恩，守节秉谊，以安宗庙。其以河北、东武阳益封光万七千户。”与故所食凡二万户。赏赐前后黄金七千斤，钱六千万，杂缯三万匹，奴婢百七十人，马二千匹，甲第一区。

【译文】

孝宣皇帝即位的第二年，颁发诏书说：“褒奖有德之人，赏赐有功之臣，是古往今来的通义。大司马大将军霍光以忠正之心在宫禁之中值宿警卫，宣扬道德，彰明恩泽，保守臣节，秉持仁义，使国家安定。今从河北、东武阳两地给霍光加封一万七千户。”连同先前所封食邑，共二万户。前后赏赐的黄金达七千斤，另有钱六千万，各色彩帛三万匹，奴婢一百七十人，马二千匹，上等的住宅一区。

自昭帝时，光子禹及兄孙云皆中郎将，云弟山奉车都尉、侍中，领胡越兵①。光两女婿为东西宫卫尉②，昆弟诸婿外孙皆奉朝请③，为诸曹大夫、骑都尉、给事中④。党亲连体⑤，根据于朝廷。光自后元秉持万机⑥，及上即位，乃归政。上谦让不受，诸事皆先关白光⑦，然后奏御天子。光每朝见，上虚己敛容[⑧],礼下之已甚[⑨]。

【注释】

①领胡越兵:统率外族归附的军队。

②光两女婿:指范明友和邓广汉,他们分别为未央宫和长乐宫卫尉。

③昆弟诸婿外孙:指霍光兄弟辈的女婿和外孙。奉朝请:朝廷有事即参加朝会,此为一种礼遇。

④骑都尉:官名。统率羽林骑,属光禄勋。

⑤党亲:党羽亲戚。

⑥万机:指帝王日常的繁杂政务。

⑦关白:禀告请示。

⑧敛容:即态度严肃起来。

⑨已甚:太过。

【译文】

自昭帝时起,霍光的儿子霍禹及霍光兄长之孙霍云都已官至中郎将,霍云的弟弟霍山为奉车都尉、侍中,统领胡越骑兵。霍光的两个女婿分别担任东、西宫的卫尉,霍光兄弟的女婿及外孙也都可参与朝会,分别担任诸曹大夫、骑都尉、给事中等职。霍氏党羽亲族连成一体,盘根错节地控制了朝廷各个要害部门。霍光从武帝后元二年起便总理朝政,待宣帝即位后,霍光才把权力交还他。宣帝谦让再三,不肯理政,所有的政事都要先请示霍光,然后才报告天子。每次霍光来朝见,宣帝都是很恭敬地接待他,对他非常尊重和礼貌。

光秉政前后二十年,地节二年春病笃[①],车驾自临问光病,上为之涕泣。光上书谢恩曰:“愿分国邑三千户,以封兄孙奉车都尉山为列侯，奉兄票骑将军去病祀。”事下丞相御史，即日拜光子禹为右将军。

【注释】

①地节二年：前68年。地节，汉宣帝年号（前69—前66）。

【译文】

霍光执政先后二十年，地节二年的春天，他的病势沉重，汉宣帝亲自到他家中探望问候，为他病重而难过得掉下了眼泪。霍光上书宣帝谢恩说：“请求从国邑中分出三千户，封哥哥的孙子奉车都尉霍山为列侯，以使哥哥骠骑将军去病得到祭祀。”宣帝请丞相、御史大夫处理此事，并在接到上书的当天，便拜霍光之子禹为右将军。

光薨，上及皇太后亲临光丧。太中大夫任宣与侍御史五人持节护丧事。中二千石治莫府冢上[①]。赐金钱、缯絮，绣被百领，衣五十箧，璧珠玑玉衣、梓宫、便房、黄肠题凑各一具[②]，枞木外臧椁十五具[③]。东园温明[④]，皆如乘舆制度[⑤]。载光尸柩以辒辌车[⑥]，黄屋左纛[⑦]，发材官轻车北军五校士军陈至茂陵[⑧]，以送其葬。谥曰宣成侯。发三河卒穿复土[⑨]，起冢祠堂[⑩]，置园邑三百家[⑪]，长丞奉守如旧法[⑫]。

【注释】

①治莫府冢上：在坟上设立临时办公处。

②璧：圆形而中心有孔的玉。玑：不圆的珠子。玉衣：裹尸之物。梓宫：用梓木做的棺材。便房：用楩木做成的椁。题凑：用木累在棺上，如四面有檐的屋子，木的头都向内，故称。题，头。凑，

聚。因用黄心柏木，所以叫黄肠题凑。

③外臧椁：厨厩之属。臧，通“藏”。

④东园：官署名。专门制作供丧葬用的器物，属少府。温明：古代葬器。形如方漆桶，开一面，置镜其中，以悬尸上。

⑤乘舆制度：指皇帝的丧葬制度。

⑥辒辌（wēn liáng）车：像衣车，旁有窗，关上则温，打开则凉。本为供人卧息的车，后用于载丧，便成为丧车。

⑦黄屋：用黄缯作车盖的里子。左纛：在车衡左方插上纛。纛，饰有羽毛的大旗。黄屋左纛，均为皇帝的乘舆制度。

⑧材官：高级武官手下的武弁。轻车：汉代兵种之一。北军：汉代禁军之一，共五营。五校：即五营。北军五校军士只有在皇帝出殡时才充任仪仗队。军陈：军队排列成行阵。陈，同“阵”。

⑨三河：指河东、河内、河南三郡。卒：指服劳役的隶卒。穿：穿圹，即挖掘墓穴。复土：下棺后把土填上。

⑩起冢：封起坟头。

⑪园邑：汉代帝王的陵墓称园，或称园邑。霍光照帝王葬礼，盖为特例。句意谓安排三百户人家看守陵墓。

⑫长丞：看守陵园的官吏。

【译文】

霍光去世之后，汉宣帝和皇太后都亲来吊唁。太中大夫任宣与五名侍御史持节监护督办丧事。朝廷的中二千石级官员在墓地上设置临时机构治丧。汉宣帝赏赐了许多金钱和帛绢丝绵，还赏赐绣被一百条，衣服五十箱，还有镶有美玉玑珠的金缕玉衣、梓宫、便房、黄肠题凑各一具，枞木外藏椁十五具。还有东园制作的温明秘器，都是按照皇帝葬制的规格。出葬时用辒辌车装载霍光的尸柩，黄屋左纛，调发材官、轻车及北军五个营的士兵列阵送葬直到茂陵。赐霍光谥号为宣成侯。征发三河戍卒掘坑填土，堆筑坟冢，建造祠堂，安置三百户人家由长丞负责，依例为霍光看冢守园。

既葬，封山为乐平侯，以奉车都尉领尚书事。天子思光功德，下诏曰："故大司马大将军博陆侯宿卫孝武皇帝三十有余年，辅孝昭皇帝十有余年，遭大难，躬秉谊，率三公、九卿、大夫定万世册[1]，以安社稷，天下蒸庶咸以康宁[2]。功德茂盛，朕甚嘉之。复其后世[3]，畴其爵邑[4]，世世无有所与[5]，功如萧相国。"明年夏，封太子外祖父许广汉为平恩侯，复下诏曰："宣成侯光宿卫忠正，勤劳国家，善善及后世[6]，其封光兄孙中郎将云为冠阳侯。"以上光晚年门第之盛。

【注释】

①三公：西汉以丞相（大司徒）、太尉（大司马）、御史大夫（大司空）合称三公。

②蒸庶：百姓。蒸，通"烝"，众。

③复：免除赋税徭役。

④畴：等级，次序。

⑤与：通"预"。

⑥善善：褒奖善人。

【译文】

葬礼之后，汉宣帝封霍山为乐平侯，以奉车都尉之职兼管尚书事务。天子追思霍光的功德，下诏书说："已故大司马大将军博陆侯在宫禁中侍奉孝武皇帝三十多年，辅佐孝昭帝十多年，当国家大难临头之际，坚持大义，亲自率领三公九卿诸大夫定下万世之策，使国家安定，黎民百姓得以康宁。功德茂盛，朕对此极为赞许。从今以后，免除其后人一切赋税徭役，不递减其爵位封邑，世世代代不许更改，功与萧相国一样。”第二年夏天，宣帝封太子的外祖父许广汉为平恩侯，又下诏书说：“宣成侯霍光在宫禁中侍奉天子，忠贞不二，为国家立下汗马功劳，褒奖善人要泽及后世，故封霍光兄长之孙中郎将霍云为冠阳侯。”以上记霍光晚年门第鼎盛。

禹既嗣为博陆侯，太夫人显改光时所自造茔制而侈大之[①]，起三出阙[②]，筑神道[③]，北临昭灵，南出承恩，盛饰祠室，辇阁通属永巷[④]，而幽良人婢妾守之。广治第室，作乘舆辇，加画绣絪冯[⑤]，黄金涂，韦絮荐轮[⑥]，侍婢以五采丝挽显，游戏第中。初，光爱幸监奴冯子都[⑦]，常与计事，及显寡居，与子都乱。而禹、山亦并缮治第宅，走马驰逐平乐馆[⑧]。云当朝请，数称病私出，多从宾客，张围猎黄山苑中[⑨]，使苍头奴上朝谒[⑩]，莫敢谴者。而显及诸女，昼夜出入长信宫殿中[⑪]，亡期度[⑫]。以上霍氏之骄侈。

【注释】

①茔：墓。

②起三出阙：墓前石阙有三个门出入。

③神道：墓前大道。

④永巷：宫中的长巷。此处指在墓上作辇阁之道及长巷。

⑤絪冯：即茵凭，绣画的车垫子。絪，通“茵”。

⑥韦絮荐轮：用熟牛皮裹车轮，加上丝絮，使车行走时，不至于震动。

⑦奴监：监知家务奴婢。冯子都：名殷。

⑧平乐馆：上林苑中的跑马场。

⑨张围：布网。黄山苑：在今陕西兴平。

⑩苍头奴：头包青巾的奴仆。上谒：参见尊贵者。

⑪长信宫殿：上官太后（霍光外孙女）所居住的宫殿。

⑫亡期度：没有时间的限制。

【译文】

霍禹继承了霍光的博陆侯爵位之后，他的母亲显便将霍光生前自定的墓地规制改易扩大，建起了有三个门洞的石阙，修筑了神道，墓地北端临近昭灵馆，南端逾出承恩馆，还大肆修饰祠堂，使冢上的辇阁之道与永巷相连通，将一些平民出身的婢妾幽禁于墓园之中守冢。还扩修宅院房屋，私自仿制的辇车，加画绣的车垫，以黄金涂饰，用熟牛皮裹着丝絮包住车轮，显坐在辇车上，让奴婢们用五彩丝带拉着在宅院中游乐。先前，霍光很宠幸霍府的家奴总管冯子都，经常与他商议一些事情，等到显守寡独居之后，她便与冯子都勾搭成奸。霍禹、霍山也都修饰宅第，在平乐馆内飞马驰骋。霍云好几次托病不入朝议事，私下带领众多的宾客在黄山苑中张围行猎，却指使其家奴上朝谒见，大家都敢怒不敢言。显及其诸女常常不分昼夜地出入太后所居的长信宫，毫无时间的限度。以上记霍氏的骄纵奢侈。

宣帝自在民间闻知霍氏尊盛日久，内不能善。光薨，上始躬亲朝政，御史大夫魏相给事中。显谓禹、云、山：“女曹不务奉大将军余业，今大夫给事中，他人壹间[①]，女能复自救邪？”后两家奴争道[②]，霍氏奴入御史府，欲蹋大夫门，御史为叩头谢，乃去。人以谓霍氏，显等始知忧。会魏大夫为丞相，数燕见言事[③]。平恩侯与侍中金安上等径出入省中。时，霍山自若领尚书，上令吏民得奏封事[④]，不关尚书，群臣进见独往来[⑤]，于是霍氏甚恶之。

【注释】

①间：挑拨离间。

②两家：指霍氏和御史家。

③燕见：帝王闲暇时进见。

④封事：密封的奏章。

⑤进见独往来：各自单独进言于皇帝。

【译文】

汉宣帝早在民间时就知道霍氏已享有多年的尊盛，内心不认为这是件好事。霍光去世后，宣帝开始亲理朝政，御史大夫魏相又加官给事中。显对霍禹、霍云、霍山等人说："你们还不去维护大将军遗留下来的基业？现在御史大夫担任给事中，日后如有人挑拨离间，你们还来得及自救吗？"后来，霍府和魏府两家的家奴因抢道发生争执，霍府家奴闯入御史府，要踢坏御史府的大门，御史大夫给他们磕头赔罪，方才罢休离去。有人把这件事告诉了霍氏，显这才开始忧虑起来。此后不久魏相拜为丞相，宣帝好几次在退朝之后召他议事。平恩侯和侍中金安上等人也大摇大摆地出入宫禁。当时，霍山虽然依旧兼管尚书事务，但宣帝却下令允许吏民将奏章密封直接奏上，不必经尚书的处理，这样百官就可以各自单独向皇帝进言，霍氏对此非常不满。

宣帝始立，立微时许妃为皇后①。显爱小女成君，欲贵之，私使乳医淳于衍行毒药杀许后②，因劝光内成君，代立为后，语在《外戚传》。始，许后暴崩，吏捕诸医，劾衍侍疾亡状不道，下狱。吏簿问急，显恐事败，即具以实语光。光大惊，欲自发举，不忍，犹与③。会奏上，因署衍勿论④。光薨后，语稍泄。于是上始闻之而未察，乃徙光女婿度辽将军未央卫尉平陵侯范明友为光禄勋⑤，次婿诸吏中郎将羽林监任胜出为安定太守。数月，复出光姊婿给事中光禄大夫张朔为蜀郡太守，群孙婿中郎将王汉为武威太守。顷之，复徙光长女婿长乐卫尉邓广汉为少府。更以禹为大司马，冠小冠，亡印绶，罢其右将军屯兵官属，特使禹官名与光俱大司马者⑥。又收范明友度辽将军印绶，但为光禄勋。及光中女婿赵平为散骑骑都尉光禄大夫将屯兵，又收平骑都尉印绶。诸领胡越骑、羽林及两宫卫将屯兵，悉易以所亲信许、史子弟代之⑦。以上宣帝夺霍氏之权。

【注释】

①微时：地位低贱的时候。

②乳医：产科医生。

③犹与：同“犹豫”。迟疑不决。

④署：批，批于奏后。

⑤徙：调动。

⑥特：但。俱大司马者：言霍禹仍像霍光一样为大司马，但无兵校可指挥。

⑦许：指许广汉。史：指史伯。二人皆为宣帝亲信。

【译文】

汉宣帝即位不久，就把他在民间娶的妻子许氏立为皇后。显疼爱她的小女儿成君，为使成君尊贵，私下指使产科医生淳于衍用毒药将许皇后害死，然后又劝说霍光把成君送入后宫，代立为皇后，事情记载在《外戚传》中。当初，许皇后突然死亡之时，官员将医生统统抓了起来，指控淳于衍等人治疗不力，有大逆不道之罪，将他们关进监牢。官员审讯非常严厉，显担心事情败露，便将实情全部告诉了霍光。霍光听了大吃一惊，他本想亲自揭发检举，但又于心不忍，为此而犹豫不决。正好有关部门将审讯的情况报了上来，霍光便批示不再追究淳于衍的罪行。霍光死后，这件事逐渐走漏风声。于是宣帝也开始有所耳闻，但还未明察虚实，所以先将霍光的女婿度辽将军未央宫卫尉平陵侯范明友调任光禄勋，将霍光的二女婿诸吏中郎将羽林监任胜放出京师任安定郡太守。几个月后，又调任霍光姐姐的女婿给事中光禄大夫张朔为蜀郡太守，调任霍光孙女婿中郎将王汉任武威太守。不久，又将霍光的长女婿长乐宫卫尉邓广汉调任为少府。改任霍禹为大司马，戴小冠，不给印绶，解除了他的右将军职务并遣散其旧有兵卒官吏，只是在名义上使霍禹和霍光一样官居大司马。又收回了范明友的度辽将军的印绶，仅保留了光禄勋的职务。霍光的中女婿赵平原为散骑都尉光禄大夫，有领兵权，也被收回了骑都尉的印绶。所有统领胡越骑兵、羽林军及两宫卫尉的重要军职，一律都换由他亲信的许、史两家的子弟取而代之。以上记宣帝夺掉霍氏家族的权柄。

禹为大司马，称病。禹故长史任宣候问，禹曰："我何病？县官非我家将军不得至是①，今将军坟墓未干，尽外我家，反任许、史，夺我印绶，令人不省死②。"宣见禹恨望深，乃谓曰："大将军时何可复行！持国权柄，杀生在手中。廷尉李种、王平、左冯翊贾胜胡及车丞相女婿少府徐仁皆坐逆将军意下狱死。使乐成小家子得幸将军③，至九卿封侯。百官以下但事冯子都、王子方等④，视丞相亡如也⑤。各自有时，今许、史自天子骨肉，贵正宜耳。大司马欲用是怨恨，愚以为不可。"禹默然。数日，起视事。

【注释】

①县官：指天子。

②不省死：令人不能理解。

③使乐成：即史乐成，霍光家奴。

④冯子都、王子方：均为霍光的家奴。

⑤亡如：没有什么，不看在眼里。

【译文】

霍禹为大司马，称病在家。他以前的幕府长史任宣前来探问，霍禹说："我哪里是生病！皇上还不是靠了我家大将军的拥立才成了天子，可现在大将军坟上的土还没干，他就开始竭力排斥我们家了，反过来却重用许、史两家，夺我实权，让人至死也难以理解。"任宣见霍禹怀恨很深，就开导他说："大将军的时代怎么还会再有呢？他掌握着国家大权，生杀予夺易如反掌。廷尉李种、王平、左冯翊贾胜胡及车丞相的女婿少府徐仁等人，都因违背了大将军的意愿而被治罪，死于狱中。而史乐成原本贫寒出身，就因为大将军喜欢他，也就能官列九卿，受封为侯。当时朝廷百官都乐意为冯子都、王子方效力，对丞相却视若不见。每家都有自己的盛衰之时，现今许、史两家与天子骨肉相亲，他们尊贵有势是理所当然的。大司马若因此而心怀怨恨，我认为是不可以的。"霍禹听了默然不语。几天之后，就开始办公治事了。

显及禹、山、云自见日侵削，数相对啼泣，自怨。山曰："今丞相用事，县官信之，尽变易大将军时法令，以公田赋与贫民，发扬大将军过失。又诸儒生多窭人子[①]，远客饥寒，喜妄说狂言，不避忌讳，大将军常仇之，今陛下好与诸儒生语，人人自使书封事，多言我家者。尝有上书言大将军时主弱臣强，专制擅权，今其子孙用事，昆弟益骄恣，恐危宗庙，灾异数见，尽为是也。其言绝痛，山屏不奏其书。后上书者益黠，尽奏封事，辄使中书令出取之，不关尚书，益不信人。"显曰："丞相数言我家，独无罪乎？"山曰："丞相廉正，安得罪？我家昆弟诸婿多不谨。又闻民间讙言霍氏毒杀许皇后[2]，宁有是邪？"显恐急，即具以实告山、云、禹。山、云、禹惊曰："如是，何不早告禹等！县官离散斥逐诸婿，用是故也。此大事，诛罚不小，奈何？"于是始有邪谋矣。

【注释】

①窭(jù)：贫寒。

②讙：喧哗。

【译文】

显及霍禹、霍山、霍云等人看到霍氏权势日渐被侵占削夺，几次相对哭诉，自相埋怨。霍山说："现在丞相掌权管事，皇上对他言听计从，把大将军在世时定下的法律全都给变换了，还把国家的公田出租给贫民，又大肆宣扬大将军的过失。还有那些儒生，多是贫寒人家子弟，远道来到京城，衣食不保，却最喜欢口出狂言，说话无遮无拦，大将军活着的时候很讨厌他们，如今陛下却偏喜欢和这些人谈论，让他们纷纷上书议论国事，多有论及我们霍家的。曾有一封上书说，大将军时是主弱臣强，指责大将军独揽大权，专断政事，现在朝廷又重用大将军的子弟，其兄弟亲属更加骄纵恣意，恐怕会危害祖宗江山，近来几次出现灾异，原因就在这里。这份上书言辞尖锐激烈，我便摒除不奏。谁知以后的上书之人更为狡猾，全都为密封奏本，皇上立即派中书令出宫调取，不再先由尚书过目，这明显是愈发不信任我们了。"显问他："丞相三番五次挑咱家的毛病，难道他就没有罪过吗？"霍山说："丞相廉洁公正，哪里有罪过呢？可我们家的兄弟和女婿们却多是言行不谨。我还听说，社会上纷纷传言，说我们霍家毒死了许皇后，是真的吗？"显听了很害怕，便详细将实情告诉霍禹、霍山、霍云。霍禹、霍山、霍云听了大吃一惊，埋怨显说："既然真有此事，您怎么不早点告诉我们，皇上现在拆散退斥我家诸位女婿，就是因为他已经知道了这件事。这可是株连九族的大事，怎么来对付呢？"就这样，霍氏开始图谋不轨了。

初，赵平客石夏善为天官[①]，语平曰："荧惑守御星[②]，御星，太仆奉车都尉也，不黜则死。"平内忧山等。云舅李竟所善张赦见云家卒卒[③]，谓竟曰："今丞相与平恩侯用事，可令太夫人言太后，先诛此两人。移徙陛下，在太后耳。"长安男子张章告之，事下廷尉。执金吾捕张赦、石夏等，后有诏止勿捕。山等愈恐，相谓曰："此县官重太后，故不竟也。然恶端已见，又有弑许后事，陛下虽宽仁，恐左右不听，久之犹发，发即族矣，不如先也。"遂令诸女各归报其夫，皆曰："安所相避[④]？"以上霍氏怨望，私相计议。

【注释】

①天官：通晓星相天文者。

②荧惑：火星。守：犯。

③卒卒：急急忙忙。

④安所相避：无处避祸。意即只能铤而走险了。

【译文】

当初，赵平有一位宾客叫石夏，善于观察星象，他对赵平说："我看见荧惑冲犯了御星，御星是太仆、奉车都尉的象征，霍山如果不是被黜退，便有杀身之祸。"赵平听罢心中很为霍山等人担忧。霍云舅舅李竟的好朋友张赦看到霍家人惶惶不安的样子，就对李竟说："现在是丞相和平恩侯两人当权主事，可通过太夫人转告太后，先除掉他们。然后废黜天子，只是太后一句话的事情了。"长安男子张章告发了此事，汉宣帝让廷尉处理。执金吾要逮捕张赦、石夏等人，后来汉宣帝下令停止逮捕。霍山等人更加惶恐，商议说："这是皇上看重太后，所以没有追究到底。但现在已得罪了天子，加上弑杀许皇后的事，陛下即使再宽仁容人，也挡不住他身边近臣的挑拨煽动，所以过一段时间肯定还要继续追查，一旦查清，我们就要被灭族除根了，不如我们先动手。"于是诸女各回夫家，将霍山等人的打算告诉自己的丈夫，这些人听了都说："是祸躲不过，干吧！"以上记霍家怨恨不平，私下商议，图谋不轨。

会李竟坐与诸侯王交通，辞语及霍氏，有诏云、山不宜宿卫，免就第。光诸女遇太后无礼[①]，冯子都数犯法，上并以为让，山、禹等甚恐。显梦第中井水溢流庭下，灶居树上，又梦大将军谓显曰："知捕儿不？亟下捕之。"第中鼠暴多，与人相触，以尾画地。鸮数鸣殿前树上[②]。第门自坏。云尚冠里宅中门亦坏。巷端人共见有人居云屋上，彻瓦投地，就视，亡有，大怪之。禹梦车骑声正讙来捕禹，举家忧愁。山曰："丞相擅减宗庙羔、菟、蛙[③]，可以此罪也。"谋令太后为博平君置酒，召丞相、平恩侯以下，使范明友、邓广汉承太后制引斩之，因废天子而立禹。约定未发，云拜为玄菟太守，太中大夫任宣为代郡太守。山又坐写秘书[④]，显为上书献城西第，入马千匹，以赎山罪。书报闻[⑤]，会事发觉，云、山、明友自杀，显、禹、广汉等捕得。禹要斩，显及诸女昆弟皆弃市。唯独霍后废处昭台宫，与霍氏相连坐诛灭者数千家。

【注释】

①光诸女遇太后无礼：霍光的女儿认为她们是上官太后的姨妈，对

她就不太礼貌了。

②鸮(xiāo):一种凶猛的鸟。

③羔:小羊。菟:通“兔”。

④写:通“泄”。泄露。

⑤书报闻:宣帝在奏书上批复知道了。

【译文】

恰巧这时李竟因私下与诸侯王来往而获罪入狱,在供词中涉及霍氏阴谋,汉宣帝下诏说霍云、霍山不宜再在宫中值宿警卫,将他们罢官归家。同时,霍光诸女慢待太后,冯子都屡次违法,宣帝也一并加以谴责,霍山、霍禹等人陷入极度恐慌之中。显梦见自家院中井水翻涌,横溢于庭院,火灶支到了树上,又梦见大将军对她说:“知道我们儿子要被抓起来了吗? 马上就要来抓了。”宅第中又突然窜出许多老鼠,它们和人直撞,用尾巴在地上乱划;鸮鸟几次飞到屋前鸣叫;府上的大门也无缘无故地坏了。霍云在尚冠里的住宅也是屋门自坏。在巷头居住的人明明看见有人爬到霍云家的屋顶上,揭下瓦片往地上扔,走近一看却什么也没有,大为奇怪。霍禹在梦中听见隆隆的车马之声,是前来抓他的,霍氏全家不胜忧愁。霍山说:“丞相擅自减少了宗庙祭祀所用羊羔、兔子和青蛙的数量,可以借此问罪。”他们计划由上官太后出面宴请博平君,召丞相和平恩侯前来陪同,再由范明友、邓广汉承太后的旨意诛杀此二人,借势废黜天子,立霍禹为天子。商议妥当,正待行动时,宣帝任命霍云为玄菟郡太守,任命太中大夫任宣为代郡太守。而霍山则因泄露机密而获罪,显上书说,愿意献出城西的住宅和一千匹马为霍山赎罪。宣帝在奏书上批复知道了,这时,霍氏政变的阴谋也被揭露出来,霍云、霍山、范明友畏罪自杀,显、霍禹、邓广汉等人被捕。霍禹被腰斩,显及诸女、兄弟都被处以死刑。唯独剩下霍皇后一人活了下来,但也被废,幽禁于昭台宫,受霍氏牵连诛杀的有数千家之多。

上乃下诏曰："乃者东织室令史张赦使魏郡豪李竟报冠阳侯云谋为大逆，朕以大将军故，抑而不扬，冀其自新。今大司马博陆侯禹与母宣成侯夫人显及从昆弟子冠阳侯云、乐平侯山、诸姊妹婿谋为大逆，欲诖误百姓[①]。赖祖宗神灵，先发得[②]，咸伏其辜，朕甚悼之。诸为霍氏所诖误，事在丙申前[③]，未发觉在吏者，皆赦除之。男子张章先发觉，以语期门董忠，忠告左曹杨恽，恽告侍中金安上。恽召见对状，后章上书以闻。侍中史高与金安上建发其事，言无入霍氏禁闼，卒不得遂其谋，皆雠有功[④]。封章为博成侯，忠高昌侯，恽平通侯，安上都成侯，高乐陵侯。"以上霍氏之诛。

【注释】

①诖(guà)：牵连，连累。

②发得：事发而捕得。

③丙申：八月朔日。

④雠：等，同。

【译文】

汉宣帝于是下诏说："不久以前，东织室令张赦通过魏郡的豪强李竟唆使冠阳侯霍云犯上作乱，朕看在大将军的面子上将此事压下不提，希望他能悔过自新。现在大司马博陆侯霍禹和他的母亲宣成侯夫人显以及其堂兄弟子冠阳侯霍云、乐平侯霍山、诸姊妹女婿阴谋反叛，欲遗害百姓。幸赖祖宗神灵保佑，被事先发觉，将他们抓获，现在都已经引罪伏法了，朕对此事甚为遗憾。凡在八月一日以前为霍氏所陷害而关押在狱的官吏和民众，未发现有真实罪过的，一律赦免释放。男子张章最先发现霍氏阴谋，随即告诉了期门董忠，董忠又告知左曹杨恽，杨恽则告知侍中金安上。经杨恽的调查核实，由张章上书告发。侍中史高和金安上协同处置此事，传令不许霍氏进入宫廷，最终使他们的阴谋失败，这些人立下了同样的功劳。因此封张章为博成侯，董忠为高昌侯，杨恽为平通侯，金安上为都成侯，史高为乐陵侯。”以上记霍氏被灭。

初，霍氏奢侈，茂陵徐生曰：“霍氏必亡。夫奢则不逊，不逊必侮上。侮上者，逆道也。在人之右，众必害之。霍氏秉权日久，害之者多矣。天下害之，而又行以逆道，不亡何待！”乃上疏言：“霍氏泰盛[①]，陛下即爱厚之，宜以时抑制，无使至亡。”书三上，辄报闻。其后霍氏诛灭，而告霍氏者皆封。人为徐生上书曰：“臣闻客有过主人者，见其灶直突[②]，傍有积薪，客谓主人，更为曲突，远徙其薪，不者且有火患。主人嘿然不应。俄而家果失火，邻里共救之，幸而得息。于是杀牛置酒，谢其邻人，灼烂者在于上行[③]，余各以功次坐，而不录言曲突者。人谓主人曰：‘乡使听客之言，不费牛、酒，终亡火患。今论功而请宾，曲突徙薪亡恩泽，燋头烂额为上客耶[④]？’主人乃寤而请之[⑤]。今茂陵徐福数上书言霍氏且有变，宜防绝之。向使福说得行，则国亡裂土出爵之费，臣亡逆乱诛灭之败。往事既已，而福独不蒙其功，唯陛下察之，贵徙薪曲突之策，使居焦发灼烂之右。”上乃赐福帛十匹，后以为郎。以上赏徐福。

【注释】

①泰：通“太”。过于，过分。

②突：烟囱。

③灼烂：火烧伤。上行：此指上座。

④燋：通“焦”。火伤。

⑤寤：通“悟”。醒悟过来。

【译文】

当初，霍家生活豪奢，茂陵的徐生就说：“霍家一定会败亡，奢侈之人必然不恭顺，不恭顺必然会欺侮主上。而欺侮主上是大逆不道的行为。在人之上的人，大家必定会妒忌他。霍家擅权多年，妒忌他们的人多得很。既遭大家的妒忌，又有大逆不道的行为，哪有不亡的道理。”于是他上书说：“霍氏现在过于尊盛，陛下倘若真心爱护他们，就应选择合适的机会，削弱其权势，不要使他们走上覆灭的道路。”徐生连续写了三份这样的奏书，皇上都只批复知道了。后来霍氏果然被灭族，那些告发霍氏罪行的人都因功封侯。有人为徐生鸣不平，上书汉宣帝说：“臣听说有一人到某家去拜访，看到这家火灶的烟囱是笔直的，灶旁还堆放了许多柴火，他对主人说，应改用弯曲的烟囱，把柴火挪远一点，否则容易发生火灾。主人听罢，默然不语。不久果然失火，邻居们都来救火，侥幸将火扑灭。于是这家主人杀牛买酒，设宴酬谢众邻居，那些被烧伤的人被请至上席，其余的人也都按出力大小就座，单单不请提醒他改灶搬柴的人。有人对主人说：‘假若当初您听了那位客人的劝告，不必破费杀牛买酒，最终也不会发生火灾。可您今天大请宾客，论功入座，劝您改灶搬柴的人的恩德被遗忘，焦头烂额之人奉为上宾，这好吗？’主人听了，恍然大悟，便把那位客人请来赴宴。今有茂陵人徐福，曾经几次上书提醒陛下，霍氏将会有变故，最好能防患于未然。假若当初听从了他的意见，不仅陛下可以免去分土封侯的开支，而且大臣们也不会落得犯上作乱、宗族夷灭的下场。现在事情已经过去了，还剩下徐福一人有功未赏，希望陛下明察此事，重视曲突徙薪的良策，使其功在焦发灼烂者之上。”于是宣帝赐给徐福十匹帛，后来又让他做了郎官。以上记汉宣帝赏赐徐福。

宣帝始立，谒见高庙，大将军光从骖乘[①]，上内严惮之，若有芒刺在背。后车骑将军张安世代光骖乘，天子从容肆体[②]，甚安近焉。及光身死而宗族竟诛，故俗传之曰："威震主者不畜，霍氏之祸萌于骖乘。"

【注释】

①骖乘(chéng)：陪乘。

②肆：放松。

【译文】

宣帝即位之初到高庙参拜，大将军霍光骖乘，宣帝内心对他非常忌惮，犹如芒刺在背。后来车骑将军张安世代替霍光骖乘，天子举止从容，四肢舒展，很是安和。等到霍光去世而其宗族也全被诛灭，民间流传这样一句话："威震主者不能长久，霍氏之祸萌于骖乘。"

至成帝时，为光置守冢百家，吏卒奉祠焉。元始二年[①]，封光从父昆弟曾孙阳为博陆侯，千户。

【注释】

①元始二年：2 年。元始，汉平帝年号(1—5)。

【译文】

成帝即位后，为霍光设置了百户守冢人家，令吏卒以时祭祀。元始二年，平帝又封霍光堂伯父之兄弟的曾孙为博陆侯，食邑一千户。

李广苏建传

【题解】

此传为李氏、苏氏的列传，重点记述了李广、李陵和苏武三人，他们的生平事迹都与匈奴有关,故有此合传。李广是汉代名将,毕生致力于抗击匈奴。作者热情歌颂了李广的才略与功勋,对其不幸遭遇寄予深切的同情。作者肯定了李广之孙李陵的战功,对其不能杀身成仁以致招至李氏三世而绝深表遗憾。尤可称道的是,作者以生动传神之笔,深深敬佩之情,如实描述了苏武坚持民族气节、威武不屈、贫贱不移、刚毅坚韧的高贵品质和感人事迹。三者合传,有互为衬托之效。传文以人物的活动为主线,层次清楚,文字生动活泼。

李广,陇西成纪人也①。其先曰李信,秦时为将,逐得燕太子丹者也。广世世受射②。孝文十四年③,匈奴大入萧关④,而广以良家子从军击胡⑤,用善射,杀首虏多,为郎,骑常侍⑥。数从射猎,格杀猛兽,文帝曰:“惜广不逢时,令当高祖世,万户侯岂足道哉!”

【注释】

①陇西:郡名。因在陇山之西而得名,治所在今甘肃临洮南。成纪:县名。在今甘肃静宁西南。

②受射:受射法。

③孝文:即汉文帝刘恒,前179—前157年在位。文帝十四年,即前166年。

④萧关:关名。故址在今宁夏固原东南,为自关中通向塞北的交通要冲。

⑤良家:除医、卜、罪吏、奴、商以外的家世“清白”的人家。

⑥骑常侍:加官名。官为郎,常骑以侍天子,故曰骑常侍。

【译文】

李广,是陇西成纪人。他的先人李信,曾任秦国的将军,追击并获得燕太子丹首级。李广家世代传习射法。汉文帝十四年，匈奴大举入侵萧关，李广以清白人家子弟的身份参军抗击匈奴，因擅长射箭，杀敌很多而被任命为郎官、骑常侍。多次随从皇帝出猎，格杀猛兽，汉文帝说："可惜李广生不逢时，假若在高祖时，封万户侯又算得了什么！"

景帝即位，为骑郎将①。吴、楚反时，为骁骑都尉，从太尉亚夫战昌邑下②，显名。以梁王授广将军印③，故还，赏不行。为上谷太守④，数与匈奴战。典属国公孙昆邪为上泣曰："李广材气，天下亡双，自负其能，数与虏确⑤，恐亡之。"上乃徙广为上郡太守⑥。

【注释】

①骑郎将：官名。职掌领骑郎。

②亚夫：姓周，沛县人，周勃之子，封为条侯。

③梁王：刘武，为汉文帝次子，汉景帝之弟。

④上谷：郡名。治所在今河北怀来。

⑤确：较量。

⑥上郡：郡名。治所在今陕西榆林东南。

【译文】

汉景帝即位时，李广任骑郎将。吴、楚七国叛乱时，李广任骁骑都尉，随从太尉周亚夫在昌邑城下与叛军战斗，名声显扬。因接受了梁王所赐的将军印，所以回京以后，没有得到朝廷封赏。后来任上谷太守，多次与匈奴交锋。典属国公孙昆邪流着眼泪对汉景帝说："李广的才气天下无双，他又自恃能力高强，屡次与匈奴较量，这样下去恐怕要失去这位将军。"于是汉景帝改任李广为上郡太守。

匈奴入上郡，上使中贵人从广勒习兵击匈奴[①]。中贵人者，将数十骑从，见匈奴三人，与战。射伤中贵人，杀其骑且尽。中贵人走广[②]，广曰："是必射雕者也[③]。"广乃从百骑往驰三人[④]。三人亡马步行，行数十里。广令其骑张左右翼，而广身自射彼三人者，杀其二人，生得一人，果匈奴射雕者也。已缚之上山，望匈奴数千骑，见广，以为诱骑，惊，上山陈[⑤]。广之百骑皆大恐，欲驰还走。广曰："我去大军数十里，今如此走，匈奴追射，我立尽。今我留，匈奴必以我为大军之诱，不我击[⑥]。"广令曰："前！"未到匈奴陈二里所，止，令曰："皆下马解鞍！"骑曰："虏多如是，解鞍，即急，奈何？"广曰："彼虏以我为走，今解鞍以示不去，用坚其意。"有白马将出护兵[⑦]。广上马，与十余骑奔射杀白马将，而复还至其百骑中，解鞍，纵马卧[⑧]。时会暮，胡兵终怪之，弗敢击。夜半，胡兵以为汉有伏军于傍，欲夜取之，即引去。平旦[⑨]，广乃归其大军。后徙为陇西、北地、雁门、云中太守[⑩]。以上景帝时为上郡、上谷、陇西等六郡太守。

【注释】

①中贵人：内臣中受到贵宠的人。勒习：训练。

②走：趣，奔向。

③雕：一种凶猛的鸟。

④往驰：疾驰而逐。

⑤上山陈：在山上摆好阵式。

⑥不我击：即"不击我"，不敢进攻我。

⑦护：监视。

⑧纵:放。

⑨平旦:早晨。

⑩北地:郡名。治所在今甘肃庆阳西北。雁门:郡名。西汉时治所在今山西右玉南。云中:郡名。治所在今内蒙古托克托东北。

【译文】

匈奴入侵上郡,皇帝派中贵人协助李广训练军队,抗击匈奴。一次,中贵人带领几十名骑兵游猎,看见三个匈奴人,就去追打。匈奴人射伤了中贵人,并几乎全歼了他的骑兵。中贵人跑去找李广,李广说:“这一定是匈奴的射雕手。”就带领一百多骑兵追赶那三个匈奴人。那三个人没有骑马,徒步行走几十里。李广命令他的骑兵分左右两路包抄,李广亲自向那三个射击,射死两人,活捉一人,经过查问,果然是匈奴的射雕手。把这个匈奴人绑起来押到山上后,看见远处有几千名匈奴骑兵,匈奴骑兵也发现了李广等人,以为他们是汉朝的诱敌骑兵,很惊恐,就到山上摆好阵势。李广的一百多骑兵看到这种情况都非常害怕,想策马往回跑。李广说:“我们离大军几十里远,现在如果这样逃跑,匈奴人追来用箭射击,我们就会死光。现在如果我们不走,匈奴人一定会以为我们是为大军引诱他们的,就不敢进攻我们。”接着,李广下令:“前进!”到距离匈奴阵地约二里远的地方,停下来,李广又下令:“全体下马,解下马鞍!”骑兵们说:“匈奴人这么多,我们解下马鞍,如果情况紧急怎么办?”李广说:“那些匈奴人以为我们会逃跑,现在解下马鞍表示我们不走,他们就会更加相信我们是诱兵。”匈奴阵中有一位骑白马的将领出来监护军队。李广上马,与十几名骑兵奔跑着射死那位将领,又回到队伍中,解下马鞍,把马放开,各自随便躺下。已经到了傍晚,匈奴兵始终感到奇怪,不敢进攻。到了半夜,匈奴兵以为附近有汉朝的伏兵,要趁夜色来袭击他们,于是撤走。第二天早晨,李广等人才回到大军本营。李广后来又先后改任陇西、北地、雁门、云中太守。以上记李广在汉景帝时担任上郡、上谷、陇西等六郡太守。

武帝即位，左右言广名将也，由是入为未央卫尉，而程不识时亦为长乐卫尉。程不识故与广俱以边太守将屯①。及出击胡，而广行无部曲行陈②，就善水草顿舍③，人人自便，不击刁斗自卫④，莫府省文书，然亦远斥候⑤，未尝遇害。程不识正部曲行伍营陈，击刁斗，吏治军簿至明，军不得自便。不识曰："李将军极简易，然虏卒犯之，无以禁；而其士亦佚乐⑥，为之死。我军虽烦忧，虏亦不得犯我。"是时，汉边郡李广、程不识为名将，然匈奴畏广，士卒多乐从，而苦程不识。不识孝景时以数直谏为太中大夫，为人廉，谨于文法。以上与程不识同为卫尉。

【注释】

①将屯：领兵驻守。

②部曲：军队编排序列。将军领兵，均有部曲，大将军营五部，部校尉一人。部下有曲，曲有军候一人。

③顿舍：停下来休息。顿，止。舍，息。

④刁斗：古代军中用具，以铜作鐎，受一斗，白天用来烧饭，晚上用来打更，故名。

⑤斥候：侦察人员。

⑥佚乐：轻松快乐。佚，通"逸"。

【译文】

汉武帝即位，左右大臣都说李广是名将，于是就把李广从边郡调回，任未央宫卫尉，而这时程不识也是长乐宫卫尉。程不识和李广以前都是边郡太守兼领驻防，出击匈奴时，李广行军没有严格的部队编制和行列阵势，遇到水草丰美的地方就驻扎下来，各人起居自便，夜间也不击刁斗巡逻，幕府中公文表册一律从简，然而也派人到远处侦察敌情，因此未曾遇到危险。程不识严格规范军队的编制和行列阵势，晚上要击刁斗巡逻，军吏办理公文表册非常严明，士兵起居严格遵守规定。程不识说：“李广军中规章十分简易，然而敌人如果突然进攻，就无法抵挡；但他的士兵轻松愉快，可以为他拼命。我的军队虽然规章命令繁多，敌人却也不能侵犯我。”那时，李广、程不识都是汉朝名将，但是匈奴更怕李广，士兵也大都乐于跟随李广，而苦于跟随程不识。汉景帝时程不识因屡次直言劝谏而当上了太中大夫，为人廉洁，谨守朝廷的法令规章。以上记李广与程不识同为卫尉。

后汉诱单于以马邑城①，使大军伏马邑傍，而广为骁骑将军，属护军将军②。单于觉之，去，汉军皆无功。后四岁，广以卫尉为将军，出雁门击匈奴③。匈奴兵多，破广军，生得广。单于素闻广贤，令曰：“得李广必生致之④。”胡骑得广，广时伤，置两马间，络而盛之⑤。卧行十余里，广阳死⑥，睨其傍有一儿骑善马⑦，暂腾而上胡儿马⑧，因抱儿鞭马南驰数十里，得其余军。匈奴骑数百追之，广行取儿弓射杀追骑⑨，以故得脱。于是至汉，汉下广吏⑩。吏当广亡失多⑪，为虏所生得，当斩，赎为庶人⑫。数岁，与故颍阴侯屏居蓝田南山中射猎⑬。尝夜从一骑出，从人田间饮。还至亭，霸陵尉醉⑭，呵止广，广骑曰：“故李将军。”尉曰：“今将军尚不得夜行，何故也！”宿广亭下。以上为匈奴所擒，屏居蓝田南山。

【注释】

①马邑：县名。治所在今山西朔州朔城区。

②护军将军：官名。汉为临时设置，以协调各将领。护，即督护之

意。时护军将军为韩安国。

③雁门：山名。又叫雁门塞，在今山西代县西北。古以两山对峙，雁度其间而得名。

④生致：生擒。

⑤络：网。盛：放。

⑥阳：通“佯”。假装。

⑦睨：斜视。

⑧暂：突然。

⑨行取：且行且取。

⑩吏：指有关执法官员。

⑪当：判其罪。

⑫赎：汉法，死罪可以出钱赎罪，以减刑或免刑。

⑬颍阴侯：汉高祖时灌婴以功封颍阴侯，其孙灌强袭之，后因罪削夺，故称故颍阴侯。

⑭霸陵：县名。本芷阳县，汉文帝于此筑霸陵，并改县名，治所在今陕西西安东北。

【译文】

后来，汉朝用马邑城引诱匈奴单于，派重兵埋伏于马邑附近，李广是骁骑将军，隶属于护军将军韩安国。单于发现了这个诱兵之计，引兵退走，汉军都无战功。又过了四年，李广以卫尉的身份任将军，从雁门塞出击匈奴。匈奴兵多，打败了李广的军队，活捉了李广。单于早就听说李广很有才能，就下令说：“如果捉住李广，就一定要送活的来。”匈奴骑兵捉住李广时，李广已受伤，匈奴人就把他放置在两马之间，用网兜着走。走了十几里路，李广假装死了，斜眼看见旁边有一位匈奴少年，骑着匹好马，李广突然跳到这个匈奴少年的马上，抱住匈奴少年，向南疾驰几十里，找到了自己的残部。几百名匈奴骑兵前来追赶，李广一边跑，一边拿着匈奴少年的弓放箭，射死追兵，因此得以逃脱。李广回到汉朝,汉朝廷把他交给执法官吏。执法官吏判定李广损失的军队太多,并且又被匈奴活捉,应当斩首,李广出钱赎罪,免去官职,降为平民。过了几年,李广和前颍阴侯灌强,隐居在蓝田,在南山中游猎消遣。一天夜里,李广带着一个骑兵出去,在野外和人喝酒。酒罢归来,走到霸陵亭,霸陵亭尉喝醉了酒,喝令李广停止夜行,随从的骑兵说:"这是从前的李将军。"亭尉说:"就是现在的将军也不能夜行,更何况是从前的将军。"让李广在亭驿中过夜。以上记李广被匈奴俘虏,后又隐居蓝田南山中。

居无何,匈奴入辽西①,杀太守,败韩将军②。韩将军后徙居右北平③,死。于是上乃召拜广为右北平太守。广请霸陵尉与俱,至军而斩之,上书自陈谢罪。上报曰:"将军者,国之爪牙也④。《司马法》曰⑤:'登车不式⑥,遭丧不服,振旅抚师,以征不服,率三军之心,同战士之力,故怒形则千里竦⑦,威振则万物伏;是以名声暴于夷貉⑧,威棱憺乎邻国⑨。'夫报忿除害,捐残去杀,朕之所图于将军也。若乃免冠徒跣,稽颡请罪⑩,岂朕之指哉!将军其率师东辕,弥节白檀⑪,以临右北平盛秋⑫。"广在郡,匈奴号曰"汉飞将军",避之,数岁不入界。

【注释】

①辽西:郡名。治所在今辽宁义县西。

②韩将军:指韩安国。

③右北平:郡名。治所在今辽宁凌源西南。

④爪牙:本为鸟兽的脚趾和槽牙,喻指羽翼。此为褒义。

⑤《司马法》:司马穰苴(ráng jū)所著兵书。穰苴姓田,官大司马,春秋时齐国名将。

⑥式：通“轼”。车前横木。此为抚车之轼以礼敬人。

⑦竦：通“悚”。惊恐。

⑧暴：显。夷貉（mò）：即夷貊，古代对东方和北方民族的称呼，也泛指少数民族。

⑨棱：神灵之威。憺：通“惮”。害怕。

⑩稽颡（qǐ sǎng）：古代的一种跪拜礼，大抵是跪下磕头。颡，额头。

⑪弥节：停息。白檀：县名。治所在今河北滦平东北。

⑫临：面对，此为抵御。盛秋：秋高马壮，匈奴常在此时寇掠边地。

【译文】

不久，匈奴入侵辽西郡，杀死太守，打败了韩安国将军。韩安国后来调到右北平，愤愤而死。这时汉武帝又召回李广，任命他为右北平太守。李广请求让霸陵亭尉和他一起去，到了军中，就把那个亭尉杀了，并向汉武帝上书，说明情况，承认罪过。汉武帝答复说：“将军是国家的得力助手。《司马法》上说：‘将军登上战车就不必行礼，亲人去世也不为之服丧，要一心一意整训军队，以征讨叛逆；使全体将士同心协力，以致怒形于色就会远近惊恐，威力奋发就会使万物慑伏；这样威名远扬于蛮夷之中，神威震慑到邻国之人。’报复怨恨，铲除祸害，以达到消灭残暴不用杀伐的目的，是我对你寄予的希望。你却脱帽赤脚，磕头请罪，这哪是我的旨意呢？请你率军东进，到白檀休整，以抵御匈奴对右北平的秋季进攻。”李广在右北平郡，匈奴称其为“汉飞将军”，避其锋芒，几年不越境侵犯。

广出猎，见草中石，以为虎而射之，中石没矢，视之，石也，他日射之，终不能入矣。广所居郡闻有虎，常自射之。及居右北平射虎，虎腾伤广，广亦射杀之。以上为右北平太守。

【译文】

李广出去打猎，看见草丛中一块大石，误认为是老虎就用箭射它，整个箭头都射进了石头里，走近一看，却是一块石头，改天再用箭射它，却始终也射不进去了。李广听说在他驻守的郡中有老虎，经常亲自去射。在他驻守右北平时，有一次射虎，老虎跳起来，扑伤了李广，李广也把那只老虎射死了。以上记李广任右北平太守。

石建卒，上召广代为郎中令①。元朔六年，广复为将军，从大将军出定襄②。诸将多中首虏率为侯者③，而广军无功。后三岁，广以郎中令将四千骑出右北平，博望侯张骞将万骑与广俱④，异道。行数百里，匈奴左贤王将四万骑围广⑤，广军士皆恐，广乃使其子敢往驰之。敢从数十骑直贯胡骑，出其左右而还，报广曰："胡虏易与耳。"军士乃安。为圜陈外乡，胡急击，矢下如雨。汉兵死者过半，汉矢且尽。广乃令持满毋发⑥，而广身自以大黄射其裨将⑦，杀数人，胡虏益解。会暮，吏士无人色，而广意气自如，益治军⑧。军中服其勇也。明日，复力战，而博望侯军亦至，匈奴乃解去。汉军罢⑨，弗能追。是时，广军几没，罢归。汉法，博望侯后期⑩，当死，赎为庶人。广军自当⑪，亡赏。以上从卫青出定襄，与张骞出右北平，两次当匈奴无功。

【注释】

①郎中令：官名。九卿之一，为统领郎中的长官，并守卫宫殿门户。

②大将军：此处指卫青。定襄：郡名。西汉分云中郡置，治所在今内蒙古和林格尔西北土城子。

③首虏率：武帝时奖励军功的标准，即依杀敌多少授予不同的爵号。

④张骞：西汉名臣，武帝时两度出使西域，封博望侯。

⑤左贤王：匈奴官名。由单于子弟担任。

⑥持满毋发：拉满弓，但不放箭。

⑦大黄：弓名。即大的黄肩弩，可连射。裨将：副将。

⑧益治军：加紧巡视部曲，整顿行阵。

⑨罢：同“疲”。

⑩后期：延误战机。

⑪自当：功过相当。

【译文】

石建死后，汉武帝召回李广，让他接任郎中令。元朔六年，李广又任将军，随从大将军卫青出兵定襄。众将多因杀敌斩首达到规定标准而被封侯，李广却没有立功。又过了三年，李广以郎中令的身份率领四千骑兵从右北平出击匈奴，博望侯张骞带骑兵万人与李广一起出发，从另一条路出击。李广的军队走了几百里，遇到匈奴左贤王四万骑兵的包围，李广的兵士都很害怕，李广就派他的儿子李敢骑快马冲击敌阵。李敢带领几十名骑兵直穿匈奴的骑兵阵地，从敌阵两侧突围，然后返回，向李广汇报说：“匈奴人好对付。”兵士们这才安定下来。李广摆成圆形阵势，面朝外，匈奴发起猛烈进攻，箭如雨下。汉兵死伤一半以上，而且箭也快用完了。李广命令士兵把弓拉满，不要放箭，自己用大黄弓射击匈奴副将，连杀几人，敌人的包围圈才逐渐松开。这时天色已晚，兵士们个个面无人色，而李广神情气色仍如往常，并加强整饬军队。兵士们无不佩服李广的勇敢。第二天，继续拼命奋战，博望侯张骞也率兵赶到，匈奴兵才撤走。汉兵疲乏，无力追击。这时，李广的军队几乎全军覆没，只好罢兵而归。按汉朝的法律，博望侯贻误军机，应当判处死刑，他出钱赎罪，降为平民。李广军队杀敌很多，自己损失也不少，功过相当，没有得到封赏。以上记李广跟随卫青出定襄，与张骞出右北平，两次抗击匈奴都无功而返。

初，广与从弟李蔡俱为郎，事文帝。景帝时，蔡积功至二千石。武帝元朔中，为轻车将军①，从大将军击右贤王②，有功中率③，封为乐安侯。元狩二年，代公孙弘为丞相。蔡为人在下中，名声出广下远甚，然广不得爵邑，官不过九卿。广之军吏及士卒或取封侯。广与望气王朔语曰④：“自汉击匈奴，广未尝不在其中，而诸妄校尉已下⑤，材能不及中，以军功取侯者数十人。广不为后人⑥，然终无尺寸功以得封邑者，何也？岂吾相不当侯邪？”朔曰：“将军自念，岂尝有恨者乎？”广曰：“吾为陇西守，羌尝反⑦，吾诱降者八百余人，诈而同日杀之，至今恨独此耳。”朔曰：“祸莫大于杀已降，此乃将军所以不得侯者也。”

【注释】

①轻车将军：官名。为大臣率兵出征时另加的名号。

②右贤王：匈奴官名。

③中率：符合授爵标准。

④望气：观察星相，占卜凶吉。

⑤妄：凡。

⑥后人：在人之后。

⑦羌：西汉时散居甘肃、青海等地的一个少数民族。

【译文】

起初李广和堂弟李蔡同为郎官，侍奉汉文帝。汉景帝时，李蔡因多次立功而达到食禄二千石的地位。汉武帝元朔年间，李蔡任轻车将军，跟随大将军卫青出击匈奴右贤王，杀敌立功，符合封侯标准，被封为乐安侯。元狩二年，继公孙弘做了丞相。论人品，李蔡只算下中等，名声也远不如李广，可是李广却得不到食邑和封侯，做官也没有超过九卿。李广的部下甚至士兵，也有人得到封侯的赏赐。李广对善于望气占卜的王朔说："自从汉朝出击匈奴以来，我没有一次不参加，可是各部校尉以下中小军官，才能平平庸庸，而因军功封侯的，却有几十人之多。我李广并不比别人差，却始终没有积累起大小的功劳而得到封侯和食邑，这是为什么呢？难道是我命相不好，注定不该封侯吗？"王朔说："将军您自己回想一下，莫非做过什么引为遗憾的事情吗？"李广说："我当陇西郡太守时，羌族曾起兵反叛，我诱降了八百多人，用计把他们同日杀死，我至今感到内疚的只有这件事。"王朔说："招致祸害的事，莫过于杀已经投降的人，这就是将军得不到封侯的缘故啊。"

广历七郡太守，前后四十余年，得赏赐，辄分其戏下[①]，饮食与士卒共之。家无余财，终不言生产事。为人长，爰臂[②]，其善射亦天性，虽子孙他人学者莫能及。广呐口少言[③]，与人居，则画地为军陈，射阔狭以饮。专以射为戏。将兵，乏绝处见水，士卒不尽饮，不近水；不尽餐，不尝食。宽缓不苛[④]，士以此爱乐为用。其射，见敌，非在数十步之内，度不中不发，发即应弦而倒。用此，其将数困辱，及射猛兽，亦数为所伤云。以上杂序广生平。

【注释】

①戏下：部下。戏，通"麾"。

②爰臂：即猿臂。此言李广臂长而灵活。爰，同"猿"。

③呐：同“讷”。指语言迟钝，不善言辞。

④苛：烦琐。

【译文】

李广先后担任七个郡的太守，前后共四十多年，每当得到赏赐，总是分给部下，平时与士兵同吃同喝。家里没有积蓄，也始终不谈置办家产的事。李广身材高大，臂长而灵活，因此善于射箭也是他的天性，他的子孙及其他人学习他的箭法，都没有赶上他的。李广口才笨拙，很少说话，平时同人们闲居，就在地上画宽狭不等的线条为军阵，比赛射箭射的面宽窄，输者饮酒。专门以射箭为游戏。李广带兵，凡是粮、水缺乏时候，一旦找到水，如果不是所有的兵士都喝够，他就不去水边；不是所有的士兵都吃上饭，他连一口食物都不尝。对士兵宽大而不苛刻，士兵因此爱戴他，愿意为他效力。李广射箭时，看见敌人而不在几十步以内，估计射不中，就不发射，要射，则弓弦一响，敌人应声而倒。正因如此，他领兵打仗，多次吃亏受辱，射猛兽也多次被猛兽扑伤。以上杂记李广的生平事迹。

元狩四年，大将军、票骑将军大击匈奴，广数自请行。上以为老，不许；良久乃许之，以为前将军。

【译文】

元狩四年，大将军卫青和骠骑将军霍去病大举出击匈奴，李广一再请求同行。汉武帝认为他年纪大了，起初不同意，过了好长时间才批准，任命他为前将军。

大将军青出塞，捕虏知单于所居，乃自以精兵走之①，而令广并于右将军军②，出东道。东道少回远③，大军行，水草少,其势不屯行[④]。广辞曰:“臣部为前将军,今大将军乃徙臣出东道,且臣结发而与匈奴战[⑤],乃今一得当单于,臣愿居前,先死单于[⑥]。”大将军阴受上指,以为李广数奇[⑦],毋令当单于,恐不得所欲。是时,公孙敖新失侯[⑧],为中将军,大将军亦欲使敖与俱当单于,故徙广。广知之,固辞。大将军弗听,令长史封书与广之莫府,曰:“急诣部,如书。”广不谢大将军而起行,意象愠怒而就部[⑨],引兵与右将军食其合军出东道[⑩]。惑失道,后大将军。大将军与单于接战,单于遁走,弗能得而还。南绝幕[⑪],乃遇两将军。广已见大将军,还入军。以上从卫、霍出击匈奴,失道后期。

【注释】

①走:趋。

②并:合。指合军而同道。

③回远:绕道远了。回,绕,曲。

④“大军行”几句:指水草少,不宜大军群行。

⑤结发:古代男子自成童开始束发。因谓童年或年轻时为结发。

⑥死单于:指致死而取单于。

⑦数奇(jī):命运乖舛,指遭遇不顺当。奇,不成双,与“偶”相对。

⑧公孙敖:汉将,与卫青深交。元狩二年出击匈奴,临阵怯战,当斩,赎为平民。

⑨意象愠怒:指愠怒之情溢于外表。

⑩食其(yì jī):姓赵,时任主爵都尉。

⑪南绝幕:指向南跨越沙漠。绝,跨越。幕,通“漠”。沙漠。

【译文】

大将军卫青领兵出塞,捕获匈奴兵,得知单于所在的地方,就亲自带精兵奔袭，而命令李广与右将军赵食其合兵一处，从东道出击。东道迂回曲折，比较远，水草又少，大部队经过，势必不能集中驻扎。李广推辞说："我本列为前将军，现在大将军却改派我由东路出击。况且，我从年轻时就与匈奴作战，如今才得到一次直接与单于交战的机会，希望能担任前锋，与单于决一死战。"大将军卫青暗中接受皇帝的指示，认为李广运气不好，不能让他同单于对阵，以免达不到预想的胜利目标。这时，公孙敖刚刚失去侯爵，任中将军，大将军想让公孙敖和自己一同与单于交战，所以把李广调开。李广知道这一情况，坚决推辞大将军的调派。大将军不理他，命令长史写好公文，加印封好，与李广同去幕府，说："赶快去军部，照信中说的办。"李广没向大将军辞行就动身，内心十分恼怒地来到军部，领兵与右将军赵食其汇合，从东道出发。由于迷了路，而落在大将军的后面。大将军与单于决战，单于就逃跑了，大将军没能抓住单于，只好返回。向南跨越过沙漠，才遇到前将军与右将军。李广谒见了大将军后，就回到自己军中。以上记李广跟随卫青、霍去病出击匈奴，迷失道路，延误军期。

大将军使长史持糒醪遗广①，因问广、食其失道状，曰："青欲上书报天子失军曲折②。"广未对。大将军长史急责广之莫府上簿③。广曰："诸校尉亡罪，乃我自失道。吾今自上簿。"

【注释】

①糒(bèi)：干粮。醪(láo)：汁滓混合的酒。

②曲折：委曲。

③上簿：呈上文状。

【译文】

大将军派长史送酒食给李广，顺便查问李广、赵食其迷失道路的情况，并说："卫青要向皇帝上书汇报军队误期的具体情况。"李广没有回答。大将军长史急催李广到幕府呈上文状。李广说："校尉们没有过失，是我自己迷了路。我现在要把自己的问题写下来呈报上去。"

至莫府，谓其麾下曰："广结发与匈奴大小七十余战，今幸从大将军出接单于兵，而大将军徙广部行回远，又迷失道，岂非天哉！且广年六十余，终不能复对刀笔之吏矣①！"遂引刀自刭②。百姓闻之，知与不知③，老壮皆为垂泣。而右将军独下吏，当死，赎为庶人。以上广不肯对簿自刭。

【注释】

①刀笔之吏：掌管案牍的书吏。古时在简上书写，错则以刀削之，故名。

②自刭：自杀。刭，以刀割脖子。

③知：指素来相知。

【译文】

到了幕府，李广对部下说："我从年轻时开始，与匈奴打了大小七十多仗，这次有幸随从大将军与单于主力交锋，可是大将军又改派我的军队走迂回绕远的路线，又迷失道路，这难道不是天意吗？况且，我李广已六十多岁了，终究不能再受那些文法之吏的审讯了。"于是就拔刀自杀了。老百姓听到这个消息，不论是认识的还是不认识的，不论是年老的还是年轻的，都为李广流泪。而右将军赵食其被单独交给执法官依法应判死刑，他出钱赎为平民。以上记李广不肯接受审判，自杀身亡。

广三子，曰当户、椒、敢，皆为郎。上与韩嫣戏①，嫣少不逊，当户击嫣，嫣走，于是上以为能。当户蚤死②，乃拜椒为代郡太守[3]，皆先广死。广死军中时，敢从票骑将军。广死明年，李蔡以丞相坐诏赐冢地阳陵当得二十亩[4]，蔡盗取三顷，颇卖得四十余万，又盗取神道外堧地一亩葬其中[5]，当下狱，自杀。敢以校尉从票骑将军击胡左贤王，力战，夺左贤王旗鼓，斩首多，赐爵关内侯[6]，食邑二百户，代广为郎中令。顷之，怨大将军青之恨其父[7]，乃击伤大将军，大将军匿讳之。居无何，敢从上雍，至甘泉宫猎[8]，票骑将军去病怨敢伤青，射杀敢。去病时方贵幸，上为讳，云“鹿触杀之”。居岁余，去病死。

【注释】

①韩嫣：韩王信之孙，深受武帝宠幸。

②蚤：通“早”。

③代郡：郡名。治所在今河北蔚(yù)县西南。

④阳陵：景帝陵，亦为该陵所在县名，以陵改名，治所在今陕西高陵西南。

⑤堧(ruán)地：空地。

⑥关内侯：爵位名。秦汉二十级军功中的第十九等爵。

⑦恨其父：令其父含恨而死。

⑧甘泉宫：宫名。本为秦离宫，时为汉武帝游猎之所，故址在今陕西淳化西北甘泉山。

【译文】

李广有三个儿子，分别是李当户、李椒、李敢，都是郎官。一次，汉武帝与韩嫣戏耍，韩嫣稍有无礼行为，被李当户打跑，因此汉武帝认为李当户有才能。李当户很年轻就去世了，武帝就任命李椒为代郡太守，他们都比李广死得早。李广在军中死去时，李敢正随从骠骑将军霍去病出征。李广死后第二年，李蔡作为丞相，受皇帝赏赐，在阳陵得二十亩地为墓地，而李蔡盗取三顷地，转手卖了四十多万钱，又从阳陵墓道外空地中盗取一亩为安葬处，罪该入狱，李蔡自杀了。李敢以校尉身份随从骠骑将军攻打匈奴左贤王，作战勇敢，夺得左贤王的军旗和战鼓，杀死了许多敌人，得到封赏为关内侯，并得到二百户的食邑，接替李广担任郎中令。不久，李敢怨恨大将军卫青使他父亲李广忧愤自杀，打伤了大将军，大将军把这件事隐瞒起来。又过了不久，李敢侍从皇帝到雍县，去甘泉宫打猎，骠骑将军霍去病怨恨李敢打伤了卫青，用箭把李敢射死。当时霍去病得宠显贵，汉武帝隐瞒了这件事的真相，而说李敢是被鹿撞死的。一年以后，霍去病也死了。

敢有女为太子中人①，爱幸。敢男禹有宠于太子，然好利，亦有勇。尝与侍中贵人饮，侵陵之②，莫敢应。后诉之上，上召禹，使刺虎，县下圈中，未至地，有诏引出之③。禹从落中以剑斫绝累④，欲刺虎。上壮之，遂救止焉。而当户有遗腹子陵，将兵击胡，兵败，降匈奴。后人告禹谋欲亡从陵，下吏死。以上广之子孙。

【注释】

①中人：内人。

②侵陵：侵犯，欺凌。

③引：拉，牵。

④累（léi）：绳索。

【译文】

李敢的女儿是太子的内人，很受宠幸。李敢的儿子李禹也得宠于太子，但是好利，也很勇武。李禹曾与侍中贵人一起饮酒，侮辱了贵人，贵人不敢作声。后来向皇上告了状,皇上召见李禹,让他刺杀老虎,用绳索吊着他下到圈养老虎的地方,还没有着地的时候,皇帝下诏把他拉出来。李禹从网络中用剑砍断绳索,准备刺杀老虎。皇帝认为他很勇敢,于是派人救了他。李当户有一遗腹子叫李陵,带兵攻打匈奴,兵败,投降了匈奴。后来,有人告发李禹打算逃亡追随李陵,而被处死。以上记李广的子孙。

陵字少卿,少为侍中建章监①。善骑射,爱人,谦让下士,甚得名誉。武帝以为有广之风,使将八百骑,深入匈奴二千余里,过居延视地形②,不见虏,还。拜为骑都尉,将勇敢五千人,教射酒泉、张掖以备胡③。数年,汉遣贰师将军伐大宛④,使陵将五校兵随后。行至塞,会贰师还。上赐陵书,陵留吏士,与轻骑五百出敦煌⑤,至盐水⑥,迎贰师还,复留屯张掖。以上陵居酒泉、张掖。

【注释】

①建章:汉宫殿名。

②居延:边塞名。在居延泽上,用以阻挡匈奴由此侵入河西之路。又为汉县名。指居延泽附近一带,为当时河西与漠北往来的要道。

③酒泉:郡名。治所在今甘肃酒泉东北。因城有金泉,味如酒,故名。张掖:郡名。今属甘肃。

④贰师将军:指李广利。大宛:古西域三十六城国之一,北通康居,西南邻大朊,盛产名马。

⑤敦煌:郡名。今属甘肃。

⑥盐水:即盐泽,古湖泊名。今新疆罗布泊,因水含盐质而得名。

【译文】

李陵，字少卿，年轻时为侍中建章宫主管。擅长骑射，爱护别人，礼让下士，名声很好。武帝认为他有李广的风范，让他率八百骑兵，深入匈奴二千余里，经过居延塞，察看地形，没有见到匈奴，便返回了。被任命为骑都尉，带领勇士五千人，在酒泉郡、张掖郡一带操练，教习射法，准备抗御匈奴。几年后，汉廷派贰师将军李广利讨伐大宛，派李陵率领五校兵马追随其后。行至边塞，遇贰师将军率军回来了。皇帝赐书给李陵，让李陵留住吏士，只带轻骑五百出敦煌，行至盐水，迎接贰师将军回兵，再留驻张掖。以上记李陵驻守酒泉、张掖。

天汉二年①，贰师将三万骑出酒泉，击右贤王于天山②。召陵，欲使为贰师将辎重。陵召见武台③，叩头自请曰："臣所将屯边者，皆荆楚勇士奇材剑客也，力扼虎④，射命中，愿得自当一队⑤，到兰干山南以分单于兵，毋令专乡贰师军。"上曰："将恶相属邪！吾发军多，毋骑予女。"陵对："无所事骑⑥，臣愿以少击众，步兵五千人涉单于庭⑦。"上壮而许之，因诏强弩都尉路博德将兵半道迎陵军。博德故伏波将军，亦羞为陵后距，奏言："方秋匈奴马肥，未可与战，臣愿留陵至春，俱将酒泉、张掖骑各五千人并击东西浚稽⑧，可必擒也。"书奏，上怒，疑陵悔不欲出而教博德上书，乃诏博德："吾欲予李陵骑，云'欲以少击众'。今虏入西河，其引兵走西河，遮钩营之道⑨。"诏陵："以九月发，出遮虏鄣⑩，至东浚稽山南龙勒水上⑪，徘徊观虏，即亡所见，从浞野侯赵破奴故道抵受降城休士⑫，因骑置以闻⑬。所与博德言者云何？具以书对。"以上诏陵至浚稽山，诏博德至西河。

【注释】

①天汉二年：前99年。天汉，汉武帝年号（前100—前97）。

②天山：即今祁连山。

③武台：殿名。在未央宫内。

④扼：捉持。

⑤队：即部。

⑥无所事骑：意为不用骑兵。

⑦涉：达。

⑧浚稽：山名。分东浚稽和西浚稽，地在今蒙古人民共和国图拉河与鄂尔浑河之间。

⑨钩营：匈奴往来之要道。

⑩遮虏鄣：古边塞名。在居延泽（在今内蒙古额济纳旗北境）上。汉太初三年（前102）路博德筑，以遮断匈奴入侵河西之道，故名。

⑪龙勒水：河流名。在今蒙古人民共和国西部。

⑫浞（zhuó）野侯赵破奴：汉将名。受降城：地名。汉武帝让将军公孙敖筑，在今内蒙古乌剌特旗北。

⑬骑置：即驿骑。

【译文】

天汉二年，贰师将军带领三万骑兵出酒泉，攻打匈奴右贤王于祁连山一带。天子征召李陵，想让他为贰师将军统管辎重物品。李陵在武台殿受到皇帝的召见，叩头请求说："我所带领的屯边士兵，都是荆楚一带的勇士、奇才和剑客，力能伏虎，射则必中，希望能亲自率领一队人马，到兰干山以南以分散单于的兵力，使他不能全力对付贰师将军的军队。"皇上说："哪里还能派部队给你呢？我发兵多，没有骑兵给你。"李陵对答说："不需要骑兵，我要以少击众，率步兵五千人直达单于王廷。"皇帝认为他很勇敢而准许了他，于是下诏让强弩都尉路博德率兵在途中接应李陵的军队。路博德，即前伏波将军，也羞于担任李陵的后援，上奏说:“现在正值秋天,匈奴马匹肥壮,不可与之交战,我愿留李陵至春天,一起率领酒泉、张掖骑兵各五千人共同夹击东、西浚稽山,一定能擒住单于。”书上奏后,皇帝很生气,怀疑李陵后悔而不想出兵,才让路博德上书,于是皇帝下诏给路博德:“我想给李陵骑兵,他说‘要以少击众’。现在匈奴入侵西河,你要率兵到西河,阻挡匈奴往来之要道。”下诏给李陵:“九月发兵,出兵遮虏鄣,到东浚稽山南龙勒水上,巡逻观察敌情,如果没有看见什么,即从浞野侯赵破奴先前所走过的道路到受降城休息,依靠驿骑上报情况。你和路博德说了什么?把详细情况上书汇报。”以上记诏令李陵率军至浚稽山,诏令路博德率军到西河。

陵于是将其步卒五千人出居延,北行三十日,至浚稽山止营,举图所过山川地形,使麾下骑陈步乐还以闻。步乐召见,道陵将率得士死力,上甚说,拜步乐为郎。

【译文】

李陵于是带领步兵五千人出居延关,向北行三十日,至浚稽山安营,将所过山川地形绘成地图,让部下骑士陈步乐回去报告。陈步乐受到皇帝的召见,说李陵很得士兵拥护,皇帝十分高兴,拜陈步乐为郎。

陵至浚稽山,与单于相直①,骑可三万围陵军。军居两山间,以大车为营。陵引士出营外为陈,前行持戟盾,后行持弓弩,令曰:“闻鼓声而纵,闻金声而止②。”虏见汉军少,直前就营。陵搏战攻之,千弩俱发,应弦而倒。虏还走上山,汉军追击,杀数千人。单于大惊,召左右地兵八万余骑攻陵。陵且战且引,南行数日,抵山谷中。连战,士卒中矢伤,三创者载辇,两创者将车,一创者持兵战。陵曰:“吾士气少衰而鼓不起者,何也?军中岂有女子乎?”始军出时,关东群盗妻子徙边者随军为卒妻妇,大匿车中。陵搜得,皆剑斩之。明日复战,斩首三千余级。引兵东南,循故龙城道行四五日[3],抵大泽葭苇中[4],虏从上风纵火,陵亦令军中纵火以自救。南行至山下,单于在南山上,使其子将骑击陵。陵军步斗树木间,复杀数千人,因发连弩射单于[5],单于下走。以上陵以步兵五千与匈奴三万骑战,屡胜。

【注释】

①相直:相遇。

②金声:指锣声。

③龙城:地名。故城在今蒙古人民共和国鄂尔浑河西侧的和硕柴达木湖附近。

④葭苇:即芦苇。

⑤连弩:指一根弦同时放三十支弩箭。

【译文】

李陵到浚稽山后,与单于相遇,单于率领大约三万骑兵围住李陵军队。李陵率部队驻于两山之间,以大车为营。李陵率士兵出营外列阵,前排的持戟盾,后排的持弓弩,下令说:“闻鼓声而发,闻锣声而止。”敌人见汉军少,直接冲向军营。李陵率军交战进击,数千支弓矢一起发出,敌兵应弦而倒。敌人退走上山,汉军追击,杀死数千人。单于非常惊恐,召集左右方的八万多骑兵一起攻打李陵军。李陵边打边退,向南走了数日,抵达一山谷中。由于连续作战,士兵被箭射伤的很多,身上三处受伤的放在战车上,两处受伤的拉车,一处受伤的持兵器作战。李陵说:“我军士气低落而且击鼓也振作不起来,是为什么呢?军中难道有女子吗?”军队开始出来的时候,关东群盗的妻子被贬徙边地,随军成为士卒的妻子，许多藏在战车里。李陵搜到后，用剑把她们杀死。第二天再战，斩敌首三千余级。率部向东南方向撤退，沿故龙城道走了四五日后，到达大湖边的芦苇中，匈奴从上风向纵火，李陵也令士卒先自烧尽附近的草木以自救。向南行至一山下，单于正好集兵于南山上，让他的儿子率骑兵攻打李陵。李陵在树林子里与之展开战斗，又杀死了数千人，于是发连弩射击单于，单于走下山。以上记李陵以五千步兵和匈奴三万骑兵交战，多次获胜。

是日捕得虏，言："单于曰：'此汉精兵，击之不能下，日夜引吾南近塞，得毋有伏兵乎？'诸当户君长皆言①：'单于自将数万骑击汉数千人不能灭，后无以复使边臣，令汉益轻匈奴。复力战山谷间，尚四五十里得平地，不能破，乃还。'"

【注释】

①当户：匈奴官名。

【译文】

当天，捕得匈奴兵，说："单于说：'这是汉军的精兵，攻打不下，日夜引我南行靠近边塞，莫非有伏兵？'诸当户君长都说：'单于亲自率领数万骑兵都不能消灭数千汉军，日后就不能再驱使边臣了，也会让汉朝越来越轻视我匈奴。再在山谷间力战一番，还有四五十里才达平地，不能击败，再回去。'"

是时，陵军益急，匈奴骑多，战一日数十合，复伤杀虏二千余人。虏不利，欲去，会陵军候管敢为校尉所辱，亡降匈奴，具言"陵军无后救，射矢且尽，独将军麾下及成安侯校各八百人为前行，以黄与白为帜，当使精骑射之即破矣"。成安侯者，颍川人[①]，父韩千秋，故济南相[②]，奋击南越战死[③]，武帝封子延年为侯，以校尉随陵。单于得敢大喜，使骑并攻汉军，疾呼曰：“李陵、韩延年趣降[④]！”遂遮道急攻陵。陵居谷中，虏在山上，四面射，矢如雨下。汉军南行，未至鞮汗山[⑤]，一日五十万矢皆尽，即弃车去。士尚三千余人，徒斩车辐而持之，军吏持尺刀，抵山入狭谷。单于遮其后，乘隅下垒石[⑥]，士卒多死，不得行。昏后，陵便衣独步出营[⑦]，止左右：“毋随我，丈夫一取单于耳[⑧]！”良久，陵还，太息曰：“兵败，死矣！”军吏或曰：“将军威震匈奴，天命不遂，后求道径还归，如浞野侯为虏所得，后亡还，天子客遇之，况于将军乎！”陵曰：“公止！吾不死，非壮士也。”于是尽斩旌旗，及珍宝埋地中，陵叹曰：“复得数十矢，足以脱矣。今无兵复战[⑨]，天明坐受缚矣！各鸟兽散，犹有得脱归报天子者。”令军士人持二升糒，一半冰[⑩]，期至遮虏鄣者相待。夜半时，击鼓起士，鼓不鸣。陵与韩延年俱上马，壮士从者十余人。虏骑数千追之，韩延年战死。陵曰：“无面目报陛下！”遂降。以上陵军败，降匈奴。

【注释】

①颍川：郡名。以颍水而得名，治所在今河南禹州。

②济南：封国名，治所在今山东济南章丘区西。

③南越：国名。辖境约今广东、广西，秦末、汉初为赵陀所据，汉武帝元鼎六年（前11）灭之，置九郡。

④趣：从速。

⑤鞮汗山：山名。在居延关西北。

⑥垒石：投击敌人的石块。

⑦便衣：指穿短衣小袖。

⑧一取：言以一身独取。

⑨无兵：指没有兵器。

⑩一半冰：一大块冰。半，大片。

【译文】

当时，李陵军越来越危急，匈奴骑兵很多，一日交战数十个回合，又杀伤敌人二千余人。敌人没有占优势，准备离去，正好李陵的军候管敢被校尉所辱，投降匈奴，详细说明了“李陵军无后援，而且箭也就要用完了，只有将军麾下及成安侯校各有八百人为前锋，以黄旗和白旗为标志，应以精骑攻打就能打败他们”。成安侯，是颍川人，父亲韩千秋，为前济南国相，与南越作战时勇敢战死，武帝封他的儿子延年为侯，以校尉的身份跟随李陵。单于得到管敢的情报非常高兴，命令骑兵一起攻击汉军，边攻边呼喊说：“李陵、韩延年赶紧投降吧！”于是挡住道路快速攻打李陵。李陵在山谷中，匈奴军在山上，四面齐射，箭如雨下。汉军向南撤退，还没有到鞮汗山，一天下来五十万支箭已全部用尽，于是弃车而逃。士兵尚存三千多人，只斩断车辐而拿着，士兵手持短刀，来到狭谷中。单于切断了他们的后路，借山隅之势放石攻打，士兵大多死亡，不能再往前走了。天黑后，李陵着便装一个人步行出营，制止左右说：“不要跟随我，我大丈夫一个人去独取单于！”很长时间后，李陵回到军营，大声叹息说：“兵败，只有死路一条！”军士中有人对他说：“将军威震匈奴，命运不济，日后想法直接还归，像浞野侯为匈奴所俘，后来逃亡回来，天子把他当成贵客来对待，何况是将军！”李陵说：“你不要再说了！我不战死，就不是壮士。”于是把旌旗都砍了，把珍宝埋在地下。李陵叹息说：“再得数十支箭，足以逃脱。现在已无兵器再战，天明等待被俘吧！大家作鸟兽散，可能还有能够脱险归报天子的。”让军士各拿二升干粮，一大块冰，约定在遮虏鄣相会。夜半时分，击鼓发兵，鼓不响。

李陵与韩延年都上了马，跟从的勇士十余人。匈奴数千骑兵追杀，韩延年战死。李陵说："没有脸面回报陛下！"于是投降。以上记李陵兵败，投降匈奴。

军人分散，脱至塞者四百余人。

【译文】

军士分散，逃到边关的四百多人。

陵败处去塞百余里，边塞以闻。上欲陵死战，召陵母及妇，使相者视之，无死丧色。后闻陵降，上怒甚，责问陈步乐，步乐自杀。群臣皆罪陵，上以问太史令司马迁①，迁盛言："陵事亲孝，与士信，常奋不顾身以殉国家之急。其素所畜积也，有国士之风。今举事一不幸，全躯保妻子之臣随而媒糵其短②，诚可痛也！且陵提步卒不满五千，深鞣戎马之地③，抑数万之师，虏救死扶伤不暇，悉举引弓之民共攻围之。转斗千里，矢尽道穷，士张空拳④，冒白刃，北首争死敌⑤，得人之死力，虽古名将不过也。身虽陷败，然其所摧败亦足暴于天下⑥。彼之不死，宜欲得当以报汉也⑦。"初，上遣贰师大军出，财令陵为助兵⑧，及陵与单于相值，而贰师功少。上以迁诬罔，欲沮贰师⑨，为陵游说，下迁腐刑⑩。

【注释】

①太史令：官名。掌管国家典籍，记载史事，编写史书，兼司天文历法等。汉秩六百石。

②媒糵(niè)其短：比喻构陷诬害，酿成其罪。媒，酒母。糵，酒曲。

③糅：通“蹂”。践踏。

④拳：同“豢”。弓弩。

⑤北首：北向。

⑥暴：显露。

⑦得当：指欲立功以抵其罪。

⑧财：通“才”。仅仅。

⑨沮：诋毁。

⑩腐刑：即宫刑，古代刑法之一，男子阉割生殖器，女子则幽闭。

【译文】

李陵战败的地方距离边塞百余里，边塞得到了这个消息向朝廷报告。皇上希望李陵战死，召见李陵的母亲及夫人，让相面的人看看，没有死亡的气色。后来听说李陵投降了，皇上震怒，责问陈步乐，陈步乐自杀。大臣们都认为李陵有罪，皇上以此问太史令司马迁，司马迁极力申说：“李陵侍亲至孝，与人交往守信，时常奋不顾身以殉国家的危难。他素来所培养的，有国士之风。今举事一旦不幸，那些为保全自己及其妻子儿女的大臣便跟风构陷他犯了大错，实在令人伤心啊！况且李陵率领的步卒不满五千，深入匈奴，抵御数万之师，敌人救死扶伤应付不暇，发动能作战的所有百姓一起围攻他们。转战千里，箭用光了，退路被切断了，士兵手拿空弩，身冒白刃，北向与敌死战，李陵能得人之死力，即使古代的名将也赶不上啊。他虽然失败了，但他打败匈奴兵的事也足以显扬于天下。他之所以不死，应该是想立功以赎其罪，报效汉廷。”当初，皇上派遣贰师将军率领大军出塞，只让李陵为助兵，等李陵与单于相遇而战，而贰师将军功劳少。皇帝认为司马迁诬妄言之，想诋毁贰师将军，为李陵游说，于是处司马迁宫刑。

久之，上悔陵无救，曰：“陵当发出塞，乃诏强弩都尉令迎军。坐预诏之,得令老将生奸诈。"乃遣使劳赐陵余军得脱者。

【译文】

很久以后,皇帝悔悟到李陵是没有救兵而败,说:"李陵发兵出塞时,就诏命强弩都尉,让他接应李陵。预先下了诏,哪想老将生了奸诈。"于是派遣使者犒劳赏赐李陵残部得以逃脱的兵士。

陵在匈奴岁余,上遣因杅将军公孙敖将兵深入匈奴迎陵①。敖军无功还,曰:"捕得生口,言李陵教单于为兵以备汉军,故臣无所得。"上闻,于是族陵家②,母弟妻子皆伏诛。陇西士大夫以李氏为愧。其后,汉遣使使匈奴,陵谓使者曰:"吾为汉将步卒五千人横行匈奴,以亡救而败,何负于汉而诛吾家?"使者曰:"汉闻李少卿教匈奴为兵。"陵曰:"乃李绪,非我也。"李绪本汉塞外都尉,居奚侯城,匈奴攻之,绪降,而单于客遇绪,常坐陵上。陵痛其家以李绪而诛,使人刺杀绪。大阏氏欲杀陵③,单于匿之北方,大阏氏死,乃还。

【注释】

①因杅:匈奴地名。

②族:即诛灭全族。

③大阏氏:匈奴王后的称号。此为单于之母。

【译文】

李陵在匈奴一年多后,皇上派遣因杅将军公孙敖率兵深入匈奴迎回李陵。公孙敖的军队无功而还,说:"抓到俘虏,说李陵教单于练兵以准备攻打汉军，所以我没有得到什么。”皇上听说后，于是将李陵全族诛灭，他的母亲、弟弟、妻子、儿女全被诛杀。陇西士大夫为李陵不能死节而感到羞愧。后来，汉派遣使者出使匈奴，李陵对使者说：“我为汉率步兵五千人横贯匈奴，因为没有救兵而失败，我有什么辜负于汉廷而诛灭我全家？”使者说：“汉廷听说李少卿教匈奴操练军队。”李陵说：“那是李绪，不是我。”李绪本为汉塞外都尉，驻扎奚侯城，匈奴攻打他，李绪就投降了，而单于待李绪如宾客，比李陵的地位高。李陵以其家因李绪被杀而感到很痛心，派人去刺杀李绪。大阏氏想杀死李陵，单于把他藏在北方，大阏氏死后才得以返回。

单于壮陵，以女妻之，立为右校王①，卫律为丁灵王，皆贵用事。卫律者，父本长水胡人。律生长汉，善协律都尉李延年，延年荐言律使匈奴。使还，会延年家收②，律惧并诛，亡还降匈奴。匈奴爱之，常在单于左右。陵居外，有大事，乃入议。以上汉诛陵家属，陵在匈奴贵用事。

【注释】

①右校王：匈奴官名。

②家收：指被抄家。

【译文】

单于认为李陵很勇武，把女儿嫁给他为妻，封为右校王，封卫律为丁灵王，都很重用他们。卫律的父亲本为长水胡人。卫律生长于汉，与协律都尉李延年很要好，李延年推荐卫律出使匈奴。出使回来，正赶上李延年被抄家，卫律害怕被株连，逃回投降了匈奴。匈奴人很喜欢他，常在单于左右侍奉。李陵居外，有大事，才入庭议事。以上记汉廷杀了李陵的家属，李陵在匈奴地位尊贵，掌权任事。

昭帝立，大将军霍光、左将军上官桀辅政，素与陵善，遣陵故人陇西任立政等三人俱至匈奴招陵[①]。立政等至，单于置酒赐汉使者，李陵、卫律皆侍坐。立政等见陵，未得私语，即目视陵，而数数自循其刀环，握其足，阴谕之，言可还归汉也。后陵、律持牛酒劳汉使，博饮[②]，两人皆胡服椎结[③]。立政大言曰："汉已大赦，中国安乐，主上富于春秋[④]，霍子孟、上官少叔用事[⑤]。"以此言微动之。陵墨不应[⑥]，孰视而自循其发，答曰："吾已胡服矣！"有顷，律起更衣，立政曰："咄，少卿良苦[⑦]！霍子孟、上官少叔谢女[⑧]。"陵曰："霍与上官无恙乎[⑨]？"立政曰："请少卿来归故乡，毋忧富贵。"陵字立政曰[⑩]："少公，归易耳，恐再辱，奈何！"语未卒，卫律还，颇闻余语，曰："李少卿贤者，不独居一国。范蠡遍游天下，由余去戎入秦，今何语之亲也！"因罢去。立政随谓陵曰："亦有意乎？"陵曰："丈夫不能再辱。"

【注释】

①招：引致。

②博饮：指边博边饮。博，古代一种赌输赢的游戏（与棋相仿）。

③椎结：把头发撮在一起，形状如椎。

④主上富于春秋：指天子年少。

⑤子孟：霍光字。少叔：上官桀字。

⑥墨：同"默"。沉默。

⑦良苦：很苦。

⑧谢女：指带话向你问好。女，同"汝"。

⑨无恙：问候用语，无疾无忧之意。

⑩字立政：即以字呼立政。

【译文】

汉昭帝即位，大将军霍光、左将军上官桀辅佐朝政，他们向来与李陵很要好，派遣李陵的故旧陇西任立政等三人一起去匈奴召回李陵。任立政等到了匈奴后，单于设酒款待汉使者，李陵、卫律皆陪坐。任立政等见到李陵，但没能私下说话，于是给李陵使眼色，并多次自己抚弄刀环，握住自己的足，暗中告诉他，说可以归汉了。后来，李陵、卫律置牛酒慰劳汉使，一边博戏，一边饮酒，两个人都穿胡服，扎椎结。任立政大声说："汉已大赦，中国安乐，皇帝年少，霍子孟、上官少叔主持政事。"想用这种话来暗示打动他。李陵沉默不答应，仔细看看并且理理自己的头发，回答说："我已经穿胡服了！"过了一会，卫律起身去上厕所，任立政说："唉，少卿太苦了，霍子孟、上官少叔向你问好。"李陵说："霍子孟与上官少叔都还好吧？"任立政说："请少卿回故乡，不要担心没有富贵。"李陵以字呼任立政说："少公，回去是容易，只是害怕再受侮辱，有什么办法呢！"话没说完，卫律回来了，听到了不少话，说："李少卿贤能，不必独居一国。范蠡游遍天下，由余去戎入秦，现在怎么说得那么亲密呢！"于是便罢宴离去。任立政随即对李陵说："你有意回去吗？"李陵说："大丈夫不能再受侮辱。"

陵在匈奴二十余年，元平元年病死。以上任立政招陵。

【译文】

李陵在匈奴住了二十余年，元平元年病逝。以上记任立政招李陵回国事。

苏建，杜陵人也①。以校尉从大将军青击匈奴，封平陵侯。以将军筑朔方②。后以卫尉为游击将军，从大将军出朔方。后一岁，以右将军再从大将军出定襄，亡翕侯③，失军当斩，赎为庶人。其后为代郡太守，卒官。有三子：嘉为奉车都尉，贤为骑都尉，中子武最知名。

【注释】

①杜陵：县名。治所在今陕西西安东南。因汉宣帝筑陵于东原上，故名。

②朔方：郡名。治所在今内蒙古杭锦旗北。汉武帝元朔二年（前127）驱逐匈奴，收复河南地区置。

③翕侯：指赵信。

【译文】

苏建，杜陵县人。以校尉的身份跟随大将军卫青攻打匈奴，封为平陵侯。以将军的身份修筑朔方城。后以卫尉的身份任游击将军，跟从大将军出兵朔方。一年以后，又随大将军出定襄，翕侯赵信死亡，因失军当斩首，出钱赎为庶人。后来做了代郡太守，死在任上。苏建有三个儿子：苏嘉为奉车都尉，苏贤为骑都尉，二儿子苏武最为出名。

武字子卿，少以父任，兄弟并为郎，稍迁至栘中厩监①。时汉连伐胡，数通使相窥观，匈奴留汉使郭吉、路充国等，前后十余辈。匈奴使来，汉亦留之以相当。天汉元年，且鞮侯单于初立②，恐汉袭之，乃曰："汉天子，我丈人行也③。"尽归汉使路充国等。武帝嘉其义，乃遣武以中郎将使持节送匈奴使留在汉者，因厚赂单于，答其善意。武与副中郎将张胜及假吏常惠等募士斥候百余人俱④。既至匈奴，置币遗单于[⑤]。单于益骄，非汉所望也。以上武使匈奴。

【注释】

①移中：马厩名。厩监：官名。司养马。

②且鞮(jū dī)侯：匈奴首领。汉武帝天汉元年(前100)即单于位。

③丈人：对老人的尊称。

④假吏：即兼吏，是临时差遣而充任的属吏。

⑤置币：指陈设财物。

【译文】

苏武，字子卿，年轻时因父亲苏建为国立功，而与兄弟们一起被任用为郎，苏武后来逐渐升迁为移中厩监。当时汉朝不断讨伐匈奴，双方多次派使者暗察对方情况，匈奴先后扣留了郭吉、路充国等十多批汉使者。匈奴使者来，汉朝也扣留以相抵偿。天汉元年，且鞮侯单于刚刚即位，害怕汉朝袭击，便声言："汉朝的皇帝是我的长辈。"把路充国等被扣留的十多批汉使者全都放还。汉武帝赞赏他明于大义，就派苏武以中郎将的身份带着汉朝符节护送被扣留在汉朝的匈奴使者，并赠送给单于许多财物，以报答他的好意。苏武与副使中郎将张胜以及临时兼任使者属吏的常惠等人招募士卒、斥候一百多人同去匈奴。到达匈奴后，陈设财物赠送给单于。单于更加傲慢，完全不像汉朝所期望的那样。以上记苏武出使匈奴。

方欲发使送武等，会缑王与长水虞常等谋反匈奴中[①]。缑王者，昆邪王姊子也[②]，与昆邪王俱降汉，后随浞野侯没胡中。及卫律所将降者，阴相与谋劫单于母阏氏归汉。会武等至匈奴，虞常在汉时素与副张胜相知，私候胜曰："闻汉天子甚怨卫律，常能为汉伏弩射杀之。吾母与弟在汉，幸蒙其赏赐。”张胜许之，以货物与常。后月余，单于出猎，独阏氏子弟在③。虞常等七十余人欲发，其一人夜亡，告之。单于子弟发兵与战。缑王等皆死，虞常生得。

【注释】

①缑(gōu)王：匈奴亲王。

②昆邪王：匈奴亲王。昆邪为匈奴一部。

③阏氏子弟：匈奴王后阏氏及其晚辈。

【译文】

单于正要派使者护送苏武等人返回，正赶上缑王和长水虞常等人在匈奴谋反。缑王是昆邪王姐姐的儿子，曾与昆邪王一起投降汉朝，后来随同浞野侯赵破奴，讨伐匈奴，兵败而降。他们与随同卫律投降的人暗中策划劫持单于的母亲阏氏返回汉朝。恰巧赶上苏武等出使匈奴，虞常在汉朝时一直和副使张胜关系不错，就暗中拜访张胜说：“听说汉朝皇帝非常怨恨卫律，我能为汉朝暗设弓弩杀死他。我的母亲和弟弟在汉朝，希望他们能得到我为汉朝立功的赏赐。”张胜表示同意，并送给虞常财物。一个多月以后，单于出去打猎，只有阏氏及其子弟在家。虞常等七十余人准备下手，但其中一人晚上逃走，告发了他们。单于的子弟率军与虞常等展开激战，缑王等都在战斗中被杀，虞常被活捉。

单于使卫律治其事。张胜闻之，恐前语发，以状语武。武曰：“事如此，此必及我。见犯乃死，重负国①。”欲自杀，胜、惠共止之。虞常果引张胜。单于怒，召诸贵人议，欲杀汉使者。左伊秩訾曰②：“即谋单于，何以复加？宜皆降之。”单于使卫律召武受辞③，武谓惠等：“屈节辱命，虽生，何面目以归汉！”引佩刀自刺。卫律惊，自抱持武，驰召医。凿地为坎，置煴火④，覆武其上⑤，蹈其背以出血⑥。武气绝半日，复息⑦。惠等哭，舆归营。单于壮其节，朝夕遣人候问武，而收系张胜。以上缑王、虞常之变。

【注释】

①见犯乃死，重负国：指被匈奴侵犯，然后再死，是更辜负了汉朝。

②伊秩訾：匈奴官名。有左、右之分。

③受辞：受审。

④煴火：无焰之火。

⑤覆：使伏卧。

⑥蹈：用手叩击伤口使出血，以免血淤体内。

⑦复息：指复苏而呼吸。

【译文】

单于派卫律审理这件事。张胜听到这个消息，怕之前与虞常密谋的话泄露，就把情况告诉了苏武。苏武说："事情已经发展到这个地步，一定会牵涉到我。受侮辱而死，更对不起国家。"于是便要自杀，张胜、常惠一起把他劝住。虞常果然供出张胜。单于大怒，召集匈奴贵族商议，要杀死汉朝使者。左伊秩訾说："如果今后有谋害单于的，该如何加重处罚？不如让他们全部投降。"单于便派卫律召来苏武审问，苏武对常惠等说："使自己的节操和国家的使命受辱，即使活着，还有什么脸面回到汉朝?"拔出佩刀自杀。卫律大吃一惊，亲自抱住苏武，派人骑马去找医生。医生在地上挖了一个坑，点上煴火，使苏武伏卧在火坑上，用手叩击他的背使淤血从伤口中流出。苏武昏死过去半天，然后才苏醒。常惠等人哭着用车把他拉回营帐。单于非常佩服他的气节，派人早晚探问他的病情，并拘捕了张胜。以上记缑王、虞常发动变乱。

武益愈，单于使使晓武。会论虞常，欲因此时降武。剑斩虞常已，律曰：“汉使张胜谋杀单于近臣，当死，单于募降者赦罪。”举剑欲击之，胜请降。律谓武曰：“副有罪，当相坐[①]。”武曰：“本无谋，又非亲属，何谓相坐？”复举剑拟之[②]，武不动。律曰：“苏君，律前负汉归匈奴，幸蒙大恩，赐号称王，拥众数万，马畜弥山，富贵如此。苏君今日降，明日复然。空以身膏草野[③]，谁复知之！”武不应。律曰：“君因我降，与君为兄弟，今不听吾计，后虽欲复见我，尚可得乎？”武骂律曰：“女为人臣子，不顾恩义，畔主背亲[④]，为降虏于蛮夷，何以女为见[⑤]？且单于信女，使决人死生，不平心持正，反欲斗两主，观祸败。南越杀汉使者，屠为九郡；宛王杀汉使者[⑥]，头悬北阙[⑦]；朝鲜杀汉使者，即时诛灭。独匈奴未耳。若知我不降明，欲令两国相攻，匈奴之祸从我始矣。”以上卫律劝武降。

【注释】

①相坐：受到牵连。

②拟：比划，用兵器作出杀人状。

③身膏草野：即用身体作肥料使草原肥沃，即葬身草地之意。膏，此处为动词，使肥沃。

④畔：通“叛”。背叛。

⑤何以女为见：意为怎么用得着与你相见？

⑥宛王：指大宛国王。

⑦北阙：汉宫阙名。

【译文】

苏武的伤势日渐好转，单于派使者告知他。正赶上审判虞常，想借此机会迫使苏武投降。用剑杀死虞常后，卫律说："汉朝使者张胜阴谋杀害单于亲近的大臣，罪当处死，不过单于招募投降的人，赦免他的罪过。"举剑要杀张胜，张胜请求投降。卫律又对苏武说："副使有罪，你应连坐。"苏武说："我本来没有参与密谋，又不是他的亲属，说什么连坐？"卫律用剑比划着要杀苏武，苏武纹丝不动。卫律说："苏先生，我卫律从前背叛汉朝，归降匈奴，幸蒙单于恩德，赐给我王号，使我拥有部众数万，马畜满山，富贵如此。苏先生今天投降，明天也会这样。否则白白葬身于荒野之中，有谁知道您为汉朝而死呢？"苏武不予理睬。卫律又说："您通过我而投降，我与您结为兄弟，今天不听我的话，以后即使想见到我，还能够吗？"苏武大骂卫律道："你作为汉朝臣民，不顾恩义廉耻，背叛皇帝和亲人，投降蛮夷，我为什么要见你？况且单于信任你，让你裁决人的生死，你却不出以公心，主持公正，反而要使两国之间相互争斗，以坐观双方混战所造成的祸乱。南越杀死汉使者，被夷为汉朝的九个郡；大宛王杀死汉使者，他的头颅悬于汉宫之北阙；朝鲜杀死汉使者，立即被诛灭。唯独匈奴未发生这种事。你明知我不投降，如果想让两国互相攻伐，匈奴的祸害将从杀我开始。"以上记卫律劝苏武投降。

律知武终不可胁①，白单于。单于愈益欲降之，乃幽武置大窖中②，绝不饮食③。天雨雪，武卧啮雪与旃毛并咽之，数日不死。匈奴以为神，乃徙武北海上无人处④，使牧羝⑤，羝乳乃得归⑥。别其官属常惠等，各置他所。

【注释】

①胁：胁迫。

②大窖：即地穴。

③绝不饮食：断绝供应饮食。

④北海：即今俄罗斯西伯利亚贝加尔湖。

⑤羝(dī)：公羊。

⑥羝乳：指公羊产子，比喻不可能的事。

【译文】

卫律知道最终不能胁迫苏武投降，就把情况汇报给单于。单于越发想让苏武投降，便把他幽禁在地窖里，断绝向他供应饮食。天降大雪，苏武就卧在地上，吞食雪团和毡毛，好几天也没饿死。匈奴以为他是神人，于是把他迁徙到北海边没有人烟的地方，让他放牧公羊，直到公羊产下小羊羔，才允许他回来。还把他和常惠等分开，分别安置在不同的地方。

武既至海上，廪食不至[①]，掘野鼠去草实而食之。杖汉节牧羊，卧起操持，节旄尽落。积五六年，单于弟於靬王弋射海上[②]。武能网纺缴[③]，檠弓弩[④]，於靬王爱之，给其衣食。三岁余，王病，赐武马畜、服匿、穹庐[⑤]。王死后，人众徙去。其冬，丁令盗武牛羊[⑥]，武复穷厄[⑦]。以上海上牧羊。

【注释】

①廪食：官府供给的粮食。

②於靬(jiān)王：且鞮侯单于之弟。弋射：以绳系箭而射。

③缴(zhuó)：生丝之缕，可以弋射。

④檠(qíng)弓弩：即辅正其弓弩。

⑤服匿：酒器名。小口，大腹，方底，可盛酒酪。穹庐：圆形毡帐。

⑥丁令：古民族名。汉时为匈奴属国，游牧于我国北部和西北部广大地区。

⑦穷厄：穷苦困厄。

【译文】

苏武被流放到北海以后，匈奴不供给他粮食，他只好挖掘野鼠贮藏的草籽充饥。拄着汉朝符节放羊，时时刻刻把汉朝的符节带在身边，以致节上的饰旄都掉光了。过了五六年，单于的弟弟於靬王到北海打猎。因苏武会制造猎网和箭缴，校正弓弩，於靬王很喜欢他，送他衣服和食物。又过了三年多，於靬王病了，就赐给苏武牲畜、酒酪器皿和毡帐。於靬王死后，他的部众也都迁走了。这年冬天，丁令人偷走了苏武的牛羊，苏武再度陷入困境。以上记苏武在北海边放羊。

初，武与李陵俱为侍中，武使匈奴，明年，陵降，不敢求武。久之，单于使陵至海上，为武置酒设乐，因谓武曰："单于闻陵与子卿素厚，故使陵来说足下，虚心欲相待。终不得归汉，空自苦亡人之地，信义安所见乎？前长君为奉车[①]，从至雍棫阳宫[②]，扶辇下除[③]，触柱折辕，劾大不敬，伏剑自刎，赐钱二百万以葬。孺卿从祠河东后土[④]，宦骑与黄门驸马争船[⑤]，推堕驸马河中溺死，宦骑亡，诏使孺卿逐捕不得，惶恐饮药而死。来时，太夫人已不幸[⑥]，陵送葬至阳陵。子卿妇年少，闻已更嫁矣。独有女弟二人，两女一男，今复十余年，存亡不可知。人生如朝露，何久自苦如此！陵始降时，忽忽如狂，自痛负汉，加以老母系保宫[⑦]，子卿不欲降，何以过陵？且陛下春秋高[⑧]，法令亡常，大臣亡罪夷灭者数十家，安危不可知，子卿尚复谁为乎？愿听陵计，勿复有云。"武曰："武父子亡功德，皆为陛下所成就，位列将，爵通侯[⑨]，兄弟亲近，常愿肝脑涂地。今得杀身自效，虽蒙斧钺汤镬[⑩]，诚甘乐之。臣事君，犹子事父也。子为父死无所恨。愿勿复再言。"陵与武饮数日，复曰："子卿壹听陵言[11]。"武曰："自分已死久矣[12]！王必欲降武，请毕今日之欢，效死于前！"陵见其至诚，喟然叹曰："嗟乎，义士！陵与卫律之罪上通于天[13]。"因泣下沾衿，与武决去。以上李陵劝武降。

【注释】

①长君：指苏武兄长苏嘉。

②棫阳宫：宫名。在雍县东北。

③辇：上古时人力拉的车，汉特指皇帝坐的车，后代亦然。除：台阶。

④孺卿：指苏武之弟苏贤，字孺卿。后土：土地神。

⑤宦骑：宦官为骑侍从皇帝者。黄门驸马：指天子驸马之在黄门者。

⑥太夫人：指苏武母亲。不幸：即死亡。

⑦保宫：汉少府的属官。原名居室，汉武帝更名保官。此处指保宫下属的官署，是囚禁罪臣及其眷属的监狱。

⑧陛下春秋高：指汉武帝年事已高。

⑨通侯：爵位名。为秦汉二十等军功爵的最高级，原名彻侯，为避汉武帝刘彻讳改。

⑩钺：大斧。汤镬：古代一种酷刑，将人投入沸汤中煮死。

⑪壹：一定。

⑫自分：自己心甘情愿。

⑬通于天：比天还高。

【译文】

当初，李陵与苏武同在汉朝任侍中，苏武出使匈奴的第二年，李陵投降匈奴，不敢求见苏武。过了很长时间，李陵被单于派到北海，为苏武置办酒宴，陈设乐舞，趁机对苏武说："单于听说我与您平素交往很深，因此派我来劝您，单于将诚心待您。您终究不能回汉朝，白白地在这无人之地自找苦吃，谁能看见您的信义呢？从前您的哥哥苏嘉任奉车都尉，随皇上到雍县棫阳宫，扶辇下殿阶，撞到柱子上，折断了车辕，以大不敬罪受到弹劾，用剑自杀，皇帝赐给了二百万钱的安葬费。您的弟弟苏贤随从皇上去河东郡祭祀后土神，宦骑与黄门驸马争船，驸马被推入河中淹死，宦骑逃走了，皇上命令苏贤追捕宦骑，没能捉住，苏贤忧虑害怕，喝药自杀。我领兵离长安时，您的母亲不幸去世，我送葬到阳陵。您的妻子年轻，听说已改嫁了。只剩下两个妹妹、两个女儿和一个儿子，现在已过去十多年了，不知是死是活。人生如同早上的露珠一样短促，何必长期这样折磨自己。我开始投降时，心神恍惚，如疯若狂，为自己背叛汉朝而痛心，加上老母被关押在保宫，您不想投降的心情怎么会超过我呢？况且皇帝年老，法令没有常规，大臣无罪而被诛灭的有数十家，安危难以预料，您还为谁守节呢？希望听从我的谋划，什么也别说了。"苏武说："我们父子无功无德，都是由于皇上的提拔，才位列将军，爵至通侯，兄弟三人都为皇帝近臣，常愿肝脑涂地。现在能牺牲自己，报效国家，即使蒙受斧钺之诛、汤镬之刑，也心甘情愿。大臣侍奉君主，如同儿子侍奉父亲，儿了为父亲而死，毫无怨恨。希望您不要再说了。"李陵与苏武喝了几天酒之后，又劝苏武："您一定要听我的话。"苏武说："我早已心甘情愿去死。您一定要使我投降，就请结束今天的欢宴，让我死在您面前。"李陵见他对汉朝如此忠诚，长叹一声，说："唉，真是义士啊！我和卫律的罪过比天还大啊！"随之泪如雨下，沾湿了衣襟，与苏武告别而去。以上记李陵劝苏武投降。

陵恶自赐武[①]，使其妻赐武牛羊数十头。后陵复至北海上，语武："区脱捕得云中生口[②]，言太守以下吏民皆白服，曰上崩。"武闻之，南乡号哭[③]，欧血[④]，旦夕临数月。

【注释】

①恶（wù）：不愿意，不好意思。

②区脱：匈奴语，土室，即匈奴在边塞所建的土堡哨所，为侦察之用。

③乡：同“向”。

④欧：同“呕”。

【译文】

李陵不愿意亲自赠送苏武财物，就派他的妻子给苏武送去几十头牛羊。后来李陵又去北海告诉苏武：“匈奴边塞哨所活捉了云中汉人，说上自太守下至百姓都穿白色丧服，并说皇上死了。”苏武听到这个消息后，面对南方痛哭，以致吐血，每天早晚哭吊汉武帝，一连好几个月。

昭帝即位数年，匈奴与汉和亲。汉求武等，匈奴诡言武死。后汉使复至匈奴，常惠请其守者与俱，得夜见汉使。具自陈道①，教使者谓单于，言天子射上林中②，得雁，足有系帛书，言武等在某泽中。使者大喜，如惠语以让单于③。单于视左右而惊，谢汉使曰：“武等实在。”于是李陵置酒贺武曰：“今足下还归，扬名于匈奴，功显于汉室，虽古竹帛所载④，丹青所画，何以过子卿！陵虽驽怯，令汉且贳陵罪⑤，全其老母，使得奋大辱之积志，庶几乎曹柯之盟⑥，此陵宿昔之所不忘也。收族陵家，为世大戮，陵尚复何顾乎？已矣！令子卿知吾心耳。异域之人，壹别长绝！”陵起舞，歌曰：“径万里兮度沙幕，为君将兮奋匈奴。路穷绝兮矢刃摧，士众灭兮名已隤⑦。老母已死，虽欲报恩将安归！”陵泣下数行，因与武决。单于召会武官属，前以降及物故，凡随武还者九人。以上匈奴许归武。

【注释】

①具自陈道：自己详细陈述。

②上林：宫苑名。故址在今陕西西安西。

③让：斥责。

④竹帛：古代书于竹简、绵帛上，引申为史册。

⑤贳(shì)：赦。

⑥曹柯之盟：春秋时鲁人曹沫与齐人交战，三战皆败，鲁国献地求和，齐、鲁两国国君会盟于柯，曹沫在盟会劫持齐桓公，迫使他退还鲁地。此处喻指欲劫持单于。

⑦隤(tuí)：败坏。

【译文】

汉昭帝即位几年后，匈奴与汉朝和好。汉朝寻求苏武等人，匈奴诈说苏武死了。后来汉朝使者又到了匈奴，常惠请求看守他的人和他一起晚上去见汉使者。常惠详细叙述了事情的经过，又教汉使者对单于说，汉朝皇帝在上林苑打猎，射下一只雁，脚上系着一份帛书，说苏武在某个大泽中。汉朝使者非常高兴，就按常惠说的办法去责问单于。单于左顾右盼，暗暗吃惊，只好向汉朝使者道歉说："苏武等人确实活着。"这时，李陵摆设酒宴祝贺苏武说："您今天回去，美名传颂于匈奴，功勋显扬于汉室，即使是古代史书所载，图画所绘的，有谁能胜过您！我李陵虽无能怯懦，假使汉廷暂且宽赦我的罪过，保全我的老母，使我能施展由于投降匈奴之耻辱而蓄积已久的志愿，或许能像曹沫那样寻找机会立功赎罪，这是我从前念念不忘的。但皇上逮捕诛灭了我全家，这是世上最大的侮辱，我还有什么可留恋的呢？算了吧，我只是让您知道我的心情罢了。我是异国的人了，这一分手将永无相见之日了。"李陵起身舞蹈，唱道："驰骋万里啊跨越沙漠，为皇上领兵啊奋击匈奴。被困于狭谷啊矢尽刀折，士兵战死啊名声扫地。老母已死，虽想报恩何处归！"涕泪交流，与苏武诀别。单于召集苏武的属吏，除去已投降的和死去的，随苏武返回的总共九人。以上记匈奴允许苏武回归。

武以始元六年春至京师①。诏武奉一太牢谒武帝园庙，拜为典属国，秩中二千石，赐钱二百万，公田二顷，宅一区。常惠、徐圣、赵终根皆拜为中郎，赐帛各二百匹。其余六人老归家，赐钱人十万，复终身。常惠后至右将军，封列侯，自有传。武留匈奴凡十九岁，始以强壮出，及还，须发尽白。以上武还汉。

【注释】

①始元六年：前 81 年。始元，汉昭帝年号（前 86—前 81）。

【译文】

苏武在昭帝始元六年春天回到都城长安。昭帝命令苏武准备一牛、一羊、一猪的太牢之礼到武帝陵墓祭拜，又授予他典属国之职，官阶为中二千石，并赏赐给他二百万钱，公田二顷，宅地一处。常惠、徐圣、赵终根均被授予中郎之职，每人得赏赐绢帛二百匹。其余六人年老回家，每人得赏赐十万钱，免除终身徭役。常惠后来官至右将军，封为列侯，另专门有他的传记。苏武在匈奴被扣留十九年，出使时年富力强，等到返回时，已须发全白了。以上记苏武回到汉朝。

武来归明年，上官桀子安与桑弘羊及燕王、盖主谋反。武子男元与安有谋，坐死。

【译文】

苏武回来的第二年，上官桀的儿子上官安与桑弘羊及燕王、盖主谋反。苏武的儿子苏元与上官安有密谋，因连坐，苏武也要被处死。

初，桀、安与大将军霍光争权，数疏光过失予燕王，令上书告之。又言苏武使匈奴二十年不降，还乃为典属国，大将军长史无功劳[1]，为搜粟都尉，光颛权自恣。及燕王等反诛，穷治党与，武素与桀、弘羊有旧，数为燕王所讼，子又在谋中，廷尉奏请逮捕武。霍光寝其奏[2]，免武官。

【注释】

①长史：指杨敞，曾为大将军霍光的僚属。

②寝：止息，扣住不发。

【译文】

当初上官桀父子与大将军霍光争权，多次逐条记录霍光的过失，送给燕王，让燕王上书昭帝，告发霍光。又说苏武出使匈奴二十年不投降，回来才授予典属国之职，霍光的长史杨敞没有功劳，却任搜粟都尉，霍光专权，肆意妄为。等到燕王等人因谋反被杀，追查其同谋的人，苏武平素与上官桀、桑弘羊有交情，燕王也曾多次为苏武为国立功之事向皇帝申诉过，苏武的儿子又参与谋反，因此廷尉上奏请求逮捕苏武。霍光把这个奏折压下，只免除了苏武的官职。

数年，昭帝崩，武以故二千石与计谋立宣帝，赐爵关内侯，食邑三百户。久之，卫将军张安世荐武明习故事，奉使不辱命，先帝以为遗言。宣帝即时召武待诏宦者署[1]，数进见，复为右曹典属国。以武著节老臣，令朝朔望[2]，号称祭酒[3]，甚优宠之。

【注释】

①宦者署：官署名。即宦者令丞衙门，宦者令为少府属官。因其署亲近，故令在此听诏。

②朝朔望：每逢初一、十五入进见天子。

③祭酒：即加祭酒之号，以示优宠。古礼，宴会时先推功德高者举酒祭地。

【译文】

几年以后，昭帝去世，苏武以曾经任中二千石官员的身份参与迎立宣帝，被赐封关内侯的爵位和三百户的食邑。过了很长时间，卫将军张安世推荐苏武，因为他熟悉过去的典章制度，奉命出使不辱使命，昭帝生前常常提到这些。宣帝立即召苏武在宦者署听候命令，苏武多次进见宣帝，又任右曹典属国。因为苏武是以节操著名的老臣，宣帝命令他每逢初一、十五入朝，给予祭酒的尊号，非常优待尊宠他。

武所得赏赐，尽以施予昆弟故人，家不余财。皇后父平恩侯、帝舅平昌侯、乐昌侯、车骑将军韩增、丞相魏相、御史大夫丙吉皆敬重武①。武年老，子前坐事死，上闵之，问左右："武在匈奴久，岂有子乎？"武因平恩侯自白："前发匈奴时，胡妇适产一子通国，有声问来②，愿因使者致金帛赎之。"上许焉。后通国随使者至，上以为郎。又以武弟子为右曹。武年八十余，神爵二年病卒③。以上武晚年事。

【注释】

①平恩侯：指许广汉，其女为宣帝皇后。平昌侯：指王无故，为汉宣帝舅。乐昌侯：指王武，为王无故弟。

②声问：音信。

③神爵二年：前60年。神爵，汉宣帝年号（前61—前58）。

【译文】

苏武所得赏赐的财物，全都赠送给兄弟和旧友，家里不蓄积财产。许皇后的父亲平恩侯许广汉、皇帝的舅舅平昌侯王无故和乐昌侯王武、车骑将军韩增、丞相魏相、御史大夫丙吉都很敬重苏武。苏武年事已高，儿子又犯罪被杀，宣帝很可怜他，就询问左右大臣："苏武在匈奴那么长时间，难道没有儿子？"苏武通过许广汉向宣帝陈述："当初从匈奴动身回来时，我的匈奴族妻子正好生下一个儿子，叫苏通国，有音信传来，希望能通过使者用财物把他赎回来。"宣帝同意了。后来苏通国随使者回来，宣帝任命他为郎。又任用苏武的侄子为右曹。苏武活了八十多岁，于宣帝神爵二年病死。以上记苏武晚年的事迹。

甘露三年[①]，单于始入朝。上思股肱之美[②]，乃图画其人于麒麟阁[③]，法其形貌，署其官爵、姓名。唯霍光不名，曰大司马大将军博陆侯姓霍氏，次曰卫将军富平侯张安世，次曰车骑将军龙额侯韩增，次曰后将军营平侯赵充国，次曰丞相高平侯魏相，次曰丞相博阳侯丙吉，次曰御史大夫建平侯杜延年，次曰宗正阳城侯刘德，次曰少府梁丘贺，次曰太子太傅萧望之，次曰典属国苏武。皆有功德，知名当世，是以表而扬之，明著中兴辅佐，列于方叔、召虎、仲山甫焉[④]。凡十一人，皆有传。自丞相黄霸、廷尉于定国、大司农朱邑、京兆尹张敞、右扶风尹翁归及儒者夏侯胜等，皆以善终，著名宣帝之世，然不得列于名臣之图，以此知其选矣。以上麒麟阁图象。

【注释】

①甘露三年：前51年。甘露，汉宣帝年号（前53—前50）。

②股肱：大腿和胳膊，比喻辅佐君主的大臣。

③麒麟阁：宫阁名。在未央宫中。

④方叔、召虎、仲山甫：皆为周宣王时贤臣，辅佐宣王中兴。

【译文】

宣帝甘露三年，单于开始入塞朝拜汉朝皇帝。宣帝思念那些辅佐自己的大臣的美德，便令人把他们的相貌画在麒麟阁上，并注明他们各自的官职、爵位和姓名。只有霍光不注名字，称为大司马大将军博陆侯霍氏，以下依次为：卫将军富平侯张安世，车骑将军龙额侯韩增，后将军营平侯赵充国，丞相高平侯魏相，丞相博阳侯丙吉，御史大夫建平侯杜延年，宗正阳城侯刘德，少府梁丘贺，太子太傅萧望之，典属国苏武。这些人都功勋卓著品德高尚，为世人所熟知，因此画名人图来表彰他们，明确说明他们是汉宣帝中兴的辅佐之臣，可与辅佐周宣王中兴的名臣方叔、召虎、仲山甫媲美。共十一人，在《汉书》中都有传记。从丞相黄霸、廷尉于定国、大司农朱邑、京兆尹张敞、右扶风尹翁归到名儒夏侯胜等，都能善始善终，扬名于宣帝之时，却不能列于名臣图中，由此可见辅佐之臣的选择标准。以上记麒麟阁画像。

赞曰：李将军恂恂如鄙人[①]，口不能出辞，及死之日，天下知与不知皆为流涕，彼其中心诚信于士大夫也。谚曰："桃李不言，下自成蹊[②]。"此言虽小，可以喻大。然三代之将，道家所忌，自广至陵，遂亡其宗，哀哉！孔子称"志士仁人，有杀身以成仁，无求生以害仁"，"使于四方，不辱君命"，苏武有之矣。

【注释】

①恂恂:恭敬谨慎的样子。鄙人:边远地方的人,乡下人。

②桃李不言,下自成蹊:比喻实至名归。蹊,径,小路。

【译文】

赞语说:李将军忠诚、厚道、朴实,像个乡下人,口不善言,当他死的时候,天下的人,不管认识他的还是不认识他的,都为他的死而痛哭流涕,这大概是他诚实的品性能取信于士大夫的缘故。谚语说:"桃李不言,下自成蹊。"这句话说的虽然是小事,却可以说明深刻的道理。然而一家三代为将,这是深通世理的人所忌讳的,从李广至其孙李陵,其宗族被夷灭了,真是可悲啊!孔子说:"志士仁人,有杀身以成仁义的,没有求生而损害仁义的","出使于四方,不辱于君主之命",这些品质苏武都具备了。

赵尹韩张两王传

【题解】

本传实为西汉中期京官的一个合传。汉武帝始置左冯翊、右扶风、京兆尹三辅综理京畿事务。京畿地区豪强权贵众多,情况复杂,向来号为难治。汉宣帝亲政后,大力整顿吏治,一些德才兼备、治绩优异的地方官被选调入京。他们大都能不畏豪强,善于任烦治乱,维护地方治安,但又各具特点。如赵广汉聪明机智,尹翁归廉洁奉公,韩延寿好施教化,张敞刚直灵敏,王尊守正不阿,王章坚守气节,等等。作者对此做了淋漓尽致的描述,人物性格跃然纸上。

赵广汉字子都,涿郡蠡吾人也①,故属河间②。少为郡吏、州从事③,以廉絜通敏下士为名。举茂材④,平准令⑤。

察廉为阳翟令⑥。以治行尤异⑦，迁京辅都尉⑧，守京兆尹⑨。会昭帝崩，而新丰杜建为京兆掾⑩，护作平陵方上⑪。建素豪侠，宾客为奸利⑫，广汉闻之，先风告⑬。建不改，于是收案致法⑭。中贵人豪长者为请无不至⑮，终无所听。宗族宾客谋欲篡取，广汉尽知其计议主名起居⑯，使吏告曰："若计如此，且并灭家。"令数吏将建弃市，莫敢近者。京师称之。以上守京兆尹。

【注释】

①涿郡：郡名。治所在今河北涿州。蠡（lǐ）吾：县名。治所在今河北博野西南。

②河间：封国名。治所在今河北献县东南。

③郡吏：指郡太守的属吏。州从事：官名。州刺史的佐官。

④茂材：汉代选拔官吏的科目之一，西汉称"秀材"，东汉为避光武帝刘秀讳，改称。材，通"才"。

⑤平准令：官名。职掌市场物价。

⑥察廉：犹举廉，汉代选拔官吏的一种方法，由郡国举荐廉洁之士，经过考察，任以官职。察，考核。阳翟：县名。治所在今河南禹州。

⑦治行：政绩。

⑧京辅都尉：官名。京兆尹佐职，掌京师治安。

⑨京兆尹：京师的地方长官。与左冯翊、右扶风合称"三辅"。京兆尹治长安以东，左冯翊治长安以北，右扶风治渭城以西。

⑩新丰：县名。治所在今陕西西安临潼区。汉高帝定都关中，因其父思归故里，乃于秦故骊邑仿丰地街巷筑城，并迁旧居于此，以娱其父，后改名新丰。

⑪护作平陵方上:协理监作昭帝陵的方顶。平陵,汉昭帝陵墓,在今陕西咸阳西北。

⑫奸利:用非法手段谋取私利。

⑬风告:微言劝告。风,通“讽”。

⑭收案致法:即逮捕而置之于法。

⑮中贵人:帝王所宠幸的宦官。豪长者:指有名望的豪绅。

⑯主名起居:主持的人和他们的动态。

【译文】

赵广汉,字子都,是涿郡蠡吾县人,蠡吾县以前属于河间国管辖。赵广汉年轻时做过郡吏和州从事,以廉洁奉公、通达聪敏、礼贤下士闻名。后来被举荐为茂材,担任管理市场物价的平准令。经过考核,又做了阳翟县令。因为政绩优异,被提拔为京辅都尉,代理京兆尹。当时正遇上汉昭帝去世,新丰县人杜建任京兆掾,协助监造昭帝的陵墓。杜建平素为人强悍,这时就指使宾客非法牟取暴利,赵广汉知道后,先婉言规劝。杜建不悔改,赵广汉就把他逮捕,依法处理。许多有权势的官绅,纷纷来替杜建说情,可是赵广汉始终不听。杜建的家族和门客密谋策划,企图劫狱,赵广汉完全了解了他们的计划和主使人的活动后,派手下官吏警告他们说:“如果你们劫狱,就把你们满门抄斩!”赵广汉命令数名狱吏将杜建斩首示众,结果没有人敢近前闹事。京城的人都称赞这件案子办得好。以上记赵广汉代理京兆尹。

是时,昌邑王征即位,行淫乱,大将军霍光与群臣共废王,尊立宣帝。广汉以与议定策,赐爵关内侯。迁颍川太守。郡大姓原、褚宗族横恣,宾客犯为盗贼,前二千石莫能禽制。广汉既至数月,诛原、褚首恶,郡中震栗[①]。

【注释】

①震栗:恐惧,颤抖。

【译文】

这时,昌邑王刘贺应召来京做皇帝,因为行为荒唐放纵,大将军霍光和群臣一起废掉昌邑王,尊立宣帝。赵广汉因为参加了这件事的决策,汉宣帝赐给他关内侯的爵位。后来,赵广汉调任颍川太守。颍川郡的世家大族原氏、褚氏横行乡里,肆无忌惮,他们的门客为盗做贼,前几任太守都没能擒拿制服他们。赵广汉到任几个月,就杀掉了原、褚两家中的首恶分子,颍川郡的坏人大为震惊。

先是,颍川豪桀大姓相与为婚姻,吏俗朋党。广汉患之,厉使其中可用者受记[①],出有案问[②],既得罪名,行法罚之,广汉故漏泄其语,令相怨咎[③]。又教吏为缿筩[④],及得投书,削其主名,而托以为豪桀大姓子弟所言。其后强宗大族家家结为仇雠,奸党散落,风俗大改。吏民相告讦[⑤],广汉得以为耳目,盗贼以故不发,发又辄得。壹切治理[⑥],威名流闻,及匈奴降者言匈奴中皆闻广汉。以上为颍川太守。

【注释】

①厉:通"励",奖励。受记:得知公文内容。记,古代公文的一种文体。

②案问:审讯案情。

③怨咎:埋怨,责备。

④缿(xiàng)筩:古代接受告密文件的器具,形如瓶,有小孔,可入而不可出。

⑤告讦:揭人阴私。

⑥壹切：一切，言诸事皆治理。

【译文】

在此之前，颍川郡豪门望族互相通婚结为姻亲，官吏们互相勾结，结党成风。赵广汉很忧虑这种现象，就奖励他们中间可以利用的人，让他事先知道案情去告发别人，到审讯被告，判定罪名，依法惩处时，赵广汉故意向被告泄露告发人的话，使他们互相怨恨指责。他又让手下设置告密筒，得到揭发信后，就把告发人的名字削除，却假托是某豪门大族的子弟检举的。从此以后，强宗大族家家结为冤家对头，奸党分崩离析，风俗大变。官吏和百姓互相监督检举，赵广汉利用这个作为侦察坏人坏事的耳目，盗贼们因此不敢作案，一作案就会被捕获。结果使颍川郡大治，赵广汉的威名远扬，连匈奴投降汉朝的人也说匈奴部落中都听说过赵广汉的大名。以上记赵广汉任颍川太守之事。

本始二年①，汉发五将军击匈奴②，征广汉以太守将兵，属蒲类将军赵充国。从军还，复用守京兆尹，满岁为真③。以上虚叙历官。

【注释】

①本始二年：前72年。本始，汉宣帝年号（前73—前70）。

②五将军：指御史大夫祁连将军田广明、蒲类将军赵充国、云中太守虎牙将军田顺、度辽将军范明友和前将军韩增。

③真：正式任命。

【译文】

本始二年，汉宣帝派田广明、赵充国、田顺、范明友、韩增五位将军率兵攻打匈奴，调遣赵广汉以太守的身份领兵参加，归蒲类将军赵充国指挥。战争结束后，赵广汉随军返回，又任用他代理京兆尹，试任一年后转为正式职务。以上概述赵广汉的历任官职。

广汉为二千石，以和颜接士，其尉荐待遇吏①，殷勤甚备。事推功善，归之于下，曰："某掾卿所为②，非二千石所及。"行之发于至诚。吏见者皆输写心腹③，无所隐匿，咸愿为用，僵仆无所避。广汉聪明，皆知其能之所宜，尽力与否。其或负者④，辄先闻知，风谕不改⑤，乃收捕之，无所逃，按之罪立具⑥，即时伏辜⑦。

【注释】

①尉荐：慰藉，安慰。尉，通"慰"。

②掾卿：长官对下属的称谓。

③输写心腹：倾诉心里话。写，同"泻"。倾倒。

④负：即不，指不能或不尽力。

⑤风谕：劝告，示意开导。

⑥立具：马上定案。

⑦伏辜：伏罪，被依法惩处。

【译文】

赵广汉身为二千石官，却能和颜悦色地待人接物，对待下属总是关怀慰问，殷勤备至。工作有了成绩，又总归功于下属，说："这是某掾卿所做的，不是我太守能做到的。"他说这些话时完全出自内心。属吏们在他面前能够倾吐心里话，一点也不隐瞒，都愿意为他效劳，即使赴汤蹈火，也在所不辞。赵广汉天资聪明，对下属担任什么职务合适，做事是否尽力，他都心中有数。遇上不尽力的，总是先告诉他，经过劝告仍不悔改，才进行拘捕，并且无一逃脱，按所犯的罪行立即定案，依法惩处。

广汉为人强力，天性精于吏职。见吏民，或夜不寝至旦。尤善为钩距[①]，以得事情[②]。钩距者，设欲知马贾[③]，则先问狗，已问羊，又问牛，然后及马，参伍其贾[④]，以类相准，则知马之贵贱不失实矣。唯广汉至精能行之，它人效者莫能及也。郡中盗贼，闾里轻侠[⑤]，其根株窟穴所在，及吏受取请求铢两之奸[⑥]，皆知之。以上叙广汉之精能。

【注释】

①钩距：犹言反复调查，从各种事物的关系中找寻线索。

②事情：事实。

③贾：通“价”。

④参伍：错综比较，以为验证。

⑤闾里：乡里。轻侠：指不怕事的人。

⑥铢两之奸：指数目很小的贪污受贿。铢两，古代重量单位，二十四铢为一两。

【译文】

赵广汉为人精明强干而有勇力，天性擅长处理政事。他接待下属和百姓，有时彻夜不眠，通宵达旦。他特别善于运用“钩距法”反复调查，弄清事实真相。所谓“钩距法”，就是假如你想了解马的价格，那么你就先了解狗的价格，然后问羊的，再问牛的，最后问马的，这样彼此参照印证，用各个种类进行比较，就会弄清马价高低而不失实。这种方法，只有赵广汉最精通并且行之有效，那些模仿他的人没有一个人赶得上他。对于郡中盗贼和乡里不法分子的巢穴行踪，以及下属中极细微的受贿贪污，他都了如指掌。以上记赵广汉的精明能干。

长安少年数人会穷里空舍谋共劫人[①]，坐语未讫，广汉使吏捕治具服。富人苏回为郎，二人劫之。有顷，广汉将吏到家，自立庭下，使长安丞龚奢叩堂户晓贼，曰："京兆尹赵君谢两卿，无得杀质[2]，此宿卫臣也。释质，束手，得善相遇，幸逢赦令，或时解脱。"二人惊愕，又素闻广汉名，即开户出，下堂叩头，广汉跪谢曰："幸全活郎，甚厚！"送狱，敕吏谨遇，给酒肉。至冬当出死，豫为调棺[3]，给敛葬具，告语之，皆曰："死无所恨！"

【注释】

①穷里：穷巷，指极偏僻的街巷。劫人：即绑架。

②质：人质，此指苏回。

③调：调取。

【译文】

有一次，长安城里几个年轻人聚集在一处偏僻街巷的空屋里，谋划一起去抢劫，坐在一起还没商量完，赵广汉就已经派人来把他们提去审讯了，他们全都表示服罪。富人苏回做了郎官，被两人劫持。一会儿，赵广汉就带人赶来了，他站在院子里，派长安丞龚奢敲门告诉劫持者说："京兆尹赵大人奉告两位，不要杀死人质，这个人是皇宫的侍卫官。你们如果释放人质，束手就擒，会得到优待，赶上大赦，说不定还能免罪释放。"两名劫持者听了十分惊骇，加上平时就听说过赵广汉的威名，立即开门出来，走下台阶叩头请罪，赵广汉也下跪答谢说："很高兴你们没有杀掉郎官，你们很厚道！"两个人被送进监狱后，赵广汉叫狱吏以礼款待，给他们送去酒肉。这年冬天，这两个人被判处死刑，赵广汉预先替他们置办棺材，拨给安葬用品，并把情况告诉他们，两名罪犯感动地说："我们死无所恨！"

广汉尝记召湖都亭长①,湖都亭长西至界上②,界上亭长戏曰:“至府,为我多谢问赵君③。”亭长既至,广汉与语,问事毕,谓曰:“界上亭长寄声谢我,何以不为致问?”亭长叩头服实有之。广汉因曰:“还为吾谢界上亭长,勉思职事,有以自效,京兆不忘卿厚意。”其发奸擿伏如神④,皆此类也。

【注释】

①记召:下公文召唤人。湖:京兆尹属地,即京兆尹与河东郡交界处的湖县,在今河南灵宝西。

②界上:汉京兆尹属地。

③谢问:问候。

④擿伏:揭露隐秘之事。擿,揭发。

【译文】

赵广汉曾发文召请湖县都亭亭长来长安,都亭亭长西行路过界上时,界上亭长开玩笑说:“到了京兆府,请您替我多多问候赵大人。”都亭亭长来到京兆府,赵广汉和他交谈,等问完公事,就对他说:“界上亭长托你问候我,你为什么不替他向我致意?”都亭亭长听了急忙叩头道歉,说实有其事。赵广汉说:“回去经过界上时,还要请你代我转告界上亭长,希望他努力考虑他的职责,勤奋工作,做出成绩,京光尹不忘记他的厚意。”其揭发奸恶隐秘如若神明,大都是这样的。

广汉奏请,令长安游徼狱吏秩百石①,其后百石吏皆差自重②,不敢枉法妄系留人。京兆政清,吏民称之不容口③。长老传以为自汉兴以来治京兆者莫能及。左冯翊、右扶风皆治长安中,犯法者从迹喜过京兆界④。广汉叹曰:“乱吾治者,常二辅也!诚令广汉得兼治之,直差易耳⑤。”以上治京兆实迹。

【注释】

①游徼(jiǎo):捕盗贼的小吏,兼管监狱事。

②差:比较。

③不容口:不是口头所能说尽的。

④从迹:踪迹。

⑤直:不过。

【译文】

赵广汉曾经向朝廷上书,请求把长安地区游徼和狱吏的俸禄增加一百石,从此以后,这些人都比较自重,不敢随便拘留勒索百姓。这样京兆地区政治清明,官吏和百姓对他赞不绝口。根据老人们传说,认为自从汉朝兴建以来,没有一个治理京城的官员比得上他。当时京都二辅左冯翊、右扶风的官署都设在长安城中,二辅地区的罪犯常流窜到京城作案。赵广汉叹息道:"扰乱我治理的,往往是二辅啊!如果能让我兼治二辅,要彻底治理京都,就比较容易了。"以上记赵广汉治理京兆地区的真实事迹。

初,大将军霍光秉政,广汉事光。及光薨后,广汉心知微指①,发长安吏自将,与俱至光子博陆侯禹第,直突入其门,廋索私屠酤②,椎破卢罂③,斧斩其门关而去。时,光女为皇后,闻之,对帝涕泣。帝心善之,乃以召问广汉。广汉由是侵犯贵戚大臣。所居好用世吏子孙新进年少者④,专厉强壮蜂气⑤,见事风生,无所回避,率多果敢之计,莫为持难⑥。广汉终以此败。以上叙侵犯霍氏,因及其致败之由。

【注释】

①微指:即微旨,隐微的旨意。指汉宣帝疑忌霍家。

②廋(sōu):通“搜”。搜查。屠酤:宰杀牲畜,酿酒卖酒。

③卢:酒垆,盛放酒坛的土墩。罂:即瓦缸,是一种腹大口小的酒坛。

④世吏:世代为吏者。

⑤蜂气:锋芒意气。

⑥莫为持难:无人敢与赵广汉为难。

【译文】

以前,大将军霍光执政时,赵广汉在霍光手下办事。等到霍光死后,赵广汉觉察到皇上疑忌霍家的心思,就亲自率领长安城的属吏,径直闯进霍光的儿子博陆侯霍禹家中,以搜查非法屠宰、酿酒为借口,砸烂酿酒器具,用刀斧砍坏门栓,才扬长而去。当时霍光的女儿是宣帝的皇后,听说这件事,向皇帝哭诉。宣帝心中赞许此事,只把赵广汉叫来询问了一下。赵广汉因此触犯了皇亲国戚。他的官府里,喜欢任用世代做官的家庭的子弟和新进官场的年轻人,一味鼓励他们的锋芒锐气,办起事来雷厉风行,毫无顾忌,大多是果断坚决的谋划,没有人敢为难他。赵广汉终于因此招致祸害。以上记赵广汉侵犯霍家,顺带谈及他招祸的原因。

初,广汉客私酤酒长安市,丞相史逐去客,客疑男子苏贤言之,以语广汉。广汉使长安丞按贤,尉史禹故劾贤为骑士屯霸上①,不诣屯所,乏军兴②。贤父上书讼罪,告广汉。事下有司覆治,禹坐要斩,请逮捕广汉。有诏即讯③,辞服④,会赦,贬秩一等⑤。广汉疑其邑子荣畜教令⑥,后以它法论杀畜。人上书言之,事下丞相御史,案验甚急⑦。广汉使所亲信长安人为丞相府门卒,令微司丞相门内不法事⑧。地节三年七月中,丞相傅婢有过,自绞死。广汉闻之,疑丞相夫人妒杀之府舍。而丞相奉斋酎入庙祠[9]，广汉得此，使中郎赵奉寿风晓丞相，欲以胁之，毋令穷正己事[10]。丞相不听，按验愈急。广汉欲告之，先问太史知星气者[11]，言今年当有戮死大臣，广汉即上书告丞相罪。制曰："下京兆尹治。"广汉知事迫切，遂自将吏卒突入丞相府，召其夫人跪庭下受辞，收奴婢十余人去，责以杀婢事。丞相魏相上书自陈："妻实不杀婢。广汉数犯罪法不伏辜，以诈巧迫胁臣相，幸臣相宽不奏。愿下明使者治广汉所验臣相家事。"事下廷尉治，实丞相自以过谴笞傅婢，出至外第乃死[12]，不如广汉言。司直萧望之劾奏[13]："广汉摧辱大臣，欲以劫持奉公，逆节伤化，不道。"宣帝恶之，下广汉廷尉狱。又坐贼杀不辜，鞫狱故不以实，擅斥除骑士乏军兴数罪[14]。以上广汉迫胁魏丞相，获罪。

【注释】

①故劾：即诬告。劾，揭发罪状。

②乏军兴：违反军律的一种罪名，指耽误军事行动或军用物资的征集调拨。

③即讯：立即审讯。

④辞服：供认伏罪。

⑤贬秩：降职。秩，职官品级。

⑥邑子：即同一县邑的人，同乡。教令：唆使。

⑦案验：查实案情，以定罪名。

⑧微司：暗中侦察。微，暗中。司，同"伺"。侦察。

⑨奉斋酎(zhòu)：指沐浴斋戒，到天子庙去参加祭祀。酎，又称酎金。汉制，诸侯在天子庙祭祀时，必须献金助祭，所献金钱称酎金。

⑩穷正：彻底弄清楚。

⑪星气：古代以星相气色来占卜吉凶的方术。

⑫外第：外宅。

⑬司直：即丞相司直，丞相属官名。职掌协助丞相检举不法的丞相属官。

⑭斥除：驱逐。

【译文】

当初，赵广汉的门客在长安城非法卖酒牟取暴利，被丞相魏相手下的官员轰走了，门客怀疑是一个叫苏贤的人告发的，就把他的猜想告诉了赵广汉。赵广汉派长安丞审讯苏贤，让一名叫禹的尉史故意诬告苏贤作为骑兵驻扎在霸上，不到军营去，犯了耽误军事行动的罪。苏贤的父亲上书申诉，控告赵广汉。这个案子交给有关的主管部门审理，审理官员把禹判处腰斩，并请求逮捕赵广汉。汉宣帝下诏立即审讯赵广汉，赵广汉供认不讳，表示服罪，恰好遇上朝廷大赦，只受到降职一级的处分。赵广汉怀疑苏贤的父亲控告自己是苏贤的同乡荣畜唆使的，后来借别的罪名杀死了荣畜。有人上书揭发这件事，皇上把案件批交丞相和御史大夫处理，追查得非常急。赵广汉指使他亲信的长安人充当丞相府的守门人，让他暗中刺探丞相府的非法事情。地节三年七月中旬，丞相府有个侍女因为犯了过错，自缢身亡。赵广汉得知这件事，怀疑是丞相夫人因为嫉妒把侍女杀死在丞相府的。当时丞相魏相正在天子宗庙里参加祭祀活动，赵广汉得到这个消息，就派中郎赵奉寿去暗示丞相，想拿相府侍女的死相要挟，不让丞相彻底追查自己的问题。丞相根本不听，追查得更加紧迫。赵广汉想控告丞相，先去询问太史中善观星气的人，那人说，今年会有大臣被处死，赵广汉就立即上书指控丞相的罪状。宣帝批示："交给京兆尹处治。"赵广汉知道事情紧急，就亲自带领吏卒闯进丞相府，传唤丞相夫人，让她跪在院子里受审对质，又收押丞相府奴婢十余人，带回去拷问侍女被杀的事。丞相魏相上书宣帝申诉："臣妻确实没有杀死侍女。赵广汉屡次犯罪，不但不服罪，反而用狡诈的手段胁迫我，希望臣对他宽容不要上奏。臣希望陛下派贤明的使者查清赵广汉指控臣妻杀婢一事的真相。"宣帝把这件事交给廷尉审理，查明实际情况是丞相因为侍女犯有过错而打了她，侍女被赶出府后上吊而死，并不像赵广汉所说的那样。司直萧望之向宣帝上奏弹劾："赵广汉诬陷侮辱丞相，妄图以此来挟持奉公执法的大臣，违背礼节，有伤教化，犯了大逆不道的罪。"宣帝非常气愤，把赵广汉交给廷尉治罪。廷尉把他以前所犯滥杀无辜、断案不实和擅自以违反军律为名诬告苏贤等几项罪行合并处罚。以上记赵广汉胁迫魏丞相，因而获罪。

天子可其奏①。吏民守阙号泣者数万人，或言："臣生无益县官，愿代赵京兆死，使得牧养小民。"广汉竟坐要斩。

【注释】

①可：批准。

【译文】

宣帝批准了对赵广汉的判决。长安的官吏和百姓闻讯，好几万人跪在皇宫前哭泣哀告，有的说："我活着对国家没有什么用处，愿意替赵京兆死，好让他能继续治理百姓。"赵广汉终究被处以腰斩。

广汉虽坐法诛，为京兆尹廉明，威制豪强，小民得职。百姓追思，歌之至今。

【译文】

赵广汉虽然犯法被杀，但他在担任京兆尹期间，廉洁清明，威制豪强，平民百姓得以安居乐业。老百姓追思怀念他，歌颂赞扬他，直到如今。

尹翁归字子兄[①]，河东平阳人也，徙杜陵。翁归少孤，与季父居。为狱小吏，晓习文法。喜击剑，人莫能当。是时，大将军霍光秉政，诸霍在平阳[②]，奴客持刀兵入市斗变[③]，吏不能禁，及翁归为市吏[④]，莫敢犯者。公廉不受馈，百贾畏之。以上为市吏。

【注释】

①兄：读为“况”。

②诸霍：指霍光一家人。

③斗变：打架生事。

④市吏：指管理街市及商贾秩序的小吏。

【译文】

尹翁归字子兄，河东郡平阳县人，迁居杜陵县。尹翁归少年时父亲就去世了，与其叔父一起居住。后来做小狱卒，熟悉通晓文法。喜欢击剑，没有人能挡住他。当时，大将军霍光主持朝政，霍光一家人住在平阳，其家奴拿着刀和兵器在集市上斗殴生事，县吏管不了他们，等到尹翁归做了市吏，没有谁再敢犯了。他公正廉洁，不收受贿赂，做买卖的各种商人都害怕他。以上记尹翁归担任市吏的事迹。

后去吏居家。会田延年为河东太守，行县至平阳[①]，悉召故吏五六十人，延年亲临见，令有文者东，有武者西。阅数十人，次到翁归[②]，独伏不肯起，对曰：“翁归文武兼备，唯所施设。”功曹以为此吏倨敖不逊[③]，延年曰：“何伤？”遂召上辞问，甚奇其对，除补卒史[④]，便从归府。案事发奸，穷竟事情，延年大重之，自以能不及翁归，徙署督邮[⑤]。河东二十八县,分为两部,闳孺部汾北[6],翁归部汾南。所举应法,得其罪辜,属县长吏虽中伤,莫有怨者。举廉为缑氏尉[7],历守郡中[8],所居治理,迁补都内令,举廉为弘农都尉[9]。以上受知于田延年,历官督邮、尉令、都尉。

【注释】

①行:此为巡察、巡视。

②次:轮到。

③功曹:官名。汉代郡太守佐吏,掌管考察记录功劳。倨敖:傲慢自大。

④除:授官,拜官。补:补充。

⑤督邮:官名。为郡太守佐吏,掌管督察纠举所领县乡违法之事,宣达教令,兼理讼狱捕亡等。每郡分二至五部,每部置督邮一人。

⑥闳孺:人名。时任河东郡汾北部督邮。

⑦举廉:汉代选官有察举制,这里是以廉洁奉公被举荐。缑(gōu)氏:县名。治所在今河南偃师东南。

⑧历守郡中:指历任郡丞尉之职。

⑨弘农:郡名。治所在今河南灵宝北。都尉:官名。此为郡都尉,主管全郡的军事。

【译文】

后来,辞去小吏归居家里。恰逢田延年为河东郡太守,巡视各县来到平阳,把以前的县吏五六十人全都召集起来,田延年亲自接见,令有文采的坐在东边,有武略的坐在西边。考查了几十人后,轮到尹翁归,唯独他一个人趴在地上不肯起来,对答说:"我尹翁归文采武略兼备,请您安置。"功曹认为这个小吏太骄傲,不谦逊,田延年说:"没关系。"于是召他上来问话，认为他的对答很新奇，授官补任为郡府的卒史，便随从回府。尹翁归审理案件，揭发奸邪，往往穷究事情真相，田延年很重视他，自己认为才能不如尹翁归，调他兼任督邮。河东郡所辖二十八县，分为两部，闳孺管汾北，翁归管汾南。尹翁归举动都符合法律，抓到那些犯罪的人，属县官吏即使暗中诬陷，没有谁有怨言。举廉为缑氏县尉，历任郡丞、郡尉之职，所掌管的事都治理得井井有条，升迁补任都内令，后举廉为弘农郡都尉。以上记尹翁归受田延年赏识，历任督邮、尉令、都尉等官职。

征拜东海太守①，过辞廷尉于定国。定国家在东海，欲属托邑子两人，令坐后堂待见。定国与翁归语终日，不敢见其邑子。既去，定国乃谓邑子曰："此贤将②，汝不任事也，又不可干以私。"

【注释】

①东海：郡名。治所在今山东郯城北。

②贤将：指太守尹翁归。两汉郡守有郡将之称。

【译文】

被皇帝征召任命为东海郡太守，顺便去辞别廷尉于定国。于定国的老家在东海，想把两个同乡人的儿子托付给尹翁归，让他们坐在后堂等待接见。于定国与尹翁归交谈了一整天，不敢让同乡人的儿子见他。等尹翁归离去后，于定国才对同乡人的儿子说："这是一位贤将，你们不顶事，也不能以私情求助于他。"

翁归治东海明察，郡中吏民贤不肖，及奸邪罪名尽知之，县县各有记籍。自听其政，有急名则少缓之，吏民小解[①],辄披籍。县县收取黠吏豪民,案致其罪,高至于死。收取人必于秋冬课吏大会中[②],及出行县,不以无事时。其有所取也,以一警百,吏民皆服,恐惧改行自新。东海大豪郯许仲孙为奸猾[③],乱吏治,郡中苦之。二千石欲捕者,辄以力埶变诈自解[④],终莫能制。翁归至,论弃仲孙市,一郡怖栗,莫敢犯禁。东海大治。以上为东海太守。

【注释】

①解:同"懈"。松弛,懈怠。

②课吏:考核官吏。

③郯:县名。治所在今山东郯城北。

④以力埶变诈自解:意为用其势力或机变诈术,以自解脱其罪。埶,通"势"。

【译文】

尹翁归治理东海,明察秋毫,郡中官吏百姓的贤能与不肖,以及奸邪罪名,他都完全掌握,每个县都有登记功劳和罪过的簿籍。他亲自处理各县的政务,有紧急命令就稍稍缓发;吏民稍有懈怠,就查阅登记簿处治。各县都逮捕狡诈的官吏和豪强,立案治其罪,最厉害的被判以死刑。逮捕人一定在秋冬考核官吏大会期间,以及外出巡视各县的时候,从不在无事的时候。其所逮捕的,往往以一儆百,官吏百姓都很敬服,心中惶恐而改过自新。东海大豪强郯县的许仲孙行为奸诈狡猾,扰乱吏治,郡中人深受其害。以前的郡太守要逮捕他时,他往往用其势力或机变诈术,以自解脱其罪,因此始终不能制服他。尹翁归到任后,判许仲孙死罪,全郡都很震惊、害怕,没有谁再敢犯法。东海郡大治。以上记尹翁归担任东海太守的事迹。

以高第入守右扶风，满岁为真。选用廉平疾奸吏以为右职，接待以礼，好恶与同之；其负翁归，罚亦必行。治如在东海故迹，奸邪罪名亦县县有名籍。盗贼发其比伍中①，翁归辄召其县长吏，晓告以奸黠主名，教使用类推迹盗贼所过抵②，类常如翁归言③，无有遗脱。缓于小弱，急于豪强。豪强有论罪，输掌畜官④，使斫莝⑤，责以员程⑥，不得取代。不中程，辄笞督，极者至以铁自刭而死⑦。京师畏其威严，扶风大治，盗贼课常为三辅最。以上为右扶风。

【注释】

①比伍：古代居民的基层编制（五家为比，五人为伍），引申指乡里。

②过抵：指所经过抵达的地方。

③类：大抵，大都。

④掌畜官：指右扶风的有关官员，右扶风为皇家畜牧所在地，有苑师之属，故称掌畜官。

⑤斫莝（cuò）：铡草。

⑥员程：指做工的人数和时间的指标。

⑦铁：即斧。

【译文】

后因考核优秀进京代理右扶风，一年后正式任命。他选用廉洁公平疾恶如仇的官吏为副职，以礼相待，与其同好恶；凡背叛尹翁归的，也一定要受到惩罚。治理的方法也如在东海郡一样，奸邪罪名，各县也都有名籍。闾里发生盗贼之事，尹翁归便召见其县长吏，告诉他们奸黠主犯的名字，教他们使用类推法推算出盗贼所经过投宿之处，大都如尹翁归所说的那样，没有遗漏逃脱的。对于弱小就放宽政策，对豪强则加紧整治。豪强有被治罪的，就移交给右扶风的掌畜官，让他们去铡草，根据人数和时间定量要求，不能让人替代。没有达到定量标准的，则鞭打斥责，最严重的自己以斧刎颈而死。京师敬畏他的威严，右扶风大治，在有关社会治安的政绩考核方面，常常是三辅中最优秀的。以上记尹翁归治理右扶风。

翁归为政虽任刑，其在公卿之间清絜自守，语不及私，然温良嗛退[①]，不以行能骄人，甚得名誉于朝廷。视事数岁，元康四年病卒[②]。家无余财，天子贤之，制诏御史："朕夙兴夜寐，以求贤为右，不异亲疏近远，务在安民而已。扶风翁归廉平乡正，治民异等，早夭不遂，不得终其功业，朕甚怜之。其赐翁归子黄金百斤，以奉其祭祠。"

【注释】

①嗛：通"谦"。

②元康四年：前62年。元康，汉宣帝年号（前65—前61）。

【译文】

尹翁归为政虽然多用刑法，在公卿之中则以清明廉洁自守，说话不涉及私事，然而为人温和善良、谦让，不以自己的才能傲视别人，在朝廷之中很有名望。主持政事数年后，元康四年病逝。家里没有剩下什么财产，皇帝认为他很贤明，给御史下诏说："朕早起晚睡，以求贤为最重要的事，不分亲疏远近，务在安民而已。右扶风尹翁归廉洁公正，治理百姓政绩优异，可惜早死，不能完成其功业，我很怜惜他。赏赐尹翁归的儿子黄金百斤，用来供奉其祭祠。"

翁归三子皆为郡守。少子岑历位九卿，至后将军。而闳孺亦至广陵相[①]，有治名。由是世称田延年为知人。

【注释】

①广陵：封国名。治所在今江苏扬州。

【译文】

尹翁归的三个儿子都是郡守。小儿子尹岑曾位列九卿，官至后将军。而闳孺也官至广陵王相，很有治名。于是世称田延年能知人善任。

韩延寿字长公，燕人也，徙杜陵。少为郡文学①。父义为燕郎中。刺王之谋逆也，义谏而死，燕人闵之。是时，昭帝富于春秋，大将军霍光持政，征郡国贤良文学②，问以得失。时魏相以文学对策③，以为："赏罚所以劝善禁恶，政之本也。日者燕王为无道④，韩义出身强谏，为王所杀。义无比干之亲而蹈比干之节⑤，宜显赏其子，以示天下，明为人臣之义。"光纳其言，因擢延寿为谏大夫⑥。以上因父而得显赏。

【注释】

①文学：又名文学掾，汉代设置于郡及诸侯国的官职，为后世教官所由来。

②贤良文学：简称贤良或文学，汉代选拔官吏的科目之一。

③对策：指应考人按策上的问题陈述自己的见解。策，即策问。汉代，为选拔人才进行考试，事先把问题写在竹简上，叫"策"。

④日者：指往日。

⑤比干：殷商末贤臣，为纣王叔父，因切谏纣王而死。

⑥擢：提拔。谏大夫：官名。又称谏议大夫，职掌议论。

【译文】

韩延寿，字长公，本为燕人，迁居杜陵县。年轻时担任郡文学。父亲韩义为燕王国郎中。燕剌王刘旦谋反时，韩义因为进谏而被处死，燕人哀怜他。当时，昭帝很年轻，大将军霍光主持朝政，征选郡国的贤良文学，向他们询问为政之得失。当时魏相以文学对策，认为："赏罚是用来劝善禁恶的，是处理政务的根本。往日燕王大逆不道，韩义舍身强谏，被燕王杀害。韩义无比干与商纣王之亲而有比干之气节，应重赏其子，以昭示天下，彰明为人臣之义。"霍光采纳了他的话，于是提拔韩延寿为谏大夫。以上记韩延寿因为父亲而获得重赏。

迁淮阳太守①，治甚有名，徙颍川。颍川多豪强，难治，国家常为选良二千石。先是，赵广汉为太守，患其俗多朋党，故构会吏民②，令相告讦，一切以为聪明③，颍川由是以为俗，民多怨仇。延寿欲改更之，教以礼让，恐百姓不从，乃历召郡中长老为乡里所信向者数十人，设酒具食，亲与相对，接以礼意，人人问以谣俗，民所病苦，为陈和睦亲爱、销除怨咎之路。长老皆以为便，可施行，因与议定嫁娶、丧祭仪品，略依古礼，不得过法。延寿于是令文学校官诸生皮弁执俎豆④，为吏民行丧嫁娶礼。百姓遵用其教，卖偶车马下里伪物者⑤，弃之市道。数年，徙为东郡太守⑥，黄霸代延寿居颍川，霸因其迹而大治。以上为颍川太守。

【注释】

①淮阳：封国名。治所在今河南淮阳。

②构会：使彼此结成嫌隙。

③以为聪明：犹言以为耳目。

④校官：即学官。皮弁：古代冠名。以白鹿皮做成，视朝时常戴之。俎：古代祭祀时盛牛羊等祭品的礼器。豆：古代一种盛食物的器皿，形似高脚盘。

⑤偶车马：指用木土做的，像车马之形的东西。下里：人死下葬，故曰下里。

⑥东郡：郡名。治所在今河南濮阳西南。

【译文】

韩延寿迁任淮阳郡太守后，为政很有声名，又迁为颍川郡太守。颍川郡豪强很多，难以治理，国家常常为其选用贤良的郡太守。此前，赵广汉为太守，担忧其民俗多朋党，所以在吏民中制造矛盾，使他们相互攻击或揭发，利用他们充当耳目，由此成为颍川人的习俗，老百姓多积怨，互相仇恨。韩延寿想改变这种状况，以礼仪谦让教导他们，又怕百姓不从，便依次召见郡中为乡里所信任敬重的几十位长老，设酒置食，亲自和他们对饮，把施行礼教的意思告诉他们，向他们询问闾里歌谣，百姓疾苦，向他们讲述和睦亲爱与消除怨恨的办法。长老们都认为很便利，可以实行，于是和他们议定嫁娶丧祭的礼仪和用具，参照古代的礼仪，让大家都不得超过规定。韩延寿于是令文学、学官、诸生戴白鹿皮帽，手持祭祀的器皿，为官吏百姓举行丧葬嫁娶之礼。老百姓遵行其教化，卖仿车马之形做下葬用的伪物的人，将这些东西丢在街道上。几年后，改任东郡太守，黄霸继韩延寿为颍川太守，沿袭其治道，治绩显著。以上记韩延寿任颍川太守之事。

延寿为吏，上礼义，好古教化，所至必聘其贤士，以礼待用，广谋议，纳谏争；举行丧让财，表孝弟有行；修治学官①，春秋乡射，陈钟鼓管弦，盛升降揖让，及都试讲武②，设斧钺旌旗，习射御之事。治城郭，收赋租，先明布告其日，以期会为大事，吏民敬畏趋乡之。又置正、五长③，相率以孝弟，不得舍奸人。闾里阡陌有非常，吏辄闻知，奸人莫敢入界。其始若烦，后吏无追捕之苦，民无箠楚之忧，皆便安之。接待下吏，恩施甚厚而约誓明。或欺负之者[④]，延寿痛自刻责[⑤]："岂其负之，何以至此？"吏闻者自伤悔，其县尉至自刺死。及门下掾自刭[⑥]，人救不殊[⑦]，因喑不能言[⑧]。延寿闻之，对掾史涕泣，遣吏医治视[⑨]，厚复其家。以上虚叙延寿为吏以礼服人。

【注释】

①学官：校舍。

②都试讲武：即"都讲"，古代农闲时演习军事。

③正：如后世的里正、乡正。五长：同伍之中置一人为长，称五长。

④欺负：意为欺骗、背叛。

⑤刻责：深深责备。

⑥门下掾：即属吏。

⑦人救不殊：因人相救而没死。

⑧因喑：即口不能言。

⑨治视：此指派遣医生治疗。

【译文】

韩延寿为官，尊崇礼仪，喜欢古代的教化，所到之处一定要聘用当地贤能之士，以礼相待并任用之，广采众议，接纳谏言；推举服丧尽礼，推让财产者，表彰孝顺父母，友爱兄弟的有德者；修治学校，春秋之时举行乡射，陈列钟鼓管乐，倡导升降揖让之礼，等到农闲演习军事时，设置斧钺旌旗，练习射御之事。修治城郭，收取赋租，都先明确布告日期，如期集合办理重大事务，吏民敬畏，纷纷前来。设置里正、五长，以孝悌相标榜，不能留宿奸人。闾里乡间一有非常之事，吏卒便知道了，奸邪之人不敢进入其地界。开始时好像很繁琐，后来吏卒没有追捕之苦，老百姓不必担心受到杖刑，都感到很方便。他接待下吏，厚施恩惠，而约定的事情很严明。曾有欺骗、背叛他的吏卒，韩延寿很痛心地自责说："难道是我有负于他吗？他怎么能做出这种事来?”吏卒听到这种话后很伤心后悔,他的县尉以至于自杀而死。属吏自杀的时候,因人相救而没有死,口却不能说话了。韩延寿听说后,对着属吏流泪,并派遣医生治疗看护他,免除他家的赋税徭役。以上概述韩延寿做官以礼服人。

延寿尝出,临上车,骑吏一人后至,敕功曹议罚白[①]。还至府门,门卒当车[②],愿有所言。延寿止车问之,卒曰:“《孝经》曰:‘资于事父以事君[③],而敬同,故母取其爱,而君取其敬,兼之者父也。’今旦明府早驾,久驻未出,骑吏父来至府门,不敢入。骑吏闻之,趋走出谒,适会明府登车。以敬父而见罚,得毋亏大化乎?”延寿举手舆中曰:“微子[④],太守不自知过。”归舍,召见门卒。卒本诸生,闻延寿贤,无因自达[⑤],故代卒[⑥],延寿遂待用之。其纳善听谏,皆此类也。在东郡三岁,令行禁止,断狱大减,为天下最。以上为东郡太守。

【注释】

①议罚白:令定其罪名而更白之。

②当:同“挡”。拦住。

③资:取,用。

④微:非,无。

⑤自达:自己引进。

⑥代卒:代人为卒。

【译文】

韩延寿一次外出的时候,快要登车了,一骑吏迟迟才到,于是让功曹议定罪名然后上报给他。韩延寿回到府门口,看门的卒吏挡住车子,想说几句话。韩延寿让车停下来问他,门卒说:“《孝经》上说:‘用侍奉父亲之道来侍奉君主,相同点在于恭敬,所以侍奉母亲要爱,侍奉君主要敬,而侍奉父亲则要敬爱兼而有之。'今早您要乘车外出,久久停驻而不出行,骑吏的父亲来到府门口,不敢进门。骑吏听说后,赶紧走出去拜见,正好这时您要登车。因尊敬父亲而受到处罚,难道不有损教化吗?"韩延寿在车上举起手说:"不是您提醒,本太守还不知道自己有过错。"回到官舍,召见门卒。门卒本为诸生,听说韩延寿贤能,没有途径自己引进,所以代人为卒,韩延寿于是任用他。韩延寿纳善听谏,大都如此。在东郡三年,令行禁止,被判入狱的人数大为减少,为全国政绩最好的地方。以上记韩延寿任东郡太守的事迹。

入守左冯翊,满岁称职为真。岁余,不肯出行县。丞掾数白[①]:"宜循行郡中,览观民俗,考长吏治迹。"延寿曰:"县皆有贤令长,督邮分明善恶于外,行县恐无所益,重为烦扰。"丞掾皆以为方春月,可壹出劝耕桑。延寿不得已,行县至高陵,民有昆弟相与讼田自言,延寿大伤之,曰:"幸得备位,为郡表率,不能宣明教化,至令民有骨肉争讼,既伤风化,重使贤长吏、啬夫、三老、孝弟受其耻[②],咎在冯翊,当先退。"是日,移病不听事,因入卧传舍,闭阁思过[③]。一县莫知所为,令丞、啬夫、三老亦皆自系待罪。于是讼者宗族传相责让[④],此两昆弟深自悔,皆自髡肉袒谢[⑤],愿以田相移,终死不敢复争。延寿大喜,开阁延见,内酒肉与相对饮食,厉勉以意告乡部[⑥],有以表劝悔过从善之民[⑦]。延寿乃起听事,劳谢令丞以下,引见尉荐。郡中歙然[⑧],莫不传相敕厉,不敢犯。延寿恩信周遍二十四县,莫复以辞讼自言者。推其至诚,吏民不忍欺绐。以上为左冯翊。

【注释】

①丞掾：指佐吏。

②啬夫：乡官名。

③阁(gé)：在门旁的小门。

④传相责让：互相埋怨。

⑤自髡(kūn)：自己剃去头发。髡为古代刑法之一。

⑥厉勉：勉励。厉，同“励”。

⑦表劝：表彰，劝励。

⑧歙然：同“翕然”。安定的样子。

【译文】

入京师代理左冯翊，满一年后正式任命。任职一年多，不愿外出巡视各属县。下属官吏多次劝说：“应巡回视察郡中，观览民俗，考核县长及诸官吏的政绩。”韩延寿说：“各县都有贤明的县令县长，督邮分别善恶于外，巡视各县恐怕没有什么好处，还要麻烦和打扰他们。”下属丞吏都认为时值春天，可以专门出去一趟，鼓励农耕和蚕桑。韩延寿不得已才出行，巡视各县来到高陵，正遇两兄弟为争夺田产打官司，韩延寿很是伤感，说：“侥幸得到这个职位，作为全郡之表率，不能宣明教化，以致现在有老百姓兄弟骨肉之亲打官司，既败坏了风俗教化，又让贤良的长吏、啬夫、三老、孝悌之人蒙受耻辱，过错在我左冯翊，当先退位。”当天即称病不处理政事，于是便躺在驿舍里，闭门思过。全县的官吏不知道怎么办才好，县令、县丞、啬夫、三老亦都自己把自己捆绑起来，等待治罪。于是争讼者的宗族相互责备，兄弟二人也感到很后悔，全剃去头发，袒胸谢罪，愿意以田相让，永远不再争讼。韩延寿很高兴，开门请兄弟二人相见，设置酒肉与他们一起吃喝，勉励他们并把这个意思告诉乡党，用来表彰鼓励那些改过迁善的人。韩延寿这才起来处理政务，犒劳感谢县令、丞以下人等，接见安慰他们。全郡十分安定，没有不互相勉励的，不敢再有违犯。韩延寿的恩惠威信遍及二十四县，再也没有互相争讼的。真诚所至，官吏百姓都不忍心欺哄。以上记韩延寿任左冯翊的事迹。

延寿代萧望之为左冯翊，而望之迁御史大夫。侍谒者福为望之道延寿在东郡时放散官钱千余万①。望之与丞相丙吉议，吉以为更大赦，不须考。会御史当问事东郡，望之因令并问之。延寿闻知，即部吏案校望之在冯翊时廪牺官钱放散百余万②。廪牺吏掠治急，自引与望之为奸。延寿劾奏，移殿门禁止望之。望之自奏："职在总领天下，闻事不敢不问，而为延寿所拘持。"上由是不直延寿，各令穷竟所考。望之卒无事实，而望之遣御史案东郡，具得其事。延寿在东郡时，试骑士，治饰兵车，画龙虎朱爵③。延寿衣黄纨方领④，驾四马，傅总⑤，建幢棨⑥，植羽葆⑦，鼓车歌车⑧，功曹引车，皆驾四马，载棨戟。五骑为伍，分左右部，军假司马、千人持幢旁毂。歌者先居射室⑨，望见延寿车，嗷咷楚歌⑩。延寿坐射室，骑吏持戟夹陛列立，骑士从者带弓鞬罗后⑪。令骑士兵车四面营陈，被甲鞮鍪居马上⑫，抱弩负籣⑬。又使骑士戏车弄马盗骖⑭。延寿又取官铜物，候月蚀铸作刀剑钩镡⑮，放效尚方事⑯。及取官钱帛，私假繇使吏⑰。及治饰车甲三百万以上。

【注释】

①侍谒者：常侍左右，掌管传达的小吏。放散：挥霍。

②部：布置，安排。廪牺：官名。属左冯翊。廪主藏谷，牺主养牲，以供祭祀。

③朱爵:朱雀。

④黄纨方领:用黄色丝绸做直领。

⑤傅:缠,绑。总:束繐,流苏。用于装饰马嚼子。

⑥建:立。幢:旌幢。棨:有衣之戟,其衣以赤黑缯为之。

⑦植:树立。羽葆:仪仗中的华盖,以鸟羽连缀为饰。

⑧鼓车歌车:即郊祀时备法驾,在其上鼓吹。

⑨射室:都试射堂。

⑩嗷咷:号呼声。

⑪韔:弓衣,用来盛弓矢的东西。

⑫鞮鍪(dī móu):即兜鍪,头盔,打仗时戴之。

⑬籣(lán):盛弩矢的东西,形如木桶。

⑭盗骖:即驰盗解骖马,为戏车弄马之技。

⑮钩:兵器,形似剑而曲,用来钩杀人的。镡(xín):兵器,似剑而狭小。

⑯放效:即仿效。尚方:官名。掌管供应制造帝王所用器物。

⑰私假:私行雇赁。假,雇赁。

【译文】

韩延寿接替萧望之担任左冯翊,而萧望之升迁为御史大夫。侍谒者福对萧望之说韩延寿在东郡时挥霍官钱千余万。萧望之与丞相丙吉议论此事,丙吉认为已经大赦了,不必再追究。正好御史巡察东郡,萧望之便令他一起调查。韩延寿听说后,即令属吏审查萧望之在左冯翊时廪牲官钱挥霍一百多万的事。廪牲吏被拷打讯问得很急,便自称与萧望之狼狈为奸。韩延寿弹劾萧望之,发公文禁止萧望之进殿。萧望之自己上奏说:“我职责为总领天下司法,听到一些事情不能不查问,反而被韩延寿阻挠。”皇上于是不信任韩延寿,下令分别彻底追究其事。关于萧望之的事没有得到什么证据,而萧望之派遣御史到东郡调查,完全掌握了韩延寿的罪证。韩延寿在东郡时,每年大试骑士,修饰兵器战车,画上龙、虎、朱雀等图案。韩延寿身穿黄色丝绸直领的衣服,乘四匹马拉的车辆,在马嚼子上缠上流苏,竖起旌幢及用赤黑缯装饰的戟,竖起以鸟羽连缀为饰的华盖,准备法驾,并在其上鼓吹,让功曹引导车,都驾四匹马,载有赤黑缯装饰的戟。每五骑为一伍,分左右二部,军假司马、千人持旌幢排列车毂旁。鼓歌的人先在都试射堂,看见韩延寿的车乘,就号呼而歌。韩延寿坐到射堂里,骑吏持戟沿台阶排列两边,跟从的骑士带着弓箭与弓衣排列在后。命令骑士及兵车在四面列为阵营,披铠甲戴头盔骑在马背上,拿着弓与盛弓矢的东西。又让骑士表演戏车弄马的技艺。韩延寿还用官府的铜物,在月蚀时候铸成刀剑钩镡等兵器,仿效皇帝尚方署的做法。并用公家的钱帛,私下雇佣小吏为其服务。还置办装饰车甲三百万以上。

于是望之劾奏延寿上僭不道①,又自陈:“前为延寿所奏,今复举延寿罪,众庶皆以臣怀不正之心,侵冤延寿。愿下丞相、中二千石、博士议其罪。”以上延寿与萧望之互考获罪。

【注释】

①僭:越制,超越本分。

【译文】

于是萧望之劾奏韩延寿超越本分大逆不道,又自我陈述道:“之前被韩延寿所劾奏,现在又举报韩延寿的罪状,大家以为我怀有不正之心,冤枉韩延寿。希望让丞相、中二千石、博士审议其罪。”以上记韩延寿因与萧望之互相追查,最终获罪。

事下公卿,皆以延寿前既无状,后复诬愬典法大臣①,欲以解罪,狡猾不道。天子恶之,延寿竟坐弃市。吏民数千人送至渭城，老小扶持车毂，争奏酒炙。延寿不忍距逆，人人为饮，计饮酒石余，使掾史分谢送者："远苦吏民，延寿死无所恨。"百姓莫不流涕。

【注释】

①典法大臣：指御史大夫，因其主司弹劾、纠察事宜，故称。

【译文】

皇帝让公卿议论此事，大家都认为韩延寿以往既已不守法度，后来又诬陷执法大臣，想为自己开脱罪责，狡猾不道。天子很厌恶他，韩延寿被判弃市而死。行刑之日，官吏百姓数千人送至渭城，老老少少扶着囚车，争相献上酒肉。韩延寿不忍心拒绝，几乎每一个人献的酒都喝了，总计饮酒一石多，还让属吏分别答谢送行的人："远来送行，让吏民受累了，我韩延寿死而无憾。"老百姓没有不痛哭流涕的。

延寿三子皆为郎吏。且死，属其子勿为吏，以己为戒。子皆以父言去官不仕。至孙威，乃复为吏至将军。威亦多恩信，能拊众，得士死力。威又坐奢僭诛，延寿之风类也。

【译文】

韩延寿的三个儿子均为郎官。他将死的时候嘱咐他的儿子不要做官，以自己的遭遇为戒。他的儿子们都听从父亲的话辞去了官职。到孙子韩威，官至将军。韩威也多有恩惠与威信，能抚慰众人，得士人拼死效力。韩威也因为奢华越制而被诛杀，这大概是韩延寿的遗风吧。

张敞字子高，本河东平阳人也。祖父孺为上谷太守[①]，徙茂陵。敞父福事孝武帝,官至光禄大夫。敞后随宣帝徙杜陵。敞本以乡有秩补太守卒史②,察廉为甘泉仓长,稍迁太仆丞③,杜延年甚奇之。会昌邑王征即位,动作不由法度,敞上书谏曰:“孝昭皇帝蚤崩无嗣,大臣忧惧,选贤圣承宗庙,东迎之日,唯恐属车之行迟④。今天子以盛年初即位,天下莫不拭目倾耳,观化听风。国辅大臣未褒,而昌邑小辇先迁⑤,此过之大者也。”后十余日王贺废,敞以切谏显名,擢为豫州刺史⑥。以数上事有忠言,宣帝征敞为太中大夫,与于定国并平尚书事。以正违忤大将军霍光,而使主兵车出军省减用度⑦,复出为函谷关都尉。宣帝初即位,废王贺在昌邑,上心惮之,徙敞为山阳太守⑧。以上敞历官至太守。

【注释】

①上谷:郡名。治所在今河北怀来东南。

②乡有秩:乡官啬夫之类的官吏。

③太仆丞:官名。掌舆马及畜牧之事。

④属车:凡大驾法驾侍从之车,皆谓属车。

⑤小辇:即小臣挽辇。

⑥豫州:古九州之一,汉代为十三刺史部之一,辖境约今淮河以北伏牛山以东豫东、皖北地区。刺史:官名。西汉为十三刺史部的巡察官,官阶低于郡守。

⑦使主兵车:让其主管节减军兴用度。

⑧山阳:郡名。治所在今山东金乡西北。

【译文】

张敞,字子高,本为河东郡平阳县人。祖父张孺曾任上谷郡太守,后迁徙到茂陵。张敞的父亲张福侍奉孝武皇帝,官至光禄大夫。张敞后来随宣帝迁居杜陵。张敞初以乡有秩的身份被补选为太守卒史，察廉为甘泉仓长，不久升任太仆丞，杜延年认为他很不寻常。正赶上昌邑王被征即皇帝位，行为不守法度，张敞上书进谏说："孝昭皇帝早早驾崩，没有嗣子，大臣们甚为忧虑，选择贤良圣明之人继承宗庙，东面郊迎之日，唯恐侍从之车走得太慢。现在天子年纪轻轻刚刚继承帝位，天下之人没有不擦亮眼睛，侧着耳朵，观察风俗政教变化的。辅佐国政的大臣没有受到表彰，而昌邑国挽辇的小臣率先得到升迁，这是大的失误。"过了十多天，昌邑王贺被废，张敞以直谏而显名于天下，被提拔为豫州刺史。因为多次忠言上书，宣帝征召他为太中大夫，与于定国一起掌管尚书之事。以守正不阿冒犯了大将军霍光，而让他主管节减军兴用度，复外出为函谷关都尉。宣帝刚刚即位的时候，被废黜的刘贺住在昌邑，皇上很忌惮他，于是把张敞迁往山阳郡任太守。以上记张敞历任官职，直至担任山阳太守。

久之，大将军霍光薨，宣帝始亲政事，封光兄孙山、云皆为列侯，以光子禹为大司马。顷之，山、云以过归第，霍氏诸婿亲属颇出补吏。敞闻之，上封事曰："臣闻公子季友有功于鲁①，大夫赵衰有功于晋②，大夫田完有功于齐③，皆畴其官邑④，延及子孙，终后田氏篡齐，赵氏分晋，季氏颛鲁。故仲尼作《春秋》，迹盛衰⑤，讥世卿最甚。乃者大将军决大计，安宗庙，定天下，功亦不细矣。夫周公七年耳，而大将军二十岁，海内之命，断于掌握。方其隆时，感动天地，侵迫阴阳，月朓日蚀⑥，昼冥宵光，地大震裂，火生地中，天文失度，祆祥变怪，不可胜记，皆阴类盛长，臣下颛制之所生也。朝臣宜有明言，曰陛下褒宠故大将军以报功德足矣。间者辅臣颛政，贵戚大盛，君臣之分不明，请罢霍氏三侯皆就第。

及卫将军张安世，宜赐几杖归休，时存问召见，以列侯为天子师。明诏以恩不听，群臣以义固争而后许，天下必以陛下为不忘功德，而朝臣为知礼，霍氏世世无所患苦。今朝廷不闻直声⑦，而令明诏自亲其文，非策之得者也。今两侯以出⑧，人情不相远，以臣心度之，大司马及其枝属必有畏惧之心。夫近臣自危，非完计也，臣敞愿于广朝白发其端，直守远郡，其路无由。夫心之精微口不能言也，言之微眇书不能文也⑨，故伊尹五就桀⑩，五就汤，萧相国荐淮阴累岁乃得通，况乎千里之外，因书文谕事指哉！唯陛下省察。”上甚善其计，然不征也。以上谏霍氏事。

【注释】

①公子季友：春秋时鲁庄公之弟，生时有文在手曰友，因名之。鲁庄公死后，他平定庆父之乱，拥立鲁僖公，此后子孙世为鲁执政。

②赵衰：春秋晋文公从亡之臣。子孙世为晋卿。

③田完：即陈完，由陈国奔齐国，齐桓公时为工正。后子孙世为齐卿。

④畴：已耕作的田地。

⑤迹盛衰：指著盛衰之迹。

⑥月朓(tiào)：古称夏历月底月亮在西方。

⑦不闻直声：指朝臣不进直言，以陈其事。

⑧以出：即已出。

⑨微眇：精微深奥。

⑩伊尹：商代名相。五就桀：事见《孟子·告子下》，赵岐注谓伊尹为商汤的属臣，被推荐给夏桀，桀不用而汤又推荐，如此反复五次。

【译文】

很久以后，大将军霍光逝世，宣帝开始亲自处理政事，把霍光哥哥的孙子霍山、霍云都封为列侯，用霍光的儿子霍禹为大司马。不久，霍山、霍云以罪免职回家，霍氏的诸女婿亲属也都调往外地任官。张敞听说后，上密封奏章说："臣听说春秋时公子季友有功劳于鲁国，大夫赵衰对晋国有功，大夫田完是齐国的有功之臣，都拥有可耕作的官田、封地，恩泽延及子孙后代，最后田氏篡夺了齐国，赵氏瓜分了晋国，季氏专擅鲁国政事，所以孔仲尼作《春秋》一书，记载盛衰之迹，讥贬世卿最为厉害。以前大将军霍光主持国家大政，安定宗庙，稳定天下，功劳实在也不小。过去周公辅政只有七年，而大将军主政整整二十年，四海之内天下人的命运，都掌握在他手里面。当他权势兴盛的时候，感天动地，阴阳不调，使月朓日食，昼暗夜光，大地震裂，地中生火，使天文星相失去常度，祆祥变异，数不胜数，都是因为阴气太盛，大臣专权所致。朝臣应有明言，说陛下褒奖宠幸前大将军以报答其功德已经足够了。以前辅政之臣擅权，贵戚的势力太大，君臣之名分不清，请求罢免霍氏三侯，让其免职回家。至于卫将军张安世，可赐他几案手杖，让他回家休息，不时地存问召见，以列侯的身份做天子的老师。明白诏示因为有恩德不好采纳这些意见，让群臣以义坚持争辩而后再采纳他们的意见，天下人一定会认为陛下不忘故臣功德，而朝臣也知道礼节，霍氏世世代代也不愁没有吃穿。现在朝廷上没有听到直谏的声音，而让皇上明诏亲自行文，实非良策。如今两侯已被贬出，人情相差不多，依微臣之心推测，大司马及其支系亲属一定很恐惧害怕。让亲近之臣自己感到危险，不是周密妥善的计策，微臣敞希望在朝廷清楚阐明这个意思，只是值守边远之郡，没有道路可以到达。心的精诚细微不能用言语表达，言语的精微深奥，不能用文字表达，所以伊尹为商汤的属臣，被推荐给夏桀，夏桀不用而商汤又推荐，如此反复五次，萧相国推荐淮阴侯韩信，经过一年的努力才说通汉王，何况是在千里之外，用文字来议论事情呢！但愿陛下能明察。”皇上认为他的建议很好，但是并不征召他。以上张敞上书劝谏霍家的事。

久之，勃海、胶东盗贼并起[①]，敞上书自请治之，曰：“臣闻忠孝之道，退家则尽心于亲，进宦则竭力于君。夫小国中君犹有奋不顾身之臣，况于明天子乎！今陛下游意于太平，劳精于政事，亹亹不舍昼夜[②]。群臣有司宜各竭力致身。山阳郡户九万三千，口五十万以上，讫计盗贼未得者七十七人，它课诸事亦略如此。臣敞愚驽，既无以佐思虑，久处闲郡，身逸乐而忘国事，非忠孝之节也。伏闻胶东、勃海左右郡岁数不登[③]，盗贼并起，至攻官寺，篡囚徒，搜市朝，劫列侯。吏失纲纪，奸轨不禁。臣敞不敢爱身避死，唯明诏之所处，愿尽力摧挫其暴虐，存抚其孤弱。事即有业[④]，所至郡条奏其所由废及所以兴之状。”以上自请治郡国。

【注释】

①勃海：郡名。治所在今河北沧州。胶东：封国名。治所在今山东高密西南。

②亹亹（wěi）：勤勉不倦的样子。舍：息。

③岁数不登：指年年歉收。

④有业：指各得其所。

【译文】

很久以后，勃海、胶东一带盗贼群起，张敞上书自请去那里任职，说：“我听说过尽忠尽孝之道，退居于家则尽孝心于双亲，出仕则竭尽全力服务于君主。所以，区区小国的中等君主尚有为之奋不顾身的臣子，何况圣明的天子呢！现在陛下一门心思要保持天下的太平，处理政事殚精竭虑，勤勉不倦，昼夜不息。群臣及有关官员都应全心全意，奋不顾身。山阳郡有户口九万三千，人口五十万以上，未抓获的盗贼总共还不到七十七人，其他各项事情亦大致如此。微臣张敞愚钝，既没有什么可以思虑的，久居闲郡，身心安逸快乐而忘却了国家大事，不是忠臣孝子的作为。听说胶东、渤海附近各郡年年歉收，盗贼群起，以至于攻打官府，劫持囚徒，抢掠集市，抢劫列侯。官吏失去了纲纪，奸邪不守法度，屡禁不止。微臣张敞不敢爱惜自身，保全生命，希望陛下明令下诏让臣前往任职，但愿能尽力摧毁挫败那里的暴虐之徒，存问抚慰那里的孤弱百姓。诸事各得其所，所到郡中各处分条奏准其所要废止和所要兴办的事情。”以上张敞自己请求去治理郡国。

书奏，天子征敞，拜胶东相，赐黄金三十斤。敞辞之官，自谓治剧郡非赏罚无以劝善惩恶，吏追捕有功效者，愿得壹切比三辅尤异。天子许之。

【译文】

书上奏后，天子征召张敞，任命为胶东国相，赏赐黄金三十斤。张敞辞别赴任，自己认为治理秩序很乱的郡国，不赏罚分明就不可能奖励善良惩处邪恶，官吏追捕盗贼有功效的，希望其奖励暂时比三辅还要优异。天子答应了他的请求。

敞到胶东，明设购赏，开群盗令相捕斩除罪。吏追捕有功，上名尚书调补县令者数十人。由是盗贼解散，传相捕斩。吏民歙然，国中遂平。

【译文】

张敞来到胶东，明令悬赏，规定群盗的首领相互捕杀可以免除罪责。官吏中追捕盗贼有功者，被上报给尚书提拔补任县令的有几十人。于是盗贼纷纷瓦解，相互斩杀追捕。官民生活安定，王国之内的盗贼之患得到了平定。

居顷之，王太后数出游猎，敞奏书谏曰："臣闻秦王好淫声，叶阳后为不听郑、卫之乐①；楚严好田猎②，樊姬为不食鸟兽之肉。口非恶旨甘，耳非憎丝竹也，所以抑心意，绝耆欲者，将以率二君而全宗祀也。礼，君母出门则乘辎軿③，下堂则从傅母，进退则鸣玉佩，内饰则结绸缪④。此言尊贵所以自敛制，不从恣之义也。今太后资质淑美，慈爱宽仁，诸侯莫不闻，而少以田猎纵欲为名，于以上闻⑤，亦未宜也。唯观览于往古，全行乎来今，令后姬得有所法则，下臣有所称诵，臣敞幸甚！"书奏，太后止不复出。以上为胶东相。

【注释】

①叶阳后：秦昭王之后。

②楚严：即楚庄王。后文"樊姬"为楚庄王妃子。

③辎軿(zī píng)：即衣车。

④绸缪：组纽之类的东西，用以自相结束。

⑤上闻：即闻于天子。

【译文】

没过多久，胶东国太后多次外出游猎，张敞上书进谏说："微臣听说秦王喜欢淫荡声色，其后叶阳后因此不听郑卫之乐；楚庄王喜欢打猎，其妃樊姬因此不吃鸟兽之肉。嘴巴并非讨厌甘旨之食，耳朵并非讨厌丝竹之声，只是为了压抑心意，杜绝嗜好和欲望，用这样的行为作为二位君王的表率，以保全社稷。按礼仪，国君之母出门则乘有衣之车，下堂的时候要有保姆相随，进进出出都要鸣玉佩，内衣要结紧纽结。这说的是尊贵的人在行为规制上很检点，不骄纵放肆的道理。如今太后天生丽质，贤淑美貌，慈爱宽仁，诸侯没有不知道的，却有些以田猎纵欲闻名，如以此被皇上闻知，是不太合适的。但愿能借鉴古代的做法，完善如今的行为，让后妃们有所效法，下臣们有所称颂，微臣张敞就幸甚之至了！”上书以后，太后停止了游猎，再也没有外出了。以上记张敞担任胶东国相之事。

是时，颍川太守黄霸以治行第一入守京兆尹。霸视事数月，不称，罢归颍川。于是制诏御史：“其以胶东相敞守京兆尹。”自赵广汉诛后，比更守尹，如霸等数人，皆不称职。京师浸废，长安市偷盗尤多，百贾苦之。上以问敞，敞以为可禁。敞既视事，求问长安父老，偷盗酋长数人[①]，居皆温厚[②]，出从童骑，闾里以为长者。敞皆召见责问，因贳其罪，把其宿负[③]，令致诸偷以自赎。偷长曰：“今一旦召诣府，恐诸偷惊骇，愿一切受署[④]。”敞皆以为吏，遣归休。置酒，小偷悉来贺，且饮醉，偷长以赭污其衣裾[⑤]。吏坐里闾阅出者[⑥]，污赭辄收缚之，一日捕得数百人。穷治所犯，或一人百余发，尽行法罚。由是枹鼓稀鸣[⑦]，市无偷盗，天子嘉之。

【注释】

①酋长：头领。

②温厚：意为富足。

③把其宿负：抓住他们过去的罪行。

④一切受署：指权补吏职。

⑤赭：赤土。衣裾：衣襟。

⑥闾：此指里之门也。

⑦枹：同"桴(fú)"。鼓槌。

【译文】

当时，颍川太守黄霸因政绩考核第一进京任代理京兆尹。黄霸主持政事几个月后，不称职，免去京兆尹，仍回颍川任太守。于是皇上下诏给御史："调胶东相张敞代理京兆尹。"自从赵广汉被诛杀后，接连更换代理京兆尹，如黄霸等数人，皆不称职。京师的治理逐渐废弛，长安城里集市上的盗贼尤其多，商贾深受其苦。皇上以京师的治安问张敞，张敞认为盗贼可以禁止。张敞到任以后，寻求访问长安城里的年纪大有威信的老人，得知偷盗的几个首领，家里都很富足，出门有童奴骑马相随，闾巷邻里还认为他们是温厚长者。张敞召见并责问他们，于是缓治其罪，抓住他们以前的把柄，让他们引来众小偷以自赎其罪。贼首说："今天一早被召来到府上，恐怕众小偷们感到惊骇，希望能暂时任补吏职。"张敞把他们都补为吏卒，让他们回家休息。贼首们回家后设置酒席，众小偷们都来庆贺，等他们喝醉后，贼首以赤土涂在他们的衣襟上。吏卒坐在里巷门口观察出来的人，被涂上赤土的就立即把他们抓起来，一天就抓到了数百人。彻底清查他们所犯罪行，有的一人就犯了一百多次，都依法惩处了。从此报警的鼓声日见稀少，集市没有了盗贼，皇上表彰了他。

敞为人敏疾，赏罚分明，见恶辄取，时时越法纵舍，有足大者。其治京兆，略循赵广汉之迹。方略耳目，发伏禁奸，不如广汉，然敞本治《春秋》，以经术自辅，其政颇杂儒雅，往往表贤显善，不醇用诛罚①，以此能自全，竟免于刑戮。

【注释】

①醇：通“纯”。纯粹。

【译文】

张敞为人机敏，疾恶如仇，赏罚分明，发现奸恶之人立即逮捕，常常超越常法而对犯人宽大得理，很值得赞许。他治理京兆地区，略有赵广汉的遗风。他的方法策略和明察程度，揭发隐蔽的罪行，禁止奸邪的罪犯，不如赵广汉，但是张敞原本研习《春秋》，以经术相辅佐，他的行政颇有儒雅之风，往往能表彰贤能，奖励善良，不一味地用诛杀来惩罚，因此能保全自身，最终免于被判刑杀戮。

京兆典京师，长安中浩穰[①]，于三辅尤为剧。郡国二千石以高第入守，及为真，久者不过二三年，近者数月一岁，辄毁伤失名，以罪过罢。唯广汉及敞为久任职。敞为京兆，朝廷每有大议，引古今，处便宜，公卿皆服，天子数从之。然敞无威仪，时罢朝会，过走马章台街[②]，使御吏驱，自以便面拊马[③]。又为妇画眉，长安中传张京兆眉怃[④]。有司以奏敞。上问之，对曰：“臣闻闺房之内，夫妇之私，有过于画眉者。”上爱其能，弗备责也。以上为京兆尹。

【注释】

①浩穰：指人众之多。浩，大。穰，盛。

②章台街：即章台下街，在长安。

③便面：指用来遮面的车扇之类的东西。不愿意被人看见，以此遮面而自得其便，又曰屏面。

④眉怃：指眉式样美好。

【译文】

京兆尹管理京师，长安城中人口众多，在三辅中尤为复杂难治。郡国的二千石官以政绩优秀进京代理京兆尹，正式任职后，干得时间长的不过二三年，时间短的只有几个月或一年，动不动就身名被毁，因行为过失而被罢职。只有赵广汉和张敞能任职较长时间。张敞任京兆尹时，每当朝廷议论重大事情，他都博引古今，处事因利乘便，公卿都很折服，皇上多次都听从了他的建议。然而张敞不讲究什么威仪，有时罢朝会之后，跑马经过章台下街，让马夫赶车，自己则遮住脸打马而走。还为妻子画眉，长安城中传说张京兆画的眉毛式样漂亮。有关的官员以此奏劾张敞。皇上问他，他回答说：“微臣听说，闺房之内，夫妻之间的私情，有过于画眉的。”皇上爱惜他的才能，没有责备他。以上记张敞任京兆尹事。

然终不得大位。敞与萧望之、于定国相善。始敞与定国俱以谏昌邑王超迁。定国为大夫平尚书事，敞出为刺史，时望之为大行丞。后望之先至御史大夫，定国后至丞相，敞终不过郡守。为京兆九岁，坐与光禄勋杨恽厚善，后恽坐大逆诛，公卿奏恽党友，不宜处位，等比皆免①，而敞奏独寝不下。敞使贼捕掾絮舜有所案验②。舜以敞劾奏当免，不肯为敞竟事，私归其家。人或谏舜，舜曰：“吾为是公尽力多矣，今五日京兆耳，安能复案事？”敞闻舜语，即部吏收舜系狱。是时，冬月未尽数日，案事吏昼夜验治舜，竟致其死事。舜当出死，敞使主簿持教告舜曰：“五日京兆竟何如？冬月已尽，延命乎③？”乃弃舜市。会立春，行冤狱使者出，舜家载尸，并编敞教，自言使者。使者奏敞贼杀不辜。天子薄其罪④，欲令敞得自便利⑤，即先下敞前坐杨恽不宜处位奏，免为庶人。敞免奏既下，诣阙上印绶，便从阙下亡命。

【注释】

①等比：同辈，同列。

②贼捕掾：指主管捕贼的人。

③延命乎：意为你还想延长生命吗？

④薄其罪：认为其罪轻小。

⑤得自便利：指从轻处法以免罪。

【译文】

但是始终也没有得到高位。张敞与萧望之、于定国素来相好。起初张敞与于定国都因进谏昌邑王而得以破格提拔。于定国为大夫，主管尚书之事，张敞外出任刺史，当时萧望之为大行丞。后来萧望之率先任官至御史大夫，于定国后来也官至丞相，张敞始终也不过是郡守。担任京兆尹九年，因与光禄勋杨恽关系密切而受牵连，后杨恽因犯大逆之罪而被杀，公卿上奏杨恽的同党和朋友，不适宜继续任职的，均被免职，只有弹劾张敞的奏书被皇上留下没有发出。张敞让手下负责捕贼的吏卒絮舜去查办有关案件。絮舜认为张敞受到劾奏应当免职，不肯为张敞办事，私自溜回了家里。有人劝说絮舜，絮舜回答说，"我为这个老爷尽力很多了，如今他只能担任五日的京兆尹了，怎么能重新查案呢？"张敞听到絮舜的话，当即下令属吏将絮舜逮捕入狱。当时为冬月末，已没有几天了，负责此案的官吏日夜审讯絮舜，竟将他治以死罪。絮舜快处死的时候，张敞让主簿持教令告诉他说："只能做五日的京兆尹究竟怎么样？冬月已过完，你还想延长生命吗？"于是将絮舜处死弃市。正赶上立春，巡行检查冤狱的使者出巡，絮舜家里抬着他的尸体，并将张敞的教令写进控告书，向使者告状。冤狱使者劾奏张敞滥杀无罪之人。天子认为他的罪过轻小，想从轻处罚，于是先发下张敞之前受杨恽连坐不适宜再任职的奏书，把他免职成为庶人。张敞的免职奏书下来后，他到朝廷献上印绶，就直接离宫逃命去了。

数月，京师吏民解弛，枹鼓数起，而冀州部中有大贼[①]。天子思敞功效，使使者即家在所召敞。敞身被重劾[②]，及使者至，妻子家室皆泣惶惧，而敞独笑曰：“吾身亡命为民，郡吏当就捕，今使者来，此天子欲用我也。”即装随使者诣公车上书曰[③]：“臣前幸得备位列卿，待罪京兆，坐杀贼捕掾絮舜。舜本臣敞素所厚吏，数蒙恩贷，以臣有章劾当免，受记考事，便归卧家，谓臣‘五日京兆’，背恩忘义，伤化薄俗。臣窃以舜无状，枉法以诛之。臣敞贼杀无辜，鞠狱故不直，虽伏明法，死无所恨。”以上敞获罪亡命，及复起用。

【注释】

①冀州：古九州之一，西汉十三刺史部之一，辖境相当于今河北中南部、山东西部及河南北部。

②身披重劾：此指前有贼杀无辜之事。

③即装：立即整理行装。

【译文】

几个月后，京师吏民又松弛，报警的鼓声又频频响起，而冀州中部盗贼严重。天子思念张敞的功劳，让使者到他家所在地去征召张敞。张敞身受枉杀无辜之重劾，使者来到的时候，妻子儿女及家里人都哭泣惊恐，只有张敞笑着说：“我逃命为民，如要治罪，郡吏可就地逮捕，现在使者到来，这是天子要重用我了。”立即整理行装随使者出发，上书说：“微臣以前有幸受到皇上恩宠而位居列卿，在京兆尹任上待罪时，因诛杀主管捕贼的属吏絮舜而被判罪。絮舜本为微臣张敞平素所厚爱的吏卒，多次蒙受恩惠，他认为微臣受到劾奏应当免职，已接受文书查办案件，却私自回家，说微臣是‘五日京兆’，背弃恩惠，忘却道义，败坏风俗。微臣自己认为絮舜行为无状，枉法而诛杀了他。微臣乱杀无辜，办理案件故意不公平，即使受到圣明法律的惩处，也死而无恨。”以上记张敞犯罪逃亡以及再次被起用。

天子引见敞，拜为冀州刺史。敞起亡命，复奉使典州。既到部，而广川王国群辈不道①，贼连发，不得。敞以耳目发起贼主名区处②，诛其渠帅。广川王姬昆弟及王同族宗室刘调等通行为之囊橐③，吏逐捕穷窘，踪迹皆入王宫。敞自将郡国吏，车数百两，围守王宫，搜索调等，果得之殿屋重轑中④。敞傅吏皆捕格断头，县其头王宫门外。因劾奏广川王。天子不忍致法，削其户。敞居部岁余，冀州盗贼禁止。守太原太守⑤，满岁为真，太原郡清。

【注释】

①广川：封国名。治所在今河北衡水冀州区。

②区处：指住所。

③囊橐：装东西的口袋，此喻包庇盗贼。

④重轑：即廊舍，一边虚为两厦的房子。轑，通“橑”。屋椽。

⑤太原：郡名。今属山西。

【译文】

天子接见张敞，任命他为冀州刺史。张敞被起用于亡命之中，又奉命典掌州事。到冀州以后，广川王国中众人不守道义，盗贼接连发生，捕获不得。张敞派耳目查到盗贼首领的住址，将其头领斩杀。广川王姬的兄弟及广川王的同族宗室刘调等与盗贼相通并包庇盗贼，吏卒对盗贼追捕到最后，盗贼的踪迹都进了王宫。张敞亲自带领郡国吏卒，驾车数百辆，把王宫团团围住，搜捕刘调等人，果然在殿中的廊下抓到了盗贼。张敞亲自指挥属吏捕贼，将所抓之贼尽行斩首，并把他们的头悬在王宫门外。于是张敞劾奏广川王。天子不忍心将广川王法办，只是削减了他的封户。张敞到冀州任职一年后，冀州境内的盗贼被禁止。后又代理太原郡太守，满一年正式任职，太原郡也安定下来。

顷之，宣帝崩。元帝初即位，待诏郑朋荐敞先帝名臣，宜傅辅皇太子。上以问前将军萧望之，望之以为敞能吏，任治烦乱，材轻，非师傅之器。天子使使者征敞，欲以为左冯翊。会病卒。以上为冀州刺史及卒。

【译文】

不久，宣帝驾崩。元帝刚即位，待诏郑朋举荐张敞是先帝名臣，可任师傅辅导皇太子。皇上以此问前将军萧望之，萧望之认为张敞是很有能力，能治理混乱，但资质轻浮，不是可任师傅的人才。天子让使者征召张敞，准备任命他为左冯翊。正好这时张敞病逝了。以上记张敞任冀州刺史及去世之事。

敞所诛杀太原吏，吏家怨敞，随至杜陵刺杀敞中子璜。敞三子官皆至都尉。

【译文】

张敞所诛杀的太原郡吏卒的家人怨恨张敞，追随到杜陵刺杀了张敞的二儿子张璜。张敞的三个儿子都官至都尉。

初，敞为京兆尹，而敞弟武拜为梁相。是时，梁王骄贵，民多豪强，号为难治。敞问武："欲何以治梁？"武敬惮兄，谦不肯言。敞使吏送至关，戒吏自问武。武应曰："驭黠马者利其衔策，梁国大都，吏民凋敝，且当以柱后惠文弹治之耳[①]。"秦时狱法吏冠柱后惠文，武意欲以刑法治梁。吏还道之，敞笑曰："审如掾言，武必辨治梁矣[②]。"武既到官，其治有迹，亦能吏也。

【注释】

①柱后惠文：法冠名。以铁为梁柱，以缅裹铁柱卷。秦汉至陈执法者皆服之。

②辨：通"办"。治理。

【译文】

当初，张敞为京兆尹，而他的弟弟张武被授任梁国国相。当时，梁王骄横恣肆，百姓中多有豪强，号称难于治理之地。张敞问张武："准备怎样治理梁国？"张武敬畏兄长，谦让不肯说话。张敞派属吏送他到关口，告诫属吏自己问问张武。张武应对道："驾驭烈马的人，善用马衔、马鞭。梁国是大都市，官民风气败坏，正当用'柱后惠文'严加治理。"秦朝时执法者戴柱后惠文冠，张武的意思是要以刑法治理梁国。属吏回来后说给张敞听，张敞笑着说："如果真如属吏所说，张武一定能治理好梁国。"张武到任后，治理果然很有政绩，也是一位能干的官员。

敞孙竦，王莽时至郡守，封侯，博学文雅过于敞，然政事不及也。竦死，敞无后。以上家属。

【译文】

张敞的孙子张竦，王莽当政时官至郡守，封为列侯，博学文雅超过张敞，然而政绩不如张敞。张竦死后，张敞再没有后代了。以上记张敞的家属。

王尊字子赣，涿郡高阳人也[①]。少孤，归诸父[②]，使牧羊泽中。尊窃学问，能史书。年十三，求为狱小吏。数岁，给事太守府，问诏书行事[③]，尊无不对。太守奇之，除补书佐，署守属监狱[④]。久之，尊称病去，事师郡文学官，治《尚书》《论语》，略通大义。复召署守属治狱，为郡决曹史。数岁，以令举幽州刺史从事[⑤]。而太守察尊廉，补辽西盐官长[⑥]。数上书言便宜事，事下丞相、御史。

【注释】

①高阳：县名。今属河北。

②归：归附。诸父：叔父。

③问诏书行事：意为以施行诏书问之。

④署守属监狱：指署为守属，让其在监狱主治囚犯。

⑤幽州：古九州之一，汉代十三刺史部之一，辖今北京、河北北部、山西东北部、辽宁南部等地。

⑥盐官长：官名。掌官营盐业。据载，辽西海阳（今河北滦县）有盐官。

【译文】

王尊，字子赣，涿郡高阳县人。年纪很小时父亲就去世了，归附叔父，让他在湖边放羊。王尊私下里偷偷学习，能看懂史书。十三岁时，得到了一份做狱卒的差事。几年后，在太守府供职时，以怎样施行诏书问他，王尊没有对答不了的。太守认为他是奇才，选拔补任书佐，让他在监狱中主管囚犯。过了很久，王尊称病辞职而去，拜郡文学官为师，研习《尚书》《论语》等书，大略通晓了书中大义。再被征召来主管监狱中的囚犯，任郡府中的决曹史。几年后，被选拔为幽州刺史从事。而太守推举王尊廉洁，补任辽西盐官长。多次上书建议对国家有益的事，事情下达给丞相、御史商议办理。

初元中①，举直言，迁虢令②，转守槐里③，兼行美阳令事④。春正月，美阳女子告假子不孝⑤，曰："儿常以我为妻，妒笞我。"尊闻之，遣吏收捕验问，辞服。尊曰："律无妻母之法，圣人所不忍书，此经所谓造狱者也⑥。"尊于是出坐廷上，取不孝子悬磔著树⑦，使骑吏五人张弓射杀之，吏民惊骇。以上历官至槐里、美阳令。

【注释】

①初元：汉元帝年号(前48—前44)。

②虢：县名。治所在今陕西宝鸡，属右扶风。

③槐里：县名。治所在今陕西兴平东南，属右扶风。

④美阳：县名。治所在今陕西武功西南。

⑤假子：义子。

⑥造狱：非常刑法，即造杀戮之法。

⑦磔：古代一种分裂肢体的酷刑。

【译文】

初元年间，以直言而得到举荐，迁任虢县县令，转任代理槐里县令，并兼任美阳县令。春季正月，一美阳女子告发其义子不孝，说："义子常把我当妻子，因妒鞭笞我。"王尊听说后，派遣吏卒逮捕并审问他，那人供认不讳。王尊说："法律上没有惩治把母亲当妻子的法令，因为这是圣贤所不忍写上的，这就是经中所说的制造杀戮的法规啊。"王尊于是出坐法庭之上，把不孝之子悬在树上处以磔刑，命令五名骑吏用弓箭射死了他，官民都很惊骇。以上记王尊历次做官做到槐里、美阳令。

后上行幸雍，过虢，尊供张如法而办，以高弟擢为安定太守[1]。到官，出教告属县曰："令长丞尉奉法守城，为民父母，抑强扶弱，宣恩广泽，甚劳苦矣。太守以今日至府，愿诸君卿勉力正身以率下。故行贪鄙，能变更者与为治。明慎所职，毋以身试法。"又出教敕掾功曹"各自底厉[2]，助太守为治。其不中用，趣自避退，毋久妨贤。夫羽翮不修，则不可以致千里；阑内不理[3]，无以整外。府丞悉署吏行能，分别白之。贤为上，毋以富。贾人百万，不足与计事。昔孔子治鲁，七日诛少正卯，今太守视事已一月矣，五官掾张辅怀虎狼之心，贪污不轨[4]，一郡之钱尽入辅家，然适足以葬矣。今将辅送狱，直符史诣阁下[5]，从太守受其事。丞戒之戒之！相随入狱矣"！辅系狱数日死，尽得其狡猾不道，百万奸臧。威震郡中，盗贼分散，入傍郡界。豪强多诛伤伏辜者。以上为安定太守。

【注释】

①安定：郡名。治所在今宁夏固原。

②底厉：即砥砺，磨炼。

③阑(niè)：门橛，门中央所竖的短木。

④不轨：不守法度。

⑤直符史：指当值的佐吏。

【译文】

后来皇上巡幸雍县，路过虢县，王尊按制度办理供应，以政绩优异提升为安定郡太守。到任后，发出政令告诉所属各县说：“县令、县长、县丞、县尉诸员奉法守卫县城，是老百姓的父母官，抑制豪强，扶持弱小，让皇上的恩泽广布，十分辛苦了。本太守今日到任，希望诸君勤勉努力，正身以表率部下。以前贪赃枉法者，能改变的仍可以继续任职。为政清明谨慎，不要以身试法。”又发出文告告诫所属功曹“各自好自勉励，协理本太守处理事务。那些能力低下、不堪任职的人，赶紧自己引退，不要老是妨碍贤能之人。鸟的羽毛和翅膀不齐整，就不可能飞行千里；家里没有治理好，就不可能治理外头。府丞知晓所属各吏的品行才干，分别好坏向我报告。以贤能为上，不要以富贵为上。商人富有百万之财，但不能同他们商量事情。往昔孔子主持鲁国政务，到任七日而诛杀了少正卯，如今本太守任职已一月有余，五官属吏张辅心如虎狼一般歹毒，贪污赃款，不守法度，全郡的钱财几乎都落入张辅一家，但这恰好足以把他埋葬。现在准备将张辅逮捕入狱，当值的佐吏到我的官邸，随从本太守处理政事。诸丞应以此为戒，不要跟着也入狱”！张辅被抓到狱中没有几天就死了，他狡猾不守道义的犯罪事实及百万奸藏尽数获得。王尊以此威震全郡，盗贼纷纷逃亡，到附近各郡去了。许多豪强被诛杀伏法。以上记王尊担任安定太守。

坐残贼免。起家，复为护羌将军转校尉①，护送军粮委输。而羌人反，绝转道②，兵数万围尊。尊以千余骑奔突羌贼。功未列上③，坐擅离部署，会赦，免归家。

【注释】

①护羌将军：武职名。职掌西羌事务。

②绝转道：指断绝了转运道路。

③功未列上：指功劳未被列上于天子。

【译文】

后来王尊因杀人太凶而被问罪免职。在家居时又被重新起用,担任护羌将军转校尉,负责转运护送军粮运输事宜。羌人反叛,阻断了运粮道路,以数万军队围困王尊。王尊以一千多骑兵突破羌人的包围。功劳没有被列上于朝廷,却因擅离职守受到惩罚,正赶上大赦,被免职回归故里。

涿郡太守徐明荐尊不宜久在闾巷,上以尊为郿令①,迁益州刺史②。先是,琅邪王阳为益州刺史③,行部至邛郲九折阪④,叹曰:"奉先人遗体,奈何数乘此险⑤!"后以病去。及尊为刺史,至其阪,问吏曰:"此非王阳所畏道邪?"吏对曰:"是。"尊叱其驭曰:"驱之!王阳为孝子,王尊为忠臣。"尊居部二岁,怀来徼外,蛮夷归附其威信。以上两免官,复为益州刺史。

【注释】

①郿:县名。治所在今陕西眉县东北。

②益州:汉代十三刺史部之一,辖境约包括今四川、贵州、云南及陕西汉中盆地等地区。

③琅邪:郡名。治所在今山东诸城。

④邛郲:山名。即今大关山,在四川荥经西。阪:山坡。

⑤乘:登。

【译文】

涿郡太守徐明认为王尊不宜久居乡下而荐举他,皇上任命王尊为郿县县令,又升任益州刺史。以前琅邪郡人王阳任益州刺史,巡察所部来到邛郲山九折阪时,叹息道:"我身体为父母所生,怎么多次登临这种险地！”后来因病而离任。王尊任刺史后，也来到九折阪，问属吏说：“这不是王阳所畏惧的险道吗？”属吏对答说：“正是。”王尊呵叱其车驾说：“驱马快行！王阳是孝子，我王尊是忠臣。”王尊在刺史部任职二年，境外居民来归，因为他的威望信誉，蛮夷之民纷纷归附。以上记王尊两次被免官，后又担任益州刺史。

博士郑宽中使行风俗，举奏尊治状，迁为东平相[①]。是时，东平王以至亲骄奢不奉法度，傅相连坐[②]。及尊视事，奉玺书至庭中，王未及出受诏，尊持玺书归舍，食已乃还。致诏后，谒见王，太傅在前说《相鼠》之诗。尊曰：“毋持布鼓过雷门[③]！”王怒，起入后宫。尊亦直趋出就舍。先是，王数私出入，驱驰国中，与后姬家交通。尊到官，召敕厩长：“大王当从官属，鸣和鸾乃出，自今有令驾小车，叩头争之，言相教不得。”后尊朝王，王复延请登堂。尊谓王曰：“尊来为相，人皆吊尊也，以尊不容朝廷，故见使相王耳。天下皆言王勇，顾但负贵[④]，安能勇？如尊乃勇耳。”王变色视尊，意欲格杀之，即好谓尊曰[⑤]：“愿观相君佩刀。”尊举掖，顾谓傍侍郎：“前引佩刀视王，王欲诬相拔刀向王邪？”王情得[⑥]，又雅闻尊高名，大为尊屈，酌酒具食，相对极欢。太后征史奏尊：“为相倨慢不臣，王血气未定，不能忍。愚诚恐母子俱死。今妾不得使王复见尊。陛下不留意，妾愿先自杀，不忍见王之失义也。”尊竟坐免为庶人。以上为东平相。

【注释】

①东平：封国名。治所在今山东东平东。

②连坐：一人犯法，其他人连同受罚。

③布鼓：指以布做的鼓，无声。雷门：会稽城门，有大鼓，越地击此鼓，声闻于洛阳。故王尊引之。

④负：恃。此句指王自恃富贵，怎么谈得上勇呢？

⑤好谓：即假装说好话。

⑥王情得：指王尊所揣测到的，正合王的意思。

【译文】

博士郑宽中出使巡视各地风俗，上奏详列王尊的治绩，因而被提拔为东平相。当时，东平王认为自己是皇上的至亲，因而骄横奢侈，不守法度，前任傅相往往因为东平王而获罪。王尊任事后，亲奉皇帝玺书到王府中去，东平王没有及时出来受诏，王尊拿着玺书回到官府，吃了饭再去。王尊转达了天子诏令后，拜见东平王，太傅在廷前讲说《相鼠》之诗。王尊说："不要拿着布鼓路过雷门。"东平王很生气，起身便进入后宫。王尊也直接出了王宫回到官府。开始的时候，东平王多次私自出入，在王国内横冲直撞，与后姬的家里往来。王尊到任后，召见告诫厩长："大王应有随员跟从，鸣和鸾才能出去，从今以后有令驾小车，要叩头劝阻，就说是我教你这样做的。"后来王尊拜见东平王，东平王又把他请到王廷里。王尊对东平王说："我王尊来做国相，不少人都为我担忧，认为我王尊在朝廷待不下去，才让我来任王相。天下人都说大王很勇敢，但只知道凭借富贵之势，怎么能算勇敢呢？像我王尊这样才是真正的勇敢。"东平王立即变了脸色，看着王尊，想杀了他，于是便假装说好话对王尊说："希望能看看丞相您的佩刀。"王尊举起胳膊，回过头去对边上的侍郎说："向前，拿刀给大王看。大王是不是要诬陷臣想拔刀刺杀大王？"东平王的意思正好被王尊揣测到了，又久闻王尊的高名，深深地被王尊所折服，酌酒备食，互相对饮，十分高兴。王太后征史劾奏王尊："身为国相骄傲无礼，不守臣节，王的血气未定，不能容忍。臣妾实在害怕我们母子俩都因此被害死。现在臣妾已不让王再召见王尊。如果陛下不放在心上,臣妾愿自杀而死,不忍心看着王失去大义。"王尊因此被免为庶人。以上记王尊做东平王的相。

大将军王凤奏请尊补军中司马,擢为司隶校尉[①]。

【注释】

①司隶校尉:官名。职掌察举京城官民及附近各郡一切犯法者。

【译文】

大将军王凤奏请皇上补任王尊为军中司马,又提拔他为司隶校尉。

初,中书谒者令石显贵幸,专权为奸邪。丞相匡衡、御史大夫张谭皆阿附畏事显,不敢言。久之,元帝崩,成帝初即位,显徙为中太仆[①],不复典权。衡、谭乃奏显旧恶,请免显等。尊于是劾奏:"丞相衡、御史大夫谭位三公,典五常九德[②],以总方略、壹统类、广教化、美风俗为职。知中书谒者令显等专权擅势,大作威福,纵恣不制,无所畏忌,为海内患害,不以时白奏行罚,而阿谀曲从,附下罔上,怀邪迷国,无大臣辅政之义,皆不道,在赦令前。赦后,衡、谭举奏显,不自陈不忠之罪,而反扬著先帝任用倾覆之徒,妄言百官畏之甚于主上。卑君尊臣,非所宜称,失大臣体。又正月行幸曲台,临飨罢卫士[③],衡与中二千石大鸿胪赏等会坐殿门下,衡南乡,赏等西乡。衡更为赏布东乡席,起立延赏坐,私语如食顷。衡知行临[④],百官共职[⑤],万众会聚,而设不正之席,使下坐上,相比为小惠于公门之下,动不中礼,乱朝廷爵秩之位。衡又使官大奴入殿中,问行起居,还言漏上十四刻行临到[6],衡安坐,不变色改容,无怵惕肃敬之心,骄慢不谨,皆不敬。”有诏勿治。于是衡惭惧,免冠谢罪,上丞相、侯印绶。天子以新即位,重伤大臣,乃下御史丞问状。劾奏尊:“妄诋欺非谤赦前事,猥历奏大臣[7],无正法,饰成小过,以涂污宰相,摧辱公卿,轻薄国家,奉使不敬。”有诏左迁尊为高陵令[8],数月,以病免。以上为司隶校尉,劾匡衡等。

【注释】

①中太仆:官名。为皇后之属官。

②五常:指仁、义、礼、智、信。九德:指宽而栗、柔而立、愿而恭、扰而毅、直而温、简而廉、刚而塞、强而义。

③飨:用酒肉款待人。

④行临:指天子亲临飨士时。

⑤共:同“供”。

⑥漏:古代的计时器。

⑦历:指所奏不足一人。

⑧左迁:降职。高陵:县名。治所在今陕西西安高陵区西南。

【译文】

当初,中书谒者令石显受到皇帝的宠幸,擅权乱政,行为奸邪。丞相匡衡、御史大夫张谭都阿谀奉承石显,因害怕他而不敢直言进谏。很久以后,元帝驾崩,成帝刚刚即位,石显调任中太仆,不再掌权。匡衡、张谭于是便奏劾石显往日的恶行,请求免去石显等人的职务。王尊于是劾奏说:“丞相匡衡、御史大夫张谭位列三公,掌管五常九德,以总领政务方略、一统各类、推广教化、美化风俗等为职责。知道中书谒者令石显等把持朝政,作威作福,放肆不羁,无所畏惧,是天下人的祸害,当时不奏请皇上加以处罚,反而阿谀曲从,依附下臣,欺骗皇上,心怀奸邪，耽误国家大事，没有大臣辅佐政务的节义，都是不道之罪，这些都发生在赦令之前。赦令发布后，匡衡、张谭上奏弹劾石显，不陈述自己的不忠之罪，反而大肆宣扬先帝任用颠覆之徒，妄言百官比怕皇上还更怕石显。卑视君主，妄尊下臣，是极为不合适的，有失大臣体统。而且皇上正月巡幸曲台，亲自慰劳护卫之士，匡衡却与中二千石、大鸿胪赏等一起坐在殿门之下，匡衡南向而坐，赏等人西向而座。匡衡更是为赏安排东向而坐的位置，起身延请赏坐，两人窃窃私语直到把饭吃完。匡衡知道天子亲临飨士时，百官应尽忠职守，万民会聚之时，却设置不正之席，使下坐上位，以小惠互相勾结于公门之下，行为不成体统，扰乱朝廷爵秩之位次。匡衡又派官大奴进入殿中，问皇上巡幸的起居，回报时漏到十四刻皇上巡幸驾到，匡衡安然端坐，脸不改色，面不改容，没有诚惶诚恐、庄重恭敬之心，骄傲怠慢，很不恭谨，这都是大不敬之罪。”皇上下诏说不要治罪。于是匡衡感到惭愧和害怕，摘去官帽自我谢罪，奉还丞相和侯的印绶。天子因为刚刚即位，不好使大臣受到损伤，于是下诏让御史丞查清楚。御史劾奏王尊：“妄加诋毁诽谤大赦以前的事，歪曲劾奏多位大臣，不守正法，夸大小过，并污蔑宰相，摧辱公卿，轻妄国家，奉职不敬。”于是下诏将王尊贬职为高陵县令，几个月后，王尊因病免职。

以上记王尊担任司隶校尉，弹劾匡衡等人。

会南山群盗傰宗等数百人为吏民害，拜故弘农太守傅刚为校尉，将迹射士千人逐捕[1]，岁余不能禽。或说大将军凤：“贼数百人在毂下[2]，发军击之不能得，难以视四夷。独选贤京兆尹乃可。”于是凤荐尊，征为谏大夫，守京辅都尉，行京兆尹事。旬月间盗贼清。迁光禄大夫，守京兆尹，后为真，凡三岁。坐遇使者无礼。司隶遣假佐放奉诏书白尊发吏捕人[3]，放谓尊：“诏书所捕宜密。”尊曰：“治所公正，京兆善漏泄人事。”放曰：“所捕宜今发吏④。”尊又曰：“诏书无京兆文，不当发吏。”及长安系者三月间千人以上。尊出行县，男子郭赐自言尊：“许仲家十余人共杀赐兄赏，公归舍⑤。吏不敢捕。”尊行县还，上奏曰：“强不陵弱，各得其所，宽大之政行，和平之气通。”御史大夫忠奏尊暴虐不改⑥，外为大言，倨嫚姗上⑦，威信日废，不宜备位九卿。尊坐免，吏民多称惜之。以上为京兆尹，旋免。

【注释】

①迹射士：指能寻迹而射取的士兵。

②毂下：意为在天子辇毂之下，喻指很近。

③假佐：汉制，取内郡擅长史书者佐给诸府，称假佐。

④宜今发吏：指应立即发吏。

⑤公归舍：意为公然而归，无所避畏。

⑥忠：即张忠，时任御史大夫。

⑦倨嫚：即倨傲不逊。姗：古“讪”字，诽。

【译文】

正赶上终南山群盗傰宗等数百人为害，任命前弘农太守傅刚为校尉，率领善射的士兵千余人追捕群盗，一年多了仍未能抓获。有人对大将军王凤说：“盗贼几百人在天子辇毂之下，发兵攻打而不能得，难以面对四方之蛮夷。只有选择贤能的京兆尹才行。”于是王凤推荐王尊，皇上征召他为谏大夫，代理京辅都尉，兼领京兆尹的职责。整整一个月时间盗贼被清除。提升为光禄大夫，代理京兆尹，后正式任职，一共在职三年。因为接待朝廷的使者没有礼遇而被免职。司隶校尉派遣一个叫放的假佐奉诏书告诉王尊派吏卒捕人，放对王尊说：“诏书上要逮捕的人要保密。”王尊说：“治罪应当公正，本京兆尹愿意让人知道。”放说：

“应现在立即派吏卒逮捕。”王尊又说：“诏书上没有让本京兆尹办的文字，不应该派吏卒。”三个月间，长安城里被逮捕的人达千人以上。王尊外出巡行各属县，一位名叫郭赐的男子对王尊说：“许仲一家十几口人一起杀害我的兄长郭赏，并公然回到家里。吏卒不敢逮捕他们。”王尊巡行各县回来以后，上奏说：“势力强的人不欺凌弱小的人，大家各得其所，为政宽仁则政事顺，和平相处则声气通。”御史大夫张忠劾奏王尊暴虐不改，表面上说些大话，倨傲不逊，毁谤怨恨上级，威信一天天下降，不适合再位列九卿之中。王尊被免去职务，官吏百姓都感到十分惋惜。以上记王尊担任京兆尹，不久免职。

湖三老公乘兴等上书讼尊治京兆功效日著[①]：“往者南山盗贼阻山横行，剽劫良民，杀奉法吏，道路不通，城门至以警戒。步兵校尉使逐捕，暴师露众，旷日烦费，不能禽制。二卿坐黜[②]，群盗浸强[③]，吏气伤沮，流闻四方，为国家忧。当此之时，有能捕斩，不爱金爵重赏。关内侯宽中使问所征故司隶校尉王尊捕群盗方略，拜为谏大夫，守京辅都尉，行京兆尹事。尊尽节劳心，夙夜思职，卑体下士，厉奔北之吏，起沮伤之气，二旬之间，大党震坏，渠率效首[④]。贼乱蠲除[⑤]，民反农业，拊循贫弱[⑥]，锄耘豪强[⑦]。长安宿豪大猾东市贾万、城西萬章、剪张禁、酒赵放、杜陵杨章等皆通邪结党，挟养奸轨，上干王法，下乱吏治，并兼役使，侵渔小民，为百姓豺狼。更数二千石，二十年莫能禽讨，尊以正法案诛，皆伏其辜。奸邪销释，吏民说服。尊拨剧整乱，诛暴禁邪，皆前所稀有，名将所不及。虽拜为真，未有殊绝褒赏加于尊身。今御史大夫奏尊‘伤害阴阳，为国家忧，无承用诏书之意，靖言庸违，象龚滔天[8]’。原其所以[9]，出御史丞杨辅，故为尊书佐，素行阴贼，恶口不信[10]，好以刀笔陷人于法。辅常醉过尊大奴利家，利家捽搏其颊[11]，兄子闳拔刀欲剄之。辅以故深怨疾毒，欲伤害尊。疑辅内怀怨恨，外依公事，建画为此议，傅致奏文，浸润加诬[12]，以复私怨。昔白起为秦将，东破韩、魏，南拔郢都，应侯谮之[13]，赐死杜邮[14]；吴起为魏守西河，而秦、韩不敢犯，谗人间焉，斥逐奔楚。秦听浸润以诛良将，魏信谗言以逐贤守，此皆偏听不聪，失人之患也。臣等窃痛伤尊修身絜己，砥节首公[15]，刺讥不惮将相，诛恶不避豪强，诛不制之贼，解国家之忧，功著职修，威信不废，诚国家爪牙之吏，折冲之臣。今一旦无辜制于仇人之手，伤于诋欺之文，上不得以功除罪，下不得蒙棘木之听[16]，独掩怨仇之偏奏，被共工之大恶[17]，无所陈怨诉罪。尊以京师废乱，群盗并兴，选贤征用，起家为卿，贼乱既除，豪猾伏辜，即以佞巧废黜。一尊之身，三期之间，乍贤乍佞，岂不甚哉！孔子曰：‘爱之欲其生，恶之欲其死，是惑也。’‘浸润之谮不行焉，可谓明矣。’愿下公卿、大夫、博士、议郎，定尊素行。夫人臣而伤害阴阳，死诛之罪也；靖言庸违，放殛之刑也[18]。审如御史章，尊乃当伏观阙之诛[19]，放于无人之域，不得苟免[20]。及任举尊者，当获选举之辜，不可但已。即不如章，饰文深诋以诉无罪，亦宜有诛，以惩谗贼之口，绝诈欺之俗。唯明主参详，使白黑分别。”以上公乘兴讼尊之冤。

【注释】

①湖：县名。治所在今河南新乡东。

②二卿：三辅皆秩中二千石，号为卿。此指前京北尹王昌贬为雁门太守，甄遵贬为河内太守。

③浸：逐渐，日益。

④效首：指斩其首而致之。

⑤蠲(juān)除：免除。

⑥拊循：即抚慰。

⑦锄耘：意为除去。

⑧靖言庸违，象龚滔天：出自《尚书·尧典》，意谓言语善巧，行为乖张，貌似恭敬，过恶漫天。犹言口是心非。靖，治。庸，行为。违，乖违。龚，通“恭”。恭敬。

⑨原其所以：推其所以然。

⑩恶口不信：指其口恶而言不信。

⑪捽(zuó)：抓住头。搏：击。

⑫浸润：意为渐染。

⑬应侯：指范雎。

⑭杜邮：亭名。在今陕西咸阳。

⑮砥节：砥砺名节。首：向。

⑯棘木之听：指听讼。古代听讼于棘木之下，故称。

⑰共工：尧时的诸侯，舜将其流放幽州。

⑱殛(jí)：诛杀。

⑲观阙之诛：指孔子诛少正卯于两观之间。

⑳不得苟免：指不是仅仅免去官职而已。

【译文】

湖县的三老公乘兴等人上书为王尊治理京兆功绩日益显著申辩：“以前终南山一带盗贼活动频繁，横行霸道，抢劫良民，杀死守法官吏，交通不畅，以至于城门也处于警戒状态。步兵校尉派兵追捕，劳师动众，旷日持久，所耗经费很多，但不能擒获制服盗贼。两任京兆尹均被罢黜，群盗逐渐强大起来，士气低落，为四方所知，成为国家的忧患。正当这个时候，有人能追捕斩杀盗贼，朝廷不惜黄金、爵位和重赏。关内侯宽中让人去问被皇帝征召而来的前司隶校尉王尊捕获群盗的方略，授官为谏议大夫，代理京辅都尉，兼领京兆尹政事。王尊尽到臣节，劳心费力，日夜忠于职守，礼让体贴下士，勉励奔逃的官吏，鼓舞沮丧的士气，二十天之内，大的盗贼团伙吓坏了，贼首被斩杀。盗贼之乱得到铲除，老百姓重操生业，抚慰贫弱，除去豪强。长安城长期的豪强大猾如东市的贾万、城西萬章、作剪的张禁、作酒的赵放、杜陵的杨章之流，均勾结邪恶，结成死党，扶植豢养奸邪不轨之徒，上犯王法，下乱吏治，并欺压役使百姓，侵夺鱼肉弱小之民，是危害百姓的豺狼。多次更换二千石官，二十年不能擒获惩处，王尊依法诛杀盗贼，都治之以罪。奸邪消失，官吏百姓高兴，佩服王尊。王尊治理混乱，诛杀暴虐与奸邪，均为前所罕见，即使前代名将也不如他。即使被正式任命，也不算什么特殊优异的褒奖。如今御史大夫劾奏王尊'伤害阴阳，为国家的心腹之患，不秉承诏书旨意，言语善巧，行为乖张，貌似恭敬，实际过恶滔天'。推其所以然，此言出自御史丞杨辅之手，他曾任王尊的书佐，平素阴险毒辣，口恶而言无信，惯于以文辞陷害人。杨辅曾有一次喝醉酒后路过王尊的大家奴利家，利家抓住并击打他的头，利家兄长的儿子利闳拔出刀来想杀了他。杨辅因此十分怨恨疾毒，想伤害王尊。臣等怀疑张辅心怀怨恨，借办公事之机，筹划了这样的劾议，把它写成奏文，不断加以渲染进行诬陷，以达到报复私怨的目的。以前白起担任秦国的将军，向东打败韩国、魏国，向南占领了楚国的都城郢，应侯范雎诬陷他，因而被赐死在杜邮亭；吴起为魏国镇守西河，秦、韩二国就不敢进犯，谗人从中离间，吴起遭到排斥而投奔楚国。秦王听信诬陷而诛杀忠良之将，魏王听信谗言而赶走了贤能的守将，这都是因为偏听而不明，失去贤人而留下的后患。臣等私下里很是痛惜：王尊洁身自好，砥砺名节，一心为公，讽刺抨击不怕将相，诛杀邪恶不避豪强，斩杀不法之贼，解除国家的忧患，功勋卓著，为官尽责，在百姓中很有威信，实在是国家的栋梁护卫之臣、有作为的官吏。如今一旦被无辜受治于仇人之手，被诋毁欺诈之文所伤害，上不能以功抵除其罪，下不能听其申诉，而遭受心怀怨仇的偏颇弹劾，蒙受共工一样的大恶之名，不能陈述怨情申诉罪过。王尊因为京师废弛混乱，群盗并起，作为贤人被选拔征用，起家封为卿，现在贼乱已经铲除，豪强狡猾之徒被绳之以法，便立即因为是佞巧之臣而被罢黜。同样一个王尊，三年之间，一时为贤能，一时为佞臣，难道不是太过分了吗！孔子说：'喜欢他就要他活着，讨厌他就要他死去，真叫人不解。''不听信慢慢浸润而使人不易察觉的谗言，可以说是明智的！'希望能让公卿、大夫、博士、议郎等议论，以认定王尊的一贯表现。作为人臣而伤害阴阳，是该诛杀的死罪；口是心非，说一套做一套，也该受杀戮之刑。如果确如御史所奏，王尊当如少正卯一样伏观阙之诛，或流放于无人之地，不能只是免去官职而已。至于举荐王尊的人，当因其举荐而伏罪，不能不了了之。假使不如御史所奏，修饰文辞深加诋毁诬告无罪之人的，也应该诛杀，以惩处谗贼之口，杜绝欺诈之俗。请求英明的君主详细审查，使黑白分明。"以上记公乘兴为王尊申诉冤屈。

书奏，天子复以尊为徐州刺史[①]，迁东郡太守。久之，河水盛溢，泛浸瓠子金堤[②]，老弱奔走，恐水大决为害。尊躬率吏民，投沉白马，祀水神河伯。尊亲执圭璧，使巫策祝，请以身填金堤，因止宿，庐居堤上。吏民数千万人争叩头救止尊，尊终不肯去。及水盛堤坏，吏民皆奔走。唯一主簿泣在尊旁，立不动。而水波稍却回还。吏民嘉壮尊之勇节，白马三老朱英等奏其状。下有司考，皆如言。于是制诏御史："东郡河水盛长，毁坏金堤，未决三尺，百姓惶恐奔走。太守身当水冲，履咫尺之难，不避危殆，以安众心，吏民复还就作，水不为灾，朕甚嘉之。秩尊中二千石，加赐黄金二十斤。”以上为东郡太守，保河堤。

【注释】

①徐州：古九州之一，汉代十三刺史部之一，辖今山东东南部、安徽东北部、江苏大部地区。

②金堤：堤名。在东郡白马界，即今河南滑县东。

【译文】

书上奏后，天子又任命王尊为徐州刺史，再提升为东郡太守。很久以后，黄河发大水，淹没了瓠子金堤，老弱之民纷纷逃离家园，害怕黄河水决堤为害。王尊亲自率领官吏和百姓，向河中投入白马，祭祀水神河伯。王尊亲自拿着圭璧，让巫师占卜祷告，请求以身体填住金堤，于是便住在那里，在堤上搭起帐篷。成千上万的吏民叩头阻止想救王尊，王尊始终不肯离去。等到河水盛涨，金堤损坏，官吏、百姓都逃走了，只有一主簿在王尊身旁哭泣，站立不动。洪水稍涨一会就消退了。吏民十分称道王尊的勇武气节，白马三老朱英等上奏王尊抢险的情形。皇上让有关官员去考察，都如他们所说。于是下诏书给御史：“东郡黄河河水盛涨，毁坏金提，只差三尺就决口了，老百姓惊恐纷纷逃离。郡太守以身体挡住水冲，践咫尺之危难，不躲避危险，以安定众心，吏民又回来劳作，洪水并没有酿成灾难，朕要好好嘉奖他。加秩王尊为中二千石，另赐黄金二十斤。”以上记王尊担任东郡太守，保护河堤。

数岁，卒官，吏民纪之。尊子伯亦为京兆尹，坐软弱不胜任免。

【译文】

几年后，王尊逝世于任内，官吏百姓都怀念他。王尊的儿子王伯也任京兆尹，因为软弱不能胜任而被免除职务。

王章，字仲卿，泰山钜平人也[1]。少以文学为官，稍迁至谏大夫，在朝廷名敢直言。元帝初，擢为左曹中郎将[2]，与御史中丞陈咸相善，共毁中书令石显，为显所陷，咸减死髡，章免官。成帝立，征章为谏大夫，迁司隶校尉，大臣贵戚敬惮之。以上毁石显著节。

【注释】

①泰山：郡名。治所在今山东泰安东南，后移至泰安东北。钜平：县名。治所在今山东泰安西南。

②中郎将：官名。皇帝侍卫，分五官、左、右三署，各设中郎将率之。

【译文】

王章，字仲卿，泰山郡钜平县人。年轻时以文学优长为官，不久提升至谏大夫，在朝廷中因敢于直言而闻名。元帝初年，被提拔为左曹中郎将，与御史中丞陈咸很要好，共同揭露中书谒者令石显，被石显陷害，陈咸免死，但被处以髡刑，王章被免职。成帝即位，征召王章担任谏大夫，又提升为司隶校尉，大臣贵戚都很敬畏他。以上记王章以弹劾石显而名节昭著。

王尊免后，代者不称职，章以选为京兆尹。时，帝舅大将军王凤辅政，章虽为凤所举，非凤专权，不亲附凤。会日有蚀之，章奏封事，召见，言凤不可任用，宜更选忠贤。上初纳受章言，后不忍退凤。章由是见疑，遂为凤所陷，罪至大逆。语在《元后传》。以上为京兆尹获罪。

【译文】

王尊被免除职务后,取代他的人不称职,王章因此被选为京兆尹。当时帝舅大将军王凤辅佐政务,王章虽然是王凤推举的,但对王凤专权很不以为然,不亲近阿附王凤。一天正好赶上日蚀,王章上密封的奏章,被皇上召见,说王凤不可以任用,应该另选忠臣贤良。皇上开始采纳了王章的建议,后来又不忍心黜退王凤。王章因此而受到怀疑,于是被王凤陷害,被判大逆之罪。这在《元后传》里有记载。以上记王章任京兆尹时获罪。

初,章为诸生学长安,独与妻居。章疾病,无被,卧牛衣中①,与妻决,涕泣。其妻呵怒之曰:"仲卿!京师尊贵在朝廷人谁逾仲卿者?今疾病困厄,不自激卬②,乃反涕泣,何鄙也!"

【注释】

①牛衣:为牛御寒之物,如蓑衣之类,以麻或草编成。

②激卬:感慨奋发。

【译文】

起初,王章与诸生一起在长安求学,唯独他一人与妻子居住。王章得了病,没有被子,躺在由麻、草编成的牛衣里,与妻子诀别,痛哭流涕。他妻子很生气呵斥他说:"仲卿!京师里的大富大贵之人在朝廷上有谁超过仲卿呢?如今得了疾病,遇上了灾难,自己不发奋昂扬,反而哭哭啼啼,太没出息了!"

后章仕宦历位,及为京兆,欲上封事,妻又止之曰:"人当知足,独不念牛衣中涕泣时邪?"章曰:"非女子所知也。"

书遂上，果下廷尉狱，妻子皆收系。章小女年可十二，夜起号哭曰："平生狱上呼囚[1]，数常至九，今八而止。我君素刚，先死者必君。"明日问之，章果死。妻子皆徙合浦[2]。以上纪其妻子之语。

【注释】

①平生：指平时。此句意为，狱卒夜间巡视囚徒时九人，常常呼问九人。今八人便止，由此可知一人已死亡。

②合浦：郡名。今属广西。

【译文】

后来王章在仕途中历任各职，等到做了京兆尹后，准备上密封的奏章，妻子又阻止他说："人应该知足，难道你忘记了在乱麻、草编成的牛衣里哭泣的时候吗？"王章说："这事不是女子所能了解的。"于是便呈上奏书，果然被下廷尉治罪，妻子儿子皆被逮捕。王章的幼女年方十二，深夜起来大声哭着说："平时狱卒夜间巡视囚徒时有九人，常常呼问九人，今天呼到八人便停止了。我父亲向来很刚毅，首先死去的肯定是我父亲。"第二天去打听，王章果然死了。妻子儿女都流放到合浦郡。以上记王章妻子的话。

大将军凤薨后，弟成都侯商复为大将军辅政，白上还章妻子故郡。其家属皆完具[1]，采珠致产数百万。时萧育为泰山太守，皆令赎还故田宅。

【注释】

①完具：指完整。

【译文】

大将军王凤死后，他的弟弟成都侯王商又担任大将军辅佐政务，跟皇上说让王章的妻子儿女返回故乡。他的家属都得以保全，通过采珠赚了数百万家产。当时萧育任泰山太守，下令全部赎回王章以前的田宅。

章为京兆二岁，死不以其罪，众庶冤纪之，号为三王。王骏自有传，骏即王阳子也。

【译文】

王章担任京兆尹两年，不是因为有罪而死，大家认为他很冤枉而纪念他，与王尊、王骏并称“三王”。王骏自己有传，王骏即王阳的儿子。

赞曰：自孝武置左冯翊、右扶风、京兆尹，而吏民为之语曰：“前有赵、张，后有三王。”然刘向独序赵广汉、尹翁归、韩延寿，冯商传王尊，扬雄亦如之①。广汉聪明，下不能欺，延寿厉善，所居移风，然皆讦上不信，以失身堕功②。翁归抱公絜己，为近世表。张敞衎衎③，履忠进言，缘饰儒雅，刑罚必行，纵赦有度，条教可观，然被轻媠之名④。王尊文武自将⑤，所在必发，谲诡不经⑥，好为大言。王章刚直守节，不量轻重，以陷刑戮，妻子流迁，哀哉！

【注释】

①“然刘向独序赵广汉”几句：刘向作《新序》，冯商续《史记》，扬雄作《法言》，载其事。

②堕：毁。

③衎衎(kàn)：强敏的样子。

④嫷：通“惰”。不敬，懈怠。

⑤自将：自助。

⑥谲：欺诈，玩弄手段。

【译文】

赞语说：自孝武帝设置左冯翊、右扶风、京兆尹三辅以来，对于历任官员的治绩，百姓是这样说的：“前面有赵广汉、张敞，后面有王尊、王章和王骏。”然而刘向作《新序》只载赵广汉、尹翁归、韩延寿，冯商续《史记》只给王尊立传，扬雄著《法言》亦载其事。赵广汉很聪明，属下不能随便欺骗他，韩延寿勉励善良，所到之处移风易俗，但都因没有真凭实据而攻击上司，以致身败名裂。尹翁归奉公廉洁，是近代以来的表率。张敞刚直灵敏，秉忠进言，为人儒雅，所定刑罚必定执行，释放、赦免都有法度，所施条教十分可观，然而有轻慢不敬的名声。王尊以文、武自诩，处处奋发，怪诞不合于常规，喜欢说大话。王章刚毅正直，坚守气节，不估量事情的轻重，以致被杀戮，妻子儿女被流放他处，实在是可悲啊！

卷十九·传志之属上编三

汉书

《汉书》简介参见卷六。

杨胡朱梅云传

【题解】

本文是杨王孙、胡建、朱云、梅福、云敞的合传。班固一向以醇儒自居，不满过激言行，杨王孙坚持裸葬，胡建不畏强暴，梅福数言切谏，云敞舍死赴义，尤其是朱云，少喜游侠，老而隐居不仕，数人行事，多不与中庸之道合。班固为他们立传，原因何在？传末“赞”引孔子语“不得中行，则思狂狷”给出了答案。但还不仅止于此。两汉厚葬成风，为杨王孙立传，即委婉地表达了对这种风气的不满。胡建、云敞行事不同，为名则不异。朱云、梅福欲遏外戚专权，前者有狂气，后者嫌愚忠，皆不容于世。东汉外戚势盛，班固本人就依附外戚窦宪，文中借题发挥，可谓用心良苦！

杨王孙者，孝武时人也。学黄老之术，家业千余，厚自奉养生，亡所不致①。及病且终，先令其子，曰：“吾欲裸葬，以返吾真，必亡易吾意。死则为布囊盛尸，入地七尺。既下，从足引脱其囊，以身亲土。”其子欲默而不从，重废父命；欲从之，心又不忍，乃往见王孙友人祁侯[2]。

【注释】

①亡：通“无”。

②祁侯：缯贺封祁侯，其孙它袭爵，亦称祁侯。

【译文】

杨王孙，汉武帝时人。学习黄老之术，家有千金，重视养生之道，凡是有利于养生的东西，没有不想方设法弄到的。在他病危临终之际，要求他的儿子说：“我要裸葬，以便返璞归真，你一定不要改变我的决定。在我死后要用布囊盛殓尸首，埋入地下七尺深的地方。把尸体放下去以后，再从脚开始脱掉布囊，使身体完全接触泥土。”他儿子本想默默地不从，却又感到难以违背父命；可如果顺从了父亲的意思，心里又不忍，于是就去拜见杨王孙的朋友祁侯。

祁侯与王孙书曰：“王孙苦疾，仆迫从上祠雍，未得诣前。愿存精神，省思虑，进医药，厚自持。窃闻王孙先令裸葬，令死者亡知则已，若其有知，是戮尸地下，将裸见先人，窃为王孙不取也。且《孝经》曰‘为之棺椁衣衾’，是亦圣人之遗制，何必区区独守所闻？愿王孙察焉。”以上祁侯书。

【译文】

祁侯就给王孙写信劝道：“王孙你得病受苦，我因为跟随主上去雍郊祠，所以没来得及前来探望。希望你能保存精力，尽量减少思虑，多进医药，自己多多保重。我听说你已先要求裸葬，这样的话，如果死去的人没有知觉就罢了，假使他们有知觉，你暴尸于地下，赤裸着去会见先人，我认为那就不可取了。况且《孝经》里也说过‘要为死者着衣盛殓’，可见这也是圣人遗制，你又何必坚守黄老之术而不省孝悌之意呢？望你能仔细思量。”以上是祁侯的书信。

王孙报曰：“盖闻古之圣王，缘人情不忍其亲，故为制礼，今则越之，吾是以裸葬，将以矫世也。夫厚葬诚亡益于死者，而俗人竞以相高，靡财单币[①]，腐之地下。或乃今日入而明日发，此真与暴骸于中野何异！且夫死者，终生之化，而物之归者也。归者得至，化者得变，是物各反其真也。反真冥冥，亡形亡声，乃合道情。夫饰外以华众，厚葬以鬲真[②]，使归者不得至，化者不得变，是使物各失其所也。且吾闻之，精神者天之有也，形骸者地之有也。精神离形，各归其真，故谓之鬼，鬼之为言归也。其尸块然独处，岂有知哉？裹以币帛，鬲以棺椁，支体络束，口含玉石，欲化不得，郁为枯腊，千载之后，棺椁朽腐[③]，乃得归土，就其真宅。繇是言之，焉用久客！昔帝尧之葬也，窾木为椟[④]，葛藟为缄[⑤]，其穿下不乱泉[⑥]，上不泄殠[⑦]。故圣王生易尚[⑧]，死易葬也。不加功于亡用，不损财于亡谓。今费财厚葬，留归鬲至，死者不知，生者不得，是谓重惑。於戏！吾不为也。”

【注释】

①靡：浪费。单：同“殚”。尽。币：丝织品。

②鬲：同“隔”。

③椁(guǒ)：棺材外面套的大棺材。

④窾(kuǎn)：空。椟：棺材。

⑤葛藟(lěi):皆为蔓生植物。葛为蔓草,藟即藤。缄:捆束。这里指捆棺材。

⑥乱:打穿。

⑦殠(chòu):腐气。

⑧尚:尊奉,奉养。

【译文】

王孙回信答道:"我听说古代的圣王,是由于人情上不忍看到自己的亲人受苦,所以才制订礼仪的,可今天的人们却超越礼制厚葬,我之所以要裸葬,就是为了矫正这种世风。厚葬本无益于死者,又使俗人们互相攀比,白白浪费财物于地下。其中更有今日埋下去明日就被盗掘的,这又与暴尸于野有什么区别?况且死是生的结束,万物的归宿。使该返回本真的都返回本真,使该变化的都发生变化,这正是万物各返其真的道理。返回本真之后,无形无声,与道同体。而那些装饰外表以哗众取宠,主张厚葬使死者与本真相殊隔,则使归者不得归,化者不得变,使万物各失其所。再者,据我所知,精神是为天所有的,肉身是为地所有的。精神脱离身体,回归他们的本真,因此才被叫做鬼,鬼即归的意思。尸身像土块一样空寂独处,哪有知觉?如果再用布帛厚厚装裹,用棺椁重重隔开,肢体再被紧紧捆缚,嘴里含上玉石,想变化也变化不成,慢慢地腐坏成一具干尸,等到千载之后棺木朽烂了,才能回归泥土,返回其本来的居所。依此来看,何必长久为客呢!过去帝尧的葬仪,也只是以空心的树干为棺材,用葛藤来捆束,而且挖掘墓穴深不及泉水,只要不泄腐气即可。因此看来,圣王不仅活着的时候节俭,死时也比较简单朴素。从不在无用的事情上下功夫,也不在无意义的事情上浪费财物。今天的人们费财厚葬,阻留死者归土,使其与本真相隔,死者既不知道,生者也无所收获,这才是大糊涂呢!唉,我可不这样做。"

祁侯曰:"善。"遂裸葬。以上王孙答书。

【译文】

祁侯说："好!"于是就裸葬了。以上是杨王孙的回信。

胡建字子孟，河东人也。孝武天汉中，守军正丞①。贫亡车马，常步与走卒起居，所以尉荐走卒②，甚得其心。时监军御史为奸，穿北军垒垣以为贾区，建欲诛之，乃约其走卒曰："我欲与公有所诛，吾言取之则取，斩之则斩。"于是当选士马日，监御史与护军诸校列坐堂皇上③，建从走卒趋至堂皇下拜谒，因上堂，走卒皆上。建指监御史曰："取彼。"走卒前曳下堂皇。建曰："斩之。"遂斩御史。护军诸校皆愕惊，不知所以。建亦已有成奏在其怀中，遂上奏曰："臣闻军法，立武以威众，诛恶以禁邪。今监御史公穿军垣以求贾利，私买卖以与士市，不立刚毅之心、勇猛之节，亡以帅先士大夫，尤失理不公。用文吏议，不至重法。《黄帝李法》曰：'壁垒已定，穿窬不繇路④，是谓奸人，奸人者杀。'臣谨按军法曰：'正亡属将军，将军有罪以闻，二千石以下行法焉。'丞于用法疑，执事不诿上，臣谨以斩，昧死以闻。"制曰："《司马法》曰：'国容不入军，军容不入国。'何文吏也？三王或誓于军中，欲民先成其虑也；或誓于军门之外，欲民先意以待事也；或将交刃而誓，致民志也。建又何疑焉？"以上斩监军御史。

【注释】

①军正丞：汉中央有南北军，各有军正，正下设丞。

②尉：同"慰"。

③护军：官名。属大司马，负责监督诸校尉。堂皇：官吏办事的

大厅。

④窬(yú):穿墙为门,其形如圭。

【译文】

胡建,字子孟,河东人。汉武帝天汉年间,曾试用任职于南北军中为军正丞。因为穷,买不起车马,故而常常步行,与差役们一同生活,所以借机安慰差役们,很得人心。当时的监军御史是奸猾之人,打穿北军的围墙盖了间做生意的小屋子,胡建心中不满就想除掉他,于是邀约差役们,说:"我想约你们一起去杀一个人,你们要听我号令,我喊拿下你们就将其拿下,我喊斩你们就将其斩首。"于是在挑选兵马的那天,当监御史和护军诸校坐在办事的大厅上时,胡建就率领差役们快步走到大厅下拜见,然后趁机跃上大厅,差役们也随后跟上。胡建指着监御史厉声道:"拿下他!"差役们一拥而上将其拽下大厅。胡建紧接着下令:"斩!"士卒随即将其斩首。护军诸校一时慌作一团,不知何故。胡建这时已经写好奏折揣在怀中,即刻上奏朝廷道:"据臣所知,军法的设置,是为了树立武功以威服众人,铲除奸恶以严禁异端。现在监御史公开凿穿军营的围墙,谋求商人之利,私自买卖与士兵交易,不树立刚毅之心、勇猛之节,无法带领士大夫并成为他们的表率,更失理不公。如果让文吏议罪,就不会处以重法。《黄帝李法》说:'壁垒如果修好,穿墙为门以为路的,都是奸人。奸人则该诛杀。'臣谨据军法所说:'军正不属将军,将军若有罪,二千石以下的官也可以执法。'依照军法,军正丞斩监军御史是有疑问的,但执事者应当即时处罚违法者,不能将事情推诿给上级,所以我依法斩了监军御史,冒死将此事上报。"皇上下诏道:"《司马法》说:'国家的礼节风纪不进入军队,军队的礼节风纪不进入国家。'说什么文吏呢!三王有时在军中誓师,是想要民众先考虑好自己的计议;有时誓师于军门之外,是想要民众先有思想准备去作战;有时还在两军即将交锋时誓师,是为了激励民众的勇气。胡建你又有什么可怀疑的呢!"以上记胡建斩杀监军御史。

建由是有名。后为渭城令，治甚有声。值昭帝幼，皇后父上官将军安与帝姊盖主私夫丁外人相善。外人骄恣，怨故京兆尹樊福，使客射杀之。客臧公主庐，吏不敢捕。渭城令建将吏卒围捕。盖主闻之，与外人、上官将军多从奴客往，奔射追吏，吏散走。主使仆射劾渭城令游徼伤主家奴[①]。建报亡它坐。盖主怒，使人上书告建"侵辱长公主，射甲舍门[②]。知吏贼伤奴，辟报故不穷审[③]"。大将军霍光寝其奏。后光病，上官氏代听事，下吏捕建，建自杀。吏民称冤，至今渭城立其祠。以上为渭城令冤死。

【注释】

①仆射(yè)：全称当为谒者仆射，负责宾客晋见礼仪之事。

②甲舍：甲第，指公主之宅。

③辟：同"避"。

【译文】

胡建由于这事，声名大显。后来，胡建担任渭城令，很有政绩，在百姓中声望很高。当时正值昭帝年幼，皇后的父亲上官安将军同昭帝姐姐盖长公主的情夫丁外人关系很好。丁外人为人骄横霸道，因为怨恨前京兆尹樊福，就指使刺客射杀了他。刺客藏匿在公主别墅中，捕吏不敢搜捕。渭城令胡建便率吏卒前去围捕。盖长公主闻讯，就伙同丁外人、上官将军领着许多家奴仆客赶去，边跑边射，追打吏卒，吏卒四散逃跑。公主还命仆射上奏弹劾渭城令部下游徼打伤公主家奴。胡建上表申辩，否认了这条罪状。盖长公主大怒，又遣人上书告发胡建"侵辱长公主，箭射公主宅门。知道吏卒打伤公主家奴，却避开不报，故意不追究审查"。大将军霍光压下了这个奏折。后来霍光得了病，上官安代其管理朝政，命令吏卒前去捉拿胡建，胡建遂自杀。百姓都认为胡建含冤，到现在渭城还立祠纪念他。以上记胡建任渭城令，含冤而死。

朱云字游，鲁人也，徙平陵[1]。少时通轻侠，借客报仇。长八尺余，容貌甚壮，以勇力闻。年四十，乃变节从博士白子友受《易》，又事前将军萧望之受《论语》，皆能传其业。好倜傥大节[2]，当世以是高之。

【注释】

①平陵：县名。治所在今陕西咸阳秦都区，因汉昭帝于此筑平陵，故称。又西汉时另有东平陵县，治所在今山东济南章丘区。

②倜傥（tì tǎng）：卓越豪迈。

【译文】

朱云，字游，本是鲁人，后迁至平陵。年轻时结交轻捷豪健的侠客，曾借助侠客的力量报仇。身高八尺有余，容貌壮硕魁伟，素以勇力被人称道。四十岁的时候，他一改往日的作为跟随博士白子友学习《周易》，又向前将军萧望之学习《论语》，都能继承他们的学说。朱云为人豪爽，喜欢倜傥洒脱的大节，当时的人们也因此推重他。

元帝时，琅邪贡禹为御史大夫，而华阴守丞嘉上封事[1]，言："治道在于得贤，御史之官，宰相之副，九卿之右，不可不选。平陵朱云，兼资文武，忠正有智略，可使以六百石秩试守御史大夫，以尽其能。"上乃下其事问公卿。太子少傅匡衡对，以为："大臣者，国家之股肱，万姓所瞻仰，明王所慎择也。传曰：'下轻其上爵，贱人图柄臣，则国家摇动而民不静矣。'今嘉从守丞而图大臣之位，欲以匹夫徒走之人而超九卿之右，非所以重国家而尊社稷也。自尧之用舜，文王于太公，犹试然后爵之，又况朱云者乎？云素好勇，数犯法亡命，受《易》颇有师道，其行义未有以异。今御史大夫禹絜白廉正，经术通明，有伯夷、史鱼之风②，海内莫不闻知，而嘉猥称云，欲令为御史大夫，妄相称举，疑有奸心，渐不可长，宜下有司案验以明好恶。”嘉竟坐之。以上嘉荐云为御史大夫。

【注释】

①华阴：县名。今属陕西。

②史鱼：春秋时卫国贤大夫。

【译文】

元帝时，琅邪人贡禹做了御史大夫，华阴县丞嘉呈上密封的奏书，说：“国家的治理全赖贤人相助，御史大夫这个官职，是宰相的助手，位居九卿之上，因此更不能不仔细选拔。平陵人朱云，文武兼备，为人忠正，且有谋略，可以先让他拿六百石的薪俸试着执掌御史大夫的职责，以尽其才。”皇上就把这件事交给公卿大臣们去讨论。太子少傅匡衡认为：“大臣是国家的臂膀，为万民所敬仰，圣明的君王本该谨慎选择。传曾说：‘如果属下轻慢他的上司，地位低贱的人图谋成为掌权大臣，那么国家统治的基础就会动摇，百姓就不能安居。’现在嘉以代理县丞之官而图谋大臣之位，想让一个普通百姓超升于九卿之上，这绝不是以国家社稷为重的做法。当年尧起用舜，文王选中太公，尚且要在试用之后才委以重任，又何况朱云呢？我听说朱云向来好勇，曾多次因违犯国家法纪而逃亡，虽然研习《易》学，很得师传，然而他的行事却没有什么突出的地方。再说现在的御史大夫贡禹为人清廉，通晓经术，很有伯夷、史鱼当年的风范，四海之内无人不知，嘉却歪曲事实推举朱云，想让他做御史大夫，这是胡乱荐举，恐怕包藏着奸心，这种行为不能助长，应该让有司仔细调查清楚，查明他的用心。”嘉竟然因此获罪。以上记嘉荐朱云为御史大夫。

是时，少府五鹿充宗贵幸[①]，为梁丘《易》[②]。自宣帝时善梁丘氏说，元帝好之，欲考其异同，令充宗与诸《易》家论。充宗乘贵辩口，诸儒莫能与抗，皆称疾不敢会。有荐云者，召入，摄齋登堂[③]，抗首而请，音动左右。既论难，连拄五鹿君[④]，故诸儒为之语曰：“五鹿岳岳[⑤]，朱云折其角。”繇是为博士。以上说经折五鹿。

【注释】

①少府：汉九卿之一，负责皇帝私人开支。五鹿：复姓。

②梁丘：指梁丘贺，从京房学《易》，尤精卜筮，官至少府。

③齋（zī）：长衣的下缝。

④拄：刺。

⑤岳岳：高耸突出的样子，比喻人显露头角。

【译文】

此时，少府五鹿充宗深得皇上宠幸，研习梁丘贺所传的《易》学。从宣帝时起朝廷就以梁丘《易》说为善，元帝也非常喜欢，想考辨梁丘《易》与别家《易》说的异同，就命五鹿充宗同各位《易》家辩论。五鹿充宗仗着得宠的地位，口才又好，诸儒都不敢与之抗衡，都谎称有病不去相见。这时有人推荐朱云，皇上将其召入，朱云提起长衣下摆，登阶上堂，抬头相询，声音洪亮，震动左右。开始论难之后，连连挫败五鹿充宗，诸儒因而评说道：“五鹿充宗头上长角，朱云折断了他的角。”因为此事，朱云做了博士。以上记朱云说经挫败了五鹿充宗。

迁杜陵令，坐故纵亡命，会赦，举方正[①]，为槐里令。时中书令石显用事[②]，与充宗为党，百僚畏之。唯御史中丞陈咸年少抗节[③]，不附显等，而与云相结。云数上疏，言丞相韦玄成容身保位，亡能往来[④]，而咸数毁石显。久之，有司考云，疑风吏杀人。群臣朝见，上问丞相以云治行。丞相玄成言云暴虐亡状。时陈咸在前，闻之，以语云。云上书自讼，咸为定奏草，求下御史中丞。事下丞相，丞相部吏考立其杀人罪。云亡入长安，复与咸计议。丞相具发其事，奏："咸宿卫执法之臣，幸得进见，漏泄所闻，以私语云，为定奏草，欲令自下治[⑤]。后知云亡命罪人，而与交通[⑥]，云以故不得。"上于是下咸、云狱，减死为城旦[⑦]。咸、云遂废锢，终元帝世。以上与陈咸俱废。

【注释】

①方正：即贤良方正，汉选举科目名。

②中书令：原名尚书令，汉武帝改用宦官，更名中书谒者令，至汉成帝时复改用士人，并复旧名，负责皇帝与臣下之间各种文书传递事。

③御史中丞：御史大夫属官，掌图籍秘书，外督部刺史，内领侍御史，受公卿奏事，弹劾章奏。

④往来：指有所抵制。

⑤欲令自下治：陈咸本人官居御史中丞，而奏请交由御史中丞处理朱云一案，故谓"自下治"。

⑥交通：勾结往来。

⑦城旦：秦汉徒刑名。夜伺寇，昼筑城。

【译文】

后来，朱云改任杜陵令，因故意放走逃犯而获罪，正好遇到大赦天下，才又被举为方正，做了槐里令。当时中书令石显专权，与五鹿充宗结成一党，文武百官都很畏惧他们。只有御史中丞陈咸年少有气节，不攀附他们，而与朱云结交。朱云曾屡次上疏，弹劾丞相韦玄成只知保全自己，不去抵制石显等人，陈咸也多次诋毁石显。过了很久，有关官员拷问朱云，怀疑他诱劝吏卒杀人。群臣朝见之际，皇上问丞相朱云的政绩。丞相韦玄成趁机诬蔑朱云为人暴虐无状。当时陈咸恰好在场，听到之后就转告了朱云。朱云于是上书自我申诉，陈咸又为他拟定奏章，请求批准交由御史中丞处理此案。然而此案最后却由丞相负责审理，丞相安排官吏准备定成杀人罪。朱云逃进长安，又与陈咸商量对策。丞相详细地揭发此事，上疏朝廷："陈咸身为宿卫皇宫、执掌法令的大臣，有幸得以进见陛下，却失职泄漏所听到的机密，私下透露给朱云，还为其拟定奏章，想把此案交由他自己处理。后来明知朱云是逃命的罪犯，还与其私下联络，致使朱云至今未能抓获。"皇上于是将陈咸、朱云一同下狱，减免死罪，服城旦之刑。陈咸、朱云终元帝一朝都遭禁锢而不得入仕。以上记朱云与陈咸一起被废弃。

至成帝时，故丞相安昌侯张禹以帝师位特进[1]，甚尊重。云上书求见，公卿在前。云曰："今朝廷大臣，上不能匡主，下无以益民，皆尸位素餐，孔子所谓'鄙夫不可与事君'，'苟患失之，亡所不至'者也。臣愿赐尚方斩马剑，断佞臣一人，以厉其余。"上问："谁也？"对曰："安昌侯张禹。"上大怒，曰："小臣居下讪上，廷辱师傅，罪死不赦。"御史将云下，云攀殿槛，槛折。云呼曰："臣得下从龙逄、比干游于地下[2]，足矣！未知圣朝何如耳？"御史遂将云去。于是左将军辛庆忌免冠解印绶，叩头殿下曰："此臣素著狂直于世。使其言是，不可诛；其言非，固当容之。臣敢以死争。"庆忌叩头流血，上意解，然后得已。及后当治槛，上曰："勿易！因而辑之，以旌直臣③。"以上廷辱张禹。

【注释】

①故丞相安昌侯：《汉书》作"丞相故安昌侯"。特进：官名。无职事，属于加官。列侯功德优盛为朝廷敬异者，赐特进，位在三公之下。

②龙逄：关龙逄，夏桀忠臣。比干：殷纣王叔父。龙逄、比干皆因直谏而死。

③旌：表彰。

【译文】

成帝时，丞相前安昌侯张禹因是皇帝的老师而受封特进，很受尊重。朱云上书皇上请求接见，当时朝堂之上公卿大臣都站在一旁。朱云道："现在朝廷大臣上不能匡正陛下，下不能有益于百姓，都是些在其位不谋其政的人，正是孔子所谓'粗鄙之人不能同他辅佐君王'，'如果总是担心失去官职，那就什么事都干得出来'的那种人，臣希望陛下能赐一柄尚方斩马剑，只要斩杀奸佞之臣一人就可儆戒其他人。"皇上问道："要斩杀谁呢？"朱云答道："安昌侯张禹。"皇上大怒，说："小臣居然敢处下谤上，朝堂之上当众污辱朕的师傅，死罪不容赦！"御史过来拖朱云下去，朱云死死抓住殿前栏杆不放，栏杆都被折断了。朱云大声叫道："臣能与龙逄、比干同游于阴间，死也值得！可不知朝廷的前途会怎么样呢？"御史将朱云拖了下去。这时，左将军辛庆忌摘下帽子解开印绶，在殿下叩头，说道："朱云此人向来以耿直狂傲而闻名于世。假使他说得对，就不该杀；即使他说错了，也该宽容他。臣愿冒死为其求情。"

庆忌叩头直到流血，皇上的怒气才慢慢消解，然后这事才作罢。等到后来修栏杆的时候，皇上说道："不要换它！只修补就可以，以此来表彰耿直的谏臣。"以上记朱云在朝堂上羞辱张禹。

云自是之后不复仕，常居鄠田[①]，时出乘牛车从诸生，所过皆敬事焉。薛宣为丞相，云往见之。宣备宾主礼，因留云宿，从容谓云曰："在田野亡事，且留我东阁[②]，可以观四方奇士。"云曰："小生乃欲相吏邪[③]？"宣不敢复言。

【注释】

①鄠(hù)：县名。治所在今陕西西安鄠邑区。

②东阁(gé)，汉丞相府属吏分东西曹办公，东阁即东曹办事机构。二千石官吏新任命后要去相府东曹辞谢，因此下文说"可以观四方奇士"。

③小生：指薛宣为新学后进。吏：动词，做属吏。

【译文】

朱云从此之后再没有做过官，住在鄠县的乡间，经常乘牛车带着一帮学生外出，所过之处，人们都很尊敬他。薛宣做丞相以后，朱云去见他。薛宣以宾主之礼相待，顺便留朱云歇宿，漫不经心地对朱云说："你在乡间也无事，不如就留在相府东曹，也可以看看四方奇士。"朱云道："你这新学后进难道也想要我做属吏吗？"薛宣就再不敢说什么了。

其教授，择诸生，然后为弟子。九江严望及望兄子元[①]，字仲，能传云学，皆为博士。望至泰山太守。

【注释】

①九江：郡名。治所在今安徽寿县。

【译文】

朱云教学授徒，总是从众多学生中仔细挑选，然后作为传人弟子。九江人严望和他的兄长之子严元，都能传习朱云之学，后来都做了博士。严望还做到了泰山太守。

云年七十余，终于家。病不呼医饮药。遗言以身服敛，棺周于身，土周于椁，为丈五坟，葬平陵东郭外。

【译文】

朱云七十多岁时死在家中。生病之后不请医生，也不吃药。留下遗言要求就用身穿的衣服装敛，棺材只要能放得下尸身就可以，坟穴只要放得下棺椁，起了一丈五大小的坟墓，葬在平陵东城之外。

梅福字子真，九江寿春人也[①]。少学长安，明《尚书》《穀梁春秋》，为郡文学，补南昌尉[②]。后去官归寿春，数因县道上言变事，求假轺传[③]，诣行在所条对急政[④]，辄报罢。

【注释】

①寿春：即今安徽寿县。

②南昌：县名。今江西南昌。

③轺传(yáo zhuàn)：使者所乘之车。

④行在所：古代专指天子所在的地方。

【译文】

梅福字子真，九江寿春人。年轻时游学于长安，精通《尚书》和《穀梁春秋》，做了郡文学，又补做南昌尉。后来弃官回到故乡寿春，屡次通过县道的使者上书谈论天象变异之事，还曾请求借乘使者所乘之车到皇上所在的地方，逐条答复皇帝询问的紧急政事，却不被允准。

是时，成帝委任大将军王凤，凤专埶擅朝，而京兆尹王章素忠直，讥刺凤，为凤所诛。王氏浸盛，灾异数见，群下莫敢正言。福复上书曰：

【译文】

当时成帝重用大将军王凤，王凤专权擅政，京兆尹王章本性忠直，讥刺王凤，被王凤诛杀。王氏一族的势力逐渐强盛，这时灾异之兆已出现过几次，然而群臣没人敢站出来说话。梅福就又上书道：

臣闻箕子佯狂于殷[①]，而为周陈《洪范》；叔孙通遁秦归汉[②]，制作仪品。夫叔孙先非不忠也[③]，箕子非疏其家而畔亲也[④]，不可为言也。昔高祖纳善若不及，从谏若转圜[⑤]，听言不求其能，举功不考其素。陈平起于亡命而为谋主，韩信拔于行陈而建上将。故天下之士云合归汉，争进奇异，知者竭其策，愚者尽其虑，勇士极其节，怯夫勉其死。合天下之知，并天下之威，是以举秦如鸿毛，取楚若拾遗，此高祖所以亡敌于天下也。孝文皇帝起于代谷[⑥]，非有周、召之师[⑦]，伊、吕之佐也[⑧]，循高祖之法，加以恭俭，当此之时，天下几平。繇是言之，循高祖之法则治，不循则乱。何者？秦为亡道，削仲尼之迹，灭周公之轨，坏井田，除五等[⑨]，礼废乐崩，王道不通，故欲行王道者莫能致其功也。孝武皇帝好忠谏，说至言，出爵不待廉茂[10]，庆赐不须显功，是以天下布衣各厉志竭精以赴阙廷自衒鬻者不可胜数。汉家得贤，于此为甚。使孝武皇帝听用其计，升平可致[11]。于是积尸暴骨，快心胡、越，故淮南王安缘间而起[12]。所以计虑不成而谋议泄者，以众贤聚于本朝[13]，故其大臣埶陵不敢和从也。方今布衣乃窥国家之隙，见间而起者，蜀郡是也[14]。及山阳亡徒苏令之群，蹈藉名都大郡[15]，求党与，索随和[16]，而亡逃匿之意。此皆轻量大臣，亡所畏忌，国家之权轻，故匹夫欲与上争衡也。

【注释】

①箕子：殷之太师，谏纣被囚，佯狂为奴，武王灭殷，箕子率五千人避居朝鲜。

②叔孙通：秦末儒生，刘邦建汉，新朝的礼仪制度多由叔孙通制订。

③先：一说指先生。一说指先时即秦时。

④疏其家而畔亲：疏远家族而背叛亲人。箕子为殷纣叔父，故云。

⑤转圜：转动圆体的器物，比喻便易迅速。

⑥孝文皇帝起于代谷：汉文帝即位前被封为代王，辖地约今山西大部及内蒙古集宁周围地区。

⑦周、召(shào)：周公、召公，周成王时二人同心辅政。

⑧伊、吕：指商、周开国元勋伊尹与吕尚。

⑨五等：指公、侯、伯、子、男五等封爵制度。

⑩廉茂：指孝廉、秀才（后避光武帝刘秀讳改称茂才），皆汉代选举科目。

⑪升平：民有三年之储曰升平。

⑫淮南王安缘间而起：指刘安谋反事。淮南国辖地为秦时九江郡，汉武帝元狩元年（前127）刘安谋反失败自杀后国除，仍称九江郡。

⑬本朝：指汉中央朝廷。因汉代诸侯王在自己封国内有小朝廷，下文云“其大臣”也指封国大臣，诸侯王与其属吏也是君臣关系。

⑭蜀郡：郡名。治所在今四川成都。当时蜀郡广汉县男子郑躬造反。

⑮蹈藉：践踏。这里指侵占、破坏。

⑯随和：随顺附和者。

【译文】

臣听说箕子在殷时装疯，却为周室献上了《洪范》篇；叔孙通逃秦归汉，为汉室制作礼仪。叔孙通并非不忠，箕子也并非背家叛亲，只是无从进言而已。从前高祖采纳善言唯恐不及时，从谏如流，听从善言而不论进言者的才能如何，论功行赏也不管立功者过去怎样。所以陈平由一个逃犯而跃身为谋士之主，韩信从小军官而被破格提拔为大将。所以天下的贤士云集于汉，争相进献奇谋异策，智者能尽其谋略，愚者也能为其殚精竭虑，勇士能为其死节，就连怯懦之人也肯效死力。这样才能集中起普天下的智慧，聚拢起普天下的武力，所以攻取秦地才会像拿起鸿毛，消灭项羽就如同路边捡东西，这正是高祖天下无敌的原因。孝文皇帝以代王身份发迹于代谷，并没有周、召二公那样的明师，也没有伊尹、吕尚那样的贤相，只是遵循高祖的做法，再加上自己的恭谨节俭，那个时候天下几乎实现了太平。由此看来，只有遵守高祖的做法天下才会安定，反之天下就乱了。为什么呢？暴秦无道，禁止孔子的学说，毁坏周公所定的礼仪制度，破除井田制，取消五等爵，礼乐废弛，王道不能施行，所以那些试图施行王道的人都不能成功。孝武皇帝乐意接受忠谏，喜欢至理之言，封爵用不着举孝廉秀才，赐赏不必有显赫的功勋,所以天下的平民磨砺意志,竭尽思虑,来到朝廷炫耀自己才能的人,数不胜数。汉室网罗贤人,以这个时期为最盛。假使孝武皇帝听取他们的谋划,那么升平之世即可达到。可是这时武帝却积尸暴骨,以战胜胡、越为快,以致淮南王刘安趁隙起兵造反。其之所以计划不成功而计谋被泄露,是因为众多贤人聚集在中央,封国大臣不敢追随刘安造反。目前平民敢钻国家空子,寻机造反的,蜀郡的郑躬便是。另外山阳亡命徒苏令之流,攻城略地,结党聚众,寻求随顺附和的人,而没有逃避躲藏的想法。这些人都轻视国家大臣,故而无所畏忌,国家权轻势弱,匹夫才敢与之争衡。

士者,国之重器;得士则重,失士则轻。《诗》云[①]:"济济多士,文王以宁。"庙堂之议,非草茅所当言也。臣诚恐身涂野草,尸并卒伍,故数上书求见,辄报罢。臣闻齐桓之时有以九九见者[②],桓公不逆,欲以致大也。今臣所言非特九九也,陛下距臣者三矣,此天下士所以不至也。昔秦武王好力[③],任鄙叩关自鬻[④];缪公行伯[⑤],由余归德[⑥]。今欲致天下之士,民有上书求见者,辄使诣尚书问其所言,言可采取者,秩以升斗之禄,赐以一束之帛。若此,则天下之士发愤懑,吐忠言,嘉谋日闻于上,天下条贯,国家表里,烂然可睹矣。夫以四海之广,士民之数,能言之类至众多也。然其俊桀指世陈政,言成文章,质之先圣而不缪,施之当世合时务,若此者,亦亡几人。故爵禄束帛者,天下之底石[⑦],高祖所以厉世摩钝也。孔子曰:"工欲善其事,必先利其器。"

至秦则不然，张诽谤之罔[8]，以为汉驱除，倒持泰阿[9]，授楚其柄。故诚能勿失其柄，天下虽有不顺，莫敢触其锋，此孝武皇帝所以辟地建功为汉世宗也。今不循伯者之道，乃欲以三代选举之法取当时之士，犹察伯乐之图，求骐骥于市而不可得，亦已明矣。故高祖弃陈平之过而获其谋[10]，晋文召天王[11]，齐桓用其仇[12]，有益于时[13]，不顾逆顺，此所谓伯道者也。一色成体谓之醇，白黑杂合谓之驳。欲以承平之法治暴秦之绪[14]，犹以乡饮酒之礼理军市也。

【注释】

①《诗》：此指《诗经·大雅·文王》篇。

②九九：算法名。即九九乘法。《册府元龟》："东野有以九九见者，桓公使戏之曰：'九九足以见乎？'曰：'……九九薄能耳，而君犹礼之，况贤于九九者乎？'"

③秦武王：孝公之孙，惠文王之子，好力，后与力士孟说比赛举鼎，膑断而死。

④任鄙：古代大力士。叩关：指通过函谷关进入秦境。鬻（yù）：卖。

⑤缪公：即秦穆公。伯：同"霸"。

⑥由余：戎人，秦穆公用之以成霸业。

⑦厎石：即砥石，细磨石。

⑧罔：同"网"。

⑨泰阿：古剑名。

⑩陈平之过：指陈平盗嫂受金事。

⑪晋文召天王：晋文公曾召周襄王至河阳参加诸侯会盟。

⑫用其仇：管仲箭射齐桓公中钩，后来桓公仍信用他而成霸业。

⑬有：原作“亡”，据中华书局点校本《汉书》改。

⑭绪：余业。

【译文】

士人是国家栋梁，得之则国势盛，失之则国势轻。《诗经》说：“贤士荟萃，文王才得以安定天下。”朝廷议论，本非草野之民所该参与。然而，臣实在是担心死于战乱，葬身荒野，所以屡次上书请求陛下接见，但屡屡不被允准。臣听说齐桓公时有人曾以九九算法得以晋见，桓公之所以不拒绝，是想招致更优秀的人才。现在臣所进言的何止是九九算法，可陛下却拒绝臣三次，这正是天下贤士不附于陛下的原因。过去秦武王喜好勇武有力之士，大力士任鄙入关自荐；秦穆公欲成霸业，戎人由余都能归心相助。今天若想网罗天下贤士，那么民间有上书求见的，就该让他们来尚书台，听听他们的进言，如果可以采纳，就要授以升斗俸禄，赏赐一束之帛。若能如此，天下贤士就会抒发心中不满，倾吐忠言，皇上每天都能听到良策，这样天下的系统、国家的表里，就粲然大明，可以看得清清楚楚了。以四海之大，士人百姓之多，能进良言的人实在很多呵！然而其中敢于指摘当朝政治，并出言成章，用先圣的道理来考核没有错误，又能解决当前实际问题的俊杰之士，实在也没有几个。因此爵禄束帛，就是国家的磨刀石，高祖就是用它们来激励天下之士的。孔子说：“工匠若想做好一件事情，就先得磨快他的工具。”暴秦则不然，他们罗织诽谤之网，把人才都驱赶到汉朝这边，好比倒提泰阿宝剑，把剑柄给了楚人。因此，若能不丧失权柄，天下即使发生混乱，也无人敢出来图谋不轨，这正是孝武皇帝能够开疆拓土建立功勋，成为汉世宗的原因。现在陛下不遵循霸者之道，反而想用三代选举的办法来网罗当世的贤士，这如同按照伯乐所绘之图，去市井里搜求千里马，自然什么都得不到，这是很明白的道理。过去高祖不记陈平的过失而采纳他的计谋，晋文公召天王，齐桓公用其仇敌管仲，只要有益当世，就能不顾自己对人的好恶，这才是霸者之道呵！正所谓体成一色叫做醇，白黑相杂叫做驳。今天陛下想用治理太平盛世的办法治理暴秦留下的国家，这如同以乡村饮酒礼管理军队和市场。

今陛下既不纳天下之言，又加戮焉。夫戴鹊遭害[①]，则仁鸟增逝[②]；愚者蒙戮，则知士深退。间者愚民上疏，多触不急之法，或下廷尉，而死者众。自阳朔以来[③]，天下以言为讳，朝廷尤甚，群臣皆承顺上指，莫有执正。何以明其然也？取民所上书，陛下之所善，试下之廷尉，廷尉必曰："非所宜言，大不敬。"以此卜之，一矣。故京兆尹王章资质忠直，敢面引廷争，孝元皇帝擢之，以厉具臣而矫曲朝[④]。及至陛下，戮及妻子。且恶恶止其身，王章非有反畔之辜，而殃及家。折直士之节，结谏臣之舌，群臣皆知其非，然不敢争，天下以言为戒，最国家之大患也。愿陛下循高祖之轨，杜亡秦之路，数御《十月》之歌[⑤]，留意《亡逸》之戒[⑥]，除不急之法，下亡讳之诏，博览兼听，谋及疏贱，令深者不隐，远者不塞，所谓"辟四门，明四目"也[⑦]。且不急之法，诽谤之微者也。"往者不可及，来者犹可追"[⑧]，方今君命犯而主威夺，外戚之权日以益隆，陛下不见其形，愿察其景[⑨]。建始以来[⑩]，日食地震，以率言之，三倍春秋，水灾亡与比数。阴盛阳微，金铁为飞[⑪]，此何景也！汉兴以来，社稷三危。吕、霍、上官皆母后之家也，亲亲之道，全之为右，当与之贤师良傅，教以忠孝之道。今乃尊宠其位，授以魁柄[12],使之骄逆,至于夷灭,此失亲亲之大者也。自霍光之贤,不能为子孙虑,故权臣易世则危。《书》曰:"毋若火,始庸庸[13]。"埶陵于君,权隆于主,然后防之,亦亡及已。以上疏请进贤求言,讥切王氏。

【注释】

①鸢(yuán):鸱鸟。

②仁鸟:指鸾凤。

③阳朔:汉成帝年号(前24—前21)。

④具臣:备位充数、不称职守之臣。

⑤《十月》之歌:指《诗经·小雅·十月之交》,讥后族太盛。

⑥《亡逸》:《尚书》篇名。周公作之以戒成王。

⑦辟四门,明四目:出自《尚书·舜典》,指开四门以致众贤,则明视于四方。

⑧往者不可及,来者犹可追:出自《论语·微子》。楚狂接舆过孔子而歌:"凤兮,凤兮,何德之衰?往者不可谏,来者犹可追。"

⑨景:同"影"。

⑩建始:汉成帝年号(前32—前28)。

⑪金铁为飞:指成帝河平二年(前27)沛郡铁官所铸钱如星飞上天去一事。

⑫魁:以北斗比喻,斗身为魁。

⑬毋若火,始庸庸:出自《尚书·洛诰》。庸庸,微小貌,言火始微小,不早扑灭则将至炽盛。

【译文】

如今陛下不仅不采纳天下贤士的良言,反而加害于他们。鸱鸟被杀,鸾凤就会躲开;愚者被害,智士就会退避。近来愚民上书,多有触犯无关紧要的法律者，有的被打入狱中，冤死的人很多。自阳朔年间以来，天下人都害怕进言，在朝廷上尤其如此，群臣一味迎合陛下，没人敢坚持正确的意见。怎么知道情况是这样呢？陛下可以取民间上书中认为比较好的，试着交给廷尉，廷尉一定会说："这不是他们应该说的话，这是对陛下的大不敬。"由此推测其他，道理是一样的。已故京兆尹王章品性忠直，敢在朝堂上与皇上争执，孝元皇帝却提拔他，用来激励尸位素餐的大臣，矫正朝廷的歪风邪气。可到陛下的手里，却连他的妻子儿女都受到了处罚。讨厌自己不喜欢的人，也应该只限于他本人，王章又没有犯反叛朝廷的罪过，却全家遭殃。这实在是摧毁正直之士的气节，堵住了谏臣的口舌，群臣都知道这样不对，却没人敢为之申辩，天下若都以多言为戒，实在是国家最大的忧患呵！希望陛下能遵循高祖旧轨，防止重蹈暴秦灭亡的道路，多体会《十月之交》这首诗，留心《亡逸》的训诫，废除不必要的法律，颁布不要忌讳的诏书，多看多听，同疏远低贱的人一起商议，让韬晦很深的人都不隐瞒自己的观点，使僻处民间的人的言路也不被堵塞，这就是所谓"打开四门，以致众贤，明视四方"的意思。"往者不可及，来者犹可追"，当前君主的权威被侵犯，外戚的权力日渐扩大，陛下如果不能看到实际情形，希望能留意观察种种迹象。建始年间以来，日食地震不断，按比例来算，是春秋时期的三倍，水灾之多更不能与那时相比。如此阴盛阳衰，就连铜钱都会像星星一样飞上天去，这是什么样的灾异迹象呵！汉室兴起以来，国家曾遇到过三次危险。吕氏、霍氏、上官氏都是皇帝的母后之家，亲亲的做法，保全他们是最好的，所以应该给他们请来贤师良相，教给他们忠孝之道。可现在却只知尊宠其位，授予他们重大的权柄，使其越发骄横无道，直到遭受灭族之祸，那才是丧失亲亲原则的大事呢！就连霍光这样的贤士，都不能为子孙考虑，所以权臣一旦遇到朝廷更迭就会很危险。《尚书》说：

"不要像大火一样，开始都是微微小火。"等到他们的权势超过了陛下，然后再想消灭他们，就已经来不及了。上疏请求皇帝进用贤材，广纳谏言，讥讽外戚王氏专权。

上遂不纳。

【译文】

皇上还是不采纳他的进言。

成帝久亡继嗣，福以为宜建三统[①]，封孔子之世以为殷后，复上书曰：

【注释】

①三统：谓夏商周三代之正统。

【译文】

成帝好长时间都没有后嗣，梅福认为应该建立三统，主张封孔子的后代作为殷人后嗣，所以又上书道：

臣闻"不在其位，不谋其政"，政者职也，位卑而言高者罪也。越职触罪，危言世患，虽伏质横分[①]，臣之愿也。守职不言，没齿身全，死之日，尸未腐而名灭，虽有景公之位[②]，伏历千驷，臣不贪也。故愿一登文石之陛，涉赤墀之涂[③]，当户牖之法坐[④]，尽平生之愚虑。亡益于时，有遗于世，此臣寝所以不安、食所以忘味也。愿陛下深省臣言。

【注释】

①伏质：秦汉时死刑有腰斩，犯人裸体伏于质上受刑。横分：身首分离。

②景公：齐景公。《论语·季氏》："齐景公有马千驷，死之日，民无德而称焉。"故引之。

③赤墀(chí)：皇帝宫殿阶地涂丹漆，故称。

④法坐：正坐，喻当官。

【译文】

臣听说，"不在其位，不谋其政"，政是职责的意思，官位低下而讨论高层主持的政务是有罪的。然而即使越职进言会获罪，也还要直言世弊，即使会身首异处，也心甘情愿。如果谨守本分不敢放言时弊，即使能全身保命到老，等到死以后，尸体还没腐烂而名声已经被人遗忘，即使有齐景公那样的地位，有马千驷，臣也不贪求。因此臣希望登上文石之陛，进入赤墀之殿，入朝为官，以尽平生的愚忠。即使这样无助于当世，也求能留名后世，这是臣寝不安席、食不知味的原因。希望陛下能深深地理解臣所说的话。

臣闻存人所以自立也，壅人所以自塞也。善恶之报，各如其事。昔者秦灭二周[①]，夷六国，隐士不显，佚民不举，绝三统，灭天道，是以身危子杀，厥孙不嗣，所谓壅人以自塞者也。故武王克殷，未下车，存五帝之后[②]，封殷于宋，绍夏于杞，明著三统，示不独有也。是以姬姓半天下，迁庙之主[③]，流出于户[④]，所谓存人以自立者也。今成汤不祀，殷人亡后，陛下继嗣久微，殆为此也。《春秋经》曰："宋杀其大夫。"《穀梁传》曰："其不称名姓，以其在祖位，尊之也[⑤]。"此言孔子故殷后也，虽不正统，封其子孙以为殷后，礼亦宜之。何者？诸侯夺宗，圣庶夺適。传曰："贤者子孙宜有土。"而况圣人，又殷之后哉！昔成王以诸侯礼葬周公，而皇天动威，雷风著灾⑥。今仲尼之庙不出阙里⑦，孔氏子孙不免编户⑧，以圣人而歆匹夫之祀⑨，非皇天之意也。今陛下诚能据仲尼之素功⑩，以封其子孙，则国家必获其福，又陛下之名与天亡极。何者？追圣人素功，封其子孙，未有法也，后圣必以为则。不灭之名，可不勉哉！以上疏请封仲尼子孙。

【注释】

①二周：战国末期，周王室分裂成东周和西周两个小国，故称"二周"。

②存五帝之后：指封黄帝之后于蓟，封尧后于祝，封舜后于陈，封夏后于杞，封殷后于宋。

③迁庙：古代太庙中专门供奉、祭祀被迁神主之庙殿，也称远庙。

④流出于户：神主牌位太多，庙里放不下。表明周朝子孙众多，国祚绵长。

⑤"其不称名姓"几句：孔子本宋孔父之后，后迁于鲁，遂为鲁人。今宋所杀者亦为孔父之后留在宋者，是孔子的祖辈。《春秋》为尊者讳，为亲者讳，故不称名而称官以尊之。

⑥"昔成王以诸侯礼葬周公"几句：《尚书大传》曰："周公疾，曰：'吾死必葬于成周，示天下臣于成王也。'周公死，天乃雷雨以风，禾尽偃，大木斯拔，国恐，王与大夫开金縢之书，执书以泣曰：'周公勤劳王家，予幼人弗及知。'乃不葬于成周而葬于毕，示天下不敢臣。"

⑦阙里：孔子旧居，在今山东曲阜。

⑧编户：庶人。

⑨歆：祭祀时鬼神来享受祭品的香气。

⑩素功：素王之功。《春秋穀梁传》曰："孔子素王。"圣而不王曰素王。

【译文】

臣听说那些能给别人活路的人，才能保全自己，那些堵塞别人活路的人，自己也会自绝其路。善恶的报应，总是看人做了什么。过去秦灭二周，扫平六国，隐士不露面，逸民不被推荐，三统正朔断绝，天道沦丧，这样才导致杀身之祸，使得子孙不能继承其业，这就是所谓不给别人活路导致自己也没活路的人。因此武王灭殷，还没从战车上下来，就已想到要保存五帝的后代，于是封殷室子孙于宋，封夏后人于杞，三统正朔非常明确，以表明自己不独有天下。因此姬姓占有天下大半，远庙中祖先的神主牌位多得放不下，流露到门外，这正是所谓给别人活路就能保全自己的人。今天成汤的祭祀已经废弃，殷人无后，陛下久无子嗣，就是因为这个缘故。《春秋经》说："宋杀其大夫。"《春秋穀梁传》说："这里不称名道姓，因为他们在祖辈之位，所以不称名，以示尊敬。"这是说孔子本来是殷商后人，虽然不是正统，然而册封其子孙作为殷商后裔，礼法也是允许的。为什么呢？诸侯可以取代大宗，圣明的庶子可以取代嫡子。传说："贤人的子孙应该有自己的封地。"何况圣人而又是殷人的后代呢？过去成王以对待诸侯的礼节下葬周公，天公就发怒，雷电风雨，灾异显著。如今仲尼之庙不离乡里，孔家子孙还不免为编户齐民，以圣人之尊却只接受与普通人一样的祭祀，这不是皇天的意思。今天陛下如果真能根据仲尼的素王功业，册封其子孙，那么国家一定会获福，而陛下的名望就会像天一样至高无上。为什么呢？追封圣人的素王功业，册封其子孙，从来没有人这样做过，后来的人一定会效法。为了树立这不灭的名声，能不努力去做吗？以上记梅福上疏请求册封孔子的子孙。

福孤远，又讥切王氏，故终不见纳。

【译文】

梅福为人孤傲，不喜与人结交，又曾讥刺过王氏，因此始终不被皇上重用。

武帝时，始封周后姬嘉为周子南君。至元帝时，尊周子南君为周承休侯，位次诸侯王。使诸大夫博士求殷后，分散为十余姓，郡国往往得其大家，推求子孙，绝不能纪[①]。时，匡衡议，以为："王者存二王后，所以尊其先王而通三统也。其犯诛绝之罪者绝，而更封他亲为始封君，上承其王者之始祖。《春秋》之义，诸侯不能守其社稷者绝。今宋国已不守其统而失国矣，则宜更立殷后为始封君，而上承汤统，非当继宋之绝侯也，宜明得殷后而已。今之故宋，推求其嫡，久远不可得；虽得其嫡，嫡之先已绝，不当得立。《礼记》孔子曰：'丘，殷人也。'先师所共传，宜以孔子世为汤后。"上以其语不经[②]，遂见寝。至成帝时，梅福复言宜封孔子后以奉汤祀。绥和元年[③]，立二王后，推迹古文，以《左氏》《穀梁》《世本》《礼记》相明，遂下诏封孔子世为殷绍嘉公。语在《成纪》[④]。以上终叙汉封仲尼子孙为殷后之事。

【注释】

①绝不能纪：不自知其为多少代。

②不经：缺乏根据，不合情理。

③绥和元年：前8年。绥和，汉成帝年号（前8—前7）。

④《成纪》：《汉书·成帝纪》。

【译文】

汉武帝时，最先分封周室后人姬嘉为周子南君。到汉元帝时，又将周子南君尊为周承休侯，地位仅次于诸侯王。当时曾派大夫、博士寻找殷室后人，了解到殷室后人已分散成十几个姓，郡国当中往往只能找到其中势力比较大的，寻找殷王室子孙，可是他们也已经不知自己是第几代了。当时匡衡曾发表看法，认为："王者保存二王之后，是为了尊先王而通三统。那些犯了死罪的支系断绝了，就改封旁支亲属为始封君，以承续王者的始祖。根据《春秋》大义，诸侯中不能保守社稷的，就该绝祀。现在宋国已经不能保守他的统绪，丢掉了自己的国家，就应该重新册立殷商后人为始封君，以上承商汤的统绪，而不是继承宋国已经断绝的诸侯统绪，应该明确找到殷商后裔才行。现在的宋国，寻找他们的嫡系子孙已经不可能；即使找到了他们的子孙，他的先人已经绝祀，也不该得到封立。《礼记》中孔子曾说：'我孔丘是殷商后人。'这本是历代经师共传的事实，所以应该立孔子的后人为商汤之后。"皇上认为他的话没有根据，不近情理，就没有采纳。到汉成帝的时候，梅福又上书建议封立孔子后人以继承商汤的统绪。绥和元年，封立二王后人，推寻古代经典记载，拿《左传》《春秋穀梁传》《世本》《礼记》等书互相参照，下诏封孔子后人为殷绍嘉公。这件事在《成帝纪》中有记载。以上说完汉代封孔子的子孙为殷商之后的事。

是时，福居家，常以读书养性为事。至元始中[①]，王莽颛政，福一朝弃妻子，去九江，至今传以为仙。其后，人有见福于会稽者[②]，变名姓，为吴市门卒云。

【注释】

①元始：汉平帝年号(1—6)。

②会稽：郡名。治所在吴县，即今江苏苏州。

【译文】

这时，梅福正在家，经常以读书养性为事。到平帝元始年间，王莽当政，有一天梅福扔下妻儿，离开了九江，直至今天人们还传说他做了神仙。后来，也有人说在会稽见过他，已经改了姓名，做了吴市的看门人。

云敞字幼孺，平陵人也。师事同县吴章，章治《尚书经》为博士。平帝以中山王即帝位，年幼，莽秉政，自号安汉公。以平帝为成帝后，不得顾私亲，帝母及外家卫氏皆留中山，不得至京师。莽长子宇，非莽隔绝卫氏，恐帝长大后见怨。宇与吴章谋，夜以血涂莽门，若鬼神之戒，冀以惧莽。章欲因对其咎。事发觉，莽杀宇，诛灭卫氏，谋所联及，死者百余人。章坐要斩，磔尸东市门。初，章为当世名儒，教授尤盛，弟子千余人，莽以为恶人党，皆当禁锢，不得仕宦。门人尽更名他师①。敞时为大司徒掾，自劾吴章弟子，收抱章尸归，棺敛葬之，京师称焉。车骑将军王舜高其志节，比之栾布②，表奏以为掾，荐为中郎谏大夫。莽篡位，王舜为太师，复荐敞可辅职③。以病免。唐林言敞可典郡，擢为鲁郡大尹。更始时④，安车征敞为御史大夫，复病免去，卒于家。

【注释】

①更名他师：改以他人为师，讳言是王章弟子。

②栾布：汉初人，与彭越相知。刘邦杀彭越，枭其头悬于洛阳，栾布

祠而哭之。

③辅职：辅弼之任。

④更始：西汉末，绿林军拥立刘玄为帝，年号更始（23—25）。

【译文】

云敞，字幼孺，平陵人。曾以同县吴章为师，吴章研究《尚书》，是博士。平帝以中山王的身份继承了帝位，年龄小，王莽代理朝政，自称安汉公。因为平帝作为成帝的后嗣，不能照顾他自己的亲人，所以平帝的母亲和舅家卫氏都留在中山，不能来京师。王莽的长子王宇，不赞成王莽隔离卫氏，担心平帝长大后会埋怨他。王宇同吴章商议，半夜里把血涂在王莽府门之上，假装是鬼神的警告，希望以此来吓唬王莽。吴章准备在对策时趁机指出王莽的过失。事情被发现之后，王莽杀了王宇，诛灭了卫氏，与这个事件有牵连而被杀的有百余人。吴章被判腰斩，分裂尸首示众于东市门外。当初，吴章本是当时著名的儒生，教授弟子有千余人，王莽认为都是吴章同党，都该禁锢，终生不能做官。吴章的门人都改以他人为师。云敞当时是大司徒掾，却承认自己是吴章弟子，抱回了吴章的尸首，用棺椁盛殓下葬，京师人都非常赞赏他的行为。车骑将军王舜推重他的气节，将他比作栾布，上表奏请将他作为自己的属官，推荐他做中郎谏大夫。王莽篡位以后，王舜做了太师，又推荐云敞担任辅弼官员。然而因云敞称病免官。唐林说云敞可以管理一郡，提拔他做了鲁郡的大尹。更始时，又赐乘安车征云敞为御史大夫，又因其有病而免职离去，最后云敞死于家中。

赞曰：昔仲尼称不得中行①，则思狂狷。观杨王孙之志，贤于秦始皇远矣。世称朱云多过其实，“盖有不知而作之者，我亡是也”②。胡建临敌敢断，武昭于外。斩伐奸隙，军旅不队③。梅福之辞，合于《大雅》，虽无老成，尚有典刑；殷鉴不远,夏后所闻④。遂从所好,全性市门。云敞之义,著于吴章,为仁由己⑤,再入大府⑥,清则濯缨⑦,何远之有?

【注释】

①中行:中庸之道,不偏不倚。《论语·子路》载孔子语曰:"不得中行而与之,必也狂狷乎!"意谓倘不得品性中庸之人相处,则宁取狂狷之徒而不愿与无知无识之辈为伍。

②盖有不知而作之者,我亡是也:出自《论语·述而》,是《论语》称颂孔子的话。此讥无知而妄有述作者。

③队:同"坠"。

④"虽无老成"几句:语本《诗经·大雅·荡》,原文分别为"虽无老成人,尚有典刑","殷鉴不远,在夏后之世"。前句意谓今虽无其人,尚有故法可沿用。后句意谓殷商要借鉴的并不远,就看夏桀的下场。

⑤为仁由己:出自《论语·颜渊》。

⑥再入大府:谓初为司徒掾,后为车骑将军掾。

⑦清则濯(zhuó)缨:语本《楚辞·渔父》:"沧浪之水清兮,可以濯我缨;沧浪之水浊兮,可以濯我足。"濯缨,洗涤冠缨,比喻超尘脱俗,操守高洁。意谓君子处世治则出仕,乱则归隐。

【译文】

赞语说:以前孔子说若没有品性中庸的人可以相处,则宁取狂狷之徒。杨王孙的想法不知要比秦始皇好多少倍。人们称道朱云,多有言过其实之处,正所谓"大概是不知的人妄自述作吧,我不是这样的"。胡建遇敌果断,勇武显明于外。斩伐奸佞,而使军旅不瓦解。梅福的话,合乎《诗经·大雅·荡》篇之义,现在虽无这样的人了,但是还有旧法可以沿用;殷人的教训并不遥远,夏桀的事迹他们能听到的。梅福最后顺其所好,在吴市做看门人以养性保身。云敞的义举,从收葬吴章一事上显示出来，他能为仁由己，两次担任大府属吏，君子世治则出仕，世乱则隐，云敞出处离此道不远啊！

萧望之传

【题解】

本文详细叙述了萧望之如何由一个农家子弟一步步登上朝廷辅臣的位置而终于身败自尽的曲折历程，同时也附带叙说了萧望之三个儿子的仕宦经历。西汉自武帝连年征战以来，国力大耗，宣帝中兴，局面稍为安定。元帝即位，信任宦官，国事渐不可收拾。萧望之即生活在宣、元之际这样一个转折时期。萧望之初见霍光，慷慨陈词，很有气节，等到位列九卿，却已失儒者本色。他的变化，是有代表性的，也能给我们很多启发。此传不求跌宕起伏，而以平铺直叙，娓娓道来，可谓别有滋味。

萧望之字长倩，东海兰陵人也①，徙杜陵。家世以田为业，至望之，好学，治《齐诗》②，事同县后仓且十年。以令诣太常受业③，复事同学博士白奇④，又从夏侯胜问《论语》《礼服》⑤。京师诸儒称述焉。

【注释】

①兰陵：县名。治所在今山东枣庄。

②《齐诗》：汉初讲《诗》有鲁、齐、韩三家。鲁则申培公，齐则辕固生，燕则韩婴。三家皆属今文经学。

③太常：汉九卿之一，秦时名奉常，汉景帝时改名，负责宗庙礼仪。太学亦归太常管理。

④同学博士白奇：白奇初与萧望之同受业于后仓，后为博士。

⑤《礼服》：指《礼》之《丧服》。

【译文】

萧望之，字长倩，家本东海兰陵人，后来迁到杜陵。家中世代务农，到了萧望之，喜欢学习，研究《齐诗》，师从同县后仓将近十年。后来根据朝廷规定到京师太常学习，又跟以前的同学现在太常任博士的白奇学习，还向夏侯胜请教过《论语》《礼服》。京师的儒生对萧望之很是称道。

是时，大将军霍光秉政，长史丙吉荐儒生王仲翁与望之等数人[①]，皆召见。先是，左将军上官桀与盖主谋杀光[②]，光既诛桀等，后出入自备。吏民当见者，露索去刀兵[③]，两吏挟持。望之独不肯听，自引出阁曰："不愿见。"吏牵持匈匈，光闻之，告吏勿持。望之既至前，说光曰："将军以功德辅幼主，将以流大化，致于洽平，是以天下之士延颈企踵，争愿自效，以辅高明。今士见者皆先露索挟持，恐非周公相成王躬吐握之礼[④]，致白屋之意[⑤]。"于是光独不除用望之，而仲翁等皆补大将军史。三岁间，仲翁至光禄大夫、给事中，望之以射策甲科为郎[⑥]，署小苑东门候[⑦]。仲翁出入从仓头庐儿[⑧]，下车趋门，传呼甚宠，顾谓望之曰："不肯录录[⑨]，反抱关为？"望之曰："各从其志。"

【注释】

①丙吉：鲁人，字少卿。初为廷尉监，后代魏相为丞相。

②上官桀与盖主谋杀光：参见本书卷十八之《霍光传》。

③露索：露形体而搜索。

④躬：亲自。吐握之礼：周公摄政，一沐三握发，一饭三吐哺，以接天下之士。

⑤白屋：寒士所居。

⑥射策：相当于抽题考试，分甲乙科，中甲科者一般安排进光禄勋担任三署郎官，负责宿卫宫殿，皇帝出行时充车骑仪仗，俸禄比三百石。

⑦门候：负责开闭门的小官。

⑧仓头庐儿：官府贱役。

⑨录录：同“碌碌”。凡庸，无所作为。

【译文】

其时正是大将军霍光辅政，大将军长史丙吉推荐王仲翁、萧望之等几个儒生，他们都受到召见。早些时候左将军上官桀与盖主合谋刺杀霍光，霍光处死了上官桀等以后，出入也戒备起来。臣民想见大将军，先要脱衣让搜查是否暗藏兵刃，之后由两人挟着去见霍光。萧望之一个人坚持不让搜身，自个儿一边走出厅堂一边说：“我不想见大将军。”押送之人拽着他不让走，吵吵嚷嚷，给霍光听见了，吩咐官吏不要拉扯。萧望之于是走到霍光面前，劝说道：“将军凭据功德辅弱幼主，将要移风易俗，开创太平，所以天下聪明贤能之人无不伸长脖子、踮起脚跟企盼，争着自荐，要帮大将军。而现在想见您的人都要脱衣检查，挟拖而行，这恐怕不是周公辅佐成王，为了接见贫士，沐浴等不到头发干、吃饭不及下咽的风范。”结果霍光单单没有任用萧望之，而王仲翁等人都被用为大将军的属吏。王仲翁三年之间官至光禄大夫、给事中，萧望之走射策考试的路子，成绩优异，被任为郎中，派去守宫城小苑东门。王仲翁常由此门进出，奴仆簇拥，下车进门，前传后呼，很是风光，他回头对萧望之说道：“你不肯遵循常规，反倒成了个把门的。”萧望之回答道：“人各有志。”

后数年，坐弟犯法，不得宿卫，免归为郡吏。以上微时事迹。

【译文】

过了几年，因为弟弟犯法，萧望之也不能再在京师任郎中之职，被遣回老家，在郡里做小吏。以上记萧望之地位低微时事。

及御史大夫魏相除望之为属，察廉为大行治礼丞[1]。时，大将军光薨，子禹复为大司马，兄子山领尚书，亲属皆宿卫内侍。地节三年夏，京师雨雹，望之因是上疏，愿赐清闲之宴，口陈灾异之意。宣帝自在民间闻望之名[2]，曰："此东海萧生邪？下少府宋畸问状，无有所讳。"望之对，以为："《春秋》昭公三年大雨雹，是时季氏专权[3]，卒逐昭公。乡使鲁君察于天变，宜亡此害。今陛下以圣德居位，思政求贤，尧、舜之用心也。然而善祥未臻，阴阳不和，是大臣任政，一姓擅埶之所致也。附枝大者贼本心，私家盛者公室危。唯明主躬万机，选同姓，举贤材，以为腹心，与参政谋，令公卿大臣朝见奏事，明陈其职，以考功能。如是，则庶事理，公道立，奸邪塞，私权废矣。"对奏，天子拜望之为谒者[4]。时，上初即位，思进贤良，多上书言便宜，辄下望之问状，高者请丞相、御史，次者中二千石试事，满岁以状闻，下者报闻，或罢归田里，所白处奏皆可。累迁谏大夫，丞相司直，岁中三迁，官至二千石。其后霍氏竟谋反诛，望之浸益任用。以上宣帝初累迁至二千石。

【注释】

①大行治礼丞:大行即大鸿胪,九卿之一,掌蛮夷及诸侯谒见礼仪。治礼丞为其属官。

②宣帝自在民间:汉武帝晚年发生巫蛊(gǔ)案,太子及太孙皆牵连致死,时宣帝生才数月,为丙吉所救,养于民间。后霍光辅政,昭帝死后初立昌邑王,后因其淫乱而废,迎宣帝于民间而立。

③季氏:春秋鲁桓公子季友的后裔,世为大夫,专国政。

④谒者:官名。属光禄勋,掌宾赞及上章报问事。

【译文】

等到魏相做御史大夫,任命萧望之为自己的属吏,接着萧望之又通过朝廷选拔廉吏之科,做了大行治礼丞。这时大将军霍光已死,他的儿子霍禹继为大司马,霍禹的兄长之子霍山负责尚书事务,霍氏亲属也都担任内侍亲近的职位。地节三年的夏天,京师下了一场大冰雹,萧望之趁机上奏,请求皇上空闲之余,能给他一个机会,解释天象怪异的原因。宣帝在民间时就听说过萧望之的大名,看到奏章就说:"这不是东海郡萧望之写的吗?传命让少府宋畸问明情况,不要有什么忌讳。"萧望之写对策,认为:"《春秋》记载鲁昭公三年有场大冰雹,当时季氏专权,最后还把昭公赶跑了。假如昭公对天变留心的话,应该不会有此祸害。如今陛下凭至高的德行坐到皇位上,想的是革新政治,求得贤才,这正是尧、舜所考虑的啊。但是嘉瑞仍然不至,阴阳仍然失调,这是由于于大臣主政,某一姓把持权势所导致的。树的枝叶太盛,对树干和树根不利,大臣的权利太大,对国家不利。只有高明的君主亲自处理繁杂的政务,任用宗室,提拔有才能的人,安排做亲信,一起筹划国家的大政谋略,让公卿大臣都上朝陈奏政事,清楚自己的职责所在,并以此考核他们的功劳才能。这样,国家各种事务才能处理得井井有条,公正之道得以树立,奸邪之路被堵塞,私家权力就能被废除了。"奏对完,宣帝任命萧望之为谒者。当时宣帝即位不久,求才若渴,臣民上书出谋划策者众多，碰到上书，都发到萧望之那儿征求意见，萧望之觉得好的，报请丞相、御史试用，次一点的推荐去九卿署，满一年后再把这些人的工作情况上报，最差的只给上面通报一下，有的打发回家种地，凡萧望之的奏议上头都批准了。萧望之的官职也升到谏大夫、丞相司直，一年中连升三次，官做到二千石。后来霍氏终因谋反罪被诛灭，萧望之渐渐也越来越被皇上信任重用。以上记萧望之在宣帝初年多次升迁官至二千石。

是时，选博士、谏大夫通政事者补郡国守、相，以望之为平原太守①。望之雅意在本朝，远为郡守，内不自得，乃上疏曰："陛下哀愍百姓，恐德化之不究，悉出谏官以补郡吏，所谓忧其末而忘其本者也。朝无争臣则不知过，国无达士则不闻善。愿陛下选明经术，温故知新，通于几微谋虑之士以为内臣，与参政事。诸侯闻之，则知国家纳谏忧政，亡有阙遗。若此不怠，成、康之道其庶几乎②！外郡不治，岂足忧哉？"书闻，征入守少府。宣帝察望之经明持重，论议有余，材任宰相，欲详试其政事，复以为左冯翊。望之从少府出为左迁，恐有不合意，即移病。上闻之，使侍中、成都侯金安上谕意曰③："所用皆更治民以考功④。君前为平原太守日浅，故复试之于三辅，非有所闻也⑤。"望之即视事。以上为郡守、京尹。

【注释】

①平原：郡名。今属山东。

②成、康：周成王、周康王，皆信任贤辅，国至大治。庶几：差不多。

③金安上：金日磾（mì dī）弟伦之子，金日磾本匈奴休屠王太子，霍

去病伐匈奴，休屠王死，金日磾被虏，长于汉庭，为武帝信任，后与霍光共同辅政，为汉名臣，其子孙七世内侍，盛莫能比。金安上官至建章卫尉。

④更：经历。

⑤所闻：指闻其过失。

【译文】

这时朝廷选一批明习政务的博士、谏大夫到地方去担任太守、国相，萧望之被任命为平原太守。萧望之平素的愿望是待在中央，远派去做郡守，内心不满，就上奏说："陛下怜悯百姓，担心政令不能贯彻到底，派出所有谏官去任郡吏，这是忧虑末端而忘却根本的做法。朝廷缺了敢直言进谏的大臣就觉察不出过失，没有深谋远虑的大臣就听不到好话。希望陛下挑选通晓经术，温故知新，见微知著，深谋远虑的人做近臣，共商国事。地方诸侯听说这样，知道中央能采纳谏言，忧心政务，没有过失遗漏。果真能这样坚持下去，成、康之治大概也就能实现了。地方事务管得不好，哪里值得担心呢！"奏书报上去，朝廷调萧望之暂署少府。宣帝了解到萧望之经术通明，举止稳重，议论大政有过人之处，才能可以担任宰相，想进一步考察他的行政能力，又任命萧望之为左冯翊。萧望之从少府降为太守，猜想自己可能得罪了皇上，便上书称病。宣帝知道后，派侍中、成都侯金安上安慰萧望之说："朝廷所用之人都经过治理民众来考察功绩。您早先任平原太守时间太短，因此这次再在京畿地区试用，并不是听到了什么不好的话。"萧望之这才就任。以上记萧望之担任郡守、京尹。

是岁，西羌反，汉遣后将军征之①。京兆尹张敞上书言："国兵在外，军以夏发，陇西以北，安定以西，吏民并给转输，田事颇废，素无余积，虽羌虏以破，来春民食必乏。穷辟之处，买亡所得，县官谷度不足以振之②。愿令诸有罪，非盗受财杀人及犯法不得赦者，皆得以差入谷此八郡赎罪[③]。务益致谷以豫备百姓之急。”事下有司，望之与少府李强议，以为：“民函阴阳之气，有仁义欲利之心，在教化之所助。尧在上，不能去民欲利之心，而能令其欲利不胜其好义也；虽桀在上，不能去民好义之心，而能令其好义不胜其欲利也。故尧、桀之分，在于义利而已，道民不可不慎也[④]。今欲令民量粟以赎罪，如此则富者得生，贫者独死，是贫富异刑而法不一也。人情，贫穷，父兄囚执，闻出财得以生活，为人子弟者将不顾死亡之患，败乱之行，以赴财利，求救亲戚。一人得生，十人以丧，如此，伯夷之行坏，公绰之名灭[⑤]。政教壹倾，虽有周、召之佐，恐不能复。古者臧于民，不足则取，有余则予。《诗》曰：‘爰及矜人，哀此鳏寡[⑥]。’上惠下也。又曰：‘雨我公田，遂及我私[⑦]。’下急上也。今有西边之役，民失作业，虽户赋口敛以赡其困乏，古之通义，百姓莫以为非。以死救生，恐未可也。陛下布德施教，教化既成，尧、舜亡以加也。今议开利路以伤既成之化，臣窃痛之。”

【注释】

①后将军：指赵充国。

②度（duó）：揣测。振：通“赈”。

③差：按罪行轻重分等级。八郡：指陇西以北安定以西八郡，即陇西、汉阳、安定、金城、武威、张掖、酒泉、敦煌诸郡。

④道：同“导”。

⑤公绰：春秋时鲁大夫孟公绰。《论语·宪问》：“子路问成人。子曰：‘若臧武仲之知，公绰之不欲，卞庄子之勇，冉求之艺，文之以

礼乐,亦可以为成人矣。'"

⑥爰及矜人,哀此鳏寡:出自《诗经·小雅·鸿燕》。矜人,可哀矜之人,即贫弱者。

⑦雨我公田,遂及我私:出自《诗经·小雅·大田》,言众庶喜时雨,先润公田,再及私田,是则其心先公后私。

【译文】

这一年,西羌叛乱,汉朝派后将军赵充国讨伐。京兆尹张敞上奏说:"国家的军队出征在外,是在夏天出发的,陇西郡以北、安定郡以西地区,官民一体帮助运送物资,农事多有荒废,而且这个地区向来没有存粮,这样即使打败羌人,来年春天老百姓也必定缺少吃的。穷乡僻壤,拿钱也买不到什么,政府储藏的粮食估计也不够赈济。建议允许那些犯人,只要不是抢劫钱财、杀害人命或犯了其他不可饶恕罪行的人,都可以按判刑轻重通过送粮到上述地区来赎罪。务必多弄到粮食以准备应付百姓急需。"建议被交给有关部门讨论,萧望之与少府李强议论说:"老百姓秉承阴阳二气,有向善的心,也有谋利的心,关键在于教化的帮助引导。尧当天子,不能让老百姓完全没有谋利之心,但能做到让他们乐于向善之心胜过谋利之心;即使夏桀当天子,也不能去掉老百姓的向善之心,但却能让他们向善之心无法胜过谋利之心。所以说尧与桀的不同,就在于引导民众向善还是谋利,引导老百姓可不能不慎重啊。今日如果让老百姓凭出粮多少来赎罪,这样一来就是富人有生路,穷人无活路,同样犯罪,富人穷人处罚不同,法令不一。按照人之常情,一个人家里再穷,只要是父兄被关押了,听说拿出财物就有活路,为人子弟的势必将不顾生死,不择手段,想法弄到财物,解救亲人。结果为了救一个人,却害了十个人,这样一来,伯夷那样的美德将被破坏,公绰那样的美名也会消失。教化一旦颠倒,即使让周公、召公来辅佐,恐怕也无能为力。古时候是藏富于民,国家用度不足就向百姓征收,国家宽裕就交还给百姓。《诗经》上说'帝王的恩泽应该惠及那些可怜的人,怜悯那些鳏夫寡妇’，讲的就是国家照顾老百姓。又说‘下雨了，先润泽公田，再润泽我们自己的田地’，是说百姓先公后私之意。现在西边有战争，百姓不能照常种地，即使每家征收赋税，每人捐献钱财来救济灾区，也是自古相传的公理，老百姓没有谁会认为不对。让那些罪犯的家人冒死去营救亲人，恐怕不可行。陛下圣德流布，广施教化，已经大功告成，尧、舜也不过如此。现在却讨论开辟谋利之道来损害已经成功的教化，臣私下为此感到痛惜。”

于是天子复下其议两府，丞相、御史以难问张敞。敞曰："少府、左冯翊所言，常人之所守耳。昔先帝征四夷，兵行三十余年，百姓犹不加赋，而军用给。今羌虏一隅小夷，跳梁于山谷间，汉但令罪人出财减罪以诛之，其名贤于烦扰良民、横兴赋敛也。又诸盗及杀人犯不道者，百姓所疾苦也，皆不得赎；首匿、见知纵、所不当得为之属，议者或颇言其法可蠲除，今因此令赎，其便明甚，何化之所乱？《甫刑》之罚[1]，小过赦，薄罪赎，有金选之品[2]，所从来久矣，何贼之所生？敞备皂衣二十余年[3]，尝闻罪人赎矣，未闻盗贼起也。窃怜凉州被寇[4]，方秋饶时，民尚有饥乏，病死于道路，况至来春将大困乎！不早虑所以振救之策，而引常经以难，恐后为重责。常人可与守经，未可与权也[5]。敞幸得备列卿，以辅两府为职，不敢不尽愚。"

【注释】

①《甫刑》：吕侯为周穆王司寇，作赎刑之法，谓之《吕刑》，后改封甫侯，故又名《甫刑》。

②金选(shuā):古制犯人用以赎罪之罚金。选,古钱币单位。

③皂衣:汉代官吏制服。

④凉州:汉代十三刺史部之一,辖境相当今甘肃除去陇东、甘南以外绝大部分地区。

⑤权:变道,应急之法。

【译文】

于是宣帝下令让两府重新讨论,丞相、御史用萧望之的看法诘难张敞。张敞说:"少府、左冯翊所说的,是一般人坚持的观点。当年先帝征讨四夷,打了三十多年仗,百姓也没增加军赋,军队费用一样能保证。现在羌人只不过是西边一个小部族,在山谷间乱窜,朝廷只需准许罪犯出财物减罪就可以诛灭羌人,这名声要比骚扰安分守己的老百姓、横征暴敛好听得多。况且抢劫、杀人及其他罪大恶极的犯人,凡是老百姓所深恨和深受其苦的,一律不让赎免;为首的窝藏犯、故意放跑罪犯、损人利己等罪行,有人讨论时就常说其处罚可以取消,现在借机下令允许用财物来赎,其好处是很明显的,哪里就谈得上扰乱教化呢?《甫刑》上的处罚,小过失不追究,轻罪用财物来赎免,有'金选'的名目,历史已很悠久了,哪里会因此出现盗贼?我做官二十多年,曾听说过罪人赎免之事,却没听说过盗贼因此起来的。我私下很同情凉州被羌人入侵,即使在秋季粮食收获之时,老百姓都不免缺衣少食,到处可见病死的人,更何况来年春天时的大灾呢!不早早思量怎么赈救的办法,只引经书上的大道理来发难,只怕将来代价更大。常人只能跟他讲一般的道理,不能讨论如何灵活应变。我有幸忝居高位,帮助二府是我的职责,不敢不替朝廷想些办法。"

望之、强复对曰:"先帝圣德,贤良在位,作宪垂法,为无穷之规,永惟边竟之不赡[①],故《金布令甲》曰[②]:'边郡数被兵,离饥寒[③],夭绝天年,父子相失,令天下共给其费。'固为军旅卒暴之事也[④]。闻天汉四年，常使死罪人入五十万钱减死罪一等[⑤]，豪强吏民请夺假贲[⑥]，至为盗贼以赎罪。其后奸邪横暴，群盗并起，至攻城邑，杀郡守，充满山谷，吏不能禁，明诏遣绣衣使者以兴兵击之，诛者过半，然后衰止。愚以为此使死罪赎之败也，故曰不便。"时，丞相魏相、御史大夫丙吉亦以为羌虏且破，转输略足相给，遂不施敞议。以上与张敞议赎罪事。

【注释】

①惟：思，想。

②《金布令甲》：法令名称。

③离：同"罹"。遭遇。

④卒：同"猝"。突发。

⑤常：同"尝"。曾经。

⑥贲（tè）：借贷。

【译文】

萧望之、李强又对答说："先帝有至高的德行，任用的也都是有才能的人，制定了很多法规，作为永久的制度，长久地考虑边境百姓的生活困难，因此《金布令甲》规定：'边境诸郡多次遭受战事，百姓饱受饥寒之苦，多不能终其天年，父子离散，特令全国共同承担其费用。'这本来为的就是应付突发性战争。听说天汉四年，曾经允许死囚拿出五十万钱交给国家就可以罪减一等，豪强、官吏、百姓互相争抢着借钱来赎罪，有的人甚至做盗贼抢钱来赎罪。不久奸邪横行，盗贼四起，甚至攻占城池，杀死太守，满山遍野，地方官也无法禁止，后来先帝下诏派遣绣衣使者发兵讨伐，杀了一半不止，这才慢慢平息。臣等认为这是允许死囚用钱财赎命的恶果，因此说张敞的办法对国家不利。"当时丞相魏相、御史大夫丙吉也都认为羌人马上要被击破,政府转运的物资差不多也够供应,于是就没有采纳张敞的建议。以上萧望之与张敞讨论以钱赎罪的事。

望之为左冯翊三年,京师称之,迁大鸿胪。先是,乌孙昆弥翁归靡因长罗侯常惠上书[①],愿以汉外孙元贵靡为嗣,得复尚少主,结婚内附,畔去匈奴。诏下公卿议,望之以为乌孙绝域,信其美言,万里结婚,非长策也。天子不听。神爵二年,遣长罗侯惠使送公主配元贵靡。未出塞,翁归靡死,其兄子狂王背约自立。惠从塞下上书,愿留少主敦煌郡。惠至乌孙,责以负约,因立元贵靡,还迎少主。诏下公卿议,望之复以为:“不可。乌孙持两端,亡坚约,其效可见。前少主在乌孙四十余年,恩爱不亲密,边境未以安,此已事之验也。今少主以元贵靡不得立而还,信无负于四夷,此中国之大福也。少主不止,繇役将兴,其原起此。”天子从其议,征少主还。后乌孙虽分国两立,以元贵靡为大昆弥,汉遂不复与结婚。以上论乌孙废昏。

【注释】

①乌孙:西域古国名。昆弥:乌孙王号。

【译文】

萧望之做了三年左冯翊,京师里都夸他,升为大鸿胪。此前,乌孙昆弥翁归靡通过长罗侯常惠上奏朝廷,愿意立汉外孙元贵靡为继承人,若能再娶汉朝的公主,结为婚姻,乌孙就归顺朝廷,背叛匈奴。皇上让大臣讨论此事,萧望之认为乌孙地处西域,如果只听好话,万里联姻,恐怕不是好主意。宣帝不听。神爵二年,朝廷派长罗侯常惠送公主远嫁元贵靡。还没走出边塞，翁归靡去世，他的侄子狂王背弃约定，自立为王。常惠从边塞向皇帝上书，表示可以让公主先留在敦煌郡。常惠亲至乌孙，质问为什么要背约，相机拥立元贵靡，再返回敦煌迎接公主。宣帝下诏让大臣讨论，萧望之再次认为：“不能这样做。乌孙首鼠两端，不能坚守约定，这样的后果已经很明显了。前次所送公主在乌孙四十余年，夫妻并不恩爱，边境也未得安宁，这是已发生的事可以证明的。现在公主可以借口元贵靡没有继位为由返回，四夷也不会认为是负约，这是中国的大福。公主不回来，徭役又要兴起，这是祸乱之始。”宣帝采纳了萧望之的建议，召还公主。后来乌孙虽然一分为二，立元贵靡为大昆弥，汉朝始终没有与其联姻。以上记萧望之讨论与乌孙废弃婚约。

三年，代丙吉为御史大夫。五凤中匈奴大乱[1]，议者多曰匈奴为害日久，可因其坏乱举兵灭之。诏遣中朝大司马车骑将军韩增、诸吏富平侯张延寿、光禄勋杨恽、太仆戴长乐问望之计策，望之对曰：“《春秋》晋士匄帅师侵齐[2]，闻齐侯卒，引师而还，君子大其不伐丧，以为恩足以服孝子，谊足以动诸侯。前单于慕化向善称弟，遣使请求和亲，海内欣然，夷狄莫不闻。未终奉约，不幸为贼臣所杀，今而伐之，是乘乱而幸灾也，彼必奔走远遁。不以义动兵，恐劳而无功。宜遣使者吊问，辅其微弱，救其灾患，四夷闻之，咸贵中国之仁义。如遂蒙恩得复其位，必称臣服从，此德之盛也。”上从其议，后竟遣兵护辅呼韩邪单于定其国。以上议护辅匈奴。

【注释】

①五凤：汉宣帝年号（前57—前54）。

②士匄（gài）：晋大夫范宣子。

【译文】

神爵三年，萧望之接替丙吉任御史大夫。五凤年间匈奴大乱，多数大臣讨论认为匈奴为害时间已很长，这次可趁其内乱发兵灭掉匈奴。宣帝下诏派内朝大臣大司马车骑将军韩增、富平侯张延寿、光禄勋杨恽、太仆戴长乐向萧望之征求意见，萧望之回答说："《春秋》记载晋国士匄率领军队进攻齐国，听说齐侯死了，便将军队撤回，君子很称道他不趁人逢丧事进攻别人，认为晋士匄所施的恩泽足以使孝子心服，所表现的仁义足以使诸侯感动。先前匈奴单于仰慕中国教化，有心向善，自称为弟，派遣使者请求和亲，天下到处都很高兴，夷狄没有不知道这件事的。没等到完成约定，单于不幸被奸臣所杀，现在讨伐匈奴，是趁火打劫、幸灾乐祸的行为，匈奴一定远走躲藏。师出无名，恐怕会辛苦一场而无所收获。最好派使者去吊唁慰问，在他们衰弱的时候帮助他们，解救他们面临的灾祸，四夷听说这件事，都会佩服中国的仁义之举。如果嗣位之人能承蒙帮助恢复单于之位，肯定会称臣归顺，这是盛德之事啊。"宣帝采纳了萧望之的建议，后来终于派兵护送帮助呼韩邪单于稳定了统治。以上记萧望之建议保护帮助匈奴。

是时，大司农中丞耿寿昌奏设常平仓①，上善之，望之非寿昌。丞相丙吉年老，上重焉，望之又奏言："百姓或乏困，盗贼未止，二千石多材下不任职。三公非其人，则三光为之不明，今首岁日月少光②，咎在臣等。"上以望之意轻丞相，乃下侍中建章卫尉金安上、光禄勋杨恽、御史中丞王忠，并诘问望之。望之免冠置对，天子由是不说。

【注释】

①常平仓：由政府筑仓于谷贱时增价而购，谷贵时降价而售，以便

农民。

②首岁:谓岁初。

【译文】

这时大司农中丞耿寿昌上奏建议设置常平仓,宣帝很赞赏,萧望之不赞成耿寿昌的看法。丞相丙吉年老,宣帝很敬重他,萧望之又上书说:"老百姓还有的缺衣少食,盗贼仍时有发生,二千石官吏很多才能低下,不称其职。如果三公不称职,日月星辰就会失去光辉,今年正月日月无光,罪过就在臣等不称职。"宣帝认为萧望之的意思是轻视丞相,下诏令侍中建章卫尉金安上、光禄勋杨恽、御史中丞王忠,一起质问萧望之。萧望之脱帽谢罪,宣帝因此对萧望之不满。

后丞相司直緐延寿奏①:"侍中谒者良使承制诏望之,望之再拜已。良与望之言,望之不起,因故下手②,而谓御史曰'良礼不备。'故事丞相病,明日御史大夫辄问病;朝奏事会庭中,差居丞相后,丞相谢,大夫少进,揖。今丞相数病,望之不问病;会庭中,与丞相钧礼③。时议事不合意,望之曰:'侯年宁能父我邪④!'知御史有令不得擅使,望之多使守史自给车马,之杜陵护视家事。少史冠法冠,为妻先引⑤。又使卖买,私所附益凡十万三千。案望之大臣,通经术,居九卿之右,本朝所仰,至不奉法自修,踞慢不逊攘⑥,受所监臧二百五十以上,请逮捕系治。"上于是策望之曰:"有司奏君责使者礼,遇丞相亡礼,廉声不闻,敖慢不逊,亡以扶政,帅先百僚。君不深思,陷于兹秽,朕不忍致君于理,使光禄勋恽策诏,左迁君为太子太傅,授印。其上故印使者,便道之官。君其秉道明孝,正直是与,帅意亡愆,靡有后言。"以上因緐延寿之劾奏而左迁。

【注释】

①緐：姓。

②下手：伏地而言。

③钧礼：同等礼遇。钧，通“均”。

④宁能父我：怎能与吾父同年。

⑤先引：谓在车前导引。

⑥攘：退让，谦让。后作“让”。

【译文】

后来丞相司直緐延寿上书称：“皇上派侍中谒者良去下诏给萧望之，萧望之拜了两下就完事。良和萧望之说话，萧望之不起来，作势伏了伏地，反而对御史说：‘良礼仪不周全。’按惯例，丞相生病，第二天御史大夫就应去探病；上朝奏事在大庭相会，顺序是御史大夫居丞相之后，丞相谦逊几句，御史大夫稍微跟上几步，行揖礼。如今丞相多次生病，萧望之不去探问；在庭中聚会，与丞相用同样的礼节。有时议事，丞相意见与萧望之不同，萧望之就说：‘君侯的年纪难道能做我的父辈吗?’明知法令禁止随便使唤御史，萧望之常让御史自备车马，到他杜陵家里照顾家事。少史戴着法冠，替萧望之妻子开路。又让属吏替自己做买卖，这些人私下给他补助达十万三千钱。萧望之身为大臣，晓习经术，位居九卿之上，本来是群臣学习的榜样，却沦落到不遵守法令，不修养自我品行，傲慢不逊，接受下边好处超过二百五十以上，请抓起来审问。”宣帝于是下书给望之说：“有关部门报告你责难使者礼节，对丞相无礼，不很廉洁，傲慢不逊，不能匡扶大政，为百官表率。你平时不能深思熟虑，以致被卷入丑闻，朕不忍心让你受法律的制裁，派光禄勋恽代宣朕命，将你降职为太子太傅，授给官印。把原来的官印上缴使者，立刻上任。你一定要遵从圣贤之道，明习忠孝之理，只与正直的人结交，遵循正道，不要有什么过失，不要有什么别的话。”以上记萧望之因繇延寿的弹劾而被贬官。

望之既左迁，而黄霸代为御史大夫。数月间，丙吉薨，霸为丞相。霸薨，于定国复代焉。望之遂见废，不得相。为太傅，以《论语》《礼服》授皇太子。

【译文】

萧望之被降职后，黄霸接替他任御史大夫。几个月以后，丙吉死去，黄霸继任丞相。黄霸死后，于定国又继任丞相。萧望之终于被弃置，没能当上丞相。萧望之做太傅，教皇太子读《论语》《礼服》。

初，匈奴呼韩邪单于来朝，诏公卿议其仪，丞相霸、御史大夫定国议曰：“圣王之制，施德行礼，先京师而后诸夏，先诸夏而后夷狄。《诗》云：‘率礼不越，遂视既发；相土烈烈，海外有截①。’陛下圣德充塞天地，光被四表②，匈奴单于乡风慕化，奉珍朝贺，自古未之有也。其礼仪宜如诸侯王，位次在下。”望之以为：“单于非正朔所加③，故称敌国，宜待以不臣之礼，位在诸侯王上。外夷稽首称藩，中国让而不臣，此则羁縻之谊，谦亨之福也。《书》曰：‘戎狄荒服。’言其来服，荒忽亡常。如使匈奴后嗣卒有鸟窜鼠伏，阙于朝享，不为畔臣。信让行乎蛮貉，福祚流于亡穷，万世之长策也。”天子采之，下诏曰：“盖闻五帝、三王教化所不施，不及以政。今匈奴单于称北藩，朝正朔，朕之不逮，德不能弘覆。其以客礼待之，令单于位在诸侯王上，赞谒称臣而不名④。”以上论单于来朝礼仪。

【注释】

①"率礼不越"几句：出自《诗经·商颂·长发》。率，遵循。遂，遍。既，尽。发，行。烈烈，威风的样子。截，齐。

②四表：四海之外。

③正朔：指汉朝所颁历法。古代奉正朔是接受统治的象征。

④赞谒：指朝见帝王时赞唱礼仪，引导进见。

【译文】

当初，匈奴呼韩邪单于要来朝见宣帝，宣帝下诏让大臣讨论该以何种礼仪接待，丞相黄霸、御史大夫于定国议论说："按照古代圣王的礼制，施行德化礼义，先从京师开始，再推及全国，先在中国实行，然后再影响及夷狄。《诗经》上说：'遵循礼制不越位，四处巡视促施行；相土的威德真壮烈，四海之外齐听命。'陛下德贯天地，光芒照射到四海之外，匈奴单于仰慕我朝的风俗教化，带着珍贵的礼物前来朝拜祝贺，这是自古以来没有的事。待单于的礼仪应视同诸侯王，朝见时顺序在诸侯王之下。"萧望之认为："单于并非中国所管辖，所以称为对等之国，礼仪上应不拿他当臣民，位次安排在诸侯王之上。外夷来行稽首之礼愿为藩辅，中国表示谦逊，不拿他当臣子，这是笼络藩属应有的道理，也必将因为谦逊明达而获福。《尚书》说：'戎狄荒服。'是说戎狄的归顺，反复无常。即使匈奴以后有哪位单于终于发生流窜抢掠而不来朝见的事，也不能说是汉朝的叛臣。如此四夷传诵中国的诚信谦让，子孙世代享福，这是利于子孙万代的良策。"宣帝采纳了这个建议，下诏书说："听说五帝三皇教化所不能实行的地方，政事也不推及。现在匈奴单于自己承认是北方的属国，定时来朝见，我的能力不够，德政不能施加给远方的他们。还是用客礼接待单于，规定单于之位高于诸侯王，朝见行礼时称臣而不要直呼其名。"以上记萧望之讨论单于来朝见的礼仪。

及宣帝寝疾，选大臣可属者，引外属侍中乐陵侯史高、太子太傅望之、少傅周堪至禁中，拜高为大司马车骑将军，望之为前将军光禄勋，堪为光禄大夫，皆受遗诏辅政，领尚书事。宣帝崩，太子袭尊号，是为孝元帝。望之、堪本以师傅见尊重，上即位，数宴见，言治乱，陈王事。望之选白宗室明经达学散骑谏大夫刘更生给事中①，与侍中金敞并拾遗左右②。四人同心谋议，劝道上以古制，多所欲匡正，上甚乡纳之。

【注释】

①刘更生：即刘向，字子政，本名更生。

②拾遗：此指纠正帝王的过失。后世以此为官名。

【译文】

后来宣帝一病不起，挑选可以托付后事的大臣，将外戚侍中乐陵侯史高、太子太傅萧望之、少傅周堪召进宫内，任命史高为大司马车骑将军，萧望之为前将军光禄勋，周堪为光禄大夫，共同受遗诏辅政，处理尚书章奏。宣帝死后，太子继位，这就是汉元帝。萧望之、周堪本来就因为曾做过太子的老师受尊重，汉元帝即位后，多次在闲暇时召见萧、周二人，讨论治乱之道，谈论做帝王的事情。萧望之建议任命深通经学的宗室散骑谏大夫刘更生为给事中，和侍中金敞一起在皇帝身边负责纠正皇帝的过失。四个人同心同力，拿古代的政治劝说引导元帝，准备大改政治，元帝也表示很愿采纳这些建议。

初，宣帝不甚从儒术，任用法律，而中书宦官用事。中书令弘恭、石显久典枢机，明习文法，亦与车骑将军高为表里，论议常独持故事，不从望之等。恭、显又时倾仄见诎[①]。望之以为中书政本，宜以贤明之选，自武帝游宴后庭，故用宦者，非国旧制，又违古不近刑人之义[②]，白欲更置士人，繇是大与高、恭、显忤。上初即位，谦让重改作，议久不定，出刘更生为宗正。以上受遗诏辅元帝，与高、显、恭三人相忤。

【注释】

①仄：同“侧”。

②刑人：指宦官。

【译文】

当初宣帝在位，不十分借重儒学，运用刑法律令治国，中书宦官很受重用。中书令弘恭、石显长时间盘踞权力核心，精熟法律制度，而且跟车骑将军史高内外勾结，讨论国事经常坚持过去的制度，不听从萧望之等人的意见。弘恭、石显又经常因为意见偏执狭隘而被驳倒。萧望之认为中书是政治重地，应该挑选贤能精明的人，自从汉武帝流连后庭，才改用宦官，并不是国家原来的制度，也与古代所谓“不近刑人”的说法不合，建议准备改用士人，因此大大得罪了史高、弘恭、石显等人。元帝刚即位，处处谦让，把每一次变革都看得很重，所以多次讨论也没什么结果，并打发刘更生去做了宗正。以上记萧望之受遗诏辅佐汉元帝，得罪了史高、石显、弘恭三人。

望之、堪数荐名儒茂才以备谏官。会稽郑朋阴欲附望之，上疏言车骑将军高遣客为奸利郡国，及言许、史子弟罪过。章视周堪[①]，堪白令朋待诏金马门。朋奏记望之曰：“将军体周、召之德，秉公绰之质，有卞庄之威。至乎耳顺之年[②]，履折冲之位，号至将军，诚士之高致也。窟穴黎庶莫不欢喜，咸曰将军其人也。今将军规橅云若管、晏而休，遂行日仄至周、召乃留乎③？若管、晏而休，则下走将归延陵之皋④，修农圃之畴，畜鸡种黍，俟见二子⑤，没齿而已矣。如将军昭然度行积思，塞邪枉之险蹊，宣中庸之常政，兴周、召之遗业，亲日仄之兼听，则下走其庶几愿竭区区，底厉锋锷⑥，奉万分之一。"望之见纳朋，接待以意。朋数称述望之，短车骑将军，言许、史过失。

【注释】

①视：同"示"。

②耳顺之年：指六十岁。

③今将军规橅云若管、晏而休，遂行日仄至周、召乃留乎：意问萧望之欲治国如管、晏而止，或者恢廓其道，日昃不食，追周公之迹然后已。儒者认为管晏为霸道，周公近王道，后者比前者境界高，而实行难。橅，同"模"。日仄，太阳偏西。此谓日仄不食而勤于政事。

④下走：指供奔走役使的人。这里是郑朋的谦辞。延陵之皋：春秋时吴公子季札薄吴王之行，弃国而耕于皋泽。

⑤俟见二子：《论语·微子》载："子路从而后，遇丈人，以杖荷蓧……止子路宿，杀鸡为黍而食之，见其二子焉。明日子路行，以告。子曰：'隐者也。'使子路反见之，至则行矣。"这里代指隐士生活。

⑥底厉锋锷：磨刀，这里指展露才华为世所用。底厉，同"砥砺"。锋锷，刀剑的刃。

【译文】

萧望之、周堪多次推荐名儒俊才担任谏官。会稽人郑朋暗地里想攀附萧望之，就上书说车骑将军史高派下人到地方谋非法之财，还谈及许、史两家子弟的罪行过失。皇帝把奏书给周堪看，周堪建议让郑朋在金马门等候诏令。郑朋给萧望之上书说："将军亲身履行周公、召公之德，具备孟公绰的才干，拥有卞庄的威严。六十岁时，身居重臣之位，官至将军，真可说是士人的最高成就。田野百姓没有不高兴的，都说朝廷选您做将军是用对人了。现在将军治国的理想是做到管子、晏子那样就算了呢，还是继续努力勤于政事，直到做得像周公、召公那样才罢休呢？如果是做到管子、晏子那样就算了，那在下将远避山泽，修整田地菜园子，养鸡种黍，与隐者为伍，直到老死。如果将军下决心要将自己的抱负付诸实行，杜绝奸邪之辈的歪门邪道，奉行不偏不倚的行政原则，振兴周公、召公没有完成的事业，亲自奉行废寝忘食、兼听则明的作风，那在下或许肯竭尽全力，摩拳擦掌，贡献绵力。"萧望之接见并收留下郑朋，颇为周到。郑朋经常在外称赞萧望之，说车骑将军的坏话，还说到许、史的过失。

后朋行倾邪，望之绝不与通。朋与大司农史李宫俱待诏，堪独白宫为黄门郎。朋，楚士，怨恨，更求入许、史，推所言许、史事曰："皆周堪、刘更生教我，我关东人，何以知此？"于是侍中许章白见朋。朋出扬言曰："我见，言前将军小过五，大罪一。中书令在旁，知我言状。"望之闻之，以问弘恭、石显。显、恭恐望之自讼，下于它吏，即挟朋及待诏华龙。龙者，宣帝时与张子蟜等待诏，以行污秽不进，欲入堪等，堪等不纳，故与朋相结。恭、显令二人告望之等谋欲罢车骑将军疏退许、史状，候望之出休日，令朋、龙上之。事下弘恭问状，望之对曰："外戚在位多奢淫，欲以匡正国家，非为邪也。"恭、显奏："望之、堪、更生朋党相称举，数谮诉大臣，毁离亲戚，欲以专擅权埶，为臣不忠，诬上不道，请谒者召致廷尉。”时上初即位，不省“谒者召致廷尉”为下狱也，可其奏。后上召堪、更生，曰系狱。上大惊曰：“非但廷尉问邪？”以责恭、显，皆叩头谢。上曰：“令出视事。”恭、显因使高言：“上新即位，未以德化闻于天下，而先验师傅，既下九卿大夫狱，宜因决免。”于是制诏丞相、御史：“前将军望之傅朕八年，亡它罪过，今事久远，识忘难明。其赦望之罪，收前将军光禄勋印绶，及堪、更生皆免为庶人。”而朋为黄门郎。以上因郑朋、华龙诬告，下狱免官。

【译文】

后来郑朋行事越来越险诈，萧望之就和他断绝关系，不再来往。郑朋和大司农属吏李宫一块等皇帝任用，周堪单单建议任命李宫做了黄门郎。郑朋是楚人，心怀怨恨，转而设法投靠许、史，推脱原来所说许、史坏话的责任，说：“这些都是周堪、刘更生教我的，我是关东人，怎么会知道这些呢？”于是侍中许章建议让元帝召见了郑朋。郑朋出宫后到处说：“我见到皇上，说到前将军犯了五个错误、一条大罪。中书令就在旁边，知道当时我进言的情形。”萧望之听说这件事，向弘恭、石显打听。两人担心萧望之自己辩解，将事件交给别的官员办理，就胁迫郑朋与另一位来京等候选用的人华龙证成此事。华龙这个人，宣帝时曾与张子蟜等人一起候用，因为品行恶劣没有被选用，华龙又想走周堪等人的门路，没被接纳，因此这回他与郑朋勾结到一块。弘恭、石显让郑、华二人告发萧望之等企图免掉车骑将军，斥退许、史的详情，等到萧望之休假出宫在外那一天，让郑、华二人递上讼辞。事情交给弘恭处理，萧望之辩答说：“外戚居官多数奢侈荒淫，我只想把国家治好，不能说是做邪恶的事情。”弘恭、石显上奏书称：“萧望之、周堪、刘更生结为朋党，互相吹捧，多次越权指责大臣，诋毁离间陛下与皇亲国戚的关系，目的是为了由他们几个把持朝政，作为臣子这样做可谓不忠，诬蔑陛下可谓大逆不道，请下令由谒者将他们送交廷尉。”元帝继位时间不长，不知道“谒者送交廷尉”意思就是投入监牢，于是批准执行。不久元帝召见周堪、刘更生，回答说在牢里。元帝大吃一惊，说：“不是说只到廷尉那儿问一问吗？”责问弘恭、石显，两人都趴在地上叩头谢罪。元帝下令：“放他们出来处理政务。”弘恭、石显让史高出面对元帝说：“陛下即位不久，天下还没听说您做过什么好事，倒先拷问起自己老师来了，惯例是九卿大夫一旦入狱，即行免官，可顺便将免官命令跟处理结果一块公布。”于是元帝下诏书给丞相、御史：“前将军萧望之给朕做了八年老师，没有别的罪过。现在事情已过去很久了，记不清楚弄不明白。特赦免萧望之之罪，收回前将军光禄勋印绶，与周堪、刘更生一并免官为庶人。”而郑朋竟做了黄门郎。以上记萧望之因郑朋、华龙诬告，被逮捕入狱，免除官职。

后数月，制诏御史：“国之将兴，尊师而重傅。故前将军望之傅朕八年，道以经术，厥功茂焉。其赐望之爵关内侯，食邑六百户，给事中，朝朔望，坐次将军。”天子方倚欲以为丞相，会望之子散骑中郎伋上书讼望之前事，事下有司，复奏：“望之前所坐明白，无谮诉者，而教子上书，称引亡辜之《诗》，失大臣体，不敬，请逮捕。”弘恭、石显等知望之素高节，不诎辱，建白：“望之前为将军辅政，欲排退许、史，专权擅朝。幸得不坐，复赐爵邑，与闻政事①，不悔过服罪，深怀怨望，教子上书，归非于上②，自以托师傅，怀终不坐③。非颇诎望之于牢狱，塞其怏怏心，则圣朝亡以施恩厚。”上曰：“萧太傅素刚，安肯就吏？”显等曰：“人命至重，望之所坐，语言薄罪，必亡所忧。”上乃可其奏。

【注释】

①与:同"预"。

②归非于上:望之自讼无辜,则前天子所定罪为非,所以说归非于上。

③怀终不坐:言恃师傅旧恩,料天子终不会坐罪。

【译文】

过了几个月,元帝下诏给御史说:"国家要兴盛,必先尊重老师。前任前将军萧望之给朕做了八年的老师,引导朕学习经术,功劳很大。特赐封萧望之为关内侯,食邑六百户,任官给事中,每月初一、十五朝见,位次在将军后。"元帝正打算借重萧望之,用为丞相,正巧萧望之儿子散骑中郎萧伋上书为萧望之前面发生的事喊冤,事情交给有关部门处理,有关部门汇报说:"萧望之前面罪行明白,没有什么人诬陷他,而他却让儿子出面上书,引了《诗经》里咏无辜的篇章,很不得体,犯了不敬之罪,建议抓起来。"弘恭、石显等人知道萧望之一向清高有骨气,忍受不了屈辱,建议说:"萧望之先前任前将军辅政,图谋排挤掉许、史二人,自己独揽大权。蒙恩未被处理,还赐爵食邑,参与国家大事,不好好反省悔过,却怀着极大怨恨,唆使儿子上书,把过失推到陛下头上,自恃当过陛下的老师,知道陛下最终不会处理他。不把萧望之投进大狱整治一顿,挫一挫他的不平之气,那么圣朝就无法对他施以恩泽。"元帝问道:"萧太傅一向刚烈,怎么肯接受官吏审讯呢?"石显等人回答说:"人命是最重要的,萧望之所犯罪行,只是言语过失,陛下不用过于担心。"元帝于是准奏。

显等封以付谒者,敕令召望之手付,因令太常急发执金吾车骑驰围其第。使者至,召望之。望之欲自杀,其夫人止之,以为非天子意。望之以问门下生朱云。云者好节士,劝望之自裁。于是望之卬天叹曰[①]："吾尝备位将相，年逾六十矣，老入牢狱，苟求生活，不亦鄙乎！"字谓云曰："游[②]，趣和药来[③]，无久留我死！"竟饮鸩自杀。天子闻之惊，拊手曰："曩固疑其不就牢狱，果然杀吾贤傅！"是时，太官方上昼食，上乃却食，为之涕泣，哀恸左右。以上因子伋讼前事，下狱自裁。

【注释】

①卬：同"仰"。

②游：朱云字游。

③趣：同"促"。赶快。

【译文】

石显等将诏书封好交给谒者，传令亲自交给萧望之，随即命令太常立即发执金吾兵马包围萧望之家。使者到了萧望之家，传召萧望之。萧望之准备自杀，他的夫人劝阻他，认为这不是皇上的意思。萧望之向属吏朱云征求意见。朱云本是个讲节气的男儿，劝说萧望之自行了断。于是萧望之仰天长叹道："我曾官居将相，年过六十，老来被逮进监狱，苟且偷生，不也太可耻了吗！"喊着朱云的字说："游，快给我和好药拿来，让我早死！"终于饮鸩自杀。元帝听说后非常震惊，拍手叹气说："我早知道他不肯进监牢，现在果然害死我的好老师。"当时正值太官白天进膳，元帝把饭推到一边，痛哭流涕，哀痛之情感动了左右侍从。以上记萧望之因儿子萧伋上诉之前的案子，被诏下狱，萧望之自杀。

于是召显等责问以议不详，皆免冠谢，良久然后已。望之有罪死，有司请绝其爵邑。有诏加恩，长子伋嗣为关内侯。天子追念望之不忘，每岁时遣使者祠祭望之家，终元帝世。望之八子，至大官者育、咸、由。

【译文】

于是元帝传召石显等人，责问为什么要含糊其辞，几个人摘帽求饶，过了很久才算没事。萧望之因罪而死，有关部门请求收回赐爵及封邑。元帝下旨施恩，让萧望之长子萧伋袭爵关内侯。元帝追念萧望之，不能忘怀，逢年过节都要派使者到萧望之坟前祭祀，一直到元帝死去。萧望之有八个儿子，做到大官的是萧育、萧咸和萧由。

育字次君，少以父任为太子庶子。元帝即位，为郎，病免，后为御史。大将军王凤以育名父子，著材能，除为功曹，迁谒者，使匈奴副校尉。后为茂陵令，会课，育第六。而漆令郭舜殿[①]，见责问，育为之请，扶风怒曰："君课第六，裁自脱，何暇欲为左右言[②]？"及罢出，传召茂陵令诣后曹[③]，当以职事对。育径出曹，书佐随牵育，育案佩刀曰："萧育杜陵男子，何诣曹也！"遂趋出，欲去官。明旦，诏召入，拜为司隶校尉。育过扶风府门，官属掾史数百人拜谒车下。后坐失大将军指免官。复为中郎将使匈奴。历冀州、青州两部刺史、长水校尉、泰山太守，入守大鸿胪。以鄠名贼梁子政阻山为害，久不伏辜，育为右扶风数月，尽诛子政等。坐与定陵侯淳于长厚善免官。

【注释】

①漆：县名。亦属右扶风，今陕西彬县。殿：最后一名。

②左右：犹言旁人。

③后曹：太史属吏分曹办事。贼曹、决曹皆后曹。

【译文】

萧育，字次君，年轻时凭父荫做太子庶子。元帝即位，任职郎中，因病免官，后来当御史。大将军王凤因为萧育是名公之子，而且有才干，就任命他为功曹，升官至谒者，担任出使匈奴的副校尉。后来当茂陵令，官吏考核，萧育排名第六。漆令郭舜是最后一名，郭被责斥，萧育替他求情，扶风太守大怒说："你考核排第六，刚刚没事，还好替旁人说话？"等到诸人退出，太守下令让萧育到后曹去，汇报政事。萧育径直走出后曹，手下小吏扯住他，萧育手按佩刀说道："萧育杜陵男儿，何必一定去后曹！"于是大步而出，准备辞官。第二天早上，有诏书传令萧育进见，任命为司隶校尉。萧育经过扶风太守府门，里边官吏数百人参拜于车旁。后来因事不合大将军意而被免官。又以中郎将之职出使匈奴。历任冀、青两地刺史、长水校尉、泰山太守，返京暂署大鸿胪。因为鄠县大盗贼梁子政占山为寇，很久不能平定，朝廷任命萧育为右扶风太守，几个月就诛灭梁子政一伙。后因为跟定陵侯淳于长关系密切被牵连免官。

哀帝时，南郡江中多盗贼，拜育为南郡太守①。上以育耆旧名臣，乃以三公使车载育入殿中受策，曰："南郡盗贼群辈为害，朕甚忧之。以太守威信素著，故委南郡太守，之官，其于为民除害，安元元而已②，亡拘于小文。"加赐黄金二十斤。育至南郡，盗贼静。病去官，起家复为光禄大夫执金吾，以寿终于官。

【注释】

①南郡：郡名。治所在今湖北江陵。

②元元：百姓。

【译文】

哀帝时，南郡长江一带盗贼很多，萧育被任命为南郡太守。哀帝因为萧育是耆宿名臣，特地用三公才能坐的车子把他接到宫中接受策命，说："南郡盗贼结伙为害，朕内心十分忧虑。因为你向来威名在外，所以派你去南郡任职，到任后，主要是为民除害，让百姓安定，不要受繁文缛节的约束。"另外赏赐黄金二十斤。萧育到了南郡，盗贼也平息下去。因病卸任，后来又做了光禄大夫执金吾，寿终于任内。

育为人严猛尚威，居官数免，稀迁。少与陈咸、朱博为友，著闻当世。往者有王阳、贡公，故长安语曰："萧、朱结绶，王、贡弹冠。"言其相荐达也。始育与陈咸俱以公卿子显名①，咸最先进，年十八，为左曹，二十余，御史中丞。时，朱博尚为杜陵亭长，为咸、育所攀援，入王氏。后遂并历刺史、郡守相，及为九卿，而博先至将军上卿，历位多于咸、育，遂至丞相。育与博后有隙，不能终，故世以交为难。

【注释】

①公卿子：萧育父亲曾任御史大夫，陈咸父亲陈万年曾任丞相。

【译文】

萧育为人严厉，注重仪表严肃，做官几次被免职，升迁也不多。年轻时和陈咸、朱博相交，名闻当世。过去有王阳、贡公是好友，因此长安谣语说："萧、朱结绶，王、贡弹冠。"意思是说他们互相推荐以至显达。最初萧育与陈咸都因为是名公之子而声名在外，陈咸升得最快，十八岁为左曹，二十多岁就当上御史中丞。当时朱博还是杜陵亭长，靠着陈咸、萧育的提携，投到王氏门下。后来他们都担任刺史、郡守、国相，等做到九卿时，朱博先做到将军上卿的职位，因为资历深于陈咸、萧育，于是做了丞相。萧育跟朱博后来有了矛盾，交情没能到头，时人由此感叹交友并不是一件容易的事。

咸字仲，为丞相史，举茂才，好畤令，迁淮阳、泗水内史[1]，张掖、弘农、河东太守。所居有迹，数增秩赐金。后免官，复为越骑校尉、护军都尉、中郎将，使匈奴，至大司农，终官。

【注释】

①淮阳、泗水：皆诸侯王国名。内史：王国长官，由中央任命，相当于太守。

【译文】

萧咸，字仲，当过丞相史，推荐为秀才，做了好畤令，升淮阳、泗水内史，张掖、弘农、河东太守。所到之处颇有政绩，多次被加俸赏金。一度免官，后重新被任命为越骑校尉、护军都尉、中郎将，出使过匈奴，官做到大司农，死于任内。

由字子骄，为丞相西曹卫将军掾，迁谒者，使匈奴副校尉。后举贤良，为定陶令，迁太原都尉，安定太守。治郡有声，多称荐者。初，哀帝为定陶王时，由为定陶令，失王指，顷之，制书免由为庶人。哀帝崩，为复土校尉、京辅左辅都尉，迁江夏太守[1]。平江贼成重等有功，增秩为陈留太守[2]。元始中，作明堂辟雍，大朝诸侯，征由为大鸿胪，会病，不及宾赞，还归故官，病免。复为中散大夫，终官。家至吏二千石者六七人。

【注释】

①江夏：郡名。治所在今湖北武汉新洲区。

②陈留：郡名。治所在今河南开封祥符区。

【译文】

萧由，字子骄，当过丞相西曹卫将军掾，升为谒者，担任出使匈奴的副校尉。后被举荐贤良，担任定陶县令，升任太原都尉，安定太守。治理地方名声不错，很多人称赞推荐他。当初，哀帝即位前被封为定陶王，萧由做定陶令，办事不合王意，不久，哀帝下令罢免萧由为庶人。哀帝死，萧由又担任复土校尉、京辅左辅都尉，转任江夏太守。平定沿江盗贼成重等有功，加秩为陈留太守。元始年间，朝廷修明堂辟雍，召集诸侯大举朝会，征召萧由为大鸿胪，恰逢他生病，没能主持仪式接待宾客，仍恢复旧职，因病免官。后来又做中散大夫，死于任内。萧氏一家官至二千石者有六七人。

赞曰：萧望之历位将相，籍师傅之恩，可谓亲昵亡间。及至谋泄隙开，谗邪搆之，卒为便嬖宦竖所图，哀哉！望之堂堂，折而不桡[1]，身为儒宗，有辅佐之能，近古社稷臣也。

【注释】

①桡（náo）：曲。

【译文】

赞语说：萧望之历位将相，凭借曾做过皇帝老师的恩情，可算得上是亲密无间。等到图谋泄露，矛盾公开，小人诬蔑陷害，终于被佞臣宦官所算计，真是可怜！萧望之行事磊落，不屈不挠，本人是儒学领袖，又有辅佐才能，差不多可以跟古代的社稷之臣相提并论了。

后汉书

《后汉书》，今本一百二十卷。其中本纪十卷，列传八十卷，南朝宋范晔（398—445，参见《序跋·后汉书宦者传序》的作者小传）撰，唐李贤等注。范晔因与人谋反事泄被杀，没有完成志的创作，后人以刘昭注司马彪《续汉书》之志并入其书，成今本的一百二十卷。

在范晔以前，有八家记东汉一代的史书，范晔认为均不够完善，故重新撰写，并在体例上有所创新，如将皇后列入本纪，增加了文苑、独行、方术、逸民、列女和党锢等类传。范史史实丰富，文字简洁流畅，议论深邃，无愧列于《四史》之一。

班超传

【题解】

班超是班固之弟，他毅然投笔从戎，离家万里，为国家尽力于荒漠三十多年，这不但是出于建功立业的决心，更是以身报国的精神体现。范氏身处南北对峙之际，眼看中原沦于夷狄之手，自然将感情倾注到昔日这位威震西域的定远侯身上。故不惜笔墨，单独为班超列传，而不是将其附于班彪、班固传后。此外，联系南朝重门阀、轻武人的风气，本传结尾的话也不无深意。

班超字仲升，扶风平陵人，徐令彪之少子也①。为人有志，不修细节，然内孝谨，居家常执勤苦，不耻劳辱。有口辩，而涉猎书传。永平五年②，兄固被召诣校书郎③，超与母随至洛阳。家贫，常为官佣书以供养。久劳苦，尝辍业投笔叹曰："大丈夫无他志略，犹当效傅介子、张骞立功异域④，以取封侯，安能久事笔研间乎？"左右皆笑之。超曰："小子安知壮士志哉！"其后行诣相者，曰："祭酒⑤，布衣诸生耳，而当封侯万里之外。"超问其状。相者指曰："生燕颔虎颈⑥，飞而食肉，此万里侯相也。"久之，显宗问固⑦："卿弟安在？"固对："为官写书，受直以养老母⑧。"帝乃除超为兰台令史。后坐事免官。

【注释】

①彪：班超之父班彪，字叔皮，两汉之际史学家，曾续《史记》六十余篇，为班固《汉书》所本。

②永平五年：62年。永平，汉明帝年号(58—75)。

③兄固：指班固，继承父亲班彪的事业写成《汉书》，是我国古代杰出的史学家。

④傅介子：西汉元帝时人，曾奉命出使西域，刺杀楼兰王，被封为义阳侯。

⑤祭酒：古时宴饮之际，推举年高德重之人主持宴会，称为祭酒，汉代成为官名，许多部门都有这种官职。这里是当时对读书人的一种尊称。

⑥燕颔虎颈：项下紫色称燕颔，头大如虎曰虎颈。据说是贵相。

⑦显宗：即汉明帝，显宗是其庙号。

⑧直：通"值"。指工钱。

【译文】

班超，字仲升，扶风郡平陵县人，是徐县县令班彪的小儿子。为人有远大的志向，不拘小节，但他内心孝顺恭谨，在家里常常身体力行地做各种苦活儿，不认为干粗活是耻辱。班超很有辩才，并且读过不少书籍。永平五年，班超的哥哥班固奉召到首都去做校书郎，班超和母亲也一起到了洛阳。因为家里穷，班超常为官府干些抄书的活来养家糊口。时间长了，便觉得很辛苦，有一次他停下手中的活，扔下笔，叹了一口气说道："男子汉大丈夫没别的志向谋略，也应仿效傅介子、张骞在异域建功立业，换取封侯，怎么能一直这样在笔砚之间消磨时日呢？"周围的人都嘲笑他。班超说道："小子岂能明白壮士的志向！"后来班超有次去找人看相，看相的人说："祭酒，您是位穷书生，但将来一定会封侯于万里之外。"班超就问他怎么看出来。看相的人指着班超说："你长相可说是颔如燕，颈似虎，燕实飞远之鸟，虎乃食肉之物，所以说是个万里封侯之相。"很久以后，汉明帝有次问班固："爱卿的弟弟在哪儿？"班固回答说："替官府抄书，挣钱奉养老母。"明帝于是就任命班超为兰台令史。后来因事受牵连被免去官职。

十六年，奉车都尉窦固出击匈奴，以超为假司马，将兵别击伊吾①，战于蒲类海②，多斩首虏而还。固以为能，遣与从事郭恂俱使西域。

【注释】

①伊吾：在今新疆哈密西。

②蒲类海：即今巴里坤湖，在新疆巴里坤哈萨克自治县境内。

【译文】

永平十六年，奉车都尉窦固率军出讨匈奴，任命班超为代理司马，率军从另一路攻向伊吾，与匈奴会战于蒲类海，班超所部斩俘很多而回。窦固认为班超很有才干，就派他与从事郭恂一起出使西域。

超到鄯善[①]，鄯善王广奉超礼敬甚备，后忽更疏懈。超谓其官属曰："宁觉广礼意薄乎？此必有北虏使来，狐疑未知所从故也。明者睹未萌，况已著邪？"乃召侍胡诈之曰："匈奴使来数日，今安在乎？"侍胡惶恐，具服其状。超乃闭侍胡，悉会其吏士三十六人，与共饮，酒酣，因激怒之曰："卿曹与我俱在绝域，欲立大功，以求富贵。今虏使到裁数日，而王广礼敬即废；如令鄯善收吾属送匈奴，骸骨长为豺狼食矣。为之奈何？"官属皆曰："今在危亡之地，死生从司马。"超曰："不入虎穴，不得虎子。当今之计，独有因夜以火攻虏，使彼不知我多少，必大震怖，可殄尽也[②]。灭此虏，则鄯善破胆，功成事立矣。"众曰："当与从事议之。"超怒曰："吉凶决于今日。从事文俗吏，闻此必恐而谋泄，死无所名，非壮士也！"众曰："善。"初夜，遂将吏士往奔虏营。会天大风，超令十人持鼓藏虏舍后，约曰："见火然，皆当鸣鼓大呼。"余人悉持兵弩夹门而伏。超乃顺风纵火，前后鼓噪。虏众惊乱，超手格杀三人，吏兵斩其使及从士三十余级，余众百许人悉烧死。明日乃还告郭恂，恂大惊，既而色动。超知其意，举手曰："掾虽不行，班超何心独擅之乎？"恂乃悦。超于是召鄯善王广，以虏使首示之，一国震怖。超晓告抚慰，遂纳子为质。以上破虏使于鄯善。

【注释】

①鄯善：西域古国名。在今新疆若羌一带。

②殄(tiǎn):消灭。

【译文】

班超到了鄯善,鄯善王广招待班超的礼节极为周到,后来忽然变得疏忽怠慢。班超对部下说:"诸位觉察到广的礼遇变薄没有?这肯定是匈奴也派了使节来,广举棋不定不知顺着哪边好。聪明人能察觉还没有萌发的事情,何况现在迹象已经十分明显了呢?"于是班超把服侍他们的胡人招来,假装已知道真相问道:"匈奴的使节来了好几天,现在在什么地方?"服侍的胡人十分惶恐,一五一十地说出是怎么回事。班超就把服侍的胡人关起来,把自己的属吏三十六人全部召集起来,与他们一起喝酒,酒喝到高兴时,班超故意激怒这些人说:"诸位与我同是远在异国他乡,原想着建立大功,换得富贵。现如今匈奴使者才到了几天,鄯善王广对我们的礼遇敬重就全没了;假如匈奴使者命令鄯善把我们抓起来送往匈奴,那我们这身骨头只好喂豺狼了。大家说怎么办?"部下都说:"如今身陷死地,是死是活全听司马的。"班超说:"不入虎穴,不得虎子。目前的办法,只有趁着黑夜用火攻匈奴派来的人,使他们不知我们有多少人,这样他们肯定会十分震惊害怕,如此便可以一举歼灭他们。干掉这些人,那鄯善就会吓得要命,我们建功立业的事也就成了。"众人说:"这件事应该跟从事再商量一下。"班超怒斥道:"是好是坏就在今天了,从事是那种懦弱而循规蹈矩的官吏,知道这事肯定会害怕而走漏风声,这样大家不明不白地死去,哪里是大丈夫的作为!"众人说:"好。"天刚黑,班超就率领部下直奔匈奴人住的地方。刚好天刮起了大风,班超命令十人带着鼓藏到匈奴人住的屋后,约定说:"见到火起,一齐擂鼓大喊。"剩下的人都带着兵刃弓弩在屋门两边埋伏。班超于是就顺着风向放火,屋前屋后鼓声人声大震。匈奴人惊慌混乱,班超亲手斩杀三人,他的下属杀死匈奴使者及随从三十多人,剩下的一百多匈奴人全被烧死。班超等第二天回去告诉郭恂,郭恂大吃一惊,很快又脸色一变。班超知道他心里想什么,举起手说:"大人您虽然没有一块去,但班超怎敢独抢功劳呢?”郭恂这才高兴起来。班超于是就把鄯善王广叫来,给他看匈奴使者的首级,整个鄯善国都震惊害怕。班超晓谕安抚他们,于是鄯善王广派儿子到汉朝做人质。以上记班超在鄯善大破匈奴使团。

还奏于窦固,固大喜,具上超功效,并求更选使使西域。帝壮超节,诏固曰:“吏如班超,何故不遣而更选乎?今以超为军司马,令遂前功。”超复受使,固欲益其兵,超曰:“愿将本所从三十余人足矣。如有不虞,多益为累。”

【译文】

班超等回去向窦固汇报,窦固十分高兴,详细上奏班超所立大功,并请求另选使臣出使西域。皇上很赏识班超的气概,下诏书给窦固说:“像班超这样的官吏,为什么不派去做使臣而要另谋人选呢?现在就让班超做军司马,使他能继续完成先前的功业。”于是班超再一次受命出使,窦固想给他多派些兵士,班超说:“只希望带着原来的三十多人就够了。万一有什么不测发生,人多了反而会添麻烦。”

是时,于寘王广德新攻破莎车[①],遂雄张南道[②],而匈奴遣使监护其国。超既西,先至于寘。广德礼意甚疏。且其俗信巫。巫言:“神怒何故欲向汉?汉使有騧马[③],急求取以祠我。”广德乃遣使就超请马。超密知其状,报许之,而令巫自来取马。有顷,巫至,超即斩其首以送广德,因辞让之。广德素闻超在鄯善诛灭虏使,大惶恐,即攻杀匈奴使者而降超。超重赐其王以下,因镇抚焉。以上降抚于寘王。

【注释】

①于寘：西域古国名。在今新疆和田一带。寘，通“窴（tián）”。于寘，也作“于阗”。莎车：西域古国名。在今新疆莎车一带。

②南道：汉代丝绸之路南道，东起阳关，沿塔克拉玛干沙漠南缘，经鄯善、于寘、莎车等至葱岭。

③蜗（guā）马：黑嘴的黄马。

【译文】

这时于寘王广德刚刚攻下莎车，于是就称霸于南道，而匈奴也派有使臣监视保护于寘。班超一路西行，先到了于寘。广德接待他的礼节很粗疏。并且于寘的风俗是相信巫术。巫师说：“神发怒说为什么想归顺汉朝那一边？汉使有匹蜗马，赶紧弄来祭祀我。”广德于是派人去向班超索要蜗马。班超暗中已知道是怎么回事，答应说可以，但要巫师亲自来取马。不久，巫师到了，班超立即砍下他的头送给广德，趁势责备他。广德早就听说过班超在鄯善杀死匈奴使臣，十分害怕，马上派人杀死匈奴使者向班超投降。班超重赏了于寘国王及其群下，随即留在于寘镇抚其国。以上记班超降服镇抚于寘王。

时龟兹王建为匈奴所立①，倚恃虏威，据有北道②，攻破疏勒③，杀其王，而立龟兹人兜题为疏勒王。明年春，超从间道至疏勒。去兜题所居槃橐城九十里，逆遣吏田虑先往降之。敕虑曰：“兜题本非疏勒种，国人必不用命。若不即降，便可执之。”虑既到，兜题见虑轻弱，殊无降意。虑因其无备，遂前劫缚兜题。左右出其不意，皆惊惧奔走。虑驰报超，超即赴之，悉召疏勒将吏，说以龟兹无道之状，因立其故王兄子忠为王，国人大悦。忠及官属皆请杀兜题，超不听，欲示以威信，释而遣之。疏勒由是与龟兹结怨。以上执疏勒王兜题。

【注释】

①龟兹(qiū cí):西域古国名。在今新疆库车一带。

②北道:汉代丝绸之路北道,东起玉门关,沿天山南麓,经楼兰、西域都护府、龟兹、疏勒等至大宛。

③疏勒:西域古国名。在今新疆喀什一带。

【译文】

此时的龟兹王建是匈奴人扶持起来的,仗着匈奴的威势,占据北道,攻下疏勒,杀死国王,另立龟兹人兜题为疏勒国王。第二年春天,班超从小道到了疏勒。到了离兜题所居住的槃橐城九十里的地方,先派小吏田虑前往劝降兜题。班超告诫田虑道:"兜题原本不是疏勒人,国人肯定不会替他卖命。如果不马上投降,你就可以先把他抓起来。"田虑到了槃橐城,兜题见他人单势孤,丝毫没有归降之心。田虑乘他没有防备,就冲上前去劫持捆绑住兜题。兜题身边的人都没有想到会发生这样的事,都惊散奔逃。田虑马上奔告班超,班超立即赶往槃橐城,把疏勒将吏全部召集起来,数落龟兹残暴不仁的情形,趁机立疏勒死去国王哥哥的儿子忠为王,疏勒国人都很高兴。忠和他的臣下都请求杀死兜题,班超不答应,他想显示汉朝的威望信义,就把兜题给放回去了。疏勒从此和龟兹结仇。以上记班超抓疏勒王兜题。

十八年,帝崩。焉耆以中国大丧[①],遂攻没都护陈睦。超孤立无援,而龟兹、姑墨数发兵攻疏勒[②]。超守槃橐城,与忠为首尾,士吏单少,拒守岁余。肃宗初即位[③],以陈睦新没,恐超单危不能自立,下诏征超。超发还,疏勒举国忧恐。其都尉黎弇曰:"汉使弃我,我必复为龟兹所灭耳。诚不忍见汉使去。"因以刀自刭。超还至于寘,王侯以下皆号泣曰:"依汉使如父母,诚不可去。"互抱超马脚,不得行。超恐于寘终不听其东，又欲遂本志，乃更还疏勒。疏勒两城自超去后，复降龟兹，而与尉头连兵④。超捕斩反者，击破尉头，杀六百余人，疏勒复安。

【注释】

①焉耆：西域古国名。在今新疆焉耆一带。

②姑墨：西域古国名。在今新疆温宿一带。

③肃宗：即汉章帝。

④尉头：西域古国名。在今新疆托什干河中游一带。

【译文】

永平十八年，汉明帝去世。焉耆趁着汉朝正遇大丧，于是就攻杀汉朝的西域都护陈睦。班超孤立无助，而龟兹、姑墨却屡次发兵进攻疏勒。班超固守槃橐城，与忠结为首尾相互接应，兵士官吏数量很少，却坚守了一年多。汉章帝刚刚登上帝位，因为陈睦不久前战死，担心班超势力单薄形势危急而无法立足，便下诏书令班超返回。班超启程回国，疏勒全国都担心害怕。疏勒都尉黎弇说："汉朝使臣抛弃了我们，我们肯定会再次被龟兹消灭。我真是不忍心眼看着汉朝使臣离去。"于是他就拔刀自刎。班超往回走到于寘，于寘王侯以下所有的人都哭着说："我们像依赖父母一样地依赖使者，千万不能走。"争着抱住班超的马腿，马不得前行。班超担心于寘人不会放自己东返，又想着完成自己本来的志愿，于是就改变主意返回疏勒。疏勒两座城自从班超离开后，又投降了龟兹，与尉头合兵。班超逮捕处死图谋叛乱的人，击溃尉头，杀死六百多人，疏勒重新安定下来。

建初三年①，超率疏勒、康居、于寘、拘弥兵一万人攻姑墨石城②，破之，斩首七百级。以上征还不果，复留疏勒。

【注释】

①建初三年:78年。建初,汉章帝年号(76—84)。

②康居:西域古国名。在今新疆伊犁一带。拘弥:西域古国名。在今新疆和田东。石城:在今新疆温宿西北。

【译文】

建初三年,班超率领疏勒、康居、于阗、拘弥联兵一万人进攻姑墨的石城,攻破它,斩首七百人。以上记班超被征回国,未能成行,再次留在疏勒。

超欲因此叵平诸国[①],乃上疏请兵。曰:

臣窃见先帝欲开西域,故北击匈奴,西使外国,鄯善、于寘即时向化。今拘弥、莎车、疏勒、月氏、乌孙、康居复愿归附[②],欲共并力破灭龟兹,平通汉道。若得龟兹,则西域未服者百分之一耳。臣伏自惟念,卒伍小吏,实愿从谷吉效命绝域[③],庶几张骞弃身旷野。昔魏绛列国大夫[④],尚能和辑诸戎,况臣奉大汉之威,而无铅刀一割之用乎[⑤]?前世议者皆曰取三十六国,号为断匈奴右臂。今西域诸国,自日之所入,莫不向化,大小欣欣,贡奉不绝,唯焉耆、龟兹独未服从。臣前与官属三十六人奉使绝域,备遭艰厄。自孤守疏勒,于今五载,胡夷情数,臣颇识之。问其城郭小大,皆言"倚汉与依天等"。以是效之,则葱领可通[⑥],葱领通则龟兹可伐。今宜拜龟兹侍子白霸为其国王,以步骑数百送之,与诸国连兵,岁月之间,龟兹可禽。以夷狄攻夷狄,计之善者也。臣见莎车、疏勒田地肥广,草牧饶衍,不比敦煌、鄯善间也,兵可不费中国而粮食自足。且姑墨、温宿二王⑦，特为龟兹所置，既非其种，更相厌苦，其势必有降反。若二国来降，则龟兹自破。愿下臣章，参考行事。诚有万分，死复何恨。臣超区区，特蒙神灵，窃冀未便僵仆，目见西域平定，陛下举万年之觞，荐勋祖庙，布大喜于天下。以上具疏请兵平西域。

【注释】

①叵（pǒ）：就，于是。

②月氏（zhī）：西域古国名。原居住在今甘肃敦煌与青海祁连之间，汉文帝时被匈奴攻破，西迁至伊犁河上游，击大夏，占领塞种故地，称大月氏，留下来的进入祁连山区，称小月氏。乌孙：西域古国名。在今新疆伊犁河流域。

③谷吉：长安人，汉元帝时护送匈奴单于侍子回去，被郅支单于杀死。

④魏绛：春秋时晋国贤臣，很好地解决了戎狄对晋国的威胁。

⑤铅刀一割：铅刀虽不锋利，但运用得当，也能割断东西。比喻才能平平的人也能有点用处。这里是班超请求任用的谦辞。

⑥葱领：即葱岭，古时对今帕米尔高原和昆仑山、天山西段的统称。相传山顶生长着很多葱，因而得名。

⑦温宿：西域古国名。在今新疆乌什一带。

【译文】

班超想趁此一举平定西域诸国，于是他向皇帝上奏请求派兵。奏书中说：

臣私以为先皇意图打通西域，因此北攻匈奴，派使者西去出使西域诸国，鄯善、于窴望风归顺。现如今拘弥、莎车、疏勒、月氏、乌孙、康居又愿意归附，想一起合力攻灭龟兹，打通与大汉往来的道路。如果拿下龟兹，西域不顺从的国家也就寥寥无几了。臣妄自思量，自己只是军中小吏，甘愿效法谷吉在远方为国献身，或者像张骞一样弃身荒野。当年魏绛只不过是诸侯的大夫，都能处理好与诸戎的关系，而臣身恃大汉之威，怎能不贡献微薄之力呢？以前讨论国事的人都说争取到西域三十六国，从策略上讲就好像砍断了匈奴的右臂。目前西域诸国，无论远近，无不愿意归顺，大小国家欢欣踊跃，遣使贡奉不绝于路，只有焉耆、龟兹独独没有降服。臣先前与属下三十六人奉命出使西域，备历艰险。从孤立无援地困守疏勒开始，到现在已经五个年头了，胡人的风俗情况，臣都比较熟悉。问他们国家大小，都说"靠着汉家就跟靠着天一样"。照此看来，打通葱岭没有什么问题，葱岭路通就可以进攻龟兹。现今最好封龟兹所送质子白霸为龟兹国王，派步骑数百护送他，与诸国合兵，一年半载之间，龟兹可灭。以夷攻夷，这是再好不过的办法了。臣发现莎车、疏勒土广地肥，草木繁盛，不像敦煌、鄯善那一带，发兵的话，可以不消耗国家资财而粮食可以自给自足。加上姑墨、温宿两国国王，只是被龟兹扶植的，本来就不是当地人，更加互相讨厌，看样子不降则叛。如果这两国愿降，那龟兹就会不攻自破。恳求将臣奏章下发，讨论可否依行。假如还有些微可取之处，臣死而无恨。臣班超藉藉无名，只因蒙陛下神威佑助，私下也希望能留得一息，亲眼看见西域平定，陛下端起庆贺一劳永逸地解决西域之事的酒杯，告成功于祖宗灵前，将大喜的消息传遍天下。以上记班超上书请求出兵平定西域。

书奏，帝知其功可成，议欲给兵。平陵人徐幹素与超同志，上疏愿奋身佐超，五年，遂以幹为假司马，将弛刑及义从千人就超。

【译文】

奏章奏上后，章帝知道班超可以成功，与臣下商量准备派兵。平陵人徐幹一向与班超志同道合，上疏请求奋力投身去帮助班超。建初五年，朝廷便任命徐幹为代理司马，率领免罪的犯人和自愿跟从者一千人奔赴班超驻地。

先是，莎车以为汉兵不出，遂降于龟兹，而疏勒都尉番辰亦复反叛。会徐幹适至，超遂与幹击番辰，大破之，斩首千余级，多获生口。超既破番辰，欲进攻龟兹。以乌孙兵强，宜因其力，乃上言："乌孙大国，控弦十万，故武帝妻以公主①，至孝宣皇帝，卒得其用。今可遣使招慰，与共合力。"帝纳之。八年，拜超为将兵长史，假鼓吹幢麾②。以徐幹为军司马，别遣卫侯李邑护送乌孙使者，赐大小昆弥以下锦帛。

【注释】

①故武帝妻以公主：汉武帝元封年间以江都王刘建的女儿细君为公主，嫁给乌孙王。

②幢麾：仪仗旗帜之类。

【译文】

此前，莎车认为汉朝不会发兵，于是就投降了龟兹，疏勒都尉番辰也再次反叛。刚好徐幹适时赶到，班超就与徐幹进攻番辰，大破番辰，斩首一千多人，活捉了很多人。班超已经打败番辰，便想进攻龟兹。因为乌孙兵势强大，最好借助它的力量，就上奏章帝说："乌孙是大国，有兵十万，因此武帝把公主下嫁给他，到了孝宣皇帝时，终于派上用场。如今可派使者招抚劝慰，与乌孙联合力量。"章帝采纳了班超的建议。建初八年，任命班超为将兵长史，授予他鼓吹幢麾。任命徐幹为军司马，另外派遣卫侯李邑护送乌孙使者，赏赐乌孙昆弥及百官锦帛。

李邑始到于寘，而值龟兹攻疏勒，恐惧不敢前，因上书陈西域之功不可成，又盛毁超拥爱妻，抱爱子，安乐外国，无内顾心。超闻之，叹曰："身非曾参而有三至之谗[1]，恐见疑于当时矣。"遂去其妻。帝知超忠，乃切责邑曰："纵超拥爱妻，抱爱子，思归之士千余人，何能尽与超同心乎？"令邑诣超受节度。诏超："若邑任在外者，便留与从事。"超即遣邑将乌孙侍子还京师。徐幹谓超曰："邑前亲毁君，欲败西域，今何不缘诏书留之，更遣他吏送侍子乎？"超曰："是何言之陋也！以邑毁超，故今遣之。内省不疚，何恤人言！快意留之，非忠臣也。"以上招慰乌孙。

【注释】

①曾参而有三至之谗：春秋时有与曾参同名者杀了人，众人接连告诉曾参母亲说曾参杀了人，曾母正在织布，不相信自己儿子会杀人，仍旧织布，到了第三次有人来报告，曾母终于怀疑起来，连忙跑出去看。曾参是有名的孝子，其母尚不自信其子如此，人言可畏，实在不虚。

【译文】

李邑出发才到于寘，碰上龟兹正进攻疏勒。他心里害怕不敢再前进，就上奏说西域的事办不成，又极力诋毁班超怀抱娇妻爱子，贪图在国外享受，没有心思顾及国内的事。班超听到这件事，叹气道："我不是曾参却不断身受谗言，我担心被执政怀疑。"于是就休掉了他的妻子。章帝明白班超为国尽忠，就狠批李邑说："即使班超搂着娇妻，抱着爱子，一心想着回家的一千多兵士，怎么能个个与班超心思相同呢？"下令李邑到班超那儿去接受指挥。下诏书给班超说:“如果李邑在外用得着的话,可留下来共事。”班超就派李邑带着乌孙质子返回京师。徐幹对班超说:“李邑先前亲口诋毁您,想败坏这儿的事情,现在为什么不趁着有诏书在手将他留下来,另派别人护送质子呢?”班超说:“这话多狭隘呀!正因为李邑诋毁我,所以现今遣走他。自己反省问心无愧,哪里用得着担心别人说什么!图一时之快留下他,不是忠臣该做的啊。”以上记班超招抚乌孙。

明年,复遣假司马和恭等四人将兵八百诣超,超因发疏勒、于寘兵击莎车。莎车阴通使疏勒王忠,啖以重利[①],忠遂反从之,西保乌即城[②]。超乃更立其府丞成大为疏勒王,悉发其不反者以攻忠。积半岁,而康居遣精兵救之,超不能下。是时,月氏新与康居婚,相亲,超乃使使多赍锦帛遗月氏王,令晓示康居王,康居王乃罢兵,执忠以归其国,乌即城遂降于超。

【注释】

①啖:本意是吃,这里是引诱之意。

②乌即城:在今新疆乌恰。

【译文】

第二年,朝廷又派代理司马和恭等四人率兵八百人到班超那儿,班超借机征集疏勒、于寘兵攻击莎车。莎车暗地里派使者到疏勒王忠那儿,以重利引诱,忠于是就跟着反叛,退到西边固守乌即城。班超就立疏勒王府丞成大为疏勒王,调发所有没跟着叛乱的人进攻忠。过了半年,康居派精兵援助疏勒,班超攻不下来。这时月氏刚刚与康居通婚,两相交好,班超就派使者带了很多锦帛赠送给月氏国王,让他劝谕康居王，康居王于是退兵，押着忠回到他的国中，乌即城于是投降班超。

后三年，忠说康居王借兵，还据损中[1]，密与龟兹谋，遣使诈降于超。超内知其奸而外伪许之。忠大喜，即从轻骑诣超。超密勒兵待之，为供张设乐酒，行，乃叱吏缚忠斩之。因击破其众，杀七百余人，南道于是遂通。以上杀疏勒王忠。

【注释】

①损中：也作顿中，在今新疆疏勒或疏附县境。

【译文】

又过了三年，忠说服康居王借兵给他，打回来占据了损中，秘密地与龟兹通谋，派使者到班超那儿诈降。班超心里知道他们的诡计，但表面上假装答应他们。忠非常高兴，就带着小队人马赶到班超那儿。班超一边暗地里布置好兵士等着他，一边又准备好酒食宴乐招待他，等到开始喝酒时，班超即命令属下把忠绑起来杀掉了。接着攻破忠的部下，杀死七百多人，南道从此打通。以上记班超杀死疏勒王忠。

明年，超发于窴诸国兵二万五千人，复击莎车。而龟兹王遣左将军发温宿、姑墨、尉头合五万人救之。超召将校及于窴王议曰："今兵少不敌，其计莫若各散去。于窴从是而东，长史亦于此西归，可须夜鼓声而发。"阴缓所得生口。龟兹王闻之大喜，自以万骑于西界遮超，温宿王将八千骑于东界徼于窴[1]。超知二虏已出，密召诸部勒兵，鸡鸣驰赴莎车营。胡大惊乱奔走，追斩五千余级，大获其马畜财物。莎车遂降，龟兹等因各退散，自是威震西域。以上破龟兹等，降莎车王。

【注释】

①徼：同“邀”。拦截，阻击。

【译文】

过了一年，班超调发于寘等国兵力二万五千人，再次进攻莎车。龟兹王派左将军征集温宿、姑墨、尉头等国共五万人援救莎车。班超召集将校及于寘王商议道：“如今寡不敌众，最好的主意是各回原处。于阗从此向东撤，长史率部从这里西撤，可等到夜晚鼓声响起时出发。”暗中放跑捉来的俘虏。龟兹王听说这个消息后，喜出望外，亲自率一万人马在西边拦截班超，让温宿王率八千骑兵在东边阻击于寘。班超确认两支胡虏已出发，暗中召集各部整军不动，鸡鸣时分直奔莎车军营。敌人大惊，四散奔走，追杀五千多人，缴获大量马匹牲口财物。莎车因此投降，龟兹等国也各自退兵，从此班超威震西域。以上记班超攻破龟兹等国联军，降服莎车王。

初，月氏尝助汉击车师有功，是岁贡奉珍宝、符拔、师子，因求汉公主。超拒还其使，由是怨恨。永元二年①，月氏遣其副王谢将兵七万攻超。超众少，皆大恐。超譬军士曰：“月氏兵虽多，然数千里逾葱领来，非有运输，何足忧邪？但当收谷坚守，彼饥穷自降，不过数十日决矣。”谢遂前攻超，不下，又抄掠无所得。超度其粮将尽，必从龟兹求救，乃遣兵数百于东界要之②。谢果遣骑赍金银珠玉以赂龟兹。超伏兵遮击，尽杀之，持其使首以示谢。谢大惊，即遣使请罪，愿得生归。超纵遣之。月氏由是大震，岁奉贡献。以上坚守拒退月氏兵。

【注释】

①永元二年:90年。永元,汉和帝年号(89—105)。

②要:同"邀"。拦截。

【译文】

当初,月氏曾帮助汉朝进攻莎车立下功劳,这年月氏进贡珍宝、符拔、狮子,借机请求汉朝派公主和亲。班超扣押了月氏使者,从此月氏怀恨在心。永元二年,月氏派它的副王谢率兵七万进攻班超。班超所部人少,大家都很害怕。班超就安抚士兵说:"月氏虽然兵多,但从几千里外翻过葱岭前来,运输不畅,有什么可担心的?只要藏起粮食,固守不战,敌人没有吃的自然会投降,不过几十天就可以有结果。"谢率兵前来进攻班超,没有攻下,四处抢东西又一无所获。班超估计月氏粮食快要吃光了,肯定会向龟兹求救,就派几百兵士埋伏在东边拦截。谢果然派骑兵带着金银珠玉去向龟兹求助。班超的伏兵齐出,尽数歼灭谢所派之人,带回使者的首级给谢看。谢大吃一惊,立即派使者来向班超请罪,希望能活着回去。班超任其散归。月氏由此极为震惊,每年遣使向汉朝进贡。以上记班超坚守迫使月氏退兵。

明年,龟兹、姑墨、温宿皆降,乃以超为都护,徐幹为长史。拜白霸为龟兹王,遣司马姚光送之。超与光共胁龟兹废其王尤利多而立白霸,使光将尤利多还诣京师。超居龟兹它乾城①,徐幹屯疏勒。西域唯焉耆、危须、尉犁以前没都护②,怀二心,其余悉定。以上略一结束。

【注释】

①它乾城:在今新疆库车西南。

②危须:西域古国名。在今新疆焉耆县境。尉犁:西域古国名。在

今新疆库尔勒以南一带。

【译文】

第二年，龟兹、姑墨、温宿全部投降，于是汉朝任命班超为都护，徐幹为长史。立白霸为龟兹王，派司马姚光护送白霸。班超与姚光一起胁迫龟兹废掉国王尤利多而另立白霸，让姚光带着尤利多返回京师。班超驻守在龟兹它乾城，徐幹屯驻疏勒。西域只有焉耆、危须、尉犁因为从前攻杀过汉朝的都护，怀有二心，其他诸国全部平定。以上作一小结。

六年秋，超遂发龟兹、鄯善等八国兵合七万人，及吏士贾客千四百人讨焉耆。兵到尉犁界，而遣晓说焉耆、尉犁、危须曰："都护来者，欲镇抚三国。即欲改过向善，宜遣大人来迎，当赏赐王侯已下，事毕即还。今赐王彩五百匹。"焉耆王广遣其左将北鞬支奉牛、酒迎超。超诘鞬支曰："汝虽匈奴侍子，而今秉国之权。都护自来，王不以时迎，皆汝罪也。"或谓超可便杀之。超曰："非汝所及。此人权重于王，今未入其国而杀之，遂令自疑，设备守险，岂得到其城下哉！"于是赐而遣之。广乃与大人迎超于尉犁，奉献珍物。

【译文】

永元六年秋天，班超征调龟兹、鄯善等八国兵共七万人，加上属下及商人一千四百人讨伐焉耆。行军到尉犁国界，班超派人劝说焉耆、尉犁、危须说："都护这次来，只想安抚三国。假如想改错变好，最好派重臣来迎接大军，都护会赏赐王侯以下人等，事情办完就班师。现赐国王彩缎五百匹。"焉耆王广派他的左将北鞬支带着牛和酒欢迎班超。班超质问鞬支说："你虽然是匈奴的侍子，但现在你执掌国政。都护亲自前来，国王不及时迎接，都是你的罪过。”有的人对班超说干脆杀掉鞬支。班超说：“这不是你们所能考虑到的。此人权力比王还大，目前我们还没有进入焉耆就杀掉他，反而会使焉耆抱有疑心，做好防备紧守险要，那怎么能到达他们的都城之下呢！”就赏赐了鞬支打发他回去。广于是和重臣在尉犁迎接班超，贡奉奇珍异宝。

焉耆国有苇桥之险，广乃绝桥，不欲令汉军入国。超更从它道厉度①。七月晦，到焉耆，去城二十里，止营大泽中。广出不意，大恐，乃欲悉驱其人共入山保。焉耆左候元孟先尝质京师，密遣使以事告超，超即斩之，示不信用。乃期大会诸国王，因扬声当重加赏赐，于是焉耆王广、尉犁王汎及北鞬支等三十人相率诣超。其国相腹久等十七人惧诛，皆亡入海，而危须王亦不至。坐定，超怒诘广曰：“危须王何故不到？腹久等何缘逃亡？”遂叱吏士收广、汎等于陈睦故城斩之，传首京师。因纵兵抄掠，斩首五千余级，获生口万五千人，马畜牛羊三十余万头，更立元孟为焉耆王。超留焉耆半岁，慰抚之。于是西域五十余国悉皆纳质内属焉。以上大破焉耆。

【注释】

①厉度：连衣涉水而过。度，同“渡”。

【译文】

焉耆国有一处险要名叫苇桥，广下令毁桥，不想让汉朝军队进入他的国家。班超转而从别的路连衣涉水而渡。七月的最后一天，到达焉耆，离都城二十里，在大泽中安营。广大感意外，非常恐慌，就想把国人全赶进山里一起坚守。焉耆左侯元孟以前曾经在汉朝京师里做过人质,偷偷派人将此事报告班超,班超杀掉使者,表示不相信。于是约定日期召会诸国国王,声称到时要重重赏赐,于是焉耆王广、尉犁王汎及北鞬支等三十人陆续到了班超那儿。焉耆国相腹久等十七人害怕杀头,都逃到海上,危须王也没有来。众人坐下之后,班超怒气冲冲质问广说:“危须王为什么没来?腹久等人为什么要逃跑?”便下令兵士抓了广、汎等人,在陈睦故城处斩,将首级送往京师。随即放兵掠夺,斩首五千多人,俘获一万五千人,马、牛、羊等三十多万头,另立元孟为焉耆国王。班超在焉耆留居半年,安抚其国。至此西域五十多个国家都送人质到汉朝表示归顺。以上记班超大破焉耆国。

明年,下诏曰:“往者匈奴独擅西域,寇盗河西,永平之末,城门昼闭。先帝深愍边氓婴罹寇害,乃命将帅击右地,破白山[①],临蒲类,取车师[②],城郭诸国震慑响应,遂开西域,置都护。而焉耆王舜、舜子忠独谋悖逆,恃其险隘,覆没都护,并及吏士。先帝重元元之命,惮兵役之兴,故使军司马班超安集于寘以西。超遂逾葱领,迄县度[③],出入二十二年,莫不宾从。改立其王,而绥其人。不动中国,不烦戎士,得远夷之和,同异俗之心,而致天诛,蠲宿耻,以报将士之仇。《司马法》曰:‘赏不逾月,欲人速睹为善之利也。’其封超为定远侯,邑千户。”以上论功封侯。

【注释】

①白山:又名折罗漫山,即今新疆中部之天山。因山上终年积雪,故称白山。

②车师:西域古国名。在今新疆吐鲁番北部一带。

③县度：石山名。在今阿富汗东部。

【译文】

过了一年，和帝下诏书说：“过去匈奴称霸西域，侵掠河西，永平末年，城门白天也得关着。先帝痛心边民遭受攻害，就命将出师攻击河右之地，破白山，兵临蒲类海，拿下车师，城居诸国震动响应，终于打通西域，设置都护。不料焉耆王舜、舜子忠独独策划叛乱，凭着险要关隘，攻杀都护，祸及将士。先帝珍惜百姓性命，不愿大动干戈，因此派遣军司马班超安抚于阗以西诸国。班超因此就翻越葱岭，直到县度山，来往二十二年，诸国无不归顺。另立国王，安定人心。不扰动中原，不动用兵马将士，使诸国和睦，人心归一，从而代天诛伐，雪我旧耻，为将士报仇。《司马法》上讲：‘赏功不能拖过一月，目的是使人很快看见立功的好处。’今封班超为定远侯，食邑一千户。”以上记班超因功被封为侯。

超自以久在绝域，年老思土。十二年，上疏曰：“臣闻太公封齐，五世葬周。狐死首丘，代马依风①。夫周、齐同在中土千里之间，况于远处绝域，小臣能无依风首丘之思哉？蛮夷之俗，畏壮侮老。臣超犬马齿歼，常恐年衰，奄忽僵仆，孤魂弃捐。昔苏武留匈奴中尚十九年，今臣幸得奉节带金银护西域，如自以寿终屯部，诚无所恨，然恐后世或名臣为没西域。臣不敢望到酒泉郡，但愿生入玉门关②。臣老病衰困，冒死瞽言③，谨遣子勇随献物入塞。及臣生在，令勇目见中土。”

【注释】

①狐死首丘，代马依风：传说狐狸将死时头必向着狐穴所在的山丘，这里喻指思乡情切。首丘，头向着狐穴所在的山丘。代，古地名。泛指北方。

②玉门关:在今甘肃敦煌以西。

③瞽(gǔ):盲人。这里是谦称自己的话是盲目乱说。

【译文】

班超考虑到自己长久身处他乡,年纪已大,思念家乡。永元十二年,他上奏皇帝说:"臣听说姜太公分封到齐国,传到第五代仍归葬于周。狐狸死时头会向着狐穴所在的山丘,代地出产的马总是怀念北风。周、齐虽隔千里却同属中土,何况身处远方他国,小臣怎能无思归之情?蛮夷的风俗,怕壮欺老。臣班超齿落殆尽,常担心身已衰朽,突然死去,魂弃他乡。当年苏武被扣匈奴达十九年,如今臣蒙恩持节挎印为西域都护,假如寿终正寝于此,实无半分遗憾,但臣担心后世会有人说臣是困死西域。臣不敢奢望能到酒泉郡,只要能活着进玉门关就心满意足了。臣老朽不堪,冒死乱道,今恭遣臣子班勇带此奏章随同贡奉之物一起入京。趁臣还有一口气,让班勇亲眼看见故土。"

而超妹同郡曹寿妻昭亦上书请超曰:

妾同产兄西域都护定远侯超,幸得以微功特蒙重赏,爵列通侯,位二千石。天恩殊绝,诚非小臣所当被蒙。超之始出,志捐躯命,冀立微功,以自陈效。会陈睦之变,道路隔绝,超以一身转侧绝域,晓譬诸国,因其兵众,每有攻战,辄为先登,身被金夷[①],不避死亡。赖蒙陛下神灵,且得延命沙漠,至今积三十年。骨肉生离,不复相识。所与相随时人士众,皆已物故。超年最长,今且七十。衰老被病,头发无黑,两手不仁,耳目不聪明,扶杖乃能行。虽欲竭尽其力,以报塞天恩,迫于岁暮,犬马齿索[②]。蛮夷之性,悖逆侮老,而超旦暮入地,久不见代,恐开奸宄之源[③],生逆乱之心。而卿大夫咸怀一切，莫肯远虑。如有卒暴，超之气力不能从心，便为上损国家累世之功，下弃忠臣竭力之用，诚可痛也。故超万里归诚，自陈苦急，延颈逾望，三年于今，未蒙省录。

【注释】

①金夷：指被兵刃所伤。

②齿索：犹齿衰。这里指年老身体羸弱。

③奸宄（guǐ）：违法作乱之人。

【译文】

班超的妹妹同郡曹寿之妻班昭也上书替班超求情说：

臣妾同胞兄西域都护定远侯班超，侥幸因为小小功劳深受重赏，赐爵列侯，官至二千石。皇恩浩荡，实在不是他应当享有的。班超开始出去时，奋不顾身，只希望小立功劳，为国效力。恰好碰上陈睦被杀，道路不通，班超只身辗转西域，游说诸国，靠着西域之兵，每逢战事，班超总是身先士卒，亲冒锋镝，不惜生命。赖有陛下天威，才得以在沙漠之地保全性命，到今天已三十年。一家人骨肉分离，互不相识。当年跟随他的人，都已死去。班超年龄最大，现在将近七十岁。老病缠身，头发尽白，双手不听使唤，耳聋眼花，拄着拐杖才能走上几步。虽然想用尽气力，以报答天恩，无奈年纪老迈，身体羸弱。蛮夷的习性，凶顽欺老，而班超早晚入土，始终不见有人代换，担心给奸人以可乘之机，产生叛乱的念头。而朝廷大臣都安于现状，没人愿作长远考虑。假如有事变突发，班超力不从心，那就会上损国家几代所建的功业，下弃忠臣所尽的力量，实在令人痛心。所以班超不远万里诚抒己见，自述苦衷，延颈企盼已经三年，没有回音。

妾窃闻古者十五受兵，六十还之，亦有休息不任职也。缘陛下以至孝理天下，得万国之欢心，不遗小国之臣，况超得备侯伯之位，故敢触死为超求哀，匄超余年[①]。一得生还，复见阙庭，使国永无劳远之虑，西域无仓卒之忧，超得长蒙文王葬骨之恩[②]，子方哀老之惠[③]。《诗》云："民亦劳止，汔可小康，惠此中国，以绥四方[④]。"超有书与妾生诀，恐不复相见。妾诚伤超以壮年竭忠孝于沙漠，疲老则便捐死于旷野，诚可哀怜。如不蒙救护，超后有一旦之变，冀幸超家得蒙赵母、卫姬先请之贷[⑤]。妾愚戆不知大义，触犯忌讳。

【注释】

①匄：通"丐"。施予，给予。

②文王葬骨：周文王出游，见枯骨，使人掩埋，诸侯闻而美之。

③子方哀老：战国时魏文侯之师田子方见文侯弃掉老马，感叹道："少尽其力，老而弃之，非仁也。"就收养了老马。

④"民亦劳止"几句：出自《诗经·大雅·民劳》篇。大意谓民众很劳苦了，乞求安居，以施惠中国，安抚四方。

⑤赵母：战国时人赵括之母，知道赵括只会纸上谈兵，恳请赵王不要让赵括率兵与秦国作战，赵王不听，赵括之母请求赵王答应如果赵括兵败，处罚时不要牵连自己。卫姬：齐桓公夫人。齐桓公与管仲商量伐卫，商定后回宫，卫姬先请求宽恕。

【译文】

臣妾听说古时十五从军，六十就退伍，也有休息不再担任职务的。只因陛下以孝治天下，深得万国爱戴，连小国的臣子也不曾遗忘，何况班超任侯伯之官，因此冒着生命危险为班超请求怜悯，使他能安度晚年。如果能够生还，重见汉廷，可使国家再也不用操心远方之事，不会担心西域有什么变故发生，也可使班超身受如同周文王那样的敬老之恩，享受田子方所讲的养老之惠。《诗经》上说："民亦劳止，汔可小康，惠此中国，以绥四方。"班超写信与臣妾生别，担心不能再见面。臣妾实在痛心班超壮年为国尽忠于荒漠，老了却被弃尸荒野，实在是太可怜了。如果朝廷不管，日后班超有什么事发生，希望使班超家人侥幸能像赵母、卫姬那样有言在先而免罪。臣妾愚昧不懂大道理，可能说了不该说的话。

书奏，帝感其言，乃征超还。超在西域三十一年。十四年八月至洛阳，拜为射声校尉。以上疏请还朝。

【译文】

书上奏后，和帝深深地被打动，就下诏让班超返回。班超在西域三十一年。永元十四年八月回到洛阳，被任命为射声校尉。以上记班超上书请求回朝。

超素有胸胁疾，既至，病遂加。帝遣中黄门问疾，赐医药。其九月卒，年七十一。朝廷愍惜焉，使者吊祭，赠赗甚厚①。子雄嗣。

【注释】

①赗(fèng)：送财物给人办丧事。

【译文】

班超本来就有胸疾，回到洛阳，病情加重。和帝派中黄门慰问病情，赏赐医药。当年九月份死去，终年七十一岁。朝廷深为痛惜，皇帝委派使者祭拜,赏赐了很多安葬财物。班超的儿子班雄袭封列侯。

初,超被征,以戊己校尉任尚为都护。与超交代。尚谓超曰:“君侯在外国三十余年,而小人猥承君后,任重虑浅,宜有以诲之。”超曰:“年老失智,任君数当大位,岂班超所能及哉!必不得已,愿进愚言。塞外吏士,本非孝子顺孙,皆以罪过徙补边屯。而蛮夷怀鸟兽之心,难养易败。今君性严急,水清无大鱼,察政不得下和。宜荡佚简易,宽小过,总大纲而已。”超去后,尚私谓所亲曰:“我以班君当有奇策,今所言平平耳。”尚至数年,而西域反乱,以罪被征,如超所戒。

【译文】

当初,班超被召回,朝廷任命戊己校尉任尚为都护。任尚与班超办理交接事宜。任尚对班超说:“您在外国三十多年,小人在您之后继任,任务重大而智谋短浅,您应该指导指导我。”班超说:“人老糊涂,任君您屡次担当重任,岂是班超所能比的!实在要我说,愿意奉赠几句蠢话。塞外吏士,本来就不是什么好人,都是因为犯罪被流放到边塞屯驻。蛮夷不知礼义,难于驯服,易于败乱。您脾气严苛,水太清便难养大鱼,苛政难以使下面亲近。应该松弛简易,宽容小过失,管些大事就行了。”班超离开后,任尚私下对亲信说:“我还以为班大人会告诉我什么妙计奇谋,今天所说的话,也不过如此。”任尚到任几年,西域就发生叛乱,任尚也因过失被朝廷逮捕,正如班超当年告诫的那样。

有三子。长子雄,累迁屯骑校尉。会叛羌寇三辅,诏雄将五营兵屯长安,就拜京兆尹。雄卒,子始嗣,尚清河孝王女阴城公主。主顺帝之姑，贵骄淫乱，与嬖人居帷中，而召始入，使伏床下。始积怒，永建五年①，遂拔刃杀主。帝大怒，腰斩始，同产皆弃市。超少子勇。以上追叙交代事，并及子孙。

【注释】

①永建五年：130年。永建，汉顺帝年号(126—132)。

【译文】

班超有三个儿子。大儿子班雄，一直升迁到屯骑校尉。碰上羌人进攻关中，诏书令班雄率五营兵驻屯长安，就地任命为京兆尹。班雄死后，他的儿子班始承袭爵位，娶了清河孝王的女儿阴城公主为妻。公主是顺帝的姑姑，仗势欺人，作风淫乱，与男宠睡在帷帐里，让班始进去，趴在床下。班始积怒难忍，永建五年，就拔刀杀死公主。顺帝龙颜大怒，腰斩班始，班始同母兄弟姐妹一块儿被处决。班超的小儿子叫班勇。以上追叙班超交代任尚的事，并顺带记录班超子孙的情况。

臧洪传《三国志》洪传载洪《答陈琳书》，词稍繁冗，《后汉书》删节甚当，故录之。

【题解】

本传记载了臧洪舍生取义的事迹。对比一下几位史家对这一史事的评论是很有趣的。陈寿《三国志》里也为臧洪立传，他惋惜臧洪“烈志不立”，对其做法是肯定的。范晔认为臧洪行为虽然慷慨悲壮，但身处尚权诈的乱世，不能审时度势，白白送死而不能救主人免祸，泥小义而忘大道，这种做法只可称为“偏节”。清人王夫之《读通鉴论》认为臧洪旧主与袁、曹为一丘之貉。“洪以私恩为一曲之义，奋不顾身，而一郡之生齿为之并命。殆所谓任侠者欤！于义未也，而食人之罪不可逭矣。”读者可以参看。

臧洪字子源，广陵射阳人也[①]。父旻，有干事才。熹平元年[②]，会稽妖贼许昭起兵句章[③]，自称大将军，立其父生为越王，攻破城邑，众以万数。拜旻扬州刺史。旻率丹阳太守陈夤击昭[④]，破之。昭遂复更屯结，大为民患。旻等进兵，连战三年，破平之，获昭父子，斩首数千级。迁旻为使匈奴中郎将。以上父臧旻。

【注释】

①射阳：县名。在今江苏扬州宝应区东。

②熹平元年：172 年。熹平，汉灵帝年号（172—178）。

③句（gōu）章：县名。治所在今浙江宁波江北区。

④陈夤（yín）：人名。

【译文】

臧洪，字子源，广陵郡射阳人。父亲臧旻，很有才干。熹平元年，会稽贼帅许昭率众在句章造反，自称大将军，立他的父亲许生为越王，攻城略地，人数发展到好几万。朝廷任命臧旻为扬州刺史。臧旻率领丹阳太守陈夤进攻许昭，大败许昭。许昭转而结党拒守，更成民祸。臧旻等继续用兵，转战三年，平定叛乱，生擒许昭父子，斩首数千人。臧旻升迁为使匈奴中郎将。以上记臧洪父亲臧旻的事迹。

洪年十五，以父功拜童子郎，知名太学。洪体貌魁梧，有异姿。举孝廉[①]，补即丘长[②]。

【注释】

①举孝廉：汉代选拔人才的一种方式，分孝与廉，孝针对一般平民，廉针对低级官吏。

②即丘：县名。治所在今山东临沂东南。

【译文】

臧洪十五岁时，因为父亲的功劳被选为童子郎，在太学里很出名。臧洪身材魁梧，仪表不凡。被推荐为孝廉，被派做即丘长。

中平末[1]，弃官还家，太守张超请为功曹。时，董卓弑帝，图危社稷。洪说超曰："明府历世受恩，兄弟并据大郡。今王室将危，贼臣虎视，此诚义士效命之秋也。今郡境尚全，吏人殷富，若动桴鼓[2]，可得二万人。以此诛除国贼，为天下唱义，不亦宜乎！"超然其言，与洪西至陈留，见兄邈计事。邈先谓超曰："闻弟为郡，委政臧洪，洪者何如人？"超曰："臧洪海内奇士，才略智数不比于超矣。"邈即引洪与语，大异之，乃使诣兖州刺史刘岱、豫州刺史孔伷，遂皆相善。邈既先有谋约，会超至，定议，乃与诸牧守大会酸枣[3]。设坛场，将盟，既而更相辞让，莫敢先登，咸共推洪。洪乃摄衣升坛，操血而盟曰："汉室不幸，皇纲失统，贼臣董卓，乘衅纵害，祸加至尊，毒流百姓。大惧沦丧社稷，翦覆四海，兖州刺史岱、豫州刺史伷、陈留太守邈、东郡太守瑁、广陵太守超等，纠合义兵，并赴国难。凡我同盟，齐心一力，以致臣节，陨首丧元，必无二志。有渝此盟，俾坠其命，无克遗育。皇天后土，祖宗明灵，实皆鉴之。"洪辞气慷慨，闻其言者，无不激扬。以上盟五太守共诛董卓。

【注释】

①中平：汉灵帝年号(184—189)。

②桴(fú)：鼓槌。

③酸枣：县名。治所在今河南延津北。

【译文】

中平末年，臧洪弃官回家，太守张超聘请他做功曹。当时正值董卓弑杀少帝，图谋危害国家。臧洪劝说张超道："明府几代受朝廷重恩，兄弟同时担任封疆大吏。如今王室危亡，奸臣虎视眈眈，这正是守节之人舍身成仁的时候。现在此郡完好无损，人口众多，如果征兵，可以得到两万人。凭着这股力量为国讨贼，为天下倡导大义，不也很好吗?"张超赞同他的话，便与臧洪西行到了陈留，拜见兄长张邈商量这事。张邈先问张超："听说弟弟做太守，政事都交给臧洪处理，臧洪是个什么样的人?"张超说："臧洪，那可是天下奇才，他的才干智慧比我强多了！"张邈遂即请臧洪来交谈，一谈之下极为惊异，就派臧洪到兖州刺史刘岱、豫州刺史孔伷那儿去，都建立了很好的关系。张邈因为原先就与几处有秘密计划，刚好张超赶到，事情就定下来，于是与众刺史太守在酸枣举行大会。筑起土台，准备举行结盟仪式，这时众人纷纷谦让，没人敢先登上台，大家一致推举臧洪先上。臧洪于是就撩衣登台，歃血而盟，誓词说："大汉不幸，皇威扫地，贼臣董卓，乘机作乱，皇帝被害，百姓遭殃。因担心社稷沦丧，天下覆亡，兖州刺史刘岱、豫州刺史孔伷、陈留太守张邈、东郡太守桥瑁、广陵太守张超等，招集义师，共赴国难。凡参加结盟之人，齐心协力，尽到做臣子的责任，粉身碎骨，必无二心。有违背盟约的，定不得好死，断子绝孙。皇天后土，祖宗神灵，一定会做见证。"臧洪言辞慷慨，听他读誓文的人，无不感动激昂。以上记五位太守结盟共讨董卓。

自是之后，诸军各怀迟疑，莫适先进，遂使粮储单竭[1]，兵众乖散。时讨虏校尉公孙瓒与大司马刘虞有隙，超乃遣洪诣虞，共谋其难。行至河间而值幽、冀交兵，行涂阻绝，因寓于袁绍。绍见洪，甚奇之，与结友好，以洪领青州刺史②。前刺史焦和，好立虚誉，能清谈③。时黄巾群盗处处飙起，而青部殷实，军革尚众。和欲与诸同盟西赴京师，未及得行而贼已屠城邑。和不理戎警，但坐列巫史，禜祷群神④。又恐贼乘冻而过，命多作陷冰丸，以投于河。众遂溃散，和亦病卒。洪收抚离叛，百姓复安。以上为青州刺史。

【注释】

①单：通“殚”。尽。

②青州：东汉刺史部之一，辖境相当于今山东半岛北部地区。

③清谈：东汉末年名士间流行的一种活动，以批评人物、时事为主。

④禜(yíng)：一种乞求风调雨顺的迷信活动。

【译文】

到了后来，盟军内各怀鬼胎，没人肯率先进攻，终于粮草耗尽，士兵流散。这时讨虏校尉公孙瓒与大司马刘虞有矛盾，张超就派臧洪到刘虞那儿去，一起商量解除困难的办法。臧洪走到河间，碰上幽州与冀州打仗，道路不通，于是他就暂住在袁绍那儿。袁绍一见臧洪，极为看重，极力拉拢，任命臧洪暂兼青州刺史。前任刺史焦和，喜欢虚名，喜欢清谈。当时黄巾反贼到处都有，而青州富庶，军队不少。焦和打算与盟军西赴京师，还没来得及出发，黄巾已攻破城池。焦和不理睬军情警报，只是请巫师团团围坐，乞求神灵相助。又担心群贼乘结冰渡河，让人制了很多陷冰丸，扔到河里。于是部众离散，焦和也发病而死。臧洪收集逃走和反叛的人，百姓重新安定。以上记臧洪担任青州刺史。

任事二年，袁绍惮其能，徙为东郡太守，都东武阳①。时曹操围张超于雍丘[②]，甚危急。超谓军吏曰："今日之事，唯有臧洪必来救我。"或曰："袁、曹方穆，而洪为绍所用，恐不能败好远来，违福取祸。"超曰："子源天下义士，终非背本者也，或见制强力，不相及耳。"洪始闻超围，乃徒跣号泣，并勒所领，将赴其难。自以众弱，从绍请兵，而绍竟不听之。超城遂陷，张氏族灭。洪由是怨绍，绝不与通。以上未救张超，与袁绍绝。

【注释】

①东武阳：县名。治所在今山东莘县南。

②雍丘：县名。治所在今河南杞县。

【译文】

任职两年，袁绍忌惮臧洪太能干，就调他做东郡太守，郡治东武阳。此时曹操正在雍丘围攻张超，形势十分危急。张超对手下人说："今天的事，只有臧洪一定来救我。"有人说："袁绍、曹操关系正好，臧洪是袁绍的人，恐怕不会破坏袁、曹关系而远远赶来，避福惹祸。"张超说道："子源是四海知名的义士，绝不是忘本的人，有可能身不由己，不能及时赶到。"臧洪刚听说张超被围困，就赤脚哭嚎，整顿部伍，准备赴难。因为自己力量弱小，向袁绍借兵，袁绍最终也没答应他。于是张超守城被攻陷，张氏被灭门。臧洪从此怨恨袁绍，不再同他往来。以上记臧洪未能营救张超，与袁绍断绝往来。

绍兴兵围之，历年不下，使洪邑人陈琳以书譬洪，示其祸福，责以恩义。洪答曰：

隔阔相思，发于寤寐。相去步武[①]，而趋舍异规，其为怆恨，胡可胜言！前日不遗，比辱雅况[②]，述叙祸福，公私切至。以子之才，穷该典籍[3]，岂将暗于大道，不达余趣哉？是以捐弃翰墨，一无所酬，亦冀遥忖褊心[4]，粗识鄙性。重获来命，援引纷纭，虽欲无对，而义笃其言。

【注释】

①步武：古时以六尺为步，半步为武。步武言相距不远。

②雅况：美好的赐予。这里指赐信。况，通“贶”。

③该：完备，包括。

④褊(biǎn)：气量狭小。此为谦辞。

【译文】

袁绍发兵围攻臧洪，一年多也攻不下来，就让臧洪同乡陈琳写信劝说臧洪，晓以利害，责备他忘恩负义。臧洪回信说：

久别思念，梦中也常常想起。如今近在咫尺，却志向不同，悲愤之情，岂是言语所能说尽！前日承蒙不弃，屡次赐书，陈说祸福，从公私两方面都分析得很透彻。凭你的才华，饱览书籍，怎么会不明道理，不理解我的志趣呢？所以才丢下笔墨，只字未答，也是希望你能在远方猜度我狭隘的想法，稍稍明白我愚蠢的秉性。接着又收到来信，引证古今洋洋洒洒，虽然不想回信，但还是觉得你情真意切。

仆，小人也，本乏志用，中因行役[1]，特蒙倾盖[2]，恩深分厚，遂窃大州，宁乐今日自还接刃乎？每登城临兵，观主人之旗鼓，瞻望帐幄，感故友之周旋[3]，抚弦搦矢[4]，不觉涕流之覆面也。何者？自以辅佐主人，无以为悔；主人相接，过绝等伦。受任之初，志同大事，埽清寇逆，共尊王室。岂悟本州被侵，郡将遘厄，请师见拒，辞行被拘，使洪故君，遂至沦灭。区区微节，无所获申，岂得复全交友之道，重亏忠孝之名乎？所以忍悲挥戈，收泪告绝。若使主人少垂古人忠恕之情，来者侧席[5]，去者克己，则仆抗季札之志[6]，不为今日之战矣。

【注释】

①行役：指因公务而外出跋涉。

②倾盖：喻邂逅成为知音。

③周旋：指朋友间的交游相处。

④搦（nuò）：握。

⑤侧席：不正坐，是礼遇贤者的坐姿。

⑥季札：春秋时吴国贤公子，有让国之美德。

【译文】

我，一个无名之辈，本来没什么志向才干，碰巧因为奉命出行，受到主人的特殊知遇，恩情深厚，得以掌管大州的政事，难道高兴今天这样以兵刃相向吗？每次登城对阵，遥望着主人的旗帜战鼓，看见营帐，想起老朋友的情谊，抚摸着弓箭，不知不觉泪流满面。为什么呢？曾自以为辅佐主人，今生无悔；主人对我，也不同于一般人。刚接受委任那阵，立志要一起干大事，扫除奸逆，共同尊奉皇室。谁料想本州被攻，旧主遭遇危难，我向主人借兵遭到拒绝，自己想去又被约束，使我的旧主终于死难。我的一点点志节，没法实现，又怎能再顾全交朋友的道义，再一次损坏忠孝的声名呢？因此忍着悲伤拿起武器，收起眼泪断绝往来。假如主人能稍微发挥古人那样的忠恕之情，有人来投奔就好好接待，有人离去就反省自己，那我就会像季札一样飘然离去，而不会有今天的激战了。

昔张景明登坛喢血，奉辞奔走，卒使韩牧让印，主人得地。后但以拜章朝主，赐爵获传之故，不蒙观过之贷，而受夷灭之祸。吕奉先讨卓来奔，请兵不获，告去何罪，复见斫刺。刘子璜奉使逾时，辞不获命，畏君怀亲，以诈求归，可谓有志忠孝，无损霸道，亦复僵尸麾下，不蒙亏除。慕进者蒙荣，违意者被戮，此乃主人之利，非游士之愿也。是以鉴戒前人，守死穷城，亦以君子之违，不适敌国故也[①]。

【注释】

①亦以君子之违，不适敌国故也：《左传·哀公八年》载公山不狃曰："君子违不适仇国。"杜预注："违，奔亡也。"

【译文】

当年张景明登坛歃血为盟，我受命奔走，终于使冀州牧韩馥让出官印，主人得到冀州。后来只因为张景明上表朝廷觐见皇帝，受朝廷赏赐爵位的事被主人知道，主人不给他改过自新的机会，使他遭受惨死的横祸。吕奉先讨伐董卓，后来穷急来投靠，借兵没有成功，请求离去又有什么罪，却又遭追杀。刘子璜奉命出使超过期限，向主人请辞得不到允许，害怕主人而思念亲人，用欺骗的办法请求回去，可说是心存忠孝，丝毫不会影响主人的事业，却也被主人所杀，未能得到宽恕！贪图钻营的人获得赏识，与主人意见不同的人被杀死，这是主人认为有利的事，并不是游士所盼望的啊！我因此吸取前人的教训，困守孤城，也是考虑到君子出逃，不到仇国去的道理。

足下当见久围不解，救兵未至，感婚姻之义，推平生之好，以为屈节而苟生，胜守义而倾覆也。昔晏婴不降志于白刃，南史不曲笔以求存①，故身传图象，名垂后世。况仆据金城之固，驱士人之力，散三年之畜以为一年之资，匡困补乏，以悦天下，何图筑室反耕哉②？但惧秋风扬尘，伯珪马首南向③，张扬、飞燕旅力作难④，北鄙将告倒悬之急，股肱奏乞归之记耳。主人当鉴戒曹辈，反旌退师，何宜久辱盛怒，暴威于吾城之下哉！

【注释】

①昔晏婴不降志于白刃，南史不曲笔以求存：春秋时齐国崔杼杀死齐庄公，劫持晏婴，用剑对着其胸口要挟晏婴与自己结盟，晏婴临危不惧，崔杼无法，只好释放他。事见《晏子春秋》。又《左传》载崔杼杀君后，太史书曰："崔杼弑其君。"崔杼杀掉太史，太史的两个弟弟相继因为真实记录杀君之事被杀，太史第三个弟弟仍不屈服，据事直书，崔杼无法，只好放掉他。齐国另有一史官南史氏听说太史尽死，执简往国都去，走到半路，听说史官已记录下崔杼弑君之事，这才返回。

②筑室反耕：《左传·宣公十五年》载楚人围攻宋国，"筑室反耕"。杜预注："筑室于宋，分兵归田，示无去志。"这里指长期围困。

③伯珪：公孙瓒的字。

④张扬：东汉末年盘踞上党地区的武装力量首领。飞燕：即汉末黑山农民起义军的首领张燕。下文"恃黑山以为救"即指此。

【译文】

足下可能是看到城池被围很长时间而不能解困，救兵也没赶来，想到你我两家有婚姻关系应该尽到责任，以老朋友的情谊相劝，认为用变节换取生命，比坚持道义而灭亡要好。古时候晏婴临白刃而不改志向，南史不篡改历史以换得活命，因此容貌被人传画，名声远播后世。何况我据有坚城，有官民的支持，散发三年的积贮，来作为这一年的用度，扶弱济贫，使天下人都高兴，你们又何必打算通过长期围困来让我屈服呢？我只担心秋风吹起之时，便是伯珪率兵南下之日；张扬、飞燕再率部进犯，冀北将会上告倒悬那样的紧急，留守的心腹大臣必定奏请主人回师。主人应当警惕他们，反旗退兵，何必长期怀着愤怒，在我的城下发威呢？

足下讥吾恃黑山以为救，独不念黄巾之合从邪[①]？昔高祖取彭越于钜野[②]，光武创基兆于绿林[③]，卒能龙飞受命，中兴帝业。苟可辅主兴化，夫何嫌哉！况仆亲奉玺书，与之从事！

【注释】

①黄巾之合从：东汉末年黄巾起义被镇压后，黄巾军多被割据势力收编吞并，如曹操的“青州兵”。

②彭越：秦末人。率郡盗啸聚于钜野泽中，后被刘邦收编，成为汉初功臣。

③光武创基兆于绿林：光武帝刘秀起兵之初，曾与绿林军联合，推翻王莽统治。

【译文】

足下嘲笑我拿黑山当救兵，怎么不想想黄巾军被合并收编呢？当年汉高祖从钜野收降大盗彭越，光武帝靠着绿林军发家起步，终于称帝，中兴汉室。假使能辅助皇室重振汉家，又有何妨呢？何况我有皇帝诏书，为国尽力！

行矣孔璋[①]！足下徼利于境外，臧洪投命于君亲；吾子托身于盟主[②]，臧洪策名于长安。子谓余身死而名灭，仆亦笑子生死而无闻焉。本同末离，努力努力，夫复何言！以上答陈琳书。

【注释】

①孔璋：陈琳的字。

②盟主：袁绍曾被推举为讨伐董卓的诸侯盟军之盟主。

【译文】

走你的路吧，孔璋！足下在外求取利禄，我在此以身报国；您投靠袁绍，我尽忠汉室。您说我身死名灭，我也笑您生死都无名。我们志向原本相同而后来却分道扬镳，各自努力吧，还有什么话可说！以上是臧洪给陈琳的回信。

绍见洪书，知无降意，增兵急攻。城中粮尽，外无援救，洪自度不免，呼吏士谓曰："袁绍无道，所图不轨，且不救洪郡将，洪于大义，不得不死。念诸君无事，空与此祸，可先城未破，将妻子出。"将吏皆垂泣曰："明府之于袁氏，本无怨隙，今为郡将之故，自致危困，吏人何忍当舍明府去也？"初尚掘鼠，煮筋角，后无所复食，主簿启内厨米三斗，请稍为饘粥[①]，洪曰："何能独甘此邪？"使为薄糜[②]，遍班士众。又杀其爱妾，以食兵将，兵将咸流涕，无能仰视。男女七八十人相枕而死，莫有离叛。

【注释】

①饘（zhān）：稠粥。

②糜(mí):粥。

【译文】

袁绍看见臧洪的回信,知道他没有投降的意思,增加兵力猛攻。城里的粮食吃光了,城外也没有救兵,臧洪自己考虑难免一死,把将士召集到一块儿说道:“袁绍昏暴,图谋不轨,而且不援救我的旧主,为了大义我不能不死。我想大伙与此事无关,平白无故给搅进这场祸事,大家可以趁着城还没被攻破,带着妻子儿女撤走。”将士都哭着说:“明府和袁绍,本来没有什么过节,如今都是为了旧主的缘故,自愿招来危困,属下怎么忍心抛弃明府而去呢!”开始还能挖到老鼠,煮皮筋兽角,后来再也没有可吃的了。主簿从内厨找出三斗米,稍微熬点粥给臧洪喝。臧洪说:“我怎么能自个儿享受这个呢?”让他做成很稀的粥汤,分给所有将士。又杀掉自己宠爱的妾让将士吃,将士都流泪,没有人敢抬头看臧洪。男女有七八十人躺在一块儿死去,没有一个人肯背叛。

城陷,生执洪。绍盛帷幔,大会诸将见洪。谓曰:“臧洪何相负若是!今日服未?”洪据地瞋目曰:“诸袁事汉,四世五公,可谓受恩。今王室衰弱,无扶翼之意,而欲因际会,觖望非冀[1],多杀忠良,以立奸威。洪亲见将军呼张陈留为兄,则洪府君亦宜为弟,而不能同心戮力,为国除害,坐拥兵众,观人屠灭。惜洪力劣,不能推刃为天下报仇[2],何谓服乎?”绍本爱洪,意欲屈服赦之,见其辞切,知终不为用,乃命杀焉。以上袁绍杀洪。

【注释】

①觖(jué)望:企求,希望。

②不能推刃为天下报仇:《春秋公羊传·定公十一年》曰:“事君犹

事父也……父受诛，子复仇，推刃之道。”

【译文】

城被攻陷，臧洪被活捉。袁绍大设帷幔，召集所有将领来看臧洪。他对臧洪说：“你为什么要这样对不起我！今天你服不服？”臧洪手撑在地上怒目答道：“你们袁家在汉室任职，四代人中有五人位至三公，可算得上深受国恩。如今王室衰微，没有辅助之心，却想趁此机会，心怀非分之想，杀害众多的忠良，来树立淫威！我亲眼看见你称呼张邈为兄长，那应该我的旧主也算是你的兄弟，你却不能与他们齐心协力，为国除害，手握重兵，坐视他们被人屠杀！可惜我力量弱小，不能杀你为天下报仇，怎么会服呢！”袁绍本意很喜欢臧洪，想让他屈服然后饶他，听见他言语激烈，知道他终究不会替自己出力，于是就下令杀死他。以上记袁绍杀害臧洪。

洪邑人陈容，少为诸生，亲慕于洪，随为东郡丞。先城未败，洪使归绍。时容在坐，见洪当死，起谓绍曰：“将军举大事，欲为天下除暴，而专先诛忠义，岂合天意？臧洪发举为郡将，奈何杀之！”绍惭，使人牵出，谓曰：“汝非臧洪畴，空复尔为？”容顾曰：“夫仁义岂有常所，蹈之则为君子，背之则为小人。今日宁与臧洪同日死，不与将军同日生也。”遂复见杀。在绍坐者，无不叹息，窃相谓曰：“如何一日戮二烈士！”

【译文】

臧洪的同乡陈容，年轻时是位儒生，敬慕臧洪，跟着他到东郡做了郡丞。在城还没被攻下之前，臧洪让他回到袁绍那儿。这时陈容也在座，看见臧洪要被处决，就站起来对袁绍说：“将军干的是大事，要为天下人铲除凶暴，却一味先诛杀忠义之士，这难道符合上天的意思吗？臧洪所做的一切是为了旧主，为什么要杀他？”袁绍脸上一红，命令手下也把陈容拉出去，对他说：“你不比臧洪，何苦要这样做？”陈容回答说道：“仁义哪有什么常在之处？实践了它就是君子，违背了它就是小人！今天我宁愿与臧洪同日死，也不愿与将军同日生！”于是也被杀掉。在袁绍座上的人，没有不叹息的，窃窃私语道：“为什么一天之内要杀死两位壮士！”

先是，洪遣司马二人出，求救于吕布。比还，城已陷，皆赴敌死。以上陈容之见杀。

【译文】

起先，臧洪派出两名司马，向吕布求救。等二人回来时，城已被攻陷，两人一起陷阵而死。以上记陈容被杀。

论曰：雍丘之围，臧洪之感愤壮矣！想其行跣且号，束甲请举，诚足怜也。夫豪雄之所趋舍，其与守义之心异乎？若乃缔谋连衡，怀诈算以相尚者，盖惟势利所在而已。况偏城既危，曹、袁方穆，洪徒指外敌之衡，以纾倒县之会。忿悁之师，兵家所忌。可谓怀哭秦之节，存荆则未闻也①。

【注释】

①可谓怀哭秦之节，存荆则未闻也：春秋时吴国攻破楚国，楚人申包胥去秦国请救，立在秦国大殿连哭七日七夜，终于感动秦人，答应出师相救，败吴存楚。事见《左传》及《史记》。荆，即楚国。

【译文】

评论说：雍丘被围，臧洪的激愤真是悲壮啊！想他赤脚边走边哭，披挂起来请求赴援，实在太让人同情。英雄要干的事情，难道与谨守忠义有什么两样吗？至于结盟联合，心怀权诈互争胜负的人，那就唯利是图了。何况孤城垂危，曹、袁关系正亲密，臧洪只指望敌人的盟友，以救燃眉之急。怀恨出师，兵家大忌。只能说臧洪怀有楚人申包胥痛哭秦廷的志节，说到能如败吴存楚的效果，却未曾做到。

三国志

作者晋陈寿(233—297),六十五卷。与《史记》《汉书》《后汉书》合称四史。分魏、蜀、吴三志,分别记载三国的历史。只有纪、传,无志、表,记叙简略,南朝宋裴松之作注,引书一百五六十种,篇幅超出原书数倍,保存了不少史料。陈寿,字承祚,晋巴西安汉(今四川南充)人。曾在蜀汉任职,蜀亡后入洛阳为官,仕途坎坷。其《三国志》在当时即得到很高评价:“辞多劝戒,明乎得失”,“虽文艳不若相如,而质直过之”(《晋书·陈寿传》)。并有夏侯湛因见其书而毁自己所成《魏书》的史话。

王粲传

【题解】

本传篇幅不长,围绕王粲介绍了“建安七子”的生平,以点带面,手法别致。王粲一般被认为是七子中文学才华最出众者之一。本传未载王粲平生有什么大事,只记了一些生活细节,发人深思。曹丕说:“古今文人,类不护细行。”当汉末大乱之际,士人各投其主,转换几个主子的不在少数。王粲、陈琳等即属此类。与传统的忠君思想相论,岂止是“不护细行”而已!本传结尾通过与徐幹的恬淡自隐相比,还是委婉地表达了对王粲的批评意见。这些都是需要细心体会才可以读出的。

王粲字仲宣，山阳高平人也[①]。曾祖父龚，祖父畅，皆为汉三公。父谦，为大将军何进长史。进以谦名公之胄，欲与为婚，见其二子，使择焉，谦弗许。以疾免，卒于家。

【注释】

①高平：县名。治所在今山东济宁南。

【译文】

王粲字仲宣，山阳郡高平县人。曾祖父王龚，祖父王畅，都是汉朝的三公。父亲王谦，是大将军何进的长史。何进因为王谦乃名门之后，想与王家结亲，让自己的两个儿子去见王谦，让王谦挑选，王谦不答应。后来王谦因病免官，终老于家。

献帝西迁，粲徙长安，左中郎将蔡邕见而奇之。时邕才学显著，贵重朝廷，常车骑填巷，宾客盈坐。闻粲在门，倒屣迎之[①]。粲至，年既幼弱，容状短小，一坐尽惊。邕曰："此王公孙也，有异才，吾不如也。吾家书籍文章，尽当与之。"年十七，司徒辟[②]，诏除黄门侍郎，以西京扰乱，皆不就。以上名公之后，少而知名。

【注释】

①屣（xǐ）：鞋。

②辟（bì）：即辟除。两汉直到魏晋南北朝，三公九卿及地方长官都可自行聘用属吏，不必由中央任命，称为辟除。至隋制度始变。

【译文】

汉献帝西迁的时候，王粲也迁往长安，左中郎将蔡邕一见到王粲便啧啧称奇。当时蔡邕才名学问著称于世，很受朝廷的尊敬看重，他的住处经常人来车往，宾客满堂。当他听说王粲登门拜访时，倒穿着鞋就跑出去迎接他。王粲到了里边，众人见他年龄幼小，身材矮小，无不惊讶。蔡邕说道："这可是名门之后，有非常之才，我是自愧不如啊。我家藏的图书文章，要全送给他。"王粲十七岁时，司徒府征辟他为官，诏书下来任命他为黄门侍郎，他都因为长安局势混乱，没有就任。以上记王粲是名门之后，年少时就闻名当时。

乃之荆州依刘表。表以粲貌寝而体弱通侻[①]，不甚重也。表卒，粲劝表子琮，令归太祖。太祖辟为丞相掾，赐爵关内侯。太祖置酒汉滨，粲奉觞贺曰："方今袁绍起河北，仗大众，志兼天下，然好贤而不能用，故奇士去之。刘表雍容荆楚，坐观时变，自以为西伯可规[②]。士之避乱荆州者，皆海内之俊杰也；表不知所任，故国危而无辅。明公定冀州之日，下车即缮其甲卒，收其豪杰而用之，以横行天下。及平江、汉，引其贤俊而置之列位，使海内回心，望风而愿治。文武并用，英雄毕力，此三王之举也[③]。"后迁军谋祭酒。以上由刘表归曹公。

【注释】

①貌寝：相貌丑陋。通侻(tuō)：行为轻佻随便。

②西伯：周文王。周文王在商末时三分天下有其二，却没出兵讨伐，最终天下归周。

③三王：尧、舜、禹。三王之世是古代政治家心目中的理想时代。

【译文】

于是王粲就去荆州投靠刘表。刘表因为王粲相貌丑陋，再加上体弱轻佻，不太看重他。刘表死后，王粲劝刘表的儿子刘琮，让他归降魏太祖曹操。太祖任命王粲为丞相掾，赐爵关内侯。太祖在汉水边摆酒庆贺，王粲端起酒杯祝贺说："如今袁绍崛起于黄河之北，仗着人多势众，有吞并天下的志向，但他虽喜收罗贤人却不能利用，所以奇人异士往往离开他。刘表养尊处优于荆楚，坐观形势的变化，自认为可以效法周文王。来荆州逃避战乱的士人，都是天下的英才，刘表不知如何安排这些人，因此到了危难关头却没有人辅助。明公荡平冀州的当天，立即着手整编袁绍的军队，搜罗英豪并加以任用，因此纵横四海。等到平定江、汉地区，招纳当地英雄豪杰，给他们安排合适的位置，使天下归心，闻风而愿服从您的统治。文武并用，英雄尽力，这是三王才有的作为啊。"不久王粲改官为军谋祭酒。以上记王粲从刘表处转投曹操。

魏国既建，拜侍中。博物多识，问无不对。时旧仪废弛，兴造制度，粲恒典之。

【译文】

魏国建立后，王粲官拜侍中。他知识渊博，见多识广，问他问题没有答不上来的。当时因为早先的朝廷礼仪荒废已久，现在要重新恢复、制订各种制度，王粲就常常负责这件事。

初，粲与人共行，读道边碑，人问曰："卿能暗诵乎？"曰："能。"因使背而诵之，不失一字。观人围棋，局坏，粲为覆之。棋者不信，以帊盖局[①]，使更以他局为之，用相比校，不误一道。其强记默识如此。性善算，作算术，略尽其理。善属文，举笔便成，无所改定，时人常以为宿搆；然正复精意覃思[②]，亦不能加也。著诗、赋、论、议垂六十篇[③]。以上以典章文学见任。

【注释】

①帊:同“帕”。

②覃(tán)思:深思。

③垂:将近。

【译文】

当初,王粲曾与人一起出门,读路旁的碑文,同伴问道:“你能背诵出碑文吗?”王粲回答道:“可以。”于是那个人就让王粲转过身背对着碑背诵,结果一字不差。王粲看人下围棋,不知怎么棋局给搅坏了,王粲便替双方复盘。下棋的人不相信,用巾帕盖住王粲刚复的盘,又找来一副棋让他摆,两盘棋一比较,不误一子。王粲的记忆力和心智到了这种程度。他又擅长算学,做算术,基本上这方面问题都能解决。善写文章,提笔就成,不需再做修改,当时人常以为他早就构思好了;但即使那些精心刻意苦思的文章,也不能比他写得更好。王粲所著诗、赋、论、议将近六十篇。以上记王粲因为精通典章制度,有文学才能而被任用。

建安二十一年[①],从征吴。二十二年春,道病卒,时年四十一。粲二子,为魏讽所引[②],诛。后绝。

【注释】

①建安二十一年:216年。建安,汉献帝年号(196—220)。

②魏讽:字子京,沛人。口才出众,倾动一时。建安二十四年八月关羽水淹七军,擒于禁,围曹仁。曹操派徐晃往救。这年九月,魏讽趁乱纠集党羽,想攻取邺都。不料事未发而被人告发给曹丕,结果魏讽被杀,牵连死者数十人。相国锺繇也被免职,这就是轰动一时的“魏讽谋反案”。

【译文】

建安二十一年,王粲随大军伐吴。二十二年春,病死于途中,终年四十一岁。王粲有两个儿子，被魏讽牵连，被杀。王粲于是绝后。

始文帝为五官将，及平原侯植皆好文学。粲与北海徐幹字伟长、广陵陈琳字孔璋、陈留阮瑀字元瑜、汝南应玚字德琏、东平刘桢字公幹并见友善①。

【注释】

①北海：封国名。治所在今山东昌乐。广陵：郡名。治所在今江苏扬州。陈留：见前《萧望之传》注。汝南：郡名。治所在今河南平舆北。东平：见卷十八《赵尹韩张二王传》。

【译文】

当初魏文帝曹丕任五官中郎将，与平原侯曹植都喜欢文章诗赋。王粲与北海徐幹字伟长、广陵陈琳字孔璋、陈留阮瑀字元瑜、汝南应玚字德琏、东平刘桢字公幹一起都很受礼遇。

幹为司空军谋祭酒掾属，五官将文学。

【译文】

徐幹曾做过司空军谋祭酒、司空掾属、五官中郎将文学等官。

琳前为何进主簿。进欲诛诸宦官，太后不听，进乃召四方猛将，并使引兵向京城，欲以劫恐太后。琳谏进曰："《易》称'即鹿无虞'①，谚有'掩目捕雀'②。夫微物尚不可欺以得志，况国之大事，其可以诈立乎？今将军总皇威，握兵要，龙骧虎步，高下在心；以此行事，无异于鼓洪炉以燎毛发。但当速发雷霆，行权立断，违经合道③，天人顺之；而反释其利器，更征于他。大兵合聚，强者为雄，所谓倒持干戈，授人以柄，必不成功，只为乱阶。”进不纳其言，竟以取祸。琳避难冀州，袁绍使典文章。袁氏败，琳归太祖。太祖谓曰：“卿昔为本初移书④，但可罪状孤而已，恶恶止其身，何乃上及父祖邪？”琳谢罪，太祖爱其才而不咎。

【注释】

①《易》称“即鹿无虞”：见于《周易·屯卦》的六三爻辞。即，就，从。虞，古代掌管山林的官。“即鹿无虞”是说打猎时没有向导带路。这里用来比喻盲目行动的危险。

②掩目捕雀：遮住眼睛去抓麻雀。比喻盲目做事或自欺欺人。

③行权立断，违经合道：办事情须遵守一定的规范，这就叫“经”。但在特殊情况下可以采取变通的手段，这就叫“权”。按照古代经学家的解释，行权必须注意三原则。一是万不得已时才用，二是最终目标必须合于正义，三是在行权过程中尽可能不牺牲他人。

④卿昔为本初移书：本初，袁绍字，陈琳曾为袁绍作讨伐曹操的檄文，中有“（曹）操赘阉遗丑，本无懿德”的话，曹操之父曹嵩是宦官曹腾的养子，所以陈琳那样骂曹操。下文说“何乃上及父祖”即指此而言。

【译文】

陈琳起先做过何进的主簿。何进想除掉宦官，太后不同意，何进于是召集地方猛将，让他们一起率兵进京，想借此要挟太后。陈琳劝阻道：“《周易》上讲‘即鹿无虞’，谚语也说‘掩目捕雀’。对很小的东西都不可以通过欺骗来达到目的，何况这种国家大事，怎么可以凭诈骗来处理呢？眼下将军挟皇上之威，手握兵权，龙行虎视，任意在心；凭着这一切发号施令，其威力与鼓风于大火炉来烧毛发没有什么两样。只要速下命令，采取非常措施，当机立断，虽然不合常规，但只要利于社稷，苍天和老百姓都会顺着您；而您现在却放下自己手中的利器，调发地方兵力。大兵一旦聚集，谁势力大谁就称雄，正所谓倒持兵刃，授人以柄，这样做肯定不会成功，只会种下祸根。”何进没有采纳他的意见，终于导致祸害。陈琳避难到了冀州，袁绍让他负责文书工作。袁氏势力败亡之后，陈琳归附太祖。太祖对他说：“你当初替袁绍写檄文，只骂我一人也还罢了，诛罚罪人也只限于本人，怎么又扯上我的父祖呢？”陈琳承认错误，太祖爱惜他有才因此不予深究。

瑀少受学于蔡邕。建安中都护曹洪欲使掌书记，瑀终不为屈。太祖并以琳、瑀为司空军谋祭酒，管记室，军国书檄，多琳、瑀所作也。琳徙门下督，瑀为仓曹掾属。

【译文】

阮瑀年轻时曾师从蔡邕学习。建安年间，都护曹洪想让他做掌书记，阮瑀始终不答应。魏太祖同时任用陈琳、阮瑀做司空军谋祭酒，负责文书工作，军事政治各种章奏檄文，大多出于二人之手。陈琳迁官为门下督，阮瑀为仓曹掾属。

玚、桢各被太祖辟为丞相掾属。玚转为平原侯庶子①，后为五官将文学。桢以不敬被刑②，刑竟署吏。咸著文赋数十篇。

【注释】

①庶子：官名。掌诸侯、卿大夫之庶子的教养等事。

②桢以不敬被刑：魏文帝曹丕当太子时，有次与属下几个文士饮酒，喝到兴头上，曹丕让夫人甄氏出来一一拜见众人，大家都恭恭敬敬地低头回礼，只有刘桢抬头瞧着甄氏。曹操听说后大怒，抓起刘桢，以不敬的罪名判他服苦役。“刘桢平视”的典故即源于此。

【译文】

应玚、刘桢也都分别被魏太祖征辟，做了丞相掾属。应玚改官为平原侯庶子，后来又任五官将文学一职。刘桢因为不敬的罪名被判刑，服完刑后又被任用为属吏。都著述了数十篇文赋。

瑀以十七年卒。幹、琳、玚、桢二十二年卒。以上因粲而兼叙徐、陈、阮、应、刘，略仿《孟子荀卿列传》之例。

【译文】

阮瑀于建安十七年去世。徐幹、陈琳、应玚、刘桢于建安二十二年去世。以上因王粲而兼记徐幹、陈琳、阮瑀、应玚、刘桢等人的事迹，略仿《史记·孟子荀卿列传》的文法。

文帝书与元城令吴质曰[①]：“昔年疾疫，亲故多离其灾[②]，徐、陈、应、刘，一时俱逝。观古今文人，类不护细行，鲜能以名节自立。而伟长独怀文抱质，恬淡寡欲，有箕山之志，可谓彬彬君子矣[③]。著《中论》二十余篇，辞义典雅，足传于后。德琏常斐然有述作意，其才学足以著书，美志不遂，良可痛惜！孔璋章表殊健，微为繁富。公幹有逸气，但未遒耳[④]。

元瑜书记翩翩，致足乐也。仲宣独自善于辞赋，惜其体弱，不起其文；至于所善，古人无以远过也。昔伯牙绝弦于锺期[5]，仲尼覆醢于子路[6]，痛知音之难遇，伤门人之莫逮也。诸子但为未及古人，自一时之俊也。”以上录文帝伤悼六子之书。

【注释】

①元城：县名。治所在今河北大名以东。

②离：通“罹”。遭受。

③彬彬君子：《论语·公冶长》：“子曰：‘质胜文则野，文胜质则史，文质彬彬，然后君子。’”大概质可以指人先天所具有的品质，文指后天学习得到的东西，孔子认为这两方面只有很好地结合起来才可算得上是君子。

④遒(qiú)：有力。

⑤昔伯牙绝弦于锺期：伯牙是春秋时一位善弹琴的人，与锺子期是朋友，引为知音，锺子期死后，伯牙不再弹琴，因为他认为世上已无人理解他的琴声了。

⑧仲尼覆醢于子路：孔子的门人。子路死于卫国的祸乱，被砍杀后做成肉酱，孔子从此以后就不再吃肉酱了。醢，肉酱。

【译文】

魏文帝在写给元城县县令吴质的信中说：“当年发生瘟疫，亲戚朋友很多身遭其难，徐幹、陈琳、应玚、刘桢同时都死去。纵观古往今来的文士，大多数细节上不够检点，很少有人能以名节立身于世。偏偏伟长一人能做到既有文才，又不改初心，恬淡寡欲，有许由隐居箕山的志向，真可称得上是文质兼备的君子啊！他著有《中论》二十多篇，文采意蕴都很典雅，足以留传后世。德琏常常文思郁勃有著书立说的念头，他的文才学问也足以著书立说,美好的愿望未能实现,真是令人痛惜!孔璋写的表章文笔挺拔,只是略显烦冗。公幹文辞旷逸,可劲道似乎不够。阮瑀文章漂亮,情致足以使人开卷忘忧。仲宣独独擅长辞赋,可惜气魄不大,不能使文章更上层楼;但他的妙处,即使古人也不能超过很多。当年俞伯牙因为锺子期逝去而不再鼓琴,孔子因为子路死后被做成肉酱因而连自己平时爱吃的肉酱也不再吃了,这是痛惜知音难觅,伤感于弟子不及啊!上述几位只是还比不上古人,但都算当世的英才啊!”以上记文帝痛惜伤感六人的书信。

自颍川邯郸淳、繁钦、陈留路粹、沛国丁仪、丁廙、弘农杨修、河内荀纬等,亦有文采,而不在此七人之例。合曹植乃为七人。此疑当作“六人”,“例”当作“列”,谓邯郸淳至荀纬七人不得与王、徐、陈、阮、应、刘六人并列也。

【译文】

另外颍川邯郸淳、繁钦,陈留路粹,沛国丁仪、丁廙,弘农杨修,河内荀纬等,也都颇有文采,但不能与王、徐、陈、阮等七人并列。加上曹植才有七人。这里怀疑应当作“六人”,“例”当作“列”,是说邯郸淳到荀纬等七人不能与王、徐、陈、阮、应、刘六人并列。

玚弟璩,璩子贞,咸以文学显。璩官至侍中。贞咸熙中参相国军事①。

【注释】

①咸熙:魏元帝年号(264—265)。

【译文】

应玚的弟弟应璩,应璩的儿子应贞,也都以文章显名。应璩官做到侍中。应贞咸熙年间任官参相国军事。

瑀子籍，才藻艳逸，而倜傥放荡，行己寡欲，以庄周为模则。官至步兵校尉。

【译文】

阮瑀的儿子阮籍，才气横溢，文章艳丽，为人率性放纵，恬淡无求，以庄子为做人的榜样。官做到步兵校尉。

时又有谯郡嵇康①，文辞壮丽，好言老、庄，而尚奇任侠。至景元中②，坐事诛。

【注释】

①谯郡：郡名。治所在今安徽亳州谯城区。

②景元：魏元帝年号（260—264）。

【译文】

同时又有谯郡嵇康，文章雄壮华丽，喜欢谈论老庄，并且崇尚奇节，喜行侠义。到了景元年间，因为犯法被杀。

景初中①，下邳桓威出自孤微②，年十八而著《浑舆经》，依道以见意。从齐国门下书佐、司徒署吏，后为安成令。

【注释】

①景初：魏明帝年号（237—239）。

②下邳：封国名。治所在今江苏睢宁北。

【译文】

景初年间，有下邳人桓威出身寒微，十八岁时撰《浑舆经》，通过发挥道的意义来表述自己的思想。他先在齐国任门下书佐、司徒署吏，后来官做到安城县县令。

吴质，济阴人[1]，以文才为文帝所善，官至振威将军，假节都督河北诸军事，封列侯。以上又因六子而兼叙邯郸淳至吴质十三人。

【注释】

①济阴：郡名。治所在今山东菏泽定陶区。

【译文】

吴质，是济阴人，因为文章写得好受到魏文帝的善待，官做到振威将军，假节都督河北诸军事，受封为列侯。以上又因六子而兼记邯郸淳到吴质等十三人。

诸葛亮传

【题解】

本文是《三国志》中最长的一篇传记。陈寿因曾为蜀官，又见到不少材料，以当时人写当时历史，因而能如此详尽。因此书成于西晋，而蜀亡于晋，有关蜀国历史的记述，不少方面是有忌讳的。但陈寿仍是凭着对故国的思念、史家的责任感，还有他那善于叙事的史笔，把诸葛亮这样一位中国历史上不世出的人物给写了出来。后人多对陈寿评诸葛亮“应变将略，非其所长”有微词，但治国之才不亚管仲的评价却是很高的。

诸葛亮字孔明，琅玡阳都人也[①]。汉司隶校尉诸葛丰后也。父珪，字君贡，汉末为太山郡丞。亮少孤，从父玄为袁术所署豫章太守，玄将亮及亮弟均之官。会汉朝更选朱皓代玄。玄素与荆州牧刘表有旧，往依之。玄卒，亮躬耕陇亩，好为《梁父吟》[②]。身长八尺，每自比于管仲、乐毅，时人莫之许也。惟博陵崔州平、颍川徐庶元直与亮友善[③]，谓为信然。以上亮微时事。

【注释】

①琅玡：封国名。治所在今山东诸城。也作"琅邪"。阳都：县名。治所在今山东沂南。

②《梁父吟》：乐府楚调曲名。梁父是山名。在泰山脚下，相传人死魂归此处。《梁父吟》为挽歌，歌词悲凉慷慨。

③博陵：县名。治所在今河北蠡县。颍川：郡名。治所在今河南禹州。徐庶元直：徐庶，字元直。

【译文】

诸葛亮字孔明，琅玡阳都人。汉司隶校尉诸葛丰的后代。父亲诸葛珪，字君贡，汉朝末年曾任太山郡丞。诸葛亮小时候父亲就去世了，他的叔父诸葛玄被袁术委派做豫章太守，诸葛玄带着诸葛亮和诸葛亮的弟弟诸葛均一起赴任。碰巧朝廷另派朱皓代替诸葛玄。诸葛玄一向与荆州牧刘表交情不错，就去投靠刘表。诸葛玄死后，诸葛亮就自己种地务农，喜欢吟唱《梁父吟》。诸葛亮身高八尺，常常把自己比作管仲、乐毅，当时的人都不这样认为。只有博陵崔州平、颍川徐庶与诸葛亮关系很好，认为确实那样。以上记诸葛亮地位微贱时的事迹。

时先主屯新野[①]。徐庶见先主，先主器之，谓先主曰：

"诸葛孔明者，卧龙也，将军岂愿见之乎?"先主曰："君与俱来。"庶曰："此人可就见，不可屈致也。将军宜枉驾顾之。"由是先主遂诣亮，凡三往，乃见。因屏人曰[2]："汉室倾颓，奸臣窃命，主上蒙尘。孤不度德量力，欲信大义于天下[3]，而智术浅短，遂用猖蹶，至于今日。然志犹未已，君谓计将安出?"亮答曰："自董卓已来，豪杰并起，跨州连郡者不可胜数。曹操比于袁绍，则名微而众寡，然操遂能克绍，以弱为强者，非惟天时，抑亦人谋也。今操已拥百万之众，挟天子以令诸侯，此诚不可与争锋。孙权据有江东，已历三世，国险而民附，贤能为之用，此可以为援而不可图也。荆州北据汉、沔[4]，利尽南海，东连吴会[5]，西通巴、蜀，此用武之国，而其主不能守，此殆天所以资将军，将军岂有意乎？益州险塞，沃野千里，天府之土，高祖因之以成帝业。刘璋暗弱，张鲁在北，民殷国富而不知存恤，智能之士思得明君。将军既帝室之胄[6]，信义著于四海，总揽英雄，思贤如渴，若跨有荆、益，保其岩阻，西和诸戎，南抚夷越，外结好孙权，内修政理；天下有变，则命一上将将荆州之军以向宛、洛，将军身率益州之众以出秦川，百姓孰敢不箪食壶浆以迎将军者乎[7]？诚如是，则霸业可成，汉室可兴矣。"先主曰："善!"于是与亮情好日密。关羽、张飞等不悦，先主解之曰："孤之有孔明，犹鱼之有水也。愿诸君勿复言。"羽、飞乃止。以上隆中答先主之问。

【注释】

①先主：指刘备。蜀汉只有两位皇帝，刘备称先主，刘禅称后主。

新野：县名。今属河南南阳。

②屏(bǐng)人：让人回避。

③信：通“伸”。

④沔(miǎn)：水名。即今汉水。

⑤吴会(kuài)：秦时设会稽郡(辖今江苏东部、浙江西部地区)，东汉分为吴郡、会稽二郡，合称吴会。

⑥胄(zhòu)：后裔。

⑦箪(dān)：古时盛饭用的圆形竹器。

【译文】

当时先主驻扎在新野。徐庶去见先主，先主很器重他。他对先主说：“诸葛孔明可是一条卧龙啊，将军愿意见见他吗?”先主说：“先生可带他一块来。”徐庶说：“这个人可以去见他，不能委屈他来见将军。将军应该委屈自己去见他。”于是先主就去拜访诸葛亮，一共去了三次，才见到。先主就支走身边的人说道：“汉朝的江山快要垮了，奸臣当道，皇上受困。我不顾德行浅薄力量弱小，想重申正义于天下，但智谋短浅，导致颠沛流离，直到今天。但我的志向未改，先生有什么好办法吗?”诸葛亮回答道：“从董卓乱国以来，英雄四起，割据州郡的人多得数不过来。曹操与袁绍相比，名望低微而力量单薄，但曹操最终能够战胜袁绍，转弱为强，靠的不仅仅是天时，还有人谋啊。如今曹操拥兵百万，挟持着天子来号令诸侯，这种情形之下实在不能与他交锋。孙权占据江东，已经过了三代，国有险要而老百姓归顺，有才能的人得到他的信用，如此一来只能与他联合而不可以打他的主意。荆州北依汉水、沔水，势力一直可到南海，东与吴会相连接，西面直通巴、蜀，这是用武之地，但它的主人却不能守卫，这是上天要把它送给将军，将军想不想要呢？益州地势险要封闭，沃野千里，号称天府，汉高祖靠它建立汉朝。刘璋昏庸软弱，北边的张鲁，人口众多财力雄厚却不懂得收抚人心，聪明能干的人都盼望能有一位贤明的君主。将军原本是皇室后代，守信重义天下闻名，网罗英雄，求才若渴，如果能占据荆州、益州，凭险固守，西边与羌戎搞好关系，南面安抚好夷人越人，对外与孙权修好，在内使政治清明；天下如有大变故，就派一员大将率领荆州军队攻向宛、洛，将军亲自率领益州部队攻向关中，老百姓谁敢不提着饭端着水来欢迎将军呢？真能这样的话，霸业就可以成功，汉朝便可以重新振兴了。”先主说：“很好。”从此与诸葛亮的感情一天好似一天。关羽、张飞等人不高兴，先主向他们解释说：“我有了孔明，就好像鱼儿得到了水一样。希望大家不要再说什么。”关羽、张飞这才罢休。以上记诸葛亮在隆中回答先主的问话。

刘表长子琦，亦深器亮。表受后妻之言，爱少子琮，不悦于琦。琦每欲与亮谋自安之术，亮辄拒塞，未与处画。琦乃将亮游观后园，共上高楼，饮宴之间，令人去梯，因谓亮曰：“今日上不至天，下不至地，言出子口，入于吾耳，可以言未？”亮答曰：“君不见申生在内而危，重耳在外而安乎①？”琦意感悟，阴规出计。会黄祖死，得出，遂为江夏太守。俄而表卒，琮闻曹公来征，遣使请降。先主在樊闻之，率其众南行，亮与徐庶并从，为曹公所追破，获庶母。庶辞先主而指其心曰：“本欲与将军共图王霸之业者，以此方寸之地也。今已失老母，方寸乱矣，无益于事，请从此别。”遂诣曹公。先主至于夏口②，亮曰：“事急矣，请奉命求救于孙将军。”以上荆州破后，随先主奔夏口。

【注释】

①君不见申生在内而危，重耳在外而安乎：申生、重耳都是春秋时晋国国君晋献公的儿子，晋献公听信宠姬骊姬的谗言，欲除二

子，申生自杀而死，重耳逃到国外流亡。后重耳回到晋国做了国君，即晋文公。

②夏口：地名。因在夏水（汉水下游的古称）注入长江处，故称，在今湖北武汉。

【译文】

刘表的长子刘琦，也很器重诸葛亮。刘表听信后妻的话，喜欢小儿子刘琮，不喜欢刘琦。刘琦常想向诸葛亮请教可让自己安全的办法，诸葛亮每每拒绝搪塞，不给他出主意。刘琦就带着诸葛亮游览后花园，两人一起登上高楼，在喝酒吃饭的时候，刘琦命人搬走梯子，这才对诸葛亮说："今天真可说是上不着天，下不着地，话从先生嘴里说出来，从我耳朵钻进去，总可以说了吧？"诸葛亮回答道："您没看见申生在朝危机四伏，重耳在外出逃却很安全吗？"刘琦茅塞顿开，暗地里思量着外出的计策。恰好这时黄祖死了，刘琦得到机会出去，做了江夏太守。不久刘表病死，刘琮听说曹操南征，派使者去请降。先主在樊城听说这个消息，便率领所部向南撤退，诸葛亮和徐庶也一块儿跟着走，被曹操追上击溃，曹军抓获了徐庶的母亲。徐庶向先主告别，用手指着自己的心窝说："原本打算和将军一起共谋大业，靠的就是这方寸之地。现在老母被抓，这方寸之地乱了，我再没法帮忙，请就此别过。"于是他就去见曹操。先主到达夏口，诸葛亮说："情势很危急了，我请求奉命去向孙将军求救。"以上记荆州被攻破后，诸葛亮跟随先主来到夏口。

时权拥军在柴桑①，观望成败。亮说权曰："海内大乱，将军起兵据有江东，刘豫州亦收众汉南②，与曹操并争天下。今操芟夷大难③，略已平矣，遂破荆州，威震四海。英雄无所用武，故豫州遁逃至此。将军量力而处之：若能以吴、越之众与中国抗衡④，不如早与之绝；若不能当，何不案兵束甲，北面而事之！今将军外托服从之名，而内怀犹豫之计，事急而不断，祸至无日矣！”权曰：“苟如君言，刘豫州何不遂事之乎？”亮曰：“田横[5]，齐之壮士耳，犹守义不辱，况刘豫州王室之胄，英才盖世，众士慕仰，若水之归海，若事之不济，此乃天也，安能复为之下乎！”权勃然曰：“吾不能举全吴之地，十万之众，受制于人。吾计决矣！非刘豫州莫可以当曹操者，然豫州新败之后，安能抗此难乎？”亮曰：“豫州军虽败于长阪，今战士还者及关羽水军精甲万人，刘琦合江夏战士亦不下万人。曹操之众，远来疲弊，闻追豫州，轻骑一日一夜行三百余里，此所谓‘强弩之末，势不能穿鲁缟’者也。故兵法忌之，曰‘必蹶上将军[6]’。且北方之人，不习水战；又荆州之民附操者，逼兵势耳，非心服也。今将军诚能命猛将统兵数万，与豫州协规同力，破操军必矣。操军破，必北还，如此则荆、吴之势强，鼎足之形成矣。成败之机，在于今日。”权大悦，即遣周瑜、程普、鲁肃等水军三万，随亮诣先主，并力拒曹公。以上说孙权并力拒曹。

【注释】

①柴桑：县名。治所在今江西九江西南。

②刘豫州：指刘备，因其曾任豫州牧，故称刘豫州。

③芟荑(shān yí)：铲锄。

④中国：此处指中原政权。

⑤田横：秦人，本是战国时齐国王室后裔，秦亡后楚汉相争，田横自立为齐王。刘邦灭项羽后招降田横，田横不愿受辱于人，走到洛阳时与随从二人自杀，田横属下亡命于海上孤岛的五百壮士听

到消息后，也一齐自杀。

⑥必蹶(jué)上将军：出自《孙子兵法·军争篇》"五十里而争利，则蹶上将军"，意谓走五十里路再与敌人争战，会折损上将军。

【译文】

当时孙权率军，驻扎在柴桑，观望荆州之战的胜败情形。诸葛亮劝说孙权道："天下大乱，将军发动义兵占领江东，刘将军也在汉水以南攒集力量，与曹操争夺天下。如今曹操已经消除大患，北方基本平定，于是攻破荆州，威震四海。英雄无用武之地，所以刘将军才逃到这里。将军估计下自身的力量来确定应对方法：如果能依靠吴、越之力与中原对抗，不如趁早翻脸；如果觉得打不过，那就干脆放下武器，投降曹操！目前将军表面上有顺从北方的声名，而实际上却犹豫不决，事已急迫却不能果断定夺，大祸就在眼前了！"孙权说道："真像你说的那样，刘将军为什么不干脆投降呢？"诸葛亮说："田横，不过是齐国的一个壮士罢了，尚且守节不受屈辱，何况刘将军是帝王之后，英才盖世，众人仰慕他，就好比是水流归海，如果大事不成，那也是天意，岂能屈居人下呢！"孙权奋然说道："我不能手握江东之地，十万精兵，听人摆布。我的主意定了！除了刘将军没人能抵挡曹操，但刘将军刚刚战败，怎么能顶住这回的大难呢？"诸葛亮说："刘将军虽然兵败长阪，但散归的兵士加上关羽水军精兵有一万人，刘琦所部江夏兵力也不少于一万人。曹操的部队，长途行军到此已疲惫不堪，听说他为了追击刘将军，骑兵一天一夜就赶了三百多里路，正所谓'强弩之末，势不能穿鲁缟'。因此兵法很忌讳这点，说'一定会折损上将军'。况且北方人，不习惯水上作战；另外归降曹操的荆州百姓，迫于兵威，并非真心服从。眼下将军果真能派猛将带几万兵马，与刘将军共谋合力，那一定会击败曹军。曹军战败，肯定北撤，这样一来荆、吴势力增强，三足鼎立的局面也就形成了。是成是败，就在今天。"孙权非常高兴，立即派周瑜、程普、鲁肃等率三万水军，随诸葛亮去见先主，合力抗拒曹操。以上记诸葛亮说服孙权出兵与刘备合力破曹。

曹公败于赤壁[①],引军归邺[②]。先主遂收江南,以亮为军师中郎将,使督零陵、桂阳、长沙三郡[③],调其赋税,以充军实。

【注释】

①赤壁:地名。今属湖北。

②邺:地名。在今河北临漳。

③零陵:郡名。治所在今湖南零陵。桂阳:郡名。治所在今湖南郴州。长沙:郡名。治所在今湖南长沙。

【译文】

曹操大败于赤壁,率残部退回邺城。先主因此收复江南地方,任用诸葛亮为军师中郎将,让他统领零陵、桂阳、长沙三郡,征收三地赋税,以充实军需。

建安十六年,益州牧刘璋遣法正迎先主,使击张鲁。亮与关羽镇荆州。先主自葭萌还攻璋[①],亮与张飞、赵云等率众溯江,分定郡县,与先主共围成都。成都平,以亮为军师将军,署左将军府事。先主外出,亮常镇守成都,足食足兵。以上镇荆州,平成都。

【注释】

①葭萌:县名。治所在今四川广元南。

【译文】

建安十六年,益州牧刘璋派法正迎接先主,让先主进攻张鲁。诸葛亮与关羽镇守荆州。先主从葭萌返回转攻刘璋,诸葛亮与张飞、赵云等也带兵沿长江而上，分头平定郡县，然后与先主合兵围攻成都。攻下成都后，先主任命诸葛亮为军师将军，负责左将军府政事。先主外出，诸葛亮常留守成都，保证粮草兵员供应。以上记诸葛亮镇守荆州，同刘备攻占成都。

二十六年，臣下劝先主称尊号，先主未许，亮说曰："昔吴汉、耿弇等初劝世祖即帝位[①]，世祖辞让，前后数四，耿纯进言曰：'天下英雄喁喁，冀有所望。如不从议者，士大夫各归求主，无为从公也。'世祖感纯言深至，遂然诺之。今曹氏篡汉，天下无主，大王刘氏苗族，绍世而起，今即帝位，乃其宜也。士大夫随大王久勤苦者，亦欲望尺寸之功如纯言耳。"先主于是即帝位，策亮为丞相，曰："朕遭家不造，奉承大统，兢兢业业，不敢康宁，思靖百姓，惧未能绥。於戏！丞相亮其悉朕意，无怠辅朕之阙，助宣重光，以照明天下。君其勖哉[②]！"亮以丞相录尚书事，假节。张飞卒后，领司隶校尉。以上先主即位，亮为丞相。

【注释】

①吴汉、耿弇（yǎn）：都是光武帝刘秀的功臣。世祖：即刘秀。

②勖（xù）：勉励。

【译文】

建安二十六年，群臣劝先主称帝，先主不答应，诸葛亮劝道："当年吴汉、耿弇等人开始劝世祖刘秀当皇帝，世祖推辞，前后多次，耿纯对世祖说：'英雄企盼，都希望能攀龙附凤。如果不听众人相劝，士大夫四散另寻主人，就不会跟着您了。'世祖被耿纯的话深深打动，于是答应称帝。今日曹丕篡汉，四海无主，大王是刘氏后裔，接续先代而崛起，现在称帝，理所应当。跟着大王转战劳苦的士大夫，也盼着像耿纯所说的那样立功受赏。”先主于是即位称帝，委任诸葛亮为丞相的策命说道：“朕家门不幸，继承大统，兢兢业业，不敢苟安，希望能安定百姓，害怕做不到。呜呼！丞相诸葛亮务必深深体会朕的用意，不要松懈于帮助我弥补缺失，使刘氏江山重放光辉，照耀天下。先生努力啊！”诸葛亮以丞相身份录尚书事，假节。张飞死后，兼任司隶校尉。以上记先主即位称帝，诸葛亮任丞相。

章武三年春[①]，先主于永安宫病笃[②]，召亮于成都，属以后事，谓亮曰：“君才十倍曹丕，必能安国，终定大事。若嗣子可辅，辅之；如其不才，君可自取。”亮涕泣曰：“臣敢竭股肱之力，效忠贞之节，继之以死！”先主又为诏敕后主曰：“汝与丞相从事，事之如父。”建兴元年[③]，封亮武乡侯，开府治事。顷之，又领益州牧。政事无巨细，咸决于亮。以上受遗辅幼主。

【注释】

①章武三年：223 年。章武，蜀先主刘备的年号(221—223)。

②永安：县名。秦时称鱼腹县，公孙述改称白帝城，刘备章武二年(222)改称永安，治所在今重庆奉节东。

③建兴元年：223 年。建兴，蜀后主刘禅的年号(223—237)。

【译文】

章武三年春天，先主病危于永安宫，把诸葛亮从成都召来，把后事托付给他，对诸葛亮说：“先生才能十倍于曹丕，必定能使国家平安，最终完成大事。我的儿子如果可以辅助，就辅助他；如果他不成器，先生就自己干。”诸葛亮流泪答道：“臣敢不竭尽全力，忠贞报国，死而后已。”先主又写诏书告诫后主：“你与丞相相处，对他要像对待父亲一样。”建兴元年，封诸葛亮为武乡侯，开府处理政事。不久，又任益州牧。政事不管大小，都由诸葛亮处理。以上记诸葛亮受遗诏辅佐幼主。

南中诸郡[1]，并皆叛乱，亮以新遭大丧，故未便加兵，且遣使聘吴，因结和亲，遂为与国。三年春，亮率众南征，其秋悉平。军资所出，国以富饶，乃治戎讲武，以俟大举。以上和吴平南。

【注释】

①南中：今四川南部包括贵州、云南等大部地区。

【译文】

南中地区的几个郡，一起叛乱，诸葛亮因为国家刚发生先主死去的重大丧事，因此没有立刻出兵，暂且先派使臣出使孙吴，与孙吴讲和交好，结成盟友。建兴三年春，诸葛亮率兵南征，同年秋叛乱全部平息。南中平定后，成为兵力物资的供应地，国家也因此富饶，于是他就练兵讲武，等待大举北伐。以上记诸葛亮与东吴讲和，平定南中叛乱。

五年，率诸军北驻汉中，临发，上疏曰：

先帝创业未半而中道崩殂[1]，今天下三分，益州疲敝，此诚危急存亡之秋也。然侍卫之臣不懈于内，忠志之士忘身于外者，盖追先帝之殊遇，欲报之于陛下也。诚宜开张圣听，以光先帝遗德，恢宏志士之气，不宜妄自菲薄，引喻失义，以塞忠谏之路也。宫中府中俱为一体，陟罚臧否[②]，不宜异同。若有作奸犯科及为忠善者，宜付有司论其刑赏，以昭陛下平明之理，不宜偏私，使内外异法也。侍中、侍郎郭攸之、费祎、董允等，此皆良实，志虑忠纯，是以先帝简拔以遗陛下。愚以为宫中之事，事无大小，悉以咨之，然后施行，必能裨补阙漏，有所广益。将军向宠，性行淑均，晓畅军事，试用于昔日，先帝称之曰能，是以众议举宠为督。愚以为营中之事，悉以咨之，必能使行阵和睦，优劣得所。亲贤臣，远小人，此先汉所以兴隆也；亲小人，远贤臣，此后汉所以倾颓也。先帝在时，每与臣论此事，未尝不叹息痛恨于桓、灵也。侍中、尚书、长史、参军，此悉贞良死节之臣，愿陛下亲之信之，则汉室之隆，可计日而待也。

【注释】

①殂（cú）：死亡。

②陟（zhì）：提升，提拔。臧否（zāng pǐ）：好坏。

【译文】

建兴五年，诸葛亮率领各路兵马北进汉中。出发之前，给皇帝上疏说：

先帝开创的事业还没进行到一半就中途离去，如今天下三分，益州破败，这实在是关系到生死存亡的紧急时候。但在内负责侍奉保卫的臣子依旧毫不懈怠，忠志之士在外仍然奋不顾身，这是因为他们缅怀先帝的厚恩，要回报于陛下啊！这时实在应该广开言路，发扬光大先帝遗留下来的美德，鼓舞仁人志士的斗志，不应该随便自己看不起自己，出言不当，使忠言不入于耳。宫中和丞相府本是一体，升降赏罚，不应该有什么区别。如果有人做了坏事触犯刑律或者做了忠善之事，应该交给有关部门讨论定罪行赏，以显示陛下处事公平，不应该偏心徇私，使里外法度不同。侍中、侍郎郭攸之、费祎、董允等人，都很能干诚实，忠心耿耿，坚贞不二，因此先帝选拔他们交给陛下。臣认为宫内的事情，无论大小，都先向他们请教，然后实行，一定能有助于修补疏漏，多有好处。将军向宠，性格温和，熟悉军事，当年试用，先帝称赞他能干，因此众人讨论推选向宠负责留守军事。我认为军营里的事，全部向他请教，一定能使部伍团结，人尽其才。亲近贤臣，疏远小人，这是前汉兴盛的原因所在；亲近小人，疏远贤臣，这是后汉覆亡的原因所在。先帝在世时，常常与老臣讨论此事，未尝不叹息痛恨桓帝和灵帝。侍中、尚书、长史、参军，这些全是坚贞忠良可为国捐躯的臣子，希望陛下亲近他们信任他们，那汉室的中兴，也就可以数着日子等到了。

臣本布衣，躬耕于南阳，苟全性命于乱世，不求闻达于诸侯。先帝不以臣卑鄙，猥自枉屈，三顾臣于草庐之中，谘臣以当世之事，由是感激，遂许先帝以驱驰。后值倾覆，受任于败军之际，奉命于危难之间，尔来二十有一年矣。先帝知臣谨慎，故临崩寄臣以大事也。受命以来，夙夜忧叹，恐托付不效，以伤先帝之明。故五月渡泸，深入不毛，今南方已定，兵甲已足，当奖率三军，北定中原，庶竭驽钝，攘除奸凶，兴复汉室，还于旧都。此臣所以报先帝而忠陛下之职分也。

【译文】

臣本是普通老百姓，亲身在南阳耕作，只图能在乱世保全性命，不指望跟着人扬名发达。先帝不嫌臣地位低下，平白地辱没自己，三次到臣的草庐访求，向臣询问时事，臣因此被感动，于是答应跟随先帝奔走。后来碰上挫败，在兵退之时臣接受先帝委任，危险关头接受任务，到今天已经有二十一个年头了。先帝知道臣小心谨慎，所以临终把大事托付给臣。自从接受遗命以来，臣日夜担忧，唯恐先帝托付的大事不能完成，损伤了先帝的圣明。因此臣在五月份强渡泸水，深入蛮荒，如今南方已平定，兵甲充足，臣拟督领三军，北上平定中原，但愿竭尽臣所能，剪除奸凶，兴复汉室，迁回旧都。这是臣报答先帝而尽忠于陛下的责任。

至于斟酌损益，进尽忠言，则攸之、祎、允之任也。愿陛下托臣以讨贼兴复之效，不效，则治臣之罪，以告先帝之灵。此处有阙文①。责攸之、祎、允等之慢，以彰其咎。陛下亦宜自谋，以谘诹善道②，察纳雅言，深追先帝遗诏。臣不胜受恩感激，今当远离，临表涕零，不知所言。以上北伐上《出师表》。

【注释】

①此处阙文为“若无兴德之言”。

②谘诹（zōu）：询问。

【译文】

至于权衡轻重得失，知无不言，那就是郭攸之、费祎、董允的责任。愿陛下将讨贼兴汉争取成功的任务交给臣，如果失败，就请处罚臣的过错，以告慰先帝在天之灵。这里有缺失的文字。如果听不到忠言，就请追究郭攸之、费祎、董允等人的怠慢，昭示他们的过失。陛下也应该自己认真思考，以便能询访良好的建议，接受美善的进言，仔细体会先帝遗诏上所说的话。臣不胜受恩感激，现在就要远离陛下了，对着奏表泪如雨下，不知都说了些什么。以上出师北伐，上《出师表》。

遂行，屯于沔阳[①]。

【注释】

①沔阳：县名。治所在今陕西勉县东。

【译文】

于是诸葛亮便北上，驻扎在沔阳。

六年春，扬声由斜谷道取郿[①]，使赵云、邓芝为疑军，据箕谷[②]，魏大将军曹真举众拒之。亮身率诸军攻祁山[③]，戎阵整齐，赏罚肃而号令明，南安、天水、安定三郡叛魏应亮[④]，关中响震。魏明帝西镇长安，命张郃拒亮，亮使马谡督诸军在前，与郃战于街亭[⑤]。谡违亮节度，举动失宜，大为郃所破。亮拔西县千余家，还于汉中，戮谡以谢众。上疏曰："臣以弱才，叨窃非据，亲秉旄钺以厉三军[⑥]，不能训章明法，临事而惧，至有街亭违命之阙，箕谷不戒之失，咎皆在臣授任无方。臣明不知人，恤事多暗[⑦]。《春秋》责帅，臣职是当。请自贬三等，以督厥咎[⑧]。"于是以亮为右将军，行丞相事，所总统如前。以上街亭之败。

【注释】

①斜谷：山谷名。陕西终南山有两谷口，北曰斜谷，是古时川陕两

地的重要通道。郿：县名。治所在今陕西眉县。

②箕谷：在今陕西汉中北。

③祁山：山名。在今甘肃礼县。

④南安：郡名。治所在今甘肃陇西县东。天水：郡名。治所在今甘肃甘谷东。安定：郡名。治所在今甘肃镇原东南。大抵在今甘肃东南部。

⑤街亭：即街泉亭，在今甘肃秦安东北。

⑥旌钺：白旄和黄钺。借指军权。语本《尚书·牧誓》："王左杖黄钺，右秉白旄以麾。"

⑦恤事：考虑事情。

⑧督：责罚。厥：其。

【译文】

建兴六年春，蜀军佯称要从斜谷道进取郿县，让赵云、邓芝为疑兵，占领箕谷，魏国大将军曹真率兵抵御。诸葛亮亲率大军攻向祁山，队伍整齐，赏罚严格，号令严明，南安、天水、安定三郡背叛魏国响应诸葛亮，关中震动。魏明帝西赴长安坐镇，命令张郃抵挡诸葛亮，诸葛亮派马谡统领众军先行，与张郃激战于街亭。马谡违背诸葛亮的调度，措施不当，惨败于张郃。诸葛亮驱略西县一千多家人口，撤回汉中，处斩马谡，以向将士做个交待。上奏后主说："臣才能低下，忝居高位，亲自拿着白旄黄钺以督励三军，却不能训明军纪，遇事恐惧，导致发生了街亭违抗命令的过错、箕谷没有警戒的失误，错都错在臣分派任务没有方略。臣没有知人之明，虑事糊涂。《春秋》里很重视责备统兵者的过失，臣所任恰好就是统帅。请允许臣自己官降三级，以处罚臣的失误。"于是降诸葛亮为右将军，代理丞相处理事务，所管的一切与原来一样。以上记街亭之败。

冬，亮复出散关[①]，围陈仓[②]，曹真拒之，亮粮尽而还。魏将王双率骑追亮，亮与战，破之，斩双。七年，亮遣陈式攻武都、阴平③。魏雍州刺史郭淮率众欲攻式，亮自出至建威④，淮退还，遂平二郡。诏策亮曰："街亭之役，咎由马谡，而君引愆，深自贬抑，重违君意，听顺所守。前年耀师，馘斩王双；今岁爰征，郭淮遁走；降集氐、羌，兴复二郡，威镇凶暴，功勋显然。方今天下骚扰，元恶未枭，君受大任，干国之重，而久自挹损，非所以光扬洪烈矣。今复君丞相，君其勿辞。"九年，亮复出祁山，以木牛运，粮尽退军，与魏将张郃交战，射杀郃。以上三出师，破王双、郭淮、张郃。

【注释】

①散关：关隘名。在今陕西宝鸡西南。

②陈仓：县名。在今陕西宝鸡东。

③武都：郡名。治所在今甘肃成县。阴平：郡名。治所在今甘肃文县。

④建威：地名。在今甘肃武都境内。

【译文】

同年冬，诸葛亮再次兵出散关，进围陈仓，曹真带兵相拒，诸葛亮粮草用尽退兵。魏将王双带着骑兵追击诸葛亮，诸葛亮与他交战，打败了他，杀死王双。建兴七年，诸葛亮派陈式进攻武都、阴平。魏国雍州刺史郭淮率兵准备进攻陈式，诸葛亮亲率兵赶到建威，郭淮撤走，于是攻下二郡。诏书册封诸葛亮道："街亭之战，错在马谡，而先生却承揽过失，痛责自己，朕不愿违背先生的意思，听任降级。前年出兵，杀死王双；今年讨伐，郭淮惊逃；收降氐、羌，收复二郡，威震凶暴，战功赫赫。如今天下骚乱，首恶未除，先生重任在肩，国之栋梁，却长时间地自抑减损，这不利于完成大业。现恢复先生丞相一职，先生不要推辞。"建兴九年，诸葛亮再次出兵进攻祁山，用木牛运送粮草，粮草用尽后退兵，与魏国大将张郃交战，射死张郃。以上记诸葛亮三次出兵，大败王双、郭淮、张郃。

十二年春，亮悉大众由斜谷出，以流马运，据武功五丈原①，与司马宣王对于渭南②。亮每患粮不继，使己志不伸，是以分兵屯田，为久住之基。耕者杂于渭滨居民之间，而百姓安堵，军无私焉。相持百余日。其年八月，亮疾病，卒于军，时年五十四。及军退，宣王案行其营垒处所，曰："天下奇才也！"

【注释】

①五丈原：地名。在今陕西眉县西南，即渭水南原。

②司马宣王：指司马懿，其子司马昭被封为晋王后，追封司马懿为宣王。

【译文】

建兴十二年春，诸葛亮率全部战士杀出斜谷，用流马运输粮草，占据武功的五丈原，与司马懿对峙于渭南。诸葛亮常担心粮食接济不上，使自己达不到目的，因此他分出一部分士兵屯田，为长久驻扎下去打基础。种田的兵士散处于渭河沿岸的百姓之中，百姓安居无事，士兵也没开小差的。这样相持了一百多天。这年八月，诸葛亮患病，死在军中，终年五十四岁。等蜀兵退走，司马懿巡行诸葛亮的营寨，说道："真是天下奇才啊！"

亮遗命葬汉中定军山①，因山为坟，冢足容棺，敛以时服，不须器物。诏策曰："惟君体资文武，明叡笃诚，受遗托孤，匡辅朕躬，继绝兴微，志存靖乱；爰整六师，无岁不征，神武赫然，威镇八荒，将建殊功于季汉，参伊、周之巨勋。如何不吊，事临垂克，遘疾陨丧！朕用伤悼，肝心若裂。夫崇德序功，纪行命谥，所以光昭将来，刊载不朽。今使使持节左中郎将杜琼，赠君丞相武乡侯印绶，谥君为忠武侯。魂而有灵，嘉兹宠荣。呜呼哀哉！呜呼哀哉！”

【注释】

①定军山：山名。在今陕西勉县东南。

【译文】

诸葛亮遗言中要求安葬于汉中的定军山，借山为坟，墓室中能放下棺材即可，装敛时就穿死时穿的衣服，不要陪葬任何东西。诏书说：“先生才兼文武，聪明诚实，接受托孤的遗诏，辅佐朕躬，继绝兴微，志在平乱，整饬六师，无年不征，神武赫赫，威震天下，正要成大功于汉朝危亡之际，建立伊尹、周公那样的功勋。为何如此不幸，眼看事情就要成功，却遇病身亡！朕悲伤万分，摧心裂肝。称颂德行表扬功绩，记载懿行赠予谥号，这一切都是为了照耀将来，使死者声名不朽。今派使持节左中郎将杜琼，奉赠先生丞相武乡侯印绶，赐先生忠武侯的谥号。魂如有知，应为身后有这样的哀荣而欣慰。呜呼哀哉！呜呼哀哉！”

初，亮自表后主曰：“成都有桑八百株，薄田十五顷，子弟衣食，自有余饶。至于臣在外任，无别调度，随身衣食，悉仰于官，不别治生，以长尺寸。若臣死之日，不使内有余帛，外有赢财，以负陛下。”及卒，如其所言。以上卒军中。

【译文】

当初，诸葛亮自己上表给后主说：“臣成都有桑树八百棵，田地十五顷，子弟吃穿，应该还有节余。至于臣受命于外，没有其他供调，随身吃穿，都靠国家，没有另外的生财之道，以增加收入。如果臣哪天死去，绝不让家里有多余的布帛，外面有多余的财产，从而辜负陛下。”等到诸葛亮死时，一切都像他所说的那样。以上记诸葛亮死于军中。

亮性长于巧思，损益连弩，木牛流马，皆出其意；推演兵法，作《八阵图》，咸得其要云。亮言教书奏多可观，别为一集。

【译文】

诸葛亮天生擅长精巧构思，改进弩箭使它可以连发，制作木牛流马，都出自他的设想；推演兵法，创制《八阵图》，都能得要领。诸葛亮的言教书奏大部分都很值得欣赏，另外汇成一编。

景耀六年春[①]，诏为亮立庙于沔阳。秋，魏镇西将军锺会征蜀，至汉川，祭亮之庙，令军士不得于亮墓所左右刍牧樵采。亮弟均，官至长水校尉。亮子瞻，嗣爵。

【注释】

①景耀六年：263 年。景耀，蜀后主刘禅的年号(258—264)。

【译文】

景耀六年春，诏书下令在沔阳为诸葛亮立庙。同年秋天，魏镇西将军锺会伐蜀，行军到汉川，祭拜了诸葛亮庙，命令士兵不得在诸葛亮的坟墓周围割草伐树。诸葛亮的弟弟诸葛均，官做到长水校尉。诸葛亮的儿子诸葛瞻，承袭了父亲的爵位。

诸葛氏集目录

开府作牧第一　权制第二　南征第三　北出第四　计算第五　训厉第六　综核上第七　综核下第八　杂言上第九　杂言下第十　贵和第十一　兵要第十二　传运第十三　与孙权书第十四　与诸葛瑾书第十五　与孟达书第十六　废李平第十七　法检上第十八　法检下第十九　科令上第二十　科令下第二十一　军令上第二十二　军令中第二十三　军令下第二十四

【译文】

诸葛亮集目录

开府作牧第一　权制第二　南征第三　北出第四　计算第五　训厉第六　综核上第七　综核下第八　杂言上第九　杂言下第十　贵和第十一　兵要第十二　传运第十三　与孙权书第十四　与诸葛谨书第十五　与孟达书第十六　废李平第十七　法检上第十八　法检下第十九　科令上第二十　科令下第二十一　军令上第二十二　军令中第二十三　军令下第二十四

右二十四篇，凡十万四千一百一十二字。

【译文】

以上二十四篇，共计十万四千一百一十二字。

臣寿等言：

臣前在著作郎，侍中领中书监济北侯臣荀勖、中书令关内侯臣和峤奏，使臣定故蜀丞相诸葛亮故事。亮毗佐微国①，负阻不宾，然犹存录其言，耻善有遗，诚是大晋光明至德，泽被无疆，自古以来，未之有伦也。辄删除复重，随类相从，凡为二十四篇，篇名如右。

【注释】

①毗(pí)：辅助。

【译文】

臣陈寿等人谨奏：

臣当初在秘书省任著作郎，侍中兼中书监济北侯荀勖、中书令关内侯和峤奏请，让臣编写整理前蜀国丞相诸葛亮的事迹。诸葛亮辅助小国，恃险不服，但仍要保存他的言行，以遗漏嘉言美行为耻，这实在是因为大晋德光普照，恩施无边，自古以来，没有这样的事。于是就删掉重复，分类编排，一共二十四篇，篇名如上。

亮少有逸群之才，英霸之器，身长八尺，容貌甚伟，时人异焉。遭汉末扰乱，随叔父玄避难荆州，躬耕于野，不求闻达。时左将军刘备以亮有殊量，乃三顾亮于草庐之中。亮深谓备雄姿杰出，遂解带写诚，厚相结纳。及魏武帝南征荆州，刘琮举州委质，而备失势众寡，无立锥之地。亮时年二十七，乃建奇策，身使孙权，求援吴会。权既宿服仰备，又睹亮奇雅，甚敬重之，即遣兵三万人以助备。备得用与武帝交战，大破其军，乘胜克捷，江南悉平。后备又西取益州。益州既定，以亮为军师将军。备称尊号，拜亮为丞相，录尚书事。及备殂没，嗣子幼弱，事无巨细，亮皆专之。于是外连东吴，内平南越，立法施度，整理戎旅，工械技巧，物究其极，科教严明，赏罚必信，无恶不惩，无善不显，至于吏不容奸，人怀自厉，道不拾遗，强不侵弱，风化肃然也。

【译文】

诸葛亮年轻时就有超群的才能，英豪的器量，身高八尺，容貌伟壮，当时的人都另眼相看。遇到汉末战乱，跟随叔父逃难到了荆州，在乡间耕作，不希求声名富贵。当时左将军刘备因为诸葛亮不同寻常，就三次往草庐拜访他。诸葛亮确实认为刘备是个杰出英雄，于是就郑重地答应诚心相助，亲密交结。等到魏武帝南征荆州，刘琮率全荆州投降，刘备失去靠山，众寡不敌，连立身之地也没有。诸葛亮那阵子才二十七岁，他就出奇计，亲自出使到孙权那儿去，请求孙吴的援助。孙权本来一向就很敬服刘备，又看见诸葛亮才华出众举止文雅，极为敬重诸葛亮，就派兵三万救援刘备。刘备用此与魏武帝交战，大败曹军，乘胜扩大战果，平定江南。后来刘备又向西夺取益州。益州平定后，任命诸葛亮为军师将军。刘备称帝，封诸葛亮为丞相，录尚书事。等刘备死后，继位的儿子年龄还小，事无大小，全由诸葛亮决断。于是对外与孙吴联合，在内平叛南越；建立法度，整顿军队；制造的器械精良，所用的东西都要求做到最好；法令严明，赏罚一定讲信用，没有恶行不被惩罚，没有善行不被褒奖；真正做到了奸吏无法混日子，人人努力向上，路不拾遗，强不欺弱，风气肃然。

当此之时，亮之素志，进欲龙骧虎视，苞括四海，退欲跨陵边疆，震荡宇内。又自以为无身之日，则未有能蹈涉中原、抗衡上国者，是以用兵不戢，屡耀其武。然亮才，于治戎为长，奇谋为短，理民之干，优于将略。而所与对敌，或值人杰，加众寡不侔，攻守异体，故虽连年动众，未能有克。昔萧何荐韩信，管仲举王子城父[①]，皆忖己之长，未能兼有故也。亮之器能政理，抑亦管、萧之亚匹也，而时之名将无城父、韩信，故使功业陵迟，大义不及邪？盖天命有归，不可以智力争也。

【注释】

①王子城父：春秋时齐惠公的大夫。

【译文】

这个时候，诸葛亮的夙愿，是进则傲视四海，统一全国；退则蚕食敌国领土，威震天下。又考虑到自己身后再没有能够长驱中原与北方抗衡的人，所以用兵不息，屡次出师。但诸葛亮的才能擅长于以法治军，不擅长以奇计用兵，治国的才干，比带兵的本领要强。而与他对抗的人，往往也是英雄豪杰，加上力量对比太悬殊，并以相对弱势而处进攻地位，所以诸葛亮虽然连年兴兵，都不能成功。当年萧何推荐韩信，管仲举荐王子城父，都是因为认识到自己不是样样都行。诸葛亮的治国安邦之才，可说是仅次于管仲、萧何；但当时没有像城父、韩信那样的名将，因此导致了他大功不成、壮志难酬吗？大概因为天意早有归属，不是可以凭智慧和力量就能争取的。

青龙二年春[①]，亮帅众出武功，分兵屯田，为久驻之基。其秋病卒，黎庶追思，以为口实。至今梁、益之民，咨述亮者，言犹在耳，虽《甘棠》之咏召公[②]，郑人之歌子产[3]，无以远譬也。孟轲有云[4]：“以逸道使民，虽劳不怨；以生道杀人，虽死不忿。”信矣！论者或怪亮文彩不艳，而过于丁宁周至。臣愚以为咎繇大贤也[5]，周公圣人也，考之《尚书》，咎繇之谟略而雅，周公之诰烦而悉。何则？咎繇与舜、禹共谈，周公与群下矢誓故也。亮所与言，尽众人凡士，故其文指不及得远也。然其声教遗言，皆经事综物，公诚之心，形于文墨，足以知其人之意理，而有补于当世。

【注释】

①青龙二年：234年。青龙，魏明帝年号(233—237)。

②《甘棠》：《诗经·召南》中通过歌咏甘棠树而表达对召公的赞美怀念之情的一首诗。据说周初贤相召公经常外出巡察，有时就在棠树之下休息，后人思念他的贤德，咏棠树而赞美他。

③郑人之歌子产：《左传·襄公三十年》记载子产理政受到郑人赞许，人们作歌谣赞美他。

④孟轲有云：引文出自《孟子·尽心上》。

⑤咎繇：即皋陶，传说是舜时负责刑狱的贤臣。

【译文】

青龙二年春，诸葛亮率兵进驻武功，分兵屯田，作长久驻扎的准备。同年秋天病逝，百姓思念，把他的事迹挂在嘴边。直到今天梁州、益州的百姓说起诸葛亮，就好像他还活在身边一样，即使像《甘棠》一诗那样赞美召公，郑人那样歌颂子产，也不过如此。孟轲曾说：“以让百姓安逸的原则去役使百姓，百姓即使劳苦，也不会埋怨；为了使百姓生存而去杀人，那人即使被杀，也不会怨恨。”真是这样啊！有些谈论诸葛亮的人怪他的文章不漂亮，而且过于面面俱到，喋喋不休。臣愚蠢地认为咎繇是大贤，周公是圣人，翻出《尚书》细看，里面所记载咎繇的谋谟简明文雅，周公的诰令烦琐详细。为什么呢？因为咎繇是与舜、禹在一块谋事，而周公却是在向属下发布誓命。诸葛亮交谈的对象，都是凡夫俗子，所以他的文章不能写得太深奥。但他的遗著，都与处理世务有关，开诚布公的心态，体现在字里行间，足以使人明白他所想的，也有益于当时。

伏惟陛下迈踪古圣，荡然无忌，故虽敌国诽谤之言，咸肆其辞而无所革讳，所以明大通之道也。谨录写上诣著作。臣寿诚惶诚恐，顿首顿首，死罪死罪。泰始十年二月一日癸巳[1]，平阳侯相臣陈寿上。以上陈寿上亮集表。

【注释】

①泰始十年：274年。泰始，晋武帝年号(265—274)。

【译文】

敬思陛下德超往圣，宽宏大量，因而即使是敌国诽谤的话，也任其说流行而无所变更忌讳，以显示天地大通的道理。谨抄录上缴秘书省。臣寿诚惶诚恐，顿首顿首，死罪死罪！泰始十年二月一日癸巳，平阳侯相臣陈寿敬奉。以上是陈寿进献《诸葛亮集》的奏表。

乔字伯松，亮兄瑾之第二子也，本字仲慎。与兄元逊俱有名于时[1]，论者以为乔才不及兄，而性业过之。初，亮未有子，求乔为嗣，瑾启孙权遣乔来西，亮以乔为己適子，故易其字焉。拜为驸马都尉，随亮至汉中。年二十五，建兴六年卒。子攀，官至行护军翊武将军，亦早卒。诸葛恪见诛于吴，子孙皆尽，而亮自有胄裔，故攀还复为瑾后。

【注释】

①元逊：诸葛瑾长子诸葛恪的字。

【译文】

诸葛乔字伯松，是诸葛亮的兄长诸葛瑾的第二个儿子，原来的字叫仲慎。他与哥哥元逊当时都很出名，有人评论说诸葛乔才能比不上兄长，但品性胜过兄长。当初，诸葛亮还没有儿子，就请求领养诸葛乔，诸葛瑾请示孙权后，就派遣诸葛乔西上，诸葛亮立乔为自己的嫡子，替他改了字。被任命为驸马都尉，跟着诸葛亮到了汉中。活到二十五岁，于建兴六年去世。诸葛乔的儿子诸葛攀，官做到行护军翊武将军，也早早死去。诸葛恪在孙吴被杀，满门抄斩，而诸葛亮有了自己的后人，所以诸葛攀仍归宗为诸葛瑾之后。

瞻字思远。建兴十二年，亮出武功，与兄瑾书曰："瞻今已八岁，聪慧可爱，嫌其早成，恐不为重器耳。"年十七，尚公主，拜骑都尉。其明年为羽林中郎将，屡迁射声校尉、侍中、尚书仆射，加军师将军。瞻工书画，强识念，蜀人追思亮，咸爱其才敏。每朝廷有一善政佳事，虽非瞻所建倡，百姓皆传相告曰："葛侯之所为也。"是以美声溢誉，有过其实。景耀四年，为行都护卫将军，与辅国大将军南乡侯董厥并平尚书事。六年冬，魏征西将军邓艾伐蜀，自阴平由景谷道旁入①。瞻督诸军至涪亭住，前锋破，退还，住绵竹②。艾遣书诱瞻曰："若降者必表为琅邪王。"瞻怒，斩艾使。遂战，大败，临阵死，时年三十七。众皆离散，艾长驱至成都。瞻长子尚，与瞻俱没。次子京及攀子显等，咸熙元年内移河东。以上叙亮子孙，著一家忠节。

【注释】

①景谷：在四川昭化西北。

②绵竹：县名。在今四川德阳北。

【译文】

诸葛瞻字思远，建兴十二年，诸葛亮驻兵武功，给兄长诸葛瑾的信中写道："瞻儿今年已满八岁，聪慧可爱，只怕他早熟，将来成不了栋梁之材。"诸葛瞻十七岁时，娶了公主，被任命为骑都尉。第二年，转任羽林中郎将，以后不断升迁射声校尉、侍中、尚书仆射，加军师将军。诸葛瞻擅长书法绘画，记忆力很好，蜀国人思念诸葛亮，都喜欢诸葛瞻才思敏捷。每当朝廷有了善政好事，即使不是诸葛瞻的建议，老百姓都奔走相告："这是武乡侯做的。"因此美声远扬，名过其实。景耀四年，官任行都护卫将军，与辅国大将军南乡侯董厥共同处理尚书省事务。景耀六年冬天，魏国征西将军邓艾伐蜀，从阴平经由景谷道入侵。诸葛瞻督率各部赶往涪亭驻扎，前锋被击退，撤回绵竹。邓艾写信给诸葛瞻劝降道："如果投降，一定上奏朝廷封你为琅邪王。"诸葛瞻大怒，斩掉邓艾派来的信使。于是与邓艾激战，结果大败，他也死于战斗，当时三十七岁。部下溃散，邓艾长驱直入杀到成都。诸葛瞻的大儿子诸葛尚，与父亲一起战死。第二个儿子诸葛京以及诸葛攀的儿子诸葛显等，咸熙元年内迁到河东。以上记叙诸葛亮的子孙，记录满门忠烈。

董厥者，丞相亮时为府令史，亮称之曰："董令史，良士也。吾每与之言，思慎宜适。"徙为主簿。亮卒后，稍迁至尚书仆射，代陈祗为尚书令，迁大将军，平台事，而义阳樊建代焉[①]。延熙二十四年[②]，以校尉使吴，值孙权病笃，不自见建。权问诸葛恪曰："樊建何如宗预也?"恪对曰："才识不及预，而雅性过之。"后为侍中，守尚书令。自瞻、厥、建统事，姜维常征伐在外，宦人黄皓窃弄机柄，咸共将护，无能匡矫，然建特不与皓和好往来。蜀破之明年春，厥、建俱诣京都，同为相国参军，其秋并兼散骑常侍，使蜀慰劳。以上因瞻并及董、樊。

【注释】

①义阳：郡名。治所在今河南信阳。

②延熙二十四年：此处"二十四年"当作"十四年"，即253年。延熙，蜀后主刘禅的年号(238—257)，前后二十年。

【译文】

董厥，诸葛亮当丞相时做相府令史，诸葛亮夸奖他说："董令史，真是贤士啊！我每次与他谈话，都小心翼翼怕说错什么。"转任主簿。诸葛亮死后，董厥逐渐升到尚书仆射，代替陈祗为尚书令，升任大将军，处理尚书台事务，不久义阳樊建又代替董厥。延熙十四年，以校尉的身份出使东吴，正碰上孙权病重，不能亲自接见樊建。孙权问诸葛恪："樊建比起宗预来怎么样?"诸葛恪回答道："才能见识比不上宗预，而气质闲雅胜过宗预。"后来樊建升为侍中，代理尚书令。从诸葛瞻、董厥、樊建相继执掌朝政以来，姜维经常在外带兵征战，宦官黄皓窃国专权，群臣与之勾结保护，没人能矫正，但只有樊建不与黄皓交结往来。蜀国灭亡的第二年春天，董厥、樊建都到了京都，一块被任命为相国参军，同年秋天，一起兼任散骑常侍，被派往蜀地慰劳。以上因记诸葛瞻并述及董厥、樊建。

评曰：诸葛亮之为相国也，抚百姓，示仪轨，约官职，从权制，开诚心，布公道；尽忠益时者虽仇必赏，犯法怠慢者虽亲必罚，服罪输情者虽重必释，游辞巧饰者虽轻必戮；善无微而不赏，恶无纤而不贬；庶事精练，物理其本，循名责实，虚伪不齿；终于邦域之内，咸畏而爱之。刑政虽峻而无怨者，以其用心平而劝戒明也。可谓识治之良才，管、萧之亚匹矣。然连年动众，未能成功，盖应变将略，非其所长欤！

【译文】

评论说：诸葛亮当丞相，安抚百姓，建立规范，简省官吏，不守陈规，以诚待人，处事公正；尽忠朝廷有益当世的人即使与他有仇也一定奖赏，触犯法度任职疏忽的人即使是亲戚也一定处罚，承认错误坦白交代的人即使很严重也可饶恕，浮词掩饰巧言如簧的人即使轻微也处死不贷；好事再小也不会不奖赏，坏事再小也无不惩处；处事干练，各得其所，务必名实相符，痛恨弄虚作假；因而全国之人，都敬畏爱戴他。刑罚政事即使严厉，也没有人怨恨，因为他用心公正而赏罚清楚。真可说是懂得治国的贤才，仅次于管仲、萧何的能臣啊！但连年出兵，不能成功，大概是因为军事上所需要的随机应变、出奇制胜的谋略才干，不是他所擅长的吧。